第四卷

东方（四、五、六部）

第四卷

未刊（四、五、六卷）

目　录

第四部　江　声

第一章　征服"死亡地带"（一） …………………… （ 3 ）
第二章　征服"死亡地带"（二） …………………… （ 10 ）
第三章　孤儿 ………………………………………… （ 19 ）
第四章　家 …………………………………………… （ 25 ）
第五章　新来的老战士 ……………………………… （ 31 ）
第六章　家乡早春 …………………………………… （ 38 ）
第七章　来凤（一） ………………………………… （ 49 ）
第八章　来凤（二） ………………………………… （ 55 ）
第九章　密计 ………………………………………… （ 62 ）
第十章　临津江畔 …………………………………… （ 70 ）
第十一章　溃灭 ……………………………………… （ 74 ）
第十二章　控诉书 …………………………………… （ 85 ）
第十三章　将军渡 …………………………………… （ 94 ）
第十四章　虎鸣山口 ………………………………… （100）
第十五章　黑云岭（一） …………………………… （106）
第十六章　黑云岭（二） …………………………… （113）
第十七章　黑云岭（三） …………………………… （125）
第十八章　雨中 ……………………………………… （133）
第十九章　洪水 ……………………………………… （143）
第二十章　金妈妈 …………………………………… （153）
第二十一章　朴贞淑 ………………………………… （164）

第二十二章 浪滔滔 …………………………………………… (176)
第二十三章 伤痛 ……………………………………………… (183)
第二十四章 阴谋 ……………………………………………… (191)
第二十五章 城市 ……………………………………………… (200)
第二十六章 聚歼 ……………………………………………… (210)
第二十七章 送别 ……………………………………………… (224)

第五部 长 城

第一章 枫叶红时(一) ………………………………………… (233)
第二章 枫叶红时(二) ………………………………………… (240)
第三章 归来 …………………………………………………… (249)
第四章 地下长城 ……………………………………………… (257)
第五章 夺取中间地带 ………………………………………… (272)
第六章 钢铁战士 ……………………………………………… (278)
第七章 地雷大搬家 …………………………………………… (286)
第八章 又一个"狙击兵岭" …………………………………… (294)
第九章 绣花人 ………………………………………………… (301)
第十章 布谷声里 ……………………………………………… (308)
第十一章 在五面包围中(一) ………………………………… (319)
第十二章 在五面包围中(二) ………………………………… (330)
第十三章 在五面包围中(三) ………………………………… (338)
第十四章 反击 ………………………………………………… (349)
第十五章 亲人 ………………………………………………… (360)

第六部 凯 歌

第一章 战友 …………………………………………………… (375)
第二章 春初 …………………………………………………… (386)
第三章 硝烟红花 ……………………………………………… (393)
第四章 在朝鲜人民军里 ……………………………………… (399)
第五章 我看到了新世界 ……………………………………… (408)
第六章 和平之声播音站 ……………………………………… (420)
第七章 红旗飞舞(一) ………………………………………… (429)

第八章 红旗飞舞(二) ……………………………………（437）
第九章 挺进 ………………………………………………（445）
第十章 金谷里 ……………………………………………（455）
第十一章 灯火灿烂 ………………………………………（462）
第十二章 停战令后 ………………………………………（471）
第十三章 新起点 …………………………………………（482）
第十四章 路 ………………………………………………（492）
第十五章 归故乡 …………………………………………（501）

第四部

江声

第四篇

第一章

第一章　征服"死亡地带"(一)

春天,在朝鲜,山阴的积雪还没有化尽,就漫山遍野开起了金达莱花。一丛丛,一片片,放眼望去,真好像一片桃花的海。

它们开得这样早,早得令人惊讶,就仿佛一夜之间相互约齐了突然开放似的。其实这是人们没有在意,它们早在冰雪的严冬就孕育好了自己的花蕾。

郭祥在野战医院整整"窝憋"了一个冬季。照他的话说,这简直是白白地误过了两个战役。在这期间,他听说部队在除夕之夜突过了三八线,一举解放汉城,把"联合国"军的总司令麦克阿瑟也打下了台,心里真是痒痒得难受,有几天几晚没睡好觉。为了争取早日出院,他用了不止一种手段作了重大努力。他总结了过去住院的经验教训,起初用的是非常耐心地、有礼貌地提意见的方式,但结果无效。接着又下定决心,装作安心休养的样子,处处遵守院规,想争取一个"模范休养员"来提高威信,以便说话算数。在这种指导思想下,他确实做了不少事,比如帮助护理员打开水、扫地、收拾病房,帮助别的休养员洗衣服、捉虱子、端大小便,还积极地开展宣传解释工作、文化娱乐活动,主动地说笑话、打扑克,活跃大家的情绪,甚至在小组会上以严肃的态度批判不安心休养而想早日回到前方的同伴,等等。这种新方式,确实产生了立竿见影的反应,受到了院方好几次的口头表扬。可是等到真的提出出院请求,却被一笑置之,没有下文。郭祥恼了。"哼,这些人!就是不如前方首长好说话!"他立即下了这样的结论:看起来,好方式还是不行。尤其当他听说新的兵团已经从国内开来,新战士已大批地补入连队,新的战役不久就要开始,他就更沉不住气了。他一天提三次,三天提九回,遇必要时,还拿一点颜色让人看看。如果不是小杨作风严厉,很可能还会出一点小小的纰漏。这样终于把所长吵烦了,在他养得差不多的时候,批准了他。郭祥就这样"熬"到了出院的日子。

徐芳这些日子常找郭祥谈"战斗材料儿",郭祥也常听她的演奏和歌唱。两个人已经很厮熟了。这天,徐芳听说郭祥要走,心里怪留恋的,就瞅个空儿前来看他。谁知病房里、护士班里、所部,都没有他的影子。想问问小杨,发觉小杨也不见了。她心中疑惑,就信步沿着溪水向上走去。走了老长一段,果然看见两个人在几株大松树那边坐着呢。徐芳嘻嘻一笑,就猫着腰儿,蹑着脚儿,悄悄地绕过去,藏到一棵大松树背后,偷偷地看。只见小杨坐在溪边正低着头给战士洗血衣,洗绷带。由于中午的太阳已经有些炎热,她只穿着一件发白的单军衣,高高地挽起袖管,一双赤脚踏在潺潺的溪水里。郭祥随便地披着棉大衣,在一块白石头上坐着。他话也不多,只是凝视着溪水戏弄着白白的绷带,把它牵得老长老长,仿佛他来这里就是为看这条绷带似的。

"这倒是搞什么名堂呵,多逗人哪!"徐芳偷偷笑着,"有什么话可快说呀!"

终于,郭祥开口了:

"我今天晚上就要走了。"他用一支草棍拨着水里那条长长的绷带。

对方黝黑的长臂略停了一停,但是无话。

"你不是讲找我有话说吗?"郭祥抬起眼望望她。

"我又忘了。"她低声一笑。

郭祥叹了口气,把草棍扔到溪水里:

"那,我回去收拾东西去。"他说着站起身来。

"你呀,你慌什么!"她停住手,一条长长的绷带拖到溪水里,"这几个月,这几个月……你帮我做了那么多工作,我,我心里,真不知道该怎么谢你。"

说到这里,她停住了。

"就是这话?"郭祥又问。

"对。"杨雪没有抬头。

"完了?"

"完了。"

"那，那，"郭祥急得涨红着脸说，"那我就收拾东西去了。"

郭祥迈步要走，杨雪带着哭嗓说：

"嘎子！你说我还能说什么呢？……你是块金子，我是块废渣，我瞎了眼了！……我还有什么资格说别的话呢？"

杨雪说到这里，终于忍不住哭出声来。泪珠子乓乓地落在溪水里。……

郭祥慌得赶快从口袋里揪出一条脏污的手绢递给她。

徐芳在松树背后，忍不住噗哧一声笑出声来。

郭祥、杨雪一惊，急忙回过头来，徐芳已经一溜烟咭咭嘎嘎地跑了。

"这死丫头！"杨雪从水里跳出来，光着两只脚板儿去追，还捡起小石子投她。

徐芳跑了老远老远，才停住脚步，笑得眼泪都流出来了。她心中暗暗想道："天哪！这是干什么呀！同志们在一块呆着有什么不好，干吗非要闹恋爱呢？"

郭祥提前吃了晚饭，太阳老高就开始上路。

同志们都劝他等到下半夜，乘坐运伤员的回头汽车。可是郭祥有郭祥的计划。他想：我休养了好几个月，身上各种零件怕都不好使了，我得先走出三五十里去，好练练腿劲。

他出了野战医院这道山沟，跨上宽宽的公路。春风吹飘着他的大衣，这时的郭祥真像鸟儿出笼那般畅快，高兴得都要唱出来了。敌机在天上嗡嗡着，他睬也不睬。看看公路上静悄无人，果真忍不住唱起了他最喜欢的一支歌子："革命人永远是年轻呀……"可惜这支歌太短，很不过瘾。于是又来了一支。这样越唱越快活，把自己参加革命以来学会的那些歌子，《义勇军进行曲》啦，《大刀进行曲》啦，《在太行山上》啦，《红缨枪》啦，凡是想得起来的，几乎唱了一个过儿。不知不觉已经走出几十里路。

天色刚交黄昏，公路上便热闹起来。那些从北方来的满载弹药、粮食、蔬菜以及锣鼓家伙的卡车，便一辆接一辆地出现了；走在公路两侧的是人民军、志愿军的战士们，来自中国东北的扛着担架戴着大皮帽子的民工们，以及赶着牛车运送弹药的朝鲜老乡们；由朝鲜妇女组成的修路队,也扛着铁锹,顶着大筐,从各条山沟里涌到公路上。他们喧嚷着,交谈着,歌唱着。这个充满着生命力的有声有色的大千世界,都仿佛是随着黄昏的降临突然从地底下涌现出来似的。郭祥杂在人群里兴致勃勃地走着。突然听到一声嘹亮激越的汽笛声,原来是一列火车也从白天待避的山洞里爬了出来。这里的火车头可不像国内的那些机车。那些机车一个个被工人们打扮得油光乌亮,就像才从理发店出来的漂亮的"黑小子"。这里的火车头却完全是另外的风采。它的两侧披着钢甲,浑身上下都是厚厚的黄尘,就像经过终年激烈的鏖战从泥土里滚过几百次的战士。从黄昏到黎明,它要同敌机的追击和截击整整搏战一个通宵,直到天亮才藏在洞子里。也许它觉得在洞子里窝憋得太久了,一出洞口就长长地怒吼了几声,喷着滚滚的怒气,然后才"咕咚——咕咚"地开始迎接新的征程。郭祥觉着它那股劲简直跟自己才出后方医院差不多,看来什么东西老憋着它是不行的呀!

这些战地后方的特有景象,给了他十分新鲜惬意的感觉。郭祥直到走累了,才搭乘了一辆满载弹药的卡车。他高高地坐在弹药箱上。一路看到公路的要道口上,还设有朝鲜的女警察。这些英姿飒爽的女战士们,身着深蓝制服,一律剪短发,后脑上戴着镶有红线的无沿军帽,手里握着红绿小旗。所有的车队都必须听她们的号令。不管敌机如何轰炸,她们也不离开自己的岗位。当车队到来时,她们把绿旗哗地一抖,车队就可以放胆前进了。一直等你过去很久,脑子里还深深地刻印着她们那严肃、坚毅而又勇敢的姿态。她们给这战地的后方,增添了多少战斗风采呵。

郭祥看着这一切,真觉着心里长劲。人民的力量是更加有组织更加强大了。

但是下半夜,汽车过了三登,开到松街里附近时,公路被堵住了。从模糊的夜色里可以看到,前面停着汽车的长队。

那个从上海来的瘦小而敏捷的司机,跳下车问:

"公路炸坏了吗?"

"那倒好说。"路旁一个正蹲着抽烟的司机回答,"这里是杜鲁门的新名堂:定时炸弹!"

"多不多?"

"听说有一二百个。已经响了大半夜了。"

这个上海司机把袖子一捋：

"能不能冲过去？"

"要能冲，不早就冲过去了？"

这个司机没好气地把烟头一丢，正要说什么，只见远处火光一闪，接着"轰"的一声巨响，把他的话打断了。

"你听，就是这个！"他接着说，"隔几分钟就响这么一次。……我要抓住杜鲁门，也不杀他，也不剐他，我就把他捆到定时炸弹上，叫他尝尝这个滋味儿！"

他的话把人逗得笑起来。

郭祥扒着炮弹箱子跳下车，对那个上海司机说：

"走！咱们到前面看看。"

两个人快步向前走着。沿路多半是弹药车，一台顶着一台，总有一二百辆。走了好大一会儿才走到头。定时弹又"轰""轰"地响了两声。

公路上黑压压地围了一大簇人。只听里面乱纷纷地喊道：

"谁有急救包？谁有急救包？"

"先把他抬到车上去吧！"。

"不不，先止住血再说。"

郭祥从人群里挤进去。借着星光，看见地上躺着一个人，司机们正在给那人裹伤。

"喂喂！同志！你看清楚了没有？"人们问他。

"我刚过桥洞不远，就碰上了……"那人低声地抱歉地说。

人们又性急地七嘴八舌地问：

"你看能不能冲过去？"

那个上海司机也插进来大声问：

"对呀，把大灯打开，能不能一鼓气冲过去？"

"不，不行。"那个负伤的司机摇摇头说，"我看见前头黑乎乎的，像一个大炸弹坑……"

"绕！能不能从旁边绕过去？"

"不行。"他又摇摇头说，"一边是铁路，一边是河……"

人们纷纷地叹了口长气。

这时,霍地火光一闪,"哐啷"一声巨响,又一颗定时炸弹爆炸了。这一颗因为离得较近,被炸起来的沙石,在人的头顶上降落着,地面上响起一阵沙沙的声音。

人们的心头又是一紧,一齐举起头来望着前面。前面黑魆魆的一片,更加显得阴森恐怖。那里好像有无数的声音叫喊着:这里是名副其实的死亡地带,你们过得来么?你们过得来么?你们过得来么?……

人们的心情越发烦躁。有主张立即冲一下试一试的,有主张等定时炸弹炸得差不多的时候通过的,有主张先去搬掉定时炸弹的,也有主张立即派人到几十里外去找工兵的,还有主张先把车辆向后疏散免遭空袭的。彼此互相否决对方的意见,乱纷纷的,不能得到一致的结论。

正在这时,车队后面发出一响清脆而尖厉的枪声。接着,传过来几声急迫的叫喊:

"防空!——防空!——"

"B29过来喽!"

大家屏神一听,果然从北方的天空传过来沉重的隆隆声。时间不大,一架夜航机头上亮着一盏红灯,屁股上亮着一盏绿灯,由远而近,不紧不慢地飞到了顶空。空气顿时紧张起来。人们最担心的情况终于出现了。

这时,主张冲一下试一试的那一派立刻占了优势。

"冲吧,快冲!"有人焦急地喊。

"要再不冲,丢下照明弹,可就砸了锅啦!"又有人喊。

人们喧嚷着。有几个年轻气盛的司机已经跨上车去,嗡嗡隆隆发动了马达,准备飞机一过头顶就开车前进。

只听一声有力的坚决的喊声止住了人们:

"不行!同志们,沉着一点!"

这是郭祥的声音。他正蹲在地上,眼望着前方,扎紧他的鞋带。他已经把笨重的棉裤脱去,扔到了一边。

"同志们,你们先等等,我去侦察一下。"他说,"哪位同志哥有电棒儿?"

旁边有人递过来一支长长的三节电棒。

郭祥等夜航机转过去,把电棒捏了捏,电很足,显得非常满意。他顺着公路朝前一打,前面是一道隆起的铁路路基,下面是一个桥洞,公路穿过桥洞延伸到前面。被定时弹炸起的碎石头在公路路面和两侧落了一层。桥洞口还有两三个黑乎乎的东西。郭祥把电棒往那里一打,凝神细看,果然是三枚又黑又大的定时炸弹。

"嗬!还有把门的呢!"

郭祥骂了一句,把棉大衣往旁边一甩,正要举步前进,手却被人拉住。郭祥一看,是那个上海司机。

"贺同志!贺同志!这可不行呵!"原来郭祥上车时对他说"姓郭",他听成"姓贺"了。

"怎么不行?"郭祥笑着问。

"你这个新同志,恐怕没有经验吧!"那个上海司机看他穿的棉军衣很新,把他当成新战士了。

"是呀,这可不是闹着玩儿的!"别的司机也说。

"新同志也可以锻炼锻炼嘛!"郭祥一笑。

话音未落,桥洞那边又是轰的一声巨响,爆炸的红光闪过,前面黑魆魆的,越发显得神秘莫测。

"你听,它们又在欢迎我哪!"

郭祥对大家笑了一笑,甩开那个上海司机的手,以他那久经战阵的敏捷灵活的步伐向前跑去。

第二章　征服"死亡地带"(二)

郭祥的战斗动作一向非常娴熟,在激烈的炮火中,他简直就像敏捷的飞燕一般。今天,他的精神更是高度集中。他一路扫着电棒儿,不一刻,就从那三个定时弹的身边闯进桥洞去了。

过了桥洞,他贴着路基的南半壁稍微定了定神,就又向前走去。走了不远,看见路面上洒了很大一摊鲜血,想必是刚才那个司机负伤的地方。他用电棒儿向公路两旁一照,喝,总有好几十个黑咕隆咚的大家伙,横七竖八地躺在那里。有的侧棱着身子斜插进地面,有的直矗矗地栽到泥土里,有的在地皮上只露出个脑瓜儿。它们好像不是从天上掉下来的,而是从地底下钻出来的一群怪物,一个个露出不同的怪相,恶狠狠地望着郭祥,还仿佛狞笑着说:"来来来,你敢挨近我么?只要你敢在这里停上几秒钟,等着你的就是死亡!"

郭祥从鼻子里冷笑了一声。真正的战士懂得:在通向胜利的路上,不是铺着天鹅绒般的地毯,而是铺着人血和钢铁。他迅速但是毫不慌乱地用手指清点了炸弹的数目,特别是对公路威胁最大的那些黑怪物们。正在这时,只见火光一闪,轰隆一声,郭祥立即往下一蹲,被炸飞的石头,有的像茶壶那么大,向下噗通噗通乱落。郭祥头一偏,一块石头砸到肩头上,好像挨了重重的一拳。他急火火地骂道:"狗东西!你就凭这个想把我吓退么?"

面对死亡,只有沉着和无畏,才能拔掉死亡桩,开拓生命的航线。

郭祥接着又往前走。定时弹再响时,他干脆连蹲也不蹲了。走了一截儿,就看见一个很大的炸弹坑,已经把公路截断。距炸弹坑20多米处,有一个直橛橛黑糊糊的大家伙,将近一人来高。郭祥走过去,用电棒一照,喝!这个定时弹比别的要大得多,腰里还挂着两个大铁耳环。他不由得愣了一下子,向后倒退了几步。"唔,这个家伙可要好好对付!"他在肚子里咕哝了一句。

为了彻底查明情况,郭祥又走出半里多路。除了路面上又发现两颗之外,公路两侧,倒是越来越稀少了。他立刻得出结论:只要把那个大炸弹坑填平,把路面上那两颗搬掉,可能的话,再把离公路过近的几颗加以清除,就可以通车。

主意一定,他就连走带跑地向回奔去。

司机们见他飞一般地蹿出桥洞,都纷纷拥上来围住他问:"情况怎么样?贺同志,情况很严重吧?"

"没有问题!没有问题!"他信心十足地说。

"刚才响了好几个,没有炸住你么?"那个上海司机关切地问。

"没有,没有。"他笑了一笑,"就是让小石头子儿碰了一下儿。"

他把刚才的情况讲了一遍,接着提出建议:要组织一个20人的突击队,选举一个队长,带着绳子,立即去排除炸弹,填平弹坑。

司机们听了都很高兴。一说组织突击队,立时闹嚷嚷地站出了一大片。郭祥只拣身强体壮的挑,不多不少,挑了整整20个,分成两个班,指定了班长。那个上海司机,虽然个子小一点,因为面子上捱不过,也挑上了。至于队长,大家异口同声,要"贺同志"担任。郭祥笑了笑说:"既是这样,我今天也就不谦虚啦!"

一切准备停当。为了振奋情绪,郭祥在整队时把口令喊得特别响亮,还带着几分杀气。然后把袖子一捋,说:

"同志们!不用问,我也猜个八成九成,你们不是党员儿,就是团员儿。你们是怕者不来,来者不怕!我没有什么可多说的。这些定时弹,纯粹是杜鲁门的吓人战术!你要怕了,他就该咧开他的老嘴笑啦。不行!我们不能叫敌人笑,应该叫敌人哭,叫杜鲁门抱着脑瓜儿哇哇地哭!"

他的话确实给人助劲。人们高高地昂起头来,纷纷说道:

"走吧,快走吧,没有问题!"

"贺同志,我们听你指挥。"

"好。"郭祥应声走到队伍前面,把电棒一打,前面立刻出现了一旁斜插着三颗定时炸弹的桥洞。他指着说:"你们看见那三个把门的没有？大家一定要沉着，动作要快，可别慢吞吞地让它给你打敬礼呵！"

行列里发出一阵笑声。

郭祥见过于紧张的气氛已经消除，随即命令大家以间隔 5 米的距离跑步前进。

他带着头在前面跑，不断地鼓动着，提醒着，告诫着，很顺利地穿过桥洞，到了大炸弹坑旁边。心里正自高兴，忽然铁路路基上"轰""轰"两声巨响，在耀眼的火光里，好像雷电挟着沙石土木乱飞，连一截铁轨也飞到半天空去嗡嗡地响。碎石子劈头盖脸地落了人们一身。

郭祥连忙提醒自己，填炸弹坑一定要快。可是存在着一个问题：要去取石头，必须从 20 米外那个大黑怪物附近通过。谁知道它什么时候响呢？万一响了，大家全无准备，会造成多么大的伤亡！

郭祥一瞅大伙，全望着那个大黑家伙发愣。还有人悄悄地指着说：

"那，那是个什么东西，是定时弹么？"

"喝，好家伙！总有一人来高。"

"比一个人可粗得多啦！"

郭祥听人们说话的声音不那么高了，好像怕那个定时弹听见似的。这不是一个好的征候。如果情绪一有变化，任务就难完成。郭祥想道："这是个节骨眼儿，我必须给大家助一助劲，长一长胆。就是牺牲了，只不过我一个人，这样就可以保住大伙。"他想到这儿，立刻从一个司机的手上抢过一支卡宾枪来，迈开大步，走向那个特号的黑森森的定时炸弹。他在离那个黑怪物只有一步远的地方站定，然后回过头大声地说："快干哪！同志们，我给你们担任警戒！"

说着，他从容不迫地搬了一块石头，放在一伸手就可以摸到定时弹的地方，坐了下来。又拍拍怀里的卡宾枪说：

"同志们！你们就放心大胆地搬吧。它只要一有响动，我就打枪，你们就赶快卧倒。"

"那可不行！"那个上海司机大声地说。

"快过来吧！"人们也跟着嚷。

"没有关系！"郭祥笑着说，"它在这儿休息了一天一夜都没有响,偏偏我来了它就响啦?……大伙快干吧,时间要紧,后边还等着我们哪!"

"干哪!人家一个新同志都不怕,我们怕什么!"

"对!干哪!"

人们大声喊着,纷纷脱去棉袄,一趟一趟地抱着石头飞跑,把石头噗通噗通地扔到大坑里。

在这个充满着恐怖神秘的地带,不时地从这里或那里突然发出一大团耀眼的火光,接着是一声沉重的轰鸣。一时忽而在南,一时忽而在北,一时忽而在高高的火车路,一时又忽而在低洼的河岸。被炸起的土块碎石,在人头上哗哗地落着。然而人们就好像忘记了这一切,跌倒了爬起来,拼命地奔跑着,去填塞那个弹坑。郭祥抱着卡宾枪,食指不离扳机,不断地借景生情地喊着鼓动口号。

带着红绿灯的夜航机不死不活地哼哼着,在天上出现了,郭祥就及时地喊:

"没有关系!同志们,没有关系。还远着呢,我在这儿给你们看着它哪!"

郭祥在那个大黑怪物旁边坐了一些时候。开始他还觉得没有什么,时间一长,心里就暗暗嘀咕道:"这个黑家伙究竟什么时间响呵?人们传说,它里面装着一个类似钟表的东西,它的秒针不停地向着预定的爆炸时间移动,撞针也不停地向着引火帽推进。而现在它究竟距引火帽多远了呢?也许还有很长时间,也许就在眼前。"这样一想,就仿佛听见定时弹里发出一种"咔哒、咔哒"的声响。这个黑家伙也仿佛更加狰恶和丑陋地瞪着他说:"我马上就响!我立刻就响!你是什么人,胆敢在我的身边逞英雄好汉!快快地滚开去吧,我立刻就叫你粉身碎骨!"郭祥听见这声音,从鼻子里冷笑了一声,也瞪着它说道:"你这个混蛋东西,你这个丑八怪!你不要企图吓我!我不吃你的吓人战术。你要想让我从你身边慌慌张张地逃走,这不过是你的妄想!"那黑怪物也狰笑了一下,又说:"既是这样,那你就蹲在这里。但是,你可不要后悔。我可以马上让你丧失宝贵的生命,丧失你活着可以得到的一切。我可以立刻让你那凤凰堡的母亲,热爱你的小杨,以及你的一切亲人和战友失声痛哭!我可以立刻让他们抛出大把的眼泪!……你瞧着吧,这马上就可以成为现实。"郭祥又瞪了它一眼,轻蔑地笑着:"这种威胁,只能对胆小鬼有用。你把我当成什么人?我是一个共产党员,一个人民的战士。生命是宝贵的,但是我从来不把我的生命看得比革命重要,我从来不把个人的生命看得比人民的生命宝贵。我是一个贫农的孩子,是自愿参加革命来的。我生在苦水里,长在战斗中。我既不怕眼泪,也不怕鲜血。为革命战斗是我光荣的职责,征服敌人是我最大的愉快,为人民献身是我最大的幸福。无论是占领一座城市,攻打一座碉堡,还是夺取一块小小的阵地,我都可以献出生命。因为我的生命正是要用来碰碎旧社会这座大城堡或大或小的一块的。哼,你对我的威胁是全然没有用的。如果有死亡挡住去路,我就要给死亡以死亡!……"

他同那个大黑怪物的对话还没有讲完,那边响起一片欢腾的语声,弹坑已经填平。

郭祥最后瞪了那个大黑怪物一眼,才缓步离开了它。他用电棒一照,大家浑身上下都是泥疙瘩,一个个全变成泥人儿了。但每个人都显得分外高兴,又说又笑。还有一个胖胖的司机给郭祥开玩笑说:

"贺同志,你在那儿蹲着,这滋味可不怎么太好受吧?"

"没啥,没啥。"郭祥笑着说。

"不准!"那个司机摇了摇头说,"你在那儿蹲着,连我这脊梁沟里都直冒冷汗。"

"我也没闲呆着,"郭祥又笑着说,"我还跟它进行了一次个别谈话呢。"

大伙情绪很高,和刚进入炸弹区的紧张气氛已经大不相同。郭祥接着领人们去搬路面上的两个定时炸弹。虽然四处仍在不断地爆炸,可是人们却毫不畏惧地大呼小叫地前进着。还有人高声唱起《中国人民志愿军战歌》。一唱百和,胆气越发豪壮。在爆炸声里,在烟尘与火光里,人们带着歌声在这个"死亡地带"行进。

赶到那两个定时弹跟前,那个上海司机抢着去套绳子。一见他去,人们呼噜呼噜全拥上去了。郭祥马上制止人们,只准一个人去套。绳子套好,就像拽死猪似的向着河岸拉去。人们愈走愈快,愈走愈快,到后来就跑起来了。第一个很顺利地拉下河岸,第二个也没出事,人们的瘾头儿来了,又要求去拉距公路最近对车辆威胁最大的炸弹。又拉掉了两个。可是拉到第三个,刚刚送下河岸,还没有解绳子,就"轰隆"一声爆炸了。河岸炸下去很大一块,绳子也炸断了。幸好人们卧倒得快,才没有负伤。

郭祥用他那思索问题的习惯姿势,背着两只手儿,转了两个磨磨儿,一想:不对!这些人都是全国各大城市报名参加抗美援朝的技术人员儿,如果拉的中途炸弹响了,一下子就会伤亡一二十个,车就没人开了。想到这里,就说:

"同志们!你们已经干了老半天,也够累的。任务已经基本上完成,能通车了。要是咱们耽误时间太长,飞机一发现咱们的弹药车,可就不合算啦!大伙还是快回去开车吧!"

司机们心里痒痒的,还想再拉几个。郭祥笑着说:

"我的工人老大哥,你们讲点儿组织性儿嘛!我可是你们自愿选的。"

司机们只好收拾东西,拎起棉衣回去。

郭祥跟着大家向回走,却不知怎的老有一种不舒服的感觉。刚走过那个填起的弹坑,就听见后面有一个声音在叫:"郭祥!你的任务果真完成了么?……"郭祥回头一望,刚才跟他在一起的那个黑森森的大黑怪物,还直矗矗地立在那里。它那两个大铁耳朵耷拉得那么长,越发显得凶恶丑陋,满脸都是狞笑。郭祥刚要举步,它又讥讽地叫:"郭祥,今天是你胜利了,还是我胜利了?哈哈,我说你不敢动我,你果然就不敢动我!等一会儿汽车过来,你瞧我毫不费力地就把它崩上天去。……"

郭祥的步子挪不动了,终于停住脚步。

"不错,一点不错,我的任务没有完成。"他的脸颊和耳朵都在发烧。"我郭祥跟着党东征西杀多少年了,我经过成百次的战斗,我跟敌人面对面地拼过刺刀,我的刺刀真正饮过敌人的鲜血,我俘虏过成百成千的敌人,今天难道就让一个小小的定时弹给整住了?"他生气地把手一挥,"这定时弹再厉害总是个死家伙。它既是人造的,人就能破!我过去也见过民兵摆弄地雷。它无非有一个活动的撞针,只要想法拆掉,它也就不神气了。我为啥不去试巴试巴?"

这念头一起,就是千钧之力也收它不住。两只脚就像被什么牵引着似地,向着那个大黑家伙走去。

当走到定时弹跟前时,郭祥又觉得脑袋胀得很大,全身发紧,觉得问题并不那么简单。这时仿佛又听见那黑怪物嘲笑说:"哈哈,你既是没有这种胆量,就赶快走开好啦,干吗又来充英雄好汉?"郭祥立刻镇定下来,他暗暗地对自己说:"别慌,你一定看准门路才能下手。"于是他捏着电棒儿,把这个黑家伙上上下下仔仔细细地打量了一番。它一头大,一头小。郭祥想起,过去装地雷的时候,引火帽和撞针都是藏在大头这边。我就先从这边试试。决心下定,郭祥就狠狠地吐了口唾沫,指着那个大黑家伙骂道:"杜鲁门,我今天要不把你开膛破肚,就算输给了你!"说着,就挽了挽袖子,从地上拣起一块石头,开始动手。他照着定时弹大头的螺丝盖,先轻轻地敲了一下。听听里面没有动静,就接着敲起来。他听听敲敲,敲敲听听。定时弹的螺丝盖在夜色里溅着点点火星。郭祥捏着电棒儿的手都攥出了汗水。终于,螺丝盖松动了,他立刻把它拧开,里面便露出了螺丝扣。郭祥轻轻地按了一按,没有动静,就从里面慢慢地掏出弹簧,拆掉撞针。他把那弹簧和撞针抛得远远的,又使劲地朝着呆立在面前的废铁壳蹬了一脚,长长地吁了口气。

郭祥胆子越来越大,对离公路过近的定时弹,又破了几颗,才向回走去。这时,突然桥洞以北火光冲天,接着"轰""轰"两声巨响,像是桥洞那几颗爆炸了。郭祥穿过桥洞一看,三颗定时弹,已经炸了两颗,路基被掀去好大一块。仍有一颗紧紧地把着洞口。原来郭祥前两次穿过桥洞,都没有来得及细看,现在一打量这家伙,比刚才那个黑家伙还粗还大。它大模大样地横躺在那里,足有一千磅不少。而且和前几个也不一样,脑袋上还带着风翅。如果让它爆炸了,整个桥洞都得叫它掀翻,今天晚上就别想通车了。郭祥狠狠心,决定把它拆掉。同时心中暗想:这家伙怪头怪脑的,可要小心对付。

决心一定,郭祥往地上一蹲,就来拧它的风翅。

远处司机们向这边乱打电棒儿,一边喊道:

"那边是贺同志不是?"

"是呀!"郭祥回答。

"你干什么哪?"

"我瞅瞅它!"

"不行！快回来吧！快回来吧！"

"我马上就回！"

郭祥照旧拧他的。可是憋出一脑袋汗,那个风翅还是纹丝不动。郭祥火了,想不到好几颗定时弹都卸开了,这家伙这么费劲。他把电棒干脆往地上一放,一下骑在定时弹上,用两只手扳住风翅,使劲地拧起来。

拧了好大一会,风翅还是没有松动的样子。

"我还是用石头把它敲开吧！"郭祥心中暗想,但马上又否定了,"不行！要是敲不好,一触动撞针可就糟了……"

郭祥用袖子擦了擦汗,又寻思着:"现在问题在风翅上,不敢惹它,就别想制服它。难道我敢敲别的地方,单单不敢动它？对！敲吧,先轻轻地敲它一下再说。"

想到这里,郭祥随手拣起一块石头,两腿夹着定时弹,聚精会神,向着风翅敲打了一下。这一敲不大紧,只听"嗞——"那风翅突然呜呜地转动起来,愈转愈快。郭祥急忙用手去挡,哪里挡得住,眼瞅着风翅带动撞针,撞针直往后缩。郭祥一看不好,撞针再往后去便要爆炸！赶快跑吗,不行！这里正是桥洞,要是炸塌,今晚就别想再通车了。不能走！不能走！就是粉身碎骨,也不能走！……

一个人,当他把个人的生死丢在一边,就会产生多么大的勇气！郭祥立刻镇定下来,向地下扫了一眼,随手拣起一块被炸碎的枕木的木片,往风翅空隙里猛地一插,死劲地别住,风翅不转了。他乘势使劲抓住撞针,猛地往外一拉,就把它拔了出来。这个躺在这儿假装睡觉的吓人怪物,也就这样完蛋了。

那个上海司机见郭祥老是不来,惟恐出事,就快步跑过来想把他拖走。一看郭祥正骑在定时弹上,手里托着撞针,一下惊呆了。呆了好一会,他才向人们大声喊道:

"快来看哪,定时弹完蛋了！"

司机们一窝蜂似的欢呼着涌上来,抢着跟郭祥握手。有的说:"贺同志,你的胆子可真不小哇！"有的说:"贺同志！你的贡献可太大了！"有的说:"贺同志,你八成当过工兵,为什么还保密呀！"有的说:"谁说他是新同志,据我看,他要不是个班长,也起码是好几年的老战士了。"这时的郭祥,也许是由于刚才的紧张,也许是由于过分的劳累,浑身疲乏得不得了,脸上却带着孩子式的恬静的微笑……

"你一定要告诉我,贺同志,"其中一个司机异常激动地说,"你到底叫什么名字?是哪个单位的?我到前方要马上写一封信,叫你们连长给你记功!"

"先别说这,"郭祥笑着说,"哪位同志有烟,先给我一根儿!……"

当满载弹药的卡车,一辆一辆从桥洞穿过的时候,司机们还看见他们的"贺同志",坐在定时弹上静静地抽烟哩,仿佛他愿在那被征服的黑怪物身上多坐一会儿似的。那轻快地呜呜响着的汽车轮声,也像在热情地赞美着:

> 胆敢征服死亡的英雄,
> 永远是生活的开拓者。……

第三章 孤　儿

春宵夜短。在这一点说,朝鲜的赶路人,不甚喜欢春夜。

在定时弹区域耽搁得太久了,距拂晓已经没有多长时间。司机们都想用速度来弥补误失的路程,卡车一辆接一辆地向前呜呜飞驰。

现在,郭祥已经被那位上海司机待如上宾地请到驾驶室里。他看到沿途都是向前开进的二线兵团,知道新的战役很快就要打响,自然更怕赶不上时间。他不断地向他的这位熟人提出加快速度的劝告。并且不分彼此地把司机的烟荷包打开,卷起一支又一支的大喇叭筒,还亲自吸着送到司机的嘴巴里,作为他鼓舞司机加快速度的另一种方式。这位上海司机性格沉着,技术高超,口衔纸烟,手扶舵轮,就好像一个出色的骑手,同他的这匹铁马粘在一起似的,简直把这辆小嘎斯开得要飞起来了。

但是司机毕竟更加担心车辆和弹药的安全。当驾驶室的夜光表将近四时,司机就提出来应该赶快找一个宿营的地方,以便把车辆隐蔽起来,免得遭受敌机的袭击。郭祥不在乎这个,不是说:"再开一小段儿!"就是说:"不要紧,前边还有好地方哪!"这样一程一程地赶,不觉东方的天空出现了淡青色的晨光,敌人的早班飞机已经在远处出现了。

司机急忙刹住车,跳下来。看看前不挨村,后不靠山,一条大公路,躺在空旷开阔的山谷里,连一处可隐蔽车的地方都没有。司机摊摊手,叹口气说:

"喏,听你的话弗要紧,糟啰!"

郭祥下车,左看右看,前面几十米外,只有一处十分破落的小院,被炸弹震得东倒西歪,还紧紧挨着公路。他走过去一看,里面有几间小房,一间草棚,还有一个门洞,这门洞刚刚能容下一辆卡车,就满脸带笑地走回来说:

"没问题!没问题!"

"那地方行吗?"司机怀疑地问。

"连咱们住的地方都解决啦。"郭祥笑着说,"你别看这个目标儿明显,越明显敌人越不在意!我包你今天没事儿。"

司机到小院里看了看,情绪有点不高。但此刻没别的办法,只好依了郭祥,把车开到大门洞里。

院子里冷落无人,残破不堪,连门窗也没有,看样子主人逃出去已经不是一时半时。厨房里一口铁锅,也早被敌人砸成碎片。两个人无处做饭,只好随便吃了几把炒面,到附近小河里喝了点冷水。那司机因为过于疲劳,不上几秒钟就呼呼入睡,郭祥披着大衣坐在院里看车,不一时也打起盹来。

这郭祥在长期游击战争的生活里,养成了一种异常警觉的习惯,即便是入睡以后,一种轻微的风吹草动,也能把他惊醒。他刚要入睡,就听见草房屋里的稻草簌簌地响。凝神静听,声音又没有了,以为是晨风吹的,也就没有在意。呆了一会儿,稻草又簌簌响动起来,他就半睁着眼睛,观察着草堆的动静。只见稻草向下滚落着,仿佛有人在里面蠕动似的。"莫非藏的有坏人吧?"郭祥心里跳动了一下,就站起来,向着草堆大喝了一声:

"谁?快快出来!"

草堆的簌簌声立刻又停住了。郭祥为了防人暗算,跑到屋里把司机的卡宾枪拿出来,用枪筒一拨,原来是一个朝鲜小姑娘睡在草窝里。也许因为刚才郭祥的声音太大了一点,小姑娘的眼睛睁得大大的,带着惊恐的表情。

郭祥怕惊吓着她,连忙把卡宾枪往墙上一靠,对她笑了一笑:

"小姑娘,巴利巴利!"

小姑娘的恐惧消失了,从草窝里钻出来。郭祥一打量,她约有十一二岁,眼睛又黑又亮,留着齐眉的娃娃头,穿着一个小脏裇儿,褪了色的黑粗布裙子上挂了好几个三尖口子,光着两只小黑脚丫儿,头发上身上粘得都是草棍儿。由于她穿得过于单薄,在早晨的冷风里,冻得瑟瑟发抖。

郭祥连忙脱下棉大衣,给她披在身上,指指房子问:

"这是你的家么?"

小姑娘不懂,郭祥又改用朝鲜话问:

"你的,当辛吉比①?"

小姑娘摇了摇头。

"你的吉比在哪里呢?"

郭祥虽然加上手势,小姑娘还是不懂。她不是这家的人,这一点是肯定了。可是她的家究竟在哪里,她是怎样到这个地方来的,却无法知道。

"阿爸基的有?"郭祥搜索着他有限的几个朝鲜词汇,又问。

小姑娘听懂了,指了指墙上靠着的枪:

"米国撒拉米②的,砰!砰!"

"阿妈妮的有?"郭祥接着问。

小姑娘又用小手指指天空:

"米国边机③的,通!通!"

说着,她的眼里涌出泪圈;又掀起黑裙,让郭祥看了看她的小腿,小腿上扎着一条脏污的绷带。

这就是说,她的爸爸、妈妈都被美国人杀害了,她也负了伤。原来在他面前站着的是一个朝鲜孤儿。

郭祥心中凄惶,急忙把她搂过来,把她头发上粘的草叶草棍儿,一根一根拣掉。忽然想起,这孩子不知从什么地方流落到这里,这里人也没有,她一定还没有吃饭。就急忙到驾驶室里去找炒面袋子,一看只剩下一小把了,就把它倒在小姑娘脏污的掌心里。小姑娘看来很饿,连着吞了两口,就噎得咽不下去。郭祥眼里看着,心里难受,寻思着让小姑娘好好地吃上一顿才好。又想,司机单独执行任务,不会不带粮食,就爬上车顶去翻,果然翻出半袋大米,还有一个被烟火熏黑的军用饭盒。郭祥不由心中高兴,跳下车,把饭盒往

---

① 当辛吉比:朝语"你的家"。
② 米国撒拉米:朝语"美国人"。
③ 米国边机:朝语"美国飞机"。

地上一放,拍拍米袋,对小姑娘笑了一笑,用中朝混合语说:

"大大的,爬比毛羔①!"

这一来,把愁眉愁眼的小姑娘也逗笑了。

这小姑娘,一眼就可看出是穷人家的孩子。她看见郭祥提着饭盒去河边打水,自己就跑到外面去拣干柴枝子,等郭祥打水回来,她已经拣了好大一抱,用小黑裙子兜着。郭祥把饭盒支好,把火刚刚点着,她就把郭祥推到一边,自己动手烧火。从她的模样动作,都可以看出,她从小小的年纪起就从勤劳的母亲那里承受了劳动的习惯,郭祥看到小姑娘这般勤快,越发觉得她可爱了。

郭祥心想,要让这孩子吃得痛快一些,得多少弄点什么菜才好,可是弄点什么菜呢?他皱着眉头寻思了一阵。一抬头,看见一对乌黑的小燕儿,正在房檐下的泥窝里露着头呢喃低语。心想:我何不出去转转,如能打几只鸟儿,也是蛮不错的。于是,他把司机的卡宾枪往肩上一挂就走了出去。

电线上倒是落着几只麻雀,郭祥嫌它太小,没有动它;树上有几只乌鸦,他又嫌它的肉酸,没有动它;等了好久,才飞来一只喜鹊,人都说这是一种吉祥的鸟儿,又不忍心打它。郭祥放眼一看,不远处,有一片小松树林,就迈开大步向那里走去。真是老天不负苦心人,郭祥在这里发现了好几只野鸽。他的枪法虽准,只打下了一只,其余的就离开树林飞走了。他追出去一二里路才又打下了一只。心里又怕小姑娘等得着急,只好提着两只瓦灰色的野鸽满头大汗赶了回来。

这时候,小姑娘已经把饭做熟。郭祥对于这一套并不生疏,他把两只野鸽拿到泥里滚了两滚,就埋在灶火里。时间不大,就发出一阵阵诱人的香味。小姑娘知道这是款待她的,郭祥一望她,她就对这位叔叔不好意思地一笑。

估摸野鸽快烧好了,郭祥折了树枝儿,给小姑娘用小刀刳嚓了一双筷子;又从驾驶室里翻出一包盐,在饭盒里的小菜盘里沏了一点盐水;然后从火里扒出野鸽,扯去泥皮,让小姑娘蘸盐水吃。小姑娘虽然很饿,却无论如何不肯先吃,还把野鸽蘸了蘸盐水,送到郭祥

---

① 爬比毛羔:朝语"吃饭"。

的嘴边。等郭祥咬了一口,她才不好意思地一小口一小口地吃着。

他们互相劝让着,争执着,把司机给吵醒了。司机从屋里揉着眼打着哈欠走出来,用惊讶的眼光打量了小姑娘一眼,说:

"这是从哪里跑来的小丫头呀?"

小姑娘连忙有礼貌地站起来,文文雅雅地给司机叔叔施了一个鞠躬礼,然后把野鸽用手举着送到司机的嘴边。

"吃吧,你就吃吧,"郭祥满脸是笑地从旁劝说,"你要不吃,小姑娘是不肯吃的。"

司机只好咬了一小口,小姑娘才满意地笑了。

小姑娘吃完饭,已近中午。郭祥同司机因为过于困倦,直睡到下午三四点钟才醒。醒来时,小姑娘已经把饭做好了。满满一盒热饭在火上煨着。小姑娘却坐在大门外,像哨兵一般睁着警惕的眼睛,给他们看守车辆哩。

两个人又感动,又不安。郭祥说:

"你看,我们本来要照顾她的,她倒成了我们的小炊事员儿了。"

"不简单!不简单!"司机也赞不绝口地说,"这样的孩子,将来长大肯定是有出息的。"

三个人正围坐在屋里吃饭,忽地一架敌机贼一般地哇的一声从头顶上飞过去了。

接着,在不远的地方,响起一阵咕咕咕的机关炮声。

小姑娘立时站起来,打着手势,要她的两个叔叔卧倒。

"伊留奥不梭①!"郭祥摇摇头笑了一笑。

小姑娘见他们满不在乎的样子,急得用汉语说:

"叔叔,不行!不行!"

一面说一面用小手想把他们捺倒。

郭祥知道这孩子并不是出于害怕,而是担心两个"叔叔"的安全,就笑着对司机说:

"我看咱们还是乖乖地服从命令吧,别把小姑娘给急坏了。"

说着,他拉了司机一把,两个人就乖乖地躺下来。

小姑娘点点头,非常满意地望了他们一眼,然后手扶着门框观

---

① 伊留奥不梭:朝语"没关系"。

察着敌机的行动。

敌机在附近盲目地扫射了一阵飞走了。

黄昏,司机刚把卡车开出门洞,小姑娘已经抢先坐到驾驶室里,满脸笑吟吟地准备上路。

"小姑娘,你要到哪儿去呀?"郭祥手扒着车门问她。

小姑娘没有听瞳,仍然微笑地点了点头,招呼郭祥赶快上车。

"不行呵!"郭祥摇摇手,"我们是要到前方去的。"怕她听不懂,又做了一个打枪的手势,说:"砰砰砰砰!"

"砰砰砰砰,顶好!"小姑娘拍着手笑着。

那位上海司机把手一摊,说:

"瞧,糟啰!"

小姑娘看见他为难的神色,先是一怔,接着哇的一声哭起来。一边哭一边说:

"我的吉比的没有,我,叔叔的一块儿!……"

她指指郭祥,指指自己,把两只手捏在一处。

郭祥掏出手绢给她擦着眼泪,心中犹豫不定。

"快决定吧,"司机说,"你把她带到前方去能行么?"

"丢在这里也不行呵!"郭祥皱着眉头说,"她这么小,晚上一个人钻到草窝里,要是碰上坏人可怎么办?"

说着,他跨上车,把车门咔地一关,说:

"走吧!"

小姑娘一下攀住他的脖子,笑着,把温热的眼泪流到他的肩头上去了。

卡车徐徐开出门洞。前面远处,敌机投下的照明弹已经在天空挂起。在苍茫的暮色里,他们又踏上了新的征程。

第四章 家

车到军后勤,已是拂晓时分。郭祥惟恐赶不上执行任务,早饭也不及吃,就同朝鲜小姑娘匆匆上路。早上,春寒袭人,郭祥把军大衣给她披在身上,大衣拖着地,踢里拖落的,赶到连队时,太阳已经老高了。

在市边里附近的一条山沟里,郭祥好不容易打听到自己的连队,哨兵却不许他进去。这位来自四川的新战士,态度十分认真,对他进行了再三的盘查。老模范在屋里探头一望,见是郭祥,慌忙跑出来,把郭祥的两只手都攥住了,说:

"真想不到是你呀,嘎子,你回来啦!"

戴眼镜的文化教员大李和朝语联络员小李,也从屋里跳出来,向郭祥打了一个敬礼,抢着同郭祥握手。一边说:

"连长,我们可把你想坏了!"

老模范转过脸对哨兵说:

"你们不是天天吵着要向郭连长学习么?这就是他!"

哨兵恭恭敬敬向郭祥行了一个持枪礼,用钦慕的眼光注视着他。

老模范拍拍那个四川战士异常厚实的膀臂,对郭祥高兴地说:

"你瞧瞧,咱们这四川兵怎样?他们都是经过剿匪反霸、土地改革来的,觉悟高,能吃苦,一提打仗就嗷嗷叫。别看这些小敦实个子,扛着大木头爬山,你空着手都跟不上!……我保你到时候带得上去!"

"好,好。"郭祥乐得眉开眼笑,又问,"老家伙们都从后方医院回来了没有?"

"差不多全回来了。"

"花正芳呢?"

"回来了,现在是一班班长。"

"大个子呢?"

"乔大夯现在是机枪班长。他们演习去了,等晌午你就全看见他们了。"

文化教员大李插嘴说:

"现在老模范当了咱们的指导员了。疙瘩李也回来了。孙亮营长调到咱们营了。"

郭祥十分高兴,笑着说:

"看这阵势,又可以干个痛快的了!"

小姑娘规规矩矩站在郭祥身后,文雅地微笑着。她见郭祥同这些叔叔握手,也走上去向每个人鞠躬,还温柔地说:"朝斯米达①!""朝斯米达!"

老模范拉着她的手,抚摸着她那乱蓬蓬的头说:

"这小姑娘是从哪儿来的?"

"一个孤儿。"郭祥叹口气说,"她非跟我来打美国鬼子不可。这可怎么办哪?真让我犯了愁了。"

大家走进屋子,老模范拉着小姑娘的手坐在自己身边。

"别犯愁,暂时先把她安插在伙房里。"老模范说,"现在好多连都收养了孤儿,也都是这个办法。"

"能照管得好吗?"

"咱们四次战役前就收容了一个。后来托人送回祖国去了。临走,全炊事班都舍不得他。老吕头那么大年纪,哭得像个泪人儿似的。孩子吃喝没问题,衣裳破了,粗针大线的,我也能缝几针。孩子在外面,没人管,饥一顿,饱一顿,夜里连个睡觉地方都没有,如果再碰上坏人,可不是玩的。跟着咱们,凑合着,虽说享不了福,怎么比流浪也强。"

"打起来,可怎么办?"

"现在的事,走一步说一步吧。"老模范叹了口气。

---

① 朝斯米达:朝语"好"。

小姑娘非常聪明,她从大家的眼色里看出是在说她,紧紧握着老模范的手说:

"叔叔!这里能收我么?"

小李把她的话翻译过来。老模范连声说:

"收!收!"

小姑娘眼里流着幸福的泪水,一头扎在老模范的怀里。

住在隔壁的炊事班,听说连长回来了,放下切菜刀、擀面杖,一窝蜂似的赶来。他们鞋也没脱就闯到屋里,向郭祥敬礼,握手,把郭祥围了个风雨不透。

炊事班长老吕头,赶迟了一步,钻不进来,在门口挥着两只面手喊:

"这连长就是你们的啦!让我握握手行不?"

郭祥连忙从人头上把手伸过去,同他握手,亲热地说:

"老班长,你身子骨儿还挺好哇,关节炎又犯了没有?"

"不毬咋的!"老吕头神情豪迈地说,"犯了几回,让我一挺就挺过去了。"

"看精神多好!"郭祥伸起大拇指称赞着,"你真成了老来红了。"

老吕头笑得满脸皱纹像开了花似的,说:

"我有什么不乐和的!"他晃晃两只面手,"你算算咱们红三连得了多少面奖旗!临津江边开授奖大会,军政治部主任亲自给咱们发奖,我掰着指头一算,红军时代不说,咱们连已经得了32面奖旗!我一听人们说:'这红三连就是不简单哪!'乐得我这心都飞到云彩眼儿里去啦。油担子往肩头上一放,就像没有分量似的!"

"别人越这么说,咱们连可越不能骄傲!"老模范插嘴说。

"指导员,我不过说说我这心里的乐和劲儿。"老吕头笑嘻嘻地分辩着。

老模范说:

"老吕头,有一个任务,你愿意接受哗?"

"什么任务?"

老模范指指朝鲜小姑娘,说:

"这是连长带来的一个孤儿,把她托给你收养着吧?"

老吕头瞅了小姑娘一眼,犹犹豫豫地摇了摇头。

"怎么?"

"不行。"老吕头又摇摇头,"上次你们把小朴那孩子交给我,刚热乎乎的,你们就愣把他弄走了,弄得我心里空落落地难受了好多天,情绪老转不过来。……"

老吕头说着,连眼睛都潮潮的了。

老模范微笑着说:

"要是你不愿意,我就把她交给别的班里。"

"就放在连部吧!我照看她。"联络员小李接上说。

"你?"老吕头斜了小李一眼,"毛手毛脚的,你照看得了?"

说着,老吕头已经磨蹭到小姑娘身边,蹲下来,抚摸着她那乱蓬蓬的头,用朝鲜话心疼地问:

"你几岁了?"

"老爷爷,我十岁了。"

"你叫什么?"

"白英子。"

"你出来多少天了?"

"记不清了,好多好多天了。"

两个人用朝语流利地问答着。然后,老吕头叹息了一声,对大家说:

"这孩子出来至少有个数月了,你看这头上脏的!衣裳挂破了,伤口也没有换药。"

他拉着小姑娘的小手站起来,说:

"走,英子,跟我到伙房先把脸洗洗!"

说着,拉着白英子的小手走出去了。

老模范望着老吕头的背影微笑着。

郭祥惊讶地说:"这老吕头会的朝鲜话还真不少哪!"

"要论说朝鲜话,除了联络员就数他了。"一个炊事员说,"以前小朴那孩子在这里,两个人一天到晚说个没完,可热乎着哪!"

炊事员们渐渐散去,老模范反复地端详着郭祥,带着几分怀疑地问:

"你这伤倒是好了没有?"

"不好,人家就让我出来啦?"郭祥一笑。

"不准!"老模范说,"瞧你脸色黄得厉害。"

"你瞧瞧去,后方医院全是这个脸色。"郭祥说,"在那地方,好人也得给憋坏了。"

老模范碰碰他的肩膀,悄声说:

"你说实的,是不是开的小差儿?"

"小差倒是没开,"郭祥把他那黑眼珠骨碌一转,笑着说,"就是临走时候,没有通知他们。"

"你看你看,我就知道这里头有鬼!"老模范用手一指,然后批评说,"这可是你的老毛病了。要让连里同志知道,这影响够多不好哇!"

"下次,下次一定注意。"郭祥故意低下头说。

"又是下次!我看你这次怎么向上级交待。"

"帮帮忙!你去替我说说。"

"要说,你亲自说去!"

"你这个指导员可真厉害。"

"就是要憋憋你才行!"

老模范神色极其严肃,把头歪在一边。郭祥噗哧一笑,掏出来一个信封,规规矩矩往小炕桌上一放,说:

"这一回,你可憋不住我喽!"

老模范展开一看,又是介绍信,又是出院证,又是鉴定表,就用手指头戳着他说:

"真是嘎家伙!你还找我寻开心哪!"

"别说这,"郭祥洋洋得意地说,"你先瞧瞧我的鉴定!"

老模范展开鉴定表,离得远远地笨笨磕磕地读道:

　　该同志于1950年11月入院。在休养初期,一般表现尚好,能安心休养,遵守院规,并能帮助护理重伤员,给重伤同志端大小便,帮助护士打扫病房,尤其突出的是能够在伤病员中开展文化娱乐活动,起到了活跃情绪的作用。曾获得本院多次口头表扬,并准备选为模范休养员。但该同志在后期没有再接再厉,出现了严重的不安心现象。虽经再三说服,仍然固执己见,态度很是主观。该同志回队后,望领导上多多加强教育。

老模范念完鉴定表,笑着说:

"进步肯定是有,就是没有坚持到底。"

"我的老天!"郭祥说,"坦白说,我这一辈子,能抓上这么一张鉴定表回来,已经很不易了!"

两个人都朗声大笑起来。

满满一盆面条汤已经端来。小姑娘也回到连部。郭祥一看,小姑娘像换了另一个人,手脸脚丫洗得干干净净,更显得秀气了。头发也刚刚洗过,还没有干,发出一股肥皂的香味。她的脏污的小褂和裙子已经脱去,穿着一件异常肥大的军衣,挽着袖子,拖落到膝盖上。她满脸是笑,一跳一蹦地走进屋里,坐到郭祥身边。

"刚才,那个老爷爷可太好啦!"她说,"我以后就跟着他吗?"

老模范和郭祥笑着点了点头。

"这就是我们的家吗?"

"对!这就是我们的家!"郭祥笑着说。

"还发给我枪吗?"

"以后打仗,我缴一把小手枪给你。"

郭祥让小李把话翻给她。

小姑娘的脸笑得像一朵花似的,把筷子一放,说:

"叔叔,我给你们唱一支歌儿吧!"

说着,她立起来,用她那极不熟练的汉语唱着:

东方红,太阳升,
中国出了一个毛泽东……

她那细嫩的带着奶腔的声音,唱得老模范和郭祥的心里热烘烘的。

饭后,郭祥站起来,要去团营报到。老模范拦住他说:

"你等一等!咱们连新来了一个同志,天天念叨你,说你们是自小的朋友,已经十多年没见过面了。他说,你一回来,就马上告诉他,他还给你带着一封重要的信哩!"

第五章　新来的老战士

"这倒是谁呀?"郭祥仰着下巴颏儿纳闷。

"你想想看,"老模范笑着,"他一来就说:这个臭嘎子在这儿当连长啦! 嘿,他同我在桃园里偷过桃儿,梨园里偷过梨儿,大洼地里拾过柴,泥坑里摸过鱼儿,大河里打过水仗,庄稼地里捉过蝈蝈儿,秋天扫树叶,春天吹柳笛儿,还钻在草棵里合吃过一个蜜蜜罐儿。……你说是谁?"

郭祥笑了,笑得怪迷人的。他说:

"是齐堆吧?"

"对啦。"

"这小子! 他不是复员了吗?"

"是呀,"老模范说,"他说:诸位是盏长明灯,小弟是块烂火石。不用我,把我放到墙旮旯里,我也不埋怨;要用我,敲打几下,我也能点个火儿,冒股烟儿。"

"这小子,怪话连篇!"郭祥笑着说,"他来以后表现得怎么样?"

"不错,着实不错!"老模范满意地说,"来了不多天,人们就奉送了他两个外号,一个叫'大肚皮',一个叫'钻探机'。"

"什么意思?"郭祥有兴趣地问。

"是这么回事,"老模范解释道,"他这人文化程度不算很高,可肚子像个大仓库,玩艺儿实在不少。他能给大家说三国,讲西游,说起革命故事,更是没个完。还能说相声,编快板儿,编小剧儿。各种乐器都能摆弄几下,尤其笛子,吹得忒好。来了不几天,人就选他当了俱乐部主任。走到哪儿,活跃到哪儿。再加上小罗这个'文艺工作者',现在咱们连比起三营还活跃哩!"

"怎么又叫他'钻探机'呢?"郭祥笑着问。

"他这人的钻劲可真不小。"老模范说,"不管遇上什么难题儿,他把眉头一皱,说:'来,研究研究!'你比如,他一听说小钢炮和花正芳打坦克负了伤,他就吃了心儿,非研究出打坦克的办法不行。凡是遇上敌人被打坏的坦克,他就像被粘住了似的,左看看,右瞧瞧,还钻到坦克里,一摆弄就是大半天,连饭都忘了吃。……你的钢笔、手表、打火机出了毛病,只要让他瞧见,你别请他,他非给你修好不行。嘿,你去瞧瞧他的挎包,不是钳子,就是镊子,不是螺丝钉,就是螺丝母,说不清从哪儿来的那么多杂七麻八的零件!一到休息时间,他那儿就成了修理铺啦!"

"这小子!他比我从小就有耐性。"郭祥笑着问,"他这会儿在哪儿哪?"

"他领着一个班,正练习打坦克哩!你等着吧,晌午就回来了。"

"不,我马上去看看他!"

郭祥立起身来,问明地点,就沿着山径向沟口走去。

走出二里多路,郭祥看见公路附近停着一辆被击毁的白五星坦克。炮筒和机枪早已经被人拆卸走了,四处长着乱蓬蓬的杂草和几枝盛开的金达莱花。

有一个战士正在草棵里向坦克匍匐前进。其余的七八个人在旁边注视着。

坦克里不时地发出一阵密集的敲小洋铁桶的声音。

当那个战士快接近坦克的时候,坦克里的敲击声更稠密了,紧接着发出一声威严的喊声:

"停止!"

那个战士还在继续爬行,一扬手,把一个大石块,"当"的一声投在坦克的尾部。

"不行!你阵亡啦。"坦克里说,"你仔细研究一下坦克的死角在什么地方。重来!"

那个战士只好离开坦克,又从新的角度匍匐前进。

郭祥悄悄站在旁边,没有惊动他们。但是一个老战士发现了他,对着坦克兴奋地叫:

"班长!连长回来啦!"

"什么？你说什么？"坦克里问。

"郭连长回来啦！"

只见坦克的顶盖打开，钻出一个身材低矮但十分粗壮的战士。他肩宽背厚，浑身上下一般粗，乍一看，活像一枚大炮弹似的。使人感到，他浑身蕴藏着使不完的精力。

他噗通跳下坦克。望着郭祥，滚圆的脸盘上充满欢乐和惊奇的表情。

"真是你呀，嘎子！"他忘情地喊了一声；又嘿嘿一笑，"这样叫，对首长太不尊敬了吧？"

郭祥在他那厚实的胸脯上一连擂了几拳，才握住他的手说："你这家伙！旧意识倒不小哩。"

郭祥和战士们一一握手，嘱咐他们继续演习。然后同齐堆坐下，掏出大烟袋荷包，卷起大喇叭筒来。

他一边卷烟，一边歪着脖儿笑着，望着他小时候的伙伴，把一支足有一拃长的大喇叭筒，递给齐堆：

"你这小子，不是复员了吗？"

"又把我给号召来啦！"齐堆点着火，笑了一笑，"我这人只有干'土八路'的命儿。1945 年大反攻，号召参军，我干了没有几个月，说是和平了，让我复员了。1948 年，迎接全国革命的新高潮，号召参军，这次还好，我干了一年多，从北方打到南方，又把我选成复员的对象。指导员找着我说：'齐堆！你复员吧！'我说：'干吗让我复员？'指导员说：'现在胜利了，国家要开始建设了，参加建设也是非常光荣的！'我说：'指导员，这身军装，我还想穿几天，把我这份光荣让给别人行不？'指导员说：'这就不太好罗！你是共产党员，应该起带头作用。'好，我只好领了几百斤粮票，卷铺盖卷儿回家。临走那天，敲锣打鼓地欢送，一帮小青年还在我耳朵边喊：'响应号召是光荣的！回去参加建设是光荣的！'我回家把铺盖卷儿一放，还不到三个月，就又动员抗美援朝。杨大妈跑到我家里说：'齐堆！你倒怪沉住气。现在大伙都参军到朝鲜去，打美帝，打国际反动头子。这可不是平常事儿，比过去还光荣哩！'我这就又背上挎包来啦。临走那天，又是骑大骡子大马，敲锣打鼓地欢送，人们还攥着拳头喊：'响应号召是光荣的！参加抗美援朝战争是光荣的！'……你瞧，不到几个月,我就光荣了两次,还白赚了公家几百斤粮票!"

说得郭祥叽叽嘎嘎笑了一阵。

"你别笑!"齐堆说,"你们这当首长的,关心我一点好不好?别到时候又把我'光荣'回去。"

"你别得了便宜卖乖。"郭祥鬼笑,"你的收获也不小哇!"

"什么收获?"

"你怎么明白人装糊涂呀?"

"哦哦,你说的是个人方面吧?"齐堆哈哈一笑,"不错,是找了一个对象。你怎么听说的?"

"不光听说,还见过哩。"

"瞎说!"

"你说,是不是梅花渡的?"

"对呀!"

"你说,是不是叫来凤的?"

"对,对呀!"

"你说,是不是高鼻梁儿,说话像打机关枪似的?"

"对呀!对呀!"齐堆惊奇地说,"你真见过?"

"当然。"郭祥说,"这次回家,我俩就伴坐车走了一道儿。这姑娘可真不错。前些时大妈来信了,说给你介绍的就是她。"

齐堆立刻笑得嘴都合不住了。

"老实说,我压根儿也没敢想这样好条件儿的。"齐堆说,"你知道,我爹眼又瞎,脾气又倔。家里三间小破北屋,大雨大漏,小雨小漏。我自己本身更没有啥条件儿。我想,不管丑俊,找上一个,能伺候伺候他老人家,做做饭看看家也就行了。哪知道杨大妈心气高,一介绍就介绍了她。我一看这闺女,思想进步,作风朴实,聪明伶俐,人才出众,还外加敢想敢干,别说三里五乡,就是全县也难找。我对大妈说,这可万万不行。在这个问题上别犯主观主义。真是做梦也没想到,人家痛痛快快就答应了。我真是唱了一出《花子拾金》,觉得她简直就像是从天上掉下来似的!……"

"这关系最后定下来了没有?"郭祥笑着问。

"你听我说,"齐堆兴奋地讲下去,"没有这事的时候,我饭也吃得香,觉也睡得甜。她这一答应,倒弄得我坐不定,立不安,老觉着,她非迟早从我手里飞了不行。说话这就到了抗美援朝。有天傍晚，她去找我，一见面，就跟我谈形势。我一瞅，她是来搞包围迂回的战术儿。我就说：'来凤同志，你别绕弯儿啦，你是不是想来个送郎上战场呀？'她噗哧就笑了。我说：'来凤同志，你瞧我这背包带子、小挎包儿、小洋瓷碗儿，还有黄碗套儿，一点儿都没有丢，早就准备着哩。什么时候报名，我拍屁股就走。'她就说：'齐堆同志，看样子，我还是真没看错了你。你有什么顾虑，也跟我谈谈。'她这一问，我就不言语了。我齐堆穿上军装当战士，脱了军装当民兵，从小儿就是从枪子儿里钻出来的。既不怕苦，也不怕死，打美帝更是一件乐呵事儿，我有什么可顾虑的！可是别的方面，我确确实实地不放心。第一，她虽说答应了这件婚事，可是并没有过门，我把这个孤苦伶仃的瞎爹靠给谁呢？第二，我俩简直谈不上什么恋爱过程，时间短，感情浅，再加上她人年轻，条件好，这婚事她妈本来就不赞成，我这一走，还不是鸡飞蛋打！……她见我不言语，一个劲儿追问我，我就把头一个顾虑说了。谁知道人家爽快得很。她说：'老大爷的事儿，你就放心。凤凰堡、梅花渡一拃拃远，我腿脚又快，两头照顾着点儿。保证老人不能受制，地也不能给你荒了。'我说：'这怕不行。你娘就你一个闺女，家里地里的活儿都指着你；再说，咱们这儿的风俗还有些落后，一个没过门的闺女跑来跑去，还不叫人把牙给笑掉么？'听到这儿，她把脖子一扭，说：'你走你的，别管这个。前怕狼，后怕虎，什么事也干不成。光听蝲蝲蛄叫唤，你就别种地了！'"

"嘀！这姑娘可真有点儿革命的劲头儿！"郭祥满口称赞地说。

"可是，我把人家的觉悟性给估计低啦！"齐堆满带自我检讨的口气说，"开头儿，我只看她模样儿强，没想到人家的心眼儿更强。我承认这方面又犯了主观主义的错误。她追问我还有什么顾虑，我这第二个顾虑，张了张嘴儿怎么也说不出口。最后还是人家说：'你是不是对我有点儿不放心哪？'我就笑着点了点头儿，说：'也不能说不放心，不过，你这条件儿高，我这条件儿低，我总觉着不那么般配。'人家一听，长叹了一口气，说：'咳！你这个人哪！我原先怎么答应的你：我一不是图你的房，二不是图你的地，我就是图你那为国为民的一片心！'她还说：'要不是共产党、毛主席领导得好，要不是你们解放军南征北战，我这个穷丫头哪会有今天！我不能亲自上前线一枪一刀儿地拼,自己就够难过的了,我还能变心吗?……'说着她就哭啦。几句话胜过开山炮,震得我那心晃晃动,我那不值钱的泪珠子,就呜噜一下子不分个儿地掉了下来。……"

"不简单!这姑娘不简单!"郭祥一连声地赞叹着。

齐堆停了好一会儿,才接着说:

"有些话你听了就忘,有些话能叫你记一辈子。来凤同志这几句话,就像是拿刀刻在我这心上似的,什么时候一想起来,就格外叫人长劲。过了不几天,我就戴着大红花骑着大骡子走了,她就在人群里舞着红绸子扭着秧歌送我。我这心轻松得不行,一个劲儿地想:快!早一天赶到前线去!见了美国鬼儿,我要像砍瓜切菜似的干它一场。"

说到这里,他望了望战士们,看是不是在注意他;然后往郭祥身边凑了凑,压低声音说:

"嘎子,我跟你说,我不来是不来,一来就是有决心的。……现在,你是我的领导了,可不能忘咱们原来的关系。嗯?你明白我的意思吗?"

"什么意思?"郭祥笑哈哈地问。

"你看你看,你这个人!"齐堆说,"这话就够明白了嘛!"

"你是不是说,以后有什么重要任务,叫我多想着你一点儿?"

"看,这话多丑气!"齐堆把两只手一摊,"你心里有数就行喽,干吗非把话说到这个家业!"

齐堆神情愉快,把烟头一扔,站起来说:

"咱们晚上再聊,我先照顾他们演习去!"

"你不是找我有重要的话么?"

"刚才不是说啦,"齐堆用两个手指头一捏,笑着说,"最重要的,也就是那么一点儿!"

郭祥笑了笑,又问:

"你给我捎的信呢?"

"是这么回事儿。"齐堆又坐下来说,"你妈叫我给你捎个信,说她身子骨挺好,叫你不要记记她。"

"我妈的身体是挺好吗,齐堆?"

"是很好,临来还跟我说了老半天话呢!"

"她的眼不大好使,"郭祥抱愧地说,"临走,我说给她买副老花镜也没有买。"

"杨大妈也叫我给你捎个口信,"齐堆说,"她正在家带头儿组织农业合作社哩。"

"什么,合作社?"

"对,就是咱们过去常说的集体农庄。"齐堆解释道,"自从你们走了以后,大妈可是苦恼了一个时期。她说,孩子们都到前线打仗去了,我这把老骨头可该干点儿什么。以后县委指示她:试办合作社。这可投了她的心思,她就扑着这个目标儿,不顾命地干起来啦。这可是平地起凸堆,要从没有脚印儿的地方踏出一条路来。"

"你看,有门没有?"郭祥兴奋地问。

"难哪!"齐堆叹了口气,"咱村儿的情况,你知道。这事儿一提出来,就有好几个村干部抵抗。尤其是李能那小子。把大妈的头发都快愁白了。依我看,她这工作比打美国鬼儿还困难哩!"

一提起凤凰堡的情况,郭祥顿时神色严肃,夹杂着一些愁容。停了半晌才说:

"临来大妈说什么啦?"

"她怕你分心,叫我不要说这些困难。"齐堆说,"她叫我告诉你:不管怎么样,她要和群众一道把社办成。绝对不能叫村里的贫农、军属、烈属没有饭吃。她还说:孩子们在前线打仗流血,我就在后方办社会主义。我不能等孩子们回来,空着两只手儿去见他们!"

齐堆钻进坦克同他的战士们演习去了。郭祥一边看着战士们向坦克匍匐前进,眼前却不断浮现着杨大妈坚毅的身影。仿佛看见她穿着破旧的蓝布褂儿,披着满身风尘,正精神抖擞地行走在故乡的风沙里……

第六章　家乡早春

当朝鲜的山巅还留着积雪的时候,家乡的平原上,已经透露了早春的信息。

平原上,春天风大。往往黄沙漫天,有时候把窗户纸都刮得成了暗红色。村头上刚刚吐芽的柳树,院墙外结着密密红萼葵的杏花,还有刚刚返青的麦田,全笼罩在黄黄的风色里。

提起春天,人们会立时想起暖暖的风,细细的雨,红红的花,绿绿的草,平静无波的春水与和煦的太阳。多少年来,人们把春天比作软绵绵、懒洋洋的女神,仿佛她刚刚午睡醒来,带着一脸温柔腼腆的微笑。其实,生长在中国北方的人们,很难有这种体会。他们觉得,春天,倒更像是一个远途跋涉的风尘仆仆的战士。不错,她有着女性的温柔,但是她却更具有着战士的灵魂。

春天,究竟是什么时候来的?这很难讲。可以肯定,并不是柳绿花红的时候,而是比人们的感觉更早。在千里冰封万里雪飘的严冬,她已经在衰草的下面和枯枝的里层孕育着强大的生命;她已经在人们看不见的地方,磨好了辉煌的长剑,束好了绿色的战袍。当人们远远望见河岸的柳丛现出一片若有若无的淡淡的绿烟的时候,她已经不知经过多少次搏战了。至于芳草遍地,繁花似锦,不过是她献给人间的战果,却不是她开始来临的时日。

夺取阵地,要经过勇猛的冲击;巩固阵地,更要作顽强不息的战斗。尤其早春天气,这是春天的暖流同寒冬的余威相互搏战最激烈的季节。因为严冬的余威并不愿退出阵地,而春天却一心要占领人间。这时候,欲暖乍寒,忽晴忽雨,正说明它们的鏖战互有得失,胜负难分。在早春的夜晚,你听那彻夜不停的风声吧,一时高,一时低,一时传出千军万马的呼喊,一时传出鼓角的激鸣,这就是对垒的双方进行着你死我活的反复的搏战。

大风刮了整整一夜。大妈一宿没大合眼。成社的事一直压在她的心头。自从她同小契"取经"回来,就同本村几户贫农和烈属进行了商量,平素比较知近的几家都很赞成。她的心气儿很高。可是同李能一说,他却很不热情。他推脱说:要等支部书记王老好回来,再开支委会讨论。等王老好回来,他又不肯照面。直到昨天晚上,在家里挤着他,才哼哼吱吱地答应今天参加开会。现在连开一个支委会都这么困难,大妈怎么会不难过!加上夜里风大,窗户纸一直呼哒呼哒地响,弄得一夜也没睡成。

早晨起来,大妈一看,窗纸已被风吹破,窗台上,炕上,破旧的被窝上,细白的沙土落了厚厚一层。外屋从门缝里灌进来的沙土更多,整整打扫了大半簸箕。院子里被风吹落的干树枝子,乱纷纷地落了一地。

大伯一起,就披着破大袄拐起粪筐,到外面拾粪去了。大妈把大乱也轰起来,让他到外面捡干棒去。

破旧的风箱呼哒呼哒地响着。大妈一面烧火做饭,一面想着心事。她想,预定今天召开的支委会,无论如何要把它开成。尽管大能人答应得很好,大妈还是很不放心。她匆匆把菜粥做好,也顾不上吃,就到李能家里去了。

大妈每次跨进李能的大黑梢门,都引起一阵不快。因为她发觉,自从李能改建了他那镶着大玻璃窗的房子之后,并不喜欢人们进去。他们一见人来,就匆匆忙忙地迎上来,表面往屋里让,其实是拦住你的去路,好像你的穷气会扑了他似的。因此,大妈一进梢门,就停住脚步。果然,明晃晃的玻璃窗后面人影一闪,李能的媳妇早三脚两步抢出来了。

"婶子,你屋子里歇着吧。"她正正地截住大妈的去路,又说,"你侄子刚走!"

"刚走?"大妈急问,"到哪儿去啦?"

"到飞龙镇集上去啦。"

"不是说好了要开会吗?"

"他说,叫你们先开着。他有急事儿。"

大妈心里十分有气,当着他媳妇的面又不好发作。

"婶子,你不到屋里歇一会儿?!"李能的媳妇虚假地让了一让,就回到那个有大玻璃窗的房里去了。

大妈愣了愣,只好走出那个大黑梢门。

"不开不行!"她忿忿地想,"你就是条泥鳅,我也得把你抓住!"

她决定,立刻到飞龙镇去。

傍明时停息下来的黄风,现在又刮起来了。凤凰堡离飞龙镇虽只有十五里路,中间都是河滩,大风一起,黄沙滚滚,好像遮起一道黄色的帐幕,连几里以外的村庄都看不见。大妈的腿脚一向很好,连年轻人都跟不上她,这是她在游击战争年代,经常随着部队行军转移练出来的。但是,今天一阵阵扑面的风沙,打得她睁不开眼,她不得不走走停停,有时还得背着脸倒着迈步。足足走了两个小时,才听见飞龙镇嘈杂的市声。

这飞龙镇有两千多户,光街道就有二三里长,是方圆几十里有名的大镇;今天又逢大集,人特别众多,大妈一时哪里找得见他。她在人丛里挤拥着,串街过巷,直到傍午时分,还没有找到李能。大妈究竟上了几岁年纪,早上又没吃饭,觉得又累又饿,有点心慌。想买点东西充饥,身上又没有带钱。只好找到一个有井的去处,扶着人家的桶鋬儿喝了一肚凉水,坐下歇了歇,才觉得心里安定了些。

大妈心中气恼,正想回返,这时遇见凤凰堡一伙乡亲,说李能在牲口市买牲口哩,就立时站起身,向村北走。

大妈走了不远,望见李能牵着一匹明光锃亮的大黑骡子笑嘻嘻地迎面走来。他一走三晃,十分洋洋自得,连脚步都有些轻飘飘的。

"我的婶子,你怎么也赶集来啦?"他愉快地打着招呼。

大妈心里十分不满,反问了一句:

"你说我为什么来啦?"

"唉唉,我的婶子,你就多包涵着点儿!"他嘻嘻地笑着,又回过头去瞅了大黑骡子一眼,"我是实实在在来不及啦。我早就听说庞各庄这匹骡子要出手,要是晚到一步,过了这个村儿可就没有这个店儿啦!"

说着,他把大黑骡子往大妈身边牵了牵,拍了拍它那肥墩墩圆滚滚的屁股蛋子,满脸是笑地说:

"你瞧瞧这身架！这膘！浑身连根杂毛都没有,简直像黑缎子似的！你说咱全凤凰堡有没有这样一匹骡子？……依我看,比当年谢家拉轿车儿的那一匹还显着威势。你估估看,得值多少？"

大妈斜了一眼,没有答言。

"你估不准吧,"他笑了一笑,用手指比了个"八"字,"就这个数儿！我给他750万①,那小子非要900万不行。直嚷嚷了这么半天。说心里话,950万也值。要是一块儿套上我那匹大青骡子、小黄骡子,拉一千多斤货,简直就像闹着玩似的。用不了几趟就挣回来了。……呃,你再看看这口！"

他一边说,一边去掰大骡子的嘴。大骡子高高地仰着脖子抵抗着,回避着。

"娘的,你还不老实哩！"他骂了一句,终于使劲拉住嚼子,用强而有力的手把牲口嘴掰开,指着说,"你看,一点不错,还刚刚五岁口哪！用上个十年八年不成问题。你,你再看……"

"李能！"大妈截住他的话头,忍住气说,"咱计划那会,你倒是开不开？"

"开呀！开呀！"李能一连声说,"我再买根鞭梢儿,咱们马上就回。"

大妈只好忍着气跟着他。跑了好几个小摊儿,试验了好半天,才买了一根鞭梢儿,这时已经响午错了。

大妈催李能快回,李能仰起脸看看太阳,眼珠儿骨碌骨碌转了几转,笑着说：

"婶子,你是不是先走一步,我保证随后赶到。"

"你还要干什么？"

"我跟你实说,你出来得晚,我出来得早,我一早起吃了两张小饼儿就起身啦。我这肚子饿得咕咕直叫。我先随便点补点补去,随后就到。"

大妈怕他再耍什么花招儿,就说：

"你吃去吧,我等着你。"

两人来到饭铺门前,李能在一棵树上拴好骡子。李能虚假地笑

---

① 750万：当时1万元,相当于币制改革后1元。

笑,用一种既不失礼貌,而又绝不是邀请的口吻让了一让:

"婶子,你不进去吃上一点儿!?"

说完这话,不等大妈回言,就走进去了。

大妈带着满头满脸的黄尘,饥肠辘辘地坐在店铺门外的石阶上。里面是锅勺的乒乓乱响和一片嘈杂的说笑。她从眼角里扫见,李能满面红光高踞在座位上,守着一大盘肉,一锡壶酒,正在细斟慢酌,不慌不忙地吃着,一面津津有味地同一伙熟人谈着他今天再也离不开的关于大黑骡子的话题。大妈不由一阵难过,低下头去。她想起,土改以前一个风雪交加的夜晚,有人来告知说,村里有一个贫农饿倒在炕上不能动弹。那是谁?那就是在店铺里守着酒肉细嚼慢咽的李能。当时大妈立时取下饽饽篮子,兜了一兜红高粱面的饽饽,冒着鹅毛大雪,连夜推开他被大雪封着的屋门,把饽饽递到了他的手里,感动得他流下了一大把眼泪,"婶子,我是一辈子也忘不了你。"这就是他当时说的。土改时,他在村里当民兵,在大妈家里吃喝也从来不分彼此。而到了今天,他连虚假的谦让都不敢多说上一句。大妈忽然意识到,她和许多贫农同李能之间的距离,已经像隔着深远难测的云雾似的变得十分遥远了。

"再来一壶吧,李村长,"一个声音说,"人逢喜事精神爽呵!"

"不不,你们知道我的酒量。"李能说,"再来上半壶就可以了。"

大妈孤零零地坐在门台上,足足等了一个多钟头,李能才酒足饭饱、脚步蹒跚地走出来。已经过午多时。他一面从树上解下骡子,一面打着饱嗝说:

"婶子,劳你久候啦!"

大妈没有说话。她本来是一个性如烈火的女性,要搁平时她早就发作起来。但她一想,这很可能是李能的诡计,故意激起她的愤怒,把事情闹崩,以便使会议不能举行。想到这里,她用最大的克制力忍了下来。

两个人沿着河滩的大路,在黄色的风沙里向回走着。李能看来喝过了量,脚步歪歪斜斜,有些不稳。

"还是走快点吧!"大妈催促着说。

"我看你也忒着急了。"李能还击了一句。

老实说,李能心里也有点儿不大高兴。今天能买到这么出色的大黑骡子,在他看来,这不仅是自己历史上的一件大事,也应该是轰动全凤凰堡的大喜事。今天在饭铺里,连那些伙计,连那些外村人都对他这匹骡子赞不绝口,而大妈,这个平素关系不错的人,却自始至终不赞一辞。哼,谁知道她心里是怎样想的?如果不是眼热那才怪哩!想到这儿,他又想起一连串类似的事情,例如他置买第一匹骡子的时候,他置办大车的时候,他去拉山货回来的时候,他安装大玻璃窗的时候,他去天津、北京、保定买卖货物的时候,他添置土地的时候,他把用不完的钱借给别人的时候,都没有看见她表示出什么热情。甚至从大城市买一两件稀罕的物件回来,她都看着不很顺眼。而且不仅仅是她,连至近的乡亲都是这样。显见的,这些人都在内心里嫉妒他!讨厌他!甚至仇视他!然而,各人走各人的路,各家过各家的生活,谁不满意就让他不满意吧,谁嫉妒、讨厌、仇视,也都由着他们吧。他就是抱的这个态度。可是,最近呢,这个女人却忽然要组织什么农业合作社,究竟是什么企图,这不是明明白白的吗?哼,什么事想瞒过我大能人,这是办不到的!

他带着满脸愠怒,偷偷地横了大妈一眼。

两个人走了一程,李能终于发问道:

"婶子!我就解不开,这办社的事儿,三里五乡都还没有动手,干吗你抓得这么紧哪?"

"这是上级的指示。"大妈说,"走社会主义的道儿,抓紧点儿叫我看没有坏处。"

"没有坏处?"李能冷笑了一声,"你就不想想谁有这个经验!办社就这么容易?这不是吹糖人儿,吹口气就成。"

"没有经验,我们就照着人家耿长锁的脚印儿走。要是不办,什么时候儿也没有经验。"

李能甩甩手,叹口气说:

"要想说服你可是真难。我再问你,你征求过群众的意见没有?"

"征求过了。"大妈说,"已经有十几户拍着巴掌赞成。只要咱们几户党员干部,拧成一股绳儿,一带就起,我看先成个小社儿没有问题。"

"你说的都是哪几家呀?"

大妈举出老秀、金丝、郭祥他娘、桂金、刘二奶奶,还有瞎老齐和小契等几家。没等大妈说完,李能就打了一个冷战,心里暗想:"果然不出我之所料!"接着,他从鼻孔里冷笑了一声,说:

"他们当然赞成。"

大妈瞪了他一眼,说:"你这是什么意思?"

"什么意思?"李能把嘴一撇,"你瞧瞧这些户!不是孤儿,就是寡妇;不是瘸腿,就是瞎眼;不是馋鬼,就是懒汉;不是缺车,就是少马,全是两个肩膀扛着一个嘴的货。你要合你跟他们合去,要把我合进去我就不干。我知道他们是什么企图!"

"什么企图?"大妈忿忿地问。

"有人心里清楚。"李能又冷笑了一声。"这不是秃子头上的虱子——明摆着吗?他们就是想吃我这个肉疙瘩户,想从我身上解决困难,想叫我养活他们。干脆说,他们是想共我的产!"李能心里郁积的愤怒,再也抑制不住地迸发出来,"我早知道有人对我不满意了!我刚能吃上两碗饭,就有人看着不顺眼了!连我买双袜子,支个蚊帐,买个暖瓶,都有人看着眼气。我要问问是不是我李能再披上麻包片他们就高兴了?我再问,这革命到底是为了什么?是不是为了改善生活?为什么我的生活刚提高了一点点儿,他们就这么不满意我?你说说,这是不是合乎党的政策?……"

"革命是要改善大家的生活,不是改善你一个人的生活!"大妈打断他的话说,"办社是走共同富裕的道儿,不是谁想共你的产。我们都长着手,用不着靠你养活!"

"对呀!对呀!"李能说,"可是谁不让他们改善呢?那树上明明结着果子,他不去摘;一出门就满地是钱,他不去拣,那能怨谁呢?不错,我的生活是比别人高些,手里是比人们活泛些,可是我既没有偷谁,又没有抢谁,我是辛辛苦苦合理合法挣来的。土改那当儿,大伙一块翻了身,我比谁也没多分,谁比我也没少分。到现在,干吗有的好过,有的不好过了?你就拿小契来说,他跟我地一般多,人口一般多,我下的是什么辛苦,他下的是什么辛苦?他日上三竿不起炕,一天到晚换烧饼麻糖吃。等到他起炕时候,我早走出三四十里路了。我操的那心就别提了,你看看我这头,一年工夫头发就白了一半。到现在小契弄了个屁眼精光,我好不容易积攒了个家业,叫我跟小契合在一块儿,这不是共产是什么?对你明说吧,这办不到!我是贫农成分,我不是地主!"

他的嗓门高极了,还不断挥着手,像发表演说似的。连骡子都被惊得向后倒退了几步。

大妈再也抑制不住愤怒,用手点着李能说:

"李能!我看你也忒价地不知道害臊了。我问你,你还是个党员不是?土改以后,你就像个大皮球撒了气,你那革命性儿不知道跑哪儿去了。大伙的事儿全不在你心上,找你开个会,就像挖你二两肉似的。你跑买卖,投机倒把,放高利贷,倒是很积极。你走的是条剥削的道儿!你说你不是地主、富农,叫我看你是一个劲儿地朝这个道儿上走!村里的贫农,跟你说句话,你都爱搭不理,把下巴颏儿翘得高高儿的!谁一进你的院子,你就把人拦住,怕沾上穷气。你哪里还像个党员?你说小契日上三竿不起炕,他为了全村不出事儿,一年到头夜里不敢合眼,别人不知道,你也不知道吗?你们一天大酒大肉吃着,小契买一两次死猪肉,你就在村里散布他的坏话,弄得全村老少都戳他的脊梁骨,说他是个懒汉。他死了老婆,按同志情义,你该借给他几个才是,不,你一个不借,到了把他的几亩地算计到你手里。这小契是一心为公,没有一点私心,倒是你叫鬼迷住了心窍。你说成社是贫农们共你的产,我倒想问问,你这'产'是打哪儿来的?土改以前,你披麻包片那时候,你这大能人干吗不去发家致富?"

"你别动不动就用这话噎我!"李能愤恨地叫,"土改我分了巴掌大一块地,提过来提过去,倒成了我一辈子的短处了?"

"多提一提,叫我看有好处。"大妈驳斥道,"谁要好了疮疤忘了疼,那就该叫他多想一想。这成社就是为了叫咱们的子孙后代不再像你那样披麻包片。这不是要共你的产,这是叫大家走共同富裕的道儿。你说贫农们想靠你养活,想吃你这个肉疙瘩户,你想错了,这用不着!贫农们都长着手,都能土里刨食儿,用不着靠谁!你懂不懂,我们办的是社会主义!这是毛主席给我们指的道儿!"

大妈一派话,说得李能满脸通红。他的手指头索索地抖动着,恶狠狠地望着大妈。

"社会主义!共同富裕!说得好听!"他又从鼻子里冷笑了一

声,"哼!叫我看是各人有各人的目的,各人有各人的企图!"

"你说我是什么企图?"

"你自己心里明白。"

"我不明白,你给我指出来!"

"嘿嘿,要叫我说出来,那就不好听了!"他冷笑着,把嘴一撇,"你是想在上级面前讨好,你是想显出你自己能干,你是想保住你的模范!你是觉着,这些年儿,你这模范叫上级扔到一边去了,谁也不提你了,你想把你自己再露出来!"

几句话,像鞭子一样重重地落在大妈心上,噎得她说不出话。

李能的脸上浮起胜利的微笑,又刻毒地加了一句:

"怎么样,婶子,我估摸的差不离儿吧!"

大妈气得浑身发抖,步态有些失常。

"好哇李能,我真没想到你坏到这步家业!我只能怨自己过去对你的认识太不够了!"她沉了一沉,又提高声音说,"你觉着什么话解恨你就说吧。我明白告诉你,这办社的事儿我是铁了心啦,你想用几句话把我打下去,这办不到!你知道,过去日本鬼子也没把我打击下去,国民党、蒋介石、地主、还乡团都没有把我打击下去,凭你李能想把我打下去,我看也不那么容易!……不管怎么样,今天的会是非开不成!"

两个人争辩了一路,一直来到支部书记王老好的门首。

什么时候都是心平气和的王老好,正坐在小黑门楼外面的门墩上晒太阳。他那本来就有些肥胖的身子,自从到北京他女婿那儿回来以后,显得更加肥胖了。

他听见两个人尖锐激烈的争论,显出很不耐烦的样子,懒洋洋地站起来,连连摆着手说:

"唉唉,我的老天爷,你们别争了行不行?都是自己人嘛,好说好商量,有什么解决不了的?!你说说,让群众听见了,显得多不好哇!嗯?"

"老好叔,"大妈指着李能说道,"你说他今天办的这事可对呀不对?"

"唉唉,"王老好叹了口气,"依我看,你俩说得都在理儿。他大妈,你一心急着成社,是为了把咱村的工作搞好,想叫咱凤凰堡走到前头；村长呢，他是觉着现在条件儿不够，慢走一步，先看看再说，这样稳稳当当。我觉着也挺在理儿。"

"不不，"大妈接口说，"他是说咱们成社是要共他的产，是要吃他的肉疙瘩户！"

"共他的产？"王老好低着头考虑了一阵儿，犹豫地说，"这，这，这个说法恐怕有点儿不妥。可是大乱他妈，你也想想，李能这几年，又是跑里又是跑外，风里来，雨里去，挣起这么个家业，叫我看着实也不容易。你今天叫他跟那些穷户搅到一块儿，他心里也难免委屈得慌。你有你的好心，他有他的难处，我看你俩都别走极端。"

大妈有些气愤，瞅着王老好严肃地说：

"老好叔！你抹了一辈子的稀泥，今天你还在那儿抹呀！按你说，我俩都在理儿，有一个不对的没有？他说我成社是为了显显自己，也是对的？"

李能也不满地说：

"是呀，我俩有一个不对的没有？大叔，她说我走的是资本主义的路，快成了地主、富农，这话也对？"

大妈和李能两边一挤，急得王老好直抓脖子，这是他遇到难题时的惯常表现。

"唉唉，你叫我怎么说？你叫我怎么说？"他显出极其为难的样子，"要说不对，依我看，你们两方面都似乎有那么一点儿不妥当的地方儿。不过，话说回来，谁又能没有一点缺点儿？你俩都要多多包涵。他多说一句儿，他也长不了一块儿；你少说一句儿，你也少不了一块儿。你要叫我说哪个不对，我不能木匠的斧子——一边砍哪！你们说是不？"

大妈真气急了，指着他说：

"你干脆说，这社还成不成啦？"

"唉唉，你叫我怎么说呢，你叫我怎么说呢，"王老好又抓起脖子，"这事儿我也做不了主哇！嗯？你说是不？"

"今儿的支委会还开不开？"大妈又问。

王老好摊摊手叹了口气：

"这，这，这怎么开法儿？这怎么开法儿？要不再等几天，等大伙气都消了……"

这时远处一片声嚷,不一时,金丝一只手拿着鞋底气喘喘地跑来,对大妈说:

"大妈,快走!瞎老齐跳到井里去啦!"

"你,你说什么?"大妈急问。

"瞎老齐跳到井里去啦!"

"为什么事?"

"不知道。小契他们正在那儿捞他哩!"

大妈立刻向人声喧嚷的地方小跑着。王老好远远地跟在后面。李能牵着他的大黑骡子回家去了。他一面走一面带着怜爱的眼色望着他的大黑骡子,准备给它多多地加几把料,因为整整一天没有喂它,恐怕它早就饿得够呛了。

风声呜呜,黄沙弥天,看来并没有停息下来的样子。

第七章　来　凤（一）

　　大妈赶到出事地点，小契他们已经把瞎老齐打捞上来。幸而井里水浅，又救得及时，没有酿成重大事故。那瞎老齐已是将近70的老人，虽然没有喝多少水，但井下水寒，捞上来时，冻得浑身直打哆嗦，光张嘴说不出话。

　　大妈叫小契赶快把他背回家里，换上干衣服，盖上被子暖着。呆了好半晌，瞎老齐才慢慢缓过气来。问明情况，才知道是轮流给老齐挑水的李能不负责任，水缸里一点水也没有了，他急着做饭，就提了一个桶磕磕绊绊地摸到井上，结果失足掉到井里去了。

　　大妈想起自己作为军属代表，竟发生了这样的事情，不由一阵难受；想起李能处处妨害工作，又不免气愤。她一面吩咐金丝给瞎老齐做饭，一面又问瞎老齐说：

　　"老齐哥，梅花渡那闺女这几天怎么没来？"

　　"她来干啥？"瞎老齐偃声偃气他说，"我让她回去了。"

　　"干吗让她回去？"

　　"干吗？"瞎老齐扭扭脖子，"一个没有过门的大闺女，就南跑北奔的，三天婆家，两天娘家，你瞅着这个像话？"

　　"嗳，你这个老脑筋！"大妈笑起来，"你不是有困难嘛！"

　　瞎老齐又把脖子一扭，愣倔倔地说：

　　"我自个儿克服！"

　　"还'克服'呢，"小契哈哈大笑说，"你已经'克服'到老龙王那儿去了！"

　　"我自个儿克服！"他重复说，还用他失明的眼睛瞪了人们一眼。

　　正在烧火的金丝也温柔地微笑起来。

"老齐叔这老脑筋,可不是一天半天了,"她温和地说,"我当姑娘那时候,他就这样儿。有一回,他家引弟跟我们一块儿唱歌跳舞,他在台底下冷不丁地把烟袋锅子一伸:'引弟!你给我下来!什么豆豆豆、索索索的!'"

"金丝,你别跟他算老账了。"大妈笑着说,"他那老脑筋,叫我看比我们家那个老东西还强多着呢。八路才来那时候,我已经是有了两个孩子的人啦,那老东西还死死地看着我。别说去开会,就是见你坐在门口做活儿,也不顺眼,动不动就把个死眼珠子一瞪,'你,你为啥单单坐在这儿做活儿?你瞧谁哩?'你要是还他两句,他亮着鞋底子就打上来了。我开头儿怕他,没少挨他的臭鞋底子。后来,我的胆子就壮起来了,给村里报告,妇救会开会斗争他,儿童团到门口啦啦他,这才把他斗草鸡了,到底向我承认了错误。看起来这封建堡垒、老顽固,还得不断地攻着点儿!你一松劲,他那气就壮起来了。你说对不对,老齐哥?"

老齐知道大妈编法儿说他,心里不同意又不好当面反驳,只好相应不理。

"老齐哥,"大妈又笑着说,"到明儿我还是把梅花渡那闺女叫过来吧!"

"不,不用。"他斩钉截铁地说。

"总得有人做饭才行呵!"

"有米我就能下锅。"

"看,还挺哩!"大妈笑起来,"那地也该耕了,你能瞎摸着把种儿撒到地里去呀?再说,你要出了三差两错,叫小堆儿在前方知道了,我们可怎么对得起他!"

瞎老齐不吭声了。

大妈回到家,天已经黑了。整整一天,就吃了这么一顿晚饭。第二天一早,又起身往梅花渡去。

梅花渡街当间,有一口水井。一个穿着素花粗布夹袄的姑娘,正在那儿打水。大妈眼尖,老远就瞅出那是来凤。大妈望着她那健壮而又秀气的背影,向她跟前笑眯眯地走着。走到她身边她还没发觉哩。人说这闺女像个假小子可真不假,只见她用扁担钩钩着桶鋬儿,三晃两摇,沉甸甸溜溜平一大桶水,就像闹玩儿似的提上来了。

"闺女,让我喝口水行不?"大妈在她背后逗笑地问。

来凤猛一转身,扬着眉毛说:

"咦,是你呀大妈!你怎么来啦?"

"你不去嘛我还不来!"大妈笑着说,"闺女,这几天你怎么不到婆家去?是不是害臊啦?"

"光明正大,这有什么可害臊的!"来凤带着气说。

"那你怎么不去?"

来凤把扁担哗啦一声往井台上一戳:

"我两头受制!那边儿不让我呆,这边儿不让我去!"

"怎么,你妈也不让你去呀?"

"可不。"姑娘有气地说,"有些人吃了饭没事儿,专门瞎唧唧。什么伺候个瞎公公咧,什么图房没房图地没地咧,什么开天辟地没见过没出阁的闺女跑到婆家去咧,多啦。我妈耳根子软,就不让我去啦。……我把人家动员到前线去了,说的话不算数儿,我多对不起人哪!我将来怎么见人家呀!"

大妈把昨天瞎老齐失足落井的事,讲了一遍。来凤听了眼角湿湿的,好半天没有言语。接着哗啦一声,把扁担钩住桶鋬儿说:

"大妈,咱们快回家去吧,你也帮我说服说服去!要是我妈不愿意,我就远走高飞,两个家都不要了。"

说着,她担上两大桶水,扁担儿颤悠悠的,一溜烟儿走在前面,脚步又轻又快,就像没有好多分量似的。

来凤家住的,正是过去许家地主的三间东房。一个黄瘦的女人正盘着腿儿坐在炕上纺线。炕下放着一架被烟熏火燎变成黑色的破织布机子,机子上有织成一少半的方格花布。来凤母女正是靠着几亩薄地和这架织布机子支撑着这个贫农的家庭。

来凤妈见大妈进来,显出并不十分欢迎的样子,只平平淡淡地说了一声"来啦",就照旧低着头纺线。大妈见她心中不悦,就赔着笑脸说:

"嫂子,你也不歇一会儿,看把你累成啥模样儿啦!"

"光歇着,吃啥哩?"

来凤妈把纺车拧得嗡嗡直转,头也不抬一抬。

来凤斜了她妈一眼,正想发作,大妈使了个眼色,一跷腿儿坐在炕上，又笑着说：

"嫂子，你心里有什么不痛快的事儿，你就给妹子说说。我帮补不了你别的，姐妹们说几句贴心话儿，也能叫你心里宽绰一些。依我看，你守了大半辈子寡，可没少作难，在梅花渡也算个苦人儿了，要不是土地改革，还不定回得来呢。现时，苦日月总算熬出来了，孩子也拉扯大了，来凤又出落得这么好，你也该松松心，痛快痛快了。别为了值不值当的小事儿，愁坏了身子。"

纺车不转了，来凤妈的一滴眼泪悄然落在衣袖上。

"松心？我到哪儿找松心哪！"她神色凄伤地说，"几十年啦，我顾前顾不了后，顾左顾不了右，顾了家里顾不了地里。她爹头天死，第二天我就把小凤拴在枕头上，扛上小锄儿去耪小苗。头回下地，不知道哪块地是自己的，左问右问，到地里已经小晌午了。心里又惦着给孩子吃奶，一边哭一边耪，地垄沟可没少喝我的泪珠子。回来时候，心里迷迷糊糊的，又走到别的村子里去了。直到天黑才到了家，孩子已经哭不出声来，光能张着小嘴儿喘气。这孩子跟着我可没有享过一天福呵！……"她拾起破袄的前襟拭拭眼泪，"如今孩子长大了，我思谋着，怎么也得让她这辈子过个舒心日子，能找个人住到咱家，我早早晚晚也能见得着她。这下可好，一下就寻到了凤凰堡，还没过门，就得伺候个瞎公公！……她大妈，人都说你是个模范老婆儿，你为人做事，我样样儿赞成，可你干吗给我的孩儿找个瞎公公呢？……"

"你看，你看，又是这一套！"来凤有气地说。

来凤妈把手里的布缏往炕上一扔：

"我心里有话嘛，你还不让我说！"

大妈半真半假地瞪了来凤一眼，说：

"来凤，这就是你的不对了。老人家有话，你就得让她说出来。她一说出来，心里不就痛快了吗！再说，你听听你妈的哪句话，不是为了你好！"

来凤妈一听这话，气早消了一半，连声说：

"你可说的！你可说的！她要懂得这个不就好了？"

说着，大妈又连忙往来凤妈跟前凑了凑，亲热地说：

"嫂子，咱这闺女的亲事，你不知道我在心里虑过多少过儿了。

人都说这个瞎公公不好,其实依我看,倒是睁眼的公公好找,瞎眼的公公难寻。怎么这样说?你瞧,这三里五乡,谁家里有那么有出息的小子?在家里是民兵英雄,在外头是战斗功臣,根柢正,人才强,有胆有才,不说百不挑一吧,也是打着灯笼难找。再说她公公,眼是怎么瞎的?是为了咱们穷人瞎的。闹土改那时候,谢家小子带着还乡团,来抓领导土改的干部。干部跑不及,就藏到他家的堡垒里。咱们那亲家就让还乡团给抓住了,非让他找出堡垒口不行。咱们那亲家可不是软骨头,硬是梗着脖子一句话不说,气得还乡团要枪毙他。谢家的大小子说:'枪毙,太便宜了,不如给他留个纪念。'就命令人抓了两大把石灰往他的眼睛里一捂,生生地把他的眼揉搓瞎了。……嫂子,今天咱们那闺女伺候伺候他,既是应分该当,也是为咱穷人做一份好事,为在前线上的女婿尽一份心。你说咱们可有什么不乐意呢?"

来凤妈低下头沉了半晌,没有言声。好半天才说:

"我不是说,咱那闺女不该去伺候他;就是外人的话难听呀,人都说,开天辟地也没听说没过门的闺女就跑到婆家去的!"

"光听蝲蝲蛄叫,你就别种地了!"来凤在一边咕嘟着嘴说。

"对呀!对呀!"大妈连忙接上说,"有些话听得,有的话就听不得!过去的老皇历已经不顶用了。我就愿当个新派儿。八路才来那时候,提倡放脚,好多妇女搞不通,你要去查脚,她伸出一只叫你检查,另一只还缠得紧紧的。我就不这样儿,一说放,我第一个响应,穿着袜子走得噔噔的。我还收了好多裹脚条子,给八路做了军鞋的底子。后来反扫荡,敌人来捉我,我跟着八路行军,百儿八十地走,一步队不掉。要是嫂子你这脚呀,早就当了俘虏,让人装上汽车运到'满洲国'去了。你说是当新派儿好,还是当老派儿好?"

大妈一边说,一边还伸出脚跟她比,弄得来凤妈也忍不住笑起来了。

来凤妈高兴了许多,瞅着闺女说:

"老傻呵呵地站着干什么,还不赶忙给你大妈做饭去!"

大妈连连摆手说:

"不啦,不啦。我是到县里去,商量成社的事儿,路过来看看你。你知道成社的事儿有多难哪。我想叫来凤早点去,也有这个意思:

叫她给我搭个手儿!"

大妈说着,下了炕,往门外走,一面又回过头笑着问:

"来凤,你什么时候去呵?"

"明儿一早就去。"来凤说,"把铺盖卷儿也搬了去!"

"对,还是你那话:听蝲蝲蛄叫你就别种地了!"

大妈一边说,一边向着县城的大道,扬长走去。

第八章　来　凤(二)

凤凰堡人们吃早饭的时候,一件稀罕事儿轰动了这个村庄。

人们,尤其是那些老婆们、姑娘和媳妇们,都在津津有味地议论。

"你真看见了么?"

"看见了,看见了。"

"走的大路,走的小路?"

"小路? 就从这大街上大摇大摆走过去的。"

"也没骑马,也没坐轿?"

"还骑马坐轿哩,干人一个,连个人送都没有。背着个大包袱,踮踮踮踮走得可快着哩!"

"哎哟,我的老天爷! 她就不害臊么?"

"害臊,头都不低,谁给她打招呼,她就点点头儿,对你一笑。"

"咦,这疯闺女! 可真给咱凤凰堡兴了新规矩了。"

"快看看去吧,老奶奶,快快!"

"走走! 我刷了碗立时就去。"

瞎老齐家,只有三间小破坯屋,院墙塌得只剩半人多高。院里院外挤满了喊喊喳喳的年轻妇女和老婆们。也有少数年轻小伙站在墙头外面观看。孩子们吵吵嚷嚷地从人群里钻到最前面去。

瞎老齐披着大破袄坐在院墙外一块大青石上,脸色并不十分高兴。来凤刚刚放下铺盖卷儿,人就挤了满满一屋。屋小人多,吵嚷得不行,孩子们趴了一窗台儿,把窗户纸也捅破了。来凤看见这阵势儿,就干脆走到院里。她坐在小板凳上,用一条新毛巾擦汗。

院里人越挤越多。姑娘媳妇们趴在伙伴的肩头上偷偷地议论:

"你看,连身新衣裳都没有换。"

"那不是,换了双新鞋,换了根新头绳儿!"

"她穿那小方格花布,倒挺是个样儿。"

"人家手不笨,自己个儿织的!"

"模样儿倒长得挺俊。"

"就怕缺点心眼儿,脑子少根弦儿。"

"你怎么知道?"

"看,有心眼儿还办出这事?一说来,背着大铺盖,噔噔噔噔就闯来了。你哪儿见过?"

人群里流过一阵低低的笑声。

这时,又赶来一批看新鲜的。后面的人往前涌,把前面的人都挤到来凤跟前来了。有几个孩子也挤倒了。

来凤把孩子们扶起来,说:

"看,婶子大娘们,你们到底挤啥哩呀?"

"挤啥哩,我们看你哩,看新媳妇哩!"人们纷纷笑着说。

"那你们就看吧,"她也笑着说,"慢慢看,别挤,反正我也跑不了呀!"

人们一阵哄笑。笑声里又是一阵喊喊喳喳地议论:

"看,人家一点儿也不害臊!"

"脸都不红一红!"

"我们过门那阵儿,头上顶着块大红布,把脸遮得严严的,在轿里都不敢掀一掀;这可好,你问一句儿,她答一句儿。"

"你没听人说,如今的闺女脸皮厚,迫击炮,打不透!"

这一句虽是低语,但声音不小,引得哄笑声立刻滚过全场。笑声才住,一个媳妇带有挑逗的意味笑着问道:

"妹子,你这就算过来啦?"

"可不过来啦!"来凤笑着说。

人们霎地静下来,听着她们的对话。

"我问你,"那个媳妇说,"等小堆儿兄弟回来,这喜事儿还办不办?"

"人都过来啦,还办什么!"

媳妇又惊讶又惋惜地叹了口气,说:

"说真的,连轿都没坐,你不觉着冤哪!"

"这冤什么!"来凤笑着反问,"你非坐在人家的肩膀头上噶悠噶悠才算不冤?你非叫人吹吹打打像耍猴似的才算不冤?"

人群哄地笑起来,有人说:

"你看这闺女可真能说!"

来凤见那媳妇脸刷地红了,又乘胜追击说:

"嫂子,你来时候坐轿了呗?"

"哟哟,看你倒找寻上我了!"那媳妇红着脸说。

"你坐了几里?"

"多不过半里,她娘家是小于庄的!"有人插嘴说。

"哟,才半里地!"来凤笑着说,"要是我,坐个百儿八十里的才过瘾哩!"

人们嘎嘎大笑起来。那个媳妇脸色绯红,动作慌乱,连声说:"瞧你这个闺女!瞧你这个闺女!"捂着脸往人群里一钻跑了。

"再坐一会儿吧,嫂子!再坐一会儿吧!"来凤说着,一面轻声地低低地笑。

为了摆脱人们的纠缠,来凤站起来,抓起靠在墙上的扁担,对人们说:"婶子大娘们,嫂子们,咱们干活儿去吧,等有工夫的时候,我再陪着你们拉闲篇儿。"说着,哗里哗啦挑起水桶,从人群里挤过去到井台上去了。

人们也都得到了很大满足,发着各式各样的议论,一路说笑着渐渐散了。

瞎老齐人口虽少,土改时候却分了一个能盛五六担水的大水瓮。平时很少挑满过,今天却被来凤挑得满荡荡的,那个破水瓢都快浮到外面去了。来凤放下水桶,又抄起扫帚打扫院子。这时候,几个老婆儿,还兴犹未尽地围着坐在大青石上的瞎老齐悄悄说话。

只听一个说:

"他老齐叔,依我看,这闺女也算行咋!"

"行咋?"老齐硬倔倔地说,"你听她刚才颠三倒四说了些啥!"

"疯是有点儿疯,可是模样儿挺俊。"

"俊不俊,能顶吃顶喝?"

"干活儿可真不赖。"

"不赖？不能光看眼皮子活！"

"唉唉,他老齐叔,"一个说,"你这瞎公公,有人伺候也该知足了。叫我说,你这命儿就算不错。"

"不错?"瞎老齐反驳说,"南跑北奔的,时间长了哪保得住？年轻人在家守着都不行,还说这！"

一个声音赶快制止道：

"别说啦,她在那边儿怕听见了！"

"听见就听见！"瞎老齐声音一点也不减小,"反正咱这坑养不了她那鱼！"

听到这里,来凤停住扫帚心中想道："嘿,怪不得人说我这公公是个倔公公,真一点儿不假。往后,我得编法儿让他高兴才行。"

自此以后,来凤在老齐家两手不停地干活儿。长期以来,这个又孤又瞎的老人少人照顾,使这个家显得又穷又破,又脏又乱,院墙没有栅门,屋门没有门插儿。院里不是鸡粪,就是烂草。屋里这里一只臭鞋,那里一只烂袜。那炕上的被褥,不知多少年不拆洗了,就像黑铁皮似的。瞎老齐身上的衣裳,又脏又破,虱子爬得到处都是。大妈和金丝她们,尽管偷工摸夫地来拆洗整顿一番,时间一长又是老样子了。来凤一连忙活了好几天,院里院外,炕上炕下,旮旮晃晃,全打扫得干干净净。又买了几张白麻纸,把窗户糊得明光瓦亮。还抽空到野地里拾了几大筐柴禾,烧了几大锅热水,把被褥都拆洗了,把瞎老齐满是虱子的衣裳,煮了又煮,烫了又烫。一时换不下来的棉衣,也让他脱下来,把虱子扫落到火堆里,把虮子一个一个地挤死。这家虽然还是那个缺柴少米的穷家,但因为添了这么一个人,却立时显得有条不紊,面目一新。

终于,在这个孤苦的盲老人的脸上,出现了若隐若现的笑容。来凤心里也畅快起来。可是为时不久,情况又发生了变化。由于来凤帮助大妈出去做了几天建社工作,瞎老齐嘴里没说,脸色却显得不大高兴。一天,来凤开会回来,看见他一个人盘着腿儿在炕上孤独地坐着,脸上显得虔诚而又神秘,两手捧着一个小圆木盒,在哗啦哗啦地摇着。摇了一阵,哗啦往炕上一倒,里面滚出好几个清朝时代的铜钱。然后,他瞎摸着,把铜钱一个个拾起,一共是六个,自上而下排成了一溜儿。接着又一个一个去用手指来辨认铜钱的正面和反面。随后脸色变得十分阴沉,低头不语。

来凤知道他正为什么事在算卦哩,也就没惊动他。把饭做好,就盛了一碗,端到公公面前,恭敬而柔顺地说:

"爹,你吃饭吧!"

"我不吃!"他气昂昂地说。

"爹,我今天有事儿,回来得晚了点儿,恐怕你早就饿了。"

"你放到那儿!"他把脖子一扭,"不吃就是不吃!"

来凤见他气大,正要耐着性儿解劝,还没有说完一句,老人把手里的小圆木盒儿往下一墩,跳下炕,摸摸索索地到院里去了。

来凤一手端着碗,一手拿着筷子,在后面追着说:

"爹,当小的有什么不对,你只管说,说了我就改。可千万别饿坏了身子。……"

瞎老齐站住脚步,回过头问:

"我问你,你来的那天是初几?"

"是四月四日。"

"不,你说阴历。"

来凤寻思了一阵,说:

"是三月初三吧!"

"你想想这是什么日子?"瞎老齐咆哮说,"这不是黄道,这是黑道!还是个寒食,鬼节!你,你干吗单挑这个日子?"

"我没有多想。我……"

来凤正要分辩,瞎老齐立刻打断她:

"你没多想!哼,你那当娘的也没多想?怕你没存心多呆吧,嗯?"

瞎老齐说着,把手一甩,又摸到门外那块大青石上坐着去了。

来凤只好把碗端回到屋里,往灶台上一放,哭啦。

她哭了一阵儿,转念一想,自己叫着自己的名字说:"尹来凤呀,尹来凤呀,你哭啥哩呀,你是一个青年团员,你连这点儿困难都经不起么!他老人家生长在旧社会,怎么能没有一点旧思想呢,他多少年来一个人独自生活,半路失明,心里哪能那么舒畅!就是把这事放到我自己身上,我不是也会发脾气么!再说,是我把人家的孩子动员走的,老人没有拦挡,也就很不错了,还能叫人家不发一点气么？他在前方跟敌人拼命，每天不是子弹就是炮弹，我在后方连一点儿气都受不了么？只要他们两方面高兴，受点气就受点气吧，这又算得了什么呢！来凤呀来凤，瞧你的泪珠儿多不值钱哪！恐怕还是你的锻炼很不够吧！……"

她这么一想，自己又深感羞惭。呆了一会儿，估计公公的气消了，才把饭热了热，重新盛在碗里，给老人端去。……

清明过后，下了一场春雨。家家户户都忙着春耕播种。可是许多贫农家，不是没有牲口，就是没有农具，不是没有种实，就是没有吃的。老齐家就更是这样。幸亏大妈从县里给贫农们贷了一部分种子，来凤借了一个破耧，杨大伯又来相助，这才没有误了农时。

耩地那天，杨大伯扶耧，来凤拉耧。这来凤虽然像小马一般的健壮，可是近来缺少吃的，体力也就赶不上从前。最近以来，她看瓦罐里粮食不多了，就只给公公吃点稠的，自己喝点儿稀的。这天早晨，破例吃了两个饼子，开头儿还很有劲，等耩了一亩多地，就觉着饿得心慌。又硬撑着拉了一阵儿，忽然眼前一黑，腿一软，就向前扑倒在潮湿的田野里。

慌得杨大伯赶快撒了扶手，赶到前面扶起她说：

"闺女！闺女！你怎么啦？"

"不咋的。"她停了停，轻声地说。

杨大伯见她满头满脸的汗水，乌黑的短发湿漉漉地粘贴在前额上，不住地喘气，就说：

"闺女，是不是太累啦？要累咱们就歇一歇。别说你一个闺女家，这种活就是两个大小伙子也够累的。"

"不，不，"来凤定了定神，勉强笑着说，"是我一时不在意，一个小坷垃把我给绊倒啦。"

说着，她站起身来，拍拍旧花格夹袄前襟上的湿土，跑到地头上端起大肚儿瓦壶，就着它的小嘴儿，咕咚咕咚一气喝下了一半，精神为之一爽。心想："那在前方的人，不也常常饿肚子么？难道饿肚子就不打冲锋了？干！"这样一想，精神立刻振作起来，抹了抹嘴唇上的水珠儿，说：

"大伯！把它耩完。"

说着，跑上去，从湿垄沟里拾起绳套，套上肩头，又扑着身子拉起来。种子在篓里发出轻微的响声,和她那滴滴点点的汗水,一起落在未婚夫家的田土里。在中国的大地上,有着多少不知名的妇女们,她们用同样艰苦的脚步配合着前线上的步伐,用自己忠贞的心应合着丈夫们的杀声!

来凤勤苦的劳动,终于传到老人的耳朵里。一天,来凤从地里回来,听到屋里老人家正同一个人静静地谈话。

"写吧,你快给我写吧!"老人说。

"到底写什么呀?"另一个声音问。

"我知道你们有字眼的人会编。"老人笑着说,"你就说那孩子不赖,比亲闺女待我还强。"

"你不是嫌人家太疯了么?"

"唉,年轻人你不管严点儿还行?"

"老齐大伯,"另一个声音笑着说,"你不说人家是兔子的尾巴长不了么?"

"我,我,我什么时候说过这话!?"

"听人说,你在她面前连笑都不笑,表扬的话没有说过一句儿。"

"那,那倒是真的。"老人说,"这,你还不懂,年轻人不能夸,你一夸,就把她举上去了。"

这话引起另一个人叽叽嘎嘎的笑声。

站在窗外的来凤也几乎笑出声来。心里说:"不夸你就不夸吧,谁指着你表扬呀!我比起人家前方的人还差得远呢,我连人家一个小指头儿还赶不上呢!只要你们父儿俩两头喜欢,也就是我的福分了。"

她捂着嘴儿,因怕笑出声来,一扭身子又跑到外面去了。

第九章 密 计

凤凰堡的建社工作受到重重阻挠,杨大妈不得不到县里求援。县里派农业科长来亲自监督这一工作。春忙过后,开了一个支部委员会,在会上农业科长狠狠批评了李能一顿。李能善于看风转舵,只好乖乖答应带头入社,而心里对杨大妈却是说不出的痛恨。回到家里,他变得像饿狼一样疯狂,屋里窜到院里,院里窜到屋里,一连摔了好几个红花细瓷碗,踢死了两只小鸡,还跑到槽上挨个儿地摸着他那两匹骡子一头骡驹,失声痛哭。一边不住地骂:"你个臭老婆子!我算毁到你手里了!"

地主谢清斋自从去年反攻倒算,造谣破坏,被大妈和小契送到县里,一连管押了好几个月,最近才放回来。表面上似乎老实了一些。并且从金丝的院子里搬了出去,住到村南三间普通的农舍里。可是这天,他忽然显得十分兴奋,迈着他的两只小短腿儿跑回家里,把他那穿着破缎子坎肩的瘦小的身子往躺椅上一仰,就哈哈大笑起来。

"你笑啥哩?"谢家婆娘拐着两只小脚过来问他。

"有办法了!有办法了!"他摸了摸他的小兜兜嘴儿,仍然笑个不住。

谢家婆娘把大木瓜脸一扭,把她那一年到头老是耷拉着的肉眼皮微微一抬:

"这是啥年月!你还有心花笑哩。"

"你沏壶茶去,我慢慢说。"谢清斋摆摆手,"用我那把小瓷壶儿!"

那婆娘虽然穷了,但服饰穿戴仍然和一般农民不同。她那已经秃了的头顶,并没有妨碍她把剩下的头发梳得溜光,还挽着一个乡下很少见的香蕉纂儿,秃顶的地方,抹了些锅底烟子,所以乍一看,仍然是乌油油的。她扭达到小柜那里,取出一把异常精致的小白瓷壶儿,有小酒壶儿那么大,续了点水端过来。谢清斋端详了那上面的山水和"富贵于我如浮云"的诗句,悠悠然呷了一口。

"你没给我续点茶叶?"他抬起头问。

"早就剩一点碎末末了,你还当是从前哩!"

"真他娘的!现在是一眨眼要什么没什么!"他恨恨地叹了口气,"要搁从前,我是要龙井有龙井,要雨前有雨前,连龙团珠、碧螺春我都喝得不爱喝了。"

那婆娘把肉眼皮一耷拉,不赞成地说:

"就是有好茶叶,清肠寡肚的,你有啥香东西可消化的?……提起这,我,我恨不得把他们一个个攮死!"

"好好,不说这。"谢清斋呷了几口茶,把小瓷壶儿往桌上一放,"我对你说,现在可是有办法了。"

"办法儿,办法儿,一天价说,也没见你那办法儿在哪儿!"那婆娘冷笑了一声,一双小脚前站站,后退退,"年上刚拿回咱们一个簸箕,一个小红柜儿,就让人家卡住脖子坐了几个月官店!差点儿没把脑袋给赔进去。"

因为她那双小脚儿老是站不稳,就干脆回到炕上盘着腿儿坐着去了。

"那事儿我是办得太性急了一点儿。"谢清斋笑了一笑,"那时候,我看美国人过来,也就是三两个月的事儿,也就没稳住定盘星儿。没承想他们硬叫顶回去了。这就叫忙中有错儿。依我看,办法得改。现在我给你说,好机会可是到了。"

"什么机会?"

"这机会可是千载难逢:他们窝里反了。"他得意地哈哈大笑起来。

"谁们?"

"还有谁?大能人和臭老婆子呗!他们为成社闹翻天了。大能人说:'有她就没有我,有我就没有她!'"

谢家婆娘的大木瓜脸出现了一丝笑意,把下垂的眼皮翻了翻,可并没有翻起多少：

"这是听谁说的？"

"你问这干吗？"谢清斋瞪了女人一眼。

婆娘又转过话头：

"你倒是想咋办哩？"

"咋办？"谢清斋在躺椅上忽地坐直身子，小眼睛里迸出恶毒的凶光，"我看，得首先把臭老婆子除了！"

"那李能也不是个好东西！"婆娘咬着牙说，"土改时候，他也斗得咱们不轻！"

"对，对，"谢清斋一连点着他的小脑壳说，"可是，那坏根儿还是在臭老婆子那里。这共产党跟共产党也不一样，有人吃硬，有人吃软，这死东西软硬不吃，是个王八吃秤砣，铁了心的死共产党！我觉着在别人手里，还多少有点活泛气儿；她那两个眼盯着你，叫你浑身发毛，气都喘不过来。你想想这些年，咱们哪一天不吃她的亏，背她的兴！"他把声音又压低了一点儿，"咱想法儿把大能人拉过来，就能借他的手把臭老婆子除了。"

那婆娘把嘴一撇："你说得容易！"

"依我看，也不甚难。"他摸着几根稀零零的黄胡子轻蔑地一笑，"这大能人你别看他咋呼得凶，他这种党员儿不过是红萝卜——红皮白心儿。你瞧他这几年闹了个小家业，一听成社就慌了神了。还搂着他的骡子哭哩，说他那'阶级兄弟'要吃他的'肉疙瘩户'！哼，咱们谢家以前是什么家业，土改那时候我也没像他这么慌过。叫我说，这是活该！土改那时候，你光顾的分东西哩，你斗得那么起劲儿，你就没想想我这个'肉疙瘩户'！这回也该你尝尝这个滋味儿了。"他仰在躺椅上，哈哈笑了一阵，又坐起身子说："这共产党就是怪。吃了饭没事儿，他就撮摸斗争。不斗这个，就斗那个，看谁的生活冒了点尖儿，就慌着把你掐掉。反正他是要弄得没穷没富才行。那世界上，有君就得有臣；有上就得有下；有人骑马，就得有人喂马；有人坐轿，就得有人抬轿。要光是骑马坐轿的，那谁喂马抬轿哩？没穷没富还成个啥世界？……好，我正愁着没法儿，这一下他们窝里反了。这才是东风自与孔明便哪！"

"你倒是想起了啥法儿？"婆娘微微抬起眼皮。

"这法儿是一试就灵。"谢清斋奸笑了一下,"他大能人再能,我叫他往西他就不能朝东。就看这法儿你肯不肯用了。"

"我?"婆娘吃了一惊,"我有啥本事?"

"咳咳!"他又是一笑,"你们女人的本事可大得很嘞。"

"你,你……"那婆娘抬起眼皮骂道,"我这么大年纪了,你还叫我去勾人哪?"

谢清斋哈哈大笑,连忙说:

"把你丢到十字街儿也没人要!不不,我不是这个意思。"

"那你是什么意思?"

"我说的是,是,是咱那闺女俊色。"

那婆娘一听急了,跳下炕,指着谢清斋骂道:

"你这个老不死的,你说什么?她是我的亲闺女,也是你的亲侄女,她个黄花幼女,你就叫她去干这事!你倒是安的什么心哪!嗯?"

"你,你听我说……"

"去你的!"女人不许他还口,"自你哥死了,你跟我不清不白的,闲话就有几大篓了,你,你还要……"女人说着,呜呜地哭起来了。

"嗳嗳,你声音小一点儿嘛!"谢清斋长长地叹了口气,往躺椅上一仰,"人说,这妇道人家头发长见识短,真一点儿不假。"

"你见识长!"女人倚着炕沿,一面垂泪,一面反驳道,"反正你把我闺女送给个穷小子我就不干。我这闺女就不说是龙生凤养,也不是那般小家子女。找不见合适的,我就叫她等着。等我们家老大他们打回来再寻人也行。"

谢清斋叹了口气说:

"你哭了半天,还不知道谁死了呢!我不是要她结婚,我是要她去……"

"要她去勾人,是不?"

"真是!干吗要说得这么难听!"谢清斋把头一歪,"《王司徒巧施连环计》你听说过没有?《昭君和番》你听说过没有?没有,是吧!妇道人家什么也不懂。这都是上了书的,是古已有之!我就不懂这有什么不好,闺女还是你的闺女,又少不了一块儿!"

女人更有气了,把眼一瞪:

"不管你怎么说,我就是叫俊色等着,一直等到我们家老大打回来。"

谢清斋也有些急,但还是耐着性子,赔着笑说:

"你他娘的,真是擀面杖吹火,一窍不通!……你那脑子就不会拐一点弯儿。等!等!可你倒等得着哇!老蒋天天喊:'反攻大陆!反攻大陆!'喊得倒响,可就是光打雷不下雨。我也看透了,美国要不出兵,不起世界大战,怎么也是不行。可美国人又没出息,手里又是飞机,又是大炮,又是原子弹,你眼巴巴地等着他,倒让人家三戳两打地就推回去了。弄得我白白地坐了几个月官店!你,你瞧我这身上瘦的!"

他说着把他的破青缎子坎肩掀起来,让那婆娘看,又一连长叹了两声:

"等!等!谁都让我等!我不是不愿等,我是不能等,我是没法等呵!他们躲到台湾怪美,说大话也不费劲,说小话也不省劲,话专挑好听的说;可我是天天在人家的眼皮子底下,只要一个不经心,多说一句话,就会立刻挨一顿臭骂:'这个老地主,又不老实哩!'说不定马上会飞来杀身之祸。我出一回村,也得向那些毬干部请假;我串一趟亲,也得向那些毬干部报告;我说一句话,还叫我坦白坦白我的思想活动。我,我,一年到头,一天到晚,我是在爬刀山哪!只要稍微松松手,就会掉下来,落个粉身碎骨!我,我,他们还一个劲儿地叫我等着。等他们反攻回来,别说人,连咱们的骨头早就朽了。"

那婆娘蔫不唧地沉着个木瓜脸靠在那里,不言声了。

谢清斋神情激愤地站起来,把他那瘦小的躯体移动了几步,教训道:

"哼,你这个妇道,我的话你还不爱听哩。"他用一个手指头指着自己的脑瓜儿,"你懂不懂,我这个地方儿比你明白!你光想害了你闺女,你就不撮摸撮摸我这里面的意思。跟别人说话是一点就透,要给你说话,就非露个底朝天不结。让我告诉你:这大能人只要上了手,头一步,就可以把那臭老婆子除了;只要把臭老婆子赶下台,紧接着第二步,咱就可以改变成分;成分一改,把咱这地主帽儿一摘,接着第三步,咱那俊色就可以入团入党,入了团入了党,第四步不就可以当干部么?只要当上了干部,就是老大他们不打回来,不又是咱们的天下了么！你别慌,到了那时候,咱就可以打着共产党的旗号办事了。凡是斗争过咱们的穷小子,你看我一个一个地收拾！我给他们戴上反党分子的帽子,叫他们死了也没个地方喊冤去！你就等着瞧吧！"

说到这里,紧紧地闭起了他那小兜兜嘴,嘴角下垂,眼里又射出一股凶光。

那婆娘的肉眼皮这次略微抬得高了点儿,带着惊讶赞服的神情瞅了瞅他。沉了一会儿才说：

"那,那……勾人的事儿也不容易。"

谢清斋刚坐回到躺椅里,一听这话,往后一仰哈哈大笑起来。

"哈哈,不容易！哈哈……"他边笑边说,"叫我看,你要勾他,这一百个男的,有九十九个半搁不住劲儿。"

好半晌,他才停住笑声。

"给你实说吧。我这主意也不是平白无故的。"他又笑了一笑,"有好几回,我瞧见大能人一个劲儿地瞅咱们俊色,跟他娘的看见鲜鱼的馋猫似的,再说,他跟他老婆关系也不强。这事儿我早就研究了好多天了。"

"你他娘的也不是个正经东西！"

那婆娘骂了他一句,两个人都哈哈地笑起来了。

在笑声中,突然听得窗棂上有人"砰砰"地敲了两声,两个人吓得面如土色。谢清斋在躺椅里索索地颤抖起来。

只听外面说："好哇！你俩好狠心哪！"

接着风门吱呀一声,进来一个十八九岁的姑娘。这姑娘虽然长得不算十分出色,但身材苗条,衣服格外合体,尤其两条细长的辫子,结着粉红色的丝带,给她增添了不少的艳丽。她把提着的书包往炕上一掼,就咕嘟着嘴坐在那里。

"我的老天爷！你差点儿没把我吓死！"谢清斋长长地吁了口气,走上几步,笑着说,"俊色！刚才的话,你听见啦？"

俊色把脸一扭："反正让我嫁个穷鬼不行！"

"穷鬼？哈哈,现在只有穷鬼才是好成分哩！"谢清斋挖苦地一笑,"何况,人家早就是凤凰堡的首户了,现在比你还穷？"

俊色又把脸往那边一扭："人家有媳妇你不知道？"

"有媳妇没媳妇有啥关系!"谢清斋哈哈一笑,"我要是个女的,笑上三笑,要不叫他跟那个黄脸婆打离婚,就算我姓谢的没有本事!"

俊色把辫子一甩站起身来:

"不管怎么说,反正你没有为我着想。我爹死得早,我们娘儿俩跟着你,没想到你这么逼我。叔,你要再这么逼我,我就离开这个家!我死我活,你就别管了。"

俊色说着就往外走,谢清斋岔开步把她拦住,厉声说:

"好哇,你还给我颜色看哩!人家天天骂你是地主崽子你也不恼,骂你是财主羔子你也不恼,动不动查你的成分,查你的思想你也不恼,当叔的说你一句,你就恼了。你说我没有为你着想,你昧良心哩。我过去买房买地,人家说是搞剥削哩,就说是剥削吧,不是为了你们是为了谁?这会儿我一天到晚思前想后,劳心劳神,人家又说是反攻倒算哩,就说是反攻倒算吧,不是为了你们是为了谁?现在眼看黄土已经埋到我的脖子这儿了,我已经闻到土腥气了,就是受罪还能再受几天?我不是全为了你们吗?倒红口白牙地说没有为你着想!可是看看你,你平常说要为你爹报仇,叫你去干一件小事,你就不愿去了。你爹天天夜里给我托梦,说:'兄弟呀!兄弟呀!我的仇你们啥时候才给我报哩!'我一醒就是一枕头眼泪。我还当孩子们有出息哩,不承想你早就把你爹的仇忘了……"

说到这里,谢清斋用双手捂着他那个皱折重重的瘦脸,歪到躺椅上,张着老婆嘴呜呜地哭起来。又边哭边说:

"你们娘俩有本事,你们享你们的福吧,反正我是活不长了……"

那婆娘也泪涔涔地走上前来劝解说:

"他叔,孩子年轻不懂事,有话你只管说,你哭啥哩!"

"我说?我可说得了哇!"他边哭边说,"按你们说,俊色不是亲的,我才往火坑里推她。家骥那孩子可是我亲生亲养的吧,我不是把他派到朝鲜去了吗!在共产党窝里干勾当儿,又是火线,比这不危险吗?你们说话可不要屈心!"

俊色傻呆呆地坐在炕上,沉了半晌才为难地说:

"我也没说一定不去,可这样的事儿我真不知道该怎么办哪!"

谢清斋听得俊色的话有了活气儿,连忙止住哭声,擦擦眼说:

"这才是孝女哩!只要你乐意,那办法好说,你同你娘商量商量就知道了。"

这时候,在谢清斋像核桃皮一样的皱脸上,又恢复了刚才得意的笑容。

俊色的神情平静了许多,走到她叔身边悄声地问:

"我哥到了朝鲜有消息吗?"

"没有,没有,"谢清斋神秘而又得意地说,"不过,他是很会抓机会的。"

第十章 临津江畔

4月,临津江北,大军云集。

这是又一次新的大战役——第五次战役的前夕。也是志愿军战士们在朝鲜度过的第一个战斗的春天。东风吹来,一阵暖似一阵,那一树树的杏花、桃花、苹果花、梨花,在朝鲜人的茅屋前、古井旁,以至被炸毁的断墙边,依然开得很好。那漫山遍野的金达莱,就更不用说了。战士们的情绪,也正像这些耀眼的花朵一样,在"一夜催开花千树"的东风里,显得闹嚷嚷的。

至于说我们的主人公郭祥,恐怕还得加上一个"更"字。他在后方医院里经过了那么长难捱的日月,现在既然鸟儿出笼,鱼儿入海,还不好好地"干一场"吗!再加上后续兵团源源到来,确实令人兴奋鼓舞。当他随着部队向前开进的时候,一路上看到有多少部队呀!真是前不见头,后不见尾,人欢马叫,整个的公路就像汹涌的江流一般。这些新来的小伙子,个个生龙活虎,虽然背着很重的东西,仍然昂首阔步,恨不得一步跨上战场。郭祥心里暗暗赞美,一路上不断地同他们打着招呼:"同志们,哪一部分的呀?"对方也笑嘻嘻地回答:"胜利部的!"再不就是:"黄河部的!""长江部的!""珠江部的!"郭祥心里说:"好,你保守秘密吧,我也不问了,反正你是从鸭绿江那边来的,不久咱们战场上见。"

郭祥的连队,同样因为补充了许多新战士而显得生气勃勃。这些新战士全国各地都有,而独以四川省为多。这些四川兵,一个个全是小敦实个子,特别地能吃苦,能爬山;而且觉悟高,动不动就说:"我是经过剿匪、反霸来的!""我是经过土地改革来的!"郭祥真是从心眼里喜爱他们。而他们也同样地喜欢郭祥,见了他总是笑嘻嘻地问:"连长,什么时候有任务呀?""连长,战役什么时候才开始呀?"郭祥总是凭着老兵的预感和老经验回答:"快啦!快啦!"一说"快啦",这些战士就高兴得跳起来,好像他们的连长是什么总参谋部的决策人物。

终于,在战士们的渴盼中,部队从集结地向前开进了。经过连日行军,到达了临津江边。

这时,却发生了一桩意外的事件。

这天午夜,郭祥正在茅屋里熟睡时被推醒了。他一骨碌坐起来,睁眼一看,老模范像是刚从外边闯进来的样子,鞋也没脱,一面喘气,一面对着他的耳朵悄声地说:

"出事了!"

郭祥不由得眉毛一耸,摸了摸他的驳壳枪。

"教导员刚把我叫去了,"老模范说,"军部文工团的一个团员,把一个参谋打死,抢走一份机密文件,不知道跑到哪里。军部通报,要求每一个前线部队都要加紧盘查。"

"这事是几点钟发生的?"郭祥寻思着问。

"黄昏以后,可能在八九点钟。"

老模范接着叙述了关于这一事件的较为详细的情况:军部的一个参谋,带着一个通讯员到师里送作战文件,临出发前,一个文工团员和他同路。走到一个偏僻去处,这个文工团员忽然说他肚子疼,接着就倒在地上打起滚来,爹呀妈呀地乱叫,要求通讯员到附近的部队去请医生。参谋信以为真,就答应了。等通讯员请了医生回来,看见参谋倒在血泊里,胸口上中了好几粒子弹,头也被砸烂了。参谋的秘密文件、通行证和手枪全被劫去。通讯员向前追了好远没有追上,才回来做了报告……

"也忒麻痹了!"郭祥咕哝了一句,然后揭开雨布,推开门,抓过他那双粘满黄泥的胶底棉鞋,一面穿,一面问:

"这人叫什么名字?有什么特征没有?"

老模范说:"通报上讲,是个矮矮个子,瘦尖脸,戴着个黑边眼镜,围着条花围脖儿。叫谢……谢福畴……"

郭祥的脑海里立刻浮现出那个尖嘴猴腮、脸带三分笑、经常从眼镜边上看人的丑恶的形象来。他不由地把大腿一拍:

"就是他！"

老模范不禁一愣，说：

"呵？你认识他？"

"我在医院里见过他。"郭祥说，"那时候，我就看他很有点像是谢家地主的小子谢家骥，可是这小子从小就在北京上学，好多年不见了，不敢认。我还盘问过他一次，问他原籍是哪里人，他说他祖祖辈辈都是北京人。我看他的样子有点慌，形迹确实可疑，我就写了一封信给文工团，要他们查查。要不就是信没有寄到，要不就是他们忒麻痹大意了。他现在叫谢福畴，你听这个音，不是要向我们'复仇'么？"

郭祥说话间，把鞋带、腰带都系得紧紧的。把两个通讯员也喊起来。在黄昏的烛光下，他取出一条明晃晃的驳壳枪子弹，哗的一声全压在弹槽里。

"我先到前边哨位上看看。只要口子把住就有办法。"

郭祥说着，跨出门去，两个通讯员紧紧地跟着他，穿行在窄窄的山沟里。

夜很静，只有敌人的夜航机在天空不死不活地哼哼着。

他们约摸走了20来分钟，来到本连最前面的哨位上。这里有一个班，正好卡在沟口。前面不远处就是临津江了。郭祥询问了战士们，战士们都说黄昏以后没有人在这里通过，才放下心来。

郭祥向战士们交代了任务，就坐在一块大石头上，警惕地望着周围的一切。江对岸的敌人，每隔10分钟左右，打几发照明弹，照得江水白茫茫的。照明弹熄灭，夜色就显得更加浓黑了。恐慌的敌人，还不时地打一两梭机枪，红色的曳光弹在江面上划着弧线，嗤嗤地落在江水里。

几个小时过去了。启明星已经在东方升起。郭祥心中想道："只要今夜跑不出去，就好办。"正寻思间，忽然见一个黑影从北面急匆匆地走来，郭祥立刻掏出驳壳枪机警地等待着。等那黑影走到跟前，一看，原来是老模范。他对郭祥摆了摆手，叹口气说："回去吧！已经跑了。"

"你说什么？"郭祥一惊。

"晚了。"老模范说，"刚才电话通知，在我们出来以前，他已经化装成侦察员,从另一个口子混过去了。"

这时的郭祥,紧握着枪把,默然望着对岸,心里恨恨地说:

"谢家骥!你跑吧!你复仇吧!总有一天,我要把你们这伙吃人肉、喝人血的家伙统统消灭!"

第十一章 溃 灭

第五次战役,终于在4月22日下午5点30分开始了。

当手表上的分针,刚刚指到6字,红色和绿色的信号弹霍然腾空而起,接着挂满了临津江北岸的上空。几乎是在同时,我方的大炮像怒涛一般轰鸣起来。对面陡峭的江岸上,一排一排像小坟包似的地堡,在金黄色的斜阳中,刚才还看得清清楚楚,顷刻之间,全笼罩在滚滚的黑烟里。

"好呵!打得好呵!"等待冲锋的战士们跳起脚欢叫着。

炮兵们今天特别来劲。头两次战役,敌人跑得快,他们没有赶上。第三次战役炮弹少,又打得很不解气。再加上步兵们的一些闲话,是够叫人窝火的。现在好了,他们满腔的怒火全发泄出来了。

不久,敌人的大炮也还击过来。炮弹落在江这岸和江心里。一条江水顿时波浪四溅,掀起一个个高高的水柱。敌人的战斗机和轰炸机也接着一架一架出现,沿江轰炸扫射。顷刻之间,江两岸宽阔的山谷里,火焰腾腾,硝烟弥漫,就像起了大雾一般。

1951年元旦,突破临津江的那次战役,郭祥没有参加上,已经够遗憾的。这次,他的劲憋得特别足,想把突破任务抓到手里。可是,事与愿违,没想到整个团都作为预备队放在后面。这位一向自称"突破口的干部"反而被扔到炮兵后面来了。

前面不远就是一个炮兵阵地。他看见这些身材高大的小伙子,把破棉衣扔到一边,有的穿着衬衣,有的穿着背心,光着两条黑黝黝的大膀子,抱着炮弹,汗也顾不得擦,一个劲地往里装填。炮班长们抖着小红旗,扯着嗓子喊:

"为保卫祖国——开炮!"

"为朝鲜人民报仇——开炮!"

"为毛主席增光——开炮!"

尽管敌人的炮弹不时落在附近,弹片和土块雨点般地落下来,他们就像没看见似的。只要炮弹不落到炮上,他们就一个劲儿地打出去,打出去!在所有的兵种里,郭祥最乐意于的还是步兵,但此时此刻却羡慕起炮兵来了。

天色渐渐暗了下来。陡然间,在我方阵地上空又腾起了三颗灿烂夺目的绿色信号弹。接着是两挺重机枪把红色的曳光弹交叉着射向空中。一刹那间,远远近近都响起了冲锋号声。冲击开始了!千万个战士从战壕中一跃而起,发着喊声,扑到滚滚的江水里。借着炮火的闪光,可以看到他们的身影,在急流中前仆后继地冲击前进。

时间不大,对面黑黝黝的江岸上,闪动着密集的手榴弹爆炸的火光,有一支部队已经占领了滩头阵地。一小时之后,对面的黑云岭上,接连飞起了三颗红色的信号弹,以它诱人的彩色告诉人们:敌人的防线被冲开了缺口。

正像战争中经常会有的变化那样,主要方向可以变成次要方向,次要方向也可以变成主要方向。郭祥所在的这个师,本来担任佯动,现在却首先突破了。

师里命令:作为预备队的这个团,立即渡江扩大战果。

郭祥率领他的连队,飞步赶到江边,奋身跳进齐腰深的江水里。虽然江水冰冷刺骨,没有一个皱眉头的。郭祥心中暗暗高兴。到了江心,江水已经渐渐漫过人的胸脯。霍然,一个炮弹落在近处,激起的水柱像瀑布一般劈头盖脸地打下来,灌到人们的脖子里。有的人被冲倒了。郭祥一抹脸上的水珠,骂道:"你疯狂吧,看老子过了江再说。"他挥着驳壳枪,高声喊着口号:"同志们!跨过江去就是胜利!"跌倒的战士又爬起来,高举着他们的枪支继续前进。

过了江,人们爬上一丈多高的江岸。这里一座座倒塌的地堡还冒着熊熊的火苗;战壕里和平地上到处是敌人横七竖八的尸体,破碎的军衣冒着烟,发出一阵阵焦煳的气味;不远处有几辆被击毁的坦克,履带断落在地上,长长的炮筒呆呆地指向北方;有一辆小吉普向南侧着身子歪倒在小沟旁,主人不知哪里去了,马达声还嗡隆嗡隆地发动着。……

部队沿着黑云岭的山脚,向左拐进一条狭窄的山沟。这里林木茂密,有好几处树林着火,陈年的残枝败叶,在地上堆了很厚一层,也冒着烟燃烧着。人们绕着火在山坡上蜿蜒地行进。

拂晓时分,部队正在行进中,听到前面有人用响亮的声音问道:

"上来的是几营呀?"

郭祥一看,师长披着军大衣,坐在路旁一块大青石上。旁边站着几个参谋。警卫员牵着马。

郭祥立刻跑上去打了个敬礼,报告说:

"是一营。"

"哦,是郭祥呀!"师长笑着说,"你这个'突破口的干部',这回也落到后边去啦!"

"首长不给任务嘛!"郭祥咕嘟着嘴说。

"那是不到时候。"师长笑了一笑,"快把你们营长和各连干部找来,我等你们老半天了。"

不一时,营长孙亮和各连干部到齐。师长亲自带他们爬到山坡上,用手向西面山下一指:

"你们看,这就是现在的情况。"

大家在苍茫的晓色里,往山下望去,江两岸仍然烟火弥漫。右翼进攻部队虽然突过了临津江,但都在江南滩头阵地上趴着,正遭受着敌人炮火的压制,不能前进。

"从另一方面看,这也是好事。"师长指指西边的敌人说,"现在美军正向汉城败退,留下这个傻瓜英二十八旅担任掩护。他们在这里硬顶,就说明我们还有歼灭他们的可能。"

师长说着,叫参谋把地图铺在草地上,指着英二十八旅后面的七峰山说:"你们要赶快迂回到这个地方,把这个口子卡死,争取把他们彻底消灭!"

大家的脸上,立刻充满了笑意,刚要离开,师长又叫住他们:

"这次发下去的反坦克雷,都带上了吗?"

"都带上了。"孙亮说。

郭祥眨巴眨巴眼说:

"全连才发了十个!"

"那就节省着打嘛!"师长把手一挥。

正像人们说的,"打过三八线,凉水拌炒面",每个人解开炒面袋子,吞了几口炒面,喝了半壶凉水,就又继续前进。这时大家的棉衣还是湿漉漉的,晓风袭来,就像披着冰甲。但是人们为新的胜利鼓舞着,这些似乎早就忘了。

天刚过午,就插到了七峰山。这是一条不过三五十米宽的窄山沟,两旁耸立着七座险恶的山峰,紧紧夹着一条二级公路。贴着公路有一个十几户人家的小村。村边是一片树林。林中还有好几棵参天古柏。孙亮查看了地形,就把队伍布置在七峰山上,并命令郭祥的连队伸出一个排,伏在树林里。

郭祥亲自带领这个排在树林里挖战壕。刚挖了不到半人深,就听见北面由远而近传来一片嗡隆嗡隆的马达声。

"是坦克!"郭祥把手里的小铁锹一扔,对排长疙瘩李和全排大声喊道,"准备战斗!"

话音未落,北面山梁上已经露出一辆草绿色的重型坦克。它翘着长长的炮筒,大模大样地沿着公路从山坡上奔驰下来。那隆隆的巨响,震得地面的小草都微微颤抖。

"报告!我先去炸!"

郭祥一看,爆破组里跳出一个四川来的脸色红红的新战士,他提着两个反坦克雷,跃出战壕就冲上去了。

坦克哗哗地向他射来一串子弹,他一时心慌,距离坦克四十多米,就把反坦克雷投出去了。轰隆一声,只在坦克前面掀起一团浓烟。说话间,坦克已经嘎嘎地来到面前,他把手臂一挥,这一次又用力过猛,投到坦克后面去了。

郭祥正要派第二个人去炸,坦克已经加快速度从公路上驶了过去。轻重机枪打了一阵,在坦克上就像敲小锣似的,只不过为它送行罢了。

新战士跑回来,满脸通红,眼里含着泪珠,难过地说:

"我没有完成任务!……"

"把两个反坦克雷也报销了。"不知是谁还低声地咕哝了一句。

不用说,郭祥也很懊恼。十个反坦克雷,已经少了两个。要搁过去,他一定会说:"你是怎么搞的!"可是想到老模范对自己一次又

一次的劝告,话到嘴边又咽了回去,改口说:

"秦德让,没有什么,看下次的!"

接着对全排大声说:

"大家沉住气,不要慌!不见兔子不撒鹰,爆破手一定要接近了再打!"

郭祥最善于掌握战士们的情绪,几句话就使新战士们的情绪稳定下来。

说话间,北面山梁上出现了第二辆坦克,上面坐满了戴着钢盔的步兵。这辆坦克还装置着广播器,一边向山坡下开动,一边用生硬的中国话喊道:

"中国士兵们!跟我们到汉城去吧!那里有姑娘等你……"

"打这个狗日的!"郭祥大声喊道。

说着,他顺手从通讯员手里夺过一支冲锋枪来,瞄准坦克上的步兵,哗哗地打了一梭子。轻机枪接着也开了火。眼瞅着那些步兵从坦克上纷纷滚落下来。但坦克仍然继续向前开进。

"这个大家伙,要是再炸不住,对战士的情绪就有影响了。"郭祥在心里掂量着,正要派一个老战士去炸,只见班长花正芳晃了晃手里的反坦克雷,用恳求的声音说:

"连长,叫我去吧!"

郭祥点了点头,说:

"小花子!可要接受上次的教训哟!"

花正芳从壕沟里跃出,像一只小燕子似的迅速接近了坦克。手起弹落,轰隆一声巨响,坦克呼地蹿出一大团紫红色的火焰,顿时燃烧起来。坦克没有滚出几步远,就停住不动了。

"打中了!打中了!"战士们高兴得跳起脚喊。大家的情绪也像这红色的火焰一样呼的一下全起来了。立时有两个新战士跑过来说:

"连长,下次我去吧!"

"下次我去吧!"

郭祥见大家的情绪起来了,心里甚为高兴,立时笑着说:

"慌什么!坦克有的是,多着哩!"

紧接着从山梁上下来了第三辆重型坦克。坦克上满载着步兵。

看来开这辆坦克的家伙技术高超,也比较沉着,它在山坡上略微停了停,似乎看了看形势,接着就一面打炮,一面打机枪,凶猛地扑了过来。看看接近了着火的坦克,它突然把车头一转,下了公路,想从稻田里冲过去。由于转得过猛,开得又快,一下子把坦克上的步兵全甩下来了。郭祥他们乘势一阵猛打,惊慌失措的敌人,已经忘了抵抗,只顾往坦克上乱爬。可是开坦克的家伙,根本不管这些,一个劲儿地往前猛跑。有好几个敌军步兵被轧断了腿。还有一个正在坦克的前面伸着手往上爬,忽然一声惨叫,坦克从他身上轧了过去。可以看到,他的整个身子被轧到污泥里,与地面平了,活像一幅照片上的平面像。只是头上的一撮黄毛,翘起在地面上,想是被坦克的履带挠起来的。

由于这辆坦克速度过快,眨眼之间,已经开过去了。大家就追着在后面猛打。一心想抓俘虏的傻五十,愣呼呼地跑到最前面,敌人一个步兵刚刚攀上坦克,就被傻五十抱住了腿,想把他拽下来。那个家伙死抓住坦克不放。疙瘩李擎着一个反坦克雷,想打又不敢打,急得什么似的连声叫道:

"傻五十,快撒手!快撒手!"

傻五十撒开手,不满意地往后看了一眼,疙瘩李的反坦克雷已经飞了出去,坦克立刻蹿出一大团火焰。驾驶这辆坦克的家伙似乎还不甘心,又带着火跑了一阵,终于吭哧吭哧地卧在那里不动了。

越过山梁的第四辆重型坦克,上面的人特别多,一层一层爬得满满的。郭祥他们用机枪一打,一个军官模样的胖家伙,立刻跳下来,喊了一句什么,接着步兵纷纷跳下坦克,向着树林子冲了过来。说话间,敌我相距只有十几米左右,郭祥喊了一声:"打呀!"立刻站起身子端着冲锋枪猛烈地扫射着。大家全从战壕里站起来了。双方面对面地猛烈对射起来。刚才一心想抓俘虏没有得手的傻五十,这时不知怎的,一眼瞅准了这个胖军官,抄起一把小圆锹就迎了上去。那个胖军官见他来势凶猛,举着手枪的手哆嗦了一下,一枪没有打中,傻五十已经扑到了他跟前,举起铁锹猛劈过去。不想旁边有一棵两搂粗的大树,那个胖军官一闪身子躲到大树后面去了。傻五十劈了个空,气更大了,就绕着树追。两个人围着大树转了好几个圈子。傻五十急中生智,猛地调转头来,那个胖家伙躲闪不及,被傻五十一锹劈下了半个脑袋,噗通一声,像个大口袋似的倒在地上。

　　冲过来的敌人,大约被打死一半,剩下十几个见事不好,掉过头向小村子跑去。

　　这时,停在那里的第四辆坦克,也掉头想跑,被几个战士追上去炸毁了。

　　郭祥正准备派一个班,去消灭逃到村子里的敌人,齐堆走过来说:

　　"我看搞点政治攻势吧,好抓几个活的!"

　　"对!你不提我倒忘了。"郭祥点了点头,一面扶着额头想了一下,问,"那个'缴枪不杀'怎么说?什么诺哈姆?"

　　罗小文立刻接上说:

　　"哈罗!葛弗阿普,诺哈姆!(Give up, no harm!)"

　　"对!就是这!"郭祥说,"小罗,你就领着喊吧!"

　　小罗立刻把两手圈成个喇叭筒,用尖尖的声音喊起来。大伙也跟着喊:

　　"哈罗!葛弗阿普,诺哈姆!"

　　"哈罗!葛弗阿普,诺哈姆!"

　　这一喊,果然有效,时间不大,就从向南的窗口里伸出一面白旗,白旗反复摇摆着,有一个重浊的声音传过来:

　　"图——向!(投降)……"

　　"图——向!(投降)……"

　　大家都很惊奇,纷纷说:

　　"他们怎么还会说中国话呀?"

　　郭祥笑着说:

　　"这有什么稀罕!谁要跟中国打仗,首先就得学会这两个字!"

　　大家都笑了起来。

　　俘虏们一个个低垂着头走过来,一面用惊惧的眼光偷看他们,一面不约而同地往下摘手表和大金戛子,抖抖索索地托在手掌上……

　　大家立刻摇手拒绝。

　　俘虏们互相看了一眼,又用惶惑不解的神情注视着战士们。仿佛说:这是怎么回事?为什么会有这样的事?在面前站着的,真是一支无法理解的奇怪的军队!

俘虏中有一个 40 来岁的老兵,佩着下士军衔。他的手臂被打断了,用另一只手托着,显出十分痛苦和疲倦的样子。他看见近处有汪泥水,一屁股坐下,伏下身子就喝。郭祥制止了他,叫一个战士把水壶递过去。他一气就喝了半壶多,送还水壶时感激地望了战士一眼。郭祥又连忙找卫生员给他包扎伤口。俘虏们紧张不安的情绪渐渐消失了。

这时候,郭祥正要指定人把俘虏带下去,突然头顶上哇的一声,一架喷气式战斗机贼一般地掠过去了。接着又是一架,两架,三架,围着山谷盘旋起来。俘虏们十分惊慌,有的立刻卧倒,有的乱躲乱藏。

郭祥忽然灵机一动,指指飞机,对齐堆说:

"你看,能不能叫俘虏们发挥点作用?"

齐堆眨巴眨巴眼,笑着说:

"我看行咾!"

于是,郭祥立刻叫通讯员把后边阵地上的文化教员李风喊来。这位高个子戴着眼镜的大学生还真有两下子,马上就同俘虏们嘀里多落地讲起来。俘虏们欣然同意。有一个俘虏取出一面英国国旗铺在稻田里,其余的人站在旁边。飞机过来的时候,他们就举起帽子向空中摇晃着。时间不大,几架敌机就转到别的地方嗡嗡去了。

这时,从山梁上过来的第五辆、第六辆坦克,也都被战士们用反坦克雷击毁。紧接着又驶过来第七辆。这辆坦克与众不同,不仅高大得出奇,而且凶神恶煞似的,一面走,一面向外喷火。公路旁边的几间房子,阵地前面的草地和灌木丛,顷刻之间都熊熊地燃烧起来。

可是在这节骨眼上,反坦克雷一颗也没有了。郭祥显然有些着急,高声问道:

"同志们!谁要这个大功?"

一时无人答话。在这紧急时刻,只见齐堆胳肢窝夹起一个大炸药包,不慌不忙地说:

"连长,这回你可该还愿了吧?"

郭祥连声说:"行,行,你去。"

这齐堆不愧是个老兵,他没有从正面去,三脚两步蹿到小村子里,然后借着房子冒出的浓烟,从背后迅速地接近了坦克。接着一个腾身就攀了上去。这时,坦克还继续喷着火,车身也摇摆得很厉害。只见他一只手紧紧地抓住坦克,一只手安好炸药包,用嘴咬着拉了火,一纵身跳了下来,滚了几个滚儿伏在地上。顷刻间,火光一闪,像响了一个大炸雷似的,整个坦克喷出几丈高的火焰燃烧起来。

阵地上顿时腾起一片欢呼声。

天色已近薄暮。这条山谷本来就窄,加上火盛烟大,强烈的汽油味和硝烟味,呛得人直打喷嚏。坦克上的火焰跳跃着,飞卷着,红通通的,在暮色里显得更加耀眼了。

北面的枪炮声,也一阵紧似一阵,像潮水一般由远而近直压过来。看来包围圈已经越来越小了。

这时,由两辆坦克作前导,一大群黑压压的步兵从北面溃逃下来。

郭祥指挥轻重机枪和六〇炮一阵猛砸,坦克停住,那群黑压压的步兵惊慌失措地散开,卧倒在稻田里。

郭祥心中想道:"这回来的人多,如果硬冲,免不掉有漏网的,何不再发挥点政治攻势的威力?"想到这儿,喊上李凤,一起来到英国俘虏那里,用平和的语调说:

"现在,你们的部队已经被完全包围了。我们的上级已经下了总攻击令。在这个时候,你们愿不愿意喊喊话,多挽救几个人的生命?"

李凤把话翻过去。几个俘虏面面相觑,犹豫了一阵。其中一个怯生生地问:

"可以不提自己的名字吗?"

"可以,可以。"郭祥点点头说。

那个负伤的下士看了别人一眼,神色有些激动地说:

"先生,我首先必须向您表示,对于共产主义我是一无所知的,不理解的,或者未尝不可以说,是不感兴趣的。但是,我也必须同时向您表示,我是参加过第二次世界大战的老兵,我见过许多国家的军队,可是从来没有见过像你们这样的军队。有两点印象是很明显的:第一,我认为,你们是世界上最勇敢的军队;第二,我还认为,你们是世界上最人道的军队。因此,我对先生您的建议,是乐意接受的。"

接着,又有两个俘虏表示愿意喊话。

郭祥鼓励了他们几句,就叫李风带着他们三个人到前面来。

他命令阵地上立刻停止射击。李风首先领着战士们喊了一阵"缴枪不杀"的口号,接着又用英语喊道:

"请注意!请注意!现在由你们的人讲话。"

那个英军下士,在大树后面站起身子,从口袋里掏出一张旧报纸,别人帮他卷了个大喇叭筒,他就用重浊的嗓音"哈罗,哈罗"地喊起来。其余两个俘虏,偶尔进行一些插话。

对方一声枪响也没有,在静静地听着。

下士讲完,停了好一会,对方答话了。

郭祥问:"大李,他们说的是什么呀?"

"他们问有没有危险,能不能回家。"

"你们过来看看就知道了!"下士流露出不屑一答的声调,立时回答了对方;并且指着他那条伤了的手臂,激动地说,"我的伤口就是他们给绑扎的!"

隔了一会儿,就传过来英语夹着生硬的中国话:

"图——向!(投降)"

"图——向!(投降)"

这时,远远看到,那两辆坦克的顶盖也先后打开了,钻出好几个人,纷纷跳下坦克,跑到稻田那边。

等到郭祥派人过去的时候,一百多名英国兵,枪支已经扔在一旁,垂着头,跪在深浓的暮色里。……

整个战场上,枪声稀落,战斗已近尾声。

郭祥爬上北面山梁一看,公路上到处是被击毁的坦克,燃烧的汽车,一丛一丛火光,总有十几里长。这个为掩护美军撤退而留下来的英国皇家二十八旅,它们的大部,包括这个重坦克营,就这样覆灭了。

战士们除吞了几把炒面,已经一天多没有吃饭。这时候,他们把新缴获来的罐头用刺刀挑开,一边吃一边谈笑着:"这个就是英国皇家二十八旅呀!"

"据说,还是精锐哩!"

"嘿,叫我看也稀松平常。"

"不过,武器确实不错。"

特别是那些新战士,高兴得像小孩一样,抱着新缴获的机枪,这里跑到那里,那里跑到这里,遇见郭祥就说:

"连长,把这个给了我吧!"

郭祥笑着说:"你背得动?"

"我咋背不动?"新战士说着就扛起来,哼着歌儿走了。

这时营长孙亮带着一些干部也下来了。大家纷纷说:"嘎连长,给点什么纪念品哪!"这郭祥平日常抽别人的烟,今天大方极了,一下拿出好多黄铁盒包装的英国的"555"牌香烟,每人好几盒,大家一边抽,一边说:

"今天的仗,打得可不错呀!"

郭祥满脸是笑地说:

"这回发下的反坦克雷真好使,一粘上坦克就燃烧。营长,以后再多发给我们几个吧!"

"说起这,还有点来头哩。"孙亮神秘地眨眨眼说。

"什么来头?"

孙亮喷了一大口烟,悄声地说:

"为了增加反坦克武器,主席曾经发过两个电报。这就是在那以后送来的!"

郭祥点点头,感慨地说:

"想起二次战役,打坦克有多难哪!战士们爬上坦克,干着急没有办法,花正芳就是那次被打伤的。当时急得我满身是汗,棉衣都湿透了,真恨不得替他咬开那个盖子。……主席真是时时刻刻都想着我们。"

第十二章 控 诉 书

第二天,郭祥和他的连队在山坡上的小松树林里休息待命。

郭祥参加了班里的战斗检讨会回来,看见李风躲在一块大石崖下,坐在背包上,低着头,聚精会神地在写什么。他笑着问:

"大李,又偷着给你爱人写信了吧?"

"哪里!哪里!"大李把脸抬起来,也笑着说。

郭祥说:

"你们这些知识分子就是行。叫我三下五除二就完了,你们一提笔就没个完,写信还得描写个风景儿,什么山呀,水呀,云呀,月呀,像一部长篇小说。"

"连长,你的信不长,可是写得勤哪!"李风笑着说,"你给小杨写信,光我就碰到好几次了。"

郭祥哈哈大笑,用手一指:

"瞧,你的反击炮火比美国鬼子来得还快。今天不管怎么说,你得让我欣赏欣赏!"

郭祥说着,就过来抢信。李风并不躲避,嘿嘿一笑,说:

"连长,你又犯主观了!"

郭祥抓过一看,是一个黄皮硬壳的笔记本,已经在口袋里磨损了。一揭开,里面都是曲曲弯弯的外国字,还夹着一张西洋年轻女人的照片。郭祥问:

"这是谁的?"

李风说,这就是那个英国下士写的半本笔记。昨天夜里送他们上汽车到俘虏营去,他很激动,掏出手绢,擦了擦眼泪,汽车开动后,才看到地下有这个本子,想是他掏手绢的时候失落的,送还他已经来不及了。团政委听说,命令赶快翻译出来……

"写的还有点儿意思吗?"郭祥问。

"有点儿意思。"李风说,"他们的装备那样好为什么打了败仗,叫我看这是一个很好的注解。"

"好,我也看看!"

郭祥说着,接过李风的译文,坐在松软的草地上,点着一支英国"555"牌香烟,一面抽着,一面看起来……

(一)

我本来深信:二次大战带来了持久的和平。那时候,我带着凯旋而归的心情离开了军队,与可爱的丽萨结了婚。我们相信,再也不会遭受另一次大战的不幸了。

然而,战争爆发了!今天我突然接到被征召入伍的通知。真是没有想到,没有想到……

晚上,我把这个消息告诉了丽萨。丽萨哭了。她问我:朝鲜究竟在哪里?朝鲜与我们有什么关系?我无法回答她,因为这同样也是我想不通的问题。而且特别使我愤恨的是:我的后备期只剩了一个月,也许到不了朝鲜就到期了。为什么他们一定要召回我,召回我这个已经结婚的人?

(二)

我拖着沉重的步子去报到。在那里我看到那些后备兵们,一个个脸色灰暗,没有话,比我的心情好不了多少。

军衣发下来了,我们谁也不理它,照旧穿着便服,又坚持穿了四天。

头天演习,雨打湿了军衣。第二天演习,我们又都穿上了便服,以致弄得演习不成。

(三)

一个礼拜后,举行了一次大演习。正在射击时,一个家伙大声哭叫起来,在射击场上乱跑乱钻,只好把他送入医院。终于以"战争恐怖病"而退伍。事后才知道他是装的。他和他的妻子在街上散步,被我撞上了。他说:"你们不要讥笑我,我实在没有别的选择。我可以毫不惭愧地告诉你,我不愿到朝鲜去,因为我不理解为什么进行这场战争。"

这以后,很多人的病和伤口都"犯"了,为了不上船,尽量装得严重。

这种情形,我从来没见到过。

(四)

行前放了两个礼拜的假。签了一份保证书:如不按时回来,就受到军法审判。

在这期间,我到我父母的家里告别。我的妈妈哭了。我的父亲喝得醺醺大醉。他拍着桌子骂道:"这是一场该死的战争!应该让决定参战的混蛋们去尝尝炮火的滋味!"

虽然我和我的丽萨整天呆在一起,并且出去郊游了两次,但已经没有任何乐趣。它仿佛已经被什么人夺去了。

(五)

启程的时间到了。

当我们到达扫桑浦敦时,有谣言说,我们不会离开英格兰,要留下来等待朝鲜事变的发展。这种看法,像肥皂泡一般很快地破灭。船只和军乐队都准备好了。

我们在这个可诅咒的日子——1950年10月2日14时上船。

军乐队吹奏起来。通常他们总受到出国人的欢迎,可这次却挨够了臭骂。士兵们纷纷向他们头上掷便士,叫他们滚开点;还向他们喝倒彩;我听见不止一个人喊道:"如果你们这些家伙为这个感到愉快,那你就来代替我吧!"

再见吧,英格兰!

再见吧,我们的亲人!

但是,我们究竟是否还能再见呢?

我们十分难过地离开了我们的国家。……

（六）

船没开到海面，谣言又传开了。说我们到第一个港口马耳他后就回来。我们每时每刻都在等着无线电广播——战争结束了！

可是哪有这样的事？我们不过是用自我欺骗来安慰自己的灵魂。

（七）

不久，又传来相反的消息，说后备兵在紧急关头，必须再服12个月的额外役，仿佛在军人宣誓书上这样写着。可是谁也不记得这项条文，就拼命找宣誓书。最后找到一份，大家似乎在这时才发觉自己从来没有念过宣誓书，按照这个混蛋文件，可以无限制地把自己留在军队里。

那时我刚18岁，选举还不到年龄；可是签订这个出卖我一生的法定文件时，我又是及龄了。

我的一生完了！完了！

（八）

黑云沉沉，白浪滔滔。

在船上，我们唱起了第一支歌——《后备兵的悲歌》：

　　在一个寒冷的十月天，
　　"温得拉西帝国"号运兵船，
　　离开了欢乐的英格兰。
　　向东，向东，
　　满载着打仗的后备兵，
　　他们像牲口一样地哀鸣……

　　咩！咩！咩！
　　我们是多么可怜的小后备兵！
　　咩！咩！咩！
　　有人领取五星上将的薪饷，

我们却向死亡深渊飘零！飘零！
咩！咩！咩！
英格兰请听我们的呼声：
咩！咩！咩！
究竟为什么，为什么呵，
要去参加这该死的朝鲜战争？

(九)

在海上，传来令人振奋的消息：联合国军突破釜山之围，在仁川进行了两栖登陆。谣言再度传来，说我们只要在朝鲜逗留一个短时期，就可以回国了。

接着，像晴天霹雳一般，传来了中国军队开进朝鲜援助北朝鲜人的消息。实在令人震惊，而又摸不着头脑。几乎我们每个人都朦胧地意识到，跟这个神秘莫测的大国打仗是非常不幸的。

(十)

1950年11月12日到达朝鲜。接着乘火车到水原，控制细壁里游击区。

我们弄不清中国人的问题，加上无味的口粮，情绪很坏。谈话的大部分集中在中国人怎样干的问题上。有人说，中国只是为了保卫鸭绿江水电站，不会干预这场战争。我认为，这话是有道理的。他们的国家刚刚建立，为了另一个国家的利益，干吗要冒那么大的风险？

(十一)

一连几天，都是联合国军向鸭绿江推进的消息。

突然，让我们开赴前线。中国人已经真的参加了战争。

我们到前方时，看到美军正川流不息的撤退。真是怪事！为什么美国佬在撤退，倒让我们去担任掩护？士兵们人人心里都不痛快。

排里有三个士兵开了小差。可是大家说："祝他们一路平安！假若我不为老婆孩子着想,我也早跟着他们溜了。"

这是我第一次听到对逃亡者给予宽恕。

(十二)

在一座废墟上,我看见一个朝鲜少女,她的眼光一碰上我,手里的锅突然掉在地上,摔碎了,接着像野马般地逃去。

活见鬼!她是发疯了,还是有什么毛病?在这里看到的任何女人都会以为我要去强奸她。难道她不知道我是来这里保护他们的么?为什么他们不感谢我们从红色的威胁中把他们拯救出来?

(十三)

我渐渐明白了……

在撤退中,我们看到田野里的谷物、柴草和朝鲜人的房子,都被美国人点着了火。

这些美国佬见东西就抢劫,强奸更是常见的事。英国军队不知羞耻地也在这样干。这就是这个战争的真实情况!

难怪,这里的女人看到我们都感到害怕。

(十四)

在掩护美国人撤退中,我们祈祷着,希望中国人和朝鲜人不要来得太快。

深夜,我们在大山上担任警戒。我低下头来,一次又一次地向上帝祷告:

主呵,和我同在吧,
你看这夜色沉沉,寒意袭人,
我的勇气的小火花已经暗淡,
千万别让中国人来袭击我们!

生活的情调虽已改变,
我要生活,我并不是懦夫,
但我难以和我的亲人分离,主呵,让我的心志牢固……

（十五）

我们向南撤退了二百英里,到了汉城。

在这些天里,"打背包"已成为后退中一句流行的话。连土耳其、泰国兵都学会了这句英语。只要班长一说"打背包",就立刻拿腿就跑。

这天我想到酒吧间里痛饮几杯,一看里面挤满了上级军官,我就恶作剧地高喊了一声"打背包",不料倒害了自己,因为连军官和酒吧间的伙计都惊走一空。

（十六）

我们在汉城北挖工事,同时准备逃生的路。

就在这时,我们收到了国内寄来的报纸。报上说我们都很想到朝鲜打仗。还说我们讲过这样的话:"假若到朝鲜去得太晚,赶不上寻开心,我们会很难过。"这些混蛋话立刻引起了骚动。如果那些记者在场,一定会被打得鼻青脸肿,叫他们干不成报道工作。

（十七）

12月末,总部说:"不会再退了,这对士气是有害的!"

真他妈的见鬼!战争是美国人挑起来的。我们是英国人,正相反,我认为只有撤退才对士气是有益的!

（十八）

1951年1月1日,我们守在脱离补给线的一个山地,大家管它叫做"死谷"。夜17时突然接到命令:向水原撤退。多么叫人兴奋,这一下就可以撤退40到50英里了! 一个伙伴说:"撤得越远越好,赶快离开这座死谷吧!"我说:"最好还是离开朝鲜,因为整个朝鲜都是一座死谷。"

（十九）

到水原后,计划又改变,决定进攻。

指挥官知道士气很坏,集合全旅讲话。他问:"你们要不要回家呀?"人家齐声回答:"要回家。"他接着说:"既然这样,那么你们就必须先向北去,然后才能回家。"

真没想到,这个私生子竟说出这样的话!

(二十)

在向汉江前进中,有两枚小小的迫击炮弹落在我们中间,伤了五个人。要在二次大战中,没有人会去注意这样的事,这一次却造成两个士兵的逃亡。

(二十一)

我们参加了连攻击战斗。我心里空落落的,确实就像缺少一件东西似的。中国人的一挺机枪,竟压得我们两个班不敢移动一下。昔日的战斗意志到哪里去了?士兵们对战争已经没有了胃口。

另一个排也是这样。他们攻击,并不是一直线地前进,而是每个人都想躲在最后。他们的班长是我的好朋友,我看见几乎只有他一个人在作战,我就喊起来:"你们如果不爬起来帮助他,我要打死你们这些贼种!"但是我们排何尝不是这样!

(二十二)

中国人撤回到三八线以北。

两天后,我们接受了埋伏巡逻。排长问谁愿去,全排29个人,只有一个年轻的正规兵报名。从此以后就只好派公差了。

(二十三)

倒霉透了!我们又回到三八线上的那座"死谷"里。

我在胡思乱想:假若我还能回到家里,我一定到狄望痛痛快快地过一个假日。我计划这次假日,将在我回到家乡一两个礼拜之后举行。参加的人将有格林夫妇、比尔贝夫妇、丽萨和我自己。

杰克、肯,还有他们的妻子,将在我们出发前一天到达伦敦。我租好汽车去迎接他们。

那天晚上,我们将见到麦菲和他的新娘子,一同出去游玩。

我们离开我住的地方,到什么地方去过夜,第二天早上继续往狄望前进,到艾克斯特用茶……

(二十四)

连日来,传说中国军队增加了。果然今天向我们开始了大举进攻。

美国佬部署在我们后面远远的地方,这些讨厌的家伙,是否又让我们英国人担任掩护?

不知怎的,这一次我老是摆脱不掉一种不幸的预感。昨天夜里,我做了一个噩梦,一群中国兵在猛烈地追击我,我拼命地跑着,跑着,忽然脚下出现了黑森森的深不见底的悬崖。……

这是否是上帝给我的启示呢?

郭祥一口气读完译文,又点起一支英国"555"牌香烟,深有所感地说:

"可见士兵不愿意打,就是武器再好也没有用。我看这个矛盾他们不好克服。"

他把译文送还李风,又问:

"下面还有吗?"

"没有了。"李风说,"下面他只好到俘虏营再写了。"

郭祥笑着说:

"叫我看,他们旅长那句话倒没说错:'你们只有先向北去,然后才能回家。'他以后倒是可以见到他的丽萨了。"

"不过,他得要首先感谢我们。"李风也笑着说。

这时,营里的通讯员跑来,要郭祥和老模范赶快到团部开会,准备接受新的战斗任务。

第十三章　将　军　渡

郭祥和老模范赶到团部,会议已经开始了。

会议是在松树林里进行的。在两棵高大的松树之间,牵着一道绳子,挂着一幅很大的军用地图。团政委周仆正在讲话。他总结了第一阶段的战斗,宣布了战役第二阶段的开始。

不过最使大家兴奋的,还是团长邓军的归来。他穿得整整齐齐坐在前面,静静地抽着烟,一向严肃的、被战火熏黑的脸上,流露着笑容。坐在草地上的干部们,也都望着他微笑着,似乎说:"又该打个漂亮仗了!"好像未来的胜利很快就要到手似的。他们对团长的这种信心,不是一朝一夕形成的,是经过多年战斗形成的。

这自然使郭祥十分高兴。但会上也出现了意外的事,周仆正在表扬七峰山打坦克的时候,顺便讲到,要把花正芳调到团里担任侦察排排长。并且当着大家问:

"郭祥,你有意见吗?"

"没,没意见。"

郭祥嘴里虽这么说,心里却不免舍不得。周仆像看出了这一点,立刻说:"心疼也不行嗷,今天晚上就要到职。可不能犯本位主义!"

当晚,郭祥把剩下的罐头拿出来,请花正芳吃了一顿。临走,又帮他提上挎包,送了好几里远,才恋恋而别。

五次战役的第二阶段,是以东线为重点,西线为钳制方向。行动开始后,经过东线部队的勇猛突击,将李承晚的伪军第三师和第九师的后路切断,在志愿军和朝鲜人民军的亲密协同下予以歼灭。与此同时,我军向西线的美军也展开了进攻。但狡猾的敌人,一触即退,不到 4 天时间,我军即进到北汉江江边。

北汉江南接汉江,是朝鲜中部一条有名的江水。邓军和周仆所率领的团队,位于师的后尾,于昨天黄昏前到达北岸将军渡。这里江面很宽,总有 400 米。有一座贮水、发电共用的水泥桥,横跨在江面上。桥东是深不可测的水库,桥西是 1 米多深的江水。像这样一个险要去处,本来预计要经过一场艰巨的战斗,哪知今天早晨经过兄弟团一个拂晓袭击,没有费多大事就夺取了。

在晓风残月中,邓军和周仆踏上这座长长的江桥。邓军的那只空袖管不时地被江风飘起。小玲子拉着他的那匹久经战阵的黑马,小迷糊拉着周仆的那匹漂亮的红马,远远跟在后面。

这时,邓军望望周仆,若有所思地说:

"老周,你看敌人是在搞什么鬼名堂呀?"

"你是说,敌人的抵抗很轻微,是么?"

"是呀!你看,这几天刚一沾上,他就跑。是不是在引诱我们?"

"我也有这个怀疑。"周仆点点头说,"朝鲜地形狭长,这是个特点。敌人总想诱我南下,然后利用他的海空优势,在我们后面登陆。这一点,毛主席早就指出过了。"

"看起来,我们要特别注意才行。"

过了长桥不远,山边有个岩洞,电话员们正在忙碌地架线。邓军和周仆进去一看,这个自然洞挺不小,能盛二三十人。虽然岩壁上长满青苔,头顶上不断噗嗒噗嗒滴水,也算是很堂皇的指挥所了。

中午,天色变得阴沉,不一时,下起了零星小雨。邓军和周仆正吃中饭,前面的枪炮声突然激烈起来。沉重的榴弹炮和清脆的坦克炮,就像打在近处的山头上似的。富有战斗经验的邓军,立刻意识到情况起了变化;正要叫参谋询问,响起了急促的电话铃声。二营营长在电话中报告:敌人的步兵,在 20 多辆坦克的掩护下,向他们的阵地开始了反击。

"你们一定要坚决顶住!"邓军对着送话器大声喊道。他的话还没讲完,就被一片隆隆的飞机声淹没了。

"一架,两架,三架,四架……"小玲子站在洞口,仰着脸数着,"喝,今天来得可真不少哇!"

邓军和周仆到洞口一看,敌人的野马式战斗机,总有 20 多架,一架跟着一架在前面的阵地上俯冲着。

接着,敌人密集的排炮也打过来,在桥头上腾起一团一团的黑烟。

周仆一向很锐敏,望望邓军说:

"老邓,你看敌人是不是要夺这座桥哇?"

"唔,很有可能。"邓军沉吟说,"看样子,是企图切断我们的退路,把我们的部队消灭在江南。"

接着,师长来了电话。邓军接过耳机,只听电话里亲切地说:

"老邓呀,你们那里热闹起来了吧?"

师长对邓军一向很尊重,这分明是一句客气的问讯。邓军立刻笑着说:

"热闹点儿好嗽!开的弹药铺,卖的子弹头,咱们干的就是这个买卖嘛!"

"可也不能大意哟!"师长提醒说,"现在其他部队前面也都出现了情况,很可能是敌人的全线反击。现在你们守的那座桥,是全师全军的退路,也是敌人进攻的重点。你们一定要坚决守住!什么时候,全师全军撤过江来,你们才能离开。"

"师长放心好喽!"邓军对着话筒响亮地说。

他那充满信心的声音,显然使对方感到快慰。师长沉了一下,又问:

"你们全团都过去了吗?"

"江北面还留了一个营。"

"那就不必过去了。"师长说,"我再拨给你们一个炮营,在江北支援你们,归你们统一指挥。"

邓军和周仆立即进行了研究,调整了部署。周仆给各营教导员打了电话,用他火热的语言作了动员,鼓励大家坚决守住江桥。

敌人封锁江桥的炮火,相当密集,隔一两分钟,就是一阵排炮打过来。小玲子在洞口观察着,忽然惊叫道:

"首长,把闸门给打开啦!"

"你喊叫什么!"邓军瞪了小玲子一眼,走出洞口一看,这座桥,原有五个闸门,关着两个,现在关着的那两个闸门,一个被炮弹炸开,一个被炮弹打穿了一个大洞,滚滚的江水像奔腾的野马一般向桥西倾泻着。原来桥西的江水就有一米多深,现在已经完全没有徒涉的可能了。

邓军点着一支"555"牌香烟,沉思良久,慢慢抬起头来,望着周仆说:

"老周,我有一个想法。"

"什么想法?"

"我看不一定合你的意啰,"邓军笑着说,"你是不是先到江那边去?"

"你这是什么意思?"周仆的黑眼珠一转。

"没有什么意思。"邓军连忙带笑解释说,你看,江那边还有一个营,一个炮营,也要有人指挥嘛!"

"你别哄小孩儿啦!"周仆用手指点着他,鬼笑着。

"这怎么是哄你呢!"邓军分辩着,"呆会儿电话线打断了,那边没有人好好组织也不行嘛!"

"算了,算了,"周仆把手一摆,"至少今天我不听你的!"

邓军显然有点生气,把那只独臂一挥:

"那好,以后你对我有什么建议,我也不听。"

说过,像孩子似的把头一扭,周仆笑了。

说真的,周仆不是不理解自己的战友内心深处的感情。他了解邓军正像熟悉自己手上的指纹。长期的革命战争,形成了邓军一个深刻的观念:是否经得起战争的考验,或者说怕死不怕死,几乎是他评价一个人的首要标准。周仆在跟他就伴做指导员的时候,就受过他那双毫不含糊的眼睛的检查。但是,当战争情况真正危急的时候,他自己又要理所当然地站在最危险的地方,而把较安全的地方让给自己的同志。就好像他当战士时把好的地形让给别人一样自然。今天的情况就是这样。而且,据周仆推断,他刚才一定经过反复思考,才找到这个借口。可是作为政治委员,怎么能够在危险的时候退到后面去呢?只好让他不高兴一阵罢了。

这时二营报告:击毁了敌人三辆坦克,敌人的第一次冲锋已经被打了下去。

可是,不到一个小时,敌人的炮火又密集起来,第二次冲击又开始了。一个年轻的参谋为了统计敌人炮火的密度,手里拿着一把黄豆,响一声炮,他就丢一个黄豆在他的茶缸里。开始一丢五六个,后来一丢十几个,再以后炮火打得呜呜地像刮风一样,已经分不清个儿,他不得不叹了口气,中止了他的工作。

邓军斜了他一眼,不以为然地说:

"王参谋!你老数那个干什么?"

"他是为了作战后总结。"周仆笑着,代为解释说,"大概是上级作战部门有要求吧。"

"是为了作总结,也是为了还账。"年轻的王参谋露出白牙一笑,"等咱们大炮多了,也叫龟孙们尝尝咱们炮火的滋味。"

半小时后,出现了紧张的情况。二营营长在电话中报告:有一个排的阵地失守。从这个阵地上只下来三个人,其中有两个是负伤的……

邓军立即命令:把失去的阵地夺回来。并且指示江北的炮营进行掩护。

半个小时后又恢复了阵地。

阵地就是这样一个一个地反复争夺着。下午 4 时,情况突然恶化:敌人避开正面,向东迂回,在 12 架飞机和 60 余辆坦克的掩护下,攻占了一连的阵地,已经到了团指挥所的侧后方。……

当一营营长孙亮在电话里报告到这儿,邓军严厉地说:

"你马上亲自组织部队给我夺回来!"

"团长不要动气。"孙亮在电话里说道,"我保证把阵地夺回来!但是我有一个意见……"

"什么意见?"邓军问。

"我请求你无论如何先过江那边去。我不瞒首长,情况实在是很紧急的。过了江也是一样指挥……"

邓军不等他说完,就打断说:

"过江不过江,这是我个人的问题;你赶快把阵地夺回来,这是全师全军的问题。你快点去!我马上让炮火支援你。"

"不管怎么样,我有这个意见……"

对方说到这里,邓军已经"卡嘟儿"一声把电话挂上了。

邓军点上烟,猛抽了几口,陷在深沉的思索里。他觉得自己刚才的话虽然无可指摘,却未免有点过分。如果是一个作风软的人,那就有理由怀疑,他催自己过江,是为了他自己好走。但孙亮不是这样的人。他像郭祥一样,都是十四五岁参军,曾经多次负伤,每一次都是伤不好就提前回来。他在指挥上也很机警,尤其在灵活巧妙上胜过自己。他刚才提出的问题,只能是出于对上级的深切关心。这是只有在革命的部队才有的呵!想到此处,心里一阵热乎乎的。他偷偷地望了周仆一眼,正好与周仆含笑的眼光相遇,那眼光似乎说:"老伙计,你怎么不到江那边去呀!?"他很不自然地把头转到一边去了。

时间不大,就传来了令人愉快的消息:一连失去的阵地已经夺回,而且在郭祥的三连参加下,又击毁了敌人5辆坦克……

石洞里的光线,渐渐暗下来。邓军看看手表,已经将近下午5点。也许因为炮声稀落的缘故,洞子顶上的滴水,又噗嗒噗嗒发出清晰悦耳的响声。

黄昏以后,这个军的所有部队,已经像蜿蜒的长龙一般,井然有序地从长长的水泥桥上撤回了江北。

周仆忙着组织部队运送伤员。运送完毕,已经后半夜了。这时候,这个保卫将军渡的团队才开始转移。

在石洞门口,邓军遇到孙亮。孙亮愉快地说:

"团长,现在你可该过江了吧!"

"那就用不着你说喽!"邓军望着他微微一笑。尽管月光迷离,也可感觉出他的笑容是多么动人!

"那咱们就一块走吧!"周仆也笑着说。

"不行呵,政委,"孙亮说,"我们营还有12个战士隔断在敌后了,我还得等一等他们。"

"当然要等,我们一个战士也不能丢。"邓军看看表,说,"时间还宽裕,我们干脆和你作个伴吧!"

2小时后,那12个战士回来了。他们握着团长、政委和营长的手,兴奋地诉说着自己不平凡的经历。

等到邓军、周仆的脚步踏上江桥,已经又是晓风残月时候。邓军的那只空袖管又不时地被江风吹起。小玲子和小迷糊拉着一匹黑马一匹红马跟在后面。这一切都倒映在碧清的江水里,像来时一样。不同的只是两匹马不断地嘶鸣着,好像埋怨它们的主人没有让它们尽情驰骋似的……

第十四章　虎鸣山口

当我军撤过北汉江向北转移之际,敌人以美、李四个军共十三个师的兵力,用摩托化步兵、炮兵和坦克组成的"特遣队",向我展开疯狂追击,企图将我消灭在北汉江以北。我则坚决阻止敌人,掩护部队节节转移。在北汉江以北的漫长战线上,整日炮声隆隆,烟尘蔽日,战斗十分炽烈。

邓军和周仆的团队,由于连日战斗,过于疲劳,掩护任务已由其他部队接替,他们位于师的先头向北转移。部队简直是一面睡眠一面行进。

这天拂晓,部队刚刚到达宿营地,小玲子忽然听到一阵敌机的隆隆声,跟平时很不一样,就对邓军说:

"团长,今天恐怕要注意一点儿!说不定要轰炸什么地方。"

邓军正靠着一棵松树休息,一面抽烟一面满不在乎地说:

"你怎么知道?"

"你听这声音多沉!绝不止三架两架,说不定还有重轰炸机。"

周仆已经在一块雨布上躺下来,这时也欠起身子,笑着说:

"既是小玲子发出警告,我看还是不要大意的好。"

话刚说完,四架 F86 型喷气式战斗机已经越过上空。接着,又有十余架大型运输机自南向北飞来。运输机刚过,后面又是四架战斗机。邓军和周仆觉得情况不对,连忙起身跑到山岗上便于观察的地方。只见运输机向北飞了一程,就掉过头盘旋起来,八架战斗机在上空掩护着。整个山谷都回荡着震耳欲聋的隆隆声。

"这些龟儿子,到底要搞什么名堂欤?"

邓军话刚落音,只听小玲子叫:

"跳伞了！跳伞了！"

邓军和周仆顺着小玲子的手指向北一望，在那布满雨云的铅灰色的天空里，果然看见一个发亮的白点。接着，又是一个，又是一个。顷刻间，就有十几个小蘑菇似的降落伞在天空里飘飘摇摇地下坠着。每架运输机飞到那里都像拉屎一样撒下一批，不到一刻工夫，北面的天空已经被星星点点的白蘑菇布满了。

"赶快拿地图来！"邓军叫了一句，眼睛仍然没有离开北方的天空。

小玲子从图囊里找出一张附近的地图，邓军立即展开，铺在地上，周仆也赶忙蹲下来看。邓军皱着眉头，咬紧颚骨看了一会，用食指沿着公路向北，点着一个山口说：

"这些龟儿子，很可能要抢占虎鸣山口，切断我们的退路。"

周仆凝神沉思了一会儿，点点头，同意团长的判断，并且指了指山口以南的一大片开阔地说：

"跳伞的地方，很可能就在这里。……你看这地方离我们有多远？"

邓军用他有经验的手指量了一下，说：

"也就是三十华里左右。"

"那怎么办？"周仆用眼色这样说。

邓军望望北方天空的伞兵，一部分已被远山遮住，一部分仍在高空飘摇下坠，立刻果断地说：

"我看马上派一个营，跑步前进，消灭敌人的伞兵。如果让伞兵占领了虎鸣山口，那就麻烦啰！那就不是我们一个团的问题，整个军都要被敌人切断了。"

周仆沉吟了一下，脸色严肃地说：

"一个营的兵力似乎不够。我们团的主力可以随后跟进。"

两个人计议已定，立即在电话里向师部做了报告。师长完全同意他们的意见，指示他们尽快行动。

两个人跑到一营，马上下达了作战命令。尽管部队已经十分疲劳，当他们了解到局势的严重，都立刻振作起来，胡乱吃了些干粮，做好伪装，一路小跑地向虎鸣山口急进。

敌人跳伞完毕，运输机已经纷纷返航。那八架战斗机为了掩护伞兵,仍旧在上空不停地盘旋。孙亮和郭祥惟恐耽误时间,一个劲儿地督促着部队。只是在敌机俯冲扫射时才略略隐蔽片刻。即使这样,到达虎鸣山口附近时,已经是两个小时以后了。

孙亮把部队隐蔽在山林里,随后带着郭祥等几个连长,还有随同执行任务的团侦察排长花正芳,到前面一座小山上观察情况。前面是一道东西大川,相当平坦开阔,距虎鸣山一带山岭,总有两千米。在宽广的开阔地上,多是荒废了的稻田,有不少星星点点的降落伞委弃在乱草里。一条笔直的公路延伸过去,有一座两山对峙的山口,那想必就是虎鸣山口了。在山口两侧的高山上,隐约看见有不少的人影在活动。孙亮心中暗想:"看样子,敌人把山口早抢占了。如果白天发起进攻,这样的开阔地,势必遭到很大伤亡;如果等到夜间攻击,又会影响到部队的行动。"正寻思间,只听山口右侧的一座村子里"哒哒哒哒……"响起一阵重机枪声。紧接着又是一声手榴弹响,然后又停息了。心里正惶惑不解,只听郭祥在一旁叫道:

"营长!你瞧村西出来人了!"

孙亮往村西一看,果然从村子里陆陆续续出来十几个人。走在前面的几个人个子高些,低着头走得很慢;走在后面的几个人个子矮些,肩上好像扛着什么东西。他们出了村子,走了一节就拐上那条公路,奔向虎鸣山口去了。

"会不会村子里有我们的部队?"郭祥诧异地问。

"如果村子里有我们的部队,山上的敌人为什么不向他们打枪呢?"孙亮沉思着说。

"也许山上也是我们自己的人。"

"不一定,战斗哪会这么快就解决了?"孙亮说,"我看还是让花正芳先去侦察一下再说!"

说着,他马上向花正芳布置了侦察任务。

花正芳和几个侦察员立刻换上便衣,乍一看很像朝鲜农村中的青年。他们掖上短枪,就向那个村庄奔去。

孙亮留下郭祥观察情况,自己和别的干部回去做战斗准备。

郭祥蹲在小山头上,聚精会神地注视着村子里的动静。过了半个多小时,还不见花正芳他们出来,心里不免一阵阵烦躁。正想再派人去,远远望见花正芳和那几个穿便衣的侦察员,不慌不忙地从

村子里走出来,后面还跟着三个穿军衣的。他们一面走一面还像在交谈着什么。看看走得近了一些,花正芳首先跑过来兴奋地说:

"报告连长!人民军的同志来了。"

郭祥兴奋地"噢"了一声,接着问:

"敌人呢?敌人的伞兵呢?"

"不到一个小时就被他们消灭了。"花正芳兴冲冲地说,"刚才是他们正在肃清残敌,剩下几个家伙也活捉了。"

"好快哟!"郭祥两眼放光,又是羡慕又是赞佩地说。

说着,几个人民军的同志已经来到山下。郭祥用眼一撒,为首的是一个个子高高的英挺俊秀的青年军官,肩上佩戴着上尉军衔,后面跟着两个背转盘枪的年轻士兵。郭祥立刻跑下山坡迎上前去。花正芳指着军官介绍说:

"这位是人民军的金连长!"

"苏古哈喜米达!"郭祥一连声用朝鲜话道辛苦,并且同他们热烈地握手。

花正芳笑着说:

"连长,你就同他说中国话吧,金连长的中国话说得熟练着呢!"

郭祥点点头,满口称赞说:

"同志,你们这个仗,打得实在太干脆了!"

"那是我们离得比较近。"金连长谦逊地说。

"你们是什么时候到的?"

"今天拂晓,我们就过了虎鸣山口。"金连长说,"一发现敌人跳伞,崔俊师长就对我们说,这是要切断志愿军同志的退路,我们不能向北撤了,赶快返回去消灭伞兵,就是拼剩下一个人,也要控制住这个山口。我们赶回来的时候,敌人刚刚占领这座村子,脚跟还没站稳呢。"

郭祥深为感动,立刻转过头对花正芳说:

"你赶快把这些情况报告营长,就说崔俊师长率领的部队在这里。"

说过,就拉着金连长和两个人民军的战士一块儿坐下,掏出烟荷包和小日记本,撕下几条纸来,给他们每个人卷了一个粗大的喇叭筒,来表示自己此时此刻惟一能表达的敬意。

郭祥一面抽烟,一面端详着这位年轻军官,觉得有些面善,但又想不起在哪里见过。突然脑海一亮,想起刚出国的一个夜晚,漫天的火光,北撤的人流,在一个桥头上,有一个人民军的少尉,神色十分激动,无论如何也不肯向北移动半步。当时把郭祥和许多人都感动得淌下了眼泪。后来还是团长邓军亲自劝说了一阵,那位少尉才向后去了。郭祥记得那个少尉的名字叫金银铁,面庞很像这位连长,但又不敢确定。就试探地问:

"你认识金银铁同志吗?"

"你怎么认识他?"金连长惊愕地说。

郭祥把上面的情况说了一遍,赞叹地说:

"我对这个人印象很深。当时我想,一个国家要有这样热爱祖国的革命战士,这个国家就是打不败的!"

金连长笑着说:

"那你也过于夸奖他了,像他这样的人在人民军里多得很呢!"

"噢,看起来你就是金银铁同志吧?"

金连长粲然一笑。郭祥激动地攥攥他的膀子说:

"想不到我们在这里又见面了。"

金银铁也激动地说。

"我们北撤以后,在中国边境休整了一个时期,很快就赶上来了。这几个月可真打得痛快!"

郭祥笑着说:

"现在不过是暂时后退,过些时我们一定要再打回来!"

"好哇,我们一块儿好好地干哪!"

两个人谈得十分亲热。接着,郭祥就掏出了他的小日记本子。说起他的小本子,还真是有些特点。这里面鼓鼓囊囊地夹了好多同志们的照片,简直像个大肚子的孕妇。至于本子,记的东西倒并不太多。朋友们的名字、签字和通讯处几乎占了半本。入朝以后,新的历史行程又增添了大量的朝鲜同志。其中有朝鲜人民军的战斗英雄,人民军医院的女护士,里、面①的劳动党委员长,郡委员会的厨师、警卫员,等等。只要他打开这个日记本,各种各样微笑的面孔,

---

① 面:相当于区一级的行政组织。

就会闹嚷嚷地呈现在眼前,而且还似乎在说:"郭祥同志,你怎么好久不来信哪?"现在,郭祥又把这个本子笑嘻嘻地递到金银铁和那两位战士的面前了。

"金银铁同志,现在咱们就算认识了,签个名儿留个纪念吧!"

当这几位新认识的朋友,正在彼此签字留念时,孙亮已从那边兴冲冲地赶来。他紧紧握着金银铁的手激动地说:

"金连长!我已经把你们的胜利向上级报告了。我们师团首长,都非常感激你们,要我们很好地学习你们的国际主义精神。现在请到我们营部坐坐吧。下午我还要亲自到你们团里去,向你们表示感谢。"

说着,几个侦察员一窝蜂地拥上去,拉着金银铁和那两个战士,走向一片密林去了。

第十五章 黑 云 岭(一)

自从撤过北汉江后,敌人继续向我追击。郭祥所在的第十三师,奉命转移至黑云岭一带进行阻击。

1951年春季雨水多,突过临津江以来,三天两头落雨,许多战士的鞋子都走坏了。指导员老模范夜晚行军,白天就给战士们补鞋。他的挎包里,装着麻绳、锥子、碎皮子、钉鞋工具,简直就像个鞋匠。郭祥的几双鞋也送给了战士们。在临到黑云岭的这天夜里,他自己穿着朝鲜老大伯送给他的一双草鞋。这双草鞋开始穿上很得劲,后来就在跋山涉水中,碎断在一个山坡上了。郭祥干脆打着赤脚走了半夜。直到天蒙蒙亮,坐在路边小休息时,人们才发现他赤着脚,裤管挽得高高的,两腿黑泥,有一个脚趾头还碰得血糊糊的。通讯员小牛不禁惊叫了一声:

"呀!连长,你,你没有穿鞋呀?"

郭祥把脚一伸,笑着说:

"这不是穿着哩吗!你瞧,一双又黑又亮的高腰儿大马靴!"

大家轰地笑起来,但是小牛却不免有点心疼和惭愧。他想起花正芳在连部时,给连长补袜子,做袜底儿,甚至做鞋子,而自己昨天夜里竟没有发现,真是太粗心了。想到这里,他涨红着脸说:

"你怎么就不说呀!我还缴获了一双黑胶鞋给你存着呢。"

郭祥看出他的心情,连忙笑着说:

"好,好,拿来试试!"

小牛急忙从背包里面抽出来,郭祥接过鞋,到路边炸弹坑里涮了涮脚,往脚上一登,特意夸奖道:

"嘿!这个合适!就跟比着我这脚做的一样!"

小牛这才宽心地笑了。

部队继续行进。郭祥回头一望,老模范走在连队的后尾,不知替谁背着个大背包,架在自己的背包上,像个小驮子似的。郭祥看在眼里,疼在心里,想起他这么大年纪了,白天给人缝鞋,晚上行军当收容队,心里老大不忍。想抢过他的背包吧,明知道这倔老头不干。这么想着,他就往路边石头上一坐,把头一低,装作无精打采的样子。

老模范过来了,走到他身边,关切地问:

"嘎子,你怎么啦?"

"光往后撤!我这思想可能有毛病了。"

老模范一听,严肃起来:

"你当连长,还闹思想,怎么带一连人?"

"我这只是个人闹闹,不影响大家。"

老模范用手一拉,说:

"快走吧,到宿营地我们好好谈谈。"

"我走不动呵,老模范。"郭祥苦笑着说。

"来,我给你背上背包。"

"那我也走不动呵。我这两条腿像灌了铅似的,拉都拉不起来。"

老模范叹口气说:

"我连你也背上。"

"你别打喜诨了,老模范,"郭祥又苦笑了一下,说,"你已经背了两个背包,还怎么背我?"

"这好办。"老模范说,"我把背包卸下来,你先背上,然后我再背你。"

"这办法许行。"

郭祥勉强点了点头。等老模范把两个大背包卸下来,他往身上一背就一溜烟跑了。

"这嘎小子!"老模范在后面追着说,"你跟他在一块儿,一个警惕性不高就得上当!"

东方已经透出一派青紫色。在朦胧的晓色里,看到前面有一带大岭,黑森森地横在半天云里,就像铁城一般,俯瞰着这条公路。郭祥猜想着,这大约就是黑云岭了。

到达山脚下的宿营地时,天色已经大亮。敌人的早班飞机开始在头顶出现。南边传来了隐隐的炮声。为了防止敌人空袭,只由指导员老模范领着炊事员到村里做饭,其余的人就隐蔽在山坡上的松树林里。

这时,大家饿得肚子咕咕直叫,把目光都集中到小牛的半袋炒面上去了。郭祥就笑着对小牛说:

"小牛!别保守啦,你就把那半袋炒面共了产吧!"

小牛省下的这半袋炒面,是为了连首长在最困难的情况下用的。有好几次他自己饿得吐酸水,都没有舍得吃。今天哪里肯拿出来。但又不好明说,就支支吾吾地咕哝了一句:

"你们忍忍吧,快开饭了……"

"小牛,"有人开玩笑说,"你要拿出来,将来战争胜利了,回到祖国,我好好请你!"

"他才不肯哪!"又有人笑着说。

郭祥把手一摆,笑着说:

"小牛,阶级兄弟有祸同当,有福同享,你就拿出来算了!"

小牛这才拧拧支支地、慢吞吞地把炒面袋子解开,倒给每人一小把儿。有人吞得过急,一下呛到嗓子眼里咳嗽起来,引起一阵哄笑……

"小牛!"郭祥嘱咐道,"你多倒给大个儿一点!他干活儿多,不抗饿。"

这乔大夯平时能吃两三个人的饭食,昨天只喝了两碗粥,已经饿得可想而知了。但他却不接受,还笑着说:"我倒不觉着饿,留着让小牛吃吧!"

"大个儿!"郭祥说,"你要不接,别人谁肯吃呢?"

乔大夯推脱不过,才带着羞愧地伸出一只大手来。小牛刚倒了一丁点儿,他就把手收回去,连声说:"行了,行了。"

小罗无限香甜地吃了一小把儿炒面,跑到小河沟里喝了几捧凉水,就精神起来了。他坐在背包上,仰着下巴颏问:

"连长,你说咱们这个艰苦劲儿赶得上长征么?"

"你说呢?"

"叫我说,许差不多了。"小罗闪着一双明亮的大眼,美滋滋地说,"人都说,'打过三八线,凉水拌炒面',现在炒面也没有了,这两天净吃野菜,就差没有煮皮带了。昨天我喝了两三碗野菜糊糊,刚喝下去还挺舒服,没走上 20 里路,肚子就咕咕地提抗议啦。这时候,我就想起红军战士们。过去我老觉着,没有赶上当红军,没有赶上长征,是很大的遗憾;现在一想,咱们的困难快跟红军差不多了,就高兴起来啦,觉着背包也轻啦。后来我还唱了两遍《三大纪律八项注意》歌儿呢。"

"小罗,你这精神倒挺不错。"郭祥笑了笑,亲切地说,"可是要比起革命老前辈来,我看咱们还差远哩。听咱们老团长讲,长征那时候,苦就苦在失去了根据地,一直被敌人追着,没个落脚的地方。现在呢,有个伟大的祖国站在咱们后面,还怕什么!不过就是敌人的飞机疯狂一些,东西一时运不上来,以后慢慢就会改变。你说是不?"

小罗点点头。忽然想起了什么,又问:

"连长,在最苦的时候,你心里是怎么想的呢?"

"哈哈,你这个小鬼!"郭祥鬼笑着,用手一指,"你这个文艺工作者,是向我搜集材料儿吧?"

"我搜集材料儿干什么!"小罗红着脸说。

"好,好,你只要不是搜集材料儿登报,我就告诉你。"郭祥笑着说,"说坦白点儿,刚参军,我也觉着有点苦。那时候我才十三四岁,一走一百多,哪受得了?有一回,我脚上打了五六个血泡,实在走不动了,就坐在路边哭起来。后来,一位首长把我抱在马背上,我才把眼泪一抹笑啦。那时候,我为什么觉得苦呢?因为我没有政治觉悟,不懂得为什么吃苦。后来经过党的教育,我才渐渐明白,我们生活在世界上到底是为了什么。我看人活一辈子,不能像小家雀似的,给自己造一个小窝窝就算了事;更不是积累点资本,好爬上去出人头地。我们的目的,就是为了把吃人肉、喝人血的旧制度彻底砸碎,建立起一个崭新的世界,没有剥削、没有压迫的世界!要说幸福,人民的幸福就是我们的幸福!除了人民的利益,我们没有别的期求。"

"那么,你个人最大的快乐是什么呢?"

"我最大的快乐么,"郭祥笑笑说,"就是在战场上消灭敌人!只要把敌人的堡垒炸塌,把敌人的防线冲破,把敌人彻底消灭,然后把俘虏一牵走下阵地,我就比别人娶亲还乐!"

小罗眯细着眼,蛮有兴致地听着,又问:

"连长,昨天夜里,你两只脚碰得血糊糊的,也不觉得苦么?"

"我可以告诉你,小罗,"郭祥笑着说,"只要我想起过去,就觉得不苦。我从家里跑出来,给地主当小做活的,就很少穿鞋。冬天两只小脚丫冻得像红萝卜,实在吃不住劲儿,就把脚伸到牛粪里取暖,看见老母猪尿尿,也赶快把脚伸过去。这是什么生活?这是鬼也不愿过的生活!"他的眼睛射出火光,声音里充满着愤恨,沉了沉又说,"这苦和苦可不一样:以前那种苦,是给人当奴隶,受屈辱的苦;现在我们是堂堂的革命战士,是为人民吃苦,这种苦多吃一点,就越接近胜利。这样一想,也就不觉得苦了。我觉得这种苦再大,也比让别人用鞭子赶着强!你说对不,小罗?"

小罗正听得津津有味,营部通讯员来传郭祥,叫他跟营长看地形去。

郭祥往起一站,觉得裤子松嘟噜的,想往紧里煞一煞,一看皮带上眼眼不够了,就问:

"谁有锥子呀?"

一个战士在挎包里摸了一阵,把一个锥子递过来,笑着说:

"入朝以来,我已经钻了好几个了。"

"那不要紧,"郭祥一面扎眼儿,一面笑着说,"祖国东西有的是,丹东车站上堆得像山似的,等运过来,恐怕你还得往另一边扎眼眼呢!把你这锥子好好保存着吧,可别丢喽!"

"那敢情好!"那个战士也笑着说。

郭祥把他那细腰煞得紧紧的,嗖嗖地往山上爬。

孙亮早在一座歪脖山上等候多时。他平时是个活跃分子,今天的神色却相当严肃。郭祥从他的脸色上已经看出情况严重。

等各连连长到齐,孙亮招呼大家席地而坐,然后说:

"你们都知道,敌人正以13个师的兵力,组成了一个'特遣队',向我们疯狂追击。现在的情况是,我们东线的部队还没有完全撤回。敌人的企图,就是要从我们这里打开缺口,来迂回包抄他们。

所以,情况是相当严重的。我们的任务,就是在这里坚决阻住敌人,来掩护他们安全转移。什么时候东线部队转移完毕,我们的任务才算完成。"

说到这里,他又加重语气问:

"你们听清了没有?"

"没有问题!"郭祥把头一摆,"战士们早就想打一打了!"

"老往后撤,心里真不是个味儿。"其他连长也说。

"可也不要大意!"孙亮扫了大家一眼,"我们当面的敌人是美军骑兵第一师。据说,这个师有100多年建军历史,是由骑兵改装成机械化的。再说,我们当前也有些实际困难。因此,一定要用点脑子才行。"

区分任务的时候,郭祥的眼睛睁得大大的,一个劲儿地望着孙亮。

"你是又怕摊不上任务吧?"孙亮微微一笑。

"不不,我不是这个意思。"郭祥笑着说。

"这回不让你当预备队就是了。"孙亮说,一面回过头指了指那一带弥漫着云气的高山,"那一带就是黑云岭,团的主力和团指挥所就在那里。我的位置就在这里。"说过,他又用手指了指前面靠右边的那座山,说,"郭祥,那座像狮子头的山你看到了吗?"

郭祥看了看,那座山确实像一只昂着头的狮子,还向两边伸出了两条前腿。一条南北公路到这里正好转了一个弯子,转到东边去了。孙亮说:

"那就叫狮子峰,就分给你们吧。"

"行,行。"郭祥愉快地说。

郭祥回到连队时,老模范和几个炊事员抬着两大行军锅饭正好来到松树林里。战士们眉开眼笑地围过来,目光都集中到饭锅里啦。调皮骡子还用筷子敲着小洋瓷碗,愉快地说:

"晦,真没想到还是八宝饭呢!"

郭祥一望,果然饭锅里除了绿莹莹的野菜,还有大米、小米、玉米、豇豆、绿豆,稠糊糊的,就高兴地问:

"老模范!怎么今天的饭这么全乎哪?"

"这可不是容易的。"老模范一边用他那条破旧的毛巾擦着汗,一边说，"咱们可得好好地感谢朝鲜人民哪！他们看见我们挖野菜，心疼得不行。有一个朝鲜老大娘还流着眼泪说：'中国孩子们来帮咱们打仗，怎么能光让他们吃野菜呢！'这就是他们东家一把，西家一捧凑起来的。要不是他们，我看今天的饭是吃不成了！"

一个战士感动地说：

"指导员，咱们吃了饭可得好好干哪！"

"对，好好干哪！"战士们大呼小叫地应和着。

每个人都狼吞虎咽地吃了几大碗，气氛马上活跃起来。调皮骡子还拍着肚皮说：

"咱们这当战士的，不要求别的，只要肚里有饭，枪里有弹，就能消灭美帝王八蛋！"

有人反驳说：

"你这话不对！我们饿着肚子就不干啦？"

"当然，你这话也有一些道理。"调皮骡子说，"不过，一般地说，我这话也是攻不破的！"

大家掀起一阵哄笑。

吃过饭，郭祥和老模范做了战斗动员。大家的战斗情绪又处于那种"嗷嗷叫"的状态。战士们纷纷嚷着：

"我早觉着该好好打一下了！"

"咱们打过三八线，现在又退回去，朝鲜老百姓跟着咱们往北撤，叫人看着心里多难受呵！"

在一片沸腾的热情中，郭祥和老模范把这个久经战阵的连队带上阵地。一场艰苦壮烈的搏斗又要开始了。

第十六章 黑 云 岭(二)

接火的第一天,敌人只对狮子峰作了试探性的进攻;第二天,就以一个连的兵力,集中攻击两个山腿。进攻三次均被击退。当晚,山下车灯闪闪,马达隆隆,运兵卡车频繁来往,直闹腾了半夜。这些征候都说明,次日将有更大的战斗。

第三天一早,太阳刚刚露出东边山嘴,战士们唤做"老病号"的炮兵校正机,已经来到了头顶。接着四架"黑寡妇"也围着山头盘旋起来。经过半个小时的轰炸扫射,敌人的炮火就开始了集中轰击。战士们隐蔽在猫耳洞里,身子震得不断地颠簸着。敌人的炮火刚刚延伸射击,郭祥就从工事里钻出来,只见满山蒸腾着烟火,松树枝干落了一地,整个山顶山谷雾气沼沼,天昏地暗。尽管战士们已经纷纷钻出工事,他还是叫司号员吹了一声长号音,警醒人们注意这个万分重要的时刻。随着硝烟的稀薄,可以看到,满山遍野的敌人已经佝偻着身子,像羊群一般爬上山来。粗粗望去,总有一个多营的兵力。看样子不仅要攻占两个山腿,而且要直取主峰。

按照郭祥的一贯打法,爱把敌人放得近近的。这次却改变了主意,首先命令三门六〇炮,向两个山腿之间密集的敌人射击。他还鼓励战斗兵中岁数最大的炮班班长说:

"老广东!你光在旧军队就当了十二年的班长,技术是大家都知道的,今天你可要为抗美援朝做出点贡献哪!"

这个老爱把军帽戴得低低的老兵,并不答话,只略点了点头,把眼一眯缝,一个急速射,一连五六发炮弹像小黑老鸹似的飞上晴蓝的天空,一个接一个正正地落在密集的敌群里爆炸了。其他两门也接着打起来。一大团一大团蓝色的烟花顿时在这个小山谷里连成一片。拥挤在两条山腿中间的敌人,惊慌地惨叫着,乱糟糟地分向两边卷去。刚刚跑到两个山腿上,郭祥又大声喊道:"向两边打!"

"吭!吭!吭!"蓝色的烟朵又立刻开放在两条山腿,敌人不得不再次卷到中间。这时候,主峰上的重机枪和两条山腿上的轻机枪,一齐猛扫过去。敌人鬼哭狼嗥,丢下几大片死尸,向山下溃退。

"同志们!反击呵!"郭祥高喊了一声,夺过小牛的冲锋枪跳出了战壕。在激越的冲锋号声里,战士们一窝蜂似的追了下去。一阵手榴弹和冲锋枪,又把敌人打死了大半,只剩下少数敌人连滚带爬地向山坡下逃去。

当大伙追到山腰时,郭祥急忙叫司号员发出停止信号。疙瘩李急火火地说:

"连长,怎么刚出击就停止啦?"

"快回到工事里去!"郭祥把手一摆,"我说我傻,疙瘩李,你怎么比我还傻呀?"

大家刚刚进入工事,敌人的排炮已经猛烈而密集地盖了过来。仿佛带着一肚子失利的怨恨,不断地在头上咆哮着,咆哮着。

这一天击退了敌人三次冲锋,打死打伤的敌人总有好几百人。整整一面山坡和两条山腿上,布满了敌人横躺竖卧的尸体。山上的工事,也被敌人的炮火打得稀烂。山坡上黑乌乌的。一片片山草和松树的枝干还在燃烧着,冒着一缕一缕的青烟。

黄昏时分,郭祥正在山坡上督促战士们整修工事,小牛兴冲冲地跑过来说:

"连长!师长要你接电话呢!"

"什么?你说什么?"郭祥有点不相信自己的耳朵。

"师长给你来电话了。"小牛又说。

郭祥连忙回到猫耳洞,只听耳机里说:

"你是三连连长吗?是郭祥吗?"

郭祥一听,果然是师长的声音,连忙回答说:

"是我。首长,你很好吧?"

"我很好。"师长愉快而亲切地说,"最辛苦的还是你们哪!"

"还是首长辛苦。"郭祥笑吟吟地说,"我们蹲在前边的人最痛快啦!特别是今天!"

师长在电话里哈哈大笑：

"对，对，就是要这个劲头！你们今天打得很顽强，又很灵活。我看火力的组织和反击都比较好。我代表师党委，慰问你们全连同志。"

"好好，我一定把首长的鼓励传达给大家。"郭祥说，"不过我们也有许多缺点，现在还没有发动大家来总结呢！"

"这次同美军骑一师交手，战士们有什么反映？"

"大家都说，他们看起来很凶，其实也没有什么了不起的。要是倒个过儿，叫我们攻他，有十个狮子峰也攻下来了。"

电话里又传过来一阵笑声：

"他是反革命军队嘛，跟我们怎么能相比呢！"略沉了沉，师长又问，"你们现在有什么困难？"

郭祥在长期革命战争中，形成了一个牢固的观念：愈是战斗危急，就愈是不能叫苦。他响亮地回答说：

"我们没有困难。"

"同志，你在说假话哕！"师长说，"这么激烈的战斗，怎么会没有困难？我知道，你们人不会太多了，弹药恐怕也很少了。"

"今儿晚上，我们准备到敌人死尸堆里搜集弹药。"

"我也准备再给你们抽一些去。"

稍停了停，电话里又问：

"你们现在忙什么呢？"

"我们在加修工事，准备明天敌人进攻。"

"光这个恐怕不够吧，"师长说，"敌人来了，你们'欢迎'，晚上恐怕还得搞点'欢送'吧？"

郭祥布满红丝的眼睛，霍然一亮：

"首长是不是说，晚上去袭扰他一下？"

"对哕！"师长笑着说，"但是兵力也不必多，一个加强班就可以了。我们的目的，就是从精神上去折磨他！压倒他！使他明天进攻的能力减弱。"最后，他又以有力的声音说，"尽管这是防御战，也要下决心把这个骑一师打成残废！"

电话上这一席朋友式的交谈，使得郭祥感到特别温暖和愉快。他拍拍打打满是战尘的帽子，擦了擦脸上的泥土，立时召开支委会，

传达师长的指示。谈到袭扰敌人的任务时,话没落音,几个班长都抢着要去。齐堆不慌不忙地说:

"干什么事,都不能凭主观愿望,应当客观地看。"

"客观地看,应当由谁去呢?"人们问他。

"当然是我喽!"齐堆笑着说,"打麻雀战,是我的老行当嘛。"

人们笑起来。

郭祥和老模范都笑着表示同意。

夜静时,随着熟悉的手榴弹声,山下的敌人就像乱了营似的,机枪、步枪胡乱地射击着,直闹腾了半夜。其实,齐堆他们早睡到战壕里打起呼噜来了。

这个"欢送"的办法实行以来,不但有效地迟滞了敌人的进攻,而且使得敌人渐渐精疲力竭。随着各个部队这种小型反击的加强,敌人进攻的势头大大不如以前。据经常参加夜袭的齐堆回来报告说,敌人在帐篷里累得像死猪似的,动都不愿动了。邓军得知这种情况,给师长打电话说:"师长呵!你能不能给我点兵力噢?你如果能给我一个完整的营,我可以马上给你抓两千俘虏来,当面交货!"可是师长只能在电话里长长地叹口气。这对指挥员也许是最大的遗憾和惋惜,看到面前满盘香喷喷的猪肉,就仅仅因为缺少筷子硬是夹不到嘴里。

哪知第五天,情况发生了变化。这个精神沮丧、遭到巨大伤亡而残废了的美国老牌部队被撤下阵地,由另一个师接替,向黑云岭继续猛攻。

这时,阵地上的人数已大为减少。郭祥的连队名义上还是三个排,实际上每个排只不过十几个人。尤其是扼守左边山腿的三排,只剩下调皮骡子王大发等三名战士。黄昏,郭祥和老模范踏着大大小小的弹坑来巡视阵地,看见这三个战士,眼睛都是红的,浑身血迹和泥土,就像从土里钻出来似的。可是,他们仍然蹲在工事里,警惕地守卫着阵地。郭祥心里深为感动,同时也思虑着,明天如何应付敌人的进攻。

他把老模范拉到旁边,坐在炮弹坑的边沿上,悄声地说:

"你看这个阵地,明天怎么个守法?"

"我看,再拨过来几个人也不行,这样力量都单薄了。"老模范思忖了一会儿说。

郭祥点了点头。

"要不我过来吧,我也当过几天机枪射手。"老模范捋捋袖子。

"不不,"郭祥把手一摆,"正在节骨眼上,政治工作没人掌握哪里能行?"

"你就说吧,嘎子。在这个时候,你还客气什么!"

郭祥舐舐干裂的嘴唇,试探着说:

"你看我们能不能唱出'空城计'呢?"

"空城计?"老模范惊问,"你是说把人撤了?"

"我说的是这个山腿儿。"郭祥解释说,"我们不是缴获了好几箱迫击炮弹吗,把它全埋在这个山坡上,再配合上六〇炮消灭进攻的敌人。这样免得人地两亡。"

老模范沉吟了一阵子,点点头说:

"兴许能行。不过可得请示营里。"

他们回到主峰,在电话上请示了营长。营长表示同意。可是,派小牛去撤回这三个战士时,却发生了麻烦,其中自然是以调皮骡子为首。

"撤退?……这是谁的命令?"他红着眼珠子,大声地问。

"连长的命令。"小牛说。

"连长?"调皮骡子梗着脖子,"军长也不行!"

"那你听谁的呢?"

"我听毛主席的!"他说,"毛主席叫我撤,我就撤!"

"哈哈,你这个调皮骡子!"这话刚到了小牛嘴边,怕影响完成任务,又咽回去了,连忙改口说:

"我到哪儿给你请毛主席去?毛主席不是叫我们'一切行动听指挥'吗?"

"反正动摇的命令,我不能执行!"

幸亏这时候老模范来了,详细地解释了这次的计划,他才哼哼唧唧地答应了。临离开山腿时,他还不断地回过头去望了又望,眼泪刷刷地流下来:

"老模范!我不是不愿执行命令呵。许多同志都在这儿牺牲了,不给他们报仇,我哪儿有脸下阵地呢!"

"我们一定要给他们报仇！"老模范像老妈妈对孩子似的温言相劝,才把这个浑身血迹和泥土的老兵拉回到主峰去了。

当晚,郭祥派人把几十发迫击炮弹搬下去,每个炮弹的引信都和手榴弹绑在一起,埋在左山腿的山坡上。然后把手榴弹弦拴上一根长绳子,牵到一侧隐蔽的地方。由一个战士埋伏在那里。

初升的太阳迎来了第七个激战的日子。这一天敌人轮番进攻两个山腿。当敌人在炮火的掩护下,两次攻上左边的山腿时,都被郭祥指挥着几门六〇炮,劈头盖脸地砸了下去。第三次,敌人的指挥官似乎发了狠,用了一个多连的兵力,像羊群一般密密麻麻地爬了上来。这时主峰上"嘟——嘟——嘟——"响起了三声长号音,接着那面山坡上伴着轰隆轰隆的雷声,腾起大团大团的火光和浓烟,把整整一条山腿都掩盖住了。浓烟过后,只见山坡上又盖上一层横躺竖卧的尸体,剩下的少数人发出一阵阵惨叫,滚滚爬爬地跌下山去。

由于阵地上人员过少,在防御战的第八天,郭祥不得不收缩兵力,固守主峰。狮子峰的两条山腿,遂被敌人占领。这时候,阵地上出现了一种奇怪的胶着状态：进攻主峰的敌人,由于几天来挨打挨怕了,攻到主峰之下五六十米的地方,既不前进,又不后退；郭祥的连队,时时准备应付意外,剩下很少弹药,也不敢轻易射击。

在这危急的时刻,忽然听见前面左山腿上广播喇叭一阵嗞嗞喇喇的怪响,接着是一个中国人喊话的声音：

"中共士兵们！中共士兵们！……"

"这不是谢家骥么！"郭祥的耳朵猛地支愣起来,眼珠子立刻红了。

果然,那声音继续说：

"我叫谢福畴,是原中国人民志愿军第五军的文工团员。因为我也是一个中国人,现在我愿站在同胞的立场,对你们讲几句话。……"

老模范首先挥着臂高声喊道：

"你是什么中国人哪？你是汉奸！"

"你是条狗！是美帝的走狗！"小罗也用尖尖的声音跟着喊。

"对！"郭祥说,"就是要把他骂倒,不能叫他压住我们！"

谢家骥继续在广播喇叭里叫:

"你们的情况我是很了解的。你们的炒面已经没有了,子弹也不多了,你们已经尝够了美国——不,联合国军飞机大炮的滋味,你们已经面临绝境,再也没有生路啦。你们何苦再守下去呢?……"

"为了消灭你这个狗杂种!"小罗的反驳,引起大家一阵哄笑。

谢家骥显然有些发急,在广播里又继续叫:

"你们如果再执迷不悟,我们的飞机大炮马上就轰你们。你们知道联合国军的飞机大炮是够厉害的,你们的破武器是没有用的!"

郭祥捋捋袖子,用高嗓门喊道:

"飞机大炮厉害,你为什么不敢露面呀?把你那个狗头露出来,试试我的破武器!"

对方没有答话,也没有露头,大家又是一阵哄笑。

广播喇叭里又嗞喇了一阵,无可奈何地叫:

"中共士兵们!不要再受共产党的欺骗了。他们是嘴甜心苦。他们把别人的土地分给你们,为的是叫你们给他卖命……"

"闭住你的臭嘴吧!"调皮骡子红着眼,立即答道,"我们不是为几亩地革命,是为了消灭你们这帮吃人肉喝人血的王八蛋才来革命!"

"好好,调皮骡子你说得对。"郭祥连声称赞着,"你再问问他,他是地主崽子不是?"

"喂,喂,谢家骥!你是地主崽子不是?"

对方没有答话。呆了好半晌,又恫吓道:

"你们如果再不醒悟,是没有好下场的!蒋委员长就要反攻大陆了,很快就要回来,到那时候就晚了。你们还是快打死你们的干部,缴枪投降吧!……"

"你们别做梦啦!"小罗又尖声喊道,"蒋该死的骨头变成灰也回不来!"

"缴枪?缴给你几个子弹头吧!"调皮骡子乒乒乒向着喊话的地方一连打了三枪。

"那不顶事!"郭祥连忙制止,一边又转回头问老广东,"剩下几发炮弹了?"

"三发。"老广东低声说。

"那个大喇叭你看准了没有?"

"看准了。"

郭祥把手一挥说:

"那你就打上一发,别叫这个地主崽子穷嚷嚷了。"

老广东眯细着眼,测好距离,十分精心而又慎重地打出了这发炮弹,一团蓝烟立刻盖住了那个大喇叭,当它刚刚又叫喊"中共士兵们"的时候哑巴了。

敌人由于占领了两条山腿,我们打枪又很少,再加上刚才广播的叫嚷,一时来了劲,有人竟哇啦哇啦地唱起歌来。

"连长!"小牛说,"你听敌人唱歌哩!"

郭祥一听,脸都气紫了。在长期革命战争中,使他养成了这种性格:只能压倒敌人,绝不能被敌人压倒。敌人在他面前的任何狂妄行动,都会使他不能容忍。他高声说:

"同志们!我们是共产党的部队,是打不垮、压不倒的!他们唱,我们也唱!"

"对!他们唱,我们也唱!"老模范也放大嗓门说。

"唱个《东方红》好不好?"郭祥问。

"好!!!"大家齐声回答。

郭祥用他那因连日激战略显嘎哑的嗓子,带了一个头,立刻,在冒着一缕缕蓝烟的狮子峰上,响起了《东方红》的歌声……

这是一支中国人民最熟悉也最心爱的歌曲。多年以前,当一个普通农民用高亢的陕北民歌的曲调,唱出他创作的歌词时,他也许没有想到他是代表了中国大地亿万人民的心声。由于他对党和领袖深沉的热爱和朴实而宏大的感情,这支歌已经成为人民心中的歌和心中的诗。人们经常在各种场合唱它。但是此情此景却似乎有一种特别强烈的东西在感动着自己。当这首歌从他们干裂的嘴唇发出的时候,他们心潮激荡,热血沸腾,似乎看见伟大领袖就在自己身边,就在自己眼前。顿时周身充满了力量和勇气,当前的敌人和困难都显得更加渺小了。

午后,在左翼友邻阵地上,枪炮声突然激烈起来。不一时,营里电话通知说,情况可能发生变化,命令留下少数兵力,其余的撤退到二线阵地。郭祥好说歹说,老模范才率领连的主力撤下去了。郭祥只带着乔大夯、小牛等十几个战士担任掩护。

半小时后,有八架敌机在阵地上狂轰滥炸。通营里的电话线已被炸断。接着,左翼友邻部队的阵地被敌人突破。当面的敌人也攻了上来。把敌人击退时,每人剩下的子弹已不过三五发、十几发了。乔大夯的轻机枪和老广东的六○炮俱被炮火打坏,他们都拿起阵亡者的步枪坚持战斗。

郭祥看到这种情况,正要组织转移,敌人一扑面子又攻了上来。郭祥知道子弹不多了,就高声喊道:

"同志们!用石头砸呀!"

说着,从垒工事的石头堆里捡起了一块,向离他十几米的敌人劈脸打去,一个家伙惊叫了一声,抱着满脸是血的头滚下去了。

同志们也都纷纷捡起石块,劈头盖脸地向敌人砸去。这时有五六个敌人已经快扑到乔大夯身边,高大有力的乔大夯,竟把一块四五十斤的大石头高高举起,向着敌人猛力砸去。在一片惊叫声里,有两个敌人躲闪不及,登时被砸得脑浆迸裂,倒在地上。由于乔大夯用力过猛,那块大石头顺着山坡猛滚下去,敌人惊叫着闪向两边,就像打开了一条人胡同似的。敌人竟一时忘了打枪,望着这位天神般的勇士被惊呆了。

显然,这种局面已经不能恋战。郭祥正要准备向后撤退,听见后面响起了激烈的机关枪声。回头一望,黑压压的敌人已经占领了侧后的山头,正用密集的机关枪弹封锁了他们后撤的道路。很明显,从预定的道路撤退已经没有可能。于是他立即指挥部队向右翼的玉女峰转移,打算绕路过去向团的主力靠拢。

连郭祥在内,这时只剩下八个人。他们边打边退,撤到了玉女峰上。敌人见他们没有子弹,气焰顿时嚣张起来,哇哇乱叫着,紧紧追着他们,也不打枪,一心想抓他们活的。

这时,又发生了意外情况,走在最前面的小牛,突然回过头,有些惊慌地说:

"连长!后面下不去了……"

"你慌什么!"

郭祥瞪了他一眼。赶过去一看,下面是一座黑森森的断崖。断崖上长着一些乱草、枯藤和杂树,离下面的山坡总有五六丈深。郭祥心里立刻明白：为党，为祖国，为朝鲜人民最后献身的时刻已经到来。

"就是死，也不能慌慌乱乱，叫敌人瞧不起我们。"

他一面想，一面从容地转过身来，坐在一块大青石上；然后摆摆手，把大家招到身边。

"同志们！最后考验我们的时候到了。"他的神态严肃而又深沉，"我们都是劳动人民的子弟，是自觉自愿出来跟着共产党毛主席干革命的。虽然有的是党员，有的还不是党员，大家都受过党的教育。我们无产阶级誓死不做敌人的俘虏！今天就是我们跳崖牺牲了，也要让敌人知道：共产党的战士是不可征服的！……"

"对！我们只能为祖国增光，不能给祖国抹黑！"小牛紧握着冲锋枪，用他年轻的尖音响亮地说。

乔大夯一向说话简单，今天仍不例外，他望了大家一眼：

"我看这没有啥，咱们跳吧！"

"跳吧！！！"人们都抢着说。

郭祥脸上走过一丝笑纹，显然对大家的表现感到满意。他接着说：

"你们还带着什么文件、笔记本没有？都拿出来烧了。叫狗日的什么也摸不着。"

大家从口袋里把文件、笔记本、家信、入党志愿书等等都掏了出来，堆在石崖下。小牛刚划了一根火柴点着，只听山顶上监视敌人的战士喊道："敌人上来了！"

郭祥知道只有小牛的枪里还有十几发子弹，就把他的冲锋枪抢过来，三脚两步爬上山顶。几个战士也跟了上去。只见敌人大呼小叫地攻上来。郭祥略略把帽檐儿一歪，用跪射姿势，乒、乒、乓、乓，一连打倒了五六个敌人。其余的敌人马上卧倒在那里不动了。

郭祥回过头问：

"小牛！烧完了没有？"

"还没烧完哪！"小牛蹲在石崖边拨着火说。

"你不要慌。他上不来！"

这时，只听山坡下喊道：

"中共士兵们！快快投降吧！你们再也跑不了啦！"

郭祥一听,又是谢家骥的声音。他的目光从左到右搜寻了两遍,才发现谢家骥穿着一身黑裤褂,戴着窄檐草帽,在远远的一块大石头后面探出身子,举着一个轻便的扩音喇叭喊着。郭祥一双眼睛登时红得像要淌出血来,刚要瞄准,谢家骥又闪到大石头后面去了。气得他愤恨地骂:

"姓谢的兔崽子!你有种,到前面来吆!"

对方显然也看出他是郭祥,举着喇叭说:

"姓郭的嘎小子!你今天已经跑不了啦!我马上就要来审判你:你们为什么要分别人的土地?"

"那是因为你们吃人太多了,喝血太多了!你等着吧,我们还要审判你哪!"郭祥一搂扳机,乒乒两枪,只见谢家骥举着的喇叭,跌落在地上,谢家骥哎哟了一声,抱着右臂,扭头就跑。

郭祥死死瞄准他,又一搂火,只打了个空机。原来刚才打出的已经是最后两发子弹。

这时,只听小牛在山崖下叫道:

"连长!已经烧完了。"

郭祥望望谢家骥歪歪斜斜的背影,长长地叹了口气。他带着最大的遗憾,缓步走下山顶。

在山崖下,他带着极其热烈的情感,跟每个同志亲切地握了握手,然后对大家说:

"同志们!死对一个革命战士不算什么。今天我们是为祖国人民、朝鲜人民而死,是为无产阶级、共产主义事业而死。这个死是光荣的、愉快的。"他走到小牛身边,把小牛腰里仅剩的一个反坦克雷拿过来,交给乔大夯说,"大夯同志!你是共产党员,你到山顶上去掩护大家,我先来跳!"

说过,他走到石崖边,从容地摘下帽子来,拍了拍土,把它戴正,又把脖子里的纽扣扣上,风纪扣也扣好。这一切,就像平时要出操一般。小牛激动地扑上去,拉住他的手叫了一声:"连长!"似乎想要说什么。郭祥推了他一把,把右臂举起来,高声喊道:

"共产党万岁!毛主席万岁!"接着,一纵身就跳下去了……

"共产党万岁!!!毛主席万岁!!!"小牛和几个战士也跟着连长高呼着,接着跳了下去……

这时候,敌人哇哇地叫着攻上了山头,乔大夯投出最后一颗反坦克雷,顿时山顶响起了一声震天动地的雷声。这雷声在峭壁深谷中不绝地滚动着,回荡着,就像为我们的英雄唱的颂歌一般。在烟雾还没有消散的时候,乔大夯那个高大的身影一闪,也消失在黑森森的断崖之下……

第十七章 黑 云 岭(三)

黄昏。团指挥所笼罩着一片严肃的气氛。

邓军话也不说,只是坐在那里一支接一支地抽烟。

周仆刚放下电话,就又拿起耳机来:

"摇观察所?"

观察所摇通了。周仆焦灼不安地问:

"前面下来人了没有?"

"没看见有人下来,政委。"

"狮子峰没有下来吗?"

"没有。"

"玉女峰呢?刚才不是响了一阵枪声吗?"

"枪声早就停止了,政委。还是一个小时前向您报告的那样。"

"那几条小路,你们注意观察了没有?"

"都注意观察了。"

"我说的是每一条小路!都没有忽略吗?"

"政委,我们都反复地看了。到现在为止,连个人影儿也没有。"

"不要松懈。要继续注意观察!"

"是。"

周仆放下耳机,看看表,长长地叹了口气:

"已经1个小时20分了。我就不相信,他们一个不剩地被消灭了。难道敌人会抓了他的俘虏?这不可能!"

邓军没有答话,喷了一口浓烟,把那只空袖管一甩,从石崖下走了出去。

小玲子看他又要到山顶上去亲自观望,就连忙挎着望远镜跟了出去。周仆和小迷糊也离开洞子。其实,他们从山顶上下来至多不过20分钟。

在长期革命战争中,他们没有计算过,实际也无法计算从自己的身边倒下了多少可爱的同志。每当一个战友牺牲时,自然都引起他们内心的痛楚,但这种痛楚都默默地化为对敌人的仇恨,深深地埋入心底。表面上则很少过多地流露出什么。尤其邓军,他是最反对那种"婆婆妈妈"的了。他认为,那是与革命者的刚强性格不吻合的。可是,今天他却不能解释,郭祥的迟迟不归竟引起他如此的不安。

邓军和周仆登上山顶。刚才狮子峰和玉女峰上空,有一大块火烧云,赤红鲜亮,就像刚刚从熔铁炉里夹出的铁块一般;现在似乎已经冷却了,只在边沿上还有一层暗红。整个的天空,被越来越重的暮色染成了铁青。狮子峰和玉女峰也变成墨绿色了。邓军和周仆都举着望远镜往来寻觅。他们总希图忽然之间在什么容易忽略的地方,发现几个人影。尽管在这苍茫的暮色里,他们已经没有可能发现什么,可是还不停地望着,望着……

"首长下去吧,望不见了!"经过小玲子的一再催促,两个人才勉勉强强地收起望远镜,沉默地、缓缓地走下山去。

回到指挥所,周仆慢慢地燃起烟斗,说:

"老邓!你看要不要派一个侦察班去接接他们?也许他们隐蔽在什么地方,白天不便行动。"

邓军点了点头。

不一时,年轻的花正芳被喊来了。他在石崖外面打了一个敬礼。尽管环境艰苦,他依然穿得很整齐。身上挂破的地方,都由他那一手好针线精细地缝补过了,显得十分干净、俐落。而且可以看出,自当了侦察排长之后,也显得更加沉着和老练了。

周仆简单地介绍了前面的情况,随后交代任务说:

"今天夜里,你亲自带一个班,到狮子峰、玉女峰一带,去找郭祥他们。三连可以派一个人,充当向导。他们是死是活,一定要搞清楚。是活,就要接回来;如果牺牲……"

"把尸体也要运回来!"邓军把右臂一挥。

"如果实在有困难,"周仆连忙补充说,"也要掩埋妥善做上记号。"

"我一定完成任务!"花正芳说。

在黄昏暗淡的光线下,看不见他脸上的表情,但从他的声音里,略微听到一点嘶哑……

天黑以后,花正芳率领着一个班,下了黑云岭,潜行在黑黝黝的山谷里。

这一行总共是八个人。其中有三连派来的老战士调皮骡子王大发。要搁平时,他见到花正芳,一定会同年轻的排长开开玩笑,但今天却因郭祥他们的生死未卜而显得格外严肃。他走在最前面,领着这支小部队在山径上快步行进。

当夜,银河横空,星光明亮。这些惯于夜行的人,脚步轻捷,行动神速,就像一条小蛇在草叶上沙沙地飞行。即使这样,花正芳还是觉得行动不快,恨不得一步跨到狮子峰下。在他眼前,不断浮现出郭祥亲切熟悉的面影,仿佛看见他正负着重伤,伏卧在那边的草棵里。

前面就是狮子峰山脚。花正芳叫大家停下来,观察了一下动静。山谷静悄悄的,只在山顶上传来时断时续的铁锹声,像是敌人正在挖掘工事。他看看没有什么情况,就吩咐大家在山坡上下搜索寻觅。直找了半个小时,也没有发现什么。花正芳轻轻地叹了口气,又领着人们朝玉女峰的方向去了。

刚刚摸到玉女峰下,突然间,山顶上响起了一阵"哒哒哒……"的机枪声。因为离得过近,就像在头顶上震响似的。人们不由地伏倒在草棵里。花正芳沉着异常,注意到红色的曳光弹直向谷底飘去,知道这不过是敌人一种惊恐的表现,并不是真的发现了什么,就摆摆手,叫大家不要理会。人们按照预先划分的两个小组,开始在草丛中分头寻觅。

这里的枯藤、野草总有一人多深。花正芳用手拨开草丛,睁大了他那双明亮的猫眼,特别认真地搜寻着,惟恐有丝毫的遗漏。正搜寻间,断崖下的那个小组,向这边发出一闪一闪的暗淡的红光。那是红布包着的电棒所发出的联络信号。花正芳一阵惊喜,连忙大步赶了过去。只见调皮骡子呆呆地站着,凑到他的耳边,声音嗄哑地说:

"找到了一个,牺牲了。"

"是连长吗?"花正芳心里一阵发紧。

"不是。"

花正芳拨开草丛,用手捂着电筒一照,一位烈士静静地卧在草丛里。仔细一看,认出是本团百发百中的神炮手老广东。他的帽檐儿仍旧像平时那样戴得低低的,神态安详,半眯缝着眼,就像瞄准一般。他的手里还紧握着摔断了枪托的枪支。花正芳俯下身子,用手摸了摸他的胸口,已经冰凉。看来已经牺牲多时。

花正芳正要继续寻觅,忽然山顶上打起一颗照明弹,在空中晃晃悠悠,照得满地雪亮。大家赶快隐伏在草丛里。直到照明弹熄灭,大家才又继续找寻。

不一时,又找到了四位烈士的遗体。经过调皮骡子仔细辨认,这里有在七峰山因打坦克未成而难过万分的四川新战士秦德让,有党支部的组织委员陈兴国,还有给乔大夯充当弹药手的李保田、王东林。但是郭祥、小牛和乔大夯却仍然找寻不到。花正芳更加焦灼不安,心头一阵阵酸楚,暗暗想道:"如果是一齐跳崖,连长怎么可能不跳呢?如果他还活着,人又在哪里?就这样离开吧,连长根本没有找到;在这里继续蹲着,又怎么办?……"

一个侦察员见他怔怔地站着,在他耳边催促着:

"排长,快下决心吧!"

"再找一遍!"他声音嘶哑地说。

于是,大家又拨开草丛仔仔细细地搜寻了一遍,仍然没有找见什么。调皮骡子建议道:

"依我看,还是先把烈士掩埋了再说。"

花正芳表示同意。他们就分别把几位烈士背到我方阵地的山坡上。掩埋前,花正芳他们把烈士的军衣上上下下整理了一番,还用手绢蘸着溪水给他们擦净了脸上的血迹。调皮骡子砍了几个木橛,刮了一刮,用歪歪斜斜的字迹记下了他们的姓氏,插在他们的墓前。大家在默默的悼念中,把自己的战友付托给朝鲜的山水。

这时候,花正芳仰起头来,望望三星,还不到午夜,就宣告决心说:

"现在连长生死不明,我们怎么能回去呢?你们看,是不是到玉女峰南边抓几个俘虏,带回去讯问一下?至少有点头绪才好。"

"我看行咙!"调皮骡子说,"根据现在的情况,这办法还是比较好的。"

其他人也都表示同意。于是这支小队紧紧装束,沿着玉女峰右侧的山沟又出发了。

花正芳派出两个侦察员走在前面。自己带领其余的人,隔了一段距离随后跟进。这一带,是花正芳他们经常活动的地方,轻车熟路,行动迅速,不到一个小时,就接近了沟口。

花正芳让大家停下来,隐蔽在路边的草丛里。过了十几分钟,还不见前面两个侦察员回来报告。正要亲自到前面察看,只见对面并排奔过来三条黑影。待黑影走近,才看出是两个侦察员架着一个俘虏。花正芳从草丛里钻出来,挥挥手让他们停住。

一个侦察员指指俘虏,轻轻地说:

"是个哨兵。这老先生正在那里打瞌睡呢!"

花正芳见这个俘虏又瘦又小,嘴里塞着一条大毛巾,一个劲地筛糠,贴近一看,原来是个十六七岁的李承晚兵,不禁失望地说:

"抓这么个小崽儿,他能知道什么!还是抓个美国兵才好。"

说过,他让这两个侦察员一边看守俘虏,一面在沟口担任警戒。自己带着其余的人继续前进。

出了沟口,见玉女峰下,有一大片帐篷,少数点着暗淡的灯火。山坡上有一座独立家屋,距帐篷总有五六十米的样子。一个哨兵在帐篷那边,也离得较远。花正芳心中暗喜。他留下四个人警戒和封锁帐篷里的敌人,自己亲自带着一个侦察员向独立家屋摸去。

花正芳用猫一样轻的脚步,摸上了台阶,听了听没有动静,就把门轻轻一提,慢慢向外拉开。屋子里黑糊糊的,什么也看不见,只传出一阵呼噜呼噜的鼾声。他让那个侦察员端着冲锋枪,自己用蒙着红布的电棒一照,在昏暗的光线下,看见有六七个敌人,枪支靠在一边,全钻在北极睡袋里,像死猪一样酣睡着。他把一个睡袋的拉锁轻轻拉开,一看,是一个满脸皱纹的老兵。他觉得太老了,怕路上跑不动,倒惹出麻烦,就把拉锁又轻轻拉上。当然,花正芳这样做,倒不是怕他伤风感冒,为的是他惊醒了也一时爬不出睡袋。花正芳接着又拉开了第二个睡袋,这个人看去年轻精干,花正芳比较满意,立即确定为当选的对象。第三个虽然年轻,脸色苍白,很像是刚患过重病的样子,花正芳嫌他太衰弱了,没有理他。第四个满脸大胡子,尽管年纪略显大些,看去却颇为粗壮,花正芳认为也将就了。对象选定,花正芳立即让侦察员叫进两个人来。他们这时是四个人,两个人对付一个,看准"对象",一声极轻微的口哨,很快把毛巾塞进两个人的嘴里。然后抓起睡袋口,像背死狗似的扛到了外面,往地下一丢。接着用冲锋枪对准他们的胸口,逼他们剥去温暖的睡袋。这两个家伙完全吓呆了,不停地哆嗦着。花正芳一挥手,由两个侦察员押着他们向沟口跑去。

花正芳和调皮骡子等四人在后面担任掩护。估计他们已走出很远,就分别在独立家屋和帐篷里投了几个手榴弹。敌人登时乱了营,一片鬼哭狼嗥,乱跑乱窜。花正芳和调皮骡子他们用冲锋枪干了个痛快。等到敌人架起机关枪还击的时候,他们已经远远地消失在如海的夜色里。……

他们回到团部,天色已经大亮。周仆听说仍未得到郭祥的下落,迫不及待地立即在山坡上对俘虏进行了讯问。

首先被讯问的是那个自称吉斯的大胡子老兵。因为其余两个一直惊魂不定,完全是一副吓瘫了的样子;他则比较活泼,流露出一种欣幸脱离战场的欢快。

周仆通过联络干事,首先向他了解了一般情况,接着问他:是不是参加了进攻狮子峰的战斗。

"什么狮子峰?"吉斯惶惑不解地问。

联络干事把那座山峰指给他。

"噢,您原来说的是小直布罗陀呀,军官先生。"吉斯恍然大悟说,"这些天,我们都是用这个诨号来称呼它的。因为在我们看来,它也许是地球上最狭窄、最难通过的地带了。我们的司令官说,我们必须通过它来包抄你们的部队。可是,我并不认为这样做是聪明的。因为当这个遥远的目标还是未知数的时候,我们自己的航船已经在礁石上被撞碎了……"

周仆发现他是个问一答十的健谈者,怕他扯远了,连忙提醒他:

"你是否参加了这场战斗呢?"

"参加过。我的确参加过,军官先生。"吉斯坦然承认,并深有所感地说,"而且我不无根据地认为,这是我所有参加过的包括第二次大战在内的一次最残酷的战役。骑兵第一师和我们二十四师在这一带至少伤亡了八九千人。仅仅在小直布罗陀,伤亡的也有近两千人。我自己的连队只剩下六七个人,这并不是什么奇事。我要永远感谢上帝的是,我就是这六七个幸存者之一。而且,即使像我这样的人,也已经累得精疲力尽,连骂人、说开心话的力气都没有了。你们昨晚把我抓来,应该说,绝不是偶然的。"

周仆急于了解情况,又问:

"你参加了最后一天的攻击吗?"

"是的,先生。"吉斯点头说,"我最幸运的地方也在这里。如果我早几天就参加对小直布罗陀的攻击,那也许就没有我们之间现在这次谈话了。因为最后两天,守军的弹药已经不很多了。这对我这个老兵来说,是显而易见的。因此,我和我的同事的心理是:最好等我们的炮火把他们消灭得一个不剩,我们再冲上去占领阵地。可是,当我们看到山头上没有动静,鼓起勇气冲上去的时候,我发现你们的士兵真是沉着得可惊!直到距离十几码远,他们才好像突然间从地底下钻出来,向着你的胸脯开火。真是可怕!先生,我应该对您说,直到现在我也不能理解:为什么我们那么厉害的炮火,他们就硬是不怕?他们哪里来的那么高的勇气?我当时的确认为,这恐怕是有上帝保护他们的原故。说不定在这次战争里上帝是站在你们一边,尽管你们是无神论者。"

周仆微微一笑,插话说:

"不是上帝,是人民!是人民站在我们一边。"

"当然,这是你们的看法。"吉斯耸耸肩膀,把手一摊。

这时,联络干事给了他一支烟。吉斯点着,更高兴了。周仆又接着问:

"昨天的战斗,你看到我们的人有什么行动吗?"

"噢,我的确遇到一些不可思议的奇事。"吉斯说,"昨天,我清清楚楚听到你们的士兵唱歌。我敢保证这不是传闻,是我亲耳听到的,而且是被我们包围的时候。最后他们还向我们——在我想是他们已经没有了弹药——抛下几十磅重的石块。特别是他们面临生命危险的时候,在小直布罗陀的右翼跳下了悬崖绝壁。当时的确把我们都惊呆了。坦白地说,我从来没有见过这样勇敢的军队!我确实作过严肃的考虑:和这样的军队作战,是毫无希望的。在任何情况下,我们还是不要同中国人打仗的好。"

周仆笑着说:

"我相信,你的这个结论是很宝贵的。"

由于他一心想知道郭祥的下落,没有多谈,接着又问:

"我们的人跳崖以后,你们下去搜索过吗?"

"没有,我肯定没有。"吉斯连连摆手说,"当时我想的只是,赶快把我轮换下去,以便离开这个可诅咒的地方。而且我确实认为,我们只是在他们没有弹药的情况下才侥幸占领阵地的。我们干吗还要去搜索呢?……"

吉斯的谈话虽然提供了不少情况,但对郭祥的下落,仍然没有答案。这使周仆的心情不仅没有得到宽舒,反而更加挂心了。郭祥既然没有被俘,又找不到他的尸体,那么,他究竟到了哪里?……

周仆把敌人的混乱和被削弱的情况告知了邓军,并且说:

"现在时机多好!如果手头有兵力,出击一下该抓多少俘虏呵!"

邓军沉思了一阵,坚定地说:

"至少也要把阵地夺回。我们可以把机关人员和轻伤员再组织一下。"

当他们把自己的决心报告给师长的时候,师长在电话里显得并不着急,并且有些神秘地说:

"不要慌嘛,同志!据我看,快了!快了!"

第十八章 雨 中

事过两天,师长打的哑谜就清楚了。原来另一个军要来接防,争强好胜的师长在接防前举行了一次较大的反击。在这次反击里,他们组织了一切可以组织的力量,全部恢复了失去的阵地。然后才办理交接,奉命转移。遗憾的是,虽然进行过多次搜寻,郭祥他们还是没有下落。

在向后方转移途中,三连只剩下 30 多人,仍然精神饱满地行进在这个英雄部队的行列里。当然,这是由于指导员老模范进行了很好的工作。在这些日子里,郭祥的失踪,不能不引起他特殊的系念。读者知道,当郭祥还是一个不懂事的孩子,就跟他像父子般地生活在一起,参军以后两个人又共同生活在一个战斗的家庭。他对郭祥是怀着一种何等深厚的阶级兄弟之情。但是,想到当前的情况,他不能不把自己的感情压到心底,尽力把担子挑得更好。

说起老模范,实在与那些爱说空话的人毫无共同之处。他是一个说一句走两步的共产主义的实践家,是一个甘愿把自己的骨头磨成碎粉只要对革命有用的人。他当指导员和别人的道路也有些不同。别人一般是由班长、排长、副指导员到指导员;或者是由宣传员、文化教员、副指导员到指导员;他则是由炊事员、炊事班长、上士、司务长到指导员。只是在入伍后当了几年机枪射手,以后因为年纪大就到炊事班了。而且他的发展阶段,是很难划分的。当他当上士的时候,还做着炊事班长、炊事员的工作;当了司务长,又做着上士和炊事班长的工作;当了副指导员,又做着司务长、上士的工作;及至当了指导员,也断不了跑到厨房里去给病号做饭。连他的装束打扮在内,仍然是一个老炊事员的形象。

三连是一个历史悠久的老红军连队。连队里还留下来一口红军时代的大铜锅,同志们管它叫"红军锅"。这只红军锅究竟是什么时候到三连来的,恐怕全师甚至全军也没有人能说清楚了。根据邓军的回忆,长征时炊事班就背着它;过雪山前,还喝过这锅里煮的辣椒汤呢。长征到达陕北时,这个炊事班的人全部都牺牲了,只有一个司务长在背着它。抗日战争爆发,红军东渡黄河。此后,这只红军锅就落在老模范这个河北平原老长工的肩上。他背着它。穿过了说不尽的风霜雨雪,走过了说不尽的无名山水,终于用自己的脊背驮着它跨过了中国历史上两个重要的时代。今天这口红军锅又随着他们越过鸭绿江来到朝鲜战场。尽管他现在是指导员了,由于他体会到炊事工作的艰辛,行军中一有机会,就又把这口大铜锅抢过来背上它,迈着坚实有力的脚步,继续在崎岖的山路上前进。

　　今年的雨季似乎有提前到来的样子。部队转移以来,仍不时落雨。这天黄昏出发,天还晴得蛮好,落日的余晖照得山头明晃晃的。队伍刚爬上山顶,天又阴沉起来,一个星星也不见了。不一时就飘下了零散的雨点。这时候,老模范正帮一个战士扛着一挺轻机枪兴冲冲地走着。刚刚转过一段山间隘路,就听后面有人惊叫了一声,接着是大铜锅在石头上磕碰的声音,当啷当啷地滚到山坡下面去了。老模范见出了事,立刻把机枪交给那位战士,来到连队后尾。因为夜色已浓,只能模模糊糊看见几个人在悬崖边站着,就急火火地问:

　　"谁掉下去了?"

　　"我们班长。"一个炊事员说,"他许是得了夜盲症了,还瞒着我们。刚才转弯,一脚登空就跑了坡了!"

　　老模范对着黑魆魆的深沟,拉着长声喊道:

　　"老吕头!——老吕头!——"

　　下面没人应声。老模范急了,一手打着电棒,一手抓着灌木的枝条,下了陡坡。一个炊事员也放下担子跟了下去。大约下了20多丈,才看见老吕头背着大铜锅倒在一块梯田里,正挣扎着往起爬呢。老模范连忙把他扶起来,说:

　　"老吕头!把你摔坏了吧?"

　　"不毬咋的!"老吕头在密密的雨丝里仰起斑白的头,"刚才我好像睡了一小觉似的。"

老模范上前去解铜锅的背带,一面又问:

"摔伤了没有?"

"不毬咋的!"老吕头挣扎着站起来,伸了伸胳膊腿,又说。

老模范扒开他的袖子、裤腿一看,见碰了好几处伤,连忙解开急救包,给他扎好。接着就抓起那口几十斤重的大铜锅,熟练地背起来。那个炊事员要来抢,老模范一挥手说:

"你搀着老吕头吧!"

他们往山上爬着。老模范边走边告诫说:

"老吕头呵!你干吗老跟别人抢这口铜锅呢!你这么大年纪,又得了夜盲症,以后可该接受教训了。"

"你比我也年轻不了几岁!"老吕头一面吭吭哧哧地喘气,一面不服气地说。

"可是,我比你壮实多啦!"老模范说,"再说,我当炊事员比你时间也长。"

那个炊事员接上说:

"指导员,叫我看,你们谁也甭争论了。我们班长这么干,也是你留下的作风嘛!"

两个老家伙哈哈笑起来。老模范说:

"不能说是我留下的作风,我还是跟老红军学的哩!"

三个人爬上公路,几个炊事员争着来抢铜锅,老模范哪里肯放,连忙摆摆手说:

"快,快,快点赶队伍吧,别蛮缠了!"

一个炊事员叹口气说:

"老模范哪老模范哪!你就不想想,你这么大岁数了,老这么干能行吗?"

"怎么不行?"老模范把脖儿一梗,"我摔打出来了!"

"我摔打出来了!""我吃苦吃惯了!"这就是老模范抢挑重担时的一句老话。

老模范背着大铜锅,一个炊事员用小棍牵着老吕头,其他炊事员挑起了担子,又在无边的风雨里快步前进了。

午夜过后,雨停风息。队伍下了山,行走在宽阔的公路上。老

模范和老吕头一边走一边谈心。老吕头说:

"老模范!咱们连这几仗都打得不错。可现在又剩下三十几个人,要下来什么任务能完成吗?"

"你别担心。"老模范说,"祖国人民支援着咱们哪!咱们到后面一补兵,呼啦一下子又是一百多人,到时候又够你老吕头忙乎的了。"

"这我倒不怕。"老吕头笑着说,"我就是怕人少。过去做几大锅饭,现在一锅都吃不完。一看吃饭的人少了,我这心就像泡在醋缸里似的,酸得难受。"

"不要这样,老吕头!"老模范说,"过去我当炊事班长那时候,也是这样。后来我就明白了:这革命是需要代价的。你就买个锅碗瓢盆,不花钱也不行呵!就说咱们这个大铜锅吧,在这锅里吃过饭的人,伤亡的、残废的是不少,可是咱们不是换来了一个新中国吗?听咱们邓团长说,毛主席上井冈山,开头人很少,吹一声哨子就集合起来了。你看今天多少个军!多少个兵团!革命事业发展得有多大!"

"这倒也是。"老吕头点点头,隔了一会又问,"咱们的连长有消息吗?"

"现在还没有。"老模范宽解地说,"不过他肯定没有被敌人抓去。我看一定有希望回来。"

"这可是个好人哪!"老吕头说,"到现在也不知道他是死是活。这些天,全连同志都吃不下饭,多盼望他能回来呵。我看他不光打仗好,心地也好。他平常见了我,不笑不说话,就像我是他的长辈似的。你做错了事,他就批评你,批评过就完了,从来也不嫉恨人!就是你顶撞了他,他也不嫉恨你。他那心就像一潭清水,一眼就看到底了!"

老模范一时没有说话。老吕头忽然意识到,谈这个话题会引起老模范的伤感。停了一会儿,又问:

"老模范!白英子现在不知道怎么样了?"

"有小杨照顾她,我想不会错吧!"

"以后再有朝鲜孤儿,你们别再托给我了!"老吕头显然有意见地说,"刚熟一点儿,你们就领走了。"

"那不是因为要打仗么?"

"那倒也是。……可是现在休整了,你们谁也不提把她领回来叫我看看。"

"到后方去许有机会,老吕头。"

"我还用降落伞给她做了一条小裙子呢,一直在我小包袱里包着,你们谁到后方医院去,给她捎去吧!眼看天也热了。"

老模范连连点头答应。

拂晓,他们赶上了自己的连队。

部队正坐在路边休息。

这时,有一个掉队的战士,正步履艰难地从他们面前经过。老模范用眼一撒,看见他的一只鞋子前后都张了嘴儿,用一条带子和两条破电线勉勉强强地捆着,脚趾头也碰破了。老模范亲热地打招呼说:

"小伙子!你是哪个单位的呀!"

"军部通讯营的。"他说。

"你穿的是什么鞋呀?"

"人家穿的是新式凉鞋!"调皮骡子打趣地说,"前面是蛤蟆张嘴儿,后头是鸭蛋出气儿!"

大家笑起来。小伙子低头看看,也忍不住笑了。

老模范招招手说:

"小伙子,来!你坐下歇一会儿,我给你缝缝!"

"你会缝呀?"小伙子迟疑地说。

"你就快脱下来吧!"人们乱哄哄地说,"这是老模范的补鞋铺,有名的了。"

小伙子眯细着眼,望着老模范刻满皱纹的赤红脸,好大阵子,才说:

"噢!你就是老模范哪!"

老模范亲手帮他解开带子和电线,把鞋脱下来。接着从背包里拿出钉鞋工具。细麻绳在那根一寸多长的大针上是早就纫好了的。他用两腿紧紧夹住那只不像样子的布鞋,穿锥引线,简直像老鞋匠一样熟练,不一会儿就缝好了。最后又嘴里含着小钉子,举起小锤子,结结实实地钉上了一个前掌。用手又摸了摸,把钉子尖砸得平

平的,这才递给那个小伙子,说:

"试试,看怎么样?"

小伙子往脚上一登,乐了。他向老模范招招手,留下一个极其动人的笑容,迈开轻快的大步赶队伍去了。

"老模范!你的鞋铺又开张了?"

老模范一看,原来是团部的王参谋,挎着一个皮图囊,拄着一根小棍儿,从后面赶上来。老模范笑着说:

"怎么,你这个作战参谋也掉队了?"

王参谋走到老模范身边,扶着他的肩头坐下来,说:

"我这胃不争气。昨天出发前一点也吃不下,到后半夜就饿得撑不住了。你这儿有什么吃的没有?"

他说着,就来捏老模范的挎包,并且鬼笑着说:

"我知道你这个老习惯!"

的确,老模范自当炊事班长起,就有这么个习惯:总要留点什么吃的,例如剩饼、剩饭、锅巴、山药蛋之类,装在自己的挎包里。这些东西他自己一点不吃,纯粹是为了给同志们应急。同样的,他自己并不抽烟,却有一个专门装烟的大口袋。每发下零用费,他几乎全部买了叶子烟,装在口袋里,偷偷地打在背包里面。平时不露,专门来解救那些焦躁不安、嗷嗷待哺的"烟民"。在本连当过战士的王参谋,对他的这个"老习惯"自然是知道的了。

老模范用审查式的眼光,看了一下王参谋的脸色,认为情况属实,就把王参谋的手一推,笑着说:

"别趁火打劫了,还是我自己来吧!"

说着,他从挎包里掏出一大包黄灿灿的锅巴,分给王参谋一大块。其余的人也都纷纷围上来,一大包锅巴顷刻就分完了。老模范乐呵呵地望着大家噶崩噶崩地吃着。

"你也吃点嘛,老模范!"人们说。

"不行!"他连忙摇摇手,"这东西太硬,我这胃受不了!"

这时候,忽然有人在那边半哼半唱起来:

    熬了一宵又一宵,

没有坦柏①好心焦；
无奈何来把噢包②叫，
噢包又说奥不扫③……

老模范一看，是调皮骡子，正在那边靠着背包半躺着唱呢，就说：

"又是你！你怪腔怪调地唱这个干什么？"

"我这是引起领导的注意嘛！"调皮骡子笑着说，"老模范！快救济救济吧，我是实实在在瘾得够呛了。"

"对，对，老模范，把你的小仓库打开，救济救济！"人们纷纷响应着。

"喝！怎么你们全知道我有存货呀！"老模范笑着说，"这回你们可判断错误，没有了。"

"不，不，我们不信！"人们说。

"你要说没有，我们就搜！"调皮骡子说。

"可只有一小把儿。"老模范让步说，"你们抽了，可不许再要！"

"行，行。一个人抽一口也行。"

于是，老模范从背包里伸进手去，摸索了好半天，掏出一大把黄灿灿的烟叶子。"烟民"们兴高采烈，纷纷从小本上撕下卷烟纸，卷起喇叭筒来。顿时，山岗上飘起了烟草的香味，驱散了一夜的辛劳，唤起了笑声与歌唱。

这时的老模范却坐在一边，笑眯眯的。

临到宿营地，天又落起雨来。部队住在一个小村里。战士们坐在温暖的地炕上，和朝鲜的老大爷、老大娘们用半通不通的中朝混合语亲热地叙谈着，和孩子们说笑着，就像到了家里似的。一夜行军的疲劳顿时去了一半。

老模范查看了各班。他对群众纪律抓得特别紧，看到大家的衣服被雨淋湿，怕乱烧老乡的柴草，就集中买了来分给各班烤衣服，还

---

① 坦柏：朝语"烟"。
② 噢包：朝语"喂"。
③ 奥不扫：朝语"没有"。

把战士们穿破的鞋子收了来准备缝补。正在这时候,小罗匆匆忙忙地跑来说:

"指导员!有一个战士抱老乡的柴禾。"

"谁?"

"不知道是哪个连的。"

"你没有制止他吗?"

"制止了,他不听。还说,头都不要了,烧一把柴禾算什么,我也不能从家里带来。"

"你没有问他是哪个连的?"

"问了,他说,你管不着!"

老模范心中甚为不安,立时陷入严肃的思索。他感到这不是个别战士拿了一把柴草的问题,而是最近环境变得艰苦以来,有些干部对纪律抓得不是那么紧了。有些人进门不注意脱鞋了,出发以前,也做不到水满缸了,甚至地也不扫了。在这个时候,如果不提起团党委的注意,发展下去是不好的。

饭后,老模范挽起裤腿,披上雨衣,冒着雨赶了十多里路来到团部。

周仆光着两只脚,正坐在老百姓的小屋里看文件。一看老模范来了,他马上放下文件,笑着说:

"老模范!这一阵儿没把你累垮呀?"

"累不垮!"老模范也笑着说。随即向政委打了个敬礼,脱了两只大泥鞋,挂起雨衣走进来。

周仆见他穿了身褪色的旧军衣,补了好几个大补丁,摸了摸,还是湿的,就说:

"你怎么也没换身干的?"

"我还没来得及换呢。"

"没来得及?"周仆一笑,"你别哄我了。你把新衣服都给了别人,开个英模会,还得跟别人借。你也做得太过分了。"

"咳,还是叫小年轻的穿吧。"老模范说,"我胡子扎撒的,穿那么新鲜干什么!"

周仆拉他坐下,老朋友似的凝望了他好大一会,关切地说:

"老模范!你可有点瘦了。我听说前几天,你那老病又犯了。

人都说:老模范是越生病,干得越邪! 我看,以后还是注意点好。"

"我只要不躺倒,病就摞不倒我。"老模范笑着说,"要是一松劲儿,可就起不来了。病就是这么个东西:你千万要拿住它!"

"那也要看具体情况嘛!"周仆笑着说。

"不,总起来说,松劲不行!"老模范坚持说,"抗日战争那时候,摆子快来了,我就爬山,一顶就把它顶回去了。这也不是一次两次的经验。"

周仆知道老模范冒雨前来,必定有事,就说:

"老模范! 你是不是来探问郭祥的事?……临下阵地,师长又派侦察连去找了一趟,还是没有下落。"

老模范沉默了一会儿,说:

"不,我是来给党委提个意见。"

"提什么意见哪?"政委笑着说。

老模范把刚才发生的事和最近观察到的问题说了一遍,周仆脸上的笑容消失了。老模范接着说:

"这可是个原则问题。咱们的军队一建立,毛主席就提出三大纪律八项注意;临出国又发了指示,叫我们爱护朝鲜人民的一山一水一草一木。可是现在有人倒说,我们来到这儿,头都不要了,烧把柴禾算什么,这是什么思想?……"

"好,好,你讲下去。"周仆的神色严肃起来。

"问题是为什么会发生这样的事?"老模范继续说,"政委,你是我的老上级了,你知道我说话不会拐弯抹角。依你看,最近在这方面抓得怎么样?"

周仆的脸有点红,但依然微笑着说:

"我最近在这方面确实抓得不紧。……本来是想召开一次党委会的。"

"确实该讨论讨论了。"老模范说,"咱们团平时纪律还不错,环境一艰苦,就抓不紧了。为什么? 我看主要是有温情主义。一看战士们太艰苦,就想马虎一点算了。其实这是害了战士,也害了革命。政委,我可是吃扁担,屙扁担,直不笼统一下子,对不对全说出来了……"

周仆心情激动,紧紧握住老模范的手说:

"谢谢你,我的好同志!我认为,在这个节骨眼上,你击中了我的弱点,给了我一个很重要的帮助!……今天下午,我们就开党委会。"

他一直把老模范送到门外,在蒙蒙细雨里,久久地望着这个老长工出身的指导员略略驼背的背影。他觉得,这背影在眼前越来越显得高大,而自己却多么渺小呵!他发现自己,虽然比老模范多读过几年书,受党的教育更多,职位更高,但在关键时刻,老模范却常常比自己坚定得多,看问题明确、尖锐得多。想到这里,他颇有一点惭愧之感。他觉得,自己对这位模范人物的认识还是很不够的。表面上看,这个人物的模范事迹,只是一些平凡的生活琐事。联系起来看,就会发现他有一个多么美丽的灵魂!十多年来,你从他身上里里外外都找不到一点是"为我"的东西。周仆清楚记得,在抗日战争最艰苦的年头,有人告诉老模范,他的妻子在敌占区要饭,他听到后,没有一声叹息,没有一滴眼泪,仍然精神奋发地工作。那时候每个月一块钱的零用费,他也大部分给同志们用了。他确确实实是从来不想到自己。在他那口大铜锅里吃过饭的一些同志,早已经是团长、师长甚至是军长了,而他却仍然心安理得地、十分愉快地背着他的大铜锅在满是风雨的道路上前进。他是只低头拉车、不抬头看路吗?不是。他对同志是无比的热情和谦和,但是当他看到谁违反党的利益,就把他那斑白的头一摆,毫无顾虑地进行严肃的斗争。今天的事,就是其中的一例。周仆觉得,老模范是那种把自己的一切一点不剩都献给革命还嫌不够的人,是真正有着共产主义觉悟的"毫不利己专门利人"的典型。对于这个人,自己是应该如何认真地向他学习呵……

老模范那坚强的、肩宽背厚而又略显驼背的背影,已经隐没在山谷的烟雨中了。可是周仆却还站在那里呆呆地望着……

"老周,你老在雨地里站着干什么呀?"

周仆从沉思中惊醒,回头一看,原来是团长回来了。两个人到了屋里,周仆把老模范提意见的事说了一遍,最后激动地说:

"老邓,我看这样优秀的同志,应该增选为团党委的委员,这对加强党的战斗力是大有好处的。"

邓军欣然同意。在下午的党委会上就通过了。

第十九章　洪　水

　　这一时期，在后方也是很艰苦的。
　　由于敌人"空中绞杀战"的加紧，铁路时断时修，运送伤员的列车，有时要六七天才能到达丹东。大批伤员不得不临时安排在朝鲜的民房里，临时搭成的棚子里，甚至桥洞里。杨雪她们每个人常常要护理一百多人。跑到这个屋里，又惦着那个屋里；跑到那个屋里，这个屋里又有伤员呼叫。真是忙得脚不沾地。打饭打水，常常肩上挑着一副桶，手里还拎着一个桶，总是一溜小跑。每天能睡上两三个小时，也就很不错了。再加上物资十分缺乏：伤员下来没有小碗，她们就找一些罐头盒子，砸巴砸巴，给伤员使用；没有绷带，她们就把自己的被单扯了，消消毒，给战士们裹扎伤口。真是恨不得身上长出一百只手来，应付当前的一切。直到大批重伤员运送到祖国去了，小杨她们这才缓了一口气，躺下来安安静静睡了一觉。这一觉可不短，一下就睡了三天。第四天，这群年轻的姑娘们才真正醒来，跑到溪水边好好地洗了一个脸，梳了梳头。小杨还特意把那面裂了纹的包着红边的小圆镜子掏出来，大家都抢着照了一照，又嘻嘻哈哈地笑着，说着，唱着，投入了新的工作。
　　黑云岭阻击战开始以后，又有大批伤员下来。医院的条件，仍然没有显著改善，再加上三天两头下雨，更增添了新的困难。这些天，不断有这里那里桥梁被冲断的消息，重伤员仍然无法转运。小杨她们除了护理伤员，还要到山上割草打柴，怕天气连阴下去，烧水做饭都难办了。
　　这天，滂沱大雨整整下了一日，吹了熄灯号，还没有停的样子。杨雪安置白英子睡下以后，就抓起两个凉窝窝头，一边啃着一边上了夜班。为了不惊动伤员,她蹑手蹑脚地摸到灶火间里,悄悄地坐下来,模模糊糊听见里间屋还有人在时断时续地谈话。声音很低,雨声又大,一时听不清楚。她侧起耳朵来,听见一个声音说:

"咳,今天又没吃饭。这样下去受得了吗?"

杨雪蓦地一惊,心里想道:"这里住的八个重伤员,每一个都是自己刚才喂过饭的,怎么说没吃饭呢?"

正在纳闷,只听屋里又谈论说:

"吃饭?照看那么多伤员,哪还有时间哪!"

"有一回,我看见她叼着半块窝窝头就睡着了。"

"咳!别说是一个姑娘,就是三个棒小伙也累垮了!"

"粮食也恐怕不够,你瞅人瘦多了!"

停了一会儿,谈话又继续着:

"下次,叫她跟咱们一块儿吃不行吗?"

"不行呵!那是人家医院的纪律!"

"纪律?咱们就不会来一个……"

"来个突然袭击!"

刚说到这里,有人"嘘——"了一声,谈话就中断了。

杨雪听到这里,禁不住偷偷笑了。原来他们在定秘密计划哩,警惕性还挺高呢。这时候,杨雪真想冲过去对他们说:"喂!你看我不是很好吗?哪里有你们说的那么严重!"

接着,又听见一声深沉的叹息:

"咳!这么些天了,她一天价围着咱们转,喂水喂饭,接屎接尿,还哄着我们,我们简直成了小孩子了!"

"我比你们来得都早。"另一个声音说,"小杨怕我生褥疮,还给我做了一个褥垫儿。我那时候还昏昏迷迷的。等我清醒了,才发现她的棉衣大襟鼓鼓囊囊的,跟别人很不一样。我一摸,里面装的尽是稻草。我说:'你怎么装这个呀?真成了草包将军了。'她也跟我开玩笑说:'当个草包将军怕什么呀,这里装的是金丝草,赛丝绵,又挡风,又挡寒。'后来别人才告诉我,我的褥垫儿就是她的一条单裤和她大襟上的棉花做的。"

"听说,她的被子也给了伤员,"另一个接上说,"大衣给了那个朝鲜小姑娘了,最后只剩下一个枕头,晚上睡觉就盖点儿草。"

"咳,"又是一声长长的叹息,"直到现在我身上还装着她二百CC血呢! 一个女同志,怎么受得了呵! 抽了血回去就喝两碗盐水……"

谈话又中断了。他们仿佛都沉到深深的感动里。

沉了一会,一个声音用坚决的语气说:

"一定得让她跟着咱们吃! 哪怕咱们少吃一口呢。"

"我考虑过了,你们说的那个突然袭击不行。"另一个接上说,"我倒有一个办法……"

"什么办法?"一个声音急火火地问。

"下次我们挤住她,就说:你要不吃,就是嫌我们脏! ——这个办法准行,因为她就怕你给她提到原则高度!"

人们低低地笑起来。

这边的杨雪,被战士们美丽的灵魂深深地震撼着。她感到战士们真是太可爱了! 太可爱了! 她真想跑过去说:"同志们! 亲爱的同志们! 在这个伟大的战争里,我不能变成个男的,亲手到第一线一枪一刀地杀敌人,就够让人惭愧的了。我在后方做了这么一点点微不足道的事,又算得了什么呢! 你们那样感动,只是因为你们的心地好,并不是我的工作有什么了不起的。只有你们,才是决定胜负的人,也是付出最大代价的人。而我,只不过是用自己的手洗去你们身上的血迹罢了,哪里值得你们这样称道呢?……"

里间屋已经传出匀称的鼾声,杨雪也倚着灶台打起盹来。外面的大雨,却一阵紧似一阵,并且滚动着坦克炮一般的雷声。但是因为杨雪太困倦了,竟然像没有觉得似的。

睡梦间,小杨模模糊糊觉得有人推自己的肩膀:

"小杨! 小杨! 你醒醒!"

杨雪听声音像是徐芳,揉了揉眼说:

"是小徐吗? 出了什么事啦?"

"小杨姐,你快去吧!"徐芳拉着她的膀子说,"我整不了啦!"

"到底什么事呵?"

"有一个伤员闹得厉害,非要我马上找他们连的指导员不行! 你快看看去吧!"

这徐芳虽是文工团下来的,看见护士少,经常参加值班。但是遇见情况,还是不知道怎么处理。杨雪见她这么着急,就连忙扯起裙子后裾往头上一蒙,冒着大雨来到五号病房。

她们刚刚脱了鞋,把门拉开,就听见里面喊道:

"你们是谁呀?站在门口的是谁呀?有我们班的人没有?你们快给我找指导员哪!快找指导员哪!"

在昏黄的烛光下,杨雪看见那个挨墙躺着的30多岁的班长。他是这里伤势最重的一个,因为头部还有弹片没有取出,有时昏迷,有时又处于昂奋状态。杨雪怕头发上的雨水滴到伤员脸上,摘下帽子来拧了一拧,趁势擦了一把,走上去,伏下身子轻柔地说:

"李班长!你好好地睡一会儿,等天亮了,我们给你找指导员去。"

这话丝毫没有发生作用,那位伤员还是照旧喊着:

"不行呀,我心里难受得很哪!你们快给我找指导员哪!"

"你找指导员干什么呢?"杨雪又轻柔地问。

"我要向指导员作检讨呀!我打下来阵地没有守住呀!我是一个共产党员,我对不起祖国,对不起党,对不起毛主席呀!……我心里难过得很哪,你们快给我找指导员哪!……"

杨雪见他那昏暗不清的眼睛里,涌出满满的两眶泪水,滔滔不绝地滚下来。她急忙掏出小手绢给他擦泪,被他一手掌就挡回来,继续喊道:

"你们不给我找,我要自己去!我要到前方去!我要到前方去!……"

他那像小泉眼一般的眼泪,顷刻就在枕头上湿了一大片。杨雪和徐芳也被这个战士的伟大的革命责任感所激动,止不住飘下了几点泪水。杨雪擦了擦眼睛,极力压住自己的感情,并且用带有几分威严的语调说:

"李班长,你听我说。毛主席的好战士都是听命令的。你在前方听命令吗?"

"我听呵!"伤员回答,声音显然小得多了。

"那么在后方呢?毛主席的好战士要不要听命令呢?"

"听。"他几乎带着几分温柔地答道。

"对嘛,这才是好同志嘛!"杨雪又换成温和的调子说,"你不是要找你们指导员吗?我就是上级机关派来的,跟你们指导员一样。你对我们检讨了,也就是对你们指导员检讨了。李班长,你是一个好同志。你在前方打得很好。你不是还立过功吗?……"

"立功不立功有什么!"他反驳道,"为的是祖国嘛!你们说对不对?"

杨雪听到他反驳,更高兴了,这说明他有几分清醒了,就顺着他的话茬说:

"是嘛,你说的对嘛!我们并不是为了立功,是为了保卫祖国,为了朝鲜人民,为了消灭帝国主义才打仗的。你看这样说对吧?"

"对,这样说才对。"他认真地说。

感情的高峰过去了,谈话已经进入一般讨论的范围。杨雪很是高兴。这时只听他又说:

"你是政治处的张干事吧?"

"对,对,我就是张干事。"杨雪随口回答。

"你坐下来,我还有话跟你说呢!"

杨雪本来是一条腿跪着,连忙坐在他身边,给他擦了擦眼泪,又整了整枕头。叫徐芳舀了一小罐头盒水,一匙一匙地舀给他喝。

伤员喝完水,又亲昵又郑重地说:

"张干事!你回去一定要告诉指导员:我的伤不重,我就快要回去了。有什么任务,我一定保证完成。你叫他把那支冲锋枪给我留着,我那支枪挺好使的。张干事,我给你说,我有一条经验:什么敌人都是搁不住打的!……"

五号病室的伤员几乎全被吵醒了。杨雪逐个地巡视了一遍,把被子都给他们披好。刚要离开,那边一个截了下肢的伤员,又叫住她:

"你过来!小杨!"

杨雪连忙走过去。

"小杨!"他几乎是用孩子在母亲面前说话的声音说,"我今儿个怎么一天没有看见你呢?"

"我来的时候,你睡着了。"杨雪笑着亲切地说。

"你在我这儿稍微坐一会儿不行吗?一分钟也不行吗?"

"行,行。"杨雪连忙在他身边坐下来。

"小杨!"他望着杨雪,"我真不知道该怎么感谢你。……我截肢以后,不能再到前方去,真是太难过了。经过你给我做解释,我这思想才像开了一扇小窗户似的敞亮多了。我们祖国,真有那么一位无脚拖拉机手吗?"

"当然有。"杨雪笑着说,"我还能哄你吗,小陈?"

"我也相信你不会哄我。"小陈说,"这些天,我一合眼,就好像真的坐在大拖拉机上,呜噜呜噜地开起来,比我有脚的时候还走得快呢!"

杨雪笑了。走到门口时,还听见他在后面说:

"小杨!到明天你可一定来呀!"

"好,好,我一定来!"

杨雪连声答应着,在廊檐下登上她那双黑胶鞋,在泥水里吱哇吱哇地走了。

"真神!"徐芳望着杨雪的背影暗自钦慕地说。刚才自己手忙脚乱的事,杨雪一来很轻易地就解决了。看来还是杨雪对战士的思想感情体会得深呵!

杨雪回到灶房间,打了个盹儿。陡然间,一个炸雷像打在房顶上似的,把自己从梦中惊醒。走到门口一看,闪电一个接着一个,照得外面明晃晃的。急风挟着暴雨,像瀑布一般倾泻下来。

"像这样大雨,不知道河里的水涨得怎么样了?"杨雪心中不安地想着,正要到所部去问,只见雨地里走过一个人来,气急败坏地喊:

"小杨!小杨!快到所部去!发大水了!"

杨雪听见是所部通讯员小王的声音,连忙吩咐护理员把伤病员喊起来,接着急火火地向所部跑去。这时院子里和街道上的水已经有脚脖深了。

所部点着一盏马灯。已经谢顶的老所长坐在那里,全身像从水里刚刚捞出似的。看样子,他刚从外面回来。几个班排长围着他,正在请示什么。气氛显得十分紧张。

杨雪刚踏上台阶,老所长就问:

"小杨!你们院里进了水没有?"

"已经脚脖深了。"杨雪说。

"情况很严重!"他严肃地说,"中午我到堤坡上去看,河里的水还只有半槽,现在已经出了槽了!西边山洪也下来了!现在村子已经处于被洪水包围的形势。这鬼天气!简直是配合美帝向我们进攻。"

"怎么办呢?"人们纷纷地问。

"最重要的是保住伤员。"他说,"中午,分部就通知我们,如果情况严重,就用火车把伤员转移出去。已经派人到铁路上去看,大概快回来了。"

说着,扭头看了看那个旧马蹄表。表针正指着凌晨一点。平常这只表,滴哒滴哒走得很清脆,现在已经完全被外面的风雨声、雷声掩盖住了。

不一时,司务长披着雨衣,拿着电棒从外面回来,在院子里就摇摇手说:

"不行了!铁道已经叫水淹了!"

这时的老所长,脑门上出现了几粒黄豆大的汗珠,但是声音仍然很镇定地说:

"同志们!现在是考验我们的时刻。我们一定要对伤员同志的生命负责,还要保证村里老百姓的生命安全。你们回去立刻把门板、铺板卸下来,扎成木筏子,把他们转移到山上去!"

杨雪往回返时,急风暴雨之势已过,雷声也渐渐远去,水势却越来越大。这时震人心魄的,倒不是暴雨声,而是山洪滚动的沉重的隆隆声和河水暴涨的怕人的哇哇声。这两种声音搅成一片,像要立刻把这座小村庄吞噬下去。迎着闪电四处一看,这座离河不远的村庄,已经完全泡在白茫茫的大水里。站在当街,就像站在滔滔的大河里一样。暴涨的河水和下来的山洪正汇合起来向村庄逼进。

杨雪回到院里,水已经有膝盖深了。轻伤员们和护士们见杨雪回来,都围过来问:

"小杨!怎么办哪?"

"所部决定往山上转移。"杨雪说,"大家赶快卸门板,扎木筏子!"

一声令下,大家立刻叮叮当当地干起来。木筏子倒是钉成了,就是往水里一放,浮不起来,经不住人。

一个伤员提议说：

"咱们还是上房吧！"

杨雪果断地摇了摇头，说：

"不行！现在水还涨呢。房子叫水泡塌，损失就更大了。"

"那可怎么办哪？"

这时，几十双眼睛都盯着杨雪。杨雪把一缕乱发往帽子里塞了塞，沉着地说：

"办法倒有，就是还要请示一下。"

这杨雪自幼生长在大清河边，应付发大水有一些经验。刚才她从村边经过时，就注意到那一片粗大的栗子树了，她想，把伤员送到树上，不是很好的待避所吗！

正好所长出来巡查，杨雪同他一说，所长同意，于是就立刻动员大家把门板撂在树上。

这时虽雨停风息，水势却继续猛涨不已。河水和山洪搅成一团，像千万头狮子吼叫着要扑过来。但是因为有了明确的办法，大家反而镇静了许多。等树上的门板撂好，他们又立刻分了工，女护士把伤员背到树下，男护士在树上接。轻伤员互相搀扶着，在激流中转移。村里的老百姓，也扶老携幼，向着那一片大栗树林子涌去。

杨雪正要找白英子，给她在树上安置个地方，看见她扶着一个伤员，头上顶着东西在水里走呢。这个小姑娘自来到医院，就是这么积极、勇敢，总是抢活儿干。杨雪到山上打柴，她就抢斧头、镰刀；杨雪到伙房打饭打水，她就抢瓷盆、水桶；杨雪到病房去，她也在后面踮踮踮跟着，端盘子、拿镊子，给伤员喂饭喂水，简直成了一个小看护员了。而且她学了许多汉话，中朝混合语说得很是熟练，跟伤员一聊就是老半天的。现在杨雪看见她在这么深的水里搀扶伤员，很不放心，就上去一把拉住她说：

"瞧！大水都淹到你的小胸脯子了，你能行吗？"

白英子翻翻眼，用熟练的中朝混合语说：

"小杨姐！我的怎么的不行呵？关系的没有哇！"

杨雪不容分说，把她头上的东西抢过来，紧紧拉着她，和伤员一起向栗树林走去。到了树下，杨雪抱着她，高高地举起来，男护士在树上接着，把她拉到树上去了。杨雪临走，还带着几分姐姐的尊严嘱咐说：

"小英子！你可不许再下来了。"

白英子坐在门板上，悠打着两条小腿儿，一面拧着小裙子上的水，歪着短发齐眉的头，笑着说：

"小杨姐！你的去吧，关系的没有哇！"

"不管关系的有没有，你都不许再下来了！"杨雪沉下脸儿，再一次郑重地说。

杨雪把房东老大娘也搀扶着越过激流，送到树上，接着就去背重伤员。那位李班长，这时却颇为清醒，见杨雪要来背他，十分难过地说：

"小杨呵！听说我前半夜给你找了麻烦，弄得你没有休息，这会儿又来背我！"

杨雪笑着说：

"这有什么呀，李班长！你负了这么重的伤，我能够背你，还觉着是光荣呢！"

杨雪一面说，一面动手来背。这位班长是个山东大汉，身躯高大，为了不使他的腿拖在地上，杨雪将他的两条腿紧紧抱在胸前。李班长连声叹着气，在背上说：

"唉唉，小杨呵，我长了这么大个子，你个女同志，怎么背得起哟？"

"你看，这不是背起来了吗！"

杨雪背着他，顽强地跨过激流。他在背上一直"唉唉"地叹着气，直到把他送到树上，他还难过地说：

"小杨呵！叫我怎么报答你呢？我原来有一块表，也叫炮弹给炸坏了……"

"这个好办。"杨雪在树下仰起脸笑着说，"李班长，等你伤好了，再到前方去，多牵几串俘虏来不就行了！？"

李班长含着泪笑着说：

"这个，我办得到！我办得到！"

这杨雪一向体力强健，像小牛犊子似的充满了使不完的精力。在军的小报上，曾被称为"铁打的姑娘"。过去背伤员，常常二三十地背，并不觉得怎样。可是毕竟前一时期劳累过度，不久以前又两次输血,所以背到第八个伤员时,就觉着浑身无力,两腿发软,竟两次跌在水里。伤员在背上看见她的头上满是泥水,难过地说:"小杨!看把你累成什么样儿了,快让我下来走吧!"这话使她比受了最严重的责备还要难过,终于以最大的毅力,跨过激流,把伤员送到树上。

等全部伤员、群众都上了树,水已经漫过了胸脯。徐芳又跑回去拿她的提琴。杨雪在树下站着,一直等到她来,连声说:"快快,小徐!我的老天爷!这是闹着玩的吗?"说着,就让徐芳踩着自己的肩头攀上去了。这时的杨雪已经没有一丝力气,攀着树,好几次都上不去。一个男护士从树上跳下来,用力举着她,才勉勉强强上去了。

东方已经发白。放眼望去,四外一片汪洋。当那浑浊的黄流,漫过村庄,从战士们的脚下汹涌滚过时,尽管快要舐着栗子树的绿叶,但却奈何不得那些坚强的人们。这时候,在栗子树繁茂的枝叶间,传出一阵阵悠扬的琴声。它在这样的清晨响起,显得特别清亮而又激越,像一首战歌似的,以不可战胜的调子,越过水面,飘向远方,飘向远方。——这是徐芳应战士们的请求,把那支《刘胡兰》选曲又高高地奏起了……

黄流滚滚,琴声袅袅。徐芳今天琴拉得特别有感情,特别深沉动人。因为自她到医院以来,她有许许多多感受。她曾在日记上写道:"真是不到医院,不知我军士气的深度;不到医院,不知我军医护人员的伟大!"在徐芳心底沉积的感情,今天怎么能不从她的手指上泄露出来呢!……

第二十章 金 妈 妈

这次洪水,据朝鲜老人说,是几十年来所罕见的。幸亏时间不长就消退了。满地都是烂泥浆,房屋倒塌了不少,自然又给朝鲜人民增加了很多困难。杨雪他们,除了护理伤员外,还帮助朝鲜人民盖房垒屋,工作就更加繁忙了。

关于郭祥失踪的消息,尽管大家极力瞒着杨雪,但她还是零零碎碎地听到了一些,使她陷入严重的不安和焦思苦念之中。这天,从朝鲜人民军转来了一个伤员,正是三连的通讯员小牛。这意外的消息,使整个医院为之轰动,大家纷纷去打听郭祥的下落。杨雪不好马上去,等人们散去,才悄悄来到小牛的病房。

小牛的两条腿都已摔断,内脏也受了重伤。他的精神本来挺好,可是一见小杨,没有说上两句话,就哭了。

杨雪抚慰地说:

"你不是回来了吗,小牛,还哭什么呀?"

"小杨,我对不住你!"他抽抽咽咽地说,"我没有跟连长一块儿回来。……"

杨雪立时热泪满眶,背过脸去擦了一擦,勉强压制住自己的情感说:

"你是怎么回来的呢?"

"跳崖以后,我也不知道自己什么时候醒的,一睁眼就满天星了。"小牛说,"我动了一动,浑身的骨头像酥了似的,疼得满身是汗,我强忍着爬过去找同志们,摸摸他们,一个一个,都牺牲了……"

"你找着你们连长了吗?"杨雪着急地问。

"没有。"小牛摇摇头说,"我在草棵里爬过来爬过去找,就是没有他。乔大个也没见。我没辙了,才往回爬。爬到小河边,要搁平时,我一步就跳过去了,可这时候怎么也过不去。幸亏遇到朝鲜人民军的侦察员,才把我救了。……"

听到这儿,杨雪又问:

"小牛,跳崖是你先跳的,还是他先跳的?"

"是他先跳的。"小牛说,"他跳的时候,我一把拉住他,本来想跟他说:咱俩一块跳吧,如果我摔不死,还可以照顾你。他误会了,当我要说什么软话,把我一推,就跳下去了。"

"敌人到底来过没有?"

"我不知道。"

"你就一点动静也没听见?"

"仿佛是两声枪响,把我惊醒了似的。其余的我就什么也不知道了。"

杨雪看实在问不出什么,只好作罢。最后察看了小牛的伤势,安慰小牛说:

"小牛,你就好好养着吧。你年纪轻轻,我看你的腿是能养好的。"

"你看我还能上前线么?"小牛睁大着眼问。

"能,能。我看没有问题。"

同小牛的谈话,没有带来一丝宽慰,反而更引起她对郭祥的渴念。在郭祥离开医院的这一段时日里,她常常觉得对不起郭祥。这不仅因为郭祥对她始终如一的爱情,长期没有被她察觉;而且她深深感到,在纷纭的生活之流中没有辨出一片真金;再加上过去自己虚抛的感情,更使人多么地愧悔呵!杨雪的这种心情老像一团乱丝似的在心头缭绕不去,总想有朝一日能对郭祥痛痛快快地倾诉一番。可是郭祥如今却生死不明,他此刻究竟在哪里呢?有谁能告诉她一个可靠的信息呢?……

亲爱的读者,要交代我们主人公这一时期的经历和下落,恐怕还要费较大一段文字。

前文已经叙明,那天玉女峰的跳崖,乔大夯是最后一个。这个身躯高大的机枪射手,如果要落在平地上,恐怕就没有生还的希望了;但他没有落在平地,而是被峭壁上的一棵小树架住。那时幽谷中暮色渐浓,晚烟腾起,天还没有完全黑下来。他就抱住小树定了定神。看看下边还有一两丈高。他听见敌人占领阵地后,胡乱吆喝了一阵,向下打了一通枪,并没有下来搜寻,才放了心。等到天黑,他就抓住壁上的葛藤,攀缘下来。他心里结记着那些跳崖的同志,就轻轻地爬到他们身边,一个一个地察看,见他们都牺牲了。小牛的两条腿已经摔断,叫了好几声,也没有回应。最后,他在一片灌木丛上,发现了郭祥。郭祥已经昏迷不醒,摸摸胸口,还有些热气,心脏也似乎在微弱地跳动。大夯喜出望外,就紧紧贴着他的脸,附在他的耳边,轻轻地叫:"连长!连长!"只听郭祥哼了一声,再叫又没回应了。大夯就把他带木壳的驳壳枪轻轻取下,佩在自己身上。然后,就把郭祥背起来,一只手在后面托着郭祥,一只手提着他那支带刺刀的步枪,下了山坡。

下到谷底,向北走出不远,忽然听到前面有咔咔的皮鞋声和"哈罗、哈罗"的呼唤声。大夯知道是敌人,就警觉地隐伏下来。接着,对面响起了哒哒的卡宾枪声,像飞蝗一般的子弹,从头顶上咝咝地穿过。大夯看到敌人发现了自己,惟恐再伤着连长,就紧紧背着郭祥绕道向西走去。

大约走出30米远,敌人又大着胆子追了过来。大夯回头一望,有三个家伙,已经离得只有几步远近,看样子想要抓他活的。他一看脱身不得,只好把连长轻轻放下,端起枪,大喝了一声,向着最近的一个敌人猛力刺去。这个敌人猝不及防,当即"噗哧"一声被刺进肚子里去,随着惊慌的惨叫,倒在地上。那两个回头要跑,也被大夯赶上去,捅了个透心凉,其余的敌人,早已吓得魂飞魄散,不敢再追。大夯也生怕敌人追赶,连忙背起郭祥,甩开大步急火火地向西猛奔。

这乔大夯本来想往西走,再绕路向北,不意山径曲折,迷失了方向,竟沿着向西南的一条小公路走下去了。由于心里急,步子快,一下就走出二三十里。大约走到半夜,觉得口干舌燥,正好路边有一道山溪,就将郭祥轻轻放下,摘下小搪瓷碗,舀了大半碗水,端到郭祥嘴边,一口一口地喂着,谁知竟喝下去了。大夯非常高兴,自己也喝了个痛快。正要继续上路,只见公路上扫过来一派贼亮的汽车灯光,说话间,一辆辆的卡车鸣鸣地飞驰过来。大夯一望,车上坐的都是戴着钢盔的美国鬼子,不禁暗暗吃了一惊,才知道路走错了。他急忙用一丛茂草遮住郭祥,自己也伏在草丛里。卡车一辆接一辆地从他们身边飞驰而过。大夯心中想道:"不管怎样,总要先离开公路才好。"车队过去了,大夯就背起郭祥,沿着山溪拐进一条窄窄的山沟。

这条山沟草茂林密,人烟稀少。大夯沿着一条羊肠小路,曲曲弯弯,又行了数十里,才看见山坡上有两三户人家。此时天色已近破晓。为了防备意外,大夯首先将郭祥隐蔽在草丛之中,悄悄来到一所独立家屋附近,藏在一棵大树后面观察动静。大约等了半个小时左右,茅屋的门才"哗嗒"一声打开,出来了一个朝鲜老妈妈。看去她有50多岁年纪,面容消瘦,鬓发斑白,穿着破旧的白衣白裙,打着一双赤脚。她在廊檐下略站了一站,就登上船形胶鞋,走到牛棚里去。接着,牵出一头已经衰老的黄牛,架开柴门,到下面小溪边饮牛去了。

饮牛回来,老妈妈又到小溪边顶了一瓦罐水,接着就弯着腰在院子里劈柴。她那粗筋隆起的老手举着斧头,劈了几下就显出很吃力的样子。大夯见她的房舍、穿着和举止,都像一家贫农,就轻轻地走进院子,叫了一声:

"阿妈妮!让我来帮你劈吧!"

尽管乔大夯怕惊着她,当她抬起头来,看见乔大夯那一身的血迹和泥土,还是着实吃了一惊,手里的斧头也"乓哒"一声跌落下来。

大夯见她惊慌,赶快指指自己的帽子,用生硬的朝鲜语轻轻地说:

"阿妈妮!我是'急文衮'哪!"

一声"阿妈妮",一个"志愿军",比最周详的介绍信还灵,比电流还快,立刻稳定了朝鲜老妈妈的情绪,沟通了他们之间的感情。她把乔大夯上上下下打量了一番,就紧紧攥住他的一只大手,抖抖索索地哭了。

大夯把郭祥背到屋里,老妈妈看见他衣服破烂,浑身血泥,昏迷不醒,一种无限的痛惜之情,深深地激动着她。她一面"哎呀、哎呀"地叹息着,一面慌慌忙忙地铺上被褥,取出枕头,安置郭祥躺了下来。她伏下身子,垂着斑白的头,眼泪扑嗒扑嗒跌在郭祥的胸脯上。

在这中间,她说了许多话,乔大夯都听不懂,听懂的只有"阿德儿"①一词。

老妈妈稍稍平静下来,就到外面把柴门紧紧闭上;回来从柜子里取出两身男人衣服,叫他们换了;把他们的枪支和带血的军衣都藏到牛棚里。接着就去给他们烧水做饭。

老妈妈给大夯做了大米干饭,给郭祥做了大米粥,又从坛子里夹出一些朝鲜酸菜,都用大铜碗盛着,用小炕桌端了过来。她一面亲热地招呼大夯吃饭,自己坐在郭祥身边,拿起小铜勺儿亲自来喂。此时郭祥仍旧处于昏迷状态,白米粥放到嘴里也不知道下咽。老妈妈无可奈何地叹了口气,又来喂水,倒是喝了不少。

此后一连三天都是如此。郭祥好像永远睡不醒似的酣睡着。尤其是他一口饭不吃,使老妈妈忧心如焚。这天,老妈妈出去了好半天,然后用裙子包着点什么笑微微地走回来。一倒出来,原来是五六个大红苹果。她连忙跑到厨房里煮成了苹果酱,兴冲冲地端到郭祥嘴边,拿起小铜勺儿来喂。她想郭祥一定会顺顺利利地吃下去,谁知郭祥只吃了两小口,就咽不下去了。眼瞅着老妈妈脸上一度出现的喜色消失了,怔怔地端着铜碗,不知怎样才好。大夯也急了,附在郭祥耳边轻轻地叫:

"连长!连长!阿妈妮给你东西吃呢!"

只听郭祥哼了一下,再叫又不应声。这时老妈妈再也抑制不住,把铜碗往炕上一放,哭了。……

但是第四天,老妈妈正给郭祥喂水的时候,郭祥哼了一声,接着慢慢地睁开眼睛,醒了。老妈妈高兴得拿着铜勺儿的手都轻轻地战栗着,说:"我的——'阿德儿'——醒来了——哟!——"这句话大夯虽然听不懂,可以听出她是在拉着长声唱着说的。大夯也满脸是笑凑上前去说:

"连长!你可醒啦!"

郭祥望望老妈妈,望望大夯,又望望这所朝鲜小屋和自己穿的朝鲜服装,眼光里显出一种惶惑不解的神情。他问:

"这,这是什么地方?"

---

① "阿德儿":朝语"儿子"。

大夯见他开始说话,更高兴了,连忙笑着说:

"这是敌后呵!连长。"

"敌后?"他仿佛对这个词儿很生疏而又费解的样子,重复地问,"什么敌后?"

"我们来到敌人后边了。"大夯认真地解释着,向周围一指,"这里四处都是敌人。"

"我怎么到这儿来了呢?"他又问。

"因为我们跳崖以后,走错路了。"

"跳崖?什么跳崖?"他又显出惶惑不解的样子。

大夯看出他得了脑震荡,尽管恢复了知觉,但是记忆并未恢复,就把这一段战斗历程,详详细细地叙说了一遍。当他听到大夯刺死了三个敌人的时候,还微微一笑,望望大夯,显出满意的样子。他沉吟了片刻,又接着问:

"跳崖的同志们呢?"

"都牺牲了。"

"小牛呢?"

"也牺牲了。"

只见郭祥的眼里,像有一粒火星似的闪动了一下,接着又问:

"我们的阵地呢?"

大夯见他有些着急,连忙说:

"恐怕早恢复了。"

老妈妈觉得他刚刚苏醒,不宜说话过多,就向大夯使了个眼色,又连忙把昨天熬好的苹果酱端过来喂他。郭祥竟然吃了不少。老妈妈给他擦了擦嘴,几天来第一次松心地笑了。

从这天起,郭祥的精神一天比一天见好。由于他同朝鲜老百姓接触多,会的朝鲜话也多,就同老妈妈不断地谈叙家常,亲昵得如同母子一般。从这些叙谈里粗略得知:老妈妈姓金,年轻时嫁给一个贫苦的农民,因为逃避地主的债务,迁居到这个名叫金谷里的小村庄已经几十年了。她生了一个女儿,两个儿子。女儿在十二岁的时候被卖去当了童工,至今还在釜山的一个纺织厂里。大儿子早年就参加了金日成将军的朝鲜人民革命军,在长白山一带与日本军队作战中牺牲了。二儿子结婚不久也走了他哥哥的道路,两年前偷越过三八线,投奔北方,现在是人民军的一位排长。家里只剩下老两口和一个儿媳。美国鬼子向南撤退时,要把她的儿媳拉走,老妈妈的丈夫抓起铁锨跟敌人拼命,两个人都被打死在当院里。老妈妈说到此处,指了指山坡上的两座新坟。

像一般朝鲜的母亲那样,老妈妈又问起郭祥的家世。郭祥比划着,粗略地说了。当说到自己的父亲被地主开膛破肚时,老妈妈流着眼泪,深有感触地说:

"中国的,朝鲜的,一样!"

老妈妈又问起郭祥的母亲多大年纪。郭祥把两只手翻了五番,又伸出了两个指头。老妈妈说:"噢,比我还小一岁呢!"

"不过,头发也花白了。"郭祥说着,轻轻地抚摩了一下老妈妈的鬓发。

"中国的妈妈好。"老妈妈不胜感叹地说,"她们的孩子在朝鲜大大的辛苦!"

郭祥不等她说完,就连忙接上说:

"中国的阿妈妮,朝鲜的阿妈妮,汉戛基①!中国的阿德儿,朝鲜的阿德儿,汉戛基!阿妈妮,你同我的妈妈汉戛基!"

老妈妈笑了。

说话间,已经过去了一周。但对乔大夯说,这日子却过得令人难熬。这倒不是因为他在敌人窝里担惊受怕,而是担心自己食量过大,怕老妈妈粮食少,以后难以度日。而且,他早就发现老妈妈不同他们一起吃饭。每到开饭,她不是说吃过了,就是借口有事要等一等才吃。这乔大夯像实心的竹子那么老实,但也还是有个心眼儿。这天中午,他吃过饭,就装着睡了。老妈妈把通厨房的门,"噶哒"一声关上。不一会儿,就听见厨房间有碗筷响动的声音。他悄悄地爬起来,在门缝里偷看。这一看不要紧,乔大夯登时难过万分,热泪滚滚,抱着头坐在那里半天没有言语。这时,正好郭祥醒着,连声地叫:

"大个儿!大个儿!你怎么了?"

大夯一时说不出话,抽咽了好半晌才说出了一句:

---

① 汉戛基:朝语"一样"。

"阿妈妮在那儿吃野菜呢!"

郭祥心中也十分难受,用袖子擦擦眼说:

"我们还是早点走吧!"

"这怎么行?"大夯说,"你头部、腿部的伤还这么重,怎么能通过敌人的封锁线呢?"

"不不,"郭祥说,"我似乎觉着有点儿力气了,头也没有那么痛了。就是腿不争气,你明天扶着我锻炼锻炼!"

正在这时,听见外面有推柴门的声音。大夯顺着窗上的破洞往外一看,只见一个鬼鬼祟祟的人,戴着平顶窄边的洋草帽儿,留着小日本胡子,已经推开柴门闯了进来。老妈妈也似乎听到了响动,一溜小跑地迎上去,用身子将那人拦住。两个人站在那里说了几句,那人才假笑了一声,勉勉强强地走了,一边走一边还回头向院子里偷看。老妈妈等那人走远,把柴门紧紧闭上,慢慢地回到屋里。

大夯把刚才的情景告知郭祥。郭祥指指外面,用朝语问:

"阿妈妮! 刚才什么人来了?"

"一个地主。"老妈妈面带愁容地说。

郭祥暗暗吃了一惊,又问:

"他来干什么?"

老妈妈比划了半天,郭祥才明白:那地主说自己的猫丢了,到这里来找一找。郭祥心里登时焦灼不安起来,不知什么迹象引起了敌人的怀疑。很明显,敌人虽然走了,决不会就此罢休。如果地主把治安队或美国人勾来,自己的生命事小,老妈妈可怎么办?

郭祥想到这里,就说:

"阿妈妮! 我们走吧!"

"什么? 你说什么?"老妈妈惊愕地扬起了眉毛。

"我们,北面的'卡'哟!"

老妈妈听到这话,激动地张开两臂把郭祥抱住,用半通的中国话说:

"这个的不行! 不行!"她指指自己的胸口,又指指郭祥和乔大夯,"有阿妈妮,就有你们! ……办法的我有。"

这天,老妈妈提前做了晚饭,喂了郭祥,又硬逼着乔大夯把两大铜碗饭吃下去。大夯不吃,她就拿起铜勺儿来喂,弄得大夯脖粗脸红，怪不好意思，只好把两大铜碗饭都吃下去了。饭后，她又找出一条绳子，把被褥捆好。等天色黑下来，就叫大夯背起郭祥，带上枪支，自己顶着被褥，把屋门、柴门全都锁了，自己在前面引路，上了屋后的山坡。

山坡上有两座新坟。绕过新坟，有一条弯弯曲曲的小径。因为草深路小，小径几乎被掩盖得看不见了。大夯紧紧跟着老妈妈的脚步，穿行在山腰里，向着一条更幽僻的山沟走去。

约摸走了十几里路，在迷离的月光下，看见前面有一座高高的悬崖，上面长着两三棵古松。悬崖旁边是一个陡坡，被长年的流水冲得坡坡坎坎。老妈妈走到这里停住脚步，打打手势，叫乔大夯要小心一点。接着，就攀着灌木丛，上了陡坡。大夯也跟了上去。没提防，有几只宿鸟，从脚下惊起，噗愣愣地飞到山那边去了。大夯不由地打了一个趔趄，定神一看，悬崖旁边，有一个自然洞，洞口有半人来高。老妈妈把包袱放下，叫大夯把郭祥也放下来。两个人就猫着腰钻了进去。大夯划了根火柴一看，里面地方倒不小，完全可以直起腰来，中间还有一块平平的石头，像一盘大炕。老妈妈用裙子拂了拂上面的土，又钻出去，抱了一抱蒿草铺上。接着又展开被褥，铺得平平的，让大夯把郭祥抱进来躺下。

老妈妈临走，抚摩着郭祥的头说："阿德儿，好好睡吧！关系的没有。"说过，慈祥地笑了一笑，就出了洞口走了。

第二天天还不亮，老妈妈就把饭送来。还拿来了两个铜碗，两把铜勺儿，一把沙壶。饭和酸菜都很多，足够一天吃的。沙壶是供他们烧水用的，这个洞子角里就不断地滴哒着清洌的泉水。老妈妈为了在天亮以前赶回，没有停多久，就下山去了。

"这样下去，总不是个办法。"郭祥心中想道。"阿妈妮一早儿就送了饭来，她想必过了半夜就得起床。做了饭，又得摸着黑，爬山过岭。就是自己的亲生母亲也不过如此。何况阿妈妮已经这么大年纪，长此下去，有个三长两短，可怎么办呢？……"想到这里，他的泪蛋蛋就滚到枕头上去了。再加上洞子里叮咚叮咚的滴水声，也更使他难以入睡。

天还没有大亮，大夯就轻轻地起了床到外面观察动静；刚转回来，郭祥就挣扎着坐起来说：

"大个儿！老这样子可不行呵。你今天扶着我走几步吧！"

"连长,"大夯笑着说,"叫我看还不行呢。"

"怎么不行?"郭祥说,"老这么躺着,就是块铁也生锈了。"

大夯从洞角的水汪里,舀了半铜碗水,给郭祥湿了手巾,让他擦了擦脸。郭祥显得更精神了,扶着大夯,就要下来。大夯劝他不听,只好用力搀扶着。哪知他的左脚刚一沾地,疼得"哎哟"了一声,差点儿跌到地上。脑门上的汗珠子也乓乓地落了下来。

"逞强不行呵,连长。"大夯轻声地埋怨着,"老百姓常说,伤筋动骨要一百天呢。"郭祥一时无话,只好在铺上老老实实地坐下了。

哪知进洞的第三天又出现了意外情况。

这天早晨,老妈妈没有来山上送饭,郭祥他们还以为有事误了,并不在意。可是晌午过后,大夯出去望了多次,也不见踪影。郭祥就怀疑,是不是出了什么变故。天黑以后,他正要派大夯前去探问,老妈妈来了。她把盛饭的瓦罐往地上一放,一面喘气,一面抱歉地说:

"阿德儿！把你们饿坏了吧?"

郭祥划了根火柴一看,见老妈妈头上扎着绷带,白衣上还有几缕血迹,吃惊地问:

"阿妈妮！出了什么事了?"

老妈妈摇了摇头,笑着说:

"没有什么,你们快点吃吧！"

郭祥和大夯,都着急得什么似的,向阿妈妮表示,如果不讲,这饭就不吃了。老妈妈才告诉他们:昨天晚上,治安队突然闯到她的家里搜查,问她的儿子是否回来了。最后,没有搜查出什么东西,就把她打了一顿,抢了一些东西走了。

郭祥和大夯听了,心中十分难过。郭祥觉得,自己作为一个革命战士,不能保护人民,反而使阿妈妮受了连累,怎么还能住下去呢? 就拉着阿妈妮的手说:

"阿妈妮！我的伤也好得差不多了,你就让我们走吧！"

老妈妈听郭祥又说要走,显然生了气,好半天没有言语。呆了一阵,才咕哝了一句什么,接着站起身来,一面撩起裙子擦泪,一面钻出了洞口。

"阿妈妮！阿妈妮！"

郭祥一连叫了两声,见老妈妈没有答言,就对乔大夯说:

"大夯！快,快去喊大娘回来！"

大夯猫着腰出了洞子,又叫:

"阿妈妮！阿妈妮！你回来一下。"

可是老妈妈已经下了陡坡,头也不回地走了。

"真糟！"郭祥捶着床铺,后悔不迭地说,"我又犯了主观主义……"

第二十一章 朴 贞 淑

这乔大夯真是一个忠诚的战士。他每天天不亮就起来,站在那几棵古松下,观察动静,守卫洞口。

昨天晚上,老妈妈生气走了,也使他深为不安。总盼望老妈妈今天能早点来,好同她解释解释。谁知天色已经发白,还不见她的踪影。正狐疑间,只见那边小路上,出现了两个人影。因为山谷里还很幽暗,一时看不清楚。待走得切近,才看出前面走的那个,穿着白衣白裙,顶着瓦罐,正是老妈妈;后面跟着一个年轻妇女,穿着黄衣黑裙,顶着一个白包袱,两只手轻快地摆动着,晨风吹拂着她长长的飘带翩翩走来。

大夯一面告诉郭祥穿衣起床,一面到陡坡下去接。老妈妈把瓦罐交给大夯,兴奋地说:

"阿德儿,我给你们带了客人来了!"

说着,就把那个年轻妇女引进洞来。老妈妈指指她,笑着对郭祥说:

"你们走的事,就对她说吧!"

那位年轻妇女放下包袱,掏出小手帕擦了擦汗,热情而大方地赶过来与郭祥、大夯握手,并且用比较熟练的汉语轻柔地说:

"同志,你好!"

郭祥连忙请她们坐下,大夯端来两铜碗泉水。那位妇女一边喝水,一边反复地打量着郭祥,忽然问:

"你,是不是连长东木?我们见过面吧?"

郭祥仔细望了望她,觉得确实在哪里见过,但又一时想不起来。

"苍鹰岭,你的到过?"她问。

"到过。"郭祥点了点头。

"苍鹰岭南面,有个小村子,美国人、治安队杀人大大的,你的到过?"

"到过。"

"有个女人,在万人坑里刨她的孩子,你的见过?"

"噢!是你呀,朴贞淑同志!"

郭祥猛然间想起来,她就是蹲在土坑旁边刨孩子的女人。不过那时候,她的面容消瘦,头发散乱,两眼射着仇恨的火光;现在则是双颊绯红,神情开朗,举止老练。她原来的头发还挽着圆髻,现在已经剪成短发了。

"那件事我的不会忘记。"朴贞淑说,"那是我跟志愿军第一次见面哪!"

郭祥怕引起她的痛苦,没有往下谈,接着问:

"朴同志!你怎么到了这里?"

"那时候,我一心想拿起枪报仇,郡人民委员会留我在后方工作,我没有同意,就参加游击队了。"

郭祥见她的汉语说得如此流利,惊异地说:

"你的中国话,说得很不错呀!"

"我是侦察兵。"她笑着说,"志愿军侦察队的常去。'中国马鹿'①小小的会!"

"嘿,可不是小小的,是大大的咧!"

她笑了。喝了半铜碗水,她正正身子,显然要把话纳入正题:

"听阿妈妮说,你们要走?"

郭祥点了点头。

"真的要走?"

"真的。"

"北面的去?"

"对,回部队去。"

朴贞淑指指老妈妈,笑着说:

"真的要走,找她的不行!"

---

① "中国马鹿":朝语"中国话"。

"那我们可找谁呀?"

"找她的领导。"

"她的领导?"郭祥一愣,"怕就是你吧?"

"不不,"她连忙摇摇头说,"我,小小的!"

"那,可找谁呀?"

"金日成将军!"

"哎呀呀,夭东木!"郭祥苦笑着说,"你可真能绕弯子!"

朴贞淑弯着腰笑了一阵,然后收住笑说:

"连长东木!你们的来,我们队长的知道。走不走,听他的说话。"

"你们的队长,怎么说呀?"

"他说:伤好了行;不好,坚决的不行!"

"我早就好得差不多了!"郭祥对乔大夯挤挤眼说,"是吧,大夯?"

大夯既不否定也不肯定地憨笑着。

"不,你说的不行,"朴贞淑笑着说,"我要亲自的看。"

说着,她挽起郭祥那肥大的裤腿。右腿比较正常,左腿还粗得像根柱子似的,而且有一处显然变形。她指指那只粗腿叫了一声:

"哎呀!你看,这怎么的能行?至少一百天的要呵!"

"哎哟,我的老天!"郭祥把嘴一咧苦笑着。

朴贞淑用她那双小手轻轻地抚摩着他的左腿,像医生似的眯细着眼思量着。探察了一会儿,就两只手掬着捏了一阵。然后从包袱里取出一瓶樟脑酒,用棉花蘸着擦了一遍。最后,取出两条薄木板儿一夹,就要用小绳缠起来,郭祥用手一拦,说:

"朴东木!这个的不要!"

"缠上的好!不缠的不好!"朴贞淑不听他,一面缠,一面开玩笑说,"腿坏了,将来媳妇的困难!"

乔大夯憨厚地笑着说:

"连长已经有了。"

"他的有?"朴贞淑笑着问,"哪里?什么的干?"

大夯讲起杨雪,郭祥咧着嘴儿笑微微地听着,心里美得不行。朴贞淑望着郭祥笑着:

"将来带我去,一定的看!"

说到这里,夹板儿已经结结实实地捆好了。

老妈妈过来,摸摸夹板儿,看来十分满意,望着郭祥胜利地一笑。

郭祥摸摸被捆上的夹板儿,苦笑着说:

"朴东木!不是我们不愿意留在这里;阿妈妮的生活多困难哪!她给我们做大米干饭,自己偷偷地吞几口野菜,叫我们怎么能住下去呢?"

说到这里,大夯深深地垂下头去。

"这个,关系的没有。"朴贞淑摆摆手,说,"我们游击队粮食大大的有。"

"这个倒是其次,"郭祥又说,"阿妈妮这么大年纪了,爬山过岭送饭不说,还担着多大的风险哪!前天夜里,她就被治安队打了。要是以后……"

朴贞淑掠掠她的黑发,带着轻蔑的神态说:

"治安队,关系的没有。我们游击队办法的有。阿妈妮,我们的保护。"

接着,她身向前倾,眼里充满笑意,无限温和地说:

"这些问题的不想,好好的养。回去的问题,办法的有。"

说着,她的两个黑眼仁,放射着光彩,撩开长长的黑裙,腰里露出一支二号手枪。并且指指北方,压低声音,有些神秘地说:

"那里,我来来往往地常去。伤养好了,我送你们北方的'卡'哟!"

经她这么一说,郭祥和大夯的心都松快了许多。她又转身把包袱解开,从里面取出了一二十个大红苹果,一木盒鸡蛋,一些零星药品,特别是还有一大把金灿灿黄烂烂的烟叶。

"这是我们游击队小小的慰问。"她笑盈盈地说。

郭祥知道,她们这时的物质条件多么困难,何况又处在地下状态!这些东西还不定费了多大劲找来的呢。郭祥一连声地感谢,嘱托她向游击队的同志们问好。

烟叶这东西,郭祥已经多天没有见过它了。今天一见,不自觉地老是瞅着它。女人观察问题总是很细,早被朴贞淑看出来。她连忙挑了两个大叶，用小手揉碎，放在铜碗里端过来。郭祥的小本儿已经在玉女峰上烧了，摸了半天没有摸出一块纸头。还是乔大夯从自己的小本儿上撕下几片纸来，郭祥卷了一个特大号的喇叭筒点着。那淡蓝色的烟环在这个小洞子里撞击着，愉快地舞动着，就像演员们在空中表演她们婀娜动人的舞姿似的。郭祥立刻显得精神起来，同朴贞淑活泼而愉快地交谈着。

"朴东木！"郭祥一面抽烟，一面笑着说，"你那支枪是什么牌的，可以让我看看吗？"

"怎么不可以？"朴贞淑立刻撩起黑裙，从腰里掏出来，递给郭祥。

郭祥展开包枪的红绸子，端在手里一看，是一支崭新的"枪"牌撸子，擦得明光锃亮，枪上的烧蓝简直能照出人影来。他在手里掂量着，不由得赞美道：

"这种牌子很好！能顶上二把盒子的威力。我们的同志也很喜欢它。"

"这还是李承晚的一个侦察排长送我的哪！"她笑着说。

"是你把他俘虏了吧？"

"对啦！"朴贞淑笑着说，"那还是敌人向南撤退的时候，领导上叫我俘虏的抓。没想到，他就碰到我手里啦！"

乔大夯也接过枪去，玩赏了一会儿，交还给她。她用红绸子爱抚地擦了一擦，装回到枪套里；一面兴致勃勃地谈起这段故事。在敌人向南撤退的时候，李承晚吓唬老百姓，说美国人就要丢原子弹了，不往南跑，就得通通炸死。又是骗，又是逼，弄得非常混乱。她就混在逃难的人群里，寻找机会。正走着，人民军的迂回部队把前面的桥梁炸断了。这时候，有一个男侦察兵走过来说："你看桥过不去了，我家离这里不远，你就到我家里歇歇去吧！"她一打量这个男侦察兵，身上穿着人民军的服装，里面套的却不是人民军的绒衣，怀疑他是傀儡军装扮的，就笑着答应了。他们一同走了十几里路，经过一个村庄，她就说："你看太阳快下山了，路上不好走，咱们就在这里安歇了吧！"那个男侦察兵同意了。她就偷偷跑到联络处报告。联络处的人就顺着她雪地上的脚印，把她同那个男侦察兵一同逮捕了。这个男侦察兵，果然是傀儡军的侦察排长。

"这支手枪,就是他的吧?"乔大夯问。

"对啦。"朴贞淑笑着说,"要是那时候这个的有,才用不着费这么大事呢?"

郭祥异常赞赏地听着,接着又问:

"看起来,你是常在敌占区活动的了?"

"对啦!"朴贞淑把一缕黑发掠过绯红的面颊,笑着说,"敌人的心脏,就是我们的岗位。"

郭祥瞅了一眼她的黄褂黑裙,说:

"你出发侦察,多半都是穿便衣吧?"

朴贞淑点点头,说:

"不过,有时候我农民妇女的扮,有时候学生的扮,也有时候军官太太的扮。有一次我难民的扮,找了一个孤儿背着,跑到敌人的厨房里要饭吃。虽然被打出来了,可是厨房里摆了几摞碗,每一摞多少,我眼一撒,早看清楚了,我就根据这个向上级报告了敌人的人数。"

"你恐怕遇到不少危险吧?"郭祥笑着问。

"小小的,小小的。"她谦逊地笑着,说,"不过,有一次倒是紧张一些……"

她说,人民军准备攻打三八线南一座县城,叫她了解这个县城的敌情。可是这里敌人戒备异常森严,没有法子进去。后来打听到,敌人这个部队里有个姓李的司务长,是邻县的人,家里有妻子和两个孩子。她就大胆决定,冒充这个司务长的妻子。她找了两个孤儿,背上一个,牵上一个,装作逃难的样子,向着敌人的防线闯去。敌人的岗哨盘查她,她说得头头是道,装得惟妙惟肖,敌人的岗哨就半信半疑地将她放过去了。她一连闯过了六七个岗哨,一路上观察了敌人的碉堡、工事和兵力情况。最后敌人把她安置在一个地方,告诉她,李司务长到几十里以外的地方去了,明天一早就赶回来;并且派了一个老头监视着她。她无法脱身,时间又一点一点地迫近。她心生一计,就偷偷地把房门涂上肥皂。直到后半夜老头睡熟,她才背上小的,拉上大的,悄悄地跑出来了……几天后,人民军就向这个地方发动了进攻,消灭了敌人。为这件事,授给了她一枚二级国旗勋章。

郭祥望着她那温柔、谦和的神态，听着她这惊人的英雄事迹，真不知道这两种性格和品质，是怎样奇妙地揉到一起来的。郭祥从许许多多朝鲜妇女的身上，都看到了这样的结合。几个月前，郭祥见到她时，还是一个普通的劳动妇女，想不到今天已经变成这么英勇机智的女战士了。革命战争，是以多么神奇的速度催促着人们的成长呵！

想到这里，他以衷心敬佩的心情，高高地竖起大拇指说：

"朝鲜妇女，大大的好！"

"中国妇女，大大的好！"朴贞淑连忙说。

"你的成绩很大呵，朴同志！"郭祥又说。

"小小的！小小的！"朴贞淑的脸涨得更加绯红，头深深地低下去了。

老妈妈见他们无尽无休地谈着，把双手一拍说：

"这饭的还吃不吃啦？"

大家这时才发觉阳光已经射进洞口，总有九十点钟了。朴贞淑抱歉地笑着说：

"怨我，怨我，吃饭的忘了！"

说着，端过瓦罐，给郭祥盛饭。因为碗不够，只好轮流来吃。饭后，他们又继续亲密地谈着。朴贞淑除了问起郭祥、乔大夯的经历和战斗，还问起他俩详细的通讯地址，并且说：

"以后，胜利了，我的中国的看看！"

"我们太欢迎啦！"郭祥和大夯一齐热烈地说。

为了保守秘密，朴贞淑和老妈妈直到天黑方才离去。

从此，郭祥的情绪渐渐稳定下来。不久，乔大夯提出不要老妈妈送饭，而由自己在洞里做饭的建议，也在几番争论之后被接受了。这就使他们的情绪进一步稳定。经过一个多月的休养，郭祥已经能在户外行动。这时候，他就又提出回队的要求。双方经过一场激烈的争论，最后以再留半月作为双方可以接受的折衷方案。

洞中的日子尽管慢得烦人，预定的行期终于到来。这一天，老妈妈和朴贞淑都来得很早。她们还带来了雪白的朝鲜打糕、朝鲜冷面、一大瓶米酒和几样酒菜，简直像举行小小的宴会一般。朝鲜人像湖南和四川人那样爱吃辣椒。其中的一样菜就是整个的青辣椒，裹上面糊用油炸的。郭祥特别爱吃,没有吃上几个就满头大汗。大夯因为食量大,吃东西一向很拘谨,这次也在大妈不断地劝促下,大大地饱餐了一顿。

黄昏时分,诸事准备妥善。郭祥和大夯那两身满是血泥的军衣,老妈妈早已洗得干干净净,细细密密地缝缀好了。郭祥他们要换,朴贞淑为了防备万一,还是叫他们照旧穿着朝鲜便衣,准备以后给老妈妈捎回。为了保障郭祥他们的安全,游击队还抽出了一条子弹,高兴得郭祥把他的驳壳枪擦了又擦。朴贞淑除了手枪外,还另带了几个小甜瓜手榴弹,挂在裙子里面。临行前,郭祥和乔大夯提出要将洞里的锅碗家具给老妈妈送回,被朴贞淑拒绝,督促他们赶快上路。

老妈妈一直送他们下了陡坡,出了小沟,到了前面的岔路。这一整天,她都是强颜为笑,一直压抑着自己的情感。直到这时再也压制不住,一只手拉着郭祥,一只手拉着大夯,哭出了声。郭祥和大夯来到这里整整 58 天,想起这 58 天里老妈妈的深情厚谊,真是百感交集。三个人一时都啜泣着说不出话。朴贞淑也鼻子酸酸的,因为任务在身,不住地督促着:

"快点走吧!快点走吧!"

郭祥抱着老妈妈说:

"阿妈妮!你就跟我的亲娘一样,我一直到死也忘不了你!……"

老妈妈抽抽咽咽地说:

"阿德儿,我们还能再见面吗?……"

朴贞淑把这句话翻过来,郭祥心头火辣辣的,立时宣誓一般地说:

"阿妈妮!我们一定要打回来!您老人家多保重吧!"

郭祥和大夯走出很远,还不断地回头张望。尽管夜色迷茫,他们不可能看见什么,他们还是望望老妈妈站立的地方,望望那高崖上两三株古松掩蔽的洞口。……

郭祥的情感有如大海的潮水一般,不断地卷着汹涌的浪涛。他的心似乎在低唱着:

阿妈妮呵,我朝鲜的母亲!
你的恩情我感谢不尽。
我本是普通的中国战士,
为人民打仗是我的本分。

毛主席的嘱咐谨记在心,
国际主义的大旗要牢牢掌稳。
普天下的工农都是我的父母,
我要为你们永远献身。

我的贡献是多么微薄,
并没有尽到战士的责任。
而你对我像亲生的儿子,
你的恩情就像江水滚滚。

再见吧,亲爱的好阿妈妮,
再见吧,难忘的朝鲜母亲。
报答你只有复仇的枪声,
我一定要在雷霆中降临!……

朴贞淑轻快地走在前面,郭祥和大夯随后,沿着深草掩盖的小径,穿行在夜色里。这朴贞淑经常往来于敌我之间,路途很熟。一路上尽量避开敌人占据的交通要道、大小村镇,走的尽是些荒山野岭,偏僻小道。

大约走了30多里,正要下一个山坡时,远远望见山坡下有两三盏明亮的灯火。再走近些细看,原来是座洋灰桥。桥头上一座碉堡,正好卡住路口。桥上有两三个人影,端着枪踱来踱去。郭祥正盘算着如何通过,朴贞淑停住脚步,回过头摆摆手说:

"关系的没有。下面的过!"

说过,领着郭祥、大夯从一侧下了山,向东斜插过去。他们沿着河岸走了半里多路,朴贞淑指指河水说:

"这里水不深,我们就从这里的过!"

说着,她把裙子一撩,就跳到哗哗的河水里。郭祥和大夯也紧跟着徒涉过去。他们沿着一条田间小道,走了十几里路,朴贞淑停住脚步,回过头说:

"就在这里歇歇吧!"

几个人在田塍上坐下。朴贞淑笑着问:

"连长东木!你的腿不疼?"

郭祥把那只伤腿一伸,笑着说:

"这些日子,确实把它养娇了。到目的地还有多远?"

"一半的有哇!"

"那一半不好走吧?"

朴贞淑指了指前面两座黑魆魆的大山头,说:

"那两个山上敌人的有,不过离得远,关系的没有。最后,麻烦小小的有。一定要拂晓以前的赶到。"

"那我们还是赶快走吧!"

三个人快步过了前面的山口,又走了20多里,已可看到火线的景色。山上燃烧着一片一片的火光。照明弹此落彼起。山谷间不时像打闪一般闪动着红光,随后是炮弹的出口声,显然是敌人的炮兵阵地。再往前走了一程,连零落的枪声也听见了。从东到西,这里的天空都是红蒙蒙的。朴贞淑所说的最后一道关口,大约就是敌人的前沿。

朴贞淑尽量避开大小道路,绕过敌人的纵深阵地,来到最后一座山口。她停住脚步,附在郭祥耳边悄声地说:

"你们这里的等等。前面敌人哨兵的有,我前边的看。"

"如果遇上敌人呢?"郭祥低声问。

"我办法的有。"

她在星光下微微一笑。

郭祥不听她的,拔出驳壳枪,说:

"我们还是一块去吧!"

"不行!"朴贞淑十分决断,"这个——我的任务,你的任务的没有。"

说着,她不由分说地把郭祥、大夯摁倒在草棵里,撩开裙子,掏出她那把二号手枪,向前面摸去。

说实在的，如果让郭祥自己去执行这个任务，那倒没有什么；现在由一个女同志去替他侦察情况，却不免为她的安全担心。他全身的血液都好像停止了流动，全部注意力都集中在听觉上了。时间在无声的静寂中难忍地度过。几分钟以后，只听敌人的哨兵用朝语大声喝问道：

"谁？……"

朴贞淑没有应声。

"口令！"接着是拉枪机的声音。

郭祥陡地一惊，在草棵里挺起身来。

"我是老百姓。"朴贞淑声音不高地说。

"老百姓？来干什么？"

"我老娘病了。"是朴贞淑沉着而温和的声音，"放我过去吧，官长。我送你钱！"

接着是几秒钟的静寂和咔咔的脚步声。就在这一瞬间，忽听朴贞淑用威严的尖声喊道：

"不准动！举起手来！"

"乓哒"一声，是枪支落地的声音。

几分钟后，草棵哗哗地响动着，朴贞淑挺着她那支手枪，把一个战战兢兢的李承晚兵押了下来。

"快走！"她极其果断地向郭祥把手一摆。

三个人押着俘虏，越过山口猛跑起来。走了还没有50步远，后面响起了枪声，敌人追过来了。

郭祥把驳壳枪一扬，笑着说：

"你们先走，这回可该轮着我了！"

"这个的不行！"朴贞淑仍然十分决断，"我的任务的有，你的任务的没有！"

说着，她坚决地挥挥手，让郭祥他们先走，自己伏卧在路侧。

敌人一面打枪，一面顺着公路猛追过来。朴贞淑擎着小甜瓜手榴弹等待着，看看离得近了，就猛力投了过去，"轰轰"两声，手榴弹像她青春的生命一般开放出明亮好看的花朵。敌人暂时被阻止住了。

朴贞淑追上郭祥他们。正行进间，忽然听到前面响起一阵嚓嚓

的脚步声。郭祥蹲下身子一看,发现有十几条黑影迎面走来,正要拔枪迎击,朴贞淑抢上来拦住道:

"可能是我们的人到了!"

说着,她击了三下手掌。对方也击了三下,并且用朝语喊道:

"吷咆!是朴贞淑同志吗?"

"是我。"

朴贞淑一边答应,一边迎了上去。不一时,一队背着转盘枪的朝鲜人民军走过来。朴贞淑指着为首的一个对郭祥说:

"这是人民军的侦察排长,他专门的接哟!"

那位排长抢上来同郭祥、大夯热烈地握手,并且说:

"连长东木!你的大大地辛苦!"

郭祥一连声说:

"谢谢同志们!谢谢同志们!"

这时候,后面的敌人又追了上来。侦察排长摆摆手,说:

"连长东木!巴利巴利,后面休息的去!"

当山谷里响起激烈的枪声,朴贞淑他们已经押着俘虏安详地走上山坡。她同郭祥和大夯愉快地谈笑着,步子显得特别轻快。晨风吹拂着,她的双颊越发红艳,衣襟上的飘带不断高高地扬起,简直就像飘飘的仙子似的。她的护送任务确已完成,前面再走不远,就是朝鲜人民军的阵地了。

第二十二章 浪 滔 滔

郭祥和大夯回到部队,真好比从天而降,同志们奔走相告,上上下下都欢喜不尽。郭祥的老战友们,近的挤空儿来看望他,远的也在电话上询问。大家见了他,少不得在他的胸脯上亲热地擂上几拳,欢迎这个"嘎家伙"的意外归来。郭祥也少不得一遍一遍地把这一段经历讲给同志们听。大家听了金妈妈和朴贞淑对待志愿军的那种感情,都感动得掉了热泪。有谁能说出中朝人民所结下的生死之谊是多么深厚呵!

以上这一切,读者都是会想像到的。如过多叙述,反而要浪费笔墨了。令郭祥惶惑不解的是,大家向他叙说了许多别后的情况,却没有一个人提到杨雪。再说,他的归来,几乎成了轰动一时的新闻,杨雪怎么会不知道呢?可是既没有她一个电话,也不见只字片言到来。这都不能不使他感到奇怪。因为自己在人前又不便动问,就钻到闷葫芦里去了。有一次,他实在忍耐不住,就问老模范:

"咱们连这一次负伤的有多少人哪?"

这个问题,他本来早已问过;老模范以为他忘了,就重述了一遍。接着,他又问:

"这些人都送到哪里去啦?"

"大部分送回祖国去了。"

"其余的呢?"

"其余的送到了军的野战医院。"

"医院的情况怎么样?"

"医院的情况么,不错,很好。"

老模范不再往下谈了。郭祥实在忍不住又问:

"白英子那孩子现在还好吧？"

老模范的眼睛暗了一下，神情有点慌乱，支支吾吾地说：

"那孩子还好。……"

说过，假托有事，就忙别的去了。

郭祥更加狐疑起来，不知出了什么变故。

部队自移防到西海岸以来，补充了大批新战士，正在加紧练兵。郭祥想给杨雪写封信，也没有写成。这天早晨，部队在海边上演练完毕，收操回村。郭祥坐在一块大石头上歇了一会儿，正望着滚滚的浪涛出神，听见后面有轻轻的脚步声，郭祥扭头一看，见徐芳穿着连衣裙，垂着双辫，背着背包和小提琴，正蹑手蹑脚地走过来。她见郭祥已经发现了自己，就停住脚步笑着说：

"您躲在这儿想什么呀？"

郭祥马上立起身来，笑着说：

"小徐，你怎么搞起突然袭击来啦？我刚才一点也没有看见你。"

"我可老远就看见是你。"徐芳赶上来同他热烈地握手，笑着说，"郭祥同志，你这一次可真把大家都急坏了。我们还以为你真的去见马克思了呢！"

"不会！不会！"郭祥笑着说，"我本来到马克思那里去报到了。可是他老人家捋了捋大胡子，摩摩我的脑瓜儿，笑着说：'你这个小伙子干吗老抢先哪，回去！回去！你的任务还没完成哪！'这不是，我就又回来了。"

徐芳咯咯笑了一阵。郭祥笑着问：

"小徐！你这次下来有任务吧？"

"我就是奔你来的。"徐芳笑着说。

"找我干什么呀？"

"因为你是我们那个剧本的主人公嘛！"徐芳把背包、提琴放在大石头上，坐下来。她摘下帽子，一面擦汗，一面说，"你的事迹，我们文工团早听说了。我们本来想好好采访一下，有的同志性急，说这样怕赶不上趟了，还是先编起来再说。结果一夜之间就突击出来了。又连着排了几天，就给首长们审查。谁知道首长和机关的干部们一看，都不满意，说根本没有写出英雄的思想感情，在中朝友谊方面也没有写出深度来。这才又重打锣鼓另开张。大家下定决心：一定要把英雄的思想感情挖出来……"

"你也参加了这个集体创作？"郭祥笑着问。

"也就是敲敲鼓边儿。"徐芳说，"我主要是为了配曲。主力是几个有经验的老同志，他们随后就到。我们已经商量好：这次一定不惜时间、精力，一天不成两天，两天不成三天，不把你们的思想感情、精神境界挖出来，决不罢休！"

郭祥听到这里，登时出了一脑门汗，勉强笑着说：

"徐芳同志，叫我看，你们就别编了，我这次没有完成任务，心里就够难受的了。就说跳崖吧，我们不做敌人的俘虏，这是革命战士最起码的了，有什么可写的呀！如果一定要写，也别拼死命来'挖'。上次就有个记者来挖乔大夯的思想感情，大个儿端端正正地坐在那里，风纪扣扣得又紧，不一会儿工夫就汗流浃背，把两层军衣都湿透了。事后，大个儿跟我说：'我的老天！这还不如打仗轻松呢！'"

徐芳忒儿的一声笑起来，说：

"这一次，你们可以充分准备准备！"

郭祥怕再说下去打击徐芳的情绪，当然更想了解杨雪的情况，就转了话题，问：

"小徐，你从后方医院回来多长时间了？"

徐芳听到他提起后方医院，眼里立刻出现了慌乱的表情，慢吞吞地说：

"总有一个来月了。"

"你在后方医院，情况还很好吧？"

"好，好。"她含含糊糊地回答着，提起背包要走，"我先到连队看看去，以后再细谈吧。"

郭祥越发觉得可疑，上前把她拦住，说：

"小徐，你再稍呆一会儿。我问你，小杨现在怎么样了？"

这话不问还好，提起小杨，徐芳眼圈一红，立刻低下头去，不言声了。

郭祥更着急了，忙问：

"你快说呀，她到底怎么样了？"

"她，她牺牲了。"徐芳抽抽咽咽地说。

"什么？你，你说什么？"

"她已经牺牲一个月了。"

郭祥一听，登时全身一震，两眼发黑，脚下的土地直往下沉，好半天没有言语。海风呜呜吹着，只听见一阵一阵哗哗的浪声。

"郭祥同志，我知道这消息对你意味着什么。"徐芳拭着泪说，"来以前，我本来决心不告诉你。可是，你是一个久经锻炼的人，有坚强意志的人，我觉着，老是瞒着你，也不是个办法。……"

"你说吧，小徐，我受得住！"郭祥略略抬起头说。

"那是在一个月以前，"徐芳的声调稍许平静了些，"我跟小杨姐姐在车站上转送伤员，回来的时候，天已经亮了。我们刚刚走到村边，看见有四架野马式飞过来。这本来是平常的事。可是，这时候，特务分子从山背后打起了几颗信号弹，飞机就围着村子转起来了。小杨一看不好，就赶快敲钟报警。轻伤员纷纷往防空洞里猛跑。敌机接着开始了轰炸。又是扔汽油弹，又是打机关炮，好几处房子都着火了。小杨是情况越紧张她越沉着。她见我在地下趴着，就说：'小徐！不要慌，咱们赶快背重伤员去！同志们在前方没有牺牲，决不能叫他们死在后方。'说着，就飞跑到着火的病房去了。我也跟着她跑去。我从来没看到她的腿脚这么快，弹片、子弹、泥块、石头像雨点似的落着，她全不在意。她一连背出了七八个重伤员。这时候，在防空洞口上，她忽然想起了什么，就问我们：'小英子呢？你们谁见小英子了？'一个护士说：'她跑去搀伤员了。'小杨着急地说：'哎呀，你们没有拦住她呀？'那个护士说：'你可拦得住呀！她把小脑瓜一歪，就跑出去了。'一个伤员说：'你们到四病室看看吧，她把我刚刚搀出来，就一溜烟跑回去了。'小杨一听，立刻箭也似的向四病室猛跑。这时候，四病室已经起火，像火车头似的冒着一团一团的黑烟。门窗也烧着了，小杨就从火门子里扑了进去，把白英子背了出来。原来这孩子被塌下来的木头砸伤了。小杨背着她一面跑，一面昂起头看着敌机。这时候，一架敌机俯冲下来，扔了一个炸弹。炸起的黑烟尘土把她们遮盖住了。黑烟过去，我们看见她们还在地上趴着，我们都一连声喊：'小杨！小杨！快跑呀！'她还是纹丝不动。我们就知道不好，跑到跟前一看，才看见小杨伏在小英子的身上昏过去了。她身上中了好几块弹片，身边流下了好几摊血。小英子正搂着她的肩膀哭呢……

"这时候,敌机已经飞走了,伤员们、医院的人们全围过来看她。我轻轻地把她往起一扶,她睁开了那双像启明星样的两眼,望着大家有点不好意思地笑了。她那本来有点红黑的脸,这时却像一朵白牡丹似的。医生们欢喜地说:'不要紧,快抬去抢救!'我们就把她抬回到住处。因为伤势过重,她又昏迷过去。手术包扎以后,我和小英子一直守着她。等到后半夜,我给她喂水,她才慢慢地睁开了眼睛。她望望我和小英子,微微一笑,安详地说:'小徐,你们歇一会儿吧,我这伤太重,不一定能支撑到明天了。'小英子一听,眼泪汪汪地说:'你会好的!你会好的!'我也急了,我说:'小杨姐,你怎么说这个呀!我还等你好了,一块儿给伤员们演节目呢!'小杨姐就抚摸着小英子的头说:'小英子!你是个好孩子。朝鲜战争早晚要胜利的。你要好好学习,等胜利了,好好建设你们的国家。'说过,她又拉着我的手说:'小徐,咱俩虽然在一块儿时间不长,就像亲姐妹似的。你替我写一封信,好好安慰安慰我爹我妈。我们村阶级斗争很复杂,我妈在村里工作很难。叫她遇见事不要着急,好好保重身体,不要难过。也告诉我弟弟,不要老是贪玩,将来有机会,可以到部队去。'说过以后,我看她老是深情地望着我,好像还要说什么,嘴张了几张没有说出来。沉了好一阵,才说:'小徐,你把我那挎包拿来。'我从墙上取下挎包,放在她头前,她翻了翻,取出她常用的一个小红梳子,一面包着红边的小圆镜子,还有一个一直保存着舍不得用的笔记本。她把那个笔记本递到小英子手里,然后又拿起红梳子说:'小徐,我也没有别的东西,这个就留给你吧。'说过,又拿起小圆镜子,眼圈一红,说:'直到现在,我也不知道他是死是活。他要回不来,那就不要说了;要是他活着回来,你就把这给我嘎子哥留个纪念吧。你对他说,他是一块真金,我,我对不起他……'说到这儿,她的泪刷的一下流下来,再也止不住了。小英子和我全哭了。我说:'小杨姐,你不要想得太多,你一定会好起来的!'她摆摆手,又从口袋上取下自己的钢笔,说:'还有这支钢笔也留给他吧,我记得他那支笔老漏水儿,已经不好用了……'她把笔递到我手里不久,就咽了气。……"

徐芳说到这里,又掏出手帕拭泪。接着从挎包里取出一个红绸包儿,递到郭祥手里。郭祥展开,里面包的就是那支杨雪用过多年的黑杆金星笔和那面包着红边的小圆镜子。那面镜子看来比水晶还要晶莹,比雪还要洁白,比银子还要明亮。郭祥本来在极力地克制着自己,嘴唇上咬出了一排血印,现在睹物思人,泪如泉涌般地倾泻而下。……

"把她埋在哪里了?"呆了好大一会儿,他问。

"就埋在松风里旁边的小山上了。"徐芳说,"我们把她的全身都擦洗得特别干净,然后用白布裹了。头也给她洗了,梳了。小杨姐姐样子一点没有变,就像她睡着了似的。埋葬那天,到了很多人,除了工作人员、伤员,还有松风里的群众和郡里的干部。白英子和朝鲜的妇女们哭得特别哀痛。郡人民委员会的干部说:小杨是一个伟大的国际主义战士,是中朝友谊的象征,他们还要呈报金日成将军……"

郭祥深深地垂下头去。

徐芳又是安慰又是感叹地说:

"郭祥同志,不要说你,我们谁不喜欢她呀!伤员们要是一天不见她,就要问:'小杨呢?她到哪儿去啦?'我乍到医院,看到战士的血就害怕,到病房里也觉着气味难闻,给战士端大小便,还戴着厚厚的口罩。可是小杨姐姐呢?她的一生,都是守着伤员度过的,我就从来没有见过她嫌脏的时候。她对战士的感情多深厚呵!……什么时候,我才能锻炼得像她那样呢!"

郭祥心潮澎湃,思绪如麻,徐芳刚才的话他大部分没有听清。他略略抬起头,说:

"小徐,你先到连里歇歇吧,我随后就回。"

徐芳知道他心中难过,想独自呆一会儿,就叹了口气,背起背包、提琴,独自回村里去了。

大海正起着早潮。暗绿色的海水,卷起城墙一样高的巨浪狂涌过来,那阵势真像千万匹奔腾的战马,向着敌人冲锋陷阵。当它涌到岸边时,不断发出激越的沉雷一般的浪声。郭祥望着大海,默默地想着他少年时的伙伴,他的同志和战友的一生。他仿佛看见这个矫健的女战士,短发上戴着军帽,背着红十字包,面含微笑,英姿勃勃地踏着波浪向他走来,对他亲切地说:"嘎子哥!你在这儿傻呆着干什么呀？我是一个贫农的女儿，一个人民的战士，一个共产党员，今天我所做的，不过是自己应尽的一份责任罢了。有什么可伤心的呢？你自己不是也常说，为普天下的劳苦大众流血牺牲是我们的本分么？……只要你在战场上多杀敌人，为被害的人民报仇，使人民早日得到解放，那就是我的心愿了。……嘎子哥，快快回营去吧！……"这时候，郭祥的泪不绝地倾泻到咸涩的海水里。奔腾的海水呵，世界上一切形形色色的反动派们，它们吞噬了多少人民优秀的儿女！它们在这大地上，在他们亲人的心里造成了多么深的伤痛！但是，人民的伤痛都将化成仇恨，人民的仇恨都将化成勇敢，就像这漫天的海水一样，终将冲毁一切反动派的统治。今天，郭祥的胸中，就像面前这大海的狂涛一般不断地奔腾着，翻卷着……

第二十三章 伤 痛

失去亲人是人生最大的伤痛之一。也许能医治它的只有时间,而它需要的时间又是多么漫长。

杨雪牺牲的消息,不仅夺去郭祥大片大片的泪水,而且那种惘然若失的情感一直在心之深处据留不去。可叹这个一向乐观顽皮的人,第一次尝到此中苦味。他很想到松风里杨雪墓前看看,但又难以启口。杨雪的形象总在他面前时隐时现。白天领着战士们出操上课,心里还好一些,到了晚上便又难以入睡。这天,他随同连队打了一天野外,着实有些疲劳,回来吃过晚饭便躺倒了。

蒙眬间,他沿着一条清清的溪水走着,在溪水边,看见杨雪正睡在平平的白石头上。她的短发散落着,枕着自己的手臂,仿佛睡得很熟。他走上前去推了推她,她才睁开那启明星般的眼睛,慢慢地坐起来,笑着说:

"我刚要歇一会儿,你怎么就把我推醒了?"

郭祥非常抱歉地说:

"小雪,人都说你死了,我是来问问,倒是真的还是假的?"

杨雪笑着说:

"我怎么会死呢!我是累了,想歇一歇,躺在这儿就睡着了。"

郭祥看了看溪水边,她洗好的血衣,果然擤得像小山似的,还有几条绷带在溪水里牵得老长老长,就点了点头,说:

"那人们怎么都说你死了呢?"

"嘎子哥,那是人们在哄你哩,看你对我的心真不真!"她笑着说。

"噢!要是这样,我也就放心了。"郭祥说,"小雪,你不知道,我在敌人后方,藏在一个大山洞里,乔大个在洞口守卫着我;那时候,我真是天天想你,夜里还梦见你,只是怕乔大个笑话我,从来没有对他说过。"

"我不也是这样!"杨雪叹了口气,说,"人说你在玉女峰跳崖了,可是又没有你的尸首,我的心天天都在悬着。我到玉女峰去了好几次,把那里的草都翻遍了,也没有找见你。我想就是死了,给我个确实的消息也好,可是谁也不知道你是死是活!后来我就飞过了敌人的阵地,找呵,找呵,好不容易才找着你藏着的山洞。你那山洞口不是有好几棵大松树吗,我就到了那里,看见乔大个守卫着你,你在洞子里睡得甜甜的,我怕惊动你,也就没有进去。有时候,我还站在山洞口上边望你呢!……"

"小雪,"郭祥也坐在那块白石头上,"我心里有几句话,老想对你说说。几年以前,咱俩在红叶沟,一起走了十里路,我也没有对你说成,今天我还是想对你说说。"

杨雪笑着说:

"那时候你为什么不说呢?"

"我不就是害臊么!"

"前后一个人都没有,你还怕谁听见呢?"

"还有树,有水,有山,叫它们听了,我也觉着害臊呵!"

"咳,嘎子哥,你真傻呀!"

"是的,我的确很后悔;可是今天我真要对你说了。"

"今天又用不着说了。"杨雪笑着说,"你的心我看见了,我的心你也看见了,还说它干什么呀!"

"不过,我要不说总是一块心病。"

杨雪嫣然一笑,大大方方地仰起下巴颏说:"那你就说吧!"

"可我还是想到红叶沟去说,咱俩一起到红叶沟吧!"

"行,咱俩到红叶沟去。"杨雪说着站起来,"我现在会飞了,我就带着你飞到红叶沟吧!……"

杨雪说着,挽着他的胳臂就飞了起来……很快很快,下面已经可以望见那条终生难忘的碧水潺潺的红叶沟了……

霍然一阵巨响,把郭祥惊醒。他仔细听了听,原来是敌人的夜航机在邻近村镇的轰炸声。郭祥回想刚才的情境,又觉得似梦非梦,望望窗隙间透过的月光,听听风吹树叶的沙沙声,心头更觉凄绝。

郭祥想起明天还有工作,本想强迫自己再睡一会儿,可是院子里又响起了持续不断的"嗵——嗵——"的捣米声。郭祥看了看表,还不到凌晨三点,房东大嫂已经起来舂米了。朝鲜的白臼不像中国,是用一节粗树干中间挖成个深窝窝。杵也是木杵,两头粗中间细,倒很好看。可是当这位阿姊妈妮的木杵一声声响起时,郭祥的心就隐隐作痛。原来这位朝鲜大嫂,30刚过,丈夫就被美国飞机炸死了。给她留下了两个孩子,一个五六岁,一个两三岁,还有一个小叔子,不过十一二岁,头上还长着一个大疮,整天疼得呲牙裂嘴。前几天郭祥才将她的小叔子领到卫生所开了刀,略略好一些。可是家里田里全部生活的重担,都压在这个中年女人的肩头。谷子刚刚成熟,她就在田里把谷穗掐下来,用丈夫留下的木架背回来,把谷穗放在一个大木盆里,光着一双脚踩着。又是烧火做饭,又是到河边顶水,从早到晚,忙个没完没了。就是这样,两个不懂事的孩子,还一天哭闹。她走出门去,孩子就哭着追出门去;她进得门来,孩子就哭着追进门来。两个孩子都光着屁股,头发锈成了一个疙瘩,身上很脏,也没有时间调理他们。一次她从田野背着一捆柴禾回来,那个三岁的小女儿哭得没法,她的心软了,就放下柴禾,扯开胸前的小白褂,小女儿就从她的胳肢窝下钻过来吃奶,一只小手还把另一个奶紧紧捂住,仿佛怕那只奶会跑走似的。看见这些,郭祥觉得她的日子过得多么艰难!今天,这位阿姊妈妮天不亮又起来了。她那木杵一声一声都是这样沉重,仿佛敲在自己的心上一样,听来觉得格外酸楚。他觉得她平时少言寡语,并没有说过什么,有时甚至还笑着打个招呼,可是她心中的伤痛,恐怕正与自己相同。而怀着这种伤痛的人家,又何止千家万户,万户千家!这不都是帝国主义者造成的吗!它们给予人们的苦难,其凄惨处,还不仅仅是血肉模糊的尸体,而且还有留在人们心上的长期难愈的创伤。想到这里,郭祥又增添了对帝国主义的一层憎恨。恨不得马上结束整训,再次狠狠地拼杀一场。

这些天,老模范见郭祥一天天消瘦,心中不免忧虑,虽然劝慰他多次,情绪也没有转过来。这天忽然接到军里一个通知,让郭祥去参加志愿军政治部召开的英雄模范大会,老模范心想,这一下好了,让他出去活动活动,见见世面,心里畅快一些,情绪兴许能好起来。这样就很快地通知了他。本军的英雄模范人物很多,参加这次会议的仅有二三十人。大家乘着一辆卡车,奔驰了一个通夜,才来到志愿军总部。

这郭祥虽然平时说话随便,不拘小节,本质上却是一个谦逊的人。他在典型报告会上,看到这么多的英雄人物,听到这么多惊心动魄的事迹,觉得真是山外有山,天外有天,各有千秋,群星灿烂。其实聚在这里的,不过是其中的代表,要说起整个志愿军的英雄,那就真像是银河一样宽宽的光带。郭祥越听越有兴致,就特意把他平时不舍得用的小本儿拿出来,用歪歪扭扭的字记下别人的长处。他确实地钻到会议中去了。可是,有一天,他听了几个女护士的报告,那些事迹同杨雪大同小异,特别是来自东线的一个女护士,她的年纪同杨雪相仿,也留着一头齐耳短发,当她报告到如何在风雪弥漫的长津湖畔,把战士冻肿的双脚揣在自己的怀中时,郭祥顿时又想起杨雪,想起杨雪给自己暖脚的情景,别人都在热烈地鼓掌,他却低下头涕零不止了。从这时起,杨雪的形象又不绝地在他眼前时隐时现,又是几个晚上没有睡好。

这天上午,郭祥正在松树林里参加小组座谈,被带队的组织干事叫出来。那个干事很高兴地说,彭总准备找一些战斗英雄分别谈谈,现在就让他到彭总那里去。郭祥一听这突如其来的消息,就愣了神儿,不禁抓耳挠腮地说:

"现在就去?"

"对对,现在就去。"组织干事点点头,指指旁边一个很敦实的挎手枪的战士说,"他是彭总的警卫员小张,你就跟他去吧!"

这郭祥一向很放得开,可是他见过的最大的"官"就是他们军长了,今天听说人民解放军的副总司令,又是赫赫有名的志愿军的司令员要见他,他就不知道怎么好了。这时,他觉得自己是这样的平凡和渺小,简直没有做出什么事,见了司令员可说什么好呀!他这样想,神色上就不免有些迟疑和慌乱,红着脸说:

"我,我可是一丁点儿准备也没有。"

"不要准备,随便谈谈。"小张笑着,宽慰地说,"彭总也随便得很,他听说你在敌后一个山洞里藏了几十天,主要是想看看你。"

郭祥一听主要是"看看"他,更不自然了,他可有什么可看的呀!无奈小张已在前面走了,郭祥只好随着他向一面山坡走去。

彭总依旧住在那间依洞而建的小房子里,房子外开出一小块平地,周围有好几株大树,给予这里浓密的绿荫和鸟声。尽管地上掉了几片早落的黄叶,但是天还不算冷,彭总光着头、穿着一件白衬衣,正坐在一张小圆桌旁边看电报。这也正是他们几位领导人下象棋和打克朗棋的地方。那边克朗棋的棋盘上还散落着不少的棋子。

郭祥跟在小张后面,轻手轻脚地上了山坡。

"报告司令员,那个战斗英雄来了!"小张走到彭总身边说。

本来郭祥一路上拼命压制自己的激动,想平平静静地、大大方方地给彭总打一个敬礼,万没想到小张却冷不丁地说出这样的话。他的脸登时红了起来。"战斗英雄",这是随便说的吗?在这位身经百战、千战者的面前,也能随便说吗?他确实太不好意思了。可是这时彭总已经放下电报,摘下老花镜,笑微微地站了起来,郭祥只好红着脸,用力地磕了一下脚跟,打了一个十分标准的敬礼。

彭总紧紧握住郭祥的手,用一双深奥的眼睛,足足打量了他好几秒钟,才撒开手,指指旁边的小木椅说:

"坐吧!"

两人坐下,彭总又让小张拿烟。小张对郭祥特别热情,从屋里拿出一包"大中华",还抽了一支递给郭祥。郭祥觉得在彭总面前抽烟不大合适,就小心地放在小圆桌上,说:

"我不大会抽。"

"不大会抽?"彭总望了望他那被大喇叭筒熏得发黄的手指,哈哈大笑着说,"恐怕还是个老资格哩!"

郭祥也不禁笑起来,立刻点着,头一口就吸下了小半截子。

"你那个连,在二次战役中间打得不错。"彭总说,"报上的通讯我也看了。那个记者说,仿佛你们没有多少伤亡,这真实吗?"

"那次我们连,加上炊事员只剩下三十几个人了。"郭祥答道。

"是嘛,所以我多次说,写新闻报道一定要真实。像那样写法,把敌人都写成了豆腐,也就不能让人民正确地理解战争。"

彭总很有兴致地望着郭祥,接着又问:

"听说你在敌后一个山洞里藏了好几十天?"

"58天。"

"那你是怎么生活的呢?"

"有一个朝鲜老妈妈,给我们天天送饭。"

"她有粮食吗?"

"很困难。开始她让我们吃粮食,她吃野菜;以后就靠游击队接济。"

"那里游击队好活动吗?"

"也很困难。游击队很小,主要采取隐蔽活动。不过他们很坚决,我们就是靠一个女游击队员领着,穿过敌人的战线才回来的。"

彭总听到这里,一面点头,一面深有感慨地说:

"朝鲜妇女很伟大,这一点我感触很深。她们在战争中失去了丈夫,失去了儿子,忍受着最大的痛苦,还默默地承担着艰苦的劳动。我每次坐车外出,看到她们在冷风里穿着单薄的衣裳,背着孩子在那里修路,心里就有一种说不出的滋味。"

这时,金妈妈,朴贞淑,还有最近那位朝鲜大嫂的形象,都一个一个地闪现在郭祥的心头,使他沉入深深的感动之中。

忽然,彭总抬起头,望着郭祥问道:

"你们住的那一带,老百姓还有粮食吃吗?"

"粮食早就很困难了。"郭祥皱着眉头说,"我看到不少老百姓,每天到地里找早熟的棒子,掰一些回来舂舂,加上一些野菜吃。我住的那家房东大嫂也是这样。我们连每次做饭都要多做一些,因为一到开饭,孩子们就围过来了,我们怎么也不能叫孩子们看着。……"

"你们这样做很好。"彭总点点头说,"今年朝鲜水灾很大,据说是几十年来少有的。我们参加战争的目的就是为了朝鲜人民的生存,今天怎么能够看着他们饿饭呢? 郭祥同志,假若我们志愿军全体人员,每天每人节省一两粮食,你看有困难吗?"

"我看没有困难。"郭祥立刻挺挺腰板响亮地说,"战士们都会拥护。"

"不过,战士们也有困难。他们体力消耗很大,粮食也不算很足。"彭总思忖着自言自语,仿佛他已思考过多次。他停了停,又望着郭祥,"部队得夜盲症的人还多吗?"

"已经比以前少了。我们连还有几个没有治好。"

"主要是营养不足,维他命缺乏。你可以让他们吃点野菜,熬点松针水喝。这办法很有效,我调查了好多人。"

彭总沉吟了一会儿,很认真地说:

"虽然军队和人民都有困难,我们总是比老百姓好些。为了人民,我们也应当苦一些。挨饿这个滋味我是知道的。我13岁那年,有一天天还不亮,我就光着两只脚,踩着露水上山砍柴,因为没吃饭,砍了一会儿饿得实在砍不动了,就倒在地上睡着了。父亲上山来找,一看我睡在地上就有了气,他扯了一根柴棍子,吆喝着:'你偷懒,我要打死你!'我心里十分难过,我哭着说:'昨天晚上我只吃了一碗糠粑粑,今天早晨也没吃饭,我全身发软,哪里还有力气砍柴呢!'我父亲也哭了。……挨饿那个滋味可不好受呵!"

彭总说这些话时,感情很沉重。显然他对自己童年和少年时的悲惨生活,印象很深。因此,他对人民的疾苦,有一种特殊的敏感和关切。今天谈起粮食,又不禁忆及往事。也可能他发觉自己谈得远了,就把话收回来,望着郭祥说:

"你今年多大了?"

"25了。"

"多大参军的?"

"13岁,是赖上的。"

"噢,你还是个年轻的老干部哩!"彭总笑着说,"有对象了吗?"

由于彭总平等待人,郭祥渐渐活跃起来,虽未恢复常态,"大中华"的香烟,也抽了好几支了。万没想到彭总忽然问到这个,一时觉得很难回答,就红着脸慌慌张张地说了真话:

"我,我不准备结婚了……"

"怎么?"彭总对他的回答颇感诧异,又笑着问,"结婚晚一点可以,怎么不结婚了?"

"我本来有一个朋友,她牺牲了。"郭祥心里酸酸地低下头去。

"是志愿军的吗?"

"是,是我们军的一个护士,她是为救朝鲜儿童牺牲的。朝鲜政府给了她'国际主义战士'的称号。"

"我仿佛在《志愿军》小报上看到过,是叫杨雪吗?"

郭祥心中一震,如果不是在首长面前,他很可能抑制不住自己的情感,勉强回答了个"是",又低下头去。

"看来,你是很爱她的!"

郭祥点了点头。

"当然,你会很痛苦。"彭总说,"我们参加革命的人,许许多多同志都有过这种痛苦。拿我说,我的两个弟弟都让蒋介石杀了,我心里能不痛苦?长征以后,我们许多红军家属,都让国民党反动派斩草除根了,这些同志心里能够好受?可是有什么法子来医治这种创伤呢?办法只有一个,就是把精力全部放在工作上、作战上,这样你的痛苦就减轻了。你钻到痛苦里就会脱不出来。我的体会,只有革命的胜利,工作的进展,可以弥补个人的伤痛。……"

郭祥认真地听着,吟味着老一辈的生活经验。

"毅力也很重要。"彭总又继续说,"我这个人就是有股犟脾气,既吃了它的亏,也沾了它的光。我在湘军当兵,有一次派我当侦探,被抓住了,刑法很厉害,有一次实在受不住了,想承认,可是第二天又坚持起来,到底让我挺住了,最后闹了个取保释放。"

彭总说到这里不由哈哈大笑,郭祥也笑起来。

谈话结束时,彭总一直将郭祥送下山坡。一个摄影员正在山坡下徘徊观望,拿不定主意是否采取行动。平时彭总一直反对摄影记者给自己照相,他常常说:"你'咔嗒'一下,得值几斤小米呀!"有时甚至会转过脸去,把摄影记者弄得很窘。所以摄影员犹豫了很长时间,没有敢贸然走上山坡。谁知这次不同,彭总面含笑容,远远地就跟摄影员打招呼说:

"小李,来给我俩照一个吧!"

这时,小张正在旁边,看见彭总的举动有些不同寻常,就跟彭总开玩笑说:

"司令员,你不说'咔嗒'一下几斤小米啦?"

彭总瞪了小张一眼,训斥道:

"乱弹琴!给英雄模范照相,我什么时候这样讲过?"

摄影员小李兴奋异常,用摄影记者才有的那种敏捷步伐跑过来,十分精心地给彭总和郭祥照了一张合影。

拍完后,小李与小张偷偷地相视而笑。

第二十四章 阴 谋

杨雪牺牲的消息,已由部队的政治机关正式通知了她的家属。凤凰堡的人们也很快就知道了。

这消息使凤凰堡的革命群众深为悲痛,而对阶级敌人则简直是一个难得的喜讯。

地主谢清斋得知此事,可以说比一般群众还早。因为他的反革命策略已经得到实现,他的侄女同村长李能不仅关系暧昧,而且已经有了七八个月的身孕。村中的各种消息,包括农业社甚至党内的各种争论,各项工作措施,都能早早地传到他的耳朵里。他的思想和意志也能经常地和及时地在社委会、支部委员会中通过李能反映出来,不过改一改名词和说法罢了。

凤凰堡的阶级斗争,已经进入了短兵相接的阶段。

这天,当谢俊色把杨雪的牺牲告诉家里,谢清斋全身都感到舒畅,他往躺椅上一仰,拍掌大笑说:

"又少了一个!又少了一个!"

"都炸成肉酱才好哩!"那谢家婆,两个肉眼泡也笑成一条缝了。

"这就叫:不是不报,时辰不到。"谢清斋拉着长声说,"我早就说过,白分人家的土地,天老爷是饶不过的!"

"你也别忒高兴了。"那婆娘抬抬木瓜脸说,"眼下咱们还不是照样受制!"

"你别急嘛,咱们一步一步地来。"他低下秃脑瓜想了一阵,压低声音说,"我瞅准了,这当儿,那臭婆子心里不定多难受哩,就抓住这个机会来打击她!叫她不死也脱层皮!"

"也不那么简单。"俊色腆腆她的大肚子说,"那臭老婆听说她闺女死了，泪都没滴一滴儿。还跟人们说：'我闺女在朝鲜牺牲得值！要退回几年，我也报名到朝鲜去！'"

"你别听那个。那是装英雄叫人看的！"谢清斋把小兜兜嘴一撇，"以前金丝的男人叫日本洋狗啃了，她当着人就没有流一滴泪，还带着笑跟人说话呢，可是家去把门一插就哭个没完。……再说，这闺女是臭老婆的心尖儿，她怎么会不心疼？这机会，可是打着灯笼也难找呵！"

那谢家婆娘抬抬肉眼皮，说：

"有什么办法没有？"

"办法有的是。"谢清斋得意洋洋地一笑，"不是吹的，我这脑瓜特别灵，只要略微一转，就够他们喝一壶了。"

接着，他从躺椅上起来，迈着小短腿走到门外像老鼠出洞一般看看左右没人，就进来压低声音说：

"现在不是正秋收吗，瞅个空儿，把社里的粮食，偷着背上两口袋藏在那臭婆子家里，她就跳到黄河里也洗不清了。"

"那叫谁去？"俊色望着他叔。

"谁去？当然是叫大能人找人去。"谢清斋说，"我们一露头儿，不就露了馅儿了。"

"不知道他肯不肯办？"

"他咋不肯？"谢清斋说，"这次入社，把他的三条大骡子一牵，就像剜了他的心似的，把臭老婆早恨透了。趁机会把社搅散，我看他乐意干。再说，你现在同他那关系，"他睃了一眼俊色鼓起的肚子，"他也不敢不肯。他要敢说半个不字，你就对他说，你准备到县里去坦白，看他勾结阶级敌人该当何罪？——你说他敢不敢？"

"你可真是个老狐狸！"俊色咬着她那细长的辫子笑了。

谢清斋忽然想起了什么，又睃了睃她的大肚子，有些不满地说：

"俊色，你可千万不能懵头转向呵！我原来叫你拉他，是为了给咱家报仇，是为了改变咱的成分，入了党把权抓到手里，并没有说要搞真的。没想到你弄成这样，连门也出不去！等办了这件事，还是把肚子里的东西打掉才好。"

"叔！你咋说起这话？"俊色伤心而又气愤地说，"我弄成这样！是为了谁？到这会儿又怨起我来，这拉人的事就那么容易？"

"算了,算了!先不说这个。"谢清斋摆摆手说,"还是把刚才说的事儿,快快办吧!"

果然,几天以后的一个早晨,发生了不愉快的事件。

正当凤凰堡这个艰苦创业的小社,迎接第一个金色的秋天,社员们喜气洋洋准备分取劳动果实的时候,人们发现社里少了两口袋谷子。看场的又正好是大妈的儿子大乱和另一个社员。他们说,夜里没有发现任何情况,只是在天快亮的时候,他们打了个盹儿。……

场上乱哄哄地挤了很多人。有本社的社员,也有本村的群众。社里的干部,差不多都在场。只有小契几天以前就到县里开会去了。

今春以来,创业的艰难和党内外复杂而激烈的斗争,使得大妈一下子老了几年。她现在变得又黑又瘦。当她的心正在承受巨大的悲痛时,今天又出了这事,急得像着了火似的指着大乱骂道:

"你这个没出息的东西!你知不知道这是咱们社头一个收成?哪儿睡不了觉,你跑到这儿来睡觉了?"

"老虎也有打盹的时候。"大乱嘟嘟囔囔地说。

大妈见他还嘴,更加有气,顺手抽了根棒子秸要打,被众人拦住。李能蹲在那儿摆摆手,说:

"算啦,算啦!打孩子能解决多少问题?"他接着冷笑了一声,"我就纳闷儿:咱们这儿是老解放区,好多年没出这种事了,怎么成了社倒出些稀罕事儿?"

大妈冷冷地看了他一眼,还没有接话,他悠闲地吐着烟圈儿,又慢条斯理地说:

"咱们平常是怎么跟群众讲的?建社的优越性呀,共同富裕呀,夺高产呀,结果粮食还没分就丢了,大伙儿生产的还不够偷的!"

"李能,你可不能这么说。"大妈尽力地按住火气,"这建社是走社会主义道路。个别坏人偷东西,我们要严肃处理。怎么能硬拉到一块儿?"

"反正我不背这个黑锅!"李能说,"问题查不出来,咱们人人有份,特别是咱们这些当干部儿的!"

"你看怎么个查法?"

"搜!"李能站起来大声说,"咱们挨家挨户地搜!"

群众一听也恼了,乱纷纷地说:

"搜就搜吧,谁怕这个!"

"搜不是好办法。"大妈沉吟着说,"我们应该慢慢调查。"

"肚子里没病,就不怕吃冷黏糕!"李能扯着嗓子叫,"我是副主任,先搜我那儿,我不怕搜!"

"你不怕,别人就怕啦?"大妈气愤地说,"要搜,就先到我家去!"

李能巴不得大妈说出这话,心中暗暗高兴,但嘴里却说:

"这怎么行!你是模范,还是先搜我好。"

大妈不理他,在前头领着向自己家里走去。李能紧紧跟在后面。众人簇拥着来到大妈的小院里。这时又来了一些看热闹的,挤了满满一院子人。

"婶子!"李能奸笑着说,"今天咱们是为了弄清问题,可不是故意给谁难看。"

"你就开始搜吧!"大妈把头一扭。

"咳,真是没法子!"李能显出十分为难的样子,"既是这么说,也只好警察打他爹——公事公办了。"

说过,他先到屋里看了一看,又在房前房后转了一转,最后来到柴草棚里,把乱柴禾一扒,就露出了圆鼓鼓的两个大口袋,大家登时一惊。大妈和大伯的脸变得煞白。原来绝大部分群众的心理,都是出于对李能的气愤,想急于证明大妈没事,却不料被这意外的事件惊呆了。

"这可怎么说呀!"李能冷笑了一声,"我那婶子!我那社主任!真叫人想不到哇!你是咱全县、全省都鼎鼎有名的模范,你是咱解放军非常爱戴的拥军模范,你怎么办出这种事呀!你要是真揭不开锅,只要张张口,跟大家说一声儿,跟我说一声儿,多的没有,借个三斗五升的,谁能不给你?谁能眼睁睁地叫你饿着?唉呀呀,你怎么就……?"

"这是有人栽赃!有人报复!我会查出来的!"大妈气得浑身战抖,眼也红了。

"婶子,叫我说,你就别犟嘴啦!"李能故意显得心平气和地说,"你说栽赃,那栽赃的是谁呀?要说报复,你办社辛辛苦苦的,群众感谢还感谢不及,谁来报复你呀?干吗要报复你呀?我的婶子,别觉着面子上过不去,我也知道你有你的难处。特别是我那大妹子死在朝鲜,连个囫囵尸首也没有落着,全村的人谁不心疼,谁不可怜你?我就为这事几天几夜都没合眼。我早想提出建议,讨论一下对你的救济问题。没想到还没讨论,就出了这事!"

这些话比煨了毒药的刀子还要毒辣,大妈气得脸色苍白,浑身战抖,嘴张了两张,哇地吐出一大口鲜血。金丝上前扶住她,哭了。来凤指着李能气愤地骂道:

"李能!你说的是人话吗?"

"不要这样,来凤!"大妈用袖子擦擦嘴说,"你叫他把毒水吐完!"

"我吐的是毒水,你吐的是什么呀?"李能冷笑道,"为人不做亏心事,不怕三更鬼叫门。婶子,你没有偷,干吗着这么大急呀?"

这时,人群里有一个十分魁伟的老汉,在鞋底上搕了搕烟灰,气昂昂地挤过来。大家一看,是社里的副主任许老秀。他虽已须发斑白,但双颊赤红,眼睛像儿童一般明亮,一副紫铜色的胸膛袒露着,显得十分坚实有力。他走到李能面前,站定了脚步。

"李能!你今天也欺人太甚了。"他用旱烟袋一指,"你从光屁股眼儿就跟着你爹要饭,你老根上也是一个贫农。是共产党、毛主席领导你分了地,翻了身,杨大妈和村里的群众都帮助过你。没承想你今天变了,你把阶级兄弟当作仇人。你说那话就跟地主老财一样恶毒。我看你那心里里外外都变黑了。你咬定说,偷粮食的是杨大妈,叫我看,她压根儿不是这种人。为了成社,她把命都豁出去了,把心都操碎了,她今年还不到50,头发就变白了。她为的什么?还不是为了社会主义,为了咱们群众!相比之下,你怎么样?你是一个心眼儿赚钱,贱买贵卖,投机倒把,放高利贷,发家致富。为了你那两头骡子,你哭爹骂娘,恨不得马上把社搅散。……"

"老秀叔,你可不能屈枉好人!"李能打断他说,"把社搅散,我从来就没起过这心。"

"你有没有,你自己明白。"老秀冷笑了一声,继续说道,"革命不是光凭嘴说。我们是干革命,不是说革命。你看看人家杨大妈是怎么待人行事:刚成社那当儿,大家伙粮食缺。有一天正搒小苗,王合群昏倒在地头上了。杨大妈就问他:'合群!你是不是病了?病了就歇一歇。'合群才眼泪汪汪地说:'大妈,说实在的,我不是病,是我还没有吃饭呢!'大家听了都很难过。人家杨大妈立时就说:'合群,你怎么不早说,俺家还有红高粱呢,你先背一斗去。有咱们社就不能叫你饿着。'合群说:'这不行,大妈,你日子过得窄卡,我借了你的,你又没吃的了。李能家粮食多,我不如去摘借几升。'可是你李能是怎么对待他的?你连门都不让他进。你在屋里听见他的声音就往外跑,好像祸水一下就泼到你头上,急得你连门限都忘记迈了,一下绊了个狗吃屎。……"

人们哄堂大笑。李能涨红着脸,嗫嚅着:"这,这……"

"我这不是说瞎话吧?"许老秀接着说,"合群跟你说了半天好的,大叔长大叔短地叫你,你一个粮食粒儿都不借给他。这就是你干的好事!后来,还是杨大妈把粮食给合群背到家里,自己一家子去吃野菜。李能!我问问你:像杨大妈这样的人,会不会去偷社里的粮食,你要有一丁点儿党性,怎么会说出这话?……"

"对,对!老秀大伯说得有理!"人群里有人喊道。

"大妈不是这样的人!"人们纷纷地应和着。

李能的势头大减,两个大眼珠骨碌骨碌地转了几转,立刻撇撇嘴笑着说:

"她是啥样的人,不由你说,也不由我说。那两口袋粮食怎么解释呀?它是从天上掉下来的?它是长着翅膀飞过来的?……不错,我这婶子办社是很积极,可是为了什么呀?这事我一直不明白,噢!现在我才清楚了:原来各人有各人的目的!这就应了那个古话'人为财死,鸟为食亡','人不为利谁肯早起'呀!像这样办社,谁还有信心哪!……"

"李能!你不要血口喷人。"大妈用手指着他说,"我总要弄个水落石出!"

"哈哈,这还不算水落石出?"李能又指了指那两口袋粮食冷笑起来,"算了,算了,叫我看,这事已经够清楚了。至于怎么处理,由我们党内讨论决定。大家先回去吧。不过有一条,大家一定要注意保密。俗话说,家丑不可外扬。何况我婶子是一个有名的模范,传出去对她的威信是有影响的。一定不要再向外传了!千万千万……"

"乡亲们！你们等等再走。"大妈向大家招招手，沉着地、镇静地走到人群前面。她望了望大家，然后盯着李能说，"你的话说完了吧？"

李能不敢正视大妈的眼睛，把头扭到一边去了。

"你要是没有说完，你就接着说；你要是说完了，我就来说两句。"大妈见他没有回话，就望着人群说，"今天的事，我心里明白，大伙心里明白，那些打击陷害我的人，也心里明白。我看今天的事，还不是两口袋粮食的问题，这是有人想把社搅散，这是一场阶级斗争！这些坏家伙，你们听着：我们走的是社会主义的道儿，这是毛主席、共产党的指示，我们走这条道儿是铁了心的，是粉身碎骨不回头的！你们的如意算盘是要落空的！"大妈冷冷地望了李能一眼，又接着对大家说："乡亲们！你们不要为我伤心难过。战士们在前方冲锋陷阵，免不了流血牺牲；咱们在后方搞阶级斗争，也不能不拿代价。以前，环境残酷那当儿，日本人，国民党，他们的势力多大，他们悬赏钱捉拿我，追我，搜我，捕我，放火烧我的房子，用枪堵我的洞口，都没有压倒我。这会儿，他们想用造谣、诬蔑、打击、陷害来压倒我，更是做梦！依我看，他们不过是一些老鼠，苍蝇，蚊子，跳蚤，他们老觉着钻在黑窟窿里搞阴谋别人不知道，其实他们比猪还蠢，撅撅尾巴我就知道他拉什么屎！让他们跳吧，蹦吧，瞎嗡嗡吧，跳到半天云里才好呢，摔死了可没人来可怜你！……"

李能的手指抖动了一下，涨红着脸，竭力装出若无其事的样子。大妈盯了他一眼，又继续说：

"有人想趁我闺女牺牲来打击我，他们觉着可找到好机会了，只要三拳两巴掌就能把我的情绪打下去。依我看，他们又想错了。闺女牺牲了，我是难过；可我并不伤心，还觉着光荣！因为她是响应毛主席的号召去朝鲜的，是为了打美帝死的，是为了掩护朝鲜儿童死的。她死得值！死得有骨气！她不是怕死鬼！毛主席没有白教育她，党没有白引导她。我这老鸹窝里飞出了一只凤凰，我这当妈妈的也觉着光彩。我不要谁来救济我，可怜我，更不要李能这样的人来可怜我。请乡亲们放心吧，我决不能因为这事灰心丧气。我要是泄气了，就对不起党，对不起大家，也对不起我闺女！我就不配做她的妈妈！今天的事不算完，我要请求党，请求上级彻底追查处理，叫那些躲在黑窟窿里搞阴谋的坏家伙现现原形，骑驴看唱本——咱们就走着瞧吧！"

大妈说完，人群里掀起一阵热烈的掌声，就像快要熄灭的火堆陡然泼上汽油一般熊熊地燃烧起来。人们纷纷地呼喊着："讲得好！讲得好！""大妈讲得有理！"许老秀等一伙贫农社员，人人眉开眼笑。金丝因为过于激动，睫毛上闪动着一大颗泪珠。来凤尖着嗓音喊：

"这事不算完，一定把栽赃的坏家伙抓出来！"

"把坏家伙抓出来！"群众纷纷地喊。

李能的脸一阵红，一阵白，两条腿索索地颤抖着。

来凤眼尖，她看见支部书记王老好蹲在一个小旮旯里，正要乘机溜走，就三脚两步上前拦住说：

"也让咱们的王书记说几句吧！"

"好，好。"大妈说，"老好！你也说几句吧！"

"这这这……我可有什么说的！"他神情慌乱，舌头像打了结似的，左张张，右望望，不知怎样才好。那架势真叫人哭笑不得，全场的人都望着他。

李能也不满地斜了他一眼，着急地说：

"咱们村发生了这样严重的问题，你这当领导的就没有一个态度？"

"你叫我可怎么说！可怎么说！"他张皇地望望李能又望望大妈，"我不能站在你这一边儿，也不能站在她那一边儿。你说有人陷害栽赃，我没抓住谁的手，你说你没有拿，那粮食又明明就在这里。叫我可怎么说？我看还是'和为贵'，大事化小，小事化了，粮食先背回去，以后慢慢再说，千万别伤了和气。……"

"老好，你又来这一套了。"大妈指着他说，"叫你放屁都不会放个响的！"

"叫你这一说，偷东西就白偷了。"李能也指着他说，"像这样办社还能办下去吗？"

王老好两颊上的肌肉哆嗦着，显出十分为难的神气。他把两只手一摊：

"看，看，你们又把我夹在中间了。总是两个磨扇夹一块肉，这个日子可叫我怎么过呀！"说着，不管人们拦阻，硬是从人群里逃出去了。

由于大妈的坚决请求，几天后，区里下来一个干部。这个人外号叫"醉死狗"。因为他专爱住在地主、富农和李能那样干部的家里，有好吃好喝的来招待他。有一次，他在一个地主家里吃得醺醺大醉，一出门就吐了一大摊。两只狗抢着去吃，一只一只都醉倒了。所以得了这个名儿。这次到来，李能和他是老酒友，早就亲亲热热地迎到家里，喝了半夜，第二天上午就开始了所谓调查。下午就把大妈找去，酒气扑人地说：

"杨大妈！你是咱们区的一个老模范了，怎么做出这种事呀？咱们共产党员，不怕犯错误，就怕不承认错误。那粮食明明在你家里，这是不容否认的事实，你怎么反咬一口说是陷害呢？你办社积极，这是附近都知道的，可是千万不能带着私心干革命呵！你还是好好检查一下，在全体社员面前做个检讨，我可以说服大家从宽处理……"

"满口胡嗳！"大妈把手一摆，"你说的这个不算！"

她扭头就走，回到家里时浑身发烧，大伯摸了摸她的额头，烫得就像火炭儿一般。

第二十五章 城　市

邓军的妻子贺华，这时随部队的留守处，住在北京西南郊的长辛店镇。邓军知道杨雪的牺牲会使大妈万分难过，就给妻子来信，叫她把大妈接到城里小住，好散散心，度过那些难捱的日子。为此她专门到凤凰堡来接大妈。谁知大妈一心牵挂着村里的斗争，并没有到城里来的意思。经过小契、老秀、金丝、来凤等一伙人的一再劝说和督促，才勉勉强强到长辛店来了。

大妈是第一次来大城市。实在说，她坐火车也是初次。过去，她随游击队行动，也到过铁路附近，但只听见过火车的隆隆声，却不知道它究竟是什么样的怪物。1944年，她到山里参加英模会，曾经越过铁道。那天深夜，敌人的一辆铁甲车阻住去路，是部队掩护着硬从敌人的子弹下冲过去的。那时候，提起火车，简直像凶神恶煞一样，充满恐怖和神秘之感。今天，当她坐上人民的火车，觉着又新鲜又美气，就像刮风似的，一展眼就是几十里路，心里着实高兴。到了北京，贺华首先领着她游览了天安门和故宫。她看到那雄伟的城楼，巍峨的宫殿，金瓦红墙，垂杨绿水，一处处都使她不绝地赞叹。出了故宫，她在天安门前的金水桥上坐了很久。她深情地望着毛主席的巨幅画像，望着毛主席亲手升起的第一面五星红旗，不禁流下了热泪。她抚摩着汉白玉栏杆，在心里喃喃自语地说："毛主席呵毛主席！您老人家辛苦了。多亏您的好领导，我们才有了今天！同志们的血没有白流，大家的辛苦没有白费，这些统统都是我们的了！我们决不能叫敌人再夺过去，哪怕再流这么多的鲜血！……"

大妈究竟心中有事，只游览了两天，就推说累了，要回到凤凰堡去。贺华死乞白赖地劝她再游游颐和园，大妈才勉强答应。

这天早晨,贺华领着大妈,向公共汽车站走去。长辛店大街,平日并不热闹。这座曾经震动过全中国的古镇,除了铁路工厂那个年代久远的老烟囱之外,许多地方还保留着古老的风貌。街上青石铺地,两旁是小饭铺和骡马大店,平日还有骆驼队缓缓走过。可是今天却显得热闹非凡。大妈她们刚走出胡同口,街道两边已经挤满了人。其中大部分是穿着蓝制服戴着大盖帽的铁路工厂的职工,还有他们的家属、市民和戴着红领巾的孩子。他们手里有的拿着红红绿绿的三角小旗,有的拿着鲜艳的花束。商店门口还拥挤着青少年组成的腰鼓队、秧歌队和别的文艺宣传队。他们的脸上都涂着油彩,男孩子头上包着羊肚手巾,女孩子腰里系着红绿彩绸,细长的红色的腰鼓,在早晨的阳光里红得耀眼。他们人人脸上都带着欢笑地期待着,不断地踮起脚向北张望。

大妈问一个女孩子:

"今天这是欢迎谁呀?"

"你还不知道哇?"女孩子笑着说,"最可爱的人就要来了!"

"来三个志愿军!"一个男孩子插嘴说,"里头还有一个英雄哩,一个人就活捉了60多个美国鬼子!"

大妈一听志愿军归国代表要到,就对贺华说:

"你看挤也挤不过去,要不今天就别去颐和园了。"

话音未落,街北头第一道彩门处,响起了噼噼啪啪的鞭炮声。人们一片声嚷:"来啦!来啦!"接着锣鼓和腰鼓敲了起来。乐队奏起《中国人民志愿军战歌》。人们举起红绿小旗和鲜花高呼着:

"欢迎志愿军归国代表!"

"欢迎最可爱的人!"

"坚决支援志愿军!"

大妈在人丛里拥挤着,看到的只是鲜花、红旗和挥动的膀臂。她和贺华做了几次重大努力,才挤到前面。往北一看,三辆小吉普车已经缓缓驶过第一道彩门,被一支男女少年组成的腰鼓队拦阻住了。鼓声咚咚,红绸飘飘,腰鼓队就在当街人们围成的大圆圈里表演起来。戴着高顶礼帽的"杜鲁门"和打着八卦旗的"李承晚",装作抱头鼠窜的样子在前面跑,扮成朝鲜人民军和中国人民志愿军的孩子,端着步枪在后面追。"杜鲁门"和"李承晚"不时地被绊倒在地

上,大呼救命,引得大家一阵阵哄笑。腰鼓队一面龙腾虎跃地击着腰鼓,一面用鼓棰指着他们,高声唱道:

> 嗨啦啦啦啦,嗨啦啦啦,
> 嗨啦啦啦啦,嗨啦啦啦,
> 天空出彩霞呀,地上开红花呀,
> 中朝人民力量大,打败了美国兵呀,
> 全世界人民开口笑,帝国主义害了怕呀!
> 嗨啦啦啦啦,嗨啦啦啦
> ············

这歌子人人会唱,人人爱唱。孩子们一唱,全场都跟着唱起来,并且击掌打着节拍。加上场上的"杜鲁门"和"李承晚"不时地现出丑态,更使人精神百倍,愈唱情绪愈高。小吉普车上的几个志愿军战士,满脸是笑,也不自禁地击掌应和着。整个的长辛店镇就像沸腾了一般。

街中心有一个身躯高大的中年人,他穿着褪了色的灰布工人装,手里拿着一面小红旗,脖子上挂着一个哨子,跑前跑后地忙碌着。他是二七铁路工厂的工会主席,是今天活动的组织者。人们不断地招呼他:

"大老郝!他们占的时间太长了,还有我们哪!"

"知道,知道。"大老郝笑笑说,"我掌握着哪!"

大老郝跑过去,向小学老师指指手表,咕哝了好一会儿,腰鼓队才停下来。可是小吉普还未开动,腰鼓队的少年们就拥到车前,争着跟志愿军代表握手。有的还爬到车上去。大老郝急得满头是汗,连劝说带扒拉,好容易把人支使开,一个年轻妇女举着一个两三岁的小男孩,挤到车边说:"同志!同志!跟我们的孩子握握手吧!"小孩子也举着两只小手往车上扑。为首的志愿军嘻嘻笑着,就把他接过来抱在怀里。"志愿军叔叔!志愿军叔叔!"小孩儿一边叫,一边用小手摸志愿军的脸,抠志愿军的奖章。志愿军代表亲了亲他,刚要送还给他的母亲,没想到孩子张开小嘴哇的一声哭了。一边哭一边还说:"我要志愿军叔叔!我要志愿军叔叔!"大老郝埋怨那个妇女说:"唉,你怎么把他弄到车上去啦?今天的节目还多着哪!"那个年轻妇女红着脸说:"是他要去嘛!"大老郝没法儿,满口袋乱摸,还问旁人:"你们谁装的有糖?"小孩把小嘴一噘说:"我不吃糖!我要到朝鲜去!"这时大老郝幸亏一低头,看见自己脖子上挂着的哨子,就摘下来,嘟嘟一吹,对孩子说:"你要这个不要?你拿着它,咱俩一块到朝鲜打鬼子去!"小孩儿一接,大老郝乘势把他抱过来,交给他的母亲。小吉普车才缓缓地开动。口号声又震天动地地喊起来:

"坚决支援朝鲜人民!"

"打倒美帝国主义!"

"抗美援朝胜利万岁!"

小吉普车缓缓地开进了第二座彩门。其实也不过走了十多丈远,又被一个新的节目拦截住了。

这个节目离大妈不算远,看得更清楚了。只见一阵锣鼓过后,从人丛里出来一只花丽的旱船。彩色的船篷下,坐着一个年轻姑娘,红色的船舷垂着绿绸。扶着船头的老艄公白发苍苍,垂着一尺多长的白胡子,穿着青衣,扎着黄色丝绦,就像旧戏《打渔杀家》中的肖恩一样。当他把船引进场内,喊了一声:"开船哪!……"接着拉开架势,挥动木桨,那船就轻快地跑动起来。绿绸飘呀飘的,就像真的在水波上行驶似的。这场舞蹈没有对话,整场都是由轻快的管弦乐伴奏着。演唱的曲调是《妇女自由歌》。随着曲调的情感,船只时快时慢。最后叙述到解放一段时,船只就像要在平地飞翔起来。人群中发出雷鸣一般的掌声。

大老郝看看表,好几次向老艄公和年轻的姑娘使眼色,但他们仍然忘情地划着,愈划愈快。大老郝无奈,只得把小红旗一摆,他们才停下了。年轻的姑娘从船里钻出来,老艄公也把木桨一丢,摘下假发和白胡子。这时候,大家才看出,原来扮演者是两位五十多岁的老太太。她们一面笑着,一面跑上去同车上的志愿军握手。人们欢声雷动,又是一阵暴风雨般的掌声。

大老郝也赶上去笑着介绍:

"这两位都是我们厂的家属。这位姑娘,不多不少,今年整整50,老艄公眼看快60了!……"

三个志愿军异常感动,紧紧拉着老太太的手说:

"老大娘！刚才把你们累坏了吧？"

"不累！不累！"扮演年轻姑娘的老太太一面擦汗，一面笑着说。

"我给同志们实说吧，"扮演老艄公的老太太说，"一解放，我就像年轻了十多岁似的；听说同志们在前方打胜仗，我这心劲儿就跟二十几岁的姑娘们也差不多！"

人群里有一个年轻姑娘，又使眼色，又打手势，嘟哝着说：

"妈！你就别说了。"

人们都哄笑起来。大妈也笑了。

小吉普车又缓缓地行进，渐渐驶近了大妈身边。她睁大眼睛望着那几个代表：第一辆车上坐着的那位，约有20多岁，像个年轻干部；第二辆车上的那位则简直是一个孩子，脸上还长着嫩嫩的茸毛；第三个面孔黧黑，身体粗壮，看去有30来岁，他时时流露出一种羞怯的神情。这第三位正是郭祥连队的刘大顺，不过大妈不认识罢了。大妈望着他们，想着他们在朝鲜的艰苦斗争，不由一阵激动，眼睛立刻被泪水模糊住了。如果不是初次到大城市的那种拘谨，她真要冲上去拉住他们，抱住他们。等到她用袖子擦干泪水，想再仔细看看他们的时候，车子已经驶过去了。

在第三座彩门前，车子停住。三位志愿军代表和陪同人员都下了车。刚走出几步，人丛中不知谁喊了一声，一伙年轻工人一拥而上，把三个代表都抬了起来。长辛店的妇女代表尖声喊着："不行，不行，还有我们哪！"硬从工人手里夺走了一个抬着。这几个志愿军代表，大约是第一次遇到这种场面，侷促不安地喊着："不行！不行！不能这样！不能这样！"尤其第三个代表，脸色涨得像红布一般，连声哀求道："同志！同志！把我放下来吧！"可是没有人听他们的，事实上沸腾的人潮和喧闹的锣鼓早已把他们的声音掩盖住了。在他们的脸上，已经分辨不出是滚动的汗珠还是大颗的热泪。为首的一个举着膀臂激动地高呼着：

"共产党万岁！"

"祖国人民万岁！"

"光荣归于伟大领袖毛主席！"

大老郝也领着工人们喊：

"中国人民志愿军万岁！"

"抗美援朝胜利万岁!"

这时,夹道欢迎的人群,文艺宣传队,已经汇成一股洪流,可街筒子地向前涌去。他们狂热地呼着口号,敲打着锣鼓,抬着志愿军代表前进。这座古老而光荣的市镇,这座在28年前工人阶级与敌人进行英勇搏战的市镇,确确实实是沸腾起来了。

大妈和贺华也随着人群的激流,卷过长辛店车站,卷过当年血战的火神庙遗址,卷过铁道,到了二七厂附近的广场。

大会开始了。工会主席大老郝致了欢迎词。抗美援朝分会的负责人也讲了话。接着就是几个志愿军代表做报告。他们英勇斗争的事迹,不断引起热烈的掌声和狂热的欢呼。尤其是那位活捉60多个美国鬼子的代表,讲到那些鬼子跪下缴枪的时候,人们的掌声持续了好几分钟之久。青年人兴奋地举着拳头高呼口号,老年人激动地流着热泪。百余年来深受帝国主义压迫的中国人民,听到这些是何等地扬眉吐气呵!

大会的最后一个项目,是给志愿军献礼和捐献飞机大炮的活动。大老郝刚一宣布,人们就纷纷涌上台去。有的手里拿着红绿纸包,有的手里拿着慰问袋,都要亲手递到志愿军代表的手里。附近村庄的农民,把一大筐一大筐的鸡蛋也抬上去了,弄得台子上放不下,大老郝他们只好又帮助抬下来,放在台子附近。农村妇女们也手里拿着她们自己做的鞋子,你推我拥地走上去。有一个青年妇女,还当场念了她绣在鞋上的四句诗:

  英勇志愿军,
  人人爱在心;
  穿上这双鞋,
  踩死美国兵。

念完以后,还要求一个志愿军当场穿上她的鞋子。为首的那个代表,不愿辜负她的热情,就立刻登在脚上。会场上登时响起了一阵热烈的掌声。

掌声过后,一个上了年纪的面孔黄瘦的女工走到台上。她手里小心翼翼地托着一个木盒,神色激动地对着麦克风说:

"同志们！我也是咱们长辛店的。我父亲就在二七那天,被反动派打死在大街上了。我男人后来也被国民党杀害了。全家就剩下我孤零零一个。我隐姓埋名,才到一个纱厂里上了工。那时候,我怕就怕死了没有棺材,落得个狼拉狗啃,就省吃省喝,攒下一点钱来。这不是,我攒了十几年,才攒下这 30 块白洋。现在多亏毛主席、共产党救了我,全国解放了,我的生活有保证了,再也不用担心死了没棺材了。志愿军在朝鲜一口炒面一口雪,跟敌人拼命,才保住了我们的好生活,我怎么能不感激他们呢！今天我要把这 30 块白洋全捐献出来,给志愿军买飞机大炮,狠狠打击美国强盗,保卫住朝鲜人民,保卫住我们的国家！"说过,她双手托着木盒,颤巍巍地递给志愿军代表,说:"同志们！你们就收下吧！"

几位志愿军代表的神色十分激动,迟疑着没有马上去接。为首的那个用手拦着说:

"老大娘！你的心意我们领了。你还是留下一些自己用吧!"

大老郝也在一旁说:

"嫂子！你再考虑考虑,别拿这么多啦!"

她涨红着脸说:

"我现在有吃有喝,你还叫我考虑什么?!"

说着,她把那个木盒子往志愿军手里一塞,就走到台下去了。人群里响起一阵激动的掌声。

接着上台的是一个满头银发的老工人,留着整齐的白胡子,双目炯炯有神,带着几分倔劲。他抱着一个一尺来长的粗大的竹筒,庄严地往桌上一竖,向台下望了一眼。

大老郝笑着站起来,正要介绍他,他把手一摆:

"用不着介绍,长辛店的大人小孩都认得我。"他捋捋白胡子,庄严地说,"刚才我那个侄女提到二七罢工,我跟他爹都是那时候闹开辟的。他爹死在长辛店大街上,我被那些王八蛋关在保定大狱里。他们把我们吊在大梁上,用烙铁烙我们,用皮鞭抽我们,打得死去活来。"他说到这里,把怀一敞,露出一条一条紫色的斑痕,又提高声音说,"同志们！为什么我们会吃这么大亏？为什么我们的人被杀的被杀,被抓的被抓？还不是因为我们没有枪吗！没有自己的军队吗！现在,咱们有了枪,有了自己的军队了,敌人在朝鲜一露头,就把它打了一个稀里哗啦,屁滚尿流!"说到这儿,台下卷过一阵笑声。他回过头望了望志愿军代表,又接着说:"可是我们的军队武器不好。我听说咱们的志愿军在朝鲜吃不上饭,钻防空洞,我这心就难过。我们工人阶级,应当把他们装备起来!把我们的小老虎插上翅膀!毛主席号召我们增产节约,支援志愿军,我们要坚决响应!我们每个月,一定要多出几台'黑小子儿'①,前方战士不怕流血,我们还怕流汗吗?为了捐献飞机大炮,我和我老伴、孩子开了个家庭会,决定每个月拿出工资的十分之一。这不是,我就找了这么个竹筒,钻了个小眼儿,每个月一发工资,就先把捐款装到竹筒里。谁也不能乱花!现在,我代表全家向大伙宣布:我们这个捐献,一直到抗美援朝胜利那一天为止!"

说过,他双手捧起竹筒,以半鞠躬姿势,献给志愿军代表。一位代表激动地举起竹筒高呼着:

"向工人阶级学习!"

"工人阶级万岁!"

这口号立即激起下面狂热的雷鸣般的欢呼:

"志愿军英雄们万岁!!!"

"毛主席万岁!!!"

"坚决打倒美帝国主义!!!"

"抗美援朝胜利万岁!!!"

在中午的阳光下,鲜艳夺目的红旗又高高地举了起来,口号声像大海的波浪直传到远处。从他们的声音中,可以感到一种与敌人血战到底的强大意志,一种一往无前的英雄气概,就好像战场上冲锋陷阵的呐喊,要立刻把面前的敌人扑灭似的。这一切,都使大妈深深感到:中国人民确实是站起来了!站起来了!

大妈和贺华回到工厂附近的家里,心潮久久不能平静,直到夜深仍然不能入睡。

秋风拍打着纸窗。电焊的银光,照得窗纸一明一暗,就像打闪一般。工厂的喧嚣声,比白天还要激越。那机器隆隆的响声,沉重的汽锤声,像机关枪一样的哒哒的铆钉声,铁锤的敲击声,以及火车

---

① "黑小子儿":长辛店铁路工人对火车头的爱称。

头粗憨的吼声和喷汽声,汇成一片。这里简直就是一个名副其实的战场,不过在这儿作战的不是拿枪的兵士,而是穿着油腻工作服的挥汗如雨的人们。

大妈躺在床上,在她眼前,仍然不断地闪动着鲜花,红旗,喧嚣的人流,挥动的膀臂,以及志愿军代表和男女工人激昂的面影。尤其是那个满头白发的老工人怀抱着竹筒的形象,那个又黄又瘦的女工托着木盒的形象,在面前不断出现。大妈还是第一次同城市的工人阶级接触,他们那种大公无私的品质,有我无敌的英雄气概和开阔的胸襟,给了她很深的印象。这一切都使她兴奋激动,更引起她深深的不安。她知道邓军夫妇要自己出来散散心,是一片好意;可是村子里的斗争是那么紧张,敌人的阴谋还没有查清,自己的心揪成了一个疙瘩,怎么能住下去呢?

夜已经很深了。大妈听见邻家老是发出"嚓——嚓——""嚓——嚓——"像是金属磨擦的声音,间或夹杂着笑语声,不知在干什么,搅得大妈更觉心烦。贺华睡了一觉醒来,听见大妈老是翻身,就说:

"大妈,你怎么还没睡着呀?"

"你听听,"大妈说,"隔壁这一家里干啥哩呀,老没个完。"

贺华一听,笑了,说:

"他们是给志愿军炒炒面哩。一听前方干粮接济不上,咱们的周总理就马上发出号召:家家户户炒炒面。他老人家还亲自到处视察,把袖子一挽,抄起铲子就同大伙一块儿干起来了。你瞧瞧,把大伙的劲儿鼓得多足!"

"咱们的总理,真是走遍天下也难找呵!"大妈赞叹地说,"管理咱们这么大个国家,一天得有多少事,又是国内,又是国外,又是打仗,又是建设,哪件事不从他心里过呀,真是把心都操碎了。"

"可不是么,"贺华说,"真是儿行千里母担忧哇,连战士们吃饭穿衣的事,都在他心上挂着哩。刚出国,他听说有的部队冬装来不及补充,就一天打两次电话催问:工厂做出来了没有,上了火车没有。为了搞好后勤工作,今年1月份,他还到了沈阳。听说战士们戴大盖帽不方便,他就叫改成解放帽;听说套头式的单衣负了伤不好脱,他就叫改成对襟的;朝鲜丛林多,行军作战棉衣容易挂破,他就嘱咐后勤部门把棉衣轧上绗线。……"

"有这样的好领导,怎么会不打胜仗呢。"大妈感慨地说,"总理对前方的战士,真比亲娘结记得还周到哩!"

听了这一切,大妈的心情越发不能平静。她觉得从领导到群众都在拼命干,自己躲在这儿,倒成了个大闲人。这样对得起在前线上牺牲的孩子么?想到这里,她从枕头上欠起身说:

"闺女,我明天要走。"

"不是还要到颐和园吗?"

"不,我哪儿也不去了。"

"大妈,再呆一天也不行吗?"

"别说了,闺女,我已经定了。"

第二十六章 聚 歼

谁也没想到,大妈这么快就回到凤凰堡来。

来看望大妈的人很多,夜深时才纷纷散去。小契刚起身要走,大妈叫住他,说:

"你先别走。有点事咱们还得商量商量。"

"明天说吧。"小契笑着说,"你今天也够累了。"

"坐了几十里马车,哪就累着我了?"

大妈说着,又瞪了大乱一眼:

"你在这儿干什么!去!到外面瞅着人去。上次要不是你,也不会出这么大事!"

"犯了点儿小错误,没完没了!"大乱嘟哝着,下了炕。

"披上件褂子!"大妈在后面说。

大乱相应不理,走出去了。

这时屋子里只有大妈、大伯和小契三人。小炕桌上放着一个烟笸箩,一盏棉籽油灯。大妈盘着腿儿坐在炕上,拧了一锅烟,在灯上吸着,然后低声说:

"小契,你刚才不是说,镇反运动布置下来了么?"

"布置下来了,可是村里纹丝不动。"小契说,"我问大能人这个工作怎么办,他说:'咱们村有什么可镇压的?地主、富农都挺老实。谢清斋出过点儿问题,是过去的事了。现在表现不错,恐怕要考虑给他摘帽子了。不能再搞唯成分论。翟水泡虽然当过汉奸,现在劳动很积极,将来选劳动模范恐怕是个对象。'我又去问老好。老好说:'唉,现在的运动怎么这么多呀?一个没完,又接上了一个。先看看别的村怎么做吧。'这就是他们的那点儿积极性!"

"积极?"大妈从鼻子里冷笑了一声,"革命革到他头上了,他还积极?你说李能有没有点儿恐慌?"

"里紧外松。"小契笑着说。

大妈停了一下,又问:

"那偷谷子的事,有点儿头绪没有?"

"有人说,那事发生头两天,翟水泡到李能家里喝了大半夜酒。"小契说,"最近翟水泡花钱很冲。三天两头到小铺里吃喝,一开口就是:来上半斤!……不过证据还没有抓着。"

大妈低着头沉思了一阵,又问:

"谢家那闺女怕快生产了吧?"

"已经几个月不出门了。据说人一去就盖着大被子装病。"小契抓抓头皮,说,"这事我得向党作检讨。"

"你做什么检讨?"大妈一笑。

"我没尽到责任哪!"小契说,"她跟李能的关系,我早就看出来了,也费了不少工夫,怪!就是抓不着他。不知道是在什么黑窟窿里干的。"

"那种事儿也不是好抓的。"大妈表示谅解,又拧了一锅烟,沉思着问,"小契!你看这些事应该从哪里下手?"

"我早盘算好了。"小契鬼笑着说,"从今天起,我豁着不睡觉了。我看她把孩子生出来往哪儿放,只要抓住就是证据。"

"这也是一方面。"大妈点点头,说,"我们要发动群众。还要叫他们里头的人起来揭发。"

"叫谁起来揭发呀,嫂子?"小契笑着说,"这可不是容易办的。"

大妈笑着问:

"你看,李能的媳妇怎么样?"

"不行。"大伯插嘴说,"那人胆小得厉害。"

"再说,你也进不去。"小契说,"那李能对她看得严极了,根本不让出门。"

"就不会想办法么!"大妈笑着把烟灰在炕沿上搕掉,"我们先把李能叫出来开会,然后叫金丝到他家去。……我看那媳妇三天两头挨骂受气,也够受了。"

"那就试试吧。"小契说。

第二天下午,乘李能出去开会,金丝拿着鞋底子,低头做着活儿,来到李能门首。

这金丝和李能的媳妇,都是飞龙镇的娘家,乡亲近邻,从小就是一块儿打草拾柴的姐妹。土改时候,又是贫农团朝夕过从的伙伴。可是自从李能成为这村的首户以后,她就渐渐来得少了。说实在话,她看到李能的两扇大黑梢门,就像看到李能冷酷的脸色一样,觉得扑出一股阴森森的冷气,叫人心里发怵。特别是自今年起,李能不知从哪里弄了一只狼狗,更使金丝感到厌恨。前文早有交代,金丝的男人就是被日本人的这种狼狗咬死的,平日见了狗都不愉快,何况是这种狼狗!所以每逢走到这里,就远远地避开。今天是奉了大妈之命,不得不再三克制。

"桂珍姐在家吧?"她在踏进梢门洞时喊了一声。

话还没落音,就从里面窜出一只尖耳黄毛的大狼狗来,汪汪地嗥叫着,两条前腿跷得有一人来高。幸亏金丝早有准备,顺手扯起一根棍子抵挡着,那狗才没有扑到身上。

随着狼狗的吠声,竹帘一掀,走出一个面孔黄蜡蜡的女人。她一面喝退狼狗,一面笑着说:

"是你呀,大妹子,多少日子不见你了。"

"你们家养了这么只大狗,谁还敢来呀!"金丝勉强笑着说,"刚才我差点儿没叫它给吓死!"

那女人脸红红的,带着几分歉意说:

"都是他叫养的。为了这,不知道得罪了多少乡亲!"

看样子,这女人犹犹豫豫的,决不定是往屋子里让好,还是不让好。因为按照李能的嘱咐,这类客人统统都应该拒之门外。可是金丝毕竟是一块长大的姐妹,她犹豫了一好阵,才怯生生地说:

"还是到屋里去吧!"

"你要不怕沾上穷气儿,我就去歇一会儿。"金丝笑着说。

桂珍掀开竹帘,把金丝让进屋里。屋里也和一般农家大不相同。一般农家,都是当屋放着一张破床,床上放着案板瓢盆一类杂物。这里倒很有点地主家的派头,中间放着条几、八仙桌子,两边各放着一把太师椅,椅子上还铺着红布椅垫。条几上那座大自鸣钟,擦得明光锃亮。两边的隔扇门都挂着雪白的门帘,里间屋的摆设就被遮挡住了。

那女人让金丝在太师椅上坐下。金丝觉得还是先说明来意为好，就说：

"桂珍姐，我要没有事儿，也不会来麻烦你。前几天我爹病了，叫我给他捎几个钱去。我盘算来盘算去，还是你手头宽绰一些，不知道能不能先借我几个，等我粜了粮食，就马上还你。"

那女人一听借钱，叹了口气，十分为难地说：

"这，恐怕还得跟他说。说实在的，我是一个钱也不能作主。……前些时，我娘也是病了，没钱抓药，我给她捎去了两块钱，就把我打了个臭死。我就是给他家当牛做马，也得给我个草料钱吧！……"

说到这里，那女人把头一低，眼圈红了。

"桂珍姐，你也不要作难。"金丝劝慰地说，"我今天来，一是跟你借钱，也是为了来看望你。咱们姐儿俩，多年都没有说过知心话了。"

金丝见这女人脸色蜡黄，双眼无神，就像枯木死灰一般，已往的神采竟一点也不见了，不禁难过地说：

"桂珍姐，这几年，你怎么老成这样？是不是有什么病呀？"

桂珍像触动了心事，眼圈一红，说：

"我也不知道是不是病，老觉着心口像压着块大石头似的。……妹子，说实在的，我怕活不长了。"

桂珍说着流下泪来。

"唉，你怎么年轻轻的就说这话！"金丝说，"你还是叫我大哥请个先生看看才好。"

"还请先生看？他巴不得我早死哩！"桂珍拾起衣角拭着泪说。

"唉，他怎么会有这个想法？"金丝说，"你们两口儿以前感情不是挺好吗？现在日子过好了，对你应该更好才是。"

"才不是这样呢，金丝。"桂珍气愤地说，"要说以前，感情是挺不错的。可是自他跑买卖，有了钱，就把我不当人看。动不动就是：'你这个蠢东西！''你这个死土鳖！''你这个榆木疙瘩！'有一回，他请人吃饭，我给他忙活了一天，饭都没顾上吃，他连问都没问。可是有一回我忘了喂他那只狼狗，他就瞪着眼说：'你这人就是不安好心,成心想把我的狗饿死!'说着就摔了我两耳刮子,打得我顺嘴流血。……在他家我真还不如一条狗呢……"

说到这儿,她用双手捂着脸哭出声来。哭了一阵,又接着抽抽咽咽地说:

"我在他家真是坐大狱呵!他给我规定了三条:第一条不准我出门;第二条不许人来串门;第三条不准我跟乡亲们说话。有一回,我出去使碾子,跟来凤说了一会话儿,回来他就追问我:'你跟她说什么了?你不知道她跟杨大妈是一伙吗?'我说:'我是你娶来的,不是你买来的,我说什么你管不着!'一句话惹恼了他,抓住我的头发就往墙上搡,还恶狠狠地骂:'过去的女人讲三从四德,现在的女人都成了小霸王了。'到了晚上,还把我扔到院里,不让我进门。整整冻了我一夜,那是十冬腊月天哪,金丝……要不是我还有个小锁,我早跳井死了……"

桂珍说到这儿,放声大哭。金丝一阵火辣辣的难受,急忙掏出手绢,给桂珍擦泪,自己的鼻子一酸,也掉下泪来。

这时候,院子里"啪哒"一声响,桂珍陡然一惊,当是李能回来了,登时吓得面如土色,马上止住哭声。金丝隔着帘子一看,原来是那只狼狗在院子里跳跃嬉戏,把几只鸡吓得飞到房檐上去,扁担也碰倒了。

"我大哥也忒不像话了!"金丝气愤地说,"咱们老解放区,哪有这样对待妇女的!要搁头几年,咱们把他拉到妇救会说理去。"

桂珍见不是李能回来,定了定神,才接着说:

"还说理呢,他从今年开春起,就跟我要打离婚。他说:'你要是有困难,我可以给你几个钱。好狗不挡道,咱们好离好散!'"

"他是不是有外心啦?"金丝瞅着她问。

"他,他……"桂珍怯生生地把话停住,不敢往下说了。

"你就只管说吧,"金丝鼓励她,"有我们给你作主。"

"我,我……"桂珍眼泪汪汪地啜嚅着,"他不让我说呀,金丝。我要说了,马上就活不成了……"

金丝再往下问,还是这几句话。再加上时间不早,那女人坐立不安,时时彷徨四顾,生怕李能回来,金丝也只好安慰了她几句出门去了。

她回去向大妈作了汇报。大妈说：

"金丝，这就是成绩。咱们一次不行两次，两次不行三次，四次，五次。就像八路军打炮楼似的，非把它攻破不可！"

大妈的烟锅子，在炕沿上搕得乓乓地响。她脸色红润，神采飞扬，就像战争年代，她披着衣服和指挥员们商议军机大事的那种神态。斗争越激烈，她的精神劲儿就越足。她在斗争中锤炼的这个性格，大约是不会改变的了。

几天后的一个夜里，谢家发生了麻烦的事：俊色的孩子生下来了。

屋子里点着昏暗的油灯，窗上蒙着厚厚的棉被，谢俊色躺在床上呻吟。

谢清斋变得异常烦躁，不断地唠叨着：

"看，早听我的话，哪有这事！"

孩子不知趣地在床上呱呱地哭起来。谢清斋瞪了谢家婆一眼，凶狠地骂道：

"你还不快把他的嘴捂住！还像个没头的苍蝇似的乱跑什么？等天一亮，我看你把他藏到哪儿去！"

"你说怎么办吧！"谢家婆坐在炕沿上，没有主意。

"我早就说过了。"谢清斋说，"要是叫村里人知道了，就得把李能追出来。他也完蛋，咱们也完蛋！快！趁早把他弄死，趁天不亮弄出去一埋，俊色装几天病，也就过去了。别人抓不住把柄，就没有事。"

"我早就知道你没安好心。"俊色在炕上嘤嘤地哭起来，"你把我一块儿弄出去埋了算啦……"

"你那心思，我也早看出来啦。"谢清斋气愤地说，"我原来叫你去搞个表面儿，你就干成真的；我早就叫你把他打掉，你哼哼哈哈地拖到现在；现在生下来了，你又想保住这个孽障。你那心早就变了。李能说跟他老婆离婚，你就信了。你是想跟他过一辈子！你要向共产党投降，你就投降去吧！你爹的仇也别报了。我真想不到受了你这个连累……"

"这都是叫你害的！"俊色从炕上仰起头说，"到这会儿弄得我人不人鬼不鬼的！"说过，呜呜地哭起来。

"唉!"谢家婆把手一拍说,"我看谁也别怨谁了,还是快想个办法吧!"

这时外面鸡叫头遍。谢清斋把腿一拍,就离开躺椅站起来,决断地说:

"这不是,天就快亮。我是一家之主,得听我的!"

说着,就走到炕边来抢孩子。那俊色早有准备,推了他叔一把,挣扎着坐起来,把孩子抢在怀里,哭着说:

"我不连累你们!我自作自受!"

说着,下了炕,登上鞋就往外跑。谢清斋和谢家婆一下没有拦住,已经跑出门去。

谢清斋和谢家婆一下慌了神,气急败坏地喊:

"俊色!俊色!"

"不行,不行,你快回来!"

只听大门哐啷一声,俊色已经跑出去了。谢清斋跳出门就追。那俊色虽是产后不久,身子虚弱,但是一股怒气撑着,竟跑得很快。谢清斋在门限上又跌了一跤,爬起来时,俊色已经出了胡同口,向野地里跑去。

"俊色!俊色!"谢清斋又不敢大声嚷,一路小声喊着,一边向前追赶。一直追到村外,追了小半里路,见俊色并没有停下来的意思,就着急地喊道:

"俊色!俊色!你回来,我依着你!"

俊色的脚步慢下来,但是并未停住。谢清斋又说:

"俊色!我依着你还不行么?咱们快回去吧!"

俊色迟迟疑疑地停住脚步。谢清斋连忙赶上去,说:

"唉唉,你这傻孩子!我刚说了句玩笑话,你就当成了真的!来来,快把孩子递给我,我给你抱着,咱们快回去吧!要是碰见人,那可不是闹着玩儿的!"

俊色因为刚才跑得过急,已经喘成一团。一个冷不防,怀里的孩子被谢清斋一把夺了过去。等她急忙上前去抢夺时,那孩子的脖子已被谢清斋紧紧掐住,连哭都没哭出一声,已经断了气了。

谢俊色像鬼似的尖叫了一声,乓乓地打了她叔两个耳光,然后往地下一坐放声大哭起来。

"算了,算了!"谢清斋忍住气说,"你这闺女也忒死心眼了,这还不是为了你好!"

说过,他拎着那个死孩子,离开大路,向着一大片柳子地急匆匆地走去。正在这时,从柳子地钻出两个人来,兜头将他拦住,大喝了一声:

"谢清斋,你干什么?"

谢清斋听出是小契的声音,大吃一惊,一连倒退了几步,抖抖索索地站住。原来小契和一个民兵早在谢家门口守候多时,看见俊色和他往外跑,就闪在一旁,随后绕着路追了过来。

"说!你要到哪里去?"小契又喝问了一声。

"我,我……我跟孩子拌了几句嘴……她跑出来了……"谢清斋说。

"你手里提的什么?"

"几,几,几件衣服。"

谢清斋说着,直往后退。小契上前一看,吐了一口唾沫,冷笑了一声:

"走,抱着你的衣服,到村公所说理去吧!"

此时,天色已经发亮。这消息一传十,十传百,闹哄哄地来了许多人,拥到村公所去看。小契命令民兵站好岗,前来报告大妈。大妈说:

"快,快去堵住李能。今天他是唱主角的,别让他跑了。把王老好也喊来,咱们一块审讯!"

说着,大妈和小契一起奔李能家来。那李能刚出了梢门洞,就被他们拦住。李能披了件黑夹袄,一面舒袖子,一面故作镇静地问:

"这是干什么呀,街上乱哄哄的?"

"你还不知道哇?"大妈笑着说,"村里出了事了,咱们快到村公所看看去吧!"

"不,不,"李能把两个眼珠一转,"我的一个亲戚病了,我得去瞧瞧他。"

李能说着,闪身要走,被小契一把拦住。大妈笑着说:

"村长,村长,你是一村之长。村里没有主事人,怎么能处理呀!"

李能明知脱身不得,只好随着他们往村公所来。院子里乱哄哄地挤满了人。小契把人吆喝开,让民兵维持好秩序,然后进了屋子。屋子里早已摆好两张桌子,桌后放了四把椅子。大妈让王老好和李能坐在中间,自己和小契坐在两边。来凤坐在一头担任记录。首先由小契简要说明早晨的情况,接着就开始了审讯。

　　先带上来的是俊色。大妈叫她坐在桌前的矮凳上。那闺女头发散乱,用双手捂住脸哭个不住。李能看了一眼,就连忙看着别处,脸色变得煞白。他的两只手本来搁在桌上,因为一直抖个不住,就欠欠身子放到下面去了。

　　"谁来问哪?"小契说,"我看还是村长问吧!"

　　"你是治安员,你问。"李能满面怒容地说。

　　"我问也行。"小契满不在乎地说,"俊色,你知道共产党一贯是宽大政策,对于地主、富农的子女更是区别对待。既然村里出了这事,就不能不弄清楚。我问你:这孩子是谁掐死的?"

　　"是我叔掐死的。"谢俊色哭着说。

　　"孩子是谁的呢?"

　　俊色只是哭,不言语了。

　　小契又一连问了几遍,俊色最后才哭着说:

　　"你去问我叔吧!都是他叫我干的。"

　　小契看问不出什么,就叫她下去,把谢清斋带了上来。

　　谢清斋熟练地鞠了一个躬,翻起黑豆眼瞅了一瞅,低下了头。小契叫他坐下,厉声地问:

　　"谢清斋!你在村里搞阴谋活动,你知罪吗?"

　　"这可屈死人了!"谢清斋掀动着他那小兜兜嘴说,"自从上回我犯了错误,坐了几个月看守所,我后悔得不得了。回来以后,我在家劳动,出去请假,凡事一概不问,我搞什么阴谋活动了?"

　　小契厉声说:

　　"那孩子是不是你掐死的?"

　　"那孩子一生下来就是死的,"谢清斋说,"一个活人我掐死他干什么!"

　　小契用手一指,说:

　　"你侄女已经承认了,你还赖账?"

"我,我……"谢清斋说,"她要那么说,我有什么办法!"

小契又问:

"这孩子究竟是谁的?你要老实交待!"

李能在座位上颤抖了一下,定定神,把桌子猛地一拍,说:

"谢清斋!你一定要老实交待!如果胡说八道,小心你的脑袋!"

谢清斋抬起头,和李能暗暗地交换了一下眼色,又低下了头。大妈眼尖,早看在眼里,略略欠起身子,说:

"你要照实说!"

"快说!有什么可犹豫的!"小契也加了一句。

"我,我……我不是不愿说,"谢清斋的眼珠骨碌了一阵,"我是不敢说。"

"有什么不敢说呀?"大妈问。

"他在村里有权有势,"谢清斋说,"我要说出来,我这命也完了。"

"天皇老子犯了法也不行,你就快说!"小契把手一挥。

"要说这事,快有一年工夫了。"谢清斋说,"他天天夜里拿着枪在俺家窗户前头转游,一瞅见俺睡觉了,就摸进俺家来找俊色。那闺女经常鼻涕一把泪一把地啼哭,可是俺们这被管制分子谁敢吭一声呀!……"

"你到底说的是谁?"小契厉声问。

"你别着急呀,治安员。"谢清斋带着三分笑说,"究竟是怎么回事,你比我还清楚哩!……今天早起,你跟我一块到柳子地里,你不是还说:'快埋了吧,可别让人知道!'……"

"你这个毒蛇!"小契没忍住,一下愤怒地叫出声来。

"你着什么急呀,小契!"李能轻松地笑着说,"不是讲的实事求是么,你可叫他说呀!"

"对啦,我们讲的就是实事求是,差一分一毫都不行!"

大妈从座位上立起来,吩咐把谢清斋带下去;又向外叫了一声,"金丝!"

金丝拿着鞋底子走了进来。

"证人来了没有?"大妈问。

"来了。"金丝说,"在外头等着呢!"

"请进来说吧!"大妈招了招手。

屋子里进来一个面色蜡黄的女人。正是李能的老婆桂珍。她头上缠着一条白布,渗着血水,摇摇晃晃地走了进来。李能一见大惊失色,指着她骂道:

"你,你来干什么?快给我滚!"

李能说着,离开座位要来推她。大妈一把拦住,笑着说:

"李能!这可不是你打老婆的地方。她自己要来说话,你可着什么急呀?"

李能傻瞪着两只大眼,无可奈何地坐下来。大妈又笑着说:

"来来来,桂珍,你先坐下。有什么话,你就对大伙说吧,不要害怕。"

作记录的来凤,往旁边挪了挪,亲切地扶着桂珍坐在身边。

桂珍由于过分激动,紧张,刚张嘴要说,李能又指着她叫:

"这是谈公事的地方,不是谈家务事的地方。你要随便混说,你要负责任的!"

"你别吓唬我,李能!"桂珍的声音虽不很高,但显得极其坚定,"说实在的,我往常是很怕你。怕你跟我离婚,怕你宰了我。可是这会儿我不怕了。过去,是我瞎了眼,没有看透你。现在,我不能跟你这只狼在一块过了。"

"你们大伙听听,她净说了些啥!"李能把两手一摊。

"我说了些啥?"桂珍说,"我现在后悔话说晚了。什么事我都替你包着,瞒着,为了不伤你的脸面。没想到你越来越坏,我真对不起乡亲们。"

李能把桌子一拍:

"我做的事都光明正大,没有什么可隐瞒的!"

"光明正大?"桂珍从鼻子里冷笑了一声,"今年春上,你就跟地主的闺女勾搭上了。我们家她也来过,她那狗窝里你也去过。后来,你怕小契他们发现,就专门叫翟水泡在自己家里给你挖了一个地洞,干那见不得人的事。这就是你那光明正大!……谁要不信,就到翟水泡家里看看去吧!"

在场的人都不禁吃了一惊。李能的脸像块白纸似的,浑身瑟瑟地抖个不住。

"李能！有没有这样的事呵？"大妈瞪着他。

"这,这……"李能的头低到桌子下面去了。

"他跟俊色勾上以后,就拿我不当人看,提出跟我离婚。"桂珍接着说,"我不愿离,他就打我,骂我,想把我折磨死。他跟俊色有了孩子,就逼得我更紧了。他还跟我说：'要搁过去,允许有三房四妾的,你要愿意在我这儿,也没有什么。可是现在不行呵,现在是一夫一妻制,我跟她已经有了孩子,你也得为我着想着想！你要真有困难,给你几个钱也行。'这就是他说的。这几天,眼看地主的闺女快生产了,他一看包不住,这才慌了神,又来央告我：'你说不离就不离吧,咱们也是老夫老妻的了。可是有一个条件：俊色把孩子生下来,就抱到你这儿,你就说是你生的。你也别出门,装作坐月子的样子,事情也就过去了。'我没有理他。昨儿晚上,他又来逼我,真把我气急了,我就说：'我不能养那个见不得人的狗杂种！'这一下可气恼了他,就揪住我的头发,把我的头使死劲往炕沿上搨,后来我就昏过去了。你们大伙瞅瞅吧,我这头就是昨天夜里叫他搨的……反正我是活不长了……"

桂珍说到这里,放声大哭起来。正在做记录的来凤,也停住了笔,泪珠滴到纸上。大妈气愤地问：

"李能！你说有没有这事？"

李能深深地低下头去。

"到底有没有呀？"小契又问。

李能的嘴唇动了动,几乎像蝇子哼似的应了一声。

众人好容易把桂珍劝住,她喘了一阵,才接着说：

"你们看他平常对人嘻嘻哈哈的,在官面上也像个人似的,不,他不是人,他是吃人的狼！瞅准了谁就狠狠地叨你一口。他在村里最恨的就是大妈,还有小契和一伙贫农们。他说大妈成社是故意共他的产,掐他的尖儿,生活再也没有奔头了。他头一个就想先把大妈除掉。那两口袋麦子的事就是他栽的赃……"

"桂珍,你怎么越扯越远了？"李能抬起头,瞪着她说,"那天我到他姥姥家去了,根本就不在家,这事你不知道？"

"你别蒙人了。"桂珍接着说,"那是你故意去的。头两天你就把翟水泡请到家里喝了大半夜酒。你答应事情办成,给他50块钱,还答应发展他入党。以后把大妈换掉,就由他来当支部委员。你还打算下一步搞掉小契。大妈和小契都搞掉了,你就给谢清斋摘掉地主帽子,然后发展俊色入党,让她来担任支部书记。……他确确实实地是想要变天!"

李能听到这里,猛然站起来,脸上的肌肉抽搐着说:

"这纯粹都是胡编乱造!我再也不能听下去了。"

李能迈步要走,被小契双手拦住,按在座位上。大妈带着笑说:

"是真是假,不是还要订对么?你着什么急呀!"

"我没有胡编,也没有乱造。"桂珍沉着地说,"那些话都是你跟翟水泡和俊色亲口讲的。"

李能又站起来,走到大妈面前,显出一副万分委屈的样子,捶胸顿足地说:

"婶子,你可千万不能相信这个泼妇的胡言乱语呀?我承认,我偶然不慎,在生活作风上出了一些毛病,但这都是生活小节的问题。我对党,对人民是非常忠实的。尤其对你,婶子,我一贯是非常尊敬的。我在背后从来没有议论过你,没有说过你一句坏话。那泼妇说的什么栽赃,什么变天,完全都是造谣诬蔑!我真想不到,我在家里拍了她两下,她就这样地陷害我。婶子,别人不了解我,你了解我。我从小就跟我爹逃荒到凤凰堡来,住在村东头的破庙里,吃没吃,喝没喝,要不是共产党……要不是你……"

李能说到这里,两手把头一抱,伏在桌案上干嚎起来。

大妈望了大伙一眼,然后对李能说:

"我看你也不用忒委屈了。你都干了些啥,大家心里清楚,你心里也明白。今天下午,县委书记就要到咱村来。还要专门开会来讨论你的问题。到时候还有你发言的机会。我们也会尽量来挽救你。不过,你的态度一定要端正,不要耍两面派。确实,你过去要饭,受苦,土改那阵儿也表现不错,可是这几年你变了,你那立场、思想、感情全变了。你跟党走的不是一条路,跟党也不是一条心了。你爱的是地主、富农,恨的是贫下中农。地主富农放个屁,你就赶快去办。我看你成了他家的'穆仁智'了。老实说,你比谢清斋那样的人还要危险!因为他们没有共产党的帽子,你戴的是共产党的帽子;他们拿的是黑旗,你是打着红旗骗人。那些坏蛋,就是靠着你这样的人来兴风作浪。李能!我看你还是好好地想想,把你那一套见不得人的事都端出来吧!"

"你这话,我坚决反对!"李能红着眼,面目狰狞地望着大妈。

"那就会上解决吧!"大妈说着,又转向王老好,"你有什么意见没有?"

王老好还是那句老话:

"没有。"

第二十七章 送 别

果然，县里的张书记当天下午就来到凤凰堡村。经过半个多月的调查研究，这场复杂而激烈的阶级斗争和党内斗争总算闹清楚了。最后宣布开除了李能的党籍。一贯搞调和主义的王老好，受到严厉的批评，在支部改选时也落选了。党内外的领导班子进行了改选和调整。由杨大妈担任党支部书记。小契和许老秀担任党支部副书记。小契仍兼任治安员，许老秀担任村长。金丝和来凤也被选到支部委员会，金丝担任组织委员，来凤担任宣传委员兼青年团的支部书记。此外，还选了一个残废军人担任民兵连长。整个领导班子面目一新，朝气蓬勃，大大增强了党的战斗力。对于作恶多端的老地主谢清斋和汉奸翟水泡宣布送县法院严加处理。谢家婆在村中进行管教。此外，张书记还召集了许多县区干部到凤凰堡来参观翟水泡家偷偷挖的地下室。在那个地下室里，青砖铺地，裱糊得雪洞一般。床上铺设着大花被褥，绣花枕头，摆着茶几茶碗，暖瓶酒壶。壁上还贴着一副过去在地主家常见的对联："美酒饮至微醉后，好花看到半开时。"参观者人人触目惊心。活生生的阶级斗争给大家上了生动的一课。经过这一番处理，凤凰堡的革命群众，人人拍手称快，斗志昂扬，前进的步伐更快了。

接着，抗美援朝的参军运动又布置下来。杨大妈已经早有算计，当天晚上，等大乱入睡，就笑着对大伯说：

"老头子，咱们商量个事儿。"

大伯听她的语调很少有这么温和，就知道有事，忙问：

"你想说什么呀？"

大妈笑着说：

"人都说,你这人老实巴交的,没啥能耐。叫我看,你在大事儿上可不糊涂。党的号召,你总是带头响应。就说抗战那时候吧……"

"你今天怎么啦?"大伯打断她的话说,"你要叫我干什么,就直说吧!"

"也没别的事。"大妈笑着说,"参军的事,县里布置下来了。我思谋着,这个事儿咱可不能落后。"

"你是说叫他……"大伯望了望炕上睡着的大乱。

"对啦。"大妈说,"我想送他参军。"

大伯沉吟了一阵,说:

"他太小了吧?"

"你看,你看,"大妈说,"我就知道你要扯后腿。"

"不是扯后腿,"大伯涨红着脸声辩,"我是说再等一二年……"

"再等一二年,美国鬼子打出去了,还要你干什么?!"大妈把头一扭,声音提高了。

"他今年才刚刚 15。"大伯说,"你叫他当战斗兵吧,他走不动路,背不动东西;你叫他当通讯员吧,他屁事不懂,调皮捣蛋,没个稳当劲儿。你瞅着,去不了几天就得叫人家首长送回来……"

"谁说我走不动路?谁说我背不动东西?谁说我调皮捣蛋?"大乱冷不丁地从炕上坐起来,梗着脖子,瞪着两只猫眼。原来这机灵鬼刚才打呼噜是假装的。

大妈乐了,笑着问:

"你这嘎小子,没睡着呀?"

大乱不理会他妈,只管冲着他爹进攻:

"你别隔着门缝看人。我偏偏要当战斗兵!等我弄个大功回来,看你说什么!"

大妈哈哈大笑。

"你有这份志气,那敢情好。"大伯也笑着说。

"就这么着吧。"大妈用作结论的语调说,"明天一早,叫你爹领着你报名去!"

几天以后,凤凰堡也像中国大地上的千千万万村庄一样,掀起了轰轰烈烈的参军热潮。这个热乎劲儿,和土改翻身后那种热火朝天的参军劲头不相上下。不过那时候是为了保田保家,这时又增添了出国作战的新荣誉。母亲送儿,妻子送郎,兄弟争相参军的佳话,真是数不胜数。凤凰堡本来只要五名新兵,结果一个星期之内,就超过了三倍。而且,在凤凰堡还真出现了一件新鲜事儿,村东头一对新婚夫妇,结婚还不到一个月,新娘就送她的丈夫到村公所报名来了。当然,这和来凤的现身说法,深入动员也是有关系的。战争的正义性,正以它无比深厚的力量激励着伟大的人民。

参军的新兵们,准备明天就要到县城集中。晚饭过后,大妈正在家给大乱拾掇东西,只听门外自行车铃响了几声,接着有人喊道:

"大妈在家吧?"

大妈一看,县里的张书记推着车子走了进来。大妈赶忙把他让进屋里,笑着问道:

"老张,你怎么这时候来了?"

"我跟你商量点事。"张书记坐在炕沿上说,"我们县委几个同志研究了一下,都觉着你家大乱是不是不要去了。"

"这是为什么?"大妈一愣。

"我们觉着,一来孩子太小,二来……"张书记本来想提到杨雪的牺牲,但说到这里又改了口,"根据你的具体情况,我们看大乱还是不要去了。"

"我有什么具体情况?"

"你这种精神当然是好的。"张书记说,"可是你的两个孩子已经出去了一个,而且为国牺牲了。你们家对革命已经做出了贡献。这一点乡亲们和组织上都很清楚。如果跟前一个不留,将来家里生活也会有些困难。"

"有什么困难?"大妈笑着说,"我们老两口也没有七老八十的,身子骨都还硬邦着呢!"她凑近张书记的身边说,"老张!我给你说心里话:自从我闺女牺牲,你不知道谢清斋、李能那些王八蛋多得意!他们觉着这一下可把我的情绪打下去了,再也起不来了。从那时候起,我就下了决心:一定要让我的第二个孩子参军!我要叫他们看看,我们共产党,我们贫下中农是压不倒的!前面死一个,后面就要补上一个,前面倒下一个,后面就要冲上一个!他们想变天,是变不了的!"

"对,对,就要这样。"张书记频频点头。

大妈给他拧了一锅烟递过去,又接着说:

"我越想越觉着朝鲜这个仗不平常。我们还没出国,谢清斋就天天看报纸,探消息,造谣言,气一下高起来了。为什么?因为他觉着变天有指望了。嘎子给我来信说,谢清斋还把亲儿子派到朝鲜去,跟我们斗。这不是想借外国人的力量把我们打下去吗?我早就看透了:这个仗是非打不可,还一定得打胜!为了胜利,我献出一两个孩子算什么!老张,你就别再劝了吧!"

张书记沉在深深的感动里,见她如此坚决,也就不便再劝。

第二天,是个响晴的秋日。早饭过后,凤凰堡的群众纷纷奔赴村南的大场,去欢送出征的人们。村庄的小街两旁贴满了红红绿绿的标语。广场上早已经搭好了台子。"欢送子弟兵抗美援朝出征杀敌大会"的红色横标,在秋风里不断地翻卷着。台下站满了参军战士的亲属和本村的群众。台上坐着杨大妈、许老秀等村干部。小契今天是司仪,手里拿着大喇叭筒,跑上跑下地忙碌着。参军的新战士有20余名,在台上坐了两排。他们每个人都蒙着崭新的白羊肚手巾,背着小包袱,那里面多半是一双家做的布鞋和一些零碎用品。会议开始后,杨大妈和许老秀代表本村的群众,给他们每个人胸前都挂上了一朵瓷盘大的红花。他们每个人都笑微微地也带着几分羞怯地承受了这份光荣。杨大妈和许老秀代表党和行政讲了几句勉励的话。家属代表和新战士代表也讲了话。他们差不多都是第一次在这么多的人面前讲话,讲得既简短又朴实。讲话完毕,小契就冲着柳树林子高喊了一声:"把马带过来!"会场上顿时锣鼓声起,鞭炮齐鸣,一伙小青年把20多匹各色马匹、骡子,牵到台前。小契一个个扶着他们上马。个子小的,他就摆个骑马势,让人蹬着腿跨上去。一边还笑着对他们的亲属说:

"有什么体己话,快来说说吧!"

人群里的那位新娘翠玲,既不靠前,又不靠后,羞羞答答地站着,立时成为大家注意的对象。人们纷纷说:

"翠玲!有话快去说说!"

"对,再去嘱咐几句。站那么远干什么呀!"

"人家昨天晚上早就说了!"

这一下弄得翠玲面红耳赤,进又不是,退又不是。大妈上前拉住她,笑着说:

"闺女!过来!别脸皮薄。说说就说说,那怕什么!"

说着,她把翠玲推到马跟前,把缰绳交到她手里,又笑着说:

"这才叫送郎上前线呢!"

人群里立刻掀起一阵哄笑。

人们正待起身,人丛中有人喊道:

"别走!你们等等!"

大家一看,见瞎老齐扶着拐杖在人群里挤着。来凤急忙跑过去把他搀过来。

"老齐叔!你有什么事呵?"小契问。

"叫他们给我家齐堆捎句话。"老人说,"就说他媳妇待我不错,叫他在外头放心。"

"爹,你别说了。"来凤红着脸说。

"看,这怕什么!"老人反驳了一句,又接着说,"叫他在外头给我狠狠地打!碰上美国鬼多抓几个,问问他们:为什么到别国杀人放火!……"

"行行,老齐爷!我们一定给你把话捎到。"参军的小伙们在马上说。

小契见诸事齐备,指挥几个小青年"嗵、嗵、嗵"放了三声喜铳。接着锣鼓队在前面开道,新战士乘马紧跟,亲属们分别左右,全体群众随后跟进。小契领着人们边走边呼口号:

"欢送子弟兵上前线!"

"抗美援朝,保家卫国!"

"打倒美帝国主义!"

送行的队伍,前呼后拥,穿过村庄,直送出一里多地,方才停住脚步。大妈走到大乱身边说:

"大乱,我说的话你都记住了吧!"

"娘,我记住了!"大乱在马上说。

"你可千万别给咱国家抹黑呵!"

"娘,你就别唠叨了。"大乱有点不耐烦地说,"我不立上大功,就不回来见你!"

阳光灿烂，蓝天如洗。在宽广的旷野上，可以看到每座村庄，都有一支乘着骏马、戴着红花、面含微笑的小队，向县城奔去。从八年抗日战争，到三年解放战争，又到这次抗美援朝，这块久经战争考验的土地，送出了多少英雄的儿女呵！今天，在祖国和东方人民遭受严峻考验的时刻，它再一次表现出对革命的无限忠诚。那一次又一次的胜利，正是从这里来的。

第五部

长　城

第五部

水滸

第一章 枫叶红时(一)

1951年秋,枫叶红时,朝鲜前线正进行着粉碎敌人"秋季攻势"的激烈战斗。

五次战役之后,我军由战略进攻转入战略防御,开始执行毛主席指示的"持久作战,积极防御"的作战方针。而在敌人方面,由于连续遭到我五个战役的沉重打击,被歼19万人,兵力不足,士气不高,也被迫转入战略防御。战线基本上停止在三八线南北地区。

在这种情势下,于7月10日敌人被迫接受了停战谈判。但是敌人对谈判并无诚意,仍继续加强准备,补充兵员,增加海、空、炮、坦部队,扩大李伪军,以求一逞。

7月,正值雨季,在朝鲜发生了几十年所未有的洪水灾害,工事不断坍塌损坏,道路桥梁冲断多处。再加上敌空军进行的"绞杀战",使我粮食弹药不能及时供应。为了改善这种状况,全军上下,前方后方,部队机关都投入到这一严重的斗争中去,一面战斗,一面抢修公路桥梁,构筑粮弹仓库,同时调各高炮部队集于公路、铁路两侧,掩护抢修抢运。这时,敌人乘我们的困难,发动了"夏季攻势"。

自8月18日起,美李军纠集了约三个师的兵力,向我东线的朝鲜人民军阵地发动了进攻。人民军在粮弹不足的困难条件下,与敌人反复冲杀7昼夜,毙伤敌1.6万余人,于8月24日阻止了敌人的进攻。27日,我反击大愚山阵地,又毙伤俘敌8000余名。9月9日,美陆战一师、美二师及伪八师又再度组织进攻。人民军表现了大无畏的英雄气概,巧妙地发挥了步兵火器特别是迫击炮的威力,予敌人以大量的杀伤,打得敌人闻风丧胆,弃尸累累。被敌人称作"伤心岭"的战事,也就出现在这个战役之中。与此同时,我志愿军部队为积极配合东线人民军作战,发起了有限目的的进攻,占领了西方山、斗流峰等要点。这次战役,敌人虽然突进我阵地二至八公里,但却付出了伤亡 7.8 万余人的代价。敌人的"夏季攻势",就这样被粉碎了。

但是,敌人贼心不死,9 月末,为夺取开城战略要点创造条件,又纠集了美骑一师、美三师、英联邦一师(英二十八、二十九两旅及加拿大二十五旅)及泰国二十一团和菲律宾营等,向我西线部队发动了"秋季攻势"。敌军在大量空军、坦克和炮兵的支援下,向我高旺山、积山里至朔宁,天德山至安峡两个方向展开了猛攻。这次战役虽然残酷激烈,但却孕育着朝鲜战争的一个转折。

郭祥所在的第十三师,五次战役后移至西海岸一带进行了休整补充,进行了"持久作战,积极防御"战略方针的教育。本次战役开始前即开赴前线,正在迎击着敌人凶猛的进攻。

激烈的防御战已经进行了 20 多天。在敌人进攻的主要地段上,差不多每个阵地,每天都要打下敌人数次至 10 数次的冲锋,每个阵地都要经过反复的争夺,许多阵地被敌人大量的炮火轰成了焦土。他们就是在这样严重的情况下经受着考验。

邓军和周仆的团指挥所设在一座山岗的背坡,实际上不过是仓促挖成的两个土洞。一个是作战室,一个是邓军和周仆的住房。山岗上长满了青松和红枫,土洞前还有一道浅浅的溪水。虽然山上山下落了不少炮弹,但是因为地形选择得好,洞子却安然无恙。尤其在那没有被炮火损伤的地方,仍然红叶满山,看去比红花还要鲜艳好看。

这天上午,因为二营方面战斗炽烈,邓军一早就到二营视察去了。只有周仆留在指挥所里。中午过后,敌人的几次冲锋虽被打退,但是前沿支撑点却被敌人夺去了一处。周仆不免有些焦躁。这时,哨兵进来报告说:

"政委,山下过来了几个人,我看像师长来了!"

"哎呀,怎么没有通知一声!"

周仆说着站起来,走出洞子一望,山下有四五个人,已经绕过那个大炸弹坑,上了山坡。为首的一个,正是师长,他以一向轻捷的脚步嗖嗖地向山上爬着。警卫员在后面给他拿着大衣。不一刻工夫,

其余几个人已经掉在他后面去了。周仆急忙迎下山去,向他的这位"抗大"的老同学略显随便但是亲切地打了一个敬礼,笑着说:

"一号,你爬山可真有两下子!"

师长回过头向他的警卫员和两个参谋扫了一眼,笑着说:

"哼,要说爬山,他们哪个也跟不上我!"

"不过,说实在的,谁也怕跟你一块爬山。"周仆笑着说,"你一爬山就拿出比赛的架势,谁受得了呵!"

警卫员和两个参谋也笑了。

周仆把师长让进自己的洞子。洞子很小,刚刚能直起身子。靠里放着两张行军床。壁上挂着一盏陪伴周仆多年的旧马灯,还有一幅标着敌我态势的地图。这里惟一的奢侈品,就是从美军缴获来的一个煤油炉子。不用说,这是警卫员小迷糊搞来的。他见上级首长来到,立刻提了一壶水来,把炉子点着。不一时,小炉子就发出轻盈的声音哼哼起来。

师长坐在行军床上,端详着周仆说:

"老周,怎么几天不见,你就变成瘦猴儿了?"

"你比我也强不了多少嘛!"周仆望望师长清瘦的面容笑着说:

"是不是吃的不够了?"

"那倒还过得去。"周仆拿出他那小拳头般的大烟斗和烟荷包晃了晃,笑着说,"就是这个困难哪!……这几天,我们老邓饭倒是吃不下多少,烟是一支接一支。我们有两个参谋,烟瘾也够瞧的。他们抽完了,就向我发起进攻。"

"你要不提,我差点儿忘了。"师长笑着说,"我还给你们带来了两条'大生产'哪!"

师长立刻喊警卫员把烟拿进来,周仆接过交给小迷糊说:

"给参谋们拿出两包。剩下的给团长存着。没有我的话,一概不许乱动!"

这一切都是在轻松、亲切的形式下进行的。但是在周仆的笑容后面,却掩藏着深深的不安。他暗暗想道:"师长到前面来,肯定同本团失去了一〇〇高地有关,否则,为什么要亲自来呢?"想到这里,不免有些难受。当他燃起大烟斗,一抬起头,发现师长正瞅墙上的地图,就更加确定了这一点。于是,不等师长动问,他就带着检讨的口气说：

"今天我们打得不好，把一〇〇高地丢了。我们准备晚上把它夺回来！你看，是不是把反击计划向你汇报一下？"

"不，老周，不忙。"师长笑着说，"说实在话，我今天是到你这里找办法来的。"

周仆惶惑不解地说：

"一号，你怎么对我也客气起来了？"

"不，不是客气。"师长再次郑重地说，"主席指示我们：持久作战，积极防御。这是我们当前的作战方针。可是究竟怎样具体地贯彻这个方针，并没有真正解决。我本来想召开一次师党委会，大家来认真研究一下，当前情况又不允许。所以我就跑到你这儿来了。"

周仆对师长一向怀有钦佩的感情。自从当连级干部起，他就以作战勇敢和战术思想积极著称。多年频繁的战斗，不仅没有挫折他的锐气，而且像纯钢的刀锋，愈磨愈加锋利。此外，他还非常爱用脑子，喜欢钻研问题，善于总结经验。今天看见他如此郑重严肃，就知道他有一些问题要讲，就一面抽着大烟斗，聚精会神地静静地听着。

"这个防御战已经打了 20 天了。"师长闪动着他那深奥的布满红丝的眼睛望着周仆。"这些天，我们虽然丢掉了前沿若干支撑点，却毙伤了敌人八九千人。总的说，打得还是很不错的。但是也要看到另一面，我们的伤亡也比较大。这就提出了一个问题：我们能不能以更小的代价来换取更大的胜利。不然的话，我们怎么来体现这个持久呢？"说到这里，他沉了沉，又继续说："在战斗最激烈的那几天，我曾经提出'与阵地共存亡'的口号。这几天我一直在思考着这样提是否正确。前天三十团的三营营长最后带着十几个战士坚守阵地，整个阵地都轰成了焦土，他们没有叫一声苦。最后只剩下几个人，还不肯向我说明真实的人数。当时我问这个营长：'你们守得住吗？'这个营长说：'一号，你放心吧！我们坚决与阵地共存亡，就是剩下一个人也不能丢了阵地。'结果说这话不久，这个营长就和几个战士牺牲在阵地上。……这件事使我十分难过，难过的倒不是别的，而是我提出这样的口号，造成了人地两亡。当然，不是说这样的口号应当一概否定，在扼守某些要点时，还必须有这种精神。就是今后也需要这样做。可是，作为指挥员，却不能单纯依靠这个口号来搪塞自己的责任。我们必须认真地在战术技术上解决一些问题,也就是说能够找出一些守得住的办法……"

"事实上,我们也采用了一些办法。"周仆说,"例如兵力上的前轻后重,火器上的前重后轻;还有适时的撤退和反击,来夺回失去的阵地……"

"对,我们是采用了一些办法,"师长接过来说,"但是,这些办法都没有从根本上解决问题。当前敌我双方的基本情况,还是像过去一样:敌人仍然占有装备上、火力上的优势,而士兵的战斗力则很差,这是由它的战争非正义性所决定的。相反,我们在政治上处于绝对优势,在武器装备上则处于劣势。双方力量的消长,必然会有一个过程。这是很清楚的。但是我们不是机械唯物论者,我们不能等待改善了武器装备才去战胜敌人。我们需要发挥主观能动性,需要现在就拿出办法来抵消敌人的火力优势。老周,说实在话,这些天我都没有好好睡觉,一直在考虑这个问题。可是,遗憾得很,我没有想出什么办法。昨天晚上,我的脑子才霍然一亮,想起主席的话,'只有蠢人,才是他一个人,或者邀集一堆人,不作调查,而只是冥思苦索地"想办法","打主意"。须知这是一定不能想出什么好办法,打出什么好主意的。'我看我就犯了这种毛病。所以,今天我就跑到你这里来了。"

周仆由于精神过于集中,没有注意茶壶的水已经沸腾起来,被冲开的壶盖,呛啷一声滚在地上。他连忙拾起壶盖,熄了火,倒了满满一茶缸水,端到师长面前,然后笑着说:

"说真的,我们只是忙于应付情况,这方面的经验还没有好好总结哪!"

师长端起茶缸,一面吹散热气,一面问:

"你们有没有一些单位,这次打得比较好,而伤亡又比较小的?"

"这当然有。"周仆笑着说,"我们的三连打得就比较好。他们前两天,打下敌人几十次冲锋,自己的伤亡还不到20个人。"

"怎么,还不到20个人?"师长的眉毛一扬。

"如果我记得不错,大概是18个人。"

师长神情兴奋,笑着问:

"郭祥这个嘎家伙,他又出什么鬼点子了?"

"据说,工事修得比较好。"

"什么样的工事?"

周仆一时回答不出,涨红着脸说:

"我们还没来得及看呢。……听他们营长说:敌人要打炮的时候,郭祥吹一声哨子,他们就隐蔽在工事里,外面只留一两个哨兵观察;等到敌人炮火一停,他们就跳出来反击敌人。"

"大家都是这样打法。"师长显然不满足地说,"问题是:为什么别人的工事被炮火摧毁了,他们的工事没有被摧毁呢?"

周仆一时回答不出,师长不禁埋怨道:

"老周,你们当政治干部的,也要多关心点军事嘛!"

周仆正要回话,只听前面的枪炮声骤然激烈起来。他急忙跨出洞子,对着作战室问:

"王参谋!前面有情况吗?"

王参谋从另一个洞子里钻出来,说:

"据刚才二营报告,敌人正掩护着抬死尸呢!"

师长立刻从洞子里走出去,岔开脚步问:

"在哪个阵地前面拉死尸呀?"

"八连。"

师长严肃地说:

"你告诉八连:一个也不能叫敌人抬走!"

"敌人已经放了烟幕。"

"放了烟幕,就不好办了?"师长把手一挥,"给我向烟雾里打!"

参谋应声退去。师长偏着头看了看太阳,又看了看表,已经下午三点钟了,就转向周仆说:

"我要到三连看看。"

周仆脸上立刻显出为难的样子。他的大眼睛闪了几闪笑着说:

"依我看不要去了。我把郭祥找来,跟你详详细细地汇报一下,也是一样嘛!"

"不,我要亲自看看他的工事。"

"你看天也晚了。"周仆指指太阳说,"我们走到也看不清了。"

师长笑着说:

"你这个老周真有一套。上次你说太早,这次你又说太晚,我知道你搞的什么战术!"

"好好,既然这样,那我就陪你一块去吧!"

周仆跑到作战室,给团长打了电话,叫他赶快回来。接着又招呼小迷糊说:

"你把那烟再带上几盒,那里还有一个烟鬼呢!"

小迷糊给周仆拿上大衣,随同师长出发。不一刻工夫,这位外号"爬山虎"的师长,又嗖嗖地跑到人们前面去了。

第二章　枫叶红时(二)

越过一道山梁,他们就沿着山边的小径穿行在峡谷里。山径上堆满了厚厚一层落叶,还夹杂着敌人不惜血本从飞机上撒下来的大量传单。脚步踏上去,发出嗦嗦的响声。山谷里的稻田,已经抢收完毕,高粱只扦去红穗,剩下的高粱秆儿在飒飒的秋风里摇摆着。

他们愈往前走,炮弹坑愈多。矮矮的松树和灌木的枝条都被烧得黑乌乌的。敌人的炮兵校正机,在头上不死不活地哼哼着,一阵阵排炮不时落在这边和那边的山谷里。师长毫不理会,只偶尔抬起头来望望那架校正机,照旧走自己的。快要接近前面山口的时候,团部带路的小通讯员,忽然停住脚步。他长得又虎势又机灵,圆乎乎的小脸上,闪动着一双猫眼。他把冲锋枪往后一背,沉着小脸说:

"首长们!前面就是敌人炮火封锁区。平时我服从你们,这会儿你们可得听我的了!"

师长望望他那天真而又异乎寻常的严肃的神态,不由得微笑起来。

那个小鬼又说:

"等会儿,敌人的排炮一落地,我们就猛跑过去,谁也不许慢腾腾的!"

"好,好,我们大家都归你指挥!"师长点点头笑着说。

说话间,一阵排炮打在山口,立刻腾起一片黑烟,接着是一阵轰隆隆的巨响。小鬼喊了一声"跑呵!"接着猛跑了几步,回头一看,师长和周仆只不过加快了一点脚步,并没有跑。小鬼急得什么似的,两个猫眼骨碌一转,从挎包里拿出两个蒜瓣,一个鼻孔里塞了一个,连声喊道:

"快快！毒气！毒气！"

小鬼说着，箭似的猛跑过去。师长和其他人也不自觉地跟着他跑了起来。等到跑过山口，大家才放慢了脚步。师长一面喘气一面擦汗，说：

"什么毒气，我怎么没闻见味儿呀？"

"我也没闻见什么！"周仆说。

参谋们纷纷地问：

"小鬼！你闻见了没有？"

小鬼脸偏向一边，眨巴着一双猫眼鬼笑着，还现出两个小小的酒窝儿。师长斜了他一眼，说：

"哼！别问了，我们这些老兵都叫他骗了！"

大家哄地笑起来。

师长有兴趣地望着小鬼，问：

"这个小家伙，你多大啦？"

"16啦。"他眨巴着眼。

"你什么时候参军的？"

"才不几天儿。"

"好，不几天儿，你就学会骗人啦！"师长哈哈笑着，又问，"你叫什么名字？"

"杨春。"

"他的小名叫大乱，是凤凰堡杨大妈的儿子。"周仆代为介绍说，"自从杨雪牺牲以后，杨大妈就又把他送来参军了！"

"噢！……"师长感情深沉地应了一声。隔了半晌，才感慨地说，"真是一位英雄的母亲！我好多年没有见她了。"

师长赶上几步，和杨春并着肩膀走，一面说：

"杨春！下次给你妈妈写信，一定替我问个好。我在你们家养过伤，你一提她会记得我的。"

说过，师长又抚着他的肩头说：

"小鬼！你这次来朝鲜，可要好好干哪！"

杨春咕嘟着嘴说：

"我有心好好干，就是他们不放我到前方去。"

"这还不算前方吗？"师长笑着问。

"这算什么前方！我要到步兵连去，一枪一刀地干。"

师长回过头对周仆笑着说：

"你看你的这个兵思想还不通哪！……看起来，这小嘎子，跟郭祥是一类角色！"

大家向前走了一程，向左拐进一条更窄的山沟。这里弹坑十分密集，几乎一个挨着一个。许多大树被炮火拦腰斩断，地皮烧得乌黑。周仆指指前面一座歪脖山说：

"前面就是鸡鸣山了！"

话刚落音，从前面矮树丛里跑出两个人来，向师长恭恭敬敬地打了一个敬礼。师长一看，正是三连连长郭祥，后面跟着一个挎冲锋枪的小通讯员。他们虽然满身泥土，但都扎着皮带，把腰煞得细细的，裤脚也用带子扎紧，显得十分利索英武。

师长显然很高兴，一面赶上去握手，一面带有批评的意味说：

"又不是外宾，还来接我们干什么！"

"我们怕首长认不得路。"郭祥笑嘻嘻地说，"你看这山都打成秃子的脑瓜了，要没人带，怕你还真找不到哩！"

师长见郭祥精神抖擞，满意地望着他笑了一笑：

"你们这一次打得不错，听说还有一些创造，所以我要来亲自看看。"

"创造？"郭祥不由一愣，红着脸说，"我们没有什么创造呀！"

"一号今天主要看你们的工事。"周仆解释说，"你先领我们看看，随后找几个人座谈一下。"

郭祥点点头，领大家上山。一时绕过大炸弹坑，一时跳过歪倒的树干。整个山坡，果然被打得像癞痢头似的。再往上走，已经分不出弹坑，因为经过炮火反复地耕犁，已经成了一片暄土。郭祥回头看见师长和团政委深一脚浅一脚的，心中老大不忍地说：

"一号，你要了解什么情况，打个电话，我跑一趟不就行了？干吗非要亲自来看？"

"嗯，有些事就是要亲自看看才行。"师长从暄土里拔出腿说。

师长和团政委的到来，一方面使郭祥兴奋和感激，一方面又担心首长的安全。好在天色已经黄昏，正是前线上沉寂的时刻，只偶尔有几发冷炮落在附近。郭祥打定主意，想尽快地带他们看完工事，免得发生意外。在这一点上，周仆正与郭祥的想法相同。但师长却想利用这个机会，得到更多的东西。在这个经过炮火洗礼的阵地上，他的步态越发从容，煞像一个爱好风景的人，贪馋地观察着周围的一切。

师长站在交通壕里，首先看了看敌方。可惜暮色苍茫，只能看到敌人阵地的轮廓，和炮弹出口时的闪光。山下有一条小河，像一条曲曲弯弯的白蛇，静静地躺在敌我之间的山谷里。在我方的阵地上，师长立刻发现山顶上只修了一些假工事，真正的工事却修在半山腰里；根据自然地形，挖了一道半圆形的交通壕，就像罗圈椅的椅背一般。交通壕里修了若干有掩盖的火力点。在暮色的掩护下，战士们正在抢修被炮火打坏的工事。堑壕里发出一片小镐小锹的响声。师长顺交通壕走着，一面同战士们握手，一面进行亲切的慰问。指导员老模范和排长们，也纷纷赶过来向师长敬礼。整个连队都因为师长的到来，显得十分兴奋激动，听得出小镐小锹的响声都有点不一样了。

在交通壕外面的山坳里，也有镐锹的响声传来。师长往下一看，那里有一片模模糊糊的人影，就随口问：

"那里在挖什么？"

"正在埋敌人的死尸呢。"郭祥答道，"这几天天气热，死尸都发臭了。要不埋起来，明年春天瘟疫流行，对群众也不好。"

师长点点头，又问：

"在这个凹凹里打死的敌人不少吧？"

"伤的不算，光死的也有七八百人。"一个战士插嘴说，"胜利以后，在这儿开辟个苹果园，收成准错不了。都是上等肥料！"

人们笑起来。师长回头一望，见这个战士生得像小炮弹似的，精力充沛，性格幽默，很逗人喜欢，就问：

"你叫什么名字？"

"他叫齐堆儿。"郭祥笑着介绍说，"现在是我们的四班长。是我们连的老资格了。上次，打敌人喷火坦克的就是他！"

"首长不认识我，我可认得首长哩！"齐堆儿笑着说，"一号，你当营长的时候，一讲话老爱说：'同志们！这次打仗，我们一定要用刺刀杀出威风来！'有没有这话？"

师长的脸上浮出微笑,眯细着眼说:

"东西庄那次拼刺刀,有你吗?"

"有哇!"齐堆儿兴奋地说,"那时候,我年纪小,一个日本鬼子把我拦腰抱住,摔倒了。他骑在我身上,正要下毒手,我一瞅,他皮带上挂着个小甜瓜手榴弹,我就嗖地拉开了弦。吓得日本鬼子撒腿就跑,我就用他的手榴弹送他回了'老家'。那次,你还奖给我一个小本呢。……"

"噢,是你呀,小调皮鬼!"师长哈哈大笑起来,上前握着他的手说,"你不是复员了么,怎么又来了?"

"有一分热,发一分光嘛!"齐堆儿笑着说。

郭祥老是担心首长的安全,见齐堆说个没完,就向他挤挤眼说:

"齐堆儿!首长的时间宝贵,你快领他看看你们的猫耳洞吧!"

齐堆会意,领着师长沿交通壕向前走去。走了不远,就看见交通壕的里壁上,有一个半人高的小洞。平常的猫耳洞,只能容纳一两个人,这个却是斜挖下去,像是很深的样子。郭祥和齐堆在头前领着,师长和周仆猫着腰随后钻了进去。里面黑洞洞的,什么也瞅不见。大约走了五六米远,师长停住脚步问:

"现在每个洞能盛多少人?"

"能盛一个班的兵力。"郭祥说,"敌人一开始炮火急袭,我们就钻进来待避,外面只留少数人观察。"

"出击来得及吗?"

"来得及。炮火一延伸,我们就立刻跑出去,一点都不误事。"

师长沉思了一会儿,用手指敲敲洞顶:

"一般的炮弹能顶得住吗?"

"没事儿。"郭祥笑着说,"上面的积土有两米来厚呢!"

"如果口子被堵住呢?"

"那边还有一个出口。"郭祥答,"原来的猫耳洞都是孤立的,一是盛人少,二是联系困难。我们就把它连起来了。"

郭祥说着,就转了一个"U"形的小弯儿,领着大伙从另一个洞口钻出来。

师长显然很高兴,拍拍土,回过头久久望着洞口,就像鉴赏什么艺术品似的,自言自语地说:

"噢,问题原来是这样解决的!"

沿着交通壕,都是这种"U"形的工事。

师长又问:

"还有别的工事吗?"

郭祥指指山的左侧说:

"那边挖了个屯兵洞,首长还看不看?"

"当然要看!"师长笑着说,"到哪里去找这么好的大学呀!"

说着,就随郭祥转到山的左后侧。这里有个一人高的洞口,是从山腹掏进去的。师长和周仆随着郭祥走进去,原来是一公尺来宽的一条甬道,约有十公尺长。壁上削了几个小土台,点着几支蜡烛。借着昏黄暗淡的烛光,看见地上铺着柴草,放着背包。再往里是弹药和武器。郭祥解释说:

"前面猫耳洞不需要放过多的兵力,所以我们就挖了这个屯兵洞;再说一守好多天,弹药也要有个存放的地方。"

师长点点头,说:

"看起来这比猫耳洞坚固多了。"

"炮弹落在上头,就像敲小鼓似的。"郭祥笑着说,"前几天,敌人向这个山头打了好几千发炮弹,连我们的汗毛都没碰着一根。"

大家笑起来。周仆笑得眯着眼说:

"今天的座谈会,我看就在这儿开吧!"

不一时,参加座谈会的支部委员、小组长、活动分子都已来齐。师长和周仆坐在战士的背包上,大家围拢着他们,散乱地坐着。周仆刚掏出他那小拳头般的大烟斗,郭祥就凑过去了。周仆笑着说:

"喝!你的动作倒不慢哪!"

"政委,你就快让我们共点产吧!"郭祥嘻嘻地笑着说,"我们已经好几天没有闻到烟味了。"

"要不是我早有准备,怕还过不了这一关呢!"

周仆说着,让小迷糊掏出烟来。郭祥竟以主人的身份,会抽烟的每人甩了一支过去,大家在烛头上燃着,会场的气氛立刻活跃起来。

周仆笑微微地望着师长,等待他发表讲话。

师长一直埋头在沉思里。这时抬起头说:

"还是大家多谈谈吧。比如说,你们这个创造,是怎么发展起来的?"

郭祥美滋滋地喷出一大口烟来,说:

"齐堆!你先说说!这种工事还是你们班先出现的哪。"

"这都是我们连长的主意。"齐堆转向郭祥,"还是你先说吧。"

"这哪里是我一个人的主意?"郭祥说,"为这事,我们支部不知道研究多少遍了。"

"齐堆,叫你说你就先说。"老模范说。

"开头儿,我们班修的是掘开式工事。"齐堆说,"费了好大劲往山上扛木头,一两天才修成一个。结果几炮就打坍了。再说,木头也不好找。我去找连长解决木头问题,连长就对我说:'齐堆!你是个老民兵了,在日本鬼子猖狂那时候,你那地道是怎么挖的?现在没有木头,你就不能把那个猫耳洞挖深一点?'一句话使我开了窍,这样就越挖越深。开头能盛下三两个人,后来就能盛半个班了。因为互相联系很不方便,连长又叫我们把它掏通,这就成了现在的工事了。"

齐堆说完,又笑笑说:

"叫我看,这也是叫敌人的炮火逼的。"

郭祥插嘴道:

"从客观上说,是叫敌人的炮火逼的;可是五次战役以前,为什么就没有逼出这样的工事呢?"

大家都瞅着郭祥,他又继续说:

"因为那时候,我们许多人都有速胜思想。什么'从北到南,一推就完,消灭美帝,回国过年'。就像咱们政委说的,这是'一瓶牙膏'的思想。好像美帝国主义,还没有一瓶牙膏的寿命长。我自己就很典型,出国的时候,牙膏只带了半瓶。……"

人们哄笑起来。郭祥又接着说:

"自从西海岸休整,传达了毛主席'持久作战,积极防御'的作战方针和'零敲牛皮糖'的指示,我这种思想才纠正了。我就想,光战略上藐视敌人还不行,还要做到战术上重视敌人。牛皮糖一口吃不下,就敲它个十年八年。有了持久作战的决心,才会有持久作战的办法。如果还是我以前的想法,谁肯花力气去修这样的工事呀!"

大家都点头称是。接着又有几个战士发言。最后,周仆看大家说得差不多了,就望望师长说:

"还是请一号讲几句吧!"

"好,好,我讲几句。"师长笑了一笑,庄重地说,"说实在的,我从内心里感谢同志们的伟大创造。因为你们解决了当前朝鲜战场上一个很重要的问题,也就是在我们的装备还没有充分改善的条件下,如何抵消敌人火力优势的问题。对我们指挥员说来,这是一个一直没有解决的问题。但是同志们在毛主席战略思想的指引下,通过实践把它解决了。这就是同志们的伟大贡献!"师长望望大家,兴奋地说:"现在你们的工事,已经不是一般的野战工事,而是一种新型工事的雏形。这种工事在朝鲜战场上出现,意义很大。毛主席指示我们的'持久作战,积极防御'的作战方针,可以得到贯彻了,战线也可以从此稳定并向前发展了。在这方面,我看不仅是一个战术技术的问题,而且具有战略意义。"

大家静静地听着。

"当然,我不是说你们的工事已经就很完美了;因为它是一个新事物,还需要继续研究,改善,提高。"师长沉思片刻,又接着说,"就比如,你们前面那些小坑道吧,积土显得薄了一点,还没有抵挡重磅炸弹的抗力。洞子过于狭窄,口子也小,出击还不算方便。"他又打量了一下这个屯兵洞,说,"再比如这个屯兵洞吧,你们的想法是好的;但是如果把它打通,以这条主坑道为骨干,再同前面的支撑点联系起来,这就会形成一个完整的防御体系。那就任凭敌人倾泻他的钢铁吧,他的人别想上来,上来就叫他回不去!正像齐堆同志讲的,他们都是上等肥料,将来在这儿开辟苹果园,倒是很理想的。齐堆同志,到那时候,咱们俩就在这儿帮助朝鲜人民种苹果树吧!……"

大家哄笑起来。周仆把臂膀一扬,也笑着说:

"光你们俩就够啦?到时候,我也算一个!"

人们又笑了一阵。

"我今天不准备多讲了。"周仆在笑声里接着说,"我们一定要按师首长的指示,把现有的坑道工事,继续改进提高。我们要克服一切困难,把山打通,筑成一座攻不破砸不烂的地下堡垒。如果敌人不罢手,我们就在这里活活地磨死他们!"

这时,洞口外火光一闪,接着洞顶上发出一连串咚咚咚咚的响声,确实就像敲小鼓似的。壁上的蜡烛微微地摇曳着。敌人实行炮火袭击了。

周仆望望师长,笑着说:

"座谈会是不是就开到这里。你看敌人给我们打送行炮呢!"

"他那个送行炮倒不要紧。"师长一笑,"要紧的是客走主心安哟!"

郭祥和老模范送师长一行人出了坑道。周仆忽地想起了什么,把老模范拉到一边悄声地问:

"老模范,最近嘎子怎么样?情绪转过来了吧?"

"劲头很足。"老模范说,"他这人一上阵地就没事儿;一松下来,怕就要想起那件事了。"

"最近有表现吗?"

"没有。就是临上阵地以前,有时候,他悄悄地拿出那个小圆镜子来看。"

"什么小圆镜子?"

"就是小杨留给他的一面小圆镜子,还有一支钢笔。"

"这也很难免哪!"周仆叹了口气,"他对小杨的感情是很深的,以后你要多安慰他。"

"自从上次政委交代,我跟他谈了好几次了。"

说到这里,只听师长在前面喊:

"老周哇!这地方你不让我们多呆,你在后头老磨蹭什么呀!"

周仆急步赶上前去。一行人说说笑笑离开鸡鸣山阵地。师长多日来锁着的眉头舒展开了,感到特别的轻松愉快和充实。在归途上,他深有所感地说:

"老周,主席讲:在人民中间,实在有成千成万的诸葛亮。确实一点不错!今天,我觉得群众给我上了最深刻的一课!"

周仆也点点头,深思着说:

"是的,历史就是这些普通人创造的。不过,你今天也给我上了很好的一课!"

第三章 归 来

师长回到指挥所,把这种坑道工事的雏形和自己的改进意见,立即报告上级机关。在同一个时期内,许多参战部队也先后出现了类似的工事。彭总对群众的这一伟大创造非常高兴,不断让志愿军司令部发出通报。各级领导机关都很重视,经过综合提高,迅速地在整个部队推广起来。

当时,尽管作战任务繁重,炸药不足,工具缺乏,但是经过全军上下群策群力,自制了许多工具,创造了各种方法,在敌机敌炮的威胁下,一面作战,一面向顽石进军。就凭着一双顽强的手,终于掏通了从东海岸到西海岸的高山大岭,形成了以坑道为骨干与地面堑壕相结合的防御体系。并且由前沿扩张到纵深,从步兵扩张到其他兵种,从前方扩张到后方。到朝鲜停战为止,志愿军构筑的大小坑道总长1250余公里,约等于中国从连云港到西安间一条石质隧道。他们挖的战壕和交通壕共长6240公里,比万里长城还长。全部工程可用一立方公尺的土墙环绕地球一周半。这一纵横连贯的坑道工事,后来被人们称誉为"地下长城"。它的出现确实是战争史上的奇迹。看到这种奇迹的人,都不能不惊叹人民创造力的伟大和毛主席群众路线思想的伟大。

我军在粉碎敌人"秋季攻势"中,共毙伤敌人7.9万余人。敌人仅前进了三至四公里。随后,我又乘敌疲惫之际,发起了有限目的的反攻,将阵地大部夺回。从此,战线就在三八线上稳定下来。随着毛主席"持久作战,积极防御"作战方针的深入人心,随着坑道工事的逐步提高和完善,随着祖国人民支援工作的加强,朝鲜战场的形势,从前线到后方都起了巨大的变化。这种变化,对于离开朝鲜战场一段时间的人,感觉是尤其明显的。

1952年的春末夏初,刘大顺正从祖国归来。他是去年秋季参加归国代表团回到祖国去的。在这段时间里,他受到祖国人民无与伦比的最热情的接待。这是只有人民对待自己的英雄、自己的爱子才有的那种接待。可以说,在祖国的每一天,都是在鲜花与锣鼓,笑脸与欢呼,热烈的拥抱和感激的眼泪中度过的。这一切一切,都在他的血管里灌注了一种无穷的力量,使他感到即使粉身碎骨也难以报答人民的热情。他在祖国呆不下去了,只是一天又一天地盼望着重新奔向朝鲜战场,重新回到自己的连队。终于这个愿望实现了,在北京城飘满槐花浓香的时节,他们告别了祖国,重又踏上朝鲜的土地。此刻,他正和本军的其他两位代表坐在一辆吉普车里,在滚滚的黄尘中奔向前方。

这是从新义州穿过平壤直通前方的一条干线,公路显然已经加宽了。天色刚刚黄昏,公路上已经沸腾起来。那些白天不知在哪里待避的卡车,这时都从一条条山沟里钻出来,加入到这个前不见头,后不见尾的庞大车队。整个公路黄尘滚滚,就像一条奔腾的黄龙一般。

这些卡车,看去都是很够味的。它们一个一个都像风尘仆仆的战士,周身披满厚厚的黄尘,插着飘飘飒飒的树枝。司机们还特意在挡风玻璃上方绑上一块翘起的木板,为的是在月夜行进时遮避玻璃的反光。两只小灯上也都罩上半圆形的铁片,远远看去,只像手电筒的光亮。看见它们的这种战斗风采,不能不使人产生一种由衷的敬意;因为它们积累起来的每一个吨公里,都不是平坦的旅途。在将近两年的时间里,它们要穿过多少风霜雨雪的寒夜,要通过多少火箭、机关炮、定时弹的袭击和多少炸弹坑的颠簸呵!然而,它们已经像一个能征善战的战士,对这一切都应付裕如,显出一派沉着、从容的神态,在公路上飞驰。

在公路两侧行进的,多半是成群的朝鲜老人和妇女。男的拿着铁锹、镢头,背着背架,女的头上顶着筐篮,还有少数人背着她们的孩子。他们都是到敌人轰炸最猛烈的交通路口或者桥梁附近去的;为的是一旦公路、桥梁被炸,就随时抢修,保证车队的通行。在战争的数年间,不论哪个夜晚,你都可以在炸弹的火光中看到他们的身影。现在,他们的神态,比起战争初期是更加镇定和更加乐观了。特别是那些年轻的妇女们,她们一路上谈笑着,还常常向司机们招一招手。司机们也向她们报以感激的微笑。尽管双方没说一句话,也已经传达了为共同目标战斗的伟大情感,汽车立刻加大了油门更快地奔向前方。

　　防空哨也明显地增多了。这项创造虽出现在五次战役之前,因为过于稀少,还没有发挥应有的作用。现在不同了,在每条大小公路上,每隔一段距离,就有一座防空哨所。一个人站在山头上担任对空警戒,一个人站在哨棚里指挥车辆,一个人随时准备处理各种紧急情况。因为有了他们,司机们的安全感大大增强了,整个公路上的车队显得井然有序。天一黑下来,远远近近卡车上的大灯就全打开了。当卡车驰上山顶时,往下一望,就像一条蜿蜒的火龙缠住山腰。只要一声防空枪响,它们便像有感觉的怪兽一般顷刻合上了眼睛,只在夜色里缓缓行进;飞机声刚过去,接着就又开灯飞驰。刘大顺想起刚出国的时候,也坐过一两次汽车,那时行车是多么艰难!开灯走吧,飞机上的机关炮打下来还不知道;闭灯走吧,累累的弹坑,陡峻的山岩,不是翻在炸弹坑里,就是滚下又黑又深的山沟。尤其在漆黑的夜里,司机的眼睛睁疼了,还是看不见,只有让助手跳下车在前面引路,一夜走几十里,还不如人走得快呢。那时候人们说,什么时候能发明一种没有摩托声响的汽车就好了,这样就可以听见飞机声了。现在好了,实践出经验,斗争出智慧,绵延的防空哨把整个北朝鲜的公路都变成了有神经有感觉的生物,只要有一点威胁,它就作出了锐敏的反应。不管敌机多么猖狂,公路上的车辆照旧扬着飞尘不绝地驰骋。

　　站在哨棚下的战士,手里拿着红白两色小旗。当他们把三角形的小红旗一摆,阻住你的去路时,那就是说前面还有炸坏的桥梁没有修上,还有弹坑没有填好,还有定时炸弹需要注意;如果他把小白旗带着啵啵的风声嗖地向前一抖,那就是说:"前面情况正常,同志们,加油干吧!"司机们就会立刻加大油门,一辆辆汽车就像听到冲锋号的战马一般冲上前去。

　　看到这一切变化,刘大顺是多么兴奋呵!他对两个伙伴说:

　　"你瞧这防空哨多带劲!运输痛快多啦,往后再不会一口炒面一口雪了。"

"听说普遍建立防空哨,还是周总理下的指示哩。"一个伙伴说。

"周总理真是太辛苦了!"另一个说,"他除了协助毛主席指挥作战,许多后勤运输都是他亲自组织。听说他常常得不到休息,有时候,只能在汽车里睡一会儿。"

大家说说笑笑,不知不觉来到清川江边。司机招呼了一声:

"注意,前面要过桥了。"

刘大顺借着汽车的灯光往前一看,清川江大桥早已被敌机炸毁,有三分之二的桥身歪斜着倾倒在冰水里,不禁问道:

"这桥过得去吗?"

司机助手小李,是个活泼的年轻人,立刻笑着解释道:

"不,他说的不是这个。"

刘大顺等几个人左看看,右瞧瞧,并没有发现别的桥梁。正在纳闷,汽车已经哗哗地开到江水里,水波刚刚能埋住轮子,就像漂在江面上的船只一般。仔细一看,原来是一座从来没有见过的水下桥。

几个人不禁又是惊讶又是赞美地叫了一声。

"哈哈,你们几个功臣,连这个都没见过呀!"小李嘻嘻地笑着说,"这都是咱们工兵的创造! 有的比这还巧,你白天看是座坏桥,夜晚铺上几块板子就能照样通行。"

"真是越斗争办法越多!"刘大顺赞叹地说。

午夜时分,小吉普越过一座大山,追赶上前面的另一个车队。从山上往下一望,车队盘旋而下,就像一条火龙似的。小李仍在滔滔不绝地说着,司机提醒他说:

"别大意了,前面快到安州了吧?"

安州车站,是敌人空中绞杀战的重点之一。每逢遇到这种地方,司机都是很警惕的。果然下山不远,前面传来敌空哨报警的枪声。

就在这一刹那间,刚才那条在地面上奔腾前进的火龙,突然间消逝得无影无踪,就像它不曾存在过似的。小吉普也立刻闭了灯,在漆黑的夜色里徐徐行进。小李推开车门谛听着,重轰炸机发出特有的沉重的隆隆声正由远而近。

这时只听小李惊叫了一声,并且急火火地说道:

"你们看,前面还有人开着灯哪!"

司机停了车,跳出车门一看,果然前面远处,还有一盏灯亮着。司机也急了,立刻说:

"是不是他没有听见防空枪呀?小李,你打一枪!"

小李立刻取出冲锋枪,向开灯方向的上空打出一发子弹。谁知那盏灯眨了眨眼,接着又亮起来。说话间,重轰炸机已经飞临车队的上空。气得小李气愤地骂道:

"防空哨真是太麻痹了!这么多弹药车是闹着玩的吗?"

话音未落,沉重的炸弹声已经在亮灯的地方轰鸣起来。灯光熄灭了。接着是几片大火燃烧起来。敌机大约倾泻下五六十个炸弹才哼哼着满意地飞走了。

司机和小李都很气愤。小李说:

"这样不负责任的防空哨,非向上级汇报不可!"

小吉普开到防空哨前。在一个简陋的棚子下,站着两个满身风尘的战士。小李把车门推开就说:

"刚才那边亮着灯,你们怎么不管哪?"

这话把两个战士问愣了。其中一个反问:

"你说的是哪边亮着灯呵?"

"就是那着火的地方。"小李气昂昂地用手一指。

两个战士交换了一下眼色,立刻哈哈大笑起来。其中一个把旗子一摆,说:

"伙伴,快赶路吧!这个不关你们的事。"

小李正憋足劲要查问他们的姓名番号,司机悄悄拽了他一把制止住了。小吉普又继续开向前去。小李转过脸问:

"班长,你怎么又不让问了?"

"你还问啥?"司机手扶舵轮微笑着说,"那是他们自己搞的鬼名堂,是专门指挥敌人往大山沟里卸炸弹的。"

刘大顺和其他两个功臣也都恍然大悟。其中一个拍拍小李的肩膀说:

"小李,我们离开朝鲜大半年了,是不了解情况;怎么你这天天跑车的人,也差点儿弄出大笑话呀!"

人们哄地笑起来。小李也红着脸笑了。

小吉普轻快地行驶着。下半夜又闯过两个重点封锁区。但是世界上没有绝对顺利的事情,由于车子在炸弹坑里终年颠簸,长期失修,在刚刚接近一个山顶时抛锚了。司机和助手整整趴在车下修了一个多钟头,才重新发动起来。为了夺回失去的时间,司机打算用速度来弥补,把车开得飞也似的。可是,季节不饶人,夜光表指到北京时间三点半的时候,天色已隐隐地发亮了。

这时,又正巧行驶在平坦宽阔的坝子上,道路两旁连一棵树木也没有。司机嘴里没说,从那急切的轮声里就可以听出他此刻的心情。从经验判断,敌人的早班飞机很快就会出现。为了大家的安全,小李早把大半个身子探出车门,用一双明亮的眼睛警戒着海蓝色的天空。

天色越来越亮,东方已经透出微红。这时幸好路边伸过一条小路,不远处有十多户人家。司机立刻掉转车头,向小庄子驶去。这个小庄子傍着一座小山,树木浓密,鸟声引人。有几个朝鲜妇女正在井边汲水,还有几个朝鲜老人抱着孩子坐在树下抽烟。他们一见小吉普来到,都满脸堆下笑来。人们一跳下车,他们就忙着给车子寻找隐蔽的地方。

车子刚刚开到几棵栗子树下,就传来一阵隆隆的飞机声。大家抬头一看,一架五个头的重轰炸机,正由四架喷气战斗机掩护着自南向北飞来。说话间已经飞到了村庄的上空。

这时几个志愿军战士都深感不安,特别是司机同志,脸上的笑容立刻消失了。因为他的车子虽然找到了待避所,但却生怕暴露目标给朝鲜老乡带来灾祸。正在这时候,一个朝鲜小姑娘带着兴奋和欢乐的尖音叫道:

"中国边机!中国边机!"

"明明是美国飞机,怎么说是中国飞机呢?"刘大顺在肚子里咕哝了一句。

"过来了!过来了!中国边机!中国边机!"

小姑娘跳起脚欢叫着,一面用小手指着北方。

刘大顺向北一望,果然从一块蔷薇色的云彩里,钻出了两只银燕,正披着旭日的霞光,拖着长长的烟带,向南飞来。中国志愿军空军的参战,虽说已经听到过,今天亲眼看到它却是第一次。他望着它们那英勇灵活的身姿,雷霆万里的气势,觉得是多么美妙,多么带劲呵!此刻他真想向他们大喊一声:"同志们!年轻的空军同志们!你们来得好呵!大家盼望你们已经不是一天了,敌人独霸天空的恶气已经受够了,快快赶上前去为人民讨还血债吧!"

听见小姑娘的吵嚷,正在做饭的朝鲜妇女也纷纷从厨房里跑出来,仰起头来观看。有两个朝鲜姑娘,不断挥舞着她们彩色的飘带,仰着脸动人地微笑着,好像飞机能够看到她们的手势似的。

那两只银燕,看样子早已发现了对面的敌人。它们立刻变换队形,一架担任掩护,另一架以轰炸机为目标直冲过去。敌机的队形顷刻大乱。过了一刻,它们仿佛镇定下来,想凭数量上的优势,反扑致胜。此时天空中你来我往,像穿梭一般,不断发出机关炮的咕咕声。大家抬起头聚精会神地望着,因为敌众我寡,不免为两只银燕担心。

大家正在眼花缭乱时,只听小李惊叫了一声:

"糟了!"

"怎么啦?"大家忙问。

"你看,那只银燕叫敌人咬住了!"

大家顺着他的手指一看,原来其中一只银燕英勇非常,它正拼命紧跟着重轰炸机,却不想背后被一架敌机偷偷地追上来,距离愈来愈近。情况真是紧张万分。刘大顺不自禁地喊出声来:

"同志!同志!注意后面哪!"

正在这千钧一发的时刻,那只小银燕就像听到他的喊声似的,突然一个下滑动作压低了坡度,后面那架敌机哇的一声从它的头顶上飞了过去。紧接着那只小银燕又昂着头爬了个高儿,仍旧追着那架重轰炸机,看看追到近处,机头上"咕咕咕"吐出一串火球,眼瞅着那架重轰炸机呼地冒出一团火来,像醉汉似的晃了几晃,拖着一个大黑尾巴一头栽下去了……

"好哇!打得好哇!"人们欢喜若狂地鼓起掌来。那些朝鲜老人和妇女们,脸上都笑得像开了花似的。连怀里的孩子,也拍着小手尖叫着:"朝丝米达!朝丝米达!"

几架敌机发现轰炸机被击落,顿时慌乱起来,纷纷向南逃去。

两只小银燕儿越发精神抖擞,穷追不舍地向南追下去了。小银燕飞远了,已经看不见了。但是它们刚才纵横驰骋时留下的一道道白色的烟带,仍然像一个孩子天真烂漫的画幅一样印在海蓝色的天上。

　　压在司机心头的那种歉疚不安的心情,早被晨风吹得无影无踪。他坐在栗树下笑眯眯地抽起烟来。直到一个阿姊妈妮拿着大瓢笑眯眯地走来帮他淘米的时候,他才想到该做饭了。

　　饭后,刘大顺躺下很久,还兴奋得不能入睡。布谷鸟在远远近近动人地啼唤着。他一闭上眼睛,那几只银燕就又在眼前穿梭飞翔。再加上一路上的经历,使他感到朝鲜战场的变化太大了,几乎每走一步,都感到人民的力量在生长。在这中间,自己的贡献是多么地微小呵!……他掰着指头计算着今晚的行程,喃喃自语地说:"也许今天一夜就可以赶到前线了!……"

第四章 地下长城

刘大顺回到团里,受到团首长邓军和周仆的亲自接待。大家听到祖国人民对志愿军的那种非同寻常的热情,深为感动。周仆立即通知政治机关,让刘大顺给每个连队都做一次归国报告,要把它作为当前一项重要的政治工作。同时,也考虑到刘大顺回连心切,答应他可以先回连看看。这样一来,刘大顺更高兴了。

一大早,刘大顺就随同通讯员杨春,穿行在开满野花的山径上。早雾还没有消散,在时断时续的炮火声里,不时地听到布谷鸟圆润的悦耳的啼声。山谷的稻田,水平如镜,朝鲜妇女正在弯着腰插秧。只是在炮火袭来的时候,才暂时躲避一下。从这里也可看到,战线已经稳定下来。

两个人沿着山径走了一程,拐上公路不远,见公路正中插着一个大大的木牌:"严禁通行。"地上还用白灰撒了粗粗的一道白线。杨春满不在乎,刚刚跨过白线,就听见旁边粗声粗气地大喝了一声:

"你们干什么?"

接着从防空哨的地下室里钻出一个哨兵,持着枪跑过来,带着责问的口气说:

"你们没有看到这个牌子吗?"

"我们到前边有任务。"杨春说。

"有任务也不行!"哨兵说,"敌机刚刚扔了细菌弹,任何人也不能通过!"

杨春、刘大顺往远处一看,果然公路两侧的草丛里,有十几个深灰色的弹壳,在阳光下闪闪发亮。附近地面上还有一些散乱的纸片。这杨春也像许多农村来的子弟一样,科学知识比较少;尽管敌人的细菌战,从今年1月就已经大规模开始,仍然不很在乎。对敌人投下来的苍蝇、蚊子、跳蚤、老鼠、兔子、鸡毛、死乌鸦等等,有时还当作笑话来谈。今天看见哨兵这么认真,不得不压低调门说:

"同志,你就放我们过去吧,我早就打过防疫针了。"

"打过防疫针也不行!"那个哨兵愣乎乎地说,"你把细菌带出去,这不是你一个人的问题,这是整个部队、整个朝鲜群众的问题。"

杨春见他这么倔,就批评说:

"你这个哨兵也忒机械了。定时弹我都不怕,几个细菌怕什么!它就正好沾到我身上啦?"

"你准是个新兵蛋子!"那个哨兵也毫不客气地说,"你们上级对你进行过细菌战的教育没有?"

两个人眼看就要争吵起来,被刘大顺连忙劝住。这时,从防空哨的地下室里钻出一个年纪稍大的战士,看去像防空哨的班长。他走到杨春面前,和颜悦色地说:

"同志!不是我们不让你过去;确实,这是一场很严重的斗争。刚才我们已经通知防疫站了,他们很快就来,你们先到那边房子里稍等一会儿,用不了多大工夫,也就可以通过了。"

一席话说得杨春无言答对。刘大顺扯了他一把,两个人就到那边房子里去了。

这是公路边一座被炸弹震得歪歪斜斜的农家小屋。小屋前有一个遮阳的小棚子。旁边就是防空哨的地下室。这就是遍布在漫长的公路线上的那种防空哨所。刘大顺和杨春走进房子一看,里面墙上贴着祖国的画报,粉碎敌人细菌战的标语,防疫公约,还有一首快板诗人毕革飞的快板诗,写得很有趣,题目叫《杜鲁门搬救兵》:

    狗急跳墙兔急咬,
    杜鲁门急得求跳蚤,
    蜘蛛、蜈蚣和苍蝇,蛤蟆、老鼠都请到。
    紧急开个圆桌会,
    杜鲁门出席做报告:
    是人都说你们最下流,
    我杜鲁门生来就认你们品质高。

我求你们来帮助,
　　因为你们服从精神特别好。
　　培养你们十来年,
　　今天该着出马了。
　　每个带上细菌百万亿,
　　这武器肉眼看不着。
　　见了朝中人民和军队,
　　狠命毒害狠命咬。
　　要把他们全害死,
　　牲畜庄稼毁灭掉;
　　留下蒋、李子子孙孙当走狗,
　　给咱溜溜舔舔背钱包。
　　如果世界人民反对细菌战,
　　我就闭着眼睛硬说不知道。
　…………

　　两个人边看边等,不大会儿,防疫站的人们已经赶到。杨春、刘大顺向门外一看,男男女女来了十五六个。有中国人,也有朝鲜人。他们全穿着白色的隔离衣,戴着白帽子,一色长统黑皮靴。身上背着喷雾器,瓶瓶罐罐,手里拿着铁锹、扫把、草捆等物。为首的一个约有三四十岁,戴着深度的近视眼镜,脖子里挂着照相机。防空哨的班长迎上去说:
　　"张助教!今天扔下的玩艺儿可不少呵!"
　　"不要紧!我们还是先搜集一下标本,然后就进行处理。"张助教淡然一笑,说,"现在敌人还不认账哩!哈利逊①就说,他们'过去没有进行,现在也没进行任何细菌战',我们就让全世界人民看看吧!"
　　说过,他让大家放下笨重东西,戴上口罩,扎起袖口,先带上五六个人径直地向细菌弹奔去。他咔咔地照了几张相,接着就指挥人们搜集标本。人们分散在公路两侧,在细菌弹周围弯着腰寻视着。

---

① 哈利逊:美国谈判代表。

一时这边惊叫了一声:

"好家伙! 李奇微①肚子上还长着毛,正向外爬哩! 张助教,我们还要吗?"

"要,要,都装到瓶子里!"张助教远远地回答。

不一时,那边又嚷起来:

"杜鲁门还要不要? 这一次肚子又圆又大!"

"怎么不要?"张助教严肃地说,"品种可能不一样。赶快把它夹住,别让它钻到地缝里去。"

杨春心里痒痒的,很想跑过去看看;又怕那个倔家伙训斥他,没有敢轻举妄动,就仰着下巴颏问防空哨的班长:

"他们说的李奇微、杜鲁门是什么呀?"

"这是他们的术语,"班长笑着说,"呆会儿你就知道了。"

话没落音,那边一个女防疫队员对着刚张开嘴的细菌弹,尖声地叫:

"哎呀,好臭! 这里麦克阿瑟有好几十个,我们要几个呀?"

张助教摆摆手说:

"那个已经不少了。你挑三四个大的就可以了。"

不到一刻钟工夫,人们已经拿着大瓶小罐走回来。杨春、刘大顺挤过去一看,里面装的有肚子上长毛的苍蝇,肚子又圆又大的蜘蛛以及臭气熏天的死老鼠,死乌鸦,还有许多不知名的青绿色的甲虫,在瓶里蹦蹦跳跳……

"你们给他们取的这些名儿还是挺不错的。"杨春笑着说。

"叫我说还是太客气了!"张助教推了推他的眼镜,望着杨春说,"实际上他们比这些带菌的毒虫残忍得多。因为他们毒害的不是一个地区,而是整个地球,整个地球上的人类!"

接着,张助教指挥人们背上喷雾器去清除这些害虫。一团一团银灰色的烟雾,立刻把这块地区包围住了。然后他们又把这些毒虫赶到一处,用柴草烧起一堆大火来。烟火里不断发出哔哔唰唰声音,冒出一股一股难闻的臭气。最后又刨了一个大坑,把烧死的毒虫统统埋掉,才算结束了这场紧张的战斗。

---

① 李奇微:美军前线司令。

这时候，防空哨那个愣倔倔的战士才看了杨春一眼，挥了挥手，意思是：

"你这个不遵守纪律的新兵蛋子，现在可以过去了。"

杨春他们沿着公路走了不远，就看见一条一人多深的交通壕，贴着山边子伸向前方。两个人跳进交通壕里走了很久，渐渐上到山顶。刘大顺这才看出，交通壕已经不是一条，而是前后相通，左右相连，四通八达，通向各处。它们在万山丛中蜿蜒起伏，忽而直下谷底，忽而飞上陡峭的山岭，简直像祖国的万里长城一般。

两个人向前走了一段，来到十字路口。这里插着一个很大的木牌，写着醒目的大字，南北的箭头是"北京路"，往东是"上海路"，往西是"延安路"。刘大顺笑着赞美道：

"这里名堂还真不少呢！"

"你还没看到地下长城呢！"杨春笑着说，"再过两座山，就是你们连的洞子了。"

两个人沿着"北京路"，说说笑笑地走着。刘大顺忽然抬头一望，只见西面天空里有四个银灰色的大气球，下面好像被什么紧紧地系着，在晨风里轻轻地飘荡。刘大顺指着气球问：

"那是什么？"

"那就是板门店谈判的地方。"杨春说，"美国代表哈利逊，天天坐直升机来，可是不好好谈，净坐在那里跷着腿吹口哨儿。"

"叫我看，不打不行！"刘大顺说。

"我看也是。"杨春说，"狠狠戳它两下子，他就不敢那么调皮捣蛋了。"

他们又穿过两座山，向东一拐，在交通壕的尽头，出现了一个洞口。杨春指了一指说："到了！"刘大顺走到跟前一望，洞口有一人多高，两边的石壁上刻着一副对联，上联是"稳坐钓鱼台"，下联是"零敲牛皮糖"。洞顶上还有三个大字："英雄洞。"他连声称赞道：

"这个对联编得好！"

"上级也说编得不错。"杨春说，"咱们政委讲，两方面是联系着的：有了毛主席'零敲牛皮糖'的指示，才出现了坑道工事；有了这样的工事，也就可以更好地来贯彻毛主席的指示了。"

刘大顺又问：

"这是谁编的呀?"

"谁?"杨春笑着说,"还不是你们嘎连长的点子。"

"嚆,他还不简单哪!"

刘大顺一边说,一边进了坑道。坑道口旁边的墙壁上挂着四四方方一块红布,上面贴着战士们的墙报。报头就叫《地下长城》,下面写着"英雄洞落成专号"。刘大顺凑近一看,第一篇文章,是本连"文艺工作者"小罗的作品,题名《坑道谣》:

> 高高山上挖坑道,
> 山肚子里把洞掏;
> 石头尖,插云霄,
> 英雄斗志比天高。
> 人人争做老愚公,
> 硬把山腰凿通了。
> 甭爬山,甭过壕,
> 前山通到后山腰,
> 四通八达赛长城,
> 能攻能守真正妙。
> B29,小油挑,
> 投弹又把机枪扫;
> 咱们坐在坑道里,
> 抽着烟卷听热闹。
> 他排炮,咱不管,
> 坑道口上放个哨;
> 单等步兵到跟前,
> 饿虎扑食全吃掉。

大顺看后哈哈大笑,接着向里走去。杨春从挎包里掏出电棒照着,在昏黄的光线里,大顺看到,两边都是一个个的小房间,战士的被褥铺得整整齐齐。此外还有粮库、弹药库、水库,以及锅炉房、洗澡间等等,真是应有尽有。大顺笑着说:

"简直像个住家户了!"

"你们嘎连长就是这么要求的。"杨春说,"他讲,敌人要不罢手,我们就在这儿蹲了。他想打10年,20年,我们都坚决奉陪!"

杨春说着,又用电棒朝斜上方一照:

"你看到这个地方没有?"

大顺一看,坑道在这里发了个岔儿,像楼梯一样盘旋而上,就问:

"这是什么地方?"

"从这儿上去就是战斗工事。上面还有个炮兵观察所呢!"

两个人又往里走。坑道深处,透出一片黄色的光亮。走到近前,是一个较大的房间,壁上土台里燃着一支蜡烛。一个电话员正坐在那里守机子。杨春问:

"人都到哪儿去了?"

"都到下面突击工事去了。"电话员说。

"连长、指导员呢?"

"指导员到三号,连长可能到二号去了。"电话员说,"杨春,这位同志是谁呀?"

杨春笑着说:

"哎呀,怎么连你们连的归国代表也不认识?"

"噢,是刘大顺同志呀!"电话员笑着说,"我来的时候,他已经走了。我们还没有见过面呢!"

电话员说着,连忙起来让座倒水。两个人略坐片刻,就出了坑道口,向二号阵地走来。

二号阵地是连的主峰向左伸过去的一条山腿。两个人沿着交通壕走了不远,就望见一个洞口。这个洞全是青色的坚石,上面布满了一道道镐痕。洞口上贴着一首诗,写得非常有力:

> 满手血泡满手茧,
> 镐头磨尽柄震断。
>
> 大锤砸得地发抖,
> 石屑迸上九重天。

抗美援朝决心大,
万道钎痕是誓言。

工事铸成钢铁墙,
敌人死在阵地前。

大顺一面吟咏着诗句,一面向里走去。洞里地上每隔不远,就燃着一堆松木"明子"。借着红艳艳的光亮,看得到周围的大青石上都是密密的钎痕。显然这个洞就是这么一镐一钎刻出来的。两人走了不远,就听见坑道深处,传出有节奏的沉重有力的敲击声。迎着松木明子的光亮,看见一个高大的背影,正举着镐头,沉着有力地、不慌不忙地一下一下向石壁刨去。看来他的精神过于集中,两个人来到他的背后,他也没有觉察,仍然一镐一镐地刨着。由于石头过于坚硬,镐尖下去,随着飞进的火花,只能留下一道白印,落下一些碎末;刨十几二十几十,才能啃掉核桃大的一块。他的一尺多长的镐头,只剩下五六寸长,简直像个端阳节的大粽子了。大顺不由心头一阵热乎乎的,在他的背上轻轻拍了一下,说:

"大个儿,你该歇一歇啦!"

乔大夯扭过头来,手脸乌黑,像刚从炭坑里钻出来似的。他一把攥住刘大顺的手,热情地说:

"你回来啦!"

刘大顺嘿嘿笑着说:

"大个儿,你怎么这么黑呀?"

"都是让这东西熏的。"乔大夯指指松木明子。

刘大顺对石洞撒了一眼,说:

"这么一点一点抠,抠到什么时候,怎么不用炸药崩呀?"

"这么多山都要打通,哪有那么多炸药?"乔大夯说,"干这个就是要有点儿耐性儿。"

"要叫我就不行。"杨春插嘴说,"还不如叫我干点别的。"

乔大夯笑着说:

"杨春,你把这山比作帝国主义,把石头比作杜鲁门的脑瓜儿,挖起来就有耐性儿了。"

杨春笑了一笑,问:

"你知道连长到哪儿去了?"

"他跟我们排的人到山底下扛木头去了。"乔大夯说,"你们到山后边瞅瞅,恐怕快回来啦。"

大顺和杨春出了石洞,顺着交通壕向山后走去。果然看见一伙人正扛着大木头向山坡上爬。一面爬,一面唱着劳动号子。领唱的正是郭祥。他肩上扛着木头,手里还打着拍子。大顺和杨春仔细一听,乐啦,他随口编的歌词非常有趣:

(郭)上山要猫腰唠,
(众)上山要猫腰唠,
(郭)两眼别乱看呎,
(众)两眼别乱看呎。
(郭)都来加把劲呵,
(众)都来加把劲呵,
(郭)把它扛上山呦,
(众)把它扛上山呦。
(郭)上山干什么呀?
(众)上山干什么呀?
(郭)开个小饭店哪,
(众)开个小饭店哪。
(郭)卖的"花生米"呀,
(众)卖的"花生米"呀,
(郭)还有铁鸡蛋哪,
(众)还有铁鸡蛋哪。
(郭)叫声美国鬼哟,
(众)叫声美国鬼哟,
(郭)不怕你嘴巴馋哪,
(众)不怕你嘴巴馋哪,
(郭)专门等着你呀,
(众)专门等着你呀,
(郭)来个大会餐哪,

（众）来个大会餐哪。
（郭）一吃一伸腿呀，
（众）一吃一伸腿呀，
（郭）一吃一瞪眼哪，
（众）一吃一瞪眼哪，
（郭）这是什么饭哪？
（众）这是什么饭哪？
（郭）伸腿瞪眼丸哪！
（众）伸腿瞪眼丸哪！
…………

郭祥不知什么时候学的，听起来简直跟建筑工人们的调门一模一样，还故意挂了点天津味儿。加上他的声音又是那样的饱满和愉快，更增加了强烈的感染力，把战士们一个个煽得像欢叫的小火苗似的，比合唱队还唱得抑扬有致。不一会儿工夫，就把那些大木头抬到了山顶。可惜的是最后两句过于逗笑，战士们没唱完就咯咯地笑了。

大家放下木头，一面擦汗，一面说笑。大顺和杨春迎上前去。郭祥把眼一眯细，笑着说：

"这不是刘大顺吗！你回来啦！"

他一面说，一面快步抢过来同大顺握手。又说：

"你这次回国半年还多了吧？"

"有八九个月了。"大顺笑着说。

战士们也围上来，纷纷同大顺握手。有好几个战士说：

"大顺，什么时候跟我们作报告呀？"

大顺脸红红的，腼腆地笑了一笑。

"看，人家屁股还没沾地儿，就给你作报告呀！"郭祥一面说，一面拉着大顺，"走！到连部去。"

杨春随随便便地向郭祥打了个敬礼，说：

"任务完成，我回去了。"

"大乱，"郭祥笑着说，"你是嫌我们连的伙食不好吧？"

"你老叫人的小名干什么！人家是没有大名还是怎么的？"杨春

不高兴地说。

"好好,以后叫你杨春同志还不行吗!"郭祥转过脸对大顺笑着说,"别看人小,自尊心可强着哩!"

"你别跟我开玩笑。你对人最不关心了!我托你的事什么时候给我办哪?"

"你说的是调动工作的事吧?"郭祥摇摇头笑着说,"那事不行!你要下连,你自己到团首长那儿说去。别走私人路线。"

"我现在谁也不求了。"杨春得意地说,"团首长已经批准啦,我三两天就来。"

"真的?"

"哄你是小狗子。"

郭祥一愣:"那你还托我干什么?"

杨春鬼笑着说:

"嘿,我就是测验测验你,对我是不是真关心哪!"

"瞧,你这小子比我还嘎!"

杨春笑着,一溜烟下山去了。

郭祥领着大顺进了一号坑道,来到连部。他拿起大暖瓶倒了一大缸子开水,给大顺放到子弹箱上,笑嘻嘻地问:

"大顺,你瞧咱们连的工事怎么样?"

"真想不到!"刘大顺赞叹地说。

"这还不算完!"郭祥颇有一点自得的神气,"你看今天扛的木头了吧,除了加固坑道口,我还准备叫木工组给大家做点枪架、碗架、小桌子、小凳子。一切都要长期打算。只要敌人不罢手,我们就跟他磨下去,直到把它磨垮磨死为止。我要试试帝国主义到底有多大力气。就像一盏灯,我不相信它没有熬干的时候!"

他掏出烟荷包,一边卷他的大喇叭筒一边问:

"你这次回到祖国,都到了什么地方?"

"北京,西安,兰州,银川,玉门,新疆,差不多大西北都跑到了。"

"怪不得这么长时间!"郭祥把卷起的喇叭筒在蜡烛上点着,抽了一口,然后仰起脸儿,眼里放出光彩,笑微微地问,"你们见到了毛主席吗?"

"见了。"大顺头一低,略带羞涩地说。

"还有咱们的周总理、朱总司令,你们全见到了吗?"

"全见到了。"

"他们的身体怎么样?"

"我仿佛觉得,比相片上的要瘦一些。"

"那是肯定的。"郭祥说,"我们新中国才建立,事情那么多,再加上这么大一个战争,他们真够操心的了!"

"那天我实在太激动了。"大顺说,"不知怎么的,大泪珠子乒乓直掉,一句话也说不出来。那时候,如果主席说,你把前面那座大山炸平,我也会马上抱着炸药扑上去。"

"可惜我一直没见过他们。"郭祥轻轻叹了口气,惋惜地说,"解放战争,我们的部队好几次离西柏坡只有几十里路,可惜的是没有这个机会。"他把那个大喇叭筒一连抽了几口,又接着说,"那天修工事太累了,我盖上个大衣就睡着了。看见主席披着大衣,挂着望远镜,和周总理、朱总司令一块儿说笑着,从那边高山上走下来。我连忙跑上去给他们打了个敬礼,他们笑着问:'郭祥,工事修得怎么样?三号坑道打通了没有?'我说,'报告首长,快打通了,用不了几天了。'毛主席很高兴,就走过来一只手握着我的手,一只手扶着我的肩膀笑着说:'郭祥呵郭祥!党培养你也有十多年了。你可要好好干哪!这场战争的意义是很伟大的。打得好不好,不单对东方,对全世界人民都有很大影响。你可不能粗心大意呵!我们是只能前进,不能后退,只能打胜,不能打败!……'我正要向主席表决心,通讯员把我喊醒了,要不我还得跟主席谈下去呢……"

郭祥的大喇叭筒一闪一闪,照见他的脸色充满幸福的红光,就好像真的有这番经历似的。

沉了沉,郭祥又问:

"你这次回国,祖国人民很热情吧?"

"真是没法说了。"刘大顺说,"我们在玉门油矿作了报告,工人们抱住我们一边哭,一边说:'我们每天一端起饭碗,就想起最可爱的人是不是吃上饭了?睡在被窝里就想起,最可爱的人是不是睡暖了?不是你们一口炒面一口雪,我们怎么会有这么幸福的生活呢!……'在新疆,有个103岁的维吾尔族老大娘,听说我们去了,她骑了一匹马,驮着3斗麦子,拿着45000元人民币赶来了。她说:'孙子,我是一个穷老婆子,没有别的支援你们,这麦子是我秋天拾的,这钱是我纺线挣的,送给你们,表示我一点心意吧。'这种事在各个地方都说不完。……"

"祖国人民真是太热情了!"郭祥深深地慨叹着说,"要不是他们全力支援,凭什么打这么多胜仗呵!"

"他们感动得我哭了好多次。"刘大顺说,"我最受不了的,就是每到一个地方还要来抬我们,女同志也抢着来抬。还说,'抬着最可爱的人,累也不觉累,沉也不觉沉'。这时候,你不让抬也不行,往下跳也不行,感动得你直想哭。我老想,自己究竟做了什么贡献,值得人民这样热爱呢?人民的热情,我觉着就是粉身碎骨也报答不完……"

"你说得对!"郭祥望着他激动的面容,认真地说。

"连长,你知道我是有错误的。"刘大顺接着说,"这次回来,过鸭绿江的时候,我心里好难受。想起开始入朝,我的觉悟实在太低了,我确实不理解这场战争……"

"这都是过去的事了!"郭祥把手一摆,"人的觉悟都是从低到高嘛。要说那时候,我对你的态度也是有缺点的。如果不是老模范帮助我,我也差一点儿犯个错误。"

说到这里,刘大顺带着几分羞愧笑了。

郭祥立即变更话题,说:

"大顺,你这次回到朝鲜,看到变化不小吧?"

"变化这么大,真想不到!"

"这就是正义战争的力量!"郭祥严肃地说,"可是,敌人还是不老实。按说,我们提出,以三八线作为停战线是很合理的。因为西线我们在三八线以南,东线敌人在三八线以北,两下面积大约相等。可是敌人硬要把停战线划在三八线以北,企图不打一枪占领12000多平方公里的土地。理由就是要他那个'海空军优势的补偿'。这不是地地道道的强盗逻辑吗!直到粉碎了敌人的夏、秋季攻势,歼灭了它25万人,这才又回到谈判桌上来。现在以实际接触线为停战线,他们倒是承认了,可是还不断捣乱。不是在帐篷里吹口哨,就是往会场区打炮弹。依我看,还得要好好打一打才行!"

"有什么消息吗?"刘大顺两眼放光地说。

郭祥压低声音,神秘地说:

"快了。我们连快调到第一线了。……我还准备向上级提一个建议……"

"什么建议?"

郭祥笑而不答,隔了一会儿才说:

"也没有什么,到时候你就知道了。"

这时,通讯员喘吁吁地闯进来,兴奋地叫:

"连长,三号坑道快打通了!"

"真的?"

"两边说话都听见了!"

郭祥猛地从铺上跳下来,匆匆拿起一尺多长的大电棒,说:

"大顺,走! 咱们看看去。"

郭祥出了坑道,在交通壕里一溜小跑。大顺和通讯员在后面喘吁吁地跟着。刚到三号坑道口,就听见里面闹嚷嚷的。郭祥赶到里面一看,陈三正领着他的小鬼们发疯似的掘着。小钢炮见连长来了,立刻呼雷撼天地叫道:

"连长,快通啦! 快通啦!"

"真的能听见说话吗?"

"不信,你听听!"

大伙收了镢头,郭祥侧着耳朵一听,对面呼嗵呼嗵的掘土声,已经离得很近。光听见欢腾的嚷叫声,就是听不见说些什么。郭祥喜滋滋的,立刻把袖子一捋,说:

"我也来几下子!"

说着从陈三手里抢过镢头,就同小钢炮并着肩膀干起来。时间不大,忽然一个大土块呼隆一声滚了下来,郭祥把身子一闪,看见对面已经出现了一个圆圆的大窟窿,老模范正光着大膀子探过头来看呢。郭祥立刻攥住他的手,哈哈大笑地说:

"好哇! 老模范,你又把老长工的架势拿出来啦!"

"我就不信,赛不过你们这群小嘎子!"他用手指着小钢炮他们说。

人们哈哈大笑,抢上去跟老模范握手,跟对面的人们握手,竟像多少天没见面似的亲热。欢腾的喊声震得坑道嗡嗡地响。

郭祥把刘大顺从后面扯过来,说:

"老模范,你看看这是谁?"

"噢!这不是大顺吗!"老模范从窟窿那边攥住他的手说,"你赶得好巧呵!"

"他是专门来参加三号坑道落成典礼的!"郭祥代替他回答。

人们轰地笑起来。那堆松木明子,因为空气流通,也烧得更加明亮,更加红艳了。

第五章　夺取中间地带

不久,郭祥和他的连队调到了一线。

一个时期以来,由于我军集中力量修筑坑道工事,主动出击较少,敌人相当疯狂。白天经常在大炮坦克掩护下,抵近我工事前沿进行破坏,夜间也经常出动小部队进行骚扰。这对郭祥来说,自然是不能忍受的。

一个晴朗的下午,师长来到前方视察一线阵地。在他走下观察所,快出坑道口的时候,郭祥赶上去说:

"一号,我想提个建议。"

"什么建议?"师长停住脚步。

"意见不一定合适。"郭祥笑着说,"可是要不提出来,心里老像有个小虫子咕容咕容地痒痒得难受。"

"恐怕是手心又发痒了吧?"

"首长这么说也行。"郭祥笑着说,"我们的工事修得很坚固,也带来了一个缺点。有人光把它当成防炮洞了。我看,修坑道工事,不过是依托,更重要的,还是为了吃掉更多的敌人!"

"对嘛!"师长神色严肃地说,"我们一贯反对消极防御,毛主席一直是这样讲的。"

"这么说,我们最近的活动就少了一点儿。"郭祥说,"敌人白天用步兵抵近我们的前沿,用飞机大炮破坏我们的工事,晚上也出来捣乱。夜间活动,本来是我们的拿手好戏嘛!"

"你的意见呢?"

"我的意见——"郭祥以坚决的语气说,"是加强小分队的夜间活动,夺取中间地带。这出戏,应该由我们来唱主角! 只许我们在敌人头上尿尿,不许他在我们面前吐痰!"

师长对他的这位"好战派",从上到下深为赞赏地望了一眼,满意地笑着,点点头说:

"我这次来,就是为了解决这个问题的嘛!"

说过,他又压低声音说:

"我们师党委很快就会作出决定。你们可以先派出个把班到前面去试试!"

郭祥紧紧攥住师长的手,高兴得笑了。

他送走师长,在铺上装作睡觉的样儿,盘算起怎样组织这一次的活动。不一时,被大家叫做"老保姆"的小鬼班长陈三,含着小旱烟管走进来。他先汇报了一件无关紧要的小事,接着就笑嘻嘻地问:

"连长,这个任务你准备交给谁呀?"

郭祥暗暗吃了一惊,想不到消息走漏得这么快。他装作若无其事的样子,说:

"什么任务?"

"咳,连长你就别瞒我们了。"陈三仍旧笑嘻嘻地说,"这个任务你就给我们班吧!"

"你是听谁说的?"

"我不过是个判断。"陈三笑着说。

"判断?不对!"郭祥说,"我刚才正同师长讲话,扫见背后有个黑影儿,一扭头又没有了。你坦白说,是谁偷听了?"

"是杨春从那儿过,其实他也不是故意偷听的。"陈三红着脸,为他辩解说。

"这个嘎小子!"郭祥说,"你可要好好注意他!我说把他放在连部吧,你偏把他要去,还说,'给我个小嘎儿吧,我把他带出来!'瞧,你把他带成什么样儿了?"

"咳,连长,我以后管严点儿,也就是了。"陈三嘻嘻笑着说,"你瞧,我们班有好几个新兵,还没有跟敌人交过手呢,让他们先出去打个小仗,锻炼锻炼,对以后打大仗很有好处。你说是不?再说,连长,您自己也常讲,朝鲜战场就是个大练兵场嘛!"

郭祥显然被说服了,把手一挥说:

"好好,我同老模范研究研究。"

这个对上对下都和颜悦色、善于说服人的陈三,满面含笑,搕搕他的小烟管,向他的小鬼们报告好消息去了。

第二天黄昏以前,下了一阵小雨。幸好很快雨霁天晴,西方山顶上现出一弯细眉般的新月。光线说明不明,说暗不暗,正是夜间活动的良好时刻。陈三和他的小鬼班就在这时候轻装出发了。

交通壕里还有一些积水,他们在积水里吱哇吱哇地走着。临下阵地,陈三停住脚步,回过头来,再一次检查了每个人的着装,摸了摸每个人的手榴弹捆得紧不紧,鞋带松不松,指定杨春等三个新战士走在中间,这才迈步下山。

这里,敌我之间,是大约五六百米宽的一条山谷。山谷中有一道浅浅的小河。原来两岸都是稻田,现在却长满了一人深的荒草。陈三领着小鬼们分开草丛静静地行进着。大约走了半个小时左右,才到了预定的设伏地点——一个五六所房子的小村。根据平日的侦察,这是敌人的小部队经常出没的地方。

陈三迅速侦察了周围的地形,在小河和房子之间,把他的三个小组布置成一个小小的口袋。说老实话,在三个新战士中,他最担心的就是杨春。倒不是怕他临阵畏缩,而是怕他轻举妄动。因为据几天来的观察,他早就不以新战士自居了。陈三有意地让他挨着自己,免得发生意外。

时间不大,那一弯新月就落下去了。山谷里黑沉沉,静悄悄,除了这里那里几声零落的枪声以外,只有小河哗哗的水声。

他们趴在湿漉漉的草地里,直到午夜时分,还没有发现一点动静。杨春开头还老老实实地趴着,聚精会神地望着对面的无名高地;时间一长,小动作就越来越多,不是拍打脖子里的蚊虫,就是抓痒痒,显得越来越不耐烦。终于他向陈三爬了两步,轻声地问:

"班长,天什么时候了?"

"快半夜啦。"

"敌人恐怕不来了吧?"

"心急喝不了热粘粥,干这玩艺儿就是得有点耐性儿。"

正在这时候,忽然听见河对面无名高地东侧的洼地里,"呱!呱!呱!"一群野鸡噗喇喇地惊飞起来,带着好听的羽声从他们的头顶上飞过去了。

陈三立时把头昂起来,谛听了一阵,随后轻声地说:

"你瞧,敌人出动了吧!"

"你怎么知道?"

"咳,你想想,三更半夜的,要是没有人惊动它,它怎么会飞起来呢?"

"我们冲吧!"

杨春高兴起来,立刻去掏手榴弹,陈三摆摆手说:

"先等一等。那边有一条小路,通我们的阵地,敌人很可能是袭扰我们去了。"

"那怎么办?"

"好办。我们到他回来的道儿上去伏击他。"

"要是他不从原路上回来呢?"

"一般说不会。因为他去的时候没有发现情况,回来走原路比较放心。"

陈三说过,从挎包里摸出一个蒙着红布的电棒,向我方阵地绕了几个圈儿,接着就把队伍集合起来,极其肃静地蹚过小河,向刚才野鸡惊飞的地方悄悄摸去。

陈三找到那条小路,又布置了一个口袋:把小钢炮和罗小文带的两个组布置在小路两边;自己仍旧带着杨春、郑小莺趴在小河南边不远的一个土坎下,紧紧卡住敌人的归路。果然,时间不大,在我方的阵地上响起激烈的机枪声和手榴弹声。显然,夜袭的敌人已经摸上我们的阵地。杨春望望手榴弹爆炸的红光,笑眯眯地瞅了他的班长一眼,心里暗暗佩服地说:"嗬,这个老同志还真有一套呢!"

半小时过后,杨春听见哗啦哗啦的蹚水声。凝神一看,已经有三个大黑影蹚过河来,连哼哧哼哧喘着粗气的声音都听见了。但是老班长仍然不动声色,丝毫没有发出射击命令的样子。杨春忍不住了,刚把手扣上扳机,就被班长踢了一脚。直到十几个敌人都跑过河,钻进包围圈以后,班长才取出他的小喇叭"嘟——嘟——"吹了两声,这是向全班发出的射击信号。登时冲锋枪和手榴弹向着敌人劈头盖脸地打去。

敌人遭到猝不及防的打击,在包围圈里懵头转向,乱跑乱钻,很快就被小鬼们击毙在地。那杨春一心想抓活的,瞅见一个胖大的敌人向东逃去,穷追不舍地追赶着。那家伙因为过于紧张,绊了一跤,等爬起来时,杨春已经冲到面前。他看杨春个儿小,就一把将杨春抱住,在杨春胳肢窝里乱抓乱挠。杨春一抬头看见他的脖子后面挂了顶钢盔,心想,"你抓我的下面,我就抓你的上面",就猛地抽出右手,抓住他的钢盔,狠狠地往后一拽,钢盔的带子顿时勒得敌人喘不过气来,手也松了。杨春乘势将他踢翻在地,骑在他的身上。可是那家伙究竟力气大些,带子一松,刚缓过气来就又紧紧抓住杨春的两手,想翻过来。幸好陈三、小钢炮赶到,才将那家伙捆上。

小钢炮一看敌人那么老大个子,埋怨说:

"你怎么不揍死他,跟他摔起跤来了?"

"我光想捉活的了!"杨春说。

陈三知道这地方不能久停,立刻向小钢炮发出命令:

"你带上全班快撤!"

"你呢?"

"我在后边掩护你们。"

"班长,我跟你在一起吧!"

"服从命令!快!"

小鬼班刚刚过河,敌人阵地上的照明弹就一个接一个地打起来,照得整个山谷明晃晃的。接着,敌人各个地堡的机枪像雨点般地盖过来,小鬼们伏在草地里,被压制住了。

这时候,小鬼们看见自己的老班长,从一个弹坑里站起来,向河这边挥着手高声喊道:

"同志们不要慌!我掩护你们。"

他一面喊一面举起冲锋枪,向山头上的敌人"哒哒"地射击着。红色的曳光弹,像一缕缕红线向敌人的地堡飞去。顷刻间,敌人无名高地上各个地堡的机枪,都调转了方向,向着陈三射击。小鬼们一个个心里热乎乎的,在小钢炮的率领下飞快地撤退了。

正在敌人的机枪疯狂射击的时候,我方的迫击炮在敌人的山头上轰鸣起来。在敌人的地堡前,闪着一团团桔红色的火光。这显然是我们的炮火进行掩护。陈三借此机会,迅速跳出弹坑,越过莽莽荒草追上他的小鬼们。小鬼们一个个高兴得什么似的,都争着要替

班长背枪。陈三摆摆手,和蔼地笑着说:

"我比你们一步也没多走,怎么就累着了?"

小鬼们乱纷纷地欢叫着说:

"班长,你已经这个岁数儿了,你瞧我们多年轻呀!"

这话果然。小鬼们虽然经过一夜的战斗,经薄明的凉风一吹,一个个的脸蛋都绯红绯红的,像涂了一层油彩似的,看去更可爱了。

最后,还是杨春眼尖,一个冷不防把班长的冲锋枪抢了过去。这时候,他才发现班长的衬衣袖子上有一片殷红的血迹,不禁惊叫了一声:

"班长,你负伤了?"

"刚擦伤一层皮。"陈三笑着说,"回去你们可别乱嚷。要让上级知道了,我就得到后方去,咱们就不能就伴了。"

小鬼班回到阵地,受到郭祥和老模范的热烈欢迎。他们对这个干净的小歼灭战,尤其是活捉了一个上尉排长,深为满意。正好军文工团的一个演唱组来到阵地,徐芳背着她的小提琴也来了。郭祥握着她的手热情地说:

"徐芳同志!你们来得太巧了。你给小鬼们唱个《刘胡兰》吧!"

徐芳笑着说:"上级号召我们现编现演,要搜集一些新鲜材料儿,来配合当前任务哩。"

"新鲜材料儿有的是。"郭祥笑着说,"你比如我们这个老班长陈三,在带领新战士作战方面就很典型,要能编出来倒很有现实意义哩!当然,还有那位配角,"他指了指远远坐着的敌人的上尉排长,"他带了一个排出来找便宜,在阵地上被我们消灭了一半,剩下一半跑回去,又被小鬼班连肉带汤喝了个干。最后就剩下他一个,正蹲在那边哭哩!你也可以找他谈谈,我想他是深有体会的。"

人们哄笑起来。……

夺取中间地带的战斗,就从这天开始了。

第六章 钢铁战士

随着整个战线小部队活动的开展,敌我之间的中间地带,已经不是什么真空地带,而是我军十分活跃的狩猎场了。这种仗规模虽小,因为便于发挥我军近战夜战的特长,往往能成班成排地全歼敌人。这样,不仅掩护了我军修筑坑道工事,而且打击了敌军的气焰,限制了敌人的活动,把斗争的焦点推到敌人的前沿去了。

在这期间,调皮骡子王大发这个班,是少数没有摊上任务的单位之一。再加上班里人风言风语地说:"咱们班长要不是调皮骡子,早就轮上了。"这些话更使调皮骡子吃不住劲。所以这天郭祥来到班里,他就不冷不热地说:

"连长,你也到我们落后班来转转?"

郭祥一听味道不对,连忙坐下来说:

"你这个——"他本来要叫他调皮骡子,又临时改口说,"王大发同志,有什么意见哪?"

"班长落后,全班也跟着落后。"调皮骡子把头一歪。

"没有人说你落后嘛!"郭祥和蔼地笑着说,"入朝以来,大家对你的印象早改变了。就是有时候叫你'调皮骡子',也是为了亲热,没有别的。"

"这,我倒并不在乎。"

"那你是为了什么呢?"

"班里有人说,要不是调皮骡子担任班长,任务早到手了。"

"咳,怎么能这样看!"郭祥笑着说,"要求任务的人这么多,总要有先有后嘛!再说,这伏击越往后越难打,我早就盘算着,让你挑大头哩!"

俗话说,话是开心斧。调皮骡子听到这儿,噗哧一声笑了,就像石子投进池水里,脸上漾着欢乐的波纹。

"咳,连长,"他说,"你干吗不早告我一声儿,弄得我这些天连觉都睡不香!"

郭祥笑了笑,正起身要走,他上前拦住说:

"连长,你先等等!我还有话跟你谈呢。"

郭祥见他的神色很少这样庄重,就重新坐下,掏出烟荷包,递给他一小条纸,一块卷起大喇叭筒来。那调皮骡子涨红着脸,手指头一个劲地抖索着,烟末几乎撒了一半,还没有卷上去。老实说,这位老资格就是在兵团司令面前,也一样谈笑自若,今天这么忸怩,是很少有的。

郭祥瞅了他一眼,笑着说:

"大发,你有话可是说呀!"

调皮骡子迟疑了半晌,才涨红着脸说:

"你们到底对我有什么看法儿?"

郭祥笑着问:

"你怎么问起这个?"

"我今天就是要了解这个。"调皮骡子固执地说。

"我以前不是说啦,"郭祥笑着说,"你在战斗方面,吃苦方面都没有说的。"

"别的方面呢?比如说我的家庭出身方面?"

"这当然没有问题。谁也知道,你是穷得当当响的贫农。"

"思想方面呢?"

"思想方面么,"郭祥说,"据我看也有很大进步。"

"既是这样,"他激动地说,"你们要我的翅膀长到什么时候?"

郭祥见他十分激动,连忙笑着说:

"关于你的入党问题,我们正在准备讨论。"

"噢,还在准备!"调皮骡子叹了口气,"我跟毛主席干革命这么多年了,到今天还是个非党群众!当然,这主要怨我的思想觉悟太低。可是思想是变的嘛,觉悟就不能提高啦?说实在话,过去我干区小队,最多就看到我们那个县。一说出县,看不见村头上那棵歪脖柳树了,就慌了神了。幸亏党一步步引导我,打开了我的眼界。

后来我又认为,只要打败蒋介石、国民党,革命就算到'底'了,就可以回家去拎锄把子了。自从政委跟我谈了话,我才知道毛主席说的:夺取全国胜利,这只不过是万里长征走完了第一步,一出大戏,只演了个头儿。从这时候,我的思想才敞亮了,就像老在小山沟里走,一下子爬到山顶上似的。……"

郭祥忽然想起了什么,笑着问:

"大发,你过去不是常问,这'革命到底'的'底'到底在哪里?现在找到了没有?"

调皮骡子的脸红了一红,有些不好意思地说:

"关于这个问题,我过去确实搞不清楚。这次入朝,我看到朝鲜人民的苦难,就更觉得帝国主义可恨。我就想,光看到自己的国家解放了,看不到帝国主义还在全世界捣乱,怎么能算觉悟高呢?现在我明白了:这个'底'就是帝国主义统统完蛋,一切反动派在地球上统统消灭,共产主义彻底实现! 也许,建设共产主义,我赶不上;可是豁出我这100多斤,给共产主义清除清除障碍,垫垫地基,我还是有用的。……连长,我看你们不会不要调皮骡子这样的人吧!?"

调皮骡子说着,由于过分激动,两颗黄豆一般的大泪珠子,终于克制不住跌落下来。郭祥心里也热辣辣的,攥住他的手说:

"大发同志,我承认过去对你的看法有些偏差,对这问题抓得不紧。"

"算了,"调皮骡子把头一摆,"我不是一定要领导上向我承认错误。你们知道我心里想些什么也就行了。"

郭祥忽然想起什么,问:

"大发,你母亲现在怎么样了?"

"没有问题!"调皮骡子愉快地说,"她来了信,说杨大妈的合作社办起来以后,我们村也跟着办起来了。俺娘这会儿吃有吃的,烧有烧的。每天一睁眼,小儿童就把水缸给她挑得满溜溜的。她身子骨弱,社里专门给她派轻活,只要拿着长竹竿吓唬吓唬鸟雀就行了。"说到这儿,调皮骡子满脸是笑地说,"这个社会主义,我以前不知道什么样儿,看起来还就是不简单哪!"

两个人又欢洽地谈了一阵,最后,郭祥立起身来,郑重地说:

"王大发! 你把任务好好考虑一下。因为敌人吃亏吃多了,现在打伏击可要特别耐心才行！"

"这就请领导上放心吧。"调皮骡子笑着说。

郭祥临到洞口，又回过头笑着说：

"王大发，我也给你提个意见：以后说话你少带点刺儿行不？"

"刺儿有刺儿的用处。"调皮骡子笑着说，"今天，我要是说：'连长，你有时间没有？咱们谈谈。'你一定会说：'好好，等我找个时间。'说不定拖到什么时候！你瞧，我刚说了个'落后班'，你马上就坐了下来。"

"咳，怪不得人说你是调皮骡子！"郭祥用手点了点他，笑着走了出去。

正如郭祥所料，现在打伏击是越来越困难了。

在对面无名山的两侧，各有一道较宽的山沟。右侧那条沟，我们取名为"八号沟"。沟口外有一块小小的高地，上面有三五株挺拔的白杨。这里经常隐伏着小股的敌人，准备打我们的伏击。郭祥计划以反伏击的方式，来歼灭这股敌人。为了提前到达，让调皮骡子这个班认真做好伪装，天色刚交黄昏就提前出发。

可是，事与愿违，这支七个人组成的小分队，在草丛里忍受着密密的蚊蚋的侵袭，直到凌晨三点多钟，还不见敌人的影子。

夏日昼长夜短，按实际情况，已经该回去了。但是由于调皮骡子长久没有摊上任务，求战心切，仍然纹丝不动地聚精会神地伏在草丛里。

终于，副班长李茂——一个个子短小的四川人忍不住了，他从草丛里爬过来，悄声地说：

"班长，敌人恐怕不来了吧？"

"你是不是想回去呀？"调皮骡子瞪着眼说。

"不，我是说可不可以摸敌人一下子，抓一两个回去也是好的。"

"这行！"

调皮骡子本来也有这个想法，就欣然同意。他决定自己带一个组打正面，让李茂带一个组从侧翼绕上去。动作要求"隐蔽迅速"，"抓一把就走"。

可是李茂的那个小组刚下了小高地，还没有走出多远，轰隆一声巨响，就像落到他们身边一个大炮弹似的，眼瞅着三个人在火光里倒了下去。调皮骡子心想,说是炮弹吧,又没听见炮弹出口声,想必是中了地雷。接着,敌人的照明弹打了起来。调皮骡子见情况不妙,就三脚两步地跑过去,看见李茂和另外两个战士都负了重伤,倒在草丛里。他当机立断,马上命令其余三个战士把伤员的手榴弹解下来,然后背着他们迅速撤退;自己在后面担任掩护。这时山头上敌人的轻重机枪已经像雨点般地扫射过来。

天色已经微明。调皮骡子估计敌人很有可能下山追截,那三个同志背着伤员也不可能走得太快,危险仍然是存在着的;就提着好几挂手榴弹和子弹,重新回到小高地上,蹲在一个炸弹坑里,监视着山上的敌人,准备着将要来临的一场恶斗。

果然,时间不大,从山坡上下来三十几个敌人,大呼小叫地去追那几个背伤员的战士。调皮骡子是闻名全团的射手之一。他冷静沉着地瞄准敌人,立时就打倒了几个。敌人不敢追赶,就调转头把小高地包围起来,想来抓他活的。

"好狗日的!你的野心倒不小哇!"

他狠狠地骂了一句,接着把一颗颗手榴弹,都趁空隙咬开盖子,把弹弦舐出来,在面前摆了一溜。这一切都做得从容而又迅速。因为他已经清醒地估计了眼前的形势:此刻突围不仅不可能,而且还会使他的伙伴不能脱险。如果能多拖一些时间,同志们的安全也就愈有保证了。

在他这样想着的时候,东面的坡坎下钻出来五六个敌人,一面打冲锋枪,一面冲上来。调皮骡子不动声色,等敌人冲到30米处,接连投过去三颗手榴弹,打得敌人滚的滚,爬的爬,只剩下一两个蹿回到坡坎下面去了。

调皮骡子的嘴角,轻蔑地笑了一笑。一回头,后面有两个敌人,正从草丛里悄悄地爬过来。调皮骡子装作没有看见,也不惊动他,只等这两个家伙爬到七八步远,才突然转身,举起冲锋枪,给他俩点了名。其中一个翻了两个身死在那里,另一个钢盔被击穿,脑袋一歪就伏在那里不动了。

调皮骡子接连打垮敌人两路进攻,心中一阵高兴。加上我方炮火这时也向无名山进行间歇射击,心里更受鼓舞,胃口就大起来。他心中暗想:"如果能多多杀伤敌人,突围还是有希望的。"

这时,只见南边坡坎下草棵一动,摇摇晃晃地露出一顶钢盔。他刚举起枪来准备搂火,又立刻停住,原来那顶钢盔是用一根小棍儿顶着。他低声地骂了一句:"还跟我来这个花招呢!"就没有理它。过了一会儿,坡坎下伸出两个脑袋,一伸一缩。调皮骡子心想,"让他们过于胆小反而不利",就仍然不加理睬。果然,敌人的胆子渐渐大起来,坡坎下先后伸出七八个脑壳,悄悄地爬上了坡坎,试探着向弹坑接近。等他们进到适当距离,调皮骡子才抓起一个大个儿飞雷,一扬臂,嗖地投了出去。轰隆一声巨响,登时像大炮弹一般掀起一股浓烟。他怕不解决问题,又一连投了几个手榴弹,半个山坡雾沉沉的。烟气消散,这七八个敌人大部被炸死,只剩下两个撅着屁股往回爬,也被调皮骡子补了几枪,趴在塄坎上不动了。

调皮骡子觉得很过瘾,正自高兴,忽然背上像有人捶了一下,一扭脸,一颗小甜瓜手榴弹从背上滚下来,在炸弹坑里滴溜溜乱转。他来不及思索,就把手榴弹抓在手里,立起来一扬手投了回去。手榴弹还未落地就轰隆一声爆炸了。几乎与此同时,他听见背后"哒哒哒"一串冲锋枪声,背上一麻,就昏倒在弹坑里了。等他清醒过来,觉得浑身无力,肚子里热乎乎的;低头一看,腰里的皮带钻了好几个洞。他把怀解开,肠子已经流出来,像小茶碗那么一坨,垂在裤腰上。鲜血顺着两条裤腿流个不住。

这时,调皮骡子心中想道:"今天我已经打死了快20个,早够本了。我要能坚持一下,再打死几个,就纯粹都是赚的。"

这样一想,精神又振奋起来。他一看左臂上还缠着白毛巾,那是昨天晚上夜间战斗的联络记号,就想把它解下来,垫着它把肠子塞进去。可是刚刚解下毛巾,猛一抬头,四五个黄毛脸的敌人已经冲到面前五六步远,正要来抓他活的。他登时怒火冲天,霍地立起身来,一只手用毛巾捂住肚子,一条臂夹着冲锋枪,一阵猛扫,把四五个敌人都打倒了,怕他们装死,每个又补了一枪。这时候,他的肠子已经流出了一大拖,站立不稳,又坐在弹坑里……

他冷静地清查了一下弹药。手榴弹只剩下两枚,子弹也不多了。他很后悔,刚才一时发怒,消耗了过多的弹药。他把剩下的子弹从梭子里扣下了两粒,装在口袋里;手榴弹也留下一颗:准备在最危急的情况下,留给自己。这位老战士,由于过度地自信,是很少有这种心境的；但是眼前的情况，使他不能不作最后的准备。

可是出人意料，敌人既没有撤退，也没有再上来，竟形成了一种奇怪的僵持局面。天色不知什么时候，阴沉起来，一阵狂风过后，跟着来了一阵暴雨。调皮骡子忽然灵机一动，自己叫着自己的名字道："王大发呀王大发！你不趁机突围，还在这里傻等什么？"这么一想，就用那条毛巾垫着，想把肠子塞进去；结果竟塞进了一多半，剩下一坨实在塞不进去，只好忍着疼痛把腰带往紧里扎了扎。接着，一手提着枪，一手拿着手榴弹，走出弹坑。避开北面的敌人，从西面绕了出去。

在雨烟的掩护下，调皮骡子顺利突围，艰难地跋涉在草莽里。如果说在刚才紧张的情况下，他觉得身上还有些力气；等走到河边，回头看看后面并没有敌人追赶，就觉得实在走不动了。他站在河边，稍微休息了一下。此刻他最怕的就是在河里滑倒，如果那样，就很可能爬不起来。这样盘算了一会儿，就想在近处折一根树枝。没想到，一根并不很粗的小树枝儿，用尽全身力气竟然折它不断。没奈何，只好挂着冲锋枪，极力稳住步子，才过了那道不足一丈宽的小河。

过了河，两条腿就像绑了两块大石头似的，每迈一步都像有千百斤重。他只好走几步，歇上一歇，又接着走。他觉得走了很长很长时间，回头看看，并没有走出多远。由于草深路滑，一脚蹬空，跌倒在坡坎下面，顿时又昏迷过去。过了很长时间，他才苏醒过来。看看天色像快要黑了的样子，雨还没停。他挣扎了好几次，都没有站起来，心里不由生气地骂道："王大发呀王大发！你也是一个老战士了。大江大河过了多少，今天就这几步路，你怎么就走不了啦？你还争取入党呢，你还埋怨支部没有讨论你的入党请求呢！每个共产党员都应当是钢铁战士，你连这点困难都克服不了，还谈什么入党呵！"他对自己的责备果然有效，抓着灌木丛，挂着枪把硬是站了起来，又开始了比平常几千里路还要遥远的征程。……

正在他艰难地跋涉时，忽然听见后面沙沙地响。他吃力地转过头去，见草丛向两面微微摇摆着。他蓦地一惊，以为是敌人追过来了，就停住脚步，把子弹哗的一声推了上去，静静地等待着。时间不大，听见草丛那边一个人说："我看他不会叫敌人虏去。别看这家伙平时大大咧咧,到关键时刻是很过硬的!"另一个说:"很可能是负伤了,你看小高地上的炸弹坑里好大一摊血哟!"第三个说:"你怎么知道是他?"第二个又说:"你没看见那一堆手榴弹弦吗! 还是得顺着血印找才行!"又一个说:"要是不下雨就好了,一下雨血印也看不见了。"说到这里,只听一个人用命令的口气说:"大伙散开一点,在草棵里仔细拨拉拨拉。就是把这草地翻遍,也得把他找着!"调皮骡子听出,说这话的正是自己的连长郭祥。

他心里一阵热乎乎的,就尽全身的力量喊了一声:"连长!我在这里!"但是想不到自己的声音这么微弱,加上雨声又大,简直就跟没有喊出来似的。他只好把手指探上扳机向空中放了一枪……

郭祥披着雨衣,拨拉着草棵赶过来,看见调皮骡子浑身上下,已经成了一个血人。他一只手用冲锋枪拄地,一只手用毛巾捂着肚子,脸色像块白纸,一点血色也没有了。郭祥马上扶住他,接过冲锋枪,紧紧握着他的手,激动得说不出话。

"我没有完成任务……"调皮骡子一句话没有说完,眼泪就刷刷地流了下来。

"这不怪你。"郭祥鼻子酸酸地说,"主要是我对敌人的地雷估计不够。"

同志们也都赶过来。乔大夯连忙把肩上的担架放下,郭祥亲自扶着调皮骡子上了担架,脱下雨衣,给他盖上,亲切地抚慰说:

"大发同志,不要难过。你这次不顾一切危险,掩护同志,比抓几个俘虏,我们还高兴呢!"

大夯和另一个战士抬着担架,走在前面。郭祥等人在后面跟着。在临到后方医院去的岔路口上,调皮骡子忽然叫住郭祥说:

"连长,你可别忘了把团员的介绍信给我转去呵!"

郭祥扶着担架亲切地说:

"大发同志,我忘了告诉你,你的入党问题已经通过了!"

调皮骡子的眼睛又涌出一股明亮的泪水,滴落在担架上。雨,还在哗哗地下着。郭祥他们站在路边,一直目送着担架,消失在白茫茫的烟雨里……

第七章　地雷大搬家

一连几天,郭祥很恼火。不仅因为调皮骡子这个班遭到很大杀伤,而且敌人越来越多的地雷,大大限制了小部队的活动。从前面回来的人说,敌人敷设的地雷,不仅数量多,种类也多。除了踏火雷,绊脚雷,还有什么跳雷、照明雷等等。据说那种跳雷,触动它时能够凌空而起,给地面的人以大范围的杀伤;照明雷也很讨厌,它常常使夜间活动的人暴露在强光之下。因此,每当郭祥布置夜间活动时,都不能不首先考虑到这个讨厌的怪物。他觉得自己的手脚简直像被人捆绑起来似的难受。

于是,他和老模范开了一次支部委员会,专门讨论这个问题。结论是:不能有依靠工兵的思想,不能抱消极等待的态度。因为工兵们在后方运输线上担负的任务,已经够繁重了。会上郭祥提议,由他本人亲自带领一个班,到前面先去"摸一点经验"。但是,这个建议刚刚提出,就被人用话截住。说话的不是别人,正是那个被群众称为"小诸葛"的齐堆。他是同郭祥一起创造了"坑道工事"之后提升为排长的,而且是党支部的宣传委员。他以一向不慌不忙的架势,摆摆手,笑嘻嘻地说:

"常言说,杀鸡不用牛刀,你们掏耳屎也用不着大马勺嘛!像这种事儿,只要找一个当过民兵的,埋过地雷的,带上一两个人,先去取一个来,研究研究,也就行了。"

"说我嘎,你比我还嘎!"郭祥嘿嘿笑着说,"讲了半天,你推荐的不就是自个儿吗!"

齐堆噗哧一声笑了。郭祥又笑着说:

"现在的妇女,觉悟性就是高,一来信就是:'我也不缺吃,不缺穿,就缺一张报功单。'齐堆,说实话,是不是来凤又向你要立功喜报了?"

"这个,就用不着向领导详细汇报啦。"齐堆笑嘻嘻地说,"人家那信,比你说的可就丰富多喽!"

任务就这样落到齐堆手里。

齐堆表面上诙谐健谈,大大咧咧,实际上却十分爱动脑子,处事无比精细。他选择的出发时间,比小部队通常出动的时间要早。这是因为:第一可以出敌意外;第二便于观察,免得黑灯瞎火地蹬上地雷;第三,他准备去的那个小高地,也就是调皮骡子力战群敌的地方,敌人往往白天占据,日落前撤回,正可以利用这个空隙进行活动。齐堆还考虑到,执行这种任务,人多了反而容易招致伤亡,所以他只挑选了身强力壮的小钢炮张墩儿与他随行。

下午两个人提前吃了晚饭,扎好伪装。齐堆看看太阳,在正西偏北方向还有一竿多高,由于斜照着敌人的山头,正是敌人不便观察的时候,就立刻下了阵地,穿行在一人多高的草丛里。这时敌我之间,除了偶尔打两发冷炮之外,整个山谷里显得颇为宁静。

在临近调皮骡子王大发力战群敌的那座小高地时,齐堆向小钢炮摆了摆手,停住脚步。他聚精会神地观察了一会儿,见山上没有动静,才慢慢地向山脚接近。没走多远,突然草丛里一阵响动,两个人以为中了敌人的埋伏,立刻端起木把冲锋枪准备射击。谁知仔细一看,原来是被惊起的两只野山羊,惊慌地向山上逃去。刚刚跑到山坡上,只见火光一闪,接着轰隆一声巨响,冒起一大团黑烟,两只野山羊已经被炸飞了。小钢炮瞪着两只圆溜溜的眼睛,说:

"排长!这是哪里打来的炮哇?"

齐堆笑了一笑说:

"炮怎么会没有出口声呢,这恐怕就是咱们找的敷雷区了。"

小钢炮怕排长受损失,把袖子一捋,说:

"我先上!"

"不,不,"齐堆笑着说,"起这玩艺儿,可不能学莽张飞。"

说过,他让小钢炮走在后面,拉开一段距离,然后小心翼翼地向山坡上接近。面前的小树、石头,他都作了仔细的观察。这样轻手轻脚地走了十几步远,忽然觉得脚上像是被什么东西绊住。弯下腰仔细一看,才发现是一根葱绿色的细铁丝,比头发丝粗不了多少。他连忙把腿缩回来,顺着铁丝向旁边走了几步,看见一棵幼松下,摆着一个扁圆形的绿色的铁盒子。这齐堆虽然自称是"老"民兵,实际当时年龄很小,对地雷并没有真正摆弄过;见识这个从大洋彼岸来的"洋玩艺儿",更是初次。按照他事后的说法,他就蹲下身子,跟那个洋玩艺儿"相起面"来。那个扁圆形的铁盒子上,凸起了一个一寸多高的雷帽,有墨水瓶盖那么大,上面有一个小铁环,铁环上系着好几根绿铁丝牵往别处。只要碰着其中一根,就会雷鸣电闪般地怒吼起来。齐堆望着它,轻蔑地笑了笑,指着它说:"今天,你就是老虎,我也得拔掉你的牙;你就是毒龙,我也得扳掉你的角!为了给同志们摸索点经验,今天我就跟你干了!"

他想到这里,就转过身来,对小钢炮说:

"小钢炮,你站远一点!你要注意我的动作。如果我这么起它,没弄好牺牲了,你就接受我的教训,下一次换一个办法。"

小钢炮一把拉住他说:

"排长,这可不行!你还要指挥打仗呢,让我先来起吧。"

齐堆嘿嘿一笑,说:

"还是我经验多。小钢炮,你快走开一点!"

小钢炮见他决心已定,只好离开一段距离,眼巴巴地瞅着。齐堆随即全神贯注地思索起来。他想,那个连着绊雷丝的铁环,一定是发火的地方,必须首先把它弄断。于是,他就一只手轻轻地扣着铁丝,一只手掏出钳子去咬,只听嘎嘣一声,铁丝断了。他把几根绊雷丝全部咬断,就松了一口气。可是,敌人为什么把地雷埋着一半留着一半?这里边又有什么鬼名堂呢?俗话说,"小心没大岔",他就去扒地雷周围的土。土扒开了,用手试探着往下面一摸,并没有碰到什么,他就发了狠,一只手小心地扶着雷体,一只手用力一扳,就扳了起来。他将它高高地托起,凝视着它,低声喝道:

"龟儿子!你炸吧!炸吧!"

可是呆了一两分钟,仍然不见响动。齐堆这才长长地吁了口气。那边小钢炮看见排长高高地托着地雷,连忙跑过来又惊又喜地说:

"排长,你这个老民兵就是行,怎么一扳就扳起来了?"

齐堆笑了一笑，说：

"光扳起来不行呵，你瞧着，我还得给它来个开膛破肚呢！"

小钢炮说：

"排长，你不是说背回去才拆卸吗？"

齐堆说：

"我憋不住这股劲儿了；再说咱们闹不清楚，路上碰响了也不是玩儿的！"

齐堆说过，想找个保险的地方拆。他用眼一瞥，旁边不远有一条交通沟，就端着地雷走过去，把它放在沟沿上，然后捋捋袖子，指着地雷说："看咱们俩今天谁整住谁！你只要一冒烟，我就把你推到沟里去！"

他首先察看雷帽。发现雷帽衔接处是螺丝口，心想："你既然能拧上去，我就能拧下来！"主意一定，他就转过脸对小钢炮说：

"小钢炮，你还是先到那边呆一会儿，我现在准备先从左往右转，如果出了差错，你就再起一个来，倒过来拧。今天，无论如何我们得把它破了。"

小钢炮本来正伸着头聚精会神地看着，听了这话，翻了一眼，说：

"一到节骨眼上，就把我支使开了。"

"咳，这也是工作需要嘛！如果一块儿都炸住了，那咱们俩就在这儿休息吧，谁也甭完成任务了。"

小钢炮只好离开。这时齐堆就挽起袖子，瞪大眼睛，开始旋动起来。他尽量使自己沉住气，可是等到把雷帽拧下来，衬衣已经粘粘糊糊地贴在背上了。

他长长地吁了口气，看看雷帽，里面装的是弹簧和撞针。再看看雷体，雷管和底火还附在上面。齐堆惟恐还有什么鬼名堂，就一遍又一遍地察看着雷管和雷体衔接的地方。他试着拔了几下没有拔动，心想，既然拔不动，那就可能是拧上去的。接着轻轻一拧就拧下来了。

最后，只剩下雷体了。但是他还不放心，就抱起它向空中一扔，只听咕咚的一声，像一块石头落地那样稀松平常，只不过砸了一个小坑。这时，他几乎兴奋得喊出来：

"美国佬！你们的看家法宝完蛋了！"

小钢炮跑过来,又是钦慕又是兴奋地把他的排长抱住了。齐堆兴奋地说：

"小钢炮,你等着,我再给你抱几个'老虎娃'去！"

"排长,"小钢炮笑着说,"你怎么也学起莽张飞了？你先教会我,咱们俩一块儿抱'老虎娃'不好吗？"

齐堆连连点头说：

"好,好。"

不过几分钟,小钢炮就出师了。他们俩便在山坡上搜寻起来。这时候已经完全没有刚才的紧张情绪,简直像在西瓜地里挑瓜似的,不一会儿就起了十几个各式各样的地雷。小钢炮统统把它装到事先准备好的大口袋里,往肩膀头上一扛,乐呵呵地说：

"今天收获确实不小！排长,咱们得胜回朝吧！"

齐堆抬起头望望天,太阳刚刚落山,明月已经升起。他颇有点恋恋不舍地说：

"小钢炮,你看天还早着呢！咱们把这些玩艺儿背回去搞训练,当教材,也用不了这么多呀！还是给敌人留下几个才好。"

"什么？还给他们留下？"

齐堆笑着说：

"这玩艺儿既是他们造的,也叫他们自己尝尝它的滋味嘛！"

小钢炮立刻两眼放光,一连声说：

"行！行！"

于是两个人兴冲冲地向小高地的山顶爬去。过了山顶,就到了向敌面的山坡上。在这里他们左寻右找,终于发现了一个隐蔽的防炮洞。洞口向南,朝着敌人的阵地。他们悄悄摸进去,借着月光一看,里面堆放着许多电线,还乱扔着饼干纸和罐头盒子。洞里拉着一根电线,通到洞外的单人掩体里。果然,敌人白天就躲在这里,依靠两边的单人掩体观察我军情况。小钢炮立刻说：

"排长,我看就在这儿埋上一个吧！"

说着,就撂下大口袋,取下小圆锹,在洞口要挖,齐堆摆摆手说：

"你在洞口挖,只能炸住一两个。他人多了,一定往里挤,你在里面埋上一个,就给他来个连锅端了。"

两个人埋好后,盖上了一层薄薄的干土,扔上了一些碎纸片、罐头盒子,使它恢复了原状,然后才出了洞口。

他们顺着交通沟向下走了不远,看见有几棵大杨树,树底下被踩得光溜溜的,旁边一块扁平的大青石,附近还有一个小水洼。齐堆停住脚步,指着树底下说:

"小钢炮,你看,这准是敌人乘凉的地方。敌人在山上挨了炸,一定会跑到这里喝水休息,咱们给他留点小点心怎么样?"

小钢炮欣然同意说:

"好!那就再留下一个。他要休息,就叫他们彻底休息吧!"

最后,他俩又在各交通路口埋上了几个,这才带着一身轻松跨过峡谷,轻轻地哼着歌儿回到了自己的阵地。

当他们把十几个光怪陆离的洋怪物从口袋里倒出来的时候,郭祥把他们的手攥了老半天,最后瞅着齐堆,笑眯眯地说:

"行!行!我看你这个老民兵还真有两下子!等天一亮,我就给你召集人办训练班。"

训练班办起来了。教员、材料都现成。这也许是训练班中最短的训练班,从学员入学到结业仪式,通共还不到一个钟头。到下午,郭祥就抽了两个班,区分了作业地区,准备一到黄昏就准时出发,作为实际的毕业考试。

在这一天里,最不宁静的是小钢炮,觉也没有睡着,饭也没有吃好。因为他老跑到前沿去看,他和排长给敌人留下的几份礼物,是不是起到了作用。中午,在小高地的后面,冒起了两缕黑烟,却没有听到爆炸声,更使他坐卧不安。他跑到齐堆那里说:"排长,今天的太阳给咱泡上啦!往日走得那么快,今天怎么就不动窝了?"

好容易捱到太阳落山,明月升起。齐堆和小钢炮各带了一个班,分赴指定地区。直到月落乌啼胜利归来时,郭祥看到的地雷就不是一口袋,而是满满的几口袋。真是五光十色,应有尽有。郭祥说:

"不是说给他们留下一些吗?怎么都带回来了?"

齐堆笑着说:

"连长,给他们留下的已经够吃喝一阵的了;如果再多,也是浪费。不如咱们留点存货,总有用着的时候。"

"也好。"郭祥两个眼珠一转,立刻决定说,"在咱们阵地前面也埋上一些,叫这些不花钱的洋玩艺,也给咱们看看家吧!"

小钢炮回来时,更是兴奋无比。一跨进门就喊:

"起到作用了!起到作用了!"

郭祥笑着问:

"小钢炮,起到什么作用,你倒是说呀!"

"咳,你就别提了。"小钢炮说,"那个洞子,简直进不去人了,一蹿进去,粘糊糊的都是血。我摸进去一看,里面露着一只脚,还穿着大皮靴。我就喊:'缴枪不杀!'他也不应声。我心想,你别装蒜,就抓着靴子往外一抻,你说是什么,原来是敌人炸掉的一只大腿!"

整个洞子的人都哈哈大笑起来。

这时,团里来了电话。郭祥一听声音就知道是团里周政委。他在电话里问:

"执行任务的人都回来了吗?"

"都回来了。"

郭祥接着把执行任务的情况讲了一遍。政委显得很高兴,但是紧接着说:

"你们不要满足,不但要自己搞好,还要帮助友邻。从明天起,你们准备派出十个教员,带着地雷到各部队讲课。"

郭祥连声应诺。下边政委用又严肃又亲切的声调说:

"郭祥同志!你们搞的这个'地雷大搬家',发挥了群众的主动性和创造性,在全军起到了一定的作用。但是在有些方面,你们比起一些先进连来是落后了。……"

郭祥听到这里,耳朵一支棱,咽了口唾沫,把耳机攥得紧紧的,听着政委下面的话。

"比如说现在开展的冷枪冷炮活动,有些连队硬是打得好呵!你听说过'狙击兵岭'吗?"

"没听说过。"郭祥回答。

"哦,这个连队可真了不起!"政委用煽动性的调子说,"他们是中线一个有名的连队。这个连队在一个多月时间内,光用冷枪冷炮就打死敌人 400 多名,简直快够一个营了。敌人害怕得很,把他们占的山头叫做'狙击兵岭'。这不是我们授予的称号,是敌人给他们的称号!"

政委好像故意让郭祥思索了一会,又接着说:

"可是,你们为什么就没有取得这样的战果呢?是积极性不高吗?不会,你不存在这个问题。恐怕还是打大仗的思想作怪,瞧不起这些'小打小闹'。郭祥同志,你有没有这个想法?……"

"有。"郭祥坦率地承认道,"我老是想,我们在这儿泡的时间不算短了,干脆把无名高地拿下来算了。"

"哈哈哈……"政委爽朗地笑起来,"我就知道你是这个思想。当然,无名高地要争取早一天拿下来。但是狙击活动也不能放松。我们要从'零敲牛皮糖'这个总方针上好好领会领会。昨天我在师里开会,师长还特意叫我给你捎一句话呢!……"

郭祥的耳朵又支棱起来,攥紧耳机问:

"师长说什么了?"

"师长说,前天他在你们友邻看地形,看到无名山的敌人送饭换岗都大模大样地走;有一个家伙还站在那辆固定坦克上向我方张望。师长对这件事很生气。他说,我们前面不是四马路,干吗让敌人大模大样地走?应当把他们打得像狗爬,把他们打到地底下去!"

郭祥涨红着脸,一时没有言语。政委在电话里问:

"郭祥,你有什么意见?"

"没有意见。"郭祥说,"政委,请你报告师长,我们坚决把敌人打到地底下去!"

挂上耳机的时候,郭祥擦了把汗,长长吁了口气,说:

"咳!现在这个形势,真是长江后浪催前浪,稍微不注意,就落后了!"

"政委到底说些什么呀?"齐堆问。

郭祥笑着说:

"嘿,他这政治工作就是有两下子!你刚轻松一点,他就提出了新任务,叫你想骄傲都没有时间。……快快,快去找指导员开支委会吧!"

第八章　又一个"狙击兵岭"

常言说,"响鼓不用重槌敲"。自从团政委点出三连的问题之后,郭祥就立时召开了支委会,首先对自己打大仗的思想进行了自我批评。接着对"怕捅马蜂窝"的思想,也捎带着给了几炮。随后经过研究,选出了本连的特等射手,组成了步枪组、机枪组,还有六〇炮和祖国新来的无坐力炮合编的冷炮组,区分了地段,划分了责任。第二天,狙击活动就轰轰烈烈地开展起来。大家都憋足劲,要向"狙击兵岭"看齐。

果然不出所料,狙击活动遭到了敌人强烈的报复。又是飞机,又是大炮,很疯狂了一阵。但是都被他们硬顶过去。郭祥还特意把无坐力炮秘密运到前沿,敲掉了无名山上敌人设置的那辆固定坦克,狙击活动就更顺利地开展起来。无名山上的每一条大路小路,敌人出没的每一个场所,都受到狙击手们的严密监视。只要敌人一露头,就会猝不及防地倒在狙击手们的枪弹之下。真是把敌人打得晕头转向,屁滚尿流,偶尔出来一次,就像老鼠出洞一般。开始敌人还去拖死尸,死尸拖不回,还得赔上三个五个,最后连死尸也不拖了。当时,我们的快板诗人毕革飞,曾写过一篇快板,专门记载此事。诗曰:

狙击手,真活跃,
你一枪,我一炮,
不打死靶要打活目标。
展开狙击大竞赛,
个个都把战机找。

> 敌人在工事一露头,
> 叭地一枪应声倒。
> 敌人出来拉尸首,
> 又是射击好目标。
> 你要愿意要尸首,
> 我们负责给你造!
> 零零碎碎吃喝你,
> 最后把你全吃掉!

在这场狙击大竞赛中,"创造杀敌百名狙击手"的口号,具有极大的吸引力。青年战士们,人人奋勇,个个争先,都想最先突破这个光荣指标。特别是那个16岁的小鬼杨春,简直着了迷。这匹刚刚戴上笼嘴的小马,在老保姆陈三得力的领导下,虽然进步不小,但是按陈三的说法,始终没有把他那种过剩的精力完全转化为建设的积极性。平时,不是到这个班偷偷拆卸机枪,就是到那个班摆弄别人的炮。这一下可好了,他的全副精力都集中到这方面去了。每天天一亮,他把帽檐儿一歪,就抱着一支枪,伏在射击台上,用一双圆圆的猫眼搜寻着自己的猎物。有时候为了减小自己的目标,他甚至脱个光膀子,把帽子也染上黄泥,伏在交通沟沿上观察。远远看去,他那在庄稼地滚过的身体简直同黄黄的泥块没有两样。由于他这样不辞劳苦,今天打中三个,明天击倒五个,他的记录表一直像响箭一般地直线上升。他本人也越打越上瘾,越打越来劲。每天只嫌太阳落得早,只嫌天色亮得迟。就是夜间做梦,也不断地喊:"打中了! 打中了!"一边喊,手指头还在不断地扳动。这样,在一个月结束的时候,他的毙敌数已经达到58名,不要说在全连,就是在全营也遥遥领先了。

有人分析说,他所以能取得这样的成绩,是由于他那精确的射击技术。确实不能否认,他从小就是一个玩弹弓的好手,到现在他那圆乎乎的小脸上,还有一个小小的疤痕,就是他的战友给他留下的光荣纪念。但是如果全面考察,他那善于捕捉战机的积极性,却是他克敌制胜的主要原因。例如他击毙的第30个到第33个敌人,就很能说明这个问题。那一天,敌人对我们头天的狙击活动恼火透了,一早晨就来了四架敌机,在阵地上狂轰滥炸。这时候,大家都躲在洞子里防空,惟独找不见他,把郭祥和陈三急得什么似的。你猜他在哪里?他就在最前沿的山坡上,全身插满了松枝,伪装成一棵幼松,用跪射姿势屹立在漫漫的硝烟之中。因为平时敌人不敢露头,现在见他们的飞机正在施展威力,纷纷从地堡里钻出来观看,有的还鼓掌大笑。就在这时,小杨春举起枪来,叭,叭,叭,三枪打倒了三个敌人。吓得敌人又赶忙钻回到地堡里,这场热闹也没有看成。事后,郭祥责怪他说:"你这个家伙,怎么不防空呀?"小杨春呲牙一笑说:"我要防空,还到哪儿去找这个好机会呀!"

说到这儿,我们不妨揭破这小鬼的一件秘密。它甚至已经到了绝密的程度,以至使得料事如神的郭祥、工作深入的老模范以及朝夕相处的陈三都摸不清底细。

那还是今年春暖花开的时节,从祖国寄来了大批的"慰问袋",小杨春也理所当然地分到了一个。这个袋子里装了几十块水果糖,还有一封短短的信。从信上看,来信人年纪很小,字迹稚嫩,一笔一画,像是刚会挪步的孩子,比杨春那打飞脚的字好不了多少。信上写道:

亲爱的志愿军叔叔:
　　我妈妈每天给我一分钱买糖。我没有吃。现在我给叔叔寄去。希望叔叔吃了我的糖,多打死几个美国鬼子!我要向叔叔学习,长大了,也要去抗美援朝。
　　　　　　　　　　　　　　　　　　　　李毛毛

当时,接到慰问袋的这位16岁的"志愿军叔叔",不用说是颇受感动的。因为他平生以来第一次作为一个人民的战士受人尊敬。他当时就在自己的小本上写了一首诗:

　　慰问袋,六寸长,
　　慰问糖在里面装。
　　昨天我吃一块糖,
　　糖儿对我把话讲:

你吃糖,想一想,
　　祖国人民的心意可记上?

　　按照小杨春原来的计划,这糖本来是准备立功之后才吃的。但是,毕竟我们这位"志愿军叔叔"修养方面还有些不足,今天一块儿,明天一块儿,也就吃完了。只剩了个空空的小口袋还包在包袱里。这次支部号召"创造杀敌百名狙击手",小杨春忽然想起这个慰问袋来,如果打死一个敌人,就把一枚小石子装进去,装满了100枚,将来寄给这位小朋友,岂不是一个很好的纪念?这样就暗暗下了决心。但是,这小鬼鬼心眼不少:一来这计划还不知道能不能完成;即使能完成,事先透露出去,还是会被人传为笑柄。他自己这样那样的"漏子"已经够多了,何必再给人增加一份谈话的资料呢?于是就把这事定为"绝密"一级,对人绝口不谈。只是在打死一个敌人后,才选一枚晶莹可爱的小红石子,乘夜深人静,悄悄丢到那个未曾见过面的朋友的口袋里。

　　事物的发展过程总是曲折的。最初几天,他的冷枪不算得手,接着就跨入胜利的坦途,每天都可以打死一两个甚至两三个敌人。有一天,这是多么值得回忆的一天,他竟然创造了打死五个敌人的最高纪录。应该说,连里给他分工负责的地区也是比较理想的;从无名山右后方到前面地堡的一条通道,是敌人每天往前边送饭送水、运输弹药的必经之路。那天中午,小杨春正光着膀子伏在交通沟沿上察看,从无名山后出来了三个敌人,前面一个人抱着碗碟,中间一个挑着大锅,后面一个人提着帆布桶。这小鬼颇有算计,他想,如果先打前面的,后面两个就会跑掉;如果先打中间的,两头的也容易逃脱。他仔细看了一下地形,第一个人的前面是一个较陡的山坡,跑过去有点费事;中间的那个挑了很重的东西,也容易收拾;只有最后那个回头跑很容易溜掉。主意一定,他就首先瞄准那个提帆布桶的。这小鬼的枪法确实高明,只听"叭"的一声,那家伙已经应声而倒。中间那个挑大锅的见事不好,仓皇回顾,究竟是往前跑还是往回跑,一时拿不定主意,等到他刚刚撂下挑子,小杨春的枪弹已到,他就打了一个趔趄,趴到他的大锅上了。这时候,前面那个敌人正在"哼哧""哼哧"地往坡上猛爬,刚要爬上坡顶,被小杨春"叭"地一枪,就一个倒栽葱倒了下来,在山坡上打了十几个滚,滚到了山坡底下。小杨春料到敌人要来拉尸,就静静地等着。过了半个小时,敌人见没有动静,才从地堡里钻出三个人来。杨春故意不理睬他。等他们把死尸的脚套上绳子刚往回拉,杨春突然开枪,接连又放倒了两个,只剩下一个仗着脚杆子长跑回到洞里去了。杨春虽然不免有些惋惜,但还是高高兴兴地哼着歌儿,选了五枚最好看的红石子,投到那个慰问袋里。

但是,紧接着就产生了日益增多的困难。因为敌人的浅近纵深的每一条道路都被我控制起来,干脆不出来了。白天不换哨,不值勤,不送伤员,不拖死尸,甚至也不送饭,这一切都被迫地改在夜间进行。这时候,冷炮组及时地改变了手法,对敌人的必经之路,事前测好距离,实行夜间封锁。但是对于杨春这个步枪手却失去了用武之地。他心中暗想:"你把送饭改在夜间,这可以;但是你吃了饭不拉屎总是不行!"于是杨春就提前起床,专门封锁敌人的厕所。正好这厕所在一座高坡上。这天早起天似亮不亮,敌人陆续不断地从地堡里钻出来到厕所里去,杨春没有管他。单等敌人从厕所里出来,就一个一个地点名。有一个敌人刚钻进厕所就提着裤子往外跑,等到他连滚带爬地下了土坡,杨春就叫他一命呜呼了。光这一次就打死了敌人四名。事情传开,其他狙击手也纷纷学习杨春的先进经验。谁知这样一来,敌人连拉屎撒尿都用罐头盒子装着往外扔,这不能不说是朝鲜战场上的一种创造。

看来,事情已发展到山穷水尽的地步。一个神枪手,即使能百发百中,没有目标,又到哪里去射击呢?这不能不给杨春和他的伙伴们带来一定的苦恼。确实的,在狙击运动临近第二个月的末尾,也就是杨春把第 95 个红石子丢进小口袋之后,一连几天,都没有"进货"了。

在这关键时刻,郭祥来找杨春,一看他闷闷不乐的样子,就笑着问:

"小机灵鬼,怎么不高兴了?买卖开不了张啦,是不?"

"你明明知道,还故意问我。"小杨春咕嘟着嘴说。

郭祥摸摸他光着的小肩膀,笑起来:

"都怪你没有学过辩证法嘛!一条道走到黑。你要敌变我变,高敌一着才行!"

"敌人连拉屎撒尿都不出来,还有什么办法?"

"那,你就不会想个办法引他出来?"

这句话使杨春大大开窍。他在床上直翻腾了半夜,第二天一早,在他的交通壕里出现了一个草人,头戴军帽,身穿军衣,两条袖子在风里飘来荡去,潇洒自若,颇像一个大军官看地形的样子。他还专门邀请了罗小文做他的助手,在交通壕里掌握着这个草人,时而低一低头,时而挺一挺胸,装作向无名山贪馋地观看。而这个草人的主人,却依然光着膀子,歪戴着黄泥帽,睁着一双圆圆的猫眼,悄悄躲在侧翼。果然,呆了不大一会儿,就从地堡里钻出一个人来,他首先探了探脑袋,看看没事,接着就又钻出了一个,架上了机枪。等到哒哒哒的机枪声还没有响完半梭,这两个可怜的生物已经倒下去了。这时候,就像连阴天忽然出现了明丽的太阳,许久不见的笑容,又出现在杨春那圆乎乎的脸上。

几天后的一个早晨,杨春正在搜寻猎物,忽然发现对面交通壕里站着三个敌人,都戴着明晃晃的钢盔。杨春不由喜上眉梢,正准备瞄准射击,觉得不对劲儿,定睛细看,不由得哈哈大笑道:"这鬼东西也想学我哪!"他一面找他的助手罗小文向那几顶钢盔射击,一面在一侧静静地守候。果然小文的枪声刚响,一个敌人就露出头来,等他架好枪时,他的脑袋已经软软地搭在交通沟的沟沿上了。

这时候,杨春的小红石子已经投到第 98 枚。可是,天底下的事就是这么巧,在只差两枚就要满百的情况下又被卡住。看来,敌人对我们阵地上出现的"大军官"一类,显然也丧失了兴趣。

终于杨春忍受不住,在一个不眠之夜去找郭祥。

"你是不是又开不了张啦?"郭祥笑着问。

"师长一天到晚说:'把敌人给我压到地底下去!'现在可好,压是压下去了,可就是不出来了。"

郭祥哈哈大笑着说:

"那还是因为你不学辩证法嘛!把它压进去,还可以把它再抠出来嘛!"

"抠出来?怎么就抠出来了?"杨春忽闪着一双猫眼,感兴趣地问。

"你等着瞧!"郭祥眨眨眼,笑着说,"我保证明天八点钟以前给你抠出来,叫你打个痛快。"

"你别说着玩了。"

"看,我什么时候骗过你!"郭祥说,"一准的。至于说我把他抠出来,你打上打不上,那就在你了。"

显然,郭祥是有准备的。当晚,他已经把两门无坐力炮取下炮架,秘密地运到了前沿阵地,对冷炮组、机枪组和步枪组也都作了相应的布置。

第二天拂晓前,郭祥又检查了一遍。天色刚一放明,他拿起五寸长的小喇叭嘟嘟一吹,两门无坐力炮就向两个最近的地堡突然开火,连续打了三发,顿时,两座地堡在一团团黑烟里揭开了盖子,接着乱糟糟的敌人,就像蜂群一般钻了出来。有的向别的地堡跑,有的向山后跑。接着步枪组和机枪组的狙击手们也开了火。这些人都是本连的特等射手,弹不虚发,敌人顿时就倒下了一片。杨春一连几天没有开张,简直像个大肚饿汉遇到满桌的饭菜一般,撂倒一个,又是一个,一连就打死了五个。剩下的一部分敌人刚刚跑到山后,几门六〇炮按照事先测好的距离又向山后打去。两个地堡的敌人,大概剩下不了几个。等到敌人的炮火还击的时候,狙击手们早已进入坑道,在那里喝水抽烟了。

郭祥一边卷粗大的喇叭筒,一边拍拍杨春光光的小肩膀,笑嘻嘻地说:

"机灵鬼,怎么样?没有骗你吧!"

杨春呲着牙笑了,两个小酒窝也显露出来。因为他正在盘算着要选五枚最美最红的石子儿,投到慰问袋里。多日来的愿望已经实现:他可以向他未曾见面的朋友写信了……

第九章　绣　花　人

郭祥就是这种性格：当敌人在他面前嚣张的时候，他是不能忍受的；而当敌人被他压倒了，"老实"了，他又会感到寂寞。自从开展狙击运动以来，经过两个月的零敲碎打，共打死敌人1200余名。敌人白天已经不敢露面。这时候，郭祥望着无名山叹起气来。

一个炎热的中午，郭祥刚撂下饭碗，通讯员就跑进来报告说，团长来了。他急忙跑出洞口，望见团长邓军正游打着他那只独臂，慢悠悠地顺着交通沟走上来，后面跟着警卫员小玲子，还有侦察排长花正芳等人。在炎热的阳光下，团长那一张被战火熏黑的脸，黑里透红，显然他的体力已经因为战局的稳定得到了恢复。他的神情也流露着愉快，和战争初期相比，他那威严的神态也显得和蔼了。

郭祥把大家迎进坑道，在幽暗的烛光下走了二三十步，才拐进他那一丈见方的连部。房间正中是一张新做的松木桌子，两边是他和老模范的床铺。他让大家在铺上坐下，接着卷了一支又粗又大的喇叭筒，递给邓军，笑嘻嘻地说：

"团长，咱们在这儿蹲的时间不短了吧？"

"你又不耐烦了吧，嗯？"邓军微微一笑。

"我倒没什么。"郭祥装出一副坦然的样子，"就是战士们反映不少。他们说，要再这样蹲下去，身上都长毛了！"

"真会夸张！"

"呃，团长，这怎么是夸张呢？现在敌人白天不敢露头；夜间出去打伏击吧，十次有九次扑空。我看再不动手，恐怕就要影响士气了。"

邓军悠然自得地喷了一口烟，笑着问：

"你看我来的意思是什么?"

郭祥眼睛里像两朵小火花似的一亮:

"是不是要拿无名山哪?"

邓军点了点头。郭祥手舞足蹈地说:

"那太好啦。我当你又来督促我们打冷枪呢!"

"不过,要真正准备好了才行。"邓军说,"军师首长都跟我谈了话。要我们像绣花一样组织这次战斗。"

"像绣花一样?"郭祥觉得有点新奇。

"嗯,军长就是这么跟我说的。他说,'老邓呀,现在打的是现代化的敌人,像你过去当排长的时候,那么一冲不行啰!你见过你老婆绣花没有?'我说,'我见过。'他就说,'对,就像你老婆绣花那个样子!'……"

郭祥忍不住,嘎嘎地笑起来。

"确实的,我过去是太粗啰!"邓军认真地说,"这一次,我这老粗手也要拿拿绣花针了。我考虑,无名山前面,敌人的地堡,工事,我们是比较熟悉的。可是它后面到底有什么?我们并不清楚。我想今天晚上伸到无名山的后面去,就潜伏在那里,明天白天好好地看一看。"

"什么?你要到敌人阵地的后面?"郭祥吃了一惊。

"怎么?我就不能去呀?"

"不是说你不能去,团长,"郭祥笑着说,"像这种任务,我跑一趟也就行了。"

"你当然要去。"邓军说,"迫击炮连连长也要去。咱们三个一同去。"

"这……团长,你还是再考虑考虑。"

"考虑什么?"邓军把那只独臂一挥,"军师首长,还有咱们周政委,他们考虑了好几天,才批准了,现在你又来拦我?……"

他不等郭祥表态,就站起来,说:

"不谈这个!走,你先领我到观察所看看。今天晚上,我们准备午夜零点准时出发!"

午夜,银河横空,繁星灿烂。邓军、郭祥和迫击炮连连长陈武三个,早已准备妥当,悄悄下了阵地。郭祥腰里插着一把20响的驳壳枪走在前面,邓军居中,陈武在后,不一刻工夫,就进入到阵地前那一片漫漫的草莽里。他们带的东西很简单:除了望远镜、水壶和一小袋干粮之外,每人还带着两颗手榴弹。这是临下阵地之前,邓军特意向战士们要来的。其意义不说自明:一颗是用于敌人,一颗是留给自己。

在这一片野草漫漫的荒谷里,郭祥曾经活动过多次,对他早已是驾轻就熟的了。但是今天夜里,他却老像怀里揣着一个小兔似的嘣哒嘣哒地跳。他一面在荒草中觅路前进,一面还在不断地嘀咕:究竟应不应当让他的老团长去执行这样的任务。自然,对于这个身经百战的长征英雄来说,是无所谓的;但是万一发生了什么意外,自己对上级、对全团的同志怎样交待呢?……郭祥越想越觉着担子沉重,也就格外地小心谨慎起来。他走一小截,就停下来谛听一下周围的动静。邓军还不断在后面戳他的脊梁骨:"快一点嘛,莫耽误时间啰!"

快到河边,敌人的探照灯突然亮起来,它那粗大的光柱,像白色的巨蟒一样卧在无名山的前面。郭祥立即停住脚步,摆摆手让团长和陈武伏在草丛里。直等了一刻多钟,探照灯转移了方向,郭祥才扶着团长涉过那条小河。因为他知道河里的石头很滑,上面长了很厚的青苔。

过了河,他们向东斜插过去,直奔无名山左侧的山口。距山口不远,有两三户人家。按预定计划,由侦察排长花正芳和一个侦察员事先在无名山后选择好潜伏地点,然后在这个小村里等候他们。当他们到达这个荒芜的小村时,花正芳和那个侦察员从一人深的草丛里钻出来。郭祥低声地问:

"前边有什么情况没有?"

"没……什么,就是……公路上,来往汽车多一些。"

郭祥听出,花正芳的声音有些颤抖。由于担心团长的安全,想不到这个在敌人眼皮底下无比沉着的人,今天竟会紧张到这种程度。

"潜伏地点选好了吗?"邓军若无其事地问。

"选好了。"

"那就快走,莫耽误时间啰!"

花正芳立刻把冲锋枪一提,和那个侦察员走在前面,向着无名山左侧的山口前进。这里因为距敌人很近,山头上敌人修工事的声音,听得十分清晰。显然由于我军火力的加强,敌人已经在忙着加固工事了。

穿过山口,就是一条新辟的小公路,从敌人后方直通无名山的山脚。花正芳刚要跨过公路,一辆卡车亮着灯光开过来。花正芳急忙打了个手势,让大家伏卧在草丛里。顷刻间,那辆卡车载着一大车木头,压得车帮咯吱咯吱地开了过去。花正芳引大家过了公路,沿着无名山后的一道山沟向西走了不远,来到一个山坡上。这个地方林木丛密,与无名山隔沟相望,观察十分方便。看来邓军相当满意,立即堆下笑说:

"这地方就不错嘛!"

"不过……"花正芳的声音仍然有些颤抖,"我们背后头顶上就是敌人,离咱们最多只有五六十公尺。"

"那没有什么!我们的声音可以小一点。"邓军决断地把手一挥。于是几个人就在这树木丛中坐了下来。为了首长的安全,花正芳和侦察员提着冲锋枪向下移动了十几步远。

天刚一发亮,邓军就举起望远镜,在枝叶的缝隙中观察起来。这时候,山谷里还弥漫着白茫茫的雾气,一时还看不十分清楚。几阵晨风一吹,早雾消散,郭祥一望,这里距无名山的山脚不过百多公尺,中间只隔着一湾浅浅的山溪。山上修筑工事的敌人,由于畏惧我军的冷炮,大部分钻进了地堡,只有少数人还在挖土。山腰上有两道交通壕,像两条黄色的带子垂下绿色的山岗。下面就是密密麻麻的地堡,像乱坟包似的一时看不出头绪。细细一看,才看出是两个地堡群,分布在无名山的两侧。

郭祥正在凝神观察,忽听扑棱棱一声,一只斑鸠正好落在两三步远的一棵小松树上,正歪着脖儿向下察看。郭祥蓦地一惊。忽然想起看过的一出戏:花木兰在巡营了哨时,不正是看到鸟鹊惊飞判断敌人来袭的吗?这样一想,郭祥心里又忐忑不宁起来,觉得这次没有坚决阻止团长来是一个错误。他怀着极为懊悔的心情,屏神静气地盯着那只斑鸠,既希望它赶快离去,又怕将它惊飞。……

而邓军这时却正举着望远镜,全神贯注地,简直是贪馋地观察

着他的目标,既像是喃喃自语又像是对郭祥说:

"你瞧,这些鬼东西,多狡猾!地堡完全修在死角里,没有足够的曲射炮火是不行的。哼,你还劝我不要来,不要来,不来怎么能行呵,嗯?……"

"团长,你声音小一点吧!"郭祥目不转睛地望着那只斑鸠,提心吊胆地说。

"声音小一点可以。"邓军仍然举着望远镜,没有转过头来,"可是你一定要注意呵!最近兄弟部队打了一仗,伤亡不少,没有抓多少俘虏,就是因为后面那些地堡没有敲掉。这是血的教训哪!……嗯?……你叫陈武把图标得精确一点,每个地堡都不要漏掉。嗯?……"

郭祥因为眼望着斑鸠,没有应声。一阵风吹过来,那只斑鸠随着树枝摇来荡去。

邓军似乎察觉到郭祥不很在意,放下望远镜,转过头说:

"你张望什么?看地形你也不注意!"

因为邓军转动了一下身子,碰着了树枝,那只斑鸠扑棱棱一声飞了。邓军仰仰头:

"什么鬼家伙?"

"一只斑鸠。"郭祥小声地说。

"斑鸠有什么好看的?!"邓军沉着脸说。

郭祥看看敌人的阵地没有动静,才放下心来,望着邓军恬然地一笑。

邓军望望陈武,这位瘦高挑、脸孔白皙、有点斯文的迫击炮连连长,正佝偻着身子,拿着一支红蓝铅笔,聚精会神地在军用地图上标记地堡的位置。邓军轻轻地"嘘"了一声,向他招了招手,他即刻轻轻地移动着身子,向这边爬了两步。邓军问:

"地堡都标上了吗?"

"都标上了。"他温顺地回答,接着指了指地图上那些蓝色的斑点。

"老陈哪,"邓军嘱咐说,"位置可要搞精确呀!"

陈武点点头,又是温和地一笑。实际上,他连射击计划都在心里酝酿好了。

邓军又举起望远镜观察起来。也许他一面看一面就在构思未来的战斗部署,精神显得十分集中,似乎旁边的一切动静都与他无干的样子。

一轮红日推上东方的山顶,照得整个山岭红彤彤的。目标物显得越发清晰。郭祥看了几遍,都已记在心底,就又打量无名山的四周。他忽然发现,在无名山西侧的山口,贴着山脚停着一辆坦克。上面杂七杂八地盖着一些树枝,如果不是它那缠着青草的炮筒有些异样,简直很难发觉。郭祥正凝视间,从炮塔里钻出一个人来,接着又钻出了一个。两个人站在炮塔上正向这边瞭望,一边还用手指点着。郭祥又是一惊:"是不是刚才斑鸠惊飞起来,叫这两个家伙发现了?"正在嘀咕,两个坦克兵已经跳下坦克,向这个方向走来。郭祥嗖地把驳壳枪抽了出来;又怕花正芳他们过早开枪,立时出了一身冷汗。

他正准备报告团长,邓军举着望远镜说:

"郭祥,你看清楚了吗?"

"看清楚了。"

"哼,我说你没看清楚。"邓军仍然举着望远镜说,"你说敌人的指挥所在哪里?就在右下方那个比较大的地堡里嘛!你看那个洞口,电线快有一把粗了。记住,一开始就要把它敲掉!……听到了吗?嗯?"

"过来了!团长,过来了!"郭祥望着那两个坦克兵,离他们只有五六十米,立刻把驳壳枪张开了机头。

"你怎么老精神不集中?嗯?"邓军放下望远镜,转过头问,"什么过来了?"

郭祥用嘴巴往前一指,邓军这才看见那两个敌人。他把郭祥的驳壳枪轻轻一按:

"等一等!我看不一定是发现了我们。"

果然,那两个家伙又朝前走了几步,就在小溪边蹲下,捧着水洗起脸来。这时,正巧我方的一颗迫击炮弹"嘶"的一声落在山坡上,这两个家伙脸也顾不得擦,撒腿就跑。他们几乎用跑百米的速度,跑回坦克边,又钻进乌龟壳里去了。

邓军和郭祥看着他们的狼狈相,几乎笑出声来。

接着,邓军和郭祥又聚精会神地观察了无名山与周围敌人的联系,以及敌人可能增援的道路。中午时分,这些工作就已经全部完成。他们吃了一点干粮,喝了点水。郭祥想到团长一夜没有休息,真是够劳累的,就说:

"团长,你就趴住那棵小树打个盹吧,我来观察。你到底是 40 开外的人了。"

这次团长倒很顺从。他笑着点了点头,就攀着那棵小树,微微地闭上了眼睛。其实,他哪里是在休息,他是在继续构思着他那还没有作完的"文章"呢。

郭祥时而看看敌人的阵地,时而看看顶空的太阳。太阳就像定在那里似的一动不动。整整一个下午,真比一年的时间还长。

一直熬到天黑,他们才离开潜伏地点,向着无名山的山口走去。不过,这一次郭祥不是走在前面,而是提着驳壳枪走在后尾。他不时地回过头来,提防着从后面可能发生的一切……

直到踏上自己的阵地,郭祥才长长地吁了口气,抻抻陈武的袖子悄悄地说:

"我的老天!咱们的团长可真是要绣花了。"

第十章 布谷声里

战斗决不能靠侥幸取胜,更不是靠指挥员的感情冲动和主观臆断。它在很大程度上,决定于战前的调查研究和周密的准备工作。无名山的一举攻克,全歼了敌人的一个加强连,就是其中的一个范例。

这种小型的攻歼战,按照当时的习惯说法,叫做"挤阵地"。就是在敌人完整的防御体系中,瞅准敌人的弱点,经过周密的准备,一口"啃下一块"来。这种办法也很使人眼馋。如果这个部队啃掉了一块,那个部队就要向他的上级请示了:"军长呀,我们前面的高地是一个弱点哪,我们该啃它一口啦!""你们有把握吗?""咳,我们已经研究过多次啦,我们的团级干部已经钻进敌人的铁丝网里看过啦!"好,不久,那里也就啃下了一块。尽管每次不过消灭敌人一个整连或整排,但这些数字加在一起也很可观。仅1952年夏秋之间一个多月的时间内,在整个战线上,就歼敌27000多人,几乎顶上战争初期的一个战役了。这也是对"零敲牛皮糖"战略的一个很好的实践。

攻克无名山,就引起了连锁反应。不久各友邻也都采用了这种"绣花战术"攻占了各自的目标。这时,整个前线,都沉入到胜利的欢乐之中。军师首长对邓军、周仆这个团深为满意,专门派了文工团到阵地进行慰问演出。徐芳也带了一个演唱组来到无名山。

郭祥特别高兴的是,在黑云岭和自己一起跳崖的小牛也回来了。他双腿摔断后,一直住在医院里。这次回来,郭祥攥着他的手简直不愿撒了。还扒起他的裤腿,一面看,一面反复地问:

"真的全好了么,小牛?"

"全好了,全好了。"小牛一连声说,"我觉着比以前还利索哩!"

"夸张!"郭祥学着团长说话的腔调,"哪有这样的事么!"

小牛见他不信,马上蹦了个高儿,笑着说:

"你瞧,完成什么任务也没问题。"

小牛的归来,自然使郭祥又想起了杨雪。这天中午,人们都去看演节目,在坑道的一个小房间里,只剩下他和小牛,郭祥就悄悄地问:

"小牛,你刚到医院那时候,见着小杨了吗?"

"见着了。"小牛说,"人民军把我一送去,她就去看我了。"

"她跟你说什么了没有?"

"她问我,你们俩到底是谁先跳的,怎么就没有见着他?我对她说了,过两天她又来问。那些时我看她是一心惦记着你,人都瘦了。"

"她还说了些什么?"

"她还说,我相信他绝对不会让敌人抓去,他是一定会回来的。"

郭祥心中激动,在下级面前,极力克制着自己的感情。沉了一会儿,又问:

"她的坟到底在哪里,你知道吗?"

"知道。就在松风里旁边一座小山上。那里有一片松树林。今年清明节,我和医院的人,给她扫墓去了。我看见朝鲜人男男女女,大人孩子去了不少。"

最近以来,由于争夺中间地带,攻打无名山,郭祥真是倾注了全部心力,很少想到别的。今天谈起杨雪,他那平静的心波,不禁又像涨潮似的狂涌不已。等小牛看节目走了,他就盖上大衣,打算假寐片刻。蒙眬间,看见杨雪穿着一身雪白的护士衣,笑眯眯地飘然走来。她的脸色比平时还要新鲜红润,眼睛像星星一样明亮,并且显出一副悠闲的样子。她一进来,就往郭祥身边一坐,笑着问:"嘎子哥,你看人家都准备攻武威山、白云岭呢,你怎么在这儿闲呆着呀!是不是拿下一个无名山,就满足啦?"郭祥连忙解释道:"不会,不会,我正盯着武威山、白云岭呢,你瞅着,下一步我就得把它啃下来。"郭祥接着也开玩笑地问:"小雪,自你参军,我就看见你忙得厉害,不是洗血衣,就是给伤病员喂水喂饭。你今天怎么这样闲在呀?"杨雪笑着说:"我正在医院休养呢。因为好久没见到你,就瞅空看你来了。"郭祥说:"怎么有人说你死了,是真的么?"杨雪笑着说:"哪儿的话?我只不过负了点轻伤,过一阵子就养好了。伤员们还等着我工作呢!"……

不知什么响动,把郭祥惊醒。他望了望洞壁上的油灯,灯光摇曳,一片寂静,只有连部的那只旧马蹄表嘀嗒嘀嗒地走着。回想刚才迷离的梦境,更增添了对杨雪的怀念。这时,他不自禁地从挎包里取出杨雪那面小圆镜子来看。看着看着,忽然听见门外有人长长地叹了口气,郭祥赶忙把镜子装到口袋里,装作睡着的样子。

徐芳进来了。她笑着问:

"嘎子连长,你刚才在那儿看什么呀?"

郭祥揉揉眼,坐起来,故意打了个哈欠,说:

"刚才?我迷糊了一会儿,什么也没有看哪!"

"不,不,"徐芳说,"我刚才看见你手里拿着个亮晶晶的东西,你是又想我小杨姐姐了吧!"

"咳,你这么年轻轻的,怎么就眼花了?"郭祥勉强笑着说。

徐芳也就不便再问,又叹了口气说:

"我们演节目,你怎么没有去呀?"

"你就多原谅吧,小徐。昨天夜里挖工事,我一宿也没合眼。"

两人一时无话。郭祥忽然想起在医院时,曾经看见徐芳袖口里老是露出她那件红毛衣,就试探地问:

"小徐,你会织毛衣吗?"

"多少会一点儿。"徐芳笑着说,"你要织什么呀?"

"我想请你织个笔套儿。"

"笔套?噢!"徐芳一笑,"是装那支金星钢笔的吧?"

郭祥不好意思地一笑:

"我怕把它磨坏了。再说一天摸爬滚打的,说不定什么时候就从口袋里窜出去,丢了。"

"行,行。"徐芳满口答应。

沉了一会儿,郭祥又说:

"要是你能再织一个,更好。"

"什么?"

郭祥慢吞吞地掏出那面光闪闪、亮晶晶的镜子，眼睛里燃烧着热情的光辉：

"你比着它的大小织。最好是用赤红色的线。要不装上，时间长了，也会磨坏。"

徐芳完全为郭祥对杨雪的深情所感动。她连连点头答应，眼睛望着郭祥，心中暗暗想道："这是一个多么好的人哪！他不但对革命是那么的忠诚坚定，在个人感情上也是多么忠贞不渝，多么深沉和真挚呵！难怪杨雪说他是一块真金了。……"

正在这时，小罗跑进来，说：

"小徐，你快看看去吧，傻五十有意见了！"

"什么意见？"郭祥抬起头问。

"他没有看上节目。"

"他为什么不去看哪？"

"他给大家烧开水去了。开水烧好，戏也演完了。"

郭祥笑着说：

"这个傻五十！没有看上，就以后看嘛！还能为他一个人专演一台戏？"

"这个好办。"徐芳笑着说，"我们这次来，定的计划就是不漏掉一个。"

徐芳说过，辫子一甩就跑出去了。

十几分钟以后，徐芳就背着她的小提琴，和另外两个男同志出现在山后边伙房的坑道里。炊事员们到山下背粮去了，剩下傻五十情绪不高地躺在一个小炕上。他见文工团的同志来了，才坐起来，噗哧一声乐了。

徐芳坐到他身边，笑着说：

"五十同志，我们给你演节目来了。"

傻五十不好意思地说：

"给我一个人演？"

"那有什么？你刚才给大家烧开水去了嘛！"

徐芳先给傻五十读了军政治部的慰问信，接着就在坑道口演起来。节目都是新编的，短小精悍，新鲜活泼。一个男同志唱了一段京东大鼓：《邓团长昼看无名山》。徐芳唱了她最拿手的《刘胡兰》选曲《雪花满天飘》，还有《白毛女》选曲《北风吹》。特别是其中还有两个节目是专门歌颂傻五十的。一个是《李五十大战松树林》，是根据傻五十用小圆锹劈死英国军官的战斗事迹编的。还有一个相声叫《李五十的火箭炮》，讲的是去年冬天，有一次敌人偷袭，他们班同摸上来的敌人打起了交手仗。当时，傻五十勇猛无比，跳上战壕一阵猛打，把冲锋枪的两梭子子弹都打光了。他急忙返回防炮洞去取手榴弹，不小心绊了一跤，爬起来看见迎面一盆烧得正旺的炭火，他怕耽误时间会使前面的同志吃亏，就端起这盆炭火来，朝着交通壕外的敌人劈头打去。猛然间，一大团红光化作无数火球四处飞溅，敌人一阵怪叫，纷纷逃命。一个被捉住的俘虏兵还抖抖索索地说："你们的火箭炮真厉害呵！"相声讲的就是这段故事。

傻五十听了，眉飞色舞，高兴得鼓掌大笑。

这次演出，一共五六个小节目。傻五十始终全神贯注。由于他的感情极其纯真，看到高兴处，就嘻嘻笑个不住；听到情节悲苦处，就泪流满面。所以这三个演员，也因自己的这位观众反应强烈而深为满意。

演出完毕，傻五十极其热情地给每个人舀了溜边溜沿一碗开水端过来。还从挎包里把祖国人民慰问的糖通通拿出来招待。别人不吃，他就把糖纸剥了，往你嘴边擩，一面还说："吃吧，吃吧，这是祖国来的！"

徐芳也为他的热情所感动，看见傻五十衣服破了好几处，就立刻掏出针线包，坐下来替他缝补。一边缝补，一边说些闲话。

连里流传着一个人所共知的笑话。有一次傻五十负了伤，被朝鲜老百姓抬到人民军的医院里。一位女护士对他非常热情，关心备至，还给他输过一次血。他内心十分感激，想说句感谢话，还说错了，把人家弄了个大红脸。原来他叫人家"阿妈妮"，而那人还是不到20岁的姑娘。

徐芳想起这段故事，一边拽着他的袖子给他缝补，一边笑着说："五十儿，你管人家朝鲜姑娘叫'阿妈妮'，有没有这事儿呀？"

"这个……是有。"他红着脸承认道。

"你干吗这样叫呢？"

"我看同志们管朝鲜大娘叫'阿妈妮'，就当女的都得叫'阿妈妮'了。"

大家哄的一声笑起来。

傻五十也不见怪，沉了一会儿，感情真挚地说：

"我也不识个字，你们替我写封信吧！"

"给谁？"

"就是给那个姑娘，她待我真好。我的小本上还留着她的通信地址呢！"

"行，行。"三个人一齐说。

正缝补着，徐芳看见一个虱子从傻五十的领子里爬出来，就把针往自己胸前一插，捉住虱子，在指甲上噶嘣一声就挤死了。

"五十，你这虱子怎么不捉捉呀？"她笑着问。

"你瞅我哪有空儿呀！"

"你脱下来，我给你捉捉！"

"你不嫌脏？"

"脏什么？我在后方医院，经常看见小杨给伤员捉虱子呢。"

其他两个男同志说：

"现成的开水，干脆给他烫烫吧。他那衣裳也早该洗了。"

傻五十还要推辞，徐芳不由分说，让他把外衣脱下，把他被子下的脏衣服也找出来，全用滚开水烫了，泡在一个大盆里。把衣服洗净涮好，才离开洞子。临走，傻五十把他们的手都握疼了，还用极其热诚的眼睛望着他们，说：

"同志们！下次战斗见！你瞅着，我不能白看你们的戏！我李五十是翻身来的！"

徐芳这个演唱组在无名山呆了一个星期，把他们预定的计划——演出节目，辅导连队文化活动，帮助战士缝补衣服，搜集创作材料等几项任务都完成了。临行时，郭祥、小罗直把他们送过炮火封锁区，才放心地让他们走了。

徐芳每次下部队，都感到心灵上更加愉快和充实。这一次更是如此。不同的是，又多了一层无以名之的恋恋不舍之情，总觉得时间太短了，仿佛没有呆够似的。直到离开很远很远，她还回过头望无名山的阵地呢。

这时，已是盛夏景色。他们六七个人说说笑笑沿着曲曲弯弯的山径走着,耳边是不绝的蝉鸣和叮咚的溪水,眼前是看不尽的白云、绿树、野花和稻田。虽然太阳晒得徐芳老是掏出小手绢擦汗,也使她深深地沉醉在美的享受之中。路上,她看到不少伐木头的战士,"杭育、杭育"地把大树干从山上抬到路边,一个个敞着怀,有的光着膀子。他们的肩背厚极了,膀子圆圆的,又黑又红,闪着汗光,像红铜一样好看。她觉得战士们不仅灵魂美,就是体格也是美的。

田野上,这里那里的丛林深处,不时传过布谷鸟婉转的啼唱,仿佛它们在远远地互相问讯互相应答似的。徐芳从小就喜欢布谷鸟叫。她觉得,这种鸟,不管在露水湿润的早晨,还是在宁静的中午和朦胧的月夜,听来都各有情趣。尤其在炮火声里,她觉得它们的啼声更为动听和充满诗意。她一面走,一面听,心里暗暗想道:如果将来写一个战役的交响乐,摘取一点儿布谷鸟自然的音韵,那才显得够味呢……

太阳老高,他们就赶到了师部。这是一个20多户的浓荫遮蔽下的小村。村边都是栗子树。树上挂着一串串绿色的毛茸茸的圆球,就像古代英雄冠上的盔缨一般。紧挨村边是一个小学校,校舍被炸坏了,从废墟上还露出两株未曾被压毁的木槿花,绽开着粉红色的花朵。

栗子树下,一个年轻的女教师,正教一群孩子跳舞。她穿着有花边的葱绿色的裙子,态度十分文雅。大约她们的风琴被砸坏了,她就用手打着节拍,用自己的歌声轻轻伴奏。孩子们尽管穿得很不整齐,但是精神很好,光着小脚丫在发烫的土地上欢快地跳着。显然,各方面的工作都已走上轨道,处处显示着战局的稳定。

进村不远,在一个高高的台阶上,就是师部了。台阶下是一个打谷场。徐芳看见场上围着十几个人,都是本师的团长、政委。他们好像刚刚吃过晚饭,都穿着白衬衣,在那里悠闲地站着看热闹。徐芳走近一看,原来邓军正和一个十一二岁的小女孩逗着玩。小女孩穿着小蓝裙子,光着脚丫儿在前面跑,邓军拿着小树枝儿,飘着另一只空袖管在后面追。井旁边有一棵小枣树,小女孩怕追上她,就爬上了树,越爬越高。她见邓军够不着她了,就摘下小青枣,来投邓军。邓军也嘻嘻笑着拾起小青枣进行还击。那小女孩很机灵,她投中邓军就嘻嘻地笑,邓军投中她,她就装哭。所有的团长、政委都站在小女孩一边,师长也在那里呐喊助阵。小女孩每投一个,师长就喊一句:"小贞子,打呀,打米国撒拉米!"小女孩的士气越发高涨。当一个小青枣嘣的一声正正地击中这位"米国撒拉米"的头顶时,邓军装作被打败的样儿,把头一抱,引起一阵哄笑。师长拍掌大笑说:

"今天,老邓这个节目精彩。我看比他那年春节装傻小子还够味哩!"

徐芳一伙人也忍不住笑了。

周仆一扭头,看见徐芳他们,就赶过来握手。大家也都亲热地围过来。师长立刻以主人的身份,大声招呼道:

"警卫员!给文工团的同志们搞饭嘛!"

"我们还是到文工队吃吧!"徐芳笑着说。

"你这个小徐!"师长说,"这里还不是一样呵?快放下背包洗脸去!"

警卫员拿了几个洗脸盆放在井边。这是一眼泉水井,清澈极了,里面放着一个大瓢,一探身子就可以舀上来。徐芳一行人就在井边放下了背包,乐器。干部在那边围着小桌打起了扑克。周仆在一边悠闲地散步。

徐芳洗过脸,就站在一边,掏出杨雪送她的小红梳子拢头。周仆望望她,笑着说:

"小徐,我看你比以前结实多了,脸也有点晒黑了。"

"晒黑点好。"她笑着说。

"怎么晒黑点好呢?"

"晒黑了,人们就不说我是新兵蛋子了。"

"看,还是小孩心理。"周仆笑起来,说,"你们这次收获不小吧?"

"收获大极了。"

"材料收集得不少,是吧?"

"不,不仅是这个,我觉得战士们真可爱。"

"什么地方可爱呀?"

"什么也可爱。灵魂,姿态,体格,都很美。"

说到这儿,周仆从上到下望了这位女孩子一眼,不胜感慨地想道:"革命战争真是锻炼人!自从认识她,到现在不仅个子长高了半头,思想也提高得多么快呀!"他点点头说:

"小徐,我看你入了门了。"

"怎么叫入了门呢?"徐芳诧异地问。

"因为衡量一个知识分子,最主要的就是看他同工农群众的关系,同工农群众结合的程度。这是主席讲的。"周仆解释道,"当然这个锻炼的路程很长。一个知识分子要想锻炼成比较健全的革命者,至少要过三关……"

"哪三关哪?"徐芳感兴趣地问。

"这不过是我个人的体会。"周仆笑着说,"第一个,恐怕就是劳动关;第二个,就是生死关;第三个,就是名利关。前两关都过了,第三关也未必过得去。不扔掉那些私心杂念,还是会在生活的礁石上碰得粉碎。……"

徐芳陷入沉思里,拿着小红梳子的手停住了。呆了半响,说:

"过这三关我都有决心。就是很可能我还没有过去。……就拿第一关来说吧,刚入朝那会儿,一行军就露了馅儿。要说背的东西,比战士轻多了,一个背包,一个米袋,一把提琴,加上我那几本书,也不过三几十斤。有一次,碰上军里政委,政委说:'小徐呀,今天路程可远哪,行不行呵?把你那背包放到我马上吧!'当时,我一口就谢绝了。哪知道下半夜,爬过一个大黑山,就走不动了,就好像我这背包有千百斤重似的。我心里就后悔了,刚才不把背包放在马上,现在想放也放不成了。趁大家休息,我就跑到僻静处,想偷偷地来个精兵简政,把不必要的东西扔掉一些。可是翻来翻去,哪些是不必要的呢,牙膏、牙刷吗,不用说是必要的;香皂吗,也不能扔,何况只剩了半块;扔掉被子、鞋子吗,那怎么行? 米袋自然可以扔,可是第二天就要红着脸去吃别人肩上的东西,多可耻呀! 剩下的就是我那把提琴了,可这比我的生命还重要,丢掉它,我还到前边干什么呀!想到这儿,我就把所有的东西统统背上,追上了队伍。……咳,提起这,真要臊死人了。"

徐芳低下头羞怯地笑了一笑。周仆也笑着说:

"这是个锻炼过程嘛!"

徐芳接着说:

"你说的第三关,我也许还没轮到;第二关我倒有些体会。去年冬天,我到前方来,公路桥炸坏了,只有铁道上一座悬空桥。这座桥有三十几米长,下面有四五层楼房高,两边没有栏杆,枕木之间都是空的,往下一看,是滚滚流水,我的头就蒙了。当时我想,只要一脚踩空,我这个小命就玩完了。可是我看到战士们毫不犹豫地刷刷地踏着枕木闯过去了,我就叫着自己的名字说:'小徐芳呀小徐芳,你看战士们多勇敢哪!你不是要锻炼吗,你是怎么锻炼的呀?'我这么一狠心,一咬牙就踏上了桥板,你说呢,也就过来了。"

"对,对,就是得有这股狠劲儿!"

"政委,"徐芳迟疑了一下,笑着说,"你不也是知识分子么,你是怎么锻炼的呢?"

"我?还是得感谢党,感谢这个时代,感谢工农同志。"周仆笑着说,"至于说主观上,也得靠你说的那股狠劲儿嘛。对待自己的缺点和弱点,我的体会是,决不要客气,要抓住它不放,经常发起进攻!另一个重要方面,就是向工农同志学习,具体说,我从老邓身上就学了不少。"

徐芳看着她手里的小红梳子,微笑着说:

"小杨姐姐对我的影响也很大,就是好多地方我还没有学到。"

说到这里,她忽然想起了什么,笑着问道:

"政委,我好久就想问你,你干吗取了这么个名字?是不是'仆人'那个'仆'字?"

"对,对,就是'仆人'那个'仆'字。"

"你是不是说,要立志做一个人民的仆人?"

"对,至少我是这样提醒自己和勉励自己。"周仆笑着说,"我也取过不少别的名字,什么'伟'呀,'刚'呀,最后还是换成了这个字。"

徐芳点点头,开玩笑地说:

"现在跟美国跑的'仆从国',不也是这个'仆'字吗?"

"对对,也是这个'仆'字;"周仆笑着说,"不过,我这个仆从,是比他们要忠实得多的仆从。"

说到这里,两人都哈哈地笑了。

这时,师长在那边喊:

"老周哇!你们在扯些什么呀?开会啰!"

桌上放着散乱的扑克,人们纷纷向台阶上的作战室走去。徐芳扫见那屋里挂着大幅的作战地图,悄声地问:

"你们开的什么会呀?是不是要打武威山、白云岭了?"

周仆神秘地笑了一笑,也走到台阶上去了。

第十一章 在五面包围中（一）

由于我军准备工作极其充分，士气高昂，各友邻配合得力，那个大家天天眼巴巴望着的战略要点武威山和白云岭，终于被我十三师一举攻克。不久前，长期对峙的无名山，现在已经成了他们的大后方——师部的所在地了。在我们小部队经常出没的荒谷里，在王大发那些英雄战士洒下斑斑血迹的地方，又升起了袅袅的炊烟，朝鲜人民已经纷纷回来，重整他们的家园。在无名山后——现在应当说山前了——那道浅浅的山溪边，已经成为后方战士们和朝鲜妇女们洗衣的地方。每当郭祥走到这里，想起不久前和团长潜伏时自己那种紧张的情景，不禁哑然失笑，仿佛是很久以前的事了。

这时的郭祥已经提升为营参谋长，正在师文化训练队学习文化。接着老模范也提升为副教导员。三连的连长由齐堆担任，指导员由陈三担任。整个部队加紧修筑坑道工事，巩固既得阵地。

自从5月份以来，板门店谈判，一直僵持在战俘遣返问题上。双方遣返全部战俘，这本来是很合理的；但是美方坚持所谓"自愿遣返"，实际上是要强迫扣留我方的战俘。他们捏造说，不能遣返全部战俘，是因为战俘自己不愿遣返，他们"必须保护这些战俘"。事实上，他们不仅把战俘当作毒气、细菌武器的试验对象，还把蒋介石和李承晚的狗特务安插到俘虏联队中来，强迫战俘在身上刺字，中国战俘左臂上要刺上一幅国民党的"国旗"，右臂上要刺上"反共救国"四个大字，胸前要刺上一幅地图，背上要刺上"跟台湾前进，向大陆反攻"的反动标语。上半身的肌肉差不多全刺遍了。刺墨是要流血的，因为墨不好，经常溃烂化脓。这种令人发指的恶行，我方被俘人员当然不能接受。就在板门店的谈判桌上进行激烈争辩的时候，在南朝鲜巨济岛的战俘营中,发生了一桩惊人的事件:中朝被俘人员奋起抗争,以迅速突然的手段,把战俘营负责人美国将军杜德扣留了。这一事件彻底揭穿了敌人所谓"自愿遣返"的骗局。新任的俘虏营长官柯尔生在答复中不得不说,"我肯定承认有过流血事件发生,结果有许多战俘被联合国军打死或打伤","在你们不加伤害地释放了杜德将军以后,我们不再对这个战俘营里的战俘进行强迫甄别或任何重新武装的行动"。美国政府发言人也不得不承认这一事件"使美国在这个紧张的时候,在整个东方丢脸"。可是在板门店的谈判桌上,美方代表仍然一再狂妄地声言,他们的方案是"坚定的、最后的、不能改变的"。并且屡次中途休会,离开会场,企图逼使我方屈服。像任何敌我之间的谈判一样,枝节问题的争论不过是表面现象,实际上是迷信武力的美国侵略者仍然不愿罢手。他们对我钢铁阵地举行全面进攻,已经无能为力,但是在局部地区集中优势兵力,企图割裂我军阵地,却抱有幻想。9月上旬,敌人对我白云岭战略要点展开大规模进攻的征候越来越明显了。

首先是,敌人对我白云岭一线阵地的侦察活动异常频繁:侦察机每天都在进行反复的低空侦察;小股部队经常在烟幕的掩护下进行试探性的进攻,侦察我阵地的地形。与此同时,还出现了一种反常现象:敌人大白天用汽车装载少量兵员运往别处,夜间却把大批兵力运来。很明显这是一种声东击西的诡计。9月上旬末尾的一天深夜,有一个李伪军的参谋向我投诚。据透露,美军第八军军长范佛里特亲自到这一带看了几次阵地,还召开了高级军官会议,决定向白云岭发动进攻。这就进一步证实了我军的判断。果然,几天以后,朝鲜战场上一次空前残酷激烈的搏战已经揭幕了。

这一天,敌人的炮火确是很凶恶的。据事后了解,敌人共动用了18个炮兵营,105公厘口径以上的火炮300余门,在我白云岭不到四平方公里的两个山头上,倾泻了30万发炮弹。飞机投掷了500枚重型炸弹。阵地上天昏地暗,烈火终日不熄。敌人集中了七个营的兵力,向白云岭的两个山头猛扑过来。战士们跃出坑道与敌人反复冲杀,杀伤敌人1000多人。之后,战士们全部进入坑道,表面阵地遂被敌人占领。

接着,我乘敌立足未稳之际,于当晚展开强大反击。在我炮火准确有力的支援下,又将敌人赶下山去。此后,战斗就以这样的形式反复进行着。或者是敌人占领了表面阵地,我军退守坑道;或者是我军冲出坑道,消灭表面阵地上的敌人。随着时间的持续,据守坑道的部队伤亡不断增大。由于敌人炮火猛烈,我反击部队夺回表面阵地后无法立足,仍不得不转入坑道。这样,表面阵地遂于第五天落于敌手。退守坑道的战士们处于敌人五面包围之中,人员大部负伤,粮弹和水的供应都极感困难,敌人又千方百计破坏坑道,白云岭的防御战遂进入难以想象的困难阶段。

郭祥自从调到师的文化训练队学习以后,鉴于自己的弱点,本来想下狠心学习一下,这样一来,又怎么能够学得下去?再加上前方不断传来这样那样的消息,说是三连参加反击后伤亡很大,也被迫退入坑道,更使他的心里忐忑不安。每天他都爬上无名山顶,望着远远的白云岭,烈火熊熊,黑烟弥漫,仿佛整个山岭都在燃烧。敌人猛烈而密集的炮火,就像打在自己的心上一样。过去,当他自己遭到敌人炮火的轰击时,他从来没有这种感觉;现在,当他想到自己的连队,自己的战友遭到这样的轰击,真是说不出的滋味。他分辨不出自己是担心,是心痛,是不安,是焦急。他对自己的再三强制已经不起作用。终于这一天下午,他找到一个借口,请了个假,向自己的团队赶去。

路上,完全是一个大战役的气氛。从师部到前线30华里的交通壕里,一眼望去,全是背送弹药的人群。有的背着一箱,有的背着两箱,不分昼夜地向前运送。连机关的参谋、干事、科长们都参加到这个行列里。从前面下来的是运送伤员的担架。在交通壕较宽的地方,这两支队伍就擦肩而过。遇到狭窄的地方,背送弹药的人就自动伏在交通沟里,让抬伤员的人从身上踩过去。抬担架的人一旦表现犹豫不决,他们还敞着嗓门叫:"快过吧,这是什么时候?"等到抬担架的人从身上走过去,他们就又站起来,背着沉重的弹药箱继续向前。

在山拐角处比较隐蔽的地方,设着绑扎所、鼓动棚和朝鲜群众专门为志愿军设的开水站。开水站里架着一口口大锅,朝鲜妇女们不断地把烧好的开水起在一个大桶里,盛在一个个铜碗里。一有人过来她们就用生硬的中国话喊:"东木!东木!开水的喝!"鼓动棚的扩音喇叭,不断放送着革命歌曲、前线的胜利消息和鼓动口号,鼓舞人们为夺取这一重要战役的胜利而斗争……

郭祥嫌交通壕里过于拥挤,干脆跳出交通壕,一溜小跑地往前面赶。终于在黄昏时分,赶到了团指挥所武威山。

山头已经变得面目全非。郭祥找了好一会儿,才找到他熟悉的坑道口。原来坑道口有一棵高大的古松,现在只剩下一段烧得乌黑的树干,上面嵌满了一层一层的弹皮。真没想到,不过几天工夫,阵地上竟起了这么大的变化!

郭祥刚走进狭长的坑道,就听见邓军那洪亮、严厉而又略带嘎哑的声音:

"小马!小马!你们的门口有野猪吗?你们的门口有野猪吗?……哦……哦,不少,好,我马上把它赶下去!"

原来团长正对着步谈机讲话。政委披着件破棉袄,在小土炕上斜靠着,一面抽着大烟斗,正在深沉地思考着什么。郭祥为了不打断首长的指挥,在门口停住脚步。时间不大,就听见山后炮弹的出口声,随后在白云岭的山头上爆炸了。

郭祥走进指挥室,向他们打了一个敬礼。在邓军和周仆的脸上都同时出现了喜悦的表情。

邓军把耳机一摘,转过脸说:

"你这个鬼家伙,怎么跑来了?"

"我早就料到他会来的!"周仆笑着说。

郭祥看见团长、政委并没有责备的意思,立刻接上说:

"首长看得就是准!说实在话,我是确确实实蹲不下去啦。战斗这么激烈,同志们被压在坑道里,我倒在那儿'ㄅ、ㄆ、ㄇ、ㄈ、ㄉ、ㄊ、ㄋ、ㄌ'……"

邓军和周仆都笑起来。周仆说:

"那么,你要来干什么?"

"我要求参加反击!"郭祥说,"不能叫他们蹲在头上拉屎!"

周仆磕掉烟灰,笑着说:

"你今天就是不来,我们也得找你!"

郭祥要求任务从来没有这么顺利,笑眯眯地望着政委。周仆亲切而又严肃地说:

"我和团长已经研究好了,准备调你来执行一项非常艰巨的任务,比反击的任务还要艰巨得多……"

郭祥眼里立时放出动人的光彩,笑吟吟地说:

"什么任务?"

"我们准备让你去指挥第一线的坑道部队。"周仆神态严肃地说,"郭祥同志,你知道前面坑道里是非常困难的。那里都是各个反击部队进入坑道的零散人员,建制很多,光连的番号就有十几多个,指挥不统一,思想也比较乱,又处在敌人五面包围之中,处境是很不好的。因此,我们想派你到那里去,把大家组织起来,把党支部也组织起来。就由你担任坑道的总指挥兼支部书记。……你考虑考虑,有什么意见?"

"没有意见!"郭祥爽朗地说。

看来周仆和邓军对郭祥的回答都深感快慰。在艰苦残酷的环境下,不仅下级指挥员需要上级的支持,上级指挥员也同样需要下级的支持。郭祥充满信心的声音,立刻使邓军和周仆肩上的担子轻松了许多。周仆再次提醒说:

"郭祥同志,这可是个重担子呵!……越是困难的时候,越要发挥党的作用。如果失去党的堡垒作用,再坚固的工事也是不顶用的。"

郭祥严肃地点了点头,说:

"团长,还有什么指示?"

"就照政委说的办。"邓军把那只独臂一挥。

"那我现在就去吧。"郭祥马上站起来。

周仆看看表,说:

"不忙!现在敌人的炮火封锁很紧。还是在这里吃了饭,下半夜动身的好。"

郭祥和团长、政委一起吃了饭。周仆想派个通讯员与郭祥同行,郭祥明白领导上是出于关心,为了减少伤亡,就婉言谢绝。临走时,邓军和周仆亲自把他送到坑道口。虽然已过午夜,在武威山与白云岭之间,敌人的炮火依然不停地封锁着,弥漫的硝烟和腾起的尘土,就像一道穿不透的障幕似的,连升起的照明弹的亮光都显得昏蒙蒙的。周仆指指朦朦胧胧的白云岭说:

"郭祥！这条路虽然不过 600 米，你也走过多次，可千万不能大意呵！过了这段炮火封锁区，还要从两个山头之间穿过，那两座山头都有敌人。这不是个人生命的问题，是能不能完成党的任务的问题……"

郭祥心情激动，嗓子眼里热辣辣的，压抑着自己的情感说：

"首长放心吧，我一定完成党交给我的任务！"

周仆又紧紧握住郭祥的手说：

"你这次进入坑道，困难是很多的。你要记住一条，就是依靠群众。只要发扬民主，多和群众商量，困难是可以克服的！……等到反击准备好，我们就可以见面了。"

团长没有多说什么，他上前紧紧握住郭祥的手，有好几十秒钟之久，只说了一句"去吧！"就把手撒开了。在这一刹那间，同志间深厚的情谊、无限的信任和亲切的期待，比任何语言都更有力地传递到郭祥的心坎里。

郭祥把皮带紧了紧，就一手攥着驳壳枪，跃出了坑道。山梁上原来有一道一人多深的交通壕，现在一点影子也看不到了。整个山梁蒙着一尺来深的虚土，简直像个大沙岗似的。郭祥深一脚浅一脚地跋涉着。走了不到 100 公尺，就是敌炮封锁区，敌人的排炮密集地有规律地轰击着这块两山之间的山坳。显然，这是敌人想用炮火来切断我主阵地与白云岭之间的联系，以便把我退守坑道的部队置于死地。郭祥对待这种炮火封锁，当然是富有经验的。他不慌不忙地蹲下来，歇了一会儿，单等那密集的排炮刚刚落地，就一个猛跑，钻进那滚滚的硝烟中去了。

郭祥穿过呛人的烟尘，刚放慢脚步打算喘息一下，只听"哒哒哒哒"一串红色的曳光弹射了过来。郭祥立即敏捷地跳到一个弹坑里。他觉着什么东西在鞋子里硌得生疼，脱下解放鞋往手掌里一倒，在一把沙土里竟有六七块指甲盖那么大的弹片。他不由得气愤地骂道：

"哼！美国的钢铁都跑到这里来了！那些资本家怎么会不赚钱！"

他把那些碎弹片一丢，乘照明弹熄灭的当儿，跃出弹坑跑了一节。照明弹一亮，他就伏卧在地上。这样跑了几阵，白云岭的坑道口已经越来越近。借着照明弹的亮光,已经能够隐约看到一号坑道漆黑的洞口。可是前面一段路,正好夹在两个几乎并列着的小山头之间。两个小山头上都有敌人,那儿堆着他们筑起的沙袋工事。右面山头的敌人距那条路不过三四公尺,左面山头的敌人稍远一些,也不过七八公尺。如何从敌人的鼻子尖底下通过而又不被敌人察觉呢?他竟一时拿不定主意。他考虑了好一阵,觉得既然自己还没有被敌人发觉,那就还是不要莽撞为好。于是,他紧紧地贴着地面,让自己的身子尽量陷在虚土里,利用照明弹熄灭的瞬间,屏着呼吸,悄悄地向前爬去。爬了几步,敌人的照明弹又打起来。他不得不再一次停住,暗暗想道:像这样爬进,一旦被敌人发觉,还是会白送性命。在焦急之中,他微微地抬起头来,发现前面几步远有一位烈士的遗体。他灵机一动,乘照明弹熄灭的瞬间,紧爬了几步,从死者身上扯下一块血布,蒙在头上。照明弹一灭,他就迅速地向前连爬几步;照明弹一亮,他就蒙着血布趴在那里纹丝不动。他就是这样在敌人的眼皮底下爬过了小小的山鞍。

终于,坑道口一步一步地接近了。可是刚一抬头,看见坑道口顶上伏着五六个敌人!不禁吃了一惊。其中一个敌人显然已经发现了他,刚要举起枪来,郭祥的手榴弹就撒了过去。当手榴弹轰隆一声爆炸的时候,郭祥已经跳进坑道里了……

守卫坑道口的是一个青年战士。等他看清楚是自己人,就把枪收回来,抱住了他,又惊又喜地问:

"你?你是团部来的吗?"

"对,我是团部来的。"郭祥笑嘻嘻地说。

那个青年战士见他人很年轻,不大像个干部,加上光线很暗,没有看见他身后的驳壳枪,就问:

"你是来送信的吧?"

"对,我是来送信的。"郭祥又笑着说。

看来那个战士有些失望,轻轻叹了口气:

"上级不是说给我们派个指挥员吗?到底什么时候来呀?"

郭祥随口说:

"快,很快,马上就到,马上就到!"

说着,就向狭长的坑道走去。在坑道的壁上点着一盏盏豆大的灯火。在暗淡的灯光下,看见有的人在擦枪,有的人半躺半卧。轻重伤员似乎混杂在一起,枪支弹药也放得非常凌乱。伤员们的低声呻吟,不断地传来,还夹杂着争吵的叫嚷声。整个坑道都使人觉得乱哄哄的。

为了体察战士们的情绪,郭祥在黑影里靠边一站,静听着。

"走!咱们出去反击。这些家伙们都是右倾!"一个粗壮的机枪射手,提起轻机枪招呼他身旁的一个战士。

"你说谁是右倾?"马上有好几个战士站起来质问。

"算啦,算啦,"旁边又站起一个人,调解地说,"越在困难的时候越要团结嘛!……"

…………

郭祥静听了一会儿,更感到团首长给自己的任务是多么重要。战士们虽然对敌人怀着满腔仇恨,有很高的战斗积极性,没有组织和指挥是不行的。他紧走几步,站在那盏菜油灯下,提高嗓门说:

"同志们!你们辛苦啦!我代表首长向你们问好!"

吵嚷声渐渐平息下来。郭祥又继续说:

"我是营参谋长,是奉团首长的命令来指挥你们作战的……"

顿时,坑道里掀起一片喊喊喳喳的议论声:

"营参谋长?"

"哪个营的?"

"管他是哪个营的,只要能指挥打仗就行。"

那边黑影里,还有几个人悄声地说:

"我看他很像那个嘎子连长。"

"真的?"

"他到我们营去过,我看那劲头很像。"

"哪个嘎子连长?"

"还有哪个?就是红三连带着火扑敌人的那个,后来在黑云岭跳了崖,又回来了。"

"要真是他,敢情太好了。就是敌人再来几个团也不怕!"

"不,我看不准是他。"

说到这儿,一个人当真站起来带着笑问:

"参谋长!你是红三连那个嘎子连长不是?"

郭祥哈哈一笑,说:

"人都说我嘎,其实我这人最老实了。就是小时候,俺娘给我取了这个名儿,到现在也改不过来。"

坑道里掀起一阵哄笑,空气立刻活跃了许多。一听郭祥来到,人们的精神为之一振。刚才那个要出去的机枪射手提高声音说:

"郭参谋长,你来得好哇!这回可得好好地组织起来跟敌人干!"

郭祥马上接过话茬说:

"对!这位同志说得对!我们就是要组织起来!只有组织起来才有力量。只有团结起来才有力量。虽说咱们是不同单位的,都是共产党的部队,都是毛主席领导的嘛!我们的任务是一个,就是坚决消灭敌人,坚决保住坑道,等待最后的反击!……"

郭祥的话还没落音,人们就纷纷喊道:

"组织起来!"

"对!组织起来!"

郭祥见大家的情绪很高,心中暗暗高兴,立刻说:

"现在咱们马上编班,我先把同志们的名字登记一下……"

"好!"大家齐声喊道。

"最好让卫生员检查一下,"一个人建议说,"不然伤员也会报告参加突击队。"

"依你说,伤员就不能参加战斗啦?"立刻有几个伤员反驳他。

"伤员也可以参加战斗。"郭祥笑着说,"把重伤员和轻伤员分开。轻伤员编成一个队,没有负伤的同志编成一个队。同志们放心,每个同志都给你们一定的任务!……党员同志也要登记起来,我们要组成统一的坑道支部,重大问题由支委会讨论决定。"

郭祥说过,顺手拉了一个背包,坐在菜油灯下。然后取出杨雪留给他的那支黑杆金星笔,在小本上登记起来。除了不能动的重伤员,人们纷纷拥过来,党员掏出党费证,团员掏出团费证,争着报告自己的职务和战斗决心。郭祥随口鼓励着他们。

这时,那个要往外冲的机枪射手,也掏出党费证,挤到郭祥身边,说:

"我是共产党员。名字叫许福来。"他拍了拍他的机枪,"我一直跟这玩艺儿打交道了。你们连的乔大个儿,我们在一个机枪训练队学习过。不过我爱说话,他不爱说话,他是山东的,我是山西的。"

"好,好。"郭祥一面往小本上写,一边问,"你在党内担任什么?"

"支部的宣传委员。"

"哎呀,老许,"郭祥笑着说,"你刚才就把宣传工作忘了,光想往外冲啦。现在宣传工作可正在劲头儿上。"

"那也是实在把我憋坏了。"许福来不好意思地一笑。

登记完毕。郭祥在坑道里巡行了一遍,同坑道里的所有人员,包括轻重伤员在内,都一一地握了手,做了安慰和鼓励。坑道的气氛立刻变了。伤员的呻吟声听不见了。焦躁、埋怨的吵嚷声没有了。有的在擦枪,有的拧手榴弹盖,有的捆炸药包。一种看不见的强大力量在坑道里凝聚起来……

接着,郭祥又用步谈机同白云岭的二号坑道取得了联系。不一时,驻守二号坑道的代表——三连连长齐堆,指导员陈三和副连长疙瘩李都来了。他们都显得又黑又瘦。陈三负了轻伤,挎着一只胳膊。他们好像几十年没见过面似的,一下就把郭祥抱了起来。齐堆连声说:

"太好了!太好了!你这一来,我就更有信心了!"

郭祥开玩笑地说:

"我不来,你就没信心啦?"

"那总得添上个'更'字嘛!"

郭祥询问了二号坑道的情况,听说还有五个班,精神更加振奋。接着,召开了党员会议,通过了郭祥、机枪射手许福来为支部委员,和二号坑道的支委齐堆、陈三、疙瘩李一起组成白云岭的坑道支部。由郭祥担任支部书记。当即召开了第一次支委会,经过讨论,决定二号坑道的编制不动;一号坑道组织为五个班:三个战斗班,一个轻伤员组成的守备班,另外,由于重伤员再三要求参加战斗,也将他们编为一个班——后备班。几个委员也做了分工:郭祥负责两个坑道的总指挥;齐堆负责坚守二号坑道;疙瘩李调过来负责坚守一号坑道;陈三负责政治工作和伤员的护理工作;许福来担任战士中的鼓动工作。整个坑道,就像加了钢筋的水泥一般,又构成了坚固的顽强的战垒。

正当支部委员会讨论到第三项议程——当前斗争的对策时,忽然坑道口响起了激烈的爆炸声。原来外面天色已亮,敌人对坑道口的进攻又开始了……

第十二章　在五面包围中(二)

郭祥他们快步走到坑道口。

坑道口弥漫着蓝色的烟雾，几个守卫坑道口的战士正和敌人对掷手榴弹，一时看不清敌人有多少。蓝烟渐渐稀薄，才看见十几个敌人，头戴亮晃晃的钢盔，已经爬到坑道口附近。机枪手许福来立时抱着机枪，伏在矮矮的胸墙上向敌人猛扫起来。

谁知机枪刚打了半梭，就有两颗炮弹落在洞口。它和平常的炮弹很不一样，噗哧一声闷响，冒起两大团黄烟，向洞里涌来。人们顷刻呛得不住地咳嗽，又流鼻涕，又流眼泪。许福来就晕倒在机枪上了。

"毒气！敌人放毒气啦！"

"快戴防毒面具！"

坑道里一片乱喊。郭祥大声说：

"同志们！不要慌！有防毒面具的戴防毒面具，没有的，在手巾上尿点尿也行！"

人们纷纷忙碌着。郭祥吩咐人们尽量把防毒面具让给轻重伤员，一面把衣服脱下来，说：

"同志们！往外扇哪！"

大家学着郭祥的样子，一面堵住嘴，一面往外扇。这坑道有两个坑道口，本来是通风的，加上大家奋力往外扇风，毒气也就渐渐散去。只是机枪射手许福来受毒较重，大家连忙把他抬到另一个坑道口的通风处，进行抢救。

郭祥通过步谈机向团指挥所报告，刚说了两句，又听坑道口喊道：

"参谋长!参谋长!"

郭祥知道又发生了紧急情况,急忙摘下耳机递给步谈机员小马,向坑道口跑去。

"火焰喷射器!火焰喷射器!"

坑道口的战士们纷纷往回卷。一股炙人的热浪迎面扑来。郭祥分开众人,钻过去一看,火苗子夹着浓烟呼呼地蹿进了洞口。火势越来越大,顷刻间,整个洞口已被烈火包围,洞口的木架也熊熊地燃烧起来。有几个战士的帽子、衣服已经烧着,纷纷脱下来在地下扑打着。

有好几个战士端着枪,急火火地说:

"参谋长!你让我们冲出去吧!"

"我们跟敌人拼啦!"

"我们不能让敌人活活烧死!"

"参谋长!……"

疙瘩李的两个眼珠都憋成了红的。他不等郭祥发话,就从别人手里夺过一支冲锋枪说:

"同志们!我带你们冲!"

"对!往外冲!"

说着,几个人就要从熊熊的烈火里蹿出去。

"不许动!"郭祥拔出驳壳枪一挥,厉声喊道,"你们还听指挥吗?"

几个人只好收起枪,向后倒退了几步。

郭祥望着不断蹿进来的呼呼的烈火,冷静地沉思了片刻,扭过头说:

"给我一个飞雷!"

一个战士把飞雷递过来。郭祥接在手中,掂量了一下,接着,嗖的一声就投到火堆里。随着剧烈的爆炸声,猛烈的气浪和飞溅的泥土竟把火焰震灭了。这真是人们想不到的,坑道里顿时腾起一片欢声。有几个战士乘势飞奔到洞口,一顿手榴弹,把敌人赶跑了。

战士们望着郭祥,带着几分钦佩的神情问:

"参谋长!你是怎么想出这个办法来的?"

"我也就是试巴试巴。"郭祥笑着说。

"这以后有办法了。遇见火焰喷射器我们就炸!"战士们高兴地说。

郭祥想起疙瘩李刚才那种拼命情绪,对坑道的坚守是很不利的,就把他拉到后边批评道:

"疙瘩李!你那麦秸火脾气怎么老改不了哇?"

"我是实在忍不住了。"疙瘩李低下眼睛说。

"干部一急躁,在指挥上没有不出毛病的。"郭祥说,"同志们在坑道里守了这么多天,本来就滋长了拼命主义情绪,你不去制止,怎么倒领着头干起来了?"

"俺们山东人,就是这么个脾气。"疙瘩李嘿嘿一笑。

"哎呀,你这个疙瘩李,"郭祥说,"那诸葛亮还是山东人哪!你打仗是不少,就是不爱多用脑子。你要再不改,我得把你这个小肉瘤儿割了。"

疙瘩李的嘴角上露出一丝抱歉的微笑,没有再说什么。

正在这时,坑道口突然响起巨大沉重的爆炸声。整个坑道都晃动起来。桌子上的蜡烛被震得跳起一尺多高,滚到地上熄灭了。洞里一片漆黑。郭祥刚从地上摸索着把蜡烛捡起来,用自来火点着,接着又是一声巨响……

"参谋长,敌人扔炸药包了!"通讯员在那边喊。

郭祥还没有走到坑道口,迎面扑来一股强烈辛辣的硝烟。靠近最前面的三个战士,已经牺牲,被人们抬了下来。

浓烟飘散,郭祥看见坑道口被炸得凌乱不堪,下面塌落了一大堆积土。洞口外有十几个敌人,都夹着大炸药包,继续向坑道口匍匐逼进。在他们后边的崂坎下,站着一个军官模样的家伙,一面挥舞着手枪,一面不断地吆喝着。显然,他们已经拿出最毒辣的一手:企图炸塌坑道口,窒息洞里的人们。

郭祥正准备命令机枪手开枪射击,一个战士跑上来,嗖地投出了一个手榴弹,手榴弹刚一爆炸,他就从浓烟里冲出去,一连几个手榴弹,把匍匐前进的敌人打死几个,其余的连滚带爬退回去了。等敌人的机枪开火时,他已经回到坑道里。

"打得好!"郭祥乘机鼓励了一句;又接着说,"决不能让敌人再接近坑道口了。"

当他重新布置火力,严密封锁坑道口时,突然坑道口顶上,轰隆轰隆两声巨响,坑道口的顶部被炸塌了大半边,把坑道口堵塞起来,只剩下桶口那么大的一个小口。紧接着,另一个坑道口发生了更严重的情况,炸塌的积土完全把洞口严严实实地堵塞住了。

由于洞里伤员多,大小便无法及时处理,洞里的空气本来已经很坏,这样一来,情况更加严重。人们开始感到呼吸困难。被强烈爆炸震灭的油灯,虽然勉强点了起来,但摇摇晃晃像快要熄灭的样子。在幽暗的灯光下,尽管看不清战士们的面孔,但他却感到每一双眼睛都在注视着他,期待着他……

显然,情况已经十分严重。

在郭祥的一生中,经历过巨大的政治事变和无数次大大小小的战斗,有许多次都是濒临死亡,而绝路逢生;一次又一次看来是不可逾越的艰险,也总是豁然开朗,柳暗花明。因此,在他心中树立起一个牢固不拔的信念:黑暗孕育着光明,艰险孕育着胜利,不管经过多少曲折,革命总是要前进的。郭祥想道:难道今天遇到的艰险就度不过吗?难道这么多可爱的同志,就不会有好主意吗?难道他们身上强烈的光和热,就刺不破眼前的黑暗吗?不,不,今天这条狭窄、阴暗、令人窒息的坑道,正是中朝人民通向光明与胜利的通道,正是要从这里击碎沉重的闸门,跃上山川明媚的彼岸!

郭祥想到这里,信心倍增,嗓音十分洪亮地喊道:

"同志们!不要慌!我们支委会很快会拿出办法来的。"

郭祥洪钟一般的声音,立刻使大家镇定下来。他从容不迫地走过战士们的面前,和齐堆、陈三、疙瘩李一起来到他小小的指挥所里。

"马上要团指挥所!"他吩咐步谈机员小马。

步谈机叫通了,郭祥立刻戴上耳机,用平静的语调说:

"井冈山!井冈山!金沙江向你报告,金沙江向你报告!"

"你门口还有野猪吗?"是团长略带嘎哑的声音。

"野猪爬到我们的头顶上去了,正在拱我们的篱笆!正在拱我们的篱笆!"

"篱笆拱翻了吗?"

"拱翻了一点,但不要紧,我们正在准备修复。你们快猛吃猛喝,快猛吃猛喝!"

"好,好。"

时间不大,坑道口的顶部响起炮弹爆炸声,我们的炮火开始射击了。此后,每隔两三分钟,就打一两发。大家知道,这是炮兵同志们正用炮弹给自己"站岗"哩。

但是,究竟怎样排除坑道口的积土,怎样对付明天敌人对坑道的破坏,必须很快拿出有效的对策来。郭祥掏出他那个旧烟草荷包,正准备同支部委员们作一番研究,机枪手许福来跑来了,看去他的脸色有些焦黄。

"你已经好了吗?"郭祥关切地问。

"好了,就是胸口还有些难受。"他没有多谈这些,接着说,"现在,有些情况不大好。"

"什么情况?"

"我看有些同志的情绪有问题。"许福来说,"特别是个别干部,对群众不宣传,不解释,跑到一边睡大觉去了。"

郭祥马上绷着脸问:

"谁?"

"就是那个有点罗锅腰的副排长,张顺成。"

"马上把他叫来!"郭祥厉声说。

齐堆知道,郭祥一向最不能忍受的,就是那些在战场上右倾怕死的,现在一看他动了火,立刻笑着提醒说:"别急!别急!听说这个人平时战斗还很不错,可能一时情况紧张,有点发憷。"

"可以跟他耐心谈谈。"陈三也插上说。

郭祥红了红脸,叹了口气,说:

"一不小心,我这老毛病又犯了。好好,你把他找来。"

张顺成被找来了。他罗锅着个腰站在那里,迷迷糊糊的,看去的确不大振作。郭祥摆摆手让他坐在床边上,竭力用平静的语调说:

"张顺成!你是不是有点不舒服哇?"

"也……没有什么。"他吞吞吐吐地说。

"怎么看着你不大有精神呢?"

张顺成没有言语。郭祥又问:

"你是不是觉着我们的坑道守不住了?"

张顺成红着脸,呆了半晌才说:

"也不能说就守不住。不过,咱们的坑道一天就让人炸塌了三公尺,这坑道一共才几十公尺,还能守几天哪!……再说……"

郭祥瞅着他,等待他说下去。

"再说,别的困难都好克服,人没有空气不是要活活地憋死吗?……"

郭祥耐着性子等他说完,把烟灰一弹,竭力放慢语调说:

"老张呵,你怎么就不从积极方面想问题呢?你光看到敌人把坑道口炸塌了;你就没看到,这里面还有这么多革命战士和共产党员!只要把大家发动起来,办法总是会想出来的。你先叫困难吓住了,还能想出什么好主意呢?"

郭祥说到这里,稍停了停,又说:

"张顺成同志,你过去在战斗上是很不错的嘛!听说你还立过功?"

"那都是过去的事儿了。"张顺成有点不好意思。

"今天,我们就要发扬这个光荣嘛!咱们不是一个营的,也不是一个团的,可咱们都是共产党员,所以我就'清水煮豆腐',给你来个爽口的:你今天可是有点害怕困难哪!"

"只要你们能想出办法,我也不含糊。"张顺成分辩着说。

"现在我们开支委会,不是正在想办法吗?"郭祥说,"可是不能光靠我们,还要发动群众都来想办法。我看,你回去马上就召集大家开个会,首先作个自我批评,挽回影响,再发动大家好好地研究一下。有好办法,你就马上报来。你看这样行不?"

张顺成点点头,表示没有异议。积极的思想斗争和恰当的批评,使他的精神立刻振作起来,眼睛里也有了光彩。他向支委们又说了几句保证的话,就转身走了。

不大一会儿,就听见张顺成在坑道里敞着嗓门喊:

"各班班长集合!开会喽!……"

郭祥笑了一笑,对几个支部委员说:

"咱们的第二次支委会也开始吧。首先讨论如何排除积土的问题。"

看来疙瘩李接受了郭祥的批评,早有准备,第一个发言说:

"根据咱们的人力,一锹一锹挖不行。我考虑,是不是把爆破筒埋在积土里,炸它几家伙;等炸得差不多了,再由人去挖。我看一夜工夫,也就清除得差不多了。"

大家立刻表示同意。郭祥也点点头笑着说:

"你瞧,疙瘩李一动脑子,办法不就来了?可是还要考虑一下,如果明天敌人继续扔炸药包,怎么对付?"

大家闷着头想了一会儿,许福来说:

"恐怕要加强坑道口的冷枪射击,上来一个就打一个。我明天就到坑道口去。"

"不过,敌人要从两边接近,照样能爬上坑道口。"疙瘩李皱着眉头,抚摸着他左额角上的那个小肉瘤说。

"爬上坑道口不怕,"陈三说,"有炮弹给咱们站着岗哩!只要跟炮兵取好联系就行。"

"那总是有空子的。"郭祥见齐堆一个劲儿地闷着头抽烟,就说,"齐堆!你这个小诸葛怎么倒成了没嘴儿葫芦了?"

齐堆把烟蒂一丢,用脚踏灭。

"我琢磨了一个办法,不知道行不。"他笑着说,"今天夜里,咱们把积土清除了以后,接着就在坑道口外面挖一个深坑,再顺坑道挖一个陡坡。这样,敌人投的炸药包,就会滚到坑里去,也就炸不着咱们的坑道口了。"

郭祥沉吟了一阵,说:

"行!这办法行!……不过,还有一个基本问题需要解决。"

大家静静地望着郭祥。他把那个大喇叭筒猛抽了两口,喷出一股浓烟来,然后接下去说:

"坑道工事一出现,咱们就研究过:它不是为了单纯防御,更不是为了保命;我们必须把它当作依托,来更有力地打击敌人,消灭敌人。刚才那些办法都好,就是还要想一想:怎么变被动为主动,怎么贯彻积极的战术思想,给敌人更大的威胁!"

他沉了沉,随后又说:

"我的想法是:除了清除积土,挖坑以外,是不是在坑道口两侧修上两个地堡,把斗争的焦点推到坑道口外,使敌人根本无法接近坑道口。下一步，根据情况发展，再派出小组去袭击山顶上的敌人，破坏敌人的野战工事，使敌人白天黑夜都不能安生。这对我们大部队的反击就更有利了。"

大家对郭祥的意见都表示赞成。张顺成也进来了，把战士们讨论的结果作了汇报，又提出不少具体办法。大家立刻动手干了起来。经过一夜紧张的劳动，坑道口打开了，积土清除了，坑挖起来了，两个地堡像两个大牛犄角似的伸到了坑道口外。齐堆、陈三当夜回到二号坑道，也根据统一布置，加强了坑道口的防御工事。

第二天，敌人对两个坑道口各使用了一个连的兵力疯狂进攻。这一天我们的炮兵打得非常出色。因为坑道口的步兵随时给他们指示目标，修正偏差，那些炮弹就像长了眼睛似的专往敌人的人群里钻。有的敌人刚一集结，就被打掉了一半。剩下的敌人，向坑道口逼近时，又遭到地堡里火力的杀伤。这一天，在一号地堡里隐伏着机枪手许福来和几个特等射手，将近有40名敌人夹着他们的炸药包躺在地堡前长期休息了。偶尔落到坑道口的炸药包，也滚到齐堆设计的深坑里……

夜里，郭祥刚宣布要组织出击小组，大家就抢先报名。张顺成拼命地挤到最前面说：

"参谋长！参谋长！你就让我去吧！"

郭祥很能理解张顺成此刻的心情，望了望大家，笑着说：

"我看，你们就让给老张吧！"

下半夜，乘敌人警戒疏忽之际，张顺成带了两名战士跃出洞口。不到半小时，就胜利归来。除了炸毁山顶上敌人两座地堡外，还带回了两挺机枪和三支步枪。当他把这些战利品交给郭祥时，脸上出现了几分宽慰的笑容……

第十三章　在五面包围中(三)

在坚守坑道的第 15 天,也就是郭祥进入坑道的第 10 天,又发生了新的困难:坑道里的存水用完了。人们把那几个存水的大汽油桶,翻来覆去地磕打,再也倒不出一滴水来。

事实上,前两三天,郭祥已经严格地控制用水,每天每人只能分到一搪瓷碗。团指挥所对此事异常焦急,曾经几次派运输队送水,伤亡很大,送来的水却很有限。由于缺水,大家眼瞅着饼干硬是咽不下去,有时候饼干的碎末被呛得从鼻孔里喷出来。人们渴得实在难忍,就用牙膏解渴。但这只不过能润润嗓子,缓和一下暂时的痛苦而已,究竟能解决多少问题呢?

到了第 18 天,牙膏也吃完了。已经发现有人在偷偷地喝尿。战士们脱光了膀子,抱着手榴弹,紧紧贴着潮湿的石壁,来减轻一点焦渴如焚的感觉。人们仿佛第一次认识到:那在生活里最平常的东西,那在地球上最普通的名之曰"水"的东西,是何等可贵的珍品呵!

这时候,在精神上负担最重的,除了郭祥,恐怕就是从二号坑道里调来的卫生员小徐了。这个十六七岁说话还有些童声童气的孩子,虽然同别人一样渴得嗓子冒烟,但他更难受的却不是这个,而是伤员们极力抑制着的低声呻唤。他仿佛觉得伤员们喝不上水,全是他的过错似的。他焦躁地在坑道里走来走去,一遍又一遍地察看着坑道的石壁,看能不能找出一滴水来。终于,他在一个潮湿的角落里,发现了一条细细的石缝,不时地渗出一两滴水珠。他非常高兴,就撕了一缕棉花,把水珠蘸起来,拧到小碗里。尽管石缝是那样的吝啬,总算有了一丝希望。经过一个多小时的耐心工作,居然拧了大半碗水。然后,他就把小搪瓷碗架在小油灯上烧起来。

小小一点灯头火,总算把水熏热了。小徐多高兴呵!他立刻把小碗端到几个重伤员跟前,带着十分自豪的神情说:

"同志们!醒醒,喝水啦!"

躺在土炕上的伤员,一听说这个"水"字,都纷纷地睁开了眼睛,显得很高兴。但是,当他们发现就是这么一小碗水,却不免有些迟疑。其中一个伤员说:

"这是哪里来的水呀?"

"这,你们就不用问了。"小徐笑吟吟地说。

"小徐!你端去给参谋长喝吧。"另一个重伤员说,"你看他这几天嗓子都哑得快说不出话了,这样下去怎么指挥呢?反正我们……"

"对!对!快给参谋长端去吧!"大家异口同声说。

小徐见大家执意不肯,转念一想也有道理,就端着小碗来到隔壁的指挥室里。郭祥进坑道虽不过十几天,已经显得又干又瘦,颧骨突出,两眼深陷,焦干的嘴唇上裂了好几道血纹。小徐把小碗往他面前的桌上一放,说:

"参谋长!你喝点水吧!"

小徐原先是后方医院的小看护员,补到三连的时间不长,又没有什么突出的表现,所以郭祥对他不很注意。今天一看这个十六七岁的孩子,在这样艰难的环境下,竟然想方设法给伤员烧了这么一碗水来,心里很是感动。他望望小徐,非常和蔼地说:

"小徐!你怎么不端给伤员喝呀?"

"他们都不肯喝,说你还要指挥打仗呢!"

"傻孩子!光凭一个人能打仗吗?"郭祥笑着说,"快去端给伤员喝吧!"

小徐没有反驳,但仍旧站在那里不动。郭祥一转眼看见步谈机员小马,嘴唇上干裂了好几道血口子,因为整日整夜地呼叫,已经嗄哑得很厉害,几乎不像他本人的声音了。郭祥端起碗递给小马,说:

"小马,你就喝了吧!叫我看这才真正是工作需要呢!"

小马是个又随和又爱打爱逗的青年。人长得很漂亮,一笑一口小白牙。今年虚岁才20,已经结了婚,平时是大家开玩笑的对象。他执行命令一向很坚决,今天却显出异乎寻常的固执。他接过那一

小碗水,立刻又送还给小徐,说:

"不行!我不能喝。"

"你就喝了吧,小马。"小徐也说。

"你真是个小傻子!首长不喝,伤员也不喝;我怎么喝得下去?"

他的态度是那样坚决,丝毫没有商量的余地,小徐只好端了碗,重新回到伤员面前。

伤员们一看,一碗水又原封不动地端回来了,一个接一个地埋怨着。这个说:"小徐呀,你这孩子看着挺精明的,怎么这么不懂事呀?我们这些人都是不能动的人了,一天价躺着,战斗又不能参加,我们早一点喝,晚一点喝有什么要紧呢!"这个说完,那个又说:"他们不喝,你就不能想个办法?你把碗放到那里就是了,又端回来干什么?"这个说"傻孩子","小傻子",那个又说"不懂事",真是弄得小徐没有了主意,只好又端着小碗放在郭祥的桌上。

郭祥望望那大半碗水,分毫不少,不由叹了口气:

"咱们的同志一说打仗,劲头那么大,怎么今天连这一小碗水都喝不了啦!"

说着,他把袖子一挽,把小碗高高擎起,说:

"同志们!既然你们一定要我喝,那我就带头喝吧。可是你们也非喝不可!谁要是不喝,那他对我们的胜利就是不关心!"

郭祥说过,拿出在筵席上常见的那种豪迈的架势,装作要一饮而尽的样子,可是实际上只喝了小小的一口,就递给小马。小马也只喝了一小口,又递给小徐。小徐只沾了沾唇边,就端给重伤员们。其他人也都喝了一点,又转到郭祥手里。他一瞅,一小碗水本来就不很满,现在还剩下小半碗呢。郭祥是一向不轻易淌眼泪的,尤其是在艰苦残酷的时候。但今天他却再也抑制不住心头的激动,背转身来,几粒明亮的泪珠,扑哒扑哒地掉到小瓷碗里……人世间,还有什么关系能比"同志"之间,革命战友之间的关系更为纯洁,更为高贵,更为无私,更为深厚呵!……

正在这时,坑道口突然传来一阵极其强烈刺耳的叫声:

"中国士兵们!中国士兵们!现在你们在联合国军的严密包围下,已经18天了。我们已经封锁了你们的一切道路,断绝了你们的一切联系,你们已经完全陷入绝境了。你们用19世纪的武器和高度现代化的联合国军作战,不过是无效的抵抗和绝望的挣扎。现在我们马上就要对你们发动总攻击了!可供你们考虑的时间不会太多,还是快快投降吧!快快投降吧!……"

郭祥一听,又是那个坏种谢家骥的声音,立刻激起满腔怒火,把驳壳枪一拎,一溜小跑到了洞口。

疙瘩李正站在胸墙后凝神观察。郭祥问:

"今天这声音怎么这么大,这么近?"

"你瞧,就在那个地堡里。"疙瘩李用手一指,那是敌人对着洞口新修的一个地堡,最多不过100米远。

正说着,高音喇叭又响起来:

"中国士兵们!你们实在太可怜了。你们被你们的上级骗出来,离开家乡来到千里迢迢的异国,住的是深山土洞,过的是野蛮人的生活。现在你们吃不上饭,喝不上水,痛苦不堪,眼看就要困死,饿死,你们的干部却不闻不问,你们何苦还要为他们卖命呢?……还是到自由世界来吧!汉城、东京的姑娘正等着你们……"

"这帮无耻的家伙!"郭祥狠狠地骂了一句,当即命令疙瘩李,"叫机枪瞄准点,给我打!"

顷刻,响起一阵狂烈愤怒的机枪声。但是那广播只哑默了一会儿,接着又叫起来。郭祥小声地问:

"火箭弹还有吗?"

疙瘩李摇了摇头。

郭祥即刻回到指挥室,对小马说:

"快要团指挥所联系炮兵!"

小马呼叫了一阵,对方的声音十分微小,简直听不清楚,原来电池的电已将用完。

"电池一点也没有了吗?"郭祥着急地问。

"没有了。"小马声音嘎哑,急得快要哭出来。

郭祥点上一支烟,打算仔细考虑一些办法,许福来急匆匆地走进来,气愤地说:

"参谋长!有人乘机说破坏话了!"

"谁?"郭祥的眉毛立刻一竖。

"就是那个又矮又胖的家伙。"许福来说,"刚才敌人广播的时候,他说,敌人说的也不是没有一点道理。如果上级还要我们,干吗叫我们在这儿受这份罪呢?……"

"他叫什么?"

"叫白鹤寿。"

"你过去了解他吗?"

"不了解。听说他是另外一个团九连的战士。"

郭祥立即把烟掐灭,说:

"走!我们去找他谈谈。"

两个人一起来到坑道的中部。战士们多半都脱光膀子,靠着墙壁坐着。虽然一个个都瘦得厉害,但看去仍然十分有神,有的在擦拭枪支,有的在拧手榴弹盖,时刻准备着出击。独有那个叫白鹤寿的,半躺半卧,眯细着眼睛在想什么。看去他有将近40岁年纪,短胳膊短腿,整个身躯就像一尾鱼去掉头尾后的"中段"。

郭祥在他面前一站,带着几分严厉地问:

"你叫白鹤寿吗?"

"是。"他欠欠身子,并没有站起来。

"你刚才说了些什么?"

"我说什么啦?"他故作惊讶地反问。

郭祥冷笑了一声,用手一指:

"你是不是说,上级不要我们了,嗯?"

"噢,这个——"他淡然一笑,"在这危险的关头,我一个革命战士怎么能说这个?"

"他说过这话吗?"郭祥又问大伙。

"他刚才就是这么说的。"一个战士气愤地说。

"他还说,敌人的广播不是没有道理。"另一个战士也证实说。

白鹤寿有点慌乱,但即刻辩解道:

"我刚才的意思是,我们的上级,我们的军长、师长、团长应该早点反击才对。弄得现在吃没吃的,喝没喝的,快要干死了。就是敌人不来消灭我们,我们也完蛋了……"

"你究竟是什么意思,你自己清楚。"郭祥从鼻子里冷笑了一声,"我可以告诉你,不管什么人,如果他想利用这个机会挑拨离间,瓦解我们的士气,他就是瞎了眼了。因为他没有看到,我们是共产党领导的部队,不但打不烂,拖不垮,就是把他们搞心理战的教师爷都请了来,把他们那一套臭气熏天的脏玩艺儿都搬了来,也攻不破!"

郭祥沉了沉,又指着白鹤寿说:

"你不是说,上级不要我们了吗?上级为了给我们送东西,牺牲了多少好同志!我们吃的,用的,都是同志们的鲜血和生命换来的,难道这些你不知道,你为什么要凭空造谣?"

"对!叫他说说为什么造谣!"几个战士愤怒地插话。

"我,我不是造谣,我是一时失言。"

白鹤寿看见一个个战士全对他怒目而视,手指轻微地战栗着,低下头去。

郭祥盯着他说:

"你造谣也罢,失言也罢,你要很好地进行检讨!"

"好,我检讨!我检讨!"白鹤寿一连声说。

由于坚守坑道多日,总攻尚未开始,郭祥觉得也有必要解释几句,就对大家说:

"至于说反击,上级是肯定要反击的。我们坚守坑道,就是为了不断消灭敌人的有生力量;只有把敌人消耗到一定程度,把敌人拖得筋疲力尽,才能给反击创造条件,我们的反击就会一举成功,最后恢复我们的阵地。"

说到这里,他提高嗓门,不是对白鹤寿,而是用鼓舞的调子对大家说:

"同志们!今天我们在最前沿坚守坑道是非常光荣的。我打了这么多年的仗,只受过敌人四面包围,受敌人五面包围,这还是第一次哪,恐怕你们也是大姑娘坐轿头一回吧!人活一辈子,这样的情况不会遇见很多,这是非常难得的为祖国为人民立功的好机会。虽然我们没有吃的,没有喝的,但是我们不是敌人手心上的可怜虫,我们是钻到牛魔王肚子里的孙悟空。我们应该拽住牛魔王的心肝狠狠地打几个嘀溜!谁那个嘀溜打得好,我就给他记功!"

郭祥不愧是战场鼓动的能手,立刻使整个坑道又活跃起来。有一个战士诙谐地说:

"参谋长!打不打嘀溜,全在你手心里攥着哪,你要不给我任务,我怎么打嘀溜呢?"

"任务有的是,我也不能都贪污了。"郭祥笑着往外一指,"今天晚上就得打掉那个地堡!随后我们就到敌人那里抢水。"

"对!干掉它!"又一个战士说,"蹲在大门口骂人,这个窝囊气我受不了!"

好容易捱到黄昏,郭祥在指挥室正同疙瘩李研究出击小组的人选,听到坑道里乱纷纷地嚷道:

"白鹤寿跑了!白鹤寿跑了!"

郭祥吃了一惊,拎起驳壳枪,一个箭步蹿了出去。在坑道口,望见苍茫的暮色里,白鹤寿正向敌人的地堡跑去,一边跑,一边举着双手喊:

"不要开枪!不要开枪!我是被他们俘虏去的!我是国军的团长!……"

郭祥的驳壳枪几乎同许福来的机枪同时开火,白鹤寿的胖胖的身躯,在距地堡不过三两步远的地方,打了一个趔趄,倒在密集的枪火里……

"狗汉奸完蛋了!"许福来抬起脸望了一望。

郭祥转过脸对疙瘩李说:

"多悬!审查工作太粗糙了,这是一个很严肃的教训!"

晚九时,经过疙瘩李的请求,由他带领两名战士去炸毁坑道前面的地堡。出发以前,他皱着眉头,抚着他那个肉瘤思索了好一阵,然后在坑道的旮旯里搜罗了十几个空罐头盒子,用麻绳穿起来,在手里提溜着。在他们临走出坑道口时,许福来奇怪地问:

"副连长!你提溜着这些玩艺儿干什么?"

"他是害怕我割他那个肉瘤儿。"郭祥冲着许福来一笑。

天色浓黑,坑道口飘着零散的雨点。我方的冷炮紧一阵慢一阵地落到坑道顶上。正是夜袭的好时机。疙瘩李等三人跃出坑道,很快就消失在浓黑的夜色里。

几分钟后,对面的地堡就响起激烈的机枪声。红色的曳光弹像一缕缕红线不绝地向地堡的东侧飞去。正在机关枪狂热射击的时候,突然间地堡上火光闪了两闪,接着是两声飞雷沉重的爆炸声,机枪像被人猛然掐着脖子似地哑巴了……

疙瘩李等三人,提着一挺发热的机枪、几支步枪和一个破烂的喇叭回到坑道里。郭祥看看表,前后共总不过五分钟。

"好干脆呀!"许福来赞赏地望了他们一眼。

"这全靠副连长的那几个破罐头盒子。"一个战士高兴地说,"他钻到东边那个炸弹坑里把罐头盒子一摇,敌人的机枪就冲着他打,我们从西边就上去了。"

"怎么样,许福来?"郭祥高兴地指着疙瘩李说,"咱们饶他一次,这次别割他的小肉瘤儿了。"

郭祥回到指挥室,正准备派第二个小组出发抢水,忽然听见坑道里一片声嚷:

"上级给我们送水来啦!"

"同志们!送水来啦!"

郭祥探出头一看,坑道里乱哄哄的,战士们,轻伤员们全站起来,向坑道口涌去。顷刻间把进来的两个人团团围住,有的抢上去握手,有的抱着他们的膀子,眼里流着泞泞的热泪,卫生员小徐尖着嗓子叫:

"快让他们把东西放下呀!"

郭祥挤到前面,才看清楚为首的是一个膀大腰圆的大个子,正是三连的机枪班长乔大夯。因为他的身躯过于高大,在坑道里不得不稍稍弯下腰来。他身上左一个右一个,横七竖八地挂满了军用水壶,背上还背着一个沉重的麻袋。后面是一个年轻的战士,身上也背着二三十个军用水壶。经小徐提醒,人们纷纷帮着他们把东西卸下来。

郭祥的心头一阵激动,抢过去同他们握手,无限亲切地望着乔大夯说:

"大个儿,是你呀!你怎么跑到这儿来啦?"

"连长——"他仍旧这样称呼郭祥,并且带着深深的歉意说,"俺们送来的东西不多,俺知道你们断水好几天了。"

郭祥见他没听清楚,又说:

"你不是负伤下去了吗?怎么又到运输队了?"

乔大夯仍旧文不对题地说:

"大伙都觉着萝卜这东西又解渴,又解饿,俺就背了点萝卜。"

那位年轻战士摆摆手说:

"参谋长,你别问他了。上次他被炮弹埋到土里就震聋了。他的臀部也受了伤。同志们把他挖出来,往后方送,他半道上醒过来,就跳下了担架,又跑回来了。他找到老模范,哭了一鼻子,老模范就把他留在运输队了……"

郭祥望了望这位长工出身的机枪班长,这位背负着自己走过几十里山路,和自己同生共死的战友,心中真是无限感动。但是在大家的面前,他极力抑制着自己的感情,转了话题,问:

"你们出发的是几个人哪?"

"我们三个人一个小组,半道上牺牲了一个,我把他的水壶也背来了。"那个年轻的战士说,"后边还有两个小组,由老模范亲自带着,恐怕快要到了。"

话还没有落音,就听见坑道口一个人放大嗓门喊道:

"同志们!你们辛苦啦!"

郭祥立刻听出,那是十分熟悉和亲切的老模范的嗓音。他急忙迎上前去,看见老模范佝偻着身子,背着一个大口袋走进来。后边跟着四五个人,一个个都背着口袋,满身灰黑色的泥土,显然都是从焦黑的土地上爬过来的。他急忙帮老模范卸下口袋,抱住老模范说:

"老模范哪!你这么大年纪,怎么还亲自带队呀?"

"我就不喜欢你说这个!"老模范把脖子一梗,"我多大年纪啦,七十八十啦?"他解下袖子上缠着的那块黑浓巴唧的毛巾,一边擦汗一边说,"听说你们断了水,团首长、师首长、军首长都急坏啦!就怨我们组织得不好,送了好几次都没送上来,还伤亡了不少人……"

"今天伤亡了几个?"郭祥忙问。

"今天倒不错。"老模范说,"团长把炮火组织得特别好,天又下了一点小雨,那些王八羔子都钻了乌龟壳了,所以只牺牲了一个,伤了一个,就把东西送上来啦。"

郭祥指指那些大口袋,说:

"这里装的都是些什么呀?"

"你猜猜看!"老模范容光焕发地笑着说,"恐怕你猜不到,这是祖国人民的慰问品哪!"说到这里,又特意提高嗓门说:"同志们!我告诉你们一个最大的好消息:祖国人民第二届赴朝慰问团,已经到前方来啦!"

坑道里顷刻沸腾起来。人们纷纷挤过来问:

"什么?老模范,你说的是真的吗?"

"祖国人民慰问团真的来了?"

老模范嘿嘿一笑,说:

"不光来了,现在已经到了咱们师部!"

坑道里顿时掀起一阵热烈的掌声。接着,老模范又笑呵呵地对郭祥说:"你恐怕更想不到,凤凰堡的杨大妈,还有'志愿军的未婚妻'——来凤也来了,她们都参加了赴朝慰问团……"

"哎呀,老模范!"郭祥兴奋地说,"这些好消息你怎么不早告诉我们哪!"

"怎么告诉你呀?步谈机员一个劲儿地呼叫你们,把嗓子都喊哑啦,就是叫不到。祖国的亲人们天天站在无名山上看你们的阵地,烟火腾腾的什么也看不见,直到现在还为你们担着心哪!"

"不是叫不到,是我们的电池一丁点儿也没有了。"小马插进来说。

"电池已经给你们带来啦!"

老模范一面说,一面解开口袋,取出一大包电池交给小马。接着,又取出慰问品,每个人一大包。同志们立刻打开,里面是一张伟大领袖毛主席的最近照片,一枚金光闪闪的"抗美援朝纪念章",一本精装的袖珍日记,一个写着红字的"赠给最可爱的人"的白瓷茶缸,一块印着天安门图案的手帕,一封祖国人民的慰问信。此外,还有一包糖果,几包纸烟,和一个非常精致的烟嘴,上面刻着"祖国——我的母亲"……

此刻,坑道里的气氛由欢欣、热烈、活跃,一下变得严肃、庄重和静穆起来。这些远离家乡为一个神圣的目标战斗在邻国山岭上的人们,这些在弥天的烟火中无比坚强刚毅的战士,竟突然变得像搂在母亲怀中的孩子一样。他们抚摸着那些来自祖国的慰问品,手捧着毛主席像,凝视着他老人家慈祥的面容,一个个的眼里都含满热泪……

接着,郭祥、老模范和卫生员小徐抱着慰问品来到重伤员跟前。这些重伤员听说是来自祖国的慰问品,都挣扎着要坐起来接受。尽

管老模范再三劝阻,有几个重伤员还是坐起来了。其中一个伤势很重,挣扎了几下没有坐得起来,他一连声叫着:

"小徐呀!小徐呀!你快把我扶起来呀!"

"你的伤这么重,干吗非要起来呢?"小徐劝解说。

"不行!不行!"他固执地说,"我是一个战士,我这样躺着对祖国是不尊敬的!"

郭祥、老模范和小徐只好把他扶起来。他接过慰问品,用双手捧着毛主席像,充满感情地说:

"祖国呀!祖国呀!……只要我有一口气,我就要永远永远保卫你!……"

他的话没有说完,就低声地啜泣起来。感动得老模范、郭祥和小徐都禁不住洒下了热泪。老模范叹息道:

"郭祥,你看我们的战士对祖国的感情多深呵!究竟有多深,我看谁也量不出来。"

"这就是我们的战士!"郭祥说,"我相信,就是今后比现在还要艰苦残酷100倍的环境,就是比美帝国主义还要凶恶的敌人,也是不可能征服我们的!"

老模范和郭祥一起回到指挥室里。郭祥低声地问:

"上级有什么指示没有?"

"你们好好准备吧,只剩最后两天了。"老模范附在他的耳朵上悄声地说。

"我们一定要把他们彻底砸烂!"

郭祥仰仰脸,指指头顶上的敌人,他的拳头"砰"的一声砸在那张松木桌上,把步谈机员小马吓了一跳……

第十四章 反　击

第二天,整个坑道就投入大反击的动员准备工作之中。

晚上,郭祥亲自进入二号坑道,对三连的准备工作进行检查。尽管郭祥不是第一次来,同志们对他们的"老连长"总是特别亲切和热烈。这次慰问团送来的水果糖和香烟,战士们出于对祖国的那种特别纯洁和深厚的感情,是看得极为珍贵的。有人拿出糖来吃上一块,或只咬一小口,就赶快包起来。香烟也不轻易抽。今天郭祥来了,这个掏出一支,那个又掏出一支,一下递过好几支来。郭祥笑着说:

"我一个人有几张嘴呀?"

可是,人们还是硬塞给他,纷纷说:

"你慢慢抽。这是祖国人民送来的烟哪!不简单哪!"

"别老卷你那个大喇叭筒了!"

郭祥一眼看见小杨春在人丛里也抽起烟来,就说:

"杨春!你干吗也抽起来了?"

"我倒不是想抽烟,"杨春说,"我一看这个烟嘴上'祖国——我的母亲',就想抽一口!"

人们笑起来。

连队的"文艺工作者"小罗,本来是挺能抽烟的,尤其是当他要"搞创作"的时候,简直是一支接一支,可是现在却一口也不抽。郭祥惊奇地问:

"小罗!你怎么不抽呀?"

"我不大想抽。"小罗说。

"不是不想抽,是舍不得抽呵!"小钢炮笑着说,"人家为了这烟,还专门作了一首诗呢!"

"什么诗呀,你念念,我听听!"郭祥笑着说。

小钢炮说:"还是我替他念吧:

千里送来光荣烟,
祖国的情意重如山。
等我立功那一天,
把它叼在嘴上边。……"

"噢! 原来是这么回事。"郭祥说,"对祖国就是应当有这种感情。一个战士对祖国对人民没有感情,那还叫什么战士呀! 这次祖国人民来慰问我们,我们就应该把大反击的任务,完成得圆圆满满的,打得干干脆脆的、漂漂亮亮的。……小罗,来来来,咱们也别干着,你先抽我一支!"

说着,从口袋里掏出一盒烟来,抽出一支递给小罗。小罗点上烟,喜滋滋地问:

"老连长! 听说这次反击,咱们的'大洋鼓'①也要参加,是真的吗?"

"是真的! 老模范亲口对我讲的。"

小罗拍手笑着说:

"那可太好了! 这一下可要把敌人砸扁啦。"

"叫敌人也尝尝我们大家伙的滋味吧!"人们纷纷地笑着。

"可是我们当步兵的,不能单纯依赖炮火。"郭祥说,"无论多么厉害的炮火,都很难完全摧毁敌人的工事。我们还得做好一切准备。这次战斗可不同哇,祖国的亲人们就在旁边站着哩,瞅着我们哩! 这次是只能打好,不能打坏,打不下来,啃也得啃下来!"

"没有问题! 参谋长,你就到时候看吧!"战士们充满信心地说。

连长齐堆和指导员陈三,也插进来说:

"参谋长! 你就放心吧! 咱们红三连决不能给祖国的脸上抹黑!"

---

① "大洋鼓":当时对火箭炮的称呼。

郭祥见大家情绪很高,决心很大,心中很是高兴。他望了望齐堆和杨春,神秘地笑着说:

"有一个想不到的好消息,我本来不打算告诉你们,好保持个突然性。算啦,我现在就告诉你们算啦!……"

"你不说我也知道。"齐堆笑着说,"是不是慰问团带了几个文工团来?祖国的许多著名演员也来了?第一届慰问团就来了不少嘛!"

"不是,不是。"郭祥摇摇头,笑着说,"你根本想不到:杨大妈来啦!还有你那位'志愿军的未婚妻'也来啦!就住在无名山咱们师部那里。"

"哎呀,我的参谋长!"齐堆笑着说,"你大概又是做鼓动工作吧?"

"什么鼓动工作?你是怎么看待鼓动工作的!嗯?"郭祥横了他一眼。

"不会!不会!"齐堆仍旧摇摇头说,"要说大妈,那倒有可能。因为办农业合作社,她是个带头人。至于说她——一个普普通通的农村妇女……"

"噢,瞧你这个脑瓜!"郭祥用手点着他说,"参加革命这么多年,你还轻视妇女呀!嗯?现在全国谁不知道有一个'志愿军的未婚妻'呀!"

齐堆笑眯眯的,不言语了。

"要是俺娘来了……"杨春思忖着说,"什么情况该反映,什么情况不该反映,希望首长们掌握着点儿!我自己倒没什么,还有一个集体荣誉的问题。"

"这个事儿可不好掌握。"郭祥说。

人们笑起来。

郭祥发现,在他们谈话的时候,刘大顺老在他旁边转来转去,像有什么话说。郭祥就问:

"大顺!你有什么事儿吗?"

"没有啥事儿。"他说。

可是,在郭祥离开大伙往回返的时候,又发现他跟着自己。郭祥收住脚步笑着说:

"大顺！你到底有什么事儿呀？"

"也……也没有什么大事儿。"他腼腼腆腆地笑着。

郭祥知道他的特点，有什么心事且不容易说出口来，就说：

"有什么事儿，你就直出直入地说吧！"

大顺红着脸，磕磕绊绊地说：

"我从祖国回来快半年了，这期间也没摊上什么任务……"

"你不是带着小部队出去好几次吗，怎么说没摊上任务呢？"

"不是这个，我是说没取得什么成绩。"

"那也困难。"郭祥笑着说，"要是每一次都抓 60 多个俘虏，那美国兵早叫你抓光了。"

"不，不是这个意思。我是说，我对祖国的贡献太小太少了。"他的声调里充满着难过，"上次回国，祖国人民对我们太热情了，这些事儿我至死也不能忘。现在祖国人民又派了亲人来，我觉得祖国人民的恩情，就是粉身碎骨也报答不完！……"

"对！大顺，你说得对！"郭祥激动地说，"你这个想法，我也有。想起人民给我们的，我们对党，对祖国，对人民的贡献确实太少了。"

刘大顺得到上级的理解，脸上流露出高兴的神采，又接着说：

"我希望，这一回有什么艰巨的任务，你想着我一点儿……"

郭祥紧握着他的手，说：

"还有什么问题吗？"

刘大顺欲言又止，脸憋得像块红布似的，终于没有说出口来，只是说：

"别的……以后再说吧！"

第三天，也就是坚守坑道的第 25 天，大反击的全部准备工作已经完成。在这以前，为了弥补前沿坑道兵力的不足，又有一个连队乘深夜突过敌人的封锁，分别进入两个坑道。这样，第一线的突击力量就更加充实了。黄昏以后，人们就静静地坐在坑道两侧，等候着进攻的号令。郭祥坐在指挥室里，早早地就戴上了耳机，全神贯注地倾听着。整个坑道里静肃无声。只有那只马蹄表在嘀嗒嘀嗒地走着。当它那细长的红秒针刚刚移上 10 点整时，只听团长高喊了一声："开炮！"几乎与他的喊声同时，头顶上响起了天崩地裂一般的爆炸声。挂在壁上用弹箱做的碗柜，咣啷一声落在地上，小搪瓷碗叮叮当当到处乱滚。小油灯也被震得从桌子上跳起来,翻了一个跟头摔在地上熄灭了。开始还能听出炮弹的个数,随后就轰隆成一片,越来越急,越来越猛。坐在坑道里的战士们,像坐上一只被狂风大浪摇撼的小船不绝地颠簸着。

为了这一天,人们苦熬了多少个日日夜夜呵!终于这个令人振奋的时刻到来了,到来了!如果不是在狭窄拥挤的坑道里,人们一定会高兴得跳起来。整个的坑道传过一阵兴奋的低语声:

"你听,这劲头多大!是我们的大家伙发言了吧?"

"嗯,准是'大洋鼓'参加了!"

"我们的炮兵太棒了。我主张首先给他们立头一功!"

"哈哈,叫敌人也尝尝我们炮火的滋味!"

坑道口炮火的闪光就像打闪一般。借着炮火的闪光,郭祥瞥了战士们一眼,一个个的脸上都闪耀着兴奋的红光,有的紧握着冲锋枪,有的攥着揭开盖子的手榴弹,像搭在弦上的利箭,只要一松手就会飞出去。

耳机里传来团长洪亮的嗓音:

"金沙江!金沙江!快要开饭了,筷子准备好了吗?准备好了吗?"

"完全准备好了!"郭祥大声回答。

"不要随便行动!听我统一的号令!统一的号令!你听清了吗?"

"听清了!井冈山!我听清了!"

郭祥知道,团长是再一次提醒自己,按照原定计划严格执行。因为根据事先了解,在山背后一个死角里有敌人一个屯兵洞,只要我们的急袭的炮火一停,敌人就会从那里钻出来,乘我立足未稳进行反扑。前次反击未成,这是重要原因之一。因此,团长再一次地提醒他。

炮火进行了 20 分钟的急袭后,开始延伸。这时坑道口就有一些战士纷纷地站起来。郭祥厉声喝道:

"那是谁?不要乱动!"

果然,我们的炮火延伸射击一段之后,又突然调过头来,进行第二轮的猛袭。曲射炮火也不绝地落在山背后的洼地里。

当第二轮炮火刚一延伸,耳机就传过来团长极其兴奋的喊声:

"开——饭!金沙江,开饭哪!"

"同志们!冲——呵!……"接着,郭祥也发出几乎用他整个的生命凝成的喊声。

战士们在疙瘩李、许福来的带领下,像小老虎般地跃出坑道,按照预定计划冲上山头。山顶上顷刻响起一片手榴弹的爆炸声。仅仅经过20分钟的战斗,一号坑道的顶部就宣布占领了。

但是,二号坑道顶部的山头却尚未得手。郭祥立即跑出去,在山腰上的一个弹坑里找到了齐堆和陈三。郭祥严肃地问:

"齐堆,怎么还没有攻上去呀?"

齐堆指了指前面山坡上一个黑糊糊的地堡,说:

"就是叫这个家伙挡住路了。"

郭祥一看,这座地堡离山头不远,正好修在一座悬崖下,因此没有被炮火摧毁。他接着又问:

"组织爆破了吗?"

"已经上去两个爆破组,都伤亡了。"陈三说,"现在我们正在组织第三次爆破。"

这时,背后传过来好几个声音:

"连长!我去!"

"我去!"

郭祥回头一看,杨春、罗小文等好几个战士都要争取这个任务。齐堆刚要发话,从旁边蹿过一个人来,几乎是用乞求的声音说:

"参谋长!参谋长!你不是已经答复我了么?还是叫我去吧!"

郭祥转脸一看,正是刘大顺。他手里提着一支爆破筒,像是早有准备的样子。就是在星光之下,也可以看出他那粗朴的容貌和赤诚的迫不及待的表情。

郭祥望了齐堆、陈三一眼,说:

"我看就让大顺去吧,他的经验比较多些。"

齐堆立刻点头,说:

"好,刘大顺你去。我让机枪来掩护你!"

郭祥上去,紧紧握住刘大顺的手说:

"大顺同志!祖国人民正在后边望着我们哪!祝你一定成功!"

"参谋长！你放心吧，我保证完成任务！"

说过，刘大顺用感激的眼光望了郭祥一眼，就提着爆破筒，扑上去了。

掩护的机枪声，哒哒地响起来。前面地堡的枪眼也喷着长长的火舌，疯狂地射击着。这刘大顺到底是个老兵，他没有直扑地堡，从它的侧翼绕过去了。他时而匍匐前进，时而从这个弹坑，跳到那个弹坑里。在炮弹的闪光里，可以看到他那强壮的身影不断地隐现着。距离地堡五六步远的时候，他突然从一个弹坑里一跃而起，猛虎般扑到地堡跟前，把爆破筒插到侧翼的枪眼里。可是，当他拉了火刚刚滚下来，那根爆破筒，又被敌人推出来了。

"糟了！"不知是谁惊叫了一声。

郭祥的心突然一紧，眼看这次爆破又要落空。就在这一瞬间，只见刘大顺又呼地立起来，拾起快要爆炸的爆破筒，又第二次插到那个枪眼里，用胸脯死死地顶住。只听轰隆一声巨响，地堡立刻消失在一道冲天的火光里……

"同志们！冲呵！"

郭祥高喊了一声。人们潮水般地涌上去，二号坑道的山顶很快就顺利地占领了。

这时，从山顶上接连飞起了三颗绿色的信号弹，以它灿烂夺目的光辉，告慰着祖国的亲人。它们在空中慢悠悠地降落着，降落着，仿佛因为战士们付出的巨大的艰辛，不愿即刻就回到地面似的。

从这天后半夜，一直到第二天整个白天，敌人组织了多次反扑，都被后续部队击退。经过 26 个昼夜鏖战的白云岭，已经最后地巩固了阵地。敌人付出 2 万多名伤亡的这次战役，就这样收场了。

战斗结束后的这天早晨，陈三手里捧着一个旧挎包来找郭祥。他请示说：

"这些东西可怎么办呢？"

郭祥接过挎包，仔细一看，是刘大顺烈士的遗物，心里顿时热辣辣的。他把挎包轻轻地放到松木桌上，说：

"按照规定，你寄回他家里就是了。"

"他没有家呀，参谋长。"陈三为难地说，"别的烈士遗物都寄走了，就是他没有可寄的地方。"

郭祥寻思了一阵,说:

"我仿佛记得他是四川省遂中县的。你再查查军人登记表,会有他的详细地址。"

"地址倒有,就是没有收信人了!"陈三叹了口气,从那个旧挎包里取出一个用蓝布缝成的小口袋,说,"这是我刚才拆开的,你看看就明白了。"

郭祥抽出一看,是三封没有信封的书信,其中一封,信纸已经发黄。郭祥就着油灯展开,读道:

大顺夫君尊鉴:

　　日前接到来信,始悉你现在地址。自去年8月中秋你被保丁捆走,母亲日夜啼哭,饮食不进,不久即身染重病,又无钱求医,已于半月后病故。你走时保长曾言明,每户抽丁者给粮食两石,谁知你走后竟一字不提。父亲曾去其家理论,该保长竟云,当前剿共系我全体国民之神圣职责,并诬父亲偷了他家的东西,将其毒打一顿,推出门外,数日后也去世了。为妻到处求亲告友,乞讨借债,始将父亲草草安葬。两起丧事,共借银元120元。为妻现携一子一女,生活无着,债户催讨,实难度日。又不知夫君归期何月何年,思之令人泪下。望夫君接到此信后,火速汇款来家,以济燃眉之急。望夫君多多保重。

　　敬祈

福安

妻字

民国三十五年旧历八月十五日邻舍老人李百年代笔

郭祥沉重地叹了口气,又接读第二封。这一封是那个代笔人李百年自己写的:

大顺仁侄英鉴:

　　来信询问你家中情况,并特别提及你妻为何不写回信。此事本当早日奉告,因不知你确切地址,又言之心酸,故迟疑不决,望予鉴谅。

自你双亲去世,你妻生活愈益困窘,虽昼夜与人缝补拆洗,亦难维持。加上催税催捐,登门逼债,几无宁日,你妻遂萌短见,于某晨汲水时投井,幸被吾等发觉,及时营救脱险。去岁年关,有几名债主,登门詈骂,口出不逊,你妻实难忍受。为不使孩子看见,到吾家偷哭数次。此时家中已断炊数日,孩子骨瘦如柴,情景至为可怜。于此走投无路,经人说合,你妻遂自卖自身,以银元110元之价,卖与某行商为妾,始将债务勉强偿还。遗下长男已交你舅父抚养,因女子幼小,随其母带走。你妻临行前,曾至我家辞别,并云:他日大顺归来,请代为相告,我对不起大顺,然实出于无奈,望来生相聚等语,言时声泪俱下,昏厥数次。老夫亦为之泣下数行。古语云,苛政猛于虎,信哉斯言,此政不亡,是无天理也。闻你妻今春尚在县城居住,后移居他省,现已不知去向。耑此奉告,望仁侄在外善自保重,是所至盼!即颂

　　　旅安

　　　　　民国三十六年旧历五月廿八日李百年手启

　　郭祥看信上,泪痕斑斑,已使多处字迹模糊。想来刘大顺生前是看过多次的。尽管郭祥是条硬汉,看到这样的信,也不免心酸难禁,他的心竟像风中的树叶一样颤栗不已。陈三见他看不下去,叹口气说:

　　"看完吧,那一封是他舅父的回信。"

　　"我不看了,你说说算了。"

　　陈三说:

　　"大顺只剩下一个11岁的男孩儿,当然老惦念着他。可是他去了几封信,都没有得到回信。最后他舅父才回信说:他的儿子也不知去向了。"

　　"怎么他儿子也不知去向了呢?"

　　"这就是屋漏又碰上连阴雨呵!"陈三叹了口气说,"他舅父也是一户贫农,自己的孩子都卖给别人,怎么去养活他?就把他送去扛小活。这孩子因为吃不饱,有一次偷吃了一点猪食,竟被地主毒打了一顿。以后就跑出去了……"

"我也是十一二岁跑出去的。"郭祥沉思着说,"不过那时候共产党、八路军很快就来了。这孩子在国民党统治区,他能跑到哪里?还不是冻死、饿死罢了。"

"好端端的一个家庭,就这样完了!"陈三叹息道。

"像这样家破人亡的人还多得很哪!"郭祥也叹口气说,"这都是叫满口仁义道德的国民党害的! 可惜,大顺同志的这段历史,我一直不知道。过去在诉苦会上他也没有谈过。二次战役,大家在战场上诉苦,他突然昏倒了,我现在才明白是怎么回事。……我过去只嫌他落后,对他简单粗暴,现在回想起来,是很不应该的。……"

说着,他深深地低下头去。过了好半晌,才说:

"既然这样,东西就保存在连里吧,这对大家也是个教育。"

陈三从挎包里又取出一个红包包,打开以后,里面装的是这次慰问团送来的毛主席的相片,"抗美援朝纪念章",祖国人民的慰问信,还有他回国时少先队员送他的签满了名字的红领巾,以及其他纪念品等等。陈三从里面抽出一个笔记本,说:

"这里面还有他写给党组织的一封信。可能是没有来得及交给我们。"

郭祥接在手里,翻开一看,信虽短,但写得极其认真:

齐连长
陈指导员 并转党支部:

  大反击就要开始了。我要向党,向祖国人民庄严保证:我有最大决心完成这次的战斗任务。我希望党把最艰巨的任务交给我。并希望你们考虑能不能接受我做一个光荣的中国共产党党员。

  这个愿望一直仓(藏)在我心里,没有题(提)出来。因为我觉得自己的条件不够,觉悟不高,也犯过错误。这是我对不起人民的地方。但是我对旧社会恨死了,它害得我家破人亡。我要用我的生命砸烂这个旧社会,为全世界的劳苦人服务,为无产阶级斗争到底!

刘大顺

郭祥看完信,望着齐堆说:

"你们对他生前这个要求,有什么意见?"

"我们同意追认他为共产党员。"陈三说,"他最后的行动,已经作了最好的证明。"

郭祥点点头,并且深有所感地说:

"我觉得,他解放过来,时间不长就出国作战,开始虽然觉悟不高,主要是对这次战争的革命意义还理解不深。但是,革命战争是最能教育人的。没有天生的勇士,也没有天生的懦夫。只要他肯真正为人民大众着想,经过锻炼,他就会成为勇士。可是,像陆希荣那样的人就不好办。因为他想的只有他自己,他自己的幸福,他自己的前途,他自己的地位,他自己的权力!还总想把自己变成一个出人头地的大人物!这种人在战争里,用投机取巧的办法,用别人的鲜血,固然可以蒙骗一时,但是在最残酷的考验下就要现原形了。……我觉得,刘大顺同他相比,就是一个鲜明的对照!"

"他现在在哪里?"陈三轻蔑地笑着问。

"已经送回国去了。"郭祥鄙视地说,"听说他住在医院里,还一天到晚吹他的过五关,斩六将呢!……让他过他的和平生活去吧!"

"这种人是不会有好结果的!"

"你说得完全对!"郭祥点点头说,"烈士们虽然牺牲了,但是他们活在人们的心里,这就是虽死犹生;陆希荣虽然活着,不过是行尸走肉罢了!"

陈三捧着大顺的遗物回去了。郭祥仍然思绪纷纭,一时难以平息。正在这时,电话铃叮铃铃地响起来。

第十五章　亲　人

郭祥拿起耳机，是团政委周仆的声音：

"郭祥吗？你赶快到我这里来一下！"周仆异常兴奋地说，"祖国人民慰问团已经到啦！杨大妈和来凤也来啦！是师长陪着他们来的！"

"现在就在团指挥所吗？"郭祥兴奋地问。

"就在这里！"周仆说，"我们的意见，本来想让她们在师部接见你们，但是杨大妈她们坚持要到前沿阵地。你赶快来一下，我们商量商量。你通知齐堆和杨春也随后来见一见面。"

郭祥立即打电话通知了二号坑道的齐堆和杨春，刚放下耳机要走，小马一把拉住他，笑着说：

"参谋长！你就这样去见祖国的亲人哪？"

郭祥把自己全身上下一看，就像刚从烟筒里爬出来的，不由得笑起来。他连忙把黑糊糊的军衣，使劲地扑打了一阵，那军衣早被硝烟、灰尘和汗水胶着在一起，哪里打得下来？小徐赶快递给他一块湿毛巾擦了几把，那毛巾立刻就像块旧抹布似的。郭祥把毛巾一丢，说："差不多了！"就出了坑道，一溜小跑地向团指挥所奔去。

团指挥所的洞门口，贴着红红绿绿的欢迎标语，还有用松柏的绿枝和火红的枫叶仓促搭起来的彩门。郭祥跨进洞口，看见两边墙壁上点着几十支蜡烛，把狭窄阴湿的坑道照得异常明亮。通讯员、警卫员们正忙着烧茶端水，穿梭般地来来往往，一个个脸上都充满着喜气。

郭祥为避免过于激动，在指挥室的门外停了一下。小小的指挥室坐满了人，师长、团长、政委，还有别的干部，正陪着大妈和一个仿佛见过面的年轻姑娘谈话。大妈穿着一身崭新的蓝布裤褂,神采奕奕,谈笑风生。那个年轻姑娘略显羞怯地依偎着她,那想必就是来凤了。大妈的另一边,坐着一个老者,胸前飘着半尺多长的白胡子,手里挂着一根手杖。再旁边是一个穿着蓝制服、戴着鸭舌帽、身躯高大的工人。郭祥的心怦怦地跳动着,向前跨进了一步,恭恭敬敬地打了一个敬礼。

"这就是我们的营参谋长郭祥。"师长高兴地向大家介绍。

慰问团的同志纷纷站起来,同郭祥握手。师长也一一作了介绍。郭祥才知道,那位白髯老者,是一位历史学教授。那位戴鸭舌帽的工人,是一位有名的火车司机。这位司机一见面就激动地把郭祥紧紧抱住,还一连拍着他的肩膀说:

"英雄呵!英雄呵!祖国人民永远忘不了你们……"

郭祥想说句什么,嗓子热辣辣的像被什么梗塞住了。他走到杨大妈跟前,喊了一声"大妈",大妈拉着他的手,从上到下,从下到上,总望了他好几十秒钟,突然抱着他的膀子,哭了……

"孩子,你为我们受了苦了……"她的泪珠子不绝地跌落在郭祥被硝烟染黑的军衣上。

"大妈,这不算什么,大妈……"郭祥也含着眼泪一连声说。

见到郭祥,大妈自然也想起杨雪,眼泪越发流个不住。

"大妈,"周仆连忙上前劝道,"今天是大喜事,大家都要高兴才对嘛!"

"大妈主要是心疼他们。"师长解释道,"这几天,大妈每天都在阵地上看,一见我们的炮打敌人,她就乐了;一见敌人的炮打我们,就像打到她心上似的。今天一见郭祥瘦成这个样子,她就心疼得受不住了。"说到这里,他转向大妈说,"大妈,最好是将来能有这么一种战争,我们光打敌人,不许敌人打我们,这就比较理想了。是不是呀,大妈?"

人们笑起来。大妈转过脸说:

"你这个老洪,就知道编排我。你要是事先把准备工作再搞得好点儿,把粮食和水都准备得足点儿,怎么会让他们吃这么大苦头呢?"

"好厉害的大妈!"师长笑着说,"你这厉害劲儿,真是不减当年哪！我认为,你的这个批评击中了我的要害。这个战役胜利很大,消灭了敌人 2 万多人,创造了坑道战的经验,特别是我们的战士表现了人类最大的勇敢和难以想象的忍受艰难困苦的能力。这是任何资产阶级的军队都做不到的。但是,我们的工作也有缺点,主要是我们估计不足,没有想到,就在这么两个连的阵地上敌人竟投入了 6 万多人的兵力,动用了大型火炮 300 多门,还有将近 200 辆坦克和大量的飞机。整个战役又持续了这样长的时间。这就是我们事先没有充分估计到的。这是一个严重的教训。现在我们正准备好好地总结……"

"我们是慰问来啦,可不是要你检讨哇!"大妈笑着打断他。

周仆看大妈激动的情绪有些缓和,就乘机转变话题,说:

"我们还是研究一下,慰问团的同志怎么进行活动吧!"

说着,他对郭祥悄悄使了个眼色,说:

"郭祥,大妈和慰问团的同志们提出来:一定要到你们最前沿的坑道去。你有什么意见,是不是就让他们去吧?"

郭祥立刻会意,马上说:

"这可不行呵!大妈。现在阵地还没有巩固,敌人还在反扑哪!"

大妈撇撇嘴,说:

"你们在那儿坚持了 20 多天,我们呆上半天就不行啦?"

说着,她也向来凤他们挤了挤眼,说:

"我们慰问团这个小组,不见战士的面,怎么完成祖国人民交给的任务呀?"

"这个俺们回去也不好交代!"来凤笑着说。

"对!对!"其他几个人都抢着说,"快点去吧,又没有好远。"

郭祥忙说:

"同志们,不是远不远,交通沟都让打平了,还没挖出来。再说,敌人的炮火封锁……"

"小嘎子!别蒙你大妈了。"大妈立刻打断他,"抗日那时候,我也跟部队活动过,你们会猫着腰跑,我就不会猫着腰跑几步?"

"大妈,那是老皇历了。"郭祥笑着说,"这会儿可跟那时候大不一样:那时候,日本兵有什么?背着几挺歪把子,后面跟着几门三八野炮就挺神气了,可是现在……"

"你别吓唬你大妈了。"大妈有些生气地说。

郭祥连忙凑到大妈跟前,笑嘻嘻地说:

"大妈,不是我不让你去。我来的时候,开了一个会,征求了全体战士的意见,大家都不同意。你要是硬去了,弄得大家担惊受怕,这个也不大好。大妈,你是拥军模范,是子弟兵的母亲,你总是还得听听战士们的意见嘛!"

周仆见形势成熟,立刻笑着说:

"慰问团的同志,跋山涉水来到朝鲜,也不容易;他们代表毛主席和全国人民来慰问我们,你说不让到前面去,也说不过去;另一方面,不听广大战士们的意见,硬要到第一线去,也不太好。其实,我们这里和白云岭是一个山,来到这儿已经就是到白云岭了。"

大妈撇撇嘴说:

"老周,怪不得你当政委,你瞧你多会说!"

"我总得客观点嘛!"周仆笑着说,"我对你们两方面不偏不向。我折中一下吧:现在已经恢复了一段交通沟,咱们先到外面看看阵地,晚上再把同志们找来开个座谈会,见见面,亲热亲热。根据情况发展,晚几天再到前面去。你们看行不行呀?"

"好!好!这个主意好!"师长立刻笑着说,"大妈和慰问团的同志们在这儿多住几天,等阵地再巩固一下,交通沟都修复了,再去也不晚嘛!"

"行!行!"郭祥几个人连声响应。事情只好这样决定了。

师长立起身来,笑着说:

"咱们到外面看看吧,我当向导!"

大家都站起来,随着师长出了坑道。这里的交通壕修复了一段,人们就顺着交通壕向前走去。外面日丽风清,蓝天如洗,是一个典型的明净的秋日。这时敌我双方的炮火都比较岑寂,只偶尔有一两发炮弹哑哑地叫着落在山顶。师长不时地停下脚步来,谈笑着,向慰问团的同志们介绍着阵地的情况。

师长说,五次战役前,他曾来这里看过地形。那时候,这里树木很多,有松树、枫树、橡子树,还有银杏树,遮天蔽日,风景是很好的。山坡上是朝鲜人的一块墓地。山顶上有一座古庙叫白云寺,建筑形

式非常优美。在他看地形的时候,还有几只白鹤惊飞起来。说到这里,师长气愤地说:

"美帝国主义在这里杀了多少朝鲜人,且不去讲;你光看看这土地,叫他们糟蹋成什么样子!"

人们放眼一看,周围的山头光秃秃的,看不到一棵树木和一片绿草。满眼一片荒沙,尽是一尺多深的虚土和乌黑的石头碎末。师长随手抓起一把土,在手里晃了晃,沙土从指缝里漏下去,剩下了七八块指甲盖大小的弹片。他伸着手对大家说:

"你们看,这是什么?——这就是帝国主义的本性!"他把那把弹片放到白髯老者的手里,继续说道,"他们就是凭着这个,企图把全世界人民变成增殖资本的奴隶!说穿了,难道不就是为了这个吗?可是,我可以断定,他们是做不到的。请看,他们用了四个师的兵力,用了多少万吨的钢铁,用了各种残酷手段,连两个连的阵地都没有占领,这就是一个明显的例子。……"

"那是因为时代不一样了。"白髯老者带着感动的神情,把一把弹片装到自己的口袋里,说,"清朝末年,帝国主义派上兵舰来,开上两炮,就可以占领一座城市;日本人进来,国民党的几百万兵望风而逃,几天之内就可以占领几十座县城。只有在共产党、毛主席的领导下,我们的国家才变得这么坚强呵!"

"你说得对!"周仆点点头,接上说,"据我看,这次朝鲜战争,美帝国主义的最大错误,就在于他们没有看到:今天的东方已经不是昨天的东方。东方人民已经觉醒了。毛主席说:'中国人民已经站起来了!'帝国主义反动派的悲剧就在这里,它们没有认识到:中国革命的胜利,在东方,在全世界,引起了什么样的历史变化!"

"所以,他们只能碰得头破血流!"那位工人同志也接上说。

大家向前走了一截,前面一处洼地上孤零零直矗矗地立着一根一人多高的黑柱子,来凤指着问:

"那是什么?"

"认不出来了,是吧?"郭祥笑着说。

人们走到跟前才看出是一棵松树,只剩下一段粗壮的躯干。外面一层烧得焦煳煳的,像是一根乌黑的木炭。从上到下,一层一层,嵌满了一寸多长的弹皮,总有几百块之多。看到这棵树,慰问团的

同志都有些吃惊。来凤抚摩着黑乌乌的树干,一连声说:

"哎呀,怎么会成了这样!怎么会成了这样!"

白髯老者一时望望乌黑的树干,一时望望郭祥,捋着白胡子,不绝地赞叹道:

"真是难以想象!难以想象!……我就不能理解,在敌人这样密集的炮火下,身受敌人五面包围,你们究竟是依靠什么力量,坚持住了?"

"因为我们背后站着伟大的祖国,我们没有权利给她抹黑!"郭祥洪亮地回答。

周仆赞许地点了点头,望着老人补充道:

"这确实是一种伟大而神奇的力量!出国以后,同志们对祖国的感情,确实更深更深了。不管多么艰险的环境,不管多么困难的任务,只要一提伟大的祖国,就能够度过!就能够战胜!她爆发出的能量,有时候,连我自己都觉得不可思议。"由于兴奋,他的脸上泛着红光,又继续说,"就拿我自己说,不管情况多么紧张,别的能丢,我那个收音机绝不能丢。我一打开收音机,一听播音员的声音,简直比最美的音乐还要好听,比最清凉的泉水还要解渴。真像饮了一杯醇酒似的,心里暖烘烘的!"

人们笑起来。周仆又说:

"当然,这并不奇怪。过去我们虽然也生活在同一块土地上,可是人民是被污辱被奴役的。那时候的国家,不是劳动人民的,是帝国主义的,地主的,四大家族的。自从我们夺取了政权,这才有了自己的国家,无产阶级专政的国家。我们怎么能不热爱她呢?怎么能不热爱我们新生的祖国呢?……抗美援朝开始,有些人担心,怕打烂我们的坛坛罐罐,怕我们的建设受到影响;由于毛主席的英明领导,建设不是更慢了,而是更快了,国内的社会主义建设,真是一日千里。我们在这里打仗,就好像听见祖国万马奔腾的脚步声似的,怎么会不越来越有劲儿呢!……"

这时候,从白云岭阵地的山坡上跑下一个青年战士,他身材灵活,动作敏捷,在炮弹坑间跳跃着,就像一只小燕子似的。郭祥笑着说:

"大妈,你瞧,那是谁来了?"

说话间,杨春已经跑到大家跟前,站在交通沟沿上,用一个战士的标准姿势,恭恭敬敬地打了一个敬礼,然后用清亮的童音说:

"祖国人民好!慰问团的同志们好!"

显然这两句话是早就准备好的,但是说过这两句,下面就不知道怎么说了。周仆笑着说:

"杨春!你怎么不问你妈妈好哇?"

"我妈妈也是祖国人民嘛!"杨春红着脸说。

"这调皮鬼!快下来跟你妈妈见见面哪!"

杨春这才跳下交通沟,红着脸跟慰问团的同志们一一握手,然后才腼腼腆腆地走到妈妈身边。

郭祥眨巴着眼说:

"大妈,你瞧大乱是不是有点变了?"

"是长高了!"大妈从上到下打量了儿子一眼,笑着说,"给他套上马笼嘴,他不变也不行呵!"

大家笑起来。郭祥说:

"这小机灵鬼在这儿干得不错。前两个月还创造了个'百名射手'呢!"

"什么'百名射手'?"大妈问。

郭祥作了解释。大妈半信半疑地摇了摇头,说:

"我就不信!这么个臭小子参军才几天哪,他就能打死100个敌人?"

"俺娘一贯瞧不起我!"杨春有点不高兴,从挎包里掏出一个沉甸甸的慰问袋,往他娘怀里一搙,咕嘟着嘴,说,"你自己瞧去!"

大妈一接沉甸甸的,解开口儿一看,都是些小红石子儿,脸上有些生气地说:

"噢!你到前方来还耍石头子儿呀?"

郭祥立刻笑着说:

"大妈,你别小瞧这些小石子儿。打死一个敌人,才能往里装一个呢!"

大妈撇撇嘴,笑着说:

"这山上石头子儿有的是,谁不会捡哪!你可别让他蒙了你,这小子心眼儿可不少!"

郭祥把来龙去脉一说,大家才明白这是寄给祖国一位小朋友的;因为没有人回国,一直存到今天。大妈捧着沉甸甸的小口袋,轻松地出了口气,感慨地说:

"这都是毛主席教导得好,首长们带得好。说实在的,我还为他担着一份心呢。你们不知道,他从小就调皮,三天不打,上房揭瓦,不是掏鸽子蛋,就是打鸟,有一次叫他看场,他还……"

"你甭说了,人就不能变啦?"杨春红着脸打断他娘的话。

大妈再一次郑重地望了望那个绣着花的慰问袋,喜滋滋地正准备扎起口来,被杨春一把抢了过去,翻翻眼说:

"这是给祖国人民的,不是给你的!"

人们哈哈大笑。周仆说:

"哈哈,现在你妈妈又不是祖国人民啦?"

"交给我啵,我是祖国人民!"那个戴鸭舌帽的工人连忙把口袋接过来。人们又笑了一阵。

忽然,头顶上穿过一阵"哧哧哧"的啸声,有几颗炮弹在武威山的山坡上爆炸了。

师长摆摆手,笑着说:

"我看还是进洞去吧,敌人已经下逐客令了!"

人们进了指挥室坐下。周仆说:

"怎么齐堆还不到哇?还磨蹭什么?"

"我来的时候,他说要研究一个问题,正主持全连开会呢。"郭祥说过,又望着大妈和来凤,顺便解释道,"他现在已经是连长了。"

大妈诧异地问:

"怎么就没听他说过?他给来凤写信说,他在前方当炊事员,要保证在艰苦条件下给战士们改善生活。还提出要跟来凤比赛呢!"

郭祥哈哈大笑,说:

"大妈,他那意思你就没解开。他是暗示来凤:尽管家里条件不好,也要注意给他爹改善改善生活!"

人们哄堂大笑。郭祥接着又说:

"他的鬼名堂可是多得很哪!我算服了他那股钻劲了。去年,敌人秋季攻势正猛的时候,他就创造了坑道;今年夏天,他又大破地雷阵,给敌人来了个'地雷大搬家'。要不大家怎么会叫他'小诸葛'

呢！"

来凤脸色绯红,眼里流动着光彩,像是刚饮下满满一杯浓酒似的。她打断了郭祥的话说:

"叫你这一说,他就成了一朵花啦,就没有缺点啦!"

"缺点不能说没有。"郭祥笑着说,"自从报上登出你的事迹,他对那个标题就有意见,有一次找着我偷偷地说:'连长,这个记者是怎么搞的?来凤是我的未婚妻,怎么倒成了《志愿军的未婚妻》啦!……"

在朗朗的笑声中,齐堆已经来到门口。他手里提着一大嘟噜东西,往门外一放,喊了一声"报告",给师团首长打了一个敬礼,接着又给慰问团的人每人打了一个敬礼,惟独把来凤隔过去了。大妈用手一指来凤,笑着说:

"小堆儿!你干吗不给她敬个礼呀?……我给你说,她在家可不容易。又得装男,又得扮女。没过门的媳妇就背着包袱跑到你家,伺候你那个瞎爹,为的什么呀?还不是为了抗美援朝!你可得好好地谢谢她呢!"

"她是慰问团,还没慰问我哪!"齐堆挤着坐下来,笑着说。

"你这小子,跟嘎子是一类货!"大妈说,"人家当初要不送你参军,你有这份光荣吗?你临走还对人不放心哪!"

人们哄地笑起来。

大妈看来凤脸红红的,不大自然,对齐堆说:

"我们还要跟首长们讨论点事儿,你们先到那边屋里说几句体己话吧!"

"那可不行,我的任务还没完成哪!"

齐堆说着,转身回到门口,把绿色的降落伞布包着的一大嘟噜东西提进来,笑着说:

"我刚才来得迟了一点。原因是不知道该给祖国的亲人们送点什么礼物。全连的同志们想来想去,觉着没什么可送的。有个战士在阵地上捡了这么一件东西,大家觉着还有点意思,就让我带来了。"

说着,他把那个大包袱咣当一声放在桌上,解开降落伞布,露出一个奇形怪状的铁玩艺儿。慰问团的同志们围过来,一时竟看不出是什么，经过说明，才看出是两颗炮弹在空中迎头相遇，那颗小炮弹的弹头竟钻到那颗大炮弹的弹头中去了。

"这真是见所未见，闻所未闻！"老教授啧啧地惊叹着，"完全可以说明，当时的战斗是多么激烈，双方炮火的密度是多么惊人了。"

"不错。"师长笑着说，"但是更能说明问题的，是祖国人民对我们的支援。在出国作战初期，是不会出现这种情况的。那时候，我们的炮很少，也很旧，甚至还有抗战时期缴获日本军队的三八野炮，一放起来，敌人感到很新鲜，还以为是'共军'的什么新式武器呢！每门炮，炮弹也很少，打几发就完了。可是自从全国人民捐献飞机大炮以来，我们的装备大大加强了。虽然暂时还赶不上敌人，但是由于我们战术灵活，射手勇敢，常常可以造成局部优势。这次反击，我们就集中了几百门火炮，给敌人开了个盛大的音乐会，我们的'大洋鼓'也参加了合唱。这次抓的俘虏，下来的时候，光会说：'完啦！完啦！'原来他们已经神经错乱，吓傻了！我看到美联社的消息说：'中国军队大炮炮火的猛烈集中已开始在整个战场中占优势'，已经'一再使联军的步兵瘫痪'，并且说他们是'坐在一座火山口上'。'坐在火山口上'是确实的，至于说我们的炮火在整个战场上'已经占优势'，那倒还没有，如果那样，我相信他们已经不存在了。这都是伟大祖国人民的支援，特别是工人阶级的努力，才达到了这一点。"

工人代表异常郑重地把这件珍奇的礼品包起来，同齐堆再一次热烈地握了握手。大妈说：

"齐堆，你的任务完成了，这回可该走了吧！"

齐堆笑着说：

"我们这事儿报上都登了，还有什么怕公开的！"

郭祥不由分说，和大妈等一起把他和来凤推到隔壁的房间里去了。

大妈和师长等人又谈笑了一阵，政治处一个干事进来对周仆说：

"政委，现在饭已经好了，是不是请慰问团的同志们吃饭哪？同志们都等着听大妈他们作报告呢！"

"我就办了一个小社儿，有什么可报告的！"大妈笑着说，"下午，我和来凤准备给大家把衣裳缝补缝补,你看一个个在炮火里都滚成什么样儿了!"

"衣服要补,报告也得作。"周仆笑着说,"你把你办社的事儿,给大家好好说说,别的同志也好好讲讲,这对我们就是最大的鼓舞了。还有什么更有力的政治工作呀!"

师长也接上说:

"你的社虽小,她是代表一个方向。这就是毛主席指引的社会主义道路。同志们在前方牺牲流血,不就是为了这个吗!……"

"要说成社就是不赖,穷困户都有盼头了。"大妈兴高采烈地说,"你就说郭祥他娘,孤苦零丁的,过去一到春天种地就犯愁,现在松心多了,脸上也有了笑模样儿了。"

郭祥坐在一边听着,脸上笑眯眯的。

大家正说话,只听外面有人动情地喊了一声:

"妈!……"

说着,小迷糊闯进来。他满头大汗,脸色红红的,像是刚从外面赶回来的样子。他走到大妈面前,蹲下来,攥住大妈的手,激动得说不出话。

大妈也眼圈一红,抚摩着他的头说:

"小子,你离开咱家六七年了,怎么也不给妈打封信哪?要不是嘎子上次回家,我还不知道你在这儿呢!"

"妈,我一直当勤务员、警卫员了,什么功也没有立……"

"什么功不功的,在外头东挡西杀的,都有功。你给我打封信,我不就放心了?"

周仆乘机解释道:

"大妈,小迷糊对你感情可深了,老念叨你。这次听说你来,好几天就睡不好觉,老是问:'我妈啥时候来呀?'我看比对他亲妈还亲哩!"

"说的也是。"大妈说,"他爹妈都叫日本鬼用刺刀挑了,从此就住在我那儿,还非跟我钻一个被窝不行。你不叫醒他,就给你尿一大炕。你瞧这会儿多出息呀!"

大家哄地笑起来。小迷糊有点不好意思,站起身说:

"妈,我给你们端饭去!"

大妈叫住他说：

"小子，我这回来，也没有什么给你带的。我一想，你跟大乱个子差不多，就比着他的脚给你做了一双鞋，等一会儿，你穿穿合适不？"

小迷糊高高兴兴地跑了出去。不一时抱了一大摞碗走进来，小玲子在后面端着菜盆。

菜摆好了，大家刚刚入座，头顶上响起沉重的爆炸声。一个参谋进来报告：有十几架敌机，正在阵地上盘旋轰炸。邓军立刻站起来说：

"你马上告诉高射炮阵地和高射机枪阵地：祖国的亲人们在这里，要他们好好地打！狠狠地打！"

说过，又转身向慰问团的同志微笑着说：

"今天没有鸡鸭鱼肉来招待你们，如果能打下一只'飞鸡'来，也算个招待吧！"

人们哄笑着。

不一时，就从坑道口传来高射机枪激越的哒哒声和高射炮的怒吼声，像是对敌人宣布：祖国人民的一根毫毛都是不容许侵犯的！

第六部
凱　歌

第六篇

总 论

第一章 战　友

炮火声里,雪花又落遍了朝鲜。

这已经是中国人民志愿军在朝鲜度过的第三个冬天。

朝鲜,这个伸到大海中的半岛,一年四季都是很美丽的。春天一来,漫山遍野开遍了金达莱花,简直就像一片桃花的海。到夏天,又是青山绿水,房前房后落满了栗子树玉棒般的花穗,就是在激烈的炮火里,也不断传来布谷鸟好像被露水湿润过的好听的鸣声。当然,最好看的还是秋天。这时候,枫叶红了,千山万壑,升腾着旺盛的火焰,整个三千里江山就像被一匹无穷无尽的红毯包了起来,使你真像喝了一杯浓酒似的沉醉在她那迷人的秋色里。至于冬天,那是另一种奇丽的景象,千万座山岭都变成银色的山岭。她庄严,肃穆,壮丽,就像这个穿白衣的民族本身一样倔强地屹立在东方。

志愿军入朝作战的第一个冬天,不消说是无心欣赏朝鲜的冬景的。那时候,弥漫的风雪与漫天的火光交织在一起,形势危急,胜负难卜,东方人民的命运,正像万斤重担压在战士们的心头。尤其是出国比较仓促的那些部队,那些来自温暖的江南的儿女,他们戴着大盖军帽,穿着单薄的军衣,就进入到长津湖畔的冰天雪地之中,其艰苦情况可想而知。而现在却完全不同了。战线稳定,粮弹充足,洞外是雪花飞舞,洞里是炉火熊熊。祖国送来的冬装,更使战士们特别满意。那些棉衣不仅布好,棉絮厚,前胸还有御寒护胸棉,袖上还有防寒紧袖扣,每件棉衣的口袋里都装着针线包、救急包、杀虫粉和慰问信。此外还有漂亮的栽绒帽,厚厚的棉大衣与暖和的棉毛靴。这些贫下中农的子弟,许多人从小给地主放牛,放羊,放猪,连鞋都穿不上,哪穿过这样的棉毛靴呵!他们受到祖国这样的抚爱,

心里很是感动,有人还写出这样的快板诗来:

> 棉毛靴,模样强,
> 牛皮包头帆布帮,
> 底子好像装甲板,
> 软毛足有三寸长。
> 穿上祖国这双鞋,
> 浑身发热有力量。
> 挺起胸膛跺跺脚,
> 地也震来山也响。
> ……………

在这样的情况下,战士们的求战情绪益发高涨。当前的朝鲜局势是很明显的:现在既不是战争初期能否打退敌人的问题,也不是中期能否守得住的问题,而是如何把战线推向前去争取最后的胜利。我们的主人公郭祥,就是这种求战情绪的代表人物。他的眼睛早就贪馋地盯上白云岭对面的花溪洞,以及隐隐可见的他曾经恶战过的黑云岭了。

这里,顺便交代,自白云岭战役之后,本营营长孙亮已调任副团长,由郭祥接任营长,副教导员老模范也当了教导员,这两位共过患难的战友,仍然作为"老搭档"领导着本营的工作。尽管他俩年龄相差很多,但在这方面却完全一致:都想很快把花溪洞山拿下来。为此他们作了一个周密的攻击计划,想挤到全师的计划中去。谁知计划递上不到两天,就传来完全相反的消息:部队很快就要下阵地了。郭祥深感意外,找到周仆悄悄地问:

"政委,这消息是真的吗?"

周仆点了点头。

"转移到哪里去呀?"

"西海岸。"

郭祥的脑袋耷拉下来了,半晌没有说话。周仆笑着说:

"你恐怕有些不理解吧,这是一个重要的战略部署。"

"战略部署?"

"是的,一个有关全局的大问题。"周仆解释说,"现在朝鲜的战局很清楚:敌人要想从正面突破我军阵地,已经不可能了;他们正酝酿着一个大阴谋。……"

"什么阴谋?"

"他们企图用大量海空军和陆战队,从我们后方实行两栖登陆。……随着艾森豪威尔上台,这种可能性大大增加了。"

"他大概也就剩下这张王牌了!"郭祥笑着说。

"你说得对!"周仆说,"可是,敌人的这个阴谋,已经被上面识破了。"

"谁?"

"那还有谁?"周仆笑着说,"谁看得这么深刻呀!"

"噢!是毛主席……"郭祥点点头,笑着说,"既是这样,走就走吧,我没有什么意见!"

接着,周仆又告诉他:为了击破敌人的阴谋,整个部署都作了调整,有不少部队要调到东西海岸两侧。到达西海岸以后,还有可能与一支人民军的英雄部队并肩作战。

"那太好了!"郭祥高兴地说。

交接任务的工作,在稳交稳接、增强团结的指导思想下,整整用了一周时间,才进行完毕。然后,郭祥所在的第五军才向北转移。

经过五六天连续行军,他们到达了预定的目的地。郭祥的一营住在几个小山村里。这里有一道蜿蜒的长满松树的小山,村庄就散落在山坡上。下面是一片被白雪封盖着的稻田。再往西不远就是碧蓝的大海了。

郭祥于拂晓时到达,刚安顿完毕,卫兵就进来报告说,面劳动党委员长,带着几个人前来慰问。郭祥和老模范立即迎出门去,看见一个穿蓝制服的中年男子,一个女干部,正同房东老汉讲话,仿佛在盼咐什么。旁边站着五六个年轻的朝鲜妇女,在早晨凉飕飕的海风中,一个个笑微微地顶着竹篮。郭祥和老模范连忙赶过去同他们热烈地握手。那个女干部,穿着厚厚的蓝棉袄,蒙着头巾,束着黑裙,她一见郭祥就快步抢过来,温和地笑着说:

"郭东木!你的不认识啦?"

郭祥仔细一看,原来是朴贞淑,不禁惊讶地问:

"朴东木,你怎么也来了?"

"怎么,你来的行,我来的不行?"她笑着反问。

郭祥握着她的手,笑着说:

"哦,恐怕是你们的部队也来了吧?"

朴贞淑笑着点点头,接着告诉郭祥,她是分配来做群众工作的。郭祥兴奋地挥挥手,用朝鲜同志讲中国话的调子说:

"好好,我们任务的一样!"

说着,把大家让到屋里。郭祥和老模范忙着给客人端水拿烟,对面委员长和群众的慰问一再表示感谢。面委员长也透露,他们早就知道部队要到这里来执行重要任务,现在正发动群众,全力支援。最后,郭祥问起白英子的情况。原来去年夏天,郭祥遇到朴贞淑时,两人谈起往事,朴贞淑仍不免为死去的孩子伤感。郭祥就想起白英子来,自从杨雪牺牲,这孩子一天天大了,也该有个人带着她锻炼锻炼,并且有个寄托才好。于是就向朴贞淑谈了自己的想法。朴贞淑一口答应。不久就把白英子接在自己身边。今天,郭祥一见朴贞淑,就想起这事。朴贞淑见郭祥如此关心白英子,就笑着说:

"她也来了。现在我走到哪里,把她带到哪里。"

"这样说,你是她的上级啰?"

"是她的上级,又是她的妈妈。"

郭祥笑了,又问:

"她怎么没来?"

"她到群众里做工作去了。"朴贞淑笑着说,"要是知道你来,还不赶快飞来吗!"

郭祥和老模范同大家欢叙了一阵。客人起身告辞。临走,朴贞淑告诉他们,她就住在山那边不远的农舍里,有事就不客气地去找她。

部队刚到驻地,就受到朝鲜同志的欢迎和慰问,使郭祥和老模范的心头感到十分温暖。他们对白英子这个失去家庭的孤儿,有了这样的归宿,尤其感到欢慰。老模范把地方同志来探望的事向团政委作了报告,周仆在电话里指示说:

"你们附近,就有人民军一个营,你们应当明天一早就去探望他们,主动取得联系,不要等人家来看望你们了!"

两人商定,明天由老模范到团里汇报行军工作,郭祥一早就到人民军去。

郭祥在老乡的暖炕上,甜甜地睡了一晚。一早醒来,觉得窗纸异常明亮,推门一望,漫天正飞舞着雪花,台阶上已经落了很厚一层。他想到,人民军在军容风纪上是很讲究的,就把自己也从上到下整饬了一番。他匆匆吃了早饭,就披上大衣,带着通讯员小牛向村外走去。

雪花飘落着。他们踏着厚厚的积雪走了半里多路,看见一个身穿绿呢子军大衣的人民军军官迎面走来,后面跟着一个挎转盘枪的战士。两个人的步态都很英武。待走到近处一看,这位人民军的军官,高高的个子,面目清秀,两眼炯炯有神,很像是五次战役消灭敌人伞兵的人民军连长金银铁。不过那时金银铁是人民军的上尉,现在这位军官却佩着大尉军衔。郭祥一时不敢断定,就走上前打了一个敬礼,试探地说:

"你是金银铁同志吧?"

那个军官急忙还礼,两眼一亮,说:

"噢,你是不是郭……?"

"对,对,我是郭祥。"

两个人紧紧地握手,互相拍着对方的肩膀,几乎要拥抱起来。小牛也抢过去同人民军的战士亲热地握手。

两个人说话并不困难。郭祥一向喜欢接触群众,也善于接触群众。到朝鲜以后依然是这种作风,在炕上把腿一盘,就同那些阿爸基、阿妈妮们聊起天来,所以他的朝鲜话纵然不是很通,也能说上老半天的。金银铁在学校里就学过汉语,中国话竟说得相当流利。

郭祥首先抱歉说,他本想一早就到大尉的营里前去探望,不料大尉来得更早;金银铁也说,他本想昨天就来,因为忙一件事被耽搁了。郭祥心里很想对自己的这位战友招待一番,就转过身来邀请金银铁一同到自己的营去。

两个人一路说说笑笑,来到营部。郭祥在台阶上帮金银铁拂去身上的雪花,把他让进屋子里;又悄悄吩咐小牛好好招待那个人民军的战士;并且压低声音说:

"你告诉管理员,一定要买两只鸡来!由我个人出钱。"

"这也不是你个人的客人。"小牛说。

"你别管这个。快！鸡一定要买大一点的！"

郭祥回到屋里，拿出他最好的"大前门"香烟，给金银铁亲自点上，亲热地说：

"金银铁同志，自从咱们上次见面，一晃一年半也多了，你这一阵子在哪儿呀？"

"我一直在东线作战。"金银铁笑着说，"自从八五一高地战斗以后，我们休整了一下，就又上阵地了。最近才调到这里……"

"噢，敌人不是把八五一高地叫做'伤心岭'吗！"郭祥用钦佩的眼光看了自己的朋友一眼，兴奋地说，"那个战斗可打得好哇！要是不把敌人打疼，它是不会伤心的。"

"还是志愿军的同志们打得好。"金银铁连忙接过来说，"上甘岭战役，那是全世界都知道的。"

郭祥兴奋地说：

"我们的部队，很敬佩你们。战士们经常说：我们应当把自己坚守的每一座山岭，都变成敌人的'伤心岭'！"

"要是不让敌人伤心，就该我们伤心了。"金银铁微笑着说，"我们还是让敌人伤心的好。"

郭祥哈哈大笑。

"我对人民军印象很深。"他接着说，"你们的部队作战勇敢，纪律性很强，觉悟很高，从来不说一个'苦'字。特别是对敌人有刻骨的仇恨。我遇到不少人民军的战士，他们的家属都被敌人残杀了……"

"这种人在我们部队很多。有的连队占三分之一，有的甚至占一半以上。"

"是呵，美国的雇佣兵怎么能抵挡住这样的军队？就是这仇恨的火也要把敌人烧死！"郭祥说，"上次你们打敌人的伞兵，打得多干脆！这个支援太及时了，我什么时候想起来都要感激你们……"

"不要说这个了，郭祥同志。"金银铁打断他的话说，"你们出国作战的时候，正是我们的民族最严重、最危急的关头，而对你们来说，刚刚经过22年的连续战争，不是没有困难的。这一点朝鲜人民是懂得的。他们在内心深处的感激是难以表达的。也是我们永远不会忘记的。我还记得,在我们向北撤退的时候……"

郭祥的眼前,又重现了那个大火熊熊的夜晚,在北撤的人流中,金银铁坐在桥头上,死也不肯后退的动人情景。虽然事情过去了几年,那幅情景仍然历历在目。郭祥不禁感慨地说:

"从那时起我就看出,朝鲜人民、朝鲜人民军是不可战胜的!"

金银铁回忆着说:"那时候,的确,我是一步也不愿再撤退了。当我听到撤退的消息,觉得就像天塌地陷一样,眼也看不见了。我在心里喊着:祖国呵祖国!故乡呵故乡!我们怎么能够离开你!当时如果宣布死守,我相信我们的战士会毫不吝惜地全部战死在这里。眼看前面就是国境线了,我觉得向北再迈出一步,都是莫大的痛苦。世界上有各种各样的痛苦,我觉得没有任何痛苦能和这种痛苦相比。……所以,我们才那样珍贵中国同志的国际主义支援!"

听了金银铁的话,郭祥深受感动地说:

"要说支援,首先是朝鲜同志支援了我们。这次抗美斗争,你们不仅捍卫了自己的民族独立,也捍卫了中国的安全,而且对全世界的革命事业,作出了伟大的贡献!我常常想,我们国家的社会主义建设事业能够有现在这样的发展,这同朝鲜人民的流血斗争是分不开的!……金银铁同志,你就别说谁支援谁了,因为全世界的无产阶级本来就是一家嘛!……"

金银铁笑着说:

"话当然可以这样说;正因为我们是一家,所以彼此的支援是不可少的!"

郭祥也笑了。

这时,金银铁像忽然想起了什么,感情深沉地说:

"有一件事,我们朝鲜人民是永远也不会忘记的,什么时候提起来,都压不住心头的激动……"

郭祥注视着自己的朋友,等待他说下去。

"我说的是毛岸英同志,他的热血也洒在我们的国土上了……"金银铁接着说,"我们听说,志愿军一出动,他就报名出国,是经过毛泽东同志亲自批准的。令我们特别感动的是,在这次战争里,不仅中国人民派出了他们优秀的儿女,连中国人民的伟大领袖也派出了自己亲生的孩子……"

"是的,这件事中国人民也很感动。"郭祥说,"听人讲,毛岸英同志牺牲以后,为了怕毛主席难过,很长时间没有告诉他。后来,他老人家还是知道了,他说:你们为什么要瞒着我呢,为什么别人的儿子可以牺牲,我的儿子就不能牺牲?……"

听到这里,金银铁深深地慨叹道:

"这次战争,敌人的残酷性达到了一个高峰;我们两党、两国之间的兄弟友谊,也达到了一个光辉的高峰!"

郭祥也激动地添加说:

"要说这是国际无产阶级合作的典范,也不算过分。"

这时候,小牛已经把菜端了上来。按中国人民军队一向的风习,不用盘子,也不用大碗,而是四个大搪瓷盆。一盆是清蒸鸡,一盆是鸡蛋粉,一盆是牛肉罐头,一盆是炒土豆丝。另外还有两瓶中国的"二锅头"烧酒。没有酒杯,就拿了两个小搪瓷碗。郭祥把小炕桌干脆撤去,放在暖炕上,然后说:

"小牛,快找那位战士同志去!"

"叫他在我们那儿吃吧,"小牛说,"我们那儿也有一只大鸡呢!"

郭祥笑着对金银铁说:

"那咱们俩就喝起来吧!"

说着,提起酒瓶,咕嘟咕嘟就给金银铁倒了满满一大瓷碗。金银铁连声叫道:

"哎呀,不行不行!中国酒厉害,这我是知道的!"

郭祥笑着说:

"朝鲜同志英勇善战,这我也是知道的!"

说着,给自己也倒了大半碗,高高地擎起来说:

"今天咱们相见不容易。让我们就为我们两国人民用鲜血凝成的伟大友谊干一杯吧!"

两人心情激动,各饮了一大口,脸色都顿时红润起来。小牛又从灶膛里掏了一大盆炭火,端到两人面前,火盆上还跳动着红艳艳的小火苗儿,不一时屋里暖烘烘的,两个人的大衣都穿不住了。外面仍然是漫天飞舞的雪花……

两个人山南海北地纵谈着,不觉谈到家事上来。郭祥把着酒碗问:

"金同志,你家里还有些什么人哪?"

金银铁轻轻地叹口气说:

"现在已经被反动派快毁坏完了……"

他沉默了半晌,才接着说:

"我的哥哥多年前就跑到中国的东北,参加了金日成将军的部队,在作战中牺牲了。我的姐姐12岁就当了纺织工人,听说在釜山,一直没有消息。我原来在汉城读书,因为搞学生运动被反动派发现,要追捕我,我就偷越过三八线,参加了人民军,走了我哥哥的道路。战争爆发以后,听说父亲和我的妻子都被敌人枪杀了。现在只剩下我母亲一个人了。……"

郭祥一听,忽然想起被隔断在敌后时救护自己的那位朝鲜老妈妈。两家的经历竟这样相似,就问:

"你家在什么地方?"

"三八线附近,金花郡。"

"什么村子?"

"金谷里。"

"呵?金谷里?"郭祥不禁惊叫了一声,又问,"你妈妈多大年纪了?"

"55岁了。"

郭祥记得那位阿妈妮比自己的母亲大一岁,掐指一算,也差不多。又问:

"她是不是为了逃债和你父亲一起迁到那里去的?"

"是呵!是呵!"金银铁惊讶地说,"你怎么知道?"

郭祥笑着说:

"你们村子西北,山上有一个大石洞吗?"

"是呵!是呵!"金银铁一连声说,"那是庄稼人存放柴草和避雨的地方。我小时候到过那里。郭同志!看来你是到过那地方吧?"

郭祥感叹地说:

"不错,那是我到过的地方,也是我永远难忘的地方!……"

接着,他把自己的这段经历,详详细细叙说了一遍,最后激动地握着金银铁的手说:

"就在这个村庄,就在这个石洞里,我认识了一位革命的母亲,伟大的母亲！他是你的也是我的母亲！……"

两位久经战阵的战友，眼里都含满激动的热泪，在他们碰杯的时候，因为不小心，泪珠子扑哒扑哒地掉到酒碗里去了……

外面，漫天飞舞的雪花，还在不停地飘落着，飘落着……

郭祥由金银铁一家的遭遇，不禁想起朴贞淑一家的遭遇和小英子一家的遭遇，他们的命运是多么相似！这都是些多么优秀的人呵！他忽然想，自己能不能帮助他们成为一家呢？

想到这里，他慢吞吞地点起一支烟，接着刚才的话茬说：

"这次战争，依我看，朝鲜妇女的贡献也是很大的。"

"是的，她们确实表现不错。"金银铁点了点头。

郭祥又接着发挥：

"中国同志经常赞美她们。我们团政委就说过，将来要写这页历史，朝鲜妇女可是重要的一笔！"

"这也是实际情况。"金银铁说，"战争爆发以后，青壮年男子都上了前线，所有的重担都压到她们肩上去了。"

"在前线上我也看到不少。"郭祥说，"我就认识一位女同志，表现得相当出色。她原来是一个普通的农村妇女，后来成了一个人民军的战士。她经常化装，深入敌人的营地，活跃在敌人的后一方，完成了许多重大任务。听说她还得过共和国的勋章呢！"

"我也听说，我们人民军有这样的女同志，可是没见过面。"

"你没有见过，你的妈妈倒是见过。"郭祥笑着说，"据我看，你妈妈很喜欢她。"

"我妈妈很喜欢她？"

"是的，很喜欢她。就是她护送我到战线这边来的。据我看，她的性格非常好，对人谦恭有礼，简直可以说，把女性的温柔跟少有的刚强和勇敢糅合在一起了……"

金银铁笑起来，说：

"这位女同志现在在哪儿？"

"她等一会儿就来。"郭祥笑着说，"我们已经约好，她要来谈谈地方的情况。"

金银铁欠起身说：

"哦，原来你今天有事，那我就告辞啦！"

"不，不，"郭祥捺住他说，"实在抱歉，我们的联络员不在家，我正要求你做翻译呢！"

郭祥把金银铁稳住，立刻假托有事，跑到外面找到小牛，说：

"快！快！你快去把朴同志请来！"

"什么事呀？"

"你别管什么事，你就对她说：有要事相商！"

小牛去了。

郭祥又回到屋里，同金银铁扯了一阵。看看20分钟过去了，小牛也回来了，还不见她来。他有些发急，就又假托有事跑出来，走到柴门以外观望。

这时，漫天的雪花，仍旧像春天的柳絮一般不停地飘舞着。除了卷着浪花的海水以外，整个的山冈，松林，已经成了无限幽静奇美的银白世界。高高低低的松枝，都托着大大的雪团，经海风一吹，又静静地落到地上和别的枝桠上。……

郭祥正在观望，从银色的山冈上走下一个人来。正是朴贞淑的身影。待走得近了，郭祥见她披了一身雪花，头巾上也落了厚厚一层，简直像戴着一顶美丽的花冠似的，脸色也显得更加鲜红了。

她咯吱咯吱地走到郭祥身边，笑着问：

"郭东木！什么要紧事的有呀？"

"有一个人民军东木，要找你谈谈情况。"郭祥笑着说。

"什么情况的谈？"

"谈谈……地方的情况。"

"哦，原来是这么回事。"

两个人说着来到屋前，郭祥推开门，说：

"金东木！你不是要了解地方的情况吗？我给你请人来了。"

"我……我……"金银铁慌乱地站起来。

"这就是朴贞淑同志。她对地方的情况是非常熟悉的。"

"哦，哦……那就请进来吧！"

朴贞淑解下头巾，扑打着满身的雪花，随后脱了鞋，走进屋里……

郭祥轻轻地吁了口气，望望天空，欢腾的雪花飞舞得更加美丽了。

第二章 春 初

1953年春初,山阴的积雪还未消融净尽,炸弹坑边的草已经冒出绿芽,二月兰也抢先开放了。漫山遍野的金达莱,经过严冬的孕育和雪水的充分滋养,已经挂满了坚实的花蕾。它们仿佛整装待发的战士,正准备一鼓上阵,占领春天的阵地。

反登陆作战的准备工作,仍在紧张地进行。山岭间,不时地回荡着开掘坑道工事的爆炸声,像夏季的沉雷一般从这座山谷滚到那座山谷。

初春的早晨,天气还相当寒冷。郭祥披着穿了一冬的旧棉衣,正沿着一条山溪向工地走去。在山溪转弯处,远远望见一个身着军衣的女同志,正在一块大青石上洗衣。她的裤管挽得高高的,两条腿埋在清清的水流里。长长的发辫不时地垂下来。从那熟悉的身影,郭祥看出来那是徐芳。可是又心中纳闷:听说徐芳的演唱组,昨天晚上就回去了,怎么大清早起又在这里洗衣服呢?

待走到近前,郭祥笑着问:

"小徐,你们不是已经回去了吗?"

徐芳抬头一看,笑了,用袖子拭了拭脸上的汗珠,说:

"怎么,在你们这儿多呆一会儿也不行呵?"

"谁说不行啦?"郭祥连忙说,"你再呆上两个月我们也很欢迎!"

"你听听,也、很、欢、迎!"徐芳笑着说,"谁知道你心里欢迎不欢迎呵?……说实在的,我本来准备昨儿晚上走;因为乔大夯几个人老是把衣服藏着不让我们洗,昨儿晚上才让我发现了。我就让他们先走了,我多留半天。也无非是多吃你们一顿饭吧!"

郭祥带着抱歉的语气解释道:

"昨天晚上,听说你们要走,我本来想送你们,后来因为开会误了。……"

"你现在是首长,工作忙嘛!"徐芳打断他。

郭祥一听这话不是滋味,就在徐芳的对面,小溪另一边一块石头上坐下来,说:

"你这个小徐!看起来是对我有意见了。"

"有什么意见哪,要不这么说,你肯坐下来呀?"

徐芳嫣然一笑,把辫子往后一甩,又拾起乔大夯那满是汗污的特大号的军衣,在溪水里投了投,然后立在大青石上,光着两只脚丫踩起来。显然因为在水里过久,两截小腿和一双脚丫已经冻得通红。

郭祥有些怜惜地说:

"小徐,你这种精神,我很赞成;可是也要看时候嘛!比方说,晌午水暖了你再来洗,是不是更好一些?"

"这算什么!"徐芳一面踩衣服,一面满不在乎地说,"跟小杨姐姐比,我还差得远哪!她大冬天敲开冰凌,给战士们洗血衣,一洗就是几十件,你怎么就不说了?"

一提杨雪,郭祥低下头去,不言语了。徐芳也后悔失言。沉了半响,郭祥才说:

"她已经牺牲快两年了……"

"可不,到今年夏天就两年了。"徐芳也难过地说。

"一个多好的同志呵!"郭祥慨叹了一声,缓慢地说,"她是那么勇敢勤劳,艰苦朴素,既老实又聪明。每年夏天,只要我走到枣树林,闻到枣花的香味儿,我就想起她来。……"

"是因为,你们小时候一块砍过柴吗?"

"不。是因为,她朴素得就像那枣花似的。……她不像桃花那么艳,更不像海棠那么娇。可是她倒比她们香得多,质地也坚实得多,对穷苦人也有用得多。"

"我没有你想得深。"徐芳思忖了一会儿,说,"我倒觉得她是一枝开放在硝烟中的红花。好像环境越艰苦,战斗越激烈,她就开得越鲜艳。这也不奇怪,因为她的底子厚,经过的锻炼又多,比起来,我就觉得自己像一枝可怜的小草似的。自她牺牲以后,我就想给她编一支歌子,题目就叫《硝烟红花》,可是写了好几次也没写成……"

说到这儿,徐芳羞涩地低下头去。

郭祥接着刚才自己的话说:

"当然,我们的感情也走了一段弯路。这主要是假象蒙蔽了她,使她一时没看清楚。我是能够谅解她的。因为认识一个人很不容易,特别像陆希荣那样的人,他的两面派手段是最能蒙蔽人的,许多同志都受了骗……"

说到这里,两人都沉默无语。过了一会儿,郭祥抬起头来,问:

"她的墓是在松风里吗?"

"在松风里。"

"是村南还是村北?"

"村南的一座小山上。"

"插了牌子吗?"

"有一座小石碑。"

徐芳见他问得这么细,就说:

"你准备去看看她的坟墓吗?"

"那要看机会了。"郭祥叹口气说,"至少在我们胜利回国的时候,我是要去一次的。"

徐芳也慨叹说:

"我觉得在小杨姐姐身上,最可贵的地方,就是她对革命,对同志不掺半点假,完全是真心实意的。就是亲姐妹,在最危险的时候,她也未必肯真正救助你;可是小杨姐姐,为了革命的需要,为了同志的安全,却是肯毫不犹豫献出生命的人。我跟她在一块儿时间不长,她却给我上了最好的一课。她不是用语言,而是用实际行动,使我懂得了在这一生里应该做什么样的人,走什么样的路。我相信,这条路我是会继续走下去的。……"

乔大夯那件特大号的军衣已经涮净拧干,徐芳又把另一件混合着汗渍和泥土的衣服投放到溪水里。那条丝带一般的绿水,老像要把她手里的衣服夺去似的,在水里牵得长长的,并且发出充满情意的叮咚的歌唱。

世界上有些话,是最难启口的。就是一些心直口快的英雄好汉也不免如此。何况像徐芳这样刚满20岁的女孩子呢!从内心里来说,她对郭祥是非常倾慕的。至于这情感的绿芽,究竟是什么时候悄悄钻出地皮来的,不仅春风难知,就是她自己也不知道。郭祥在医院休养的时候,她还完全是一个不懂事的少女,用她自己的话说,那时候"只晓得抢糖豆吃"。对郭祥与杨雪之间的感情,她不仅不懂,还觉得两个人躲在河边说悄悄话,简直非常好笑。杨雪牺牲后,小徐回到前方。当她得知郭祥在玉女峰壮烈跳崖的时候,她感动得哭了。但是这种情感也以对英雄的景仰居多。因为在她看来,郭祥是一个无比高大坚强的英雄,是一个具有某种神秘品质的难以企及的人物。至于其中掺杂了多少个人爱慕的成分,那是直到今天她也难以确定的。也许这些都已水乳交融又无法分辨了。或者说,比较明晰的,是郭祥从敌后归来时。那次也是在海边,她第一次向郭祥告知了杨雪牺牲的消息,当时郭祥痛苦万分,内心如焚,这件事也给了她深深的感动。此外,还有无名山的相遇,自己亲眼看见郭祥悄悄地抚弄那面小圆镜子,以及托她织作镜套、笔套的动人情景,都流露出他对杨雪的感情是多么地深沉和真挚呀!她觉得郭祥这人不仅在政治上,在同敌人作殊死斗争时,是那样的坚定,就是在个人感情上也是纯真高尚的。也许就从这时,落下的一粒种子悄悄地萌发了绿芽……

然而,既已萌芽,它就日益茁壮难以抑制了,以致到了今天,自己难以启口而对方又没有丝毫的暗示。即使自己把题目引到这方面来,郭祥又谈的总是杨雪和对杨雪无尽的怀念。更加使她伤心和懊恼的是,她发现郭祥一直是把她当作小孩看待的,就同在医院相见时没有两样。什么小徐小徐的,他就不知道小徐已经不是几年前的小徐了,她已经长大了,已经成了大人了。徐芳简直觉得自己被深沟高垒挡住了去路。可是,今天不谈,又待何时呢?……

"还是接着刚才的话题为好。"徐芳心中暗暗想道。于是她鼓足了勇气,涨红着脸说:

"你觉得,自从小杨姐姐牺牲以后,你还遇到过像她那样的人吗?"

"没有。"郭祥低着头说。

"在咱们全师、全军,都没有像她那样的人吗?"

"不能说没有,也许没有遇到过。"

徐芳心里一沉,像被冷风噎住似的不言语了。郭祥也沉默着。只有那条叮咚的山溪好像有意弥补他们的沉默似的,轻声地絮语着……

呆了好半晌,徐芳才长长地叹了口气,说:

"要是小杨姐姐还活着,那该多好呵!"

这话还未说完,郭祥的眼泪已经像两条小河似的滴落到山溪里。……

第二天。郭祥在团部开完会,刚要离开,周仆在一棵松树下叫住他,亲切地微笑着,说:

"郭祥,昨天人家跟你谈话,你怎么哭起来了?"

"谁?"郭祥眨巴眨巴眼。

"小徐呀,小徐不是跟你谈话了吗?"

郭祥一愣:

"政委,你怎么知道的?她向你汇报了?"

"还要等她汇报?"周仆微微一笑,"昨天我一看她的气色就不对,两个眼红红的。是我问了一点二十分钟才问出来的。"

他从容地燃上大烟斗,不慌不忙地笑着说:

"人家早就爱上你了,你还傻瓜似的!"

"什么?她……"郭祥吃了一惊,"她还是个小孩子嘛!"

周仆哈哈大笑,用大烟斗冲他一指:

"你这个郭祥!有些地方嘎得出奇,有些地方又傻得要命。其实,我这个政治委员早就看出来了。那位你所说的'小孩子',一来咱们团,就要打听你,说不了几句话,就要问:郭祥打得怎么样啦,最近表现怎么样啦,等等。我不过不说就是了。这种事自然瓜熟蒂落,也用不着多问。"

"那,怎么今天政委又亲自过问了?"郭祥也笑着说。

"出了故障了嘛,不问还行?"周仆板起脸说,"就比如一挺机枪,哗哗哗一直打得很顺当,忽然不叫了,你不排除故障,还怎么打下去呀?"

郭祥笑起来了。周仆又接着说:

"据我看,小徐还是很不错的。虽然是知识分子家庭出身,总的看还是比较纯洁的。尤其是经过咱们这个大熔炉一炼,进步很快。

你看她给伤员洗血衣呀,端屎尿呀,捉虱子呀,还跑到最前沿给战士们演唱呀,缝补衣服呀,都说明思想感情在发生变化,同工农兵群众的结合上已经跨进了一步。当然以后还要继续努力。像这样的同志同你结合,我认为是蛮好的。怎么人家给你谈着,谈着,你倒哭起来了?"

"我……我……"郭祥嘴张了几张,没有说下去。

"你说嘛,有什么不好说的?"

"我……我是想起小杨来了。"

"噢,原来是这个……"周仆叹息了一声,沉默了一会儿,又继续说,"当然,小杨是一个很难得的同志,是值得我们永远怀念的。听说朝鲜政府已经授予她'朝鲜民主主义人民共和国英雄'的称号。可是,有什么办法呢,她毕竟离开了我们……"

"我总觉着她还活着似的。"郭祥低下头去。

周仆长长地叹息了一声,又说:

"从某一方面说,她也确实活着。我就注意到,小徐为战士服务的那种精神,甚至她给战士缝补衣服的姿势,都使我想起杨雪来。这是为什么?这就是小杨的精神和影响在她身上投射的光辉!……而且,据我看来,小杨和小徐所以爱你,是出于一个共同的情感,这就是爱慕一个真正为革命为祖国不惜献身的英雄。她们的这种情感是很纯洁很高尚的。这是我们中国革命的妇女中一种很值得赞美的倾向。资产阶级的妇女,或者有浓厚资产阶级气息的妇女,她们追求的是金钱、地位、安适、庸俗的享乐生活,她们见了我们这些'大兵'掩鼻而过,惟恐汗气冲了她们,怎么会爱我们的英雄,爱我们的战士呢?……郭祥呵,我看小徐对你的这种情感,你还是应当看得珍贵些!"

听到这里,郭祥笑着说:

"政委,你是不是有点儿管得太宽了?"

"宽?我这也是有原则的!"周仆睨了他一眼,"那些专门追求个人幸福的人,我就不会去帮他,因为他自己已经很上劲儿了,你还帮他干什么!嗯?比如像陆希荣那样的人!……"

郭祥沉思了一会儿,说:

"这样吧,政委,虽然你是一番好意,可我现在还不想考虑这个问题。是不是以后再说……"

周仆见郭祥思想还不大通,也不好勉强,就说:

"也好,那就以后再考虑吧。这种事,政治委员包办也不行呵!"

郭祥打了一个敬礼,匆匆去了。

团长邓军从那边走过来,问:

"老周,谈得怎么样?"

周仆摇摇头,说:

"不行。恐怕主要是对小杨的感情太深了。"

邓军把那只独臂一挥,笑着说:

"哼,小徐不来请我!要是我来谈,不超过一个钟头就能解决问题!"

"那,这个媒人就由你来当吧!"周仆也笑着说。

第三章 硝烟红花

果然,十多天后,团长邓军已经在履行他"媒人"的职责了。

山冈上,古木参天。志愿军第五军正在这里举行一次盛大的英雄模范会议。邓军率领本团的英雄模范人物也参加了。会议上反映出的英雄事迹,真如百花争妍,千红万紫,比漫山遍野的繁花还要绚丽多彩。最后三天,只剩下军首长的总结讲话和军文工团的晚会了。就在这个空隙里,邓军在临时搭成的礼堂外,同郭祥做了一次严肃的谈话。

"那个问题,你考虑得怎么样啦?"邓军故意沉下脸问。

郭祥一愣:

"团长,你说的是什么问题呀?"

"你这个嘎家伙!政委专门找你谈了半天,你还装什么糊涂啾?"

"噢,这个……"郭祥笑着说,"我还没有考虑呢!"

"看!你这是什么态度?叫你说,小徐入朝以来表现得怎么样?嗯?"

"表现不错。"

"对呀,既然不错,你为啥不跟人家好好谈哪?当然,我也听过人家讲,什么'金花配银花,金葫芦配银瓜',你是不是觉得人家配不上你这个金葫芦呀?"

"这个,绝对不是。"郭祥涨红着脸说,"主要是因为……"

邓军知道他又要谈起杨雪,立刻把话截住,把那只独臂一挥:

"不要说了!据我看,小徐同志不错。你那样对待人家至少很不礼貌!你自己说,那天有没有缺点?"

郭祥涨红着脸，不知说什么好。小玲子在一边呲着牙笑，并且不断给他使眼色，他只好讷讷地说：

"那，那……缺点总是有的。"

"对嘛！既是缺点，就要很快改正嘛！"邓军极力掩饰着内心的愉快，又用半命令的口吻说，"限你三天之内去找她谈谈！嗯？我给你半天的假。"

邓军说完，不等郭祥表态，就一扭头回会场去了。

"团长好厉害！把指挥打仗的办法也用上了。"

第三天，也是会议的最后一天。早晨，郭祥正要进入会场，忽然小玲子停住脚步，支棱着耳朵说：

"有飞机！"

郭祥仄着耳朵一听，并没有听见什么，就笑着说：

"你这顺风耳恐怕听错了吧？"

话未落音，山尖上就鸣起防空枪声。接着，蓝色的天空里，出现了三架轰炸机和六架喷气式的混合编队。小玲子睁大眼睛，紧紧地盯着它，因为这时敌人的飞机越来越狡猾了，它们有时候装作过路的样子，不动声色地向预定的目标施行水平投弹；有时候则故意飞过预定的目标，陡然返回头来施行突然袭击。因此，小玲子等它们飞过头顶，还死死地盯着，果然，这些家伙刚刚飞过去不久，接着又返回来，盘旋在军部的上空。在山上开会的人们纷纷跳进了防空壕。不一时，山下的几个村庄里就传来沉重的爆炸声。与此同时，我军的高射炮和高射机枪也响起来。天上地下轰鸣声顿时响成一片。

直到一架敌机被炮火击落，这场短促激烈的战斗才宣告结束。人们从防空壕里跳出来，看看山下，军司令部、政治部和文工团所驻的几个村子都旋卷着黑烟。很快司令部的值班室就给山上打来电话：司、政两部略有伤亡，惟独文工团损失最重，因为他们正在为会议赶排节目，没有来得及跑出来。这种事，在朝鲜战场上，本来早就习以为常。但是不知怎的，今天却引起郭祥一种特殊不安的感觉。他老是望着山下村子里冒着几缕黑烟的地方……

山上的会议仍然照常进行。中午，军政治委员的总结报告已经讲完。大家预料，当天的晚会不可能再进行了。谁知军政委在结束

报告时,用特别响亮的调子通知大家:

"刚才,文工团有一些伤亡,我们的意见,今天晚上的演出不要举行了。但是,文工团的同志们再三要求坚持演出。他们说:文艺工作者为英雄的部队服务,就要学习英雄,英雄们能够前仆后继,负伤不下火线,为什么我们就不能坚持演出呢?因此,我们就批准了他们的要求。现在我愉快地通知大家:今天晚上的晚会,按预定计划,于晚七时半准时开始!"

会场上,顿时响起一阵特别热烈的经久不息的掌声。……

晚会开始了。在没有开始以前,这个可容六七百人的山林礼堂就已经挤得满满的。人人面带笑容,坐在一排一排的横木上。电灯光发出特别明亮愉悦的光辉。小小的舞台,经过红绿彩绸的装饰,显得十分美观。礼堂的入口处用防雨布严严实实地遮蔽着,尽管外面不断有敌机的肆扰,有防空哨报警的枪声,但里面的演出并不中断,不时地爆发出一阵阵的掌声、笑声和欢呼声。……显然,这种大规模的演出,在战争初期是不可能出现的,现在由于战线的稳定,它已经变成人们的日常生活了。

晚会的节目,是由一个名叫《开山曲》的小歌剧开始的。幕一拉开,舞台中心耸立着一块雄伟的大青石,仔细一看,才看出这块大青石是由一个身躯特别高大的演员扮演的。这位"石头老人"的姿态十分傲慢,显出一副凛然不可侵犯的样子歌唱着。歌词的大意说,他已经在这山里居住了几亿万年,只有他才是这里真正的主宰,是任何人动他不得的。听说志愿军的战士来这里修工事,要把山打通,他一笑置之,认为不过是"毛娃子"的妄想罢了。接着,上来了三个志愿军的青年战士,高唱战歌,猛挥镢头,虽然累得臂疼腰酸,仍然没有弄得动他。这位"石头老人"益发狂笑不止。后来这几个青年战士商量了一个办法,终于把石头弄得基础动摇,摇摇晃晃地离开了原来的位置。"石头老人"大为恐慌,一面后退,一面唱道:

> 我,在这里生长了亿万年,
> 哎呀呀,想不到今天碰到英雄汉。
> 小伙子有勇有谋吓破了我的胆,
> 我只好带领大小儿孙滚下山……

人们听了哈哈大笑,响起一阵热烈的掌声。

报幕员还特别解释说:今天演"石头老人"的,是他们行军中挑汽灯和兼管服装道具的一位同志;因为原来担任这个角色的同志今天光荣牺牲了,是由他自告奋勇赶排出来的;歌词比较生疏,请大家特别原谅。会场上又响起一阵热烈的掌声。

接着,开始了一些短小精悍的演唱节目。其中有一个单弦是《郭祥大战白云岭》,那位演员十分诙谐,把郭祥的那股嘎劲表演得惟妙惟肖,使大伙不时迸发出一阵一阵的笑声。这郭祥平时虽然满不在乎,但在大庭广众之前却最怕表扬,尤其这种文艺形式,更使人吃不住劲。他见会场上的人纷纷瞅他,只好红着脸低下头去。军政委还回过头,笑着问:"怎么样,郭祥?演得像不像呵?"郭祥那种不自然就别提了。幸好这个节目并不太长,等到另一个节目开始,他才吁了一口气,重又抬起头来。

最后一个节目,是徐芳的独唱《硝烟红花》。报幕员还特意介绍说:"《硝烟红花》,是徐芳同志经过长期酝酿最近才完成的一首抒情歌曲。内容是歌颂和悼念本军的模范护士——国际主义战士杨雪同志的。由于徐芳同志今天上午在敌机轰炸时两度抢救伤员左臂负伤,本来团里决定这个节目日后再同大家见面,但是徐芳同志坚决要求按预定计划演出,团里批准了她的请求。现在由徐芳同志开始演唱。"

徐芳在热烈的掌声中,轻快地走到台前。郭祥静静地注视着,见她用白绷带挎着一只胳膊,似乎比平时还要精神,也显得更加美丽。郭祥不禁想起,三年前,她给自己输血的时候,还是一个天真烂漫的女孩子,今天却在不注意中长大成人了。而且在她身上确实隐隐约约生长出某种气质和风度,无论动作、神态都有点儿像是杨雪。……郭祥正冥想间,徐芳已经在两把胡琴和一把小提琴的伴奏下,放出了婉转清脆的歌声。这歌声很快就把郭祥带到那深沉的回忆里。歌词的最后几段是:

想起你呵,我就想起了江声哗哗,
鸭绿江奔流在你的脚下。

你多么想追随战士的脚步前进,
在江边洒下了你一串串泪花。
呵,只因为你是一枝硝烟中的红花!

想起你呵,我就想起了风雪漫漫,
你用温暖的胸膛把冰雪融化。
你对战士的热爱为何这般深厚,
阶级的情义胜过洁白的雪花。
呵,只因为你是一枝硝烟中的红花!

想起你呵,我就想起了洪水滔滔,
滔滔的洪流呵无边无涯。
你穿行在激流中为何一无所惧,
背负着负伤的战友在树上安家。
呵,只因为你是一枝硝烟中的红花!

想起你呵,我又想起了烈火熊熊,
你扑进烈火中没有丝毫惧怕。
为了掩护亲爱的朝鲜姐妹,
你慷慨地把最后一滴热血抛洒。
呵,只因为你是一枝硝烟中的红花!

硝烟中的红花呵硝烟中的红花,
你的美胜过天上灿烂的红霞。
红霞呵也会随着暮色暗淡,
你在我们的心中永远放射光华。
呵,只因为你是一枝永不凋谢的红花!……

徐芳的歌声,平时就很美妙动人。今天更加深沉有力。一来她唱的是自己亲身的感受,二来对杨雪又怀着无比深厚的感情。因此,很快地就把大家引到对这位女战士的深沉的怀念之中。尤其唱到最后两段,她眼里含满热泪,几乎夺眶而出,等到她结束最后一句时,眼泪已经像明亮的露珠一般滚落下来。……

在大家深深的感动中,徐芳谢幕数次。郭祥全没看见,因为他为了掩饰自己的感情,早已深深地低下头去。他的泪水却悄悄地洒到他面前的一小片土地上去了。

邓军用胳膊肘碰碰他,说:

"怎么样呵,郭祥?嗯?"

郭祥含含糊糊地应了一声,声音是嘎哑的。因为徐芳的那首歌曲,仍旧在他耳边飘绕着,就像是一条不绝如缕的丝带一般。……

第四章 在朝鲜人民军里

经过中朝人民军队一个冬春的紧张劳动,在朝鲜东西海岸修筑了数百里的坑道工事,正面战线也更加巩固。此外,还改善了交通网,增修了两条铁路、四条公路,大大便利了我军的机动。弹药物资也作了足够的储备。与此同时,又抓紧时间进行了军事训练,准备了两三套干部,增添了装备,新的兵种更加加强,空军也参加了反登陆作战的战备工作。待补兵员二十余万人已集中在祖国东北地区。这时我军的兵力空前雄厚,打大仗、打恶仗的思想准备非常充分,连在国内休养的伤病员,也提前回到了前方,准备与敌决一死战。正是在这种情况下,敌人终于没有敢打出从我侧后登陆这张最后的"王牌"。敌人的这场重大阴谋,就这样在它的酝酿、计划和准备的过程中被粉碎了。这是由于我军统帅毛主席用他的智慧之剑,刺穿了敌人的阴谋诡计;是朝鲜战场上伟大的英雄集体,用他们的汗水汇成的惊涛,冲毁了敌人的迷梦。此事虽然不为国内广大群众所知,但却是朝鲜战争重要的一笔。

板门店谈判,自从1952年10月上甘岭战役前就被敌人单方面中止了。这个只有两三户人家几间草房的板门店,显得更加荒冷,几乎门可罗雀了。如果不是那里还搭着两座白帐篷,上空还飘着两个灰白色的气球,也许要把它淡忘了。可是战争的较量自有其本身的规律。自从敌人的主观妄想在现实的岩石上碰得粉碎,不得不在半年以后的1953年4月26日,重新又回到谈判桌旁。但是一切反动派都是不会甘心失败的。谈判恢复以后,敌人仍然用各种方法为扣留战俘辩护。看来,天际已经出现了和平的曙光,但是,不经过坚决的战斗,不再给敌人几个坚决的打击,和平还是难以实现。这样,一个空前大规模的夏季攻势战役,已经在着手准备了。

5月上旬,郭祥所在的第五军接到命令:立即移防中线,准备参加夏季攻势。

这个消息,对全军上下都是振奋人心的。郭祥的欢乐更不用提。这一来是,自移防西海岸以来,已经半年多,"光跟石头打交道"了;二来是,即使下阵地以前,打的那些仗也并不"过瘾"。用他的话说,一次吃敌人一个班,一个排,或者一个连,简直"不够塞牙缝子","不值跑腿钱"。现在既然时机成熟,确确实实"应该放手大干"了。

各项准备工作都已就绪。在临行的前一天,老模范和郭祥分别到朝鲜的地方干部和人民军进行致谢告别。

早晨,鸟鸣山幽,布谷鸟声声啼唤。郭祥在满是野花的山径上轻快地走着。只过一座山冈,就是他的朋友金银铁的驻地了。

金银铁的营指挥所,也设在山坡上的几座茅屋里,正面对着大海。宅前种了一大片波斯菊,还有几株牡丹开得十分艳丽。由于哨兵通报,金银铁很快迎出来。两个人互致军礼。金银铁笑嘻嘻地握着他的手说:

"郭东木!我本来要到你那里去,不想叫你赶了先了!"

"前几次,不都是你赶了先么?"郭祥也笑着说。

两个人拉着手上了台阶,脱鞋进屋。屋子收拾得分外整洁,屋中央的小炕桌上,放着一个黄铜的炮弹壳,擦得明光锃亮,插满了金红色的野百合花。

金银铁递过一支"牡丹峰"牌的香烟,给郭祥点上,笑着说:

"郭东木!你是来告别的吧?我看谁也不要辞行了,你们明天出发,我们后天启程。"

"你们也要到中线去吗?"

"是的,到中线。我们这一次很有可能是并肩作战。"

"哎呀,那太好啦!"郭祥情不自禁地捋捋袖子,"这一回又可以大干一家伙了。"

两个人哈哈大笑。

郭祥眯细着眼,望着他的朋友,悄声地问:

"现在谈判进行得怎么样了?"

金银铁不由得握紧拳头,愤慨地说:

"还是那样！耍赖！我看不猛干几家伙,和平是没有希望的!"

郭祥连连摇手,笑着说：

"不不,我说的不是这个；我是问,你们俩的谈判进行得怎么样了?"

"哈哈,你说的是这个……"

金银铁微笑着,还没有回答,只听那边厨房间里发出一个女人忍耐不住的吃吃的笑声。金银铁笑着走过去,把厨房门打开,原来是朴贞淑站在灶台跟前正捂着嘴笑呢。

"哈哈,"郭祥笑着说,"朴东木！你来得比我还早呵！嗯？你躲在那里干什么？"

"这不是,给你开水的烧嘛！"

朴贞淑脸色绯红,笑得像是一朵花似的。郭祥两手一拍,说：

"哈哈,想不到你们俩的谈判,进展得倒相当不慢哪！"

金银铁也笑起来。朴贞淑赶忙敛起黑裙,脱了小船鞋,过来同郭祥握手,一面指指郭祥的脑壳说：

"上次,你的叫我给他汇报,你的'这个'坏了坏了的！……"

郭祥也笑着说：

"我的这个如果不'坏了坏了'的,你们俩怎么会有今天哪！"

朴贞淑又笑了。

三个人欢叙了一阵。郭祥起身告辞时,被金银铁一把拦住,说：

"这可不行！今天朴东木要亲自做朝鲜饭来招待你。再说,你前两次到这里来,战士们都没看到你,事后老埋怨我。我们俩先到班、排里转转吧,回来正好吃饭。"

朴贞淑也拉着郭祥不放。郭祥知道朝鲜同志热情直爽,违背他们的意思反而不好,也就答应下来。

金银铁和郭祥一起走出门去。太阳刚刚越过东面静静的群山,早潮还没有停息,深蓝色的海水涌着高高的波浪,像一队队前仆后继的兵马似的向海岸冲激着,发出威严的呐喊声,随后就掀起雪堆似的浪花。

两个人下了山坡,沿着海滩边谈边走。前面是延伸到海里的一条山腿,大岩石上站着两个威严的哨兵。金银铁顺手一指,说：

"这里是一个排的阵地。"

哨兵向他们行了持枪礼。两个人就进了坑道。郭祥看见坑道壁上镶着木板,顶部镶着一层铁皮,显得十分整洁。木板铺上的行李,以及枪支、用具都排列得非常整齐。郭祥对这支部队的正规化作风,暗暗赞美。两个人又向前走了一截,看见战士们正坐在小凳上学习。一个年轻的少尉发现了他们,立刻发出口令,人们齐刷刷地站立起来。

金银铁指指郭祥,一面笑着,用朝语介绍说:

"这就是我常讲的郭祥营长,坚守白云岭的战斗英雄。你们现在就好好地看看他吧!"

人民军的战士们纷纷围过来,同郭祥握手,把郭祥的手都握疼了。他们一面握手,还一面说:"你的顶好!""你的大大地辛苦!"

郭祥虽然朝语懂得不算太多,听到金银铁的话里有"战斗英雄"几个字,连忙说:

"同志们!敌人把你们的阵地叫做'伤心岭',这就说明,你们是一支经得起考验的英雄的军队。你们每个人都是我钦佩的战斗英雄。我要向你们很好地学习。……"

金银铁把话翻译过去,立刻掀起一阵热烈的掌声。郭祥笑着说:

"同志们,还是坐下来谈吧!"

金银铁招呼大家坐下来,自己和郭祥也坐在铺上。郭祥怕谈话目标再集中到自己身上,就立即争取主动。他一看那位少尉排长,脸孔黑黝黝的,虽然个子不高,长得肩宽背厚,十分结实有力,胸前还戴着国旗勋章的标志,就笑着问:

"少尉东木,今年当辛梅沙里夭①?"

"21岁了。"少尉有些腼腆地说。

大家见郭祥还能说几句朝鲜话,顿时活跃起来,不像刚才拘谨了。一个比较活泼的战士说:

"营长东木!你的朝鲜马鹿大大的!"

"不行!我的不行!"郭祥连忙摇手说,"我的中国马鹿大大的,朝鲜马鹿小小的!"

---

① 当辛梅沙里夭:朝语"你多大岁数"。

人们哄笑起来。

金银铁告诉郭祥：那个年轻的少尉名叫金龙基，刚提升排长不久。他当班长的时候，曾经击毁过敌人三辆坦克，因此得了国旗勋章。郭祥立刻翘起大拇指说：

"金东木！你的顶好！"

说着，再一次伸出手去同金龙基握手。他觉得金龙基手劲很大，又笑着说：

"金东木！你是工人出身吧？"

"你说对了！"金银铁代为回答说，"他的父亲和他们兄弟三个全是平壤纺织厂的工人。战争一爆发，他父亲就把他们弟兄三个全送到前线去了。他的父亲还说：'可惜我的年纪大了，不然我要同你们一起到前线去！'他的哥哥在打过南朝鲜洛东江的时候英勇牺牲了。他的弟弟是高射炮兵，今年才16岁，曾经击落了一架B29重轰炸机，也得了一枚国旗勋章！"

"真是一位英雄的父亲！"郭祥慨叹道，"他老人家现在在哪儿？还在平壤么？"

"已经牺牲了。"金龙基说。

金银铁一边翻译，金龙基一边说：

"我父亲是一辈子也没有离开过工厂的人。撤退的命令下来，他手里的铁锤还不愿放下。厂里决定把机器包装好，准备埋起来，他就抱着机器哭了。本来15日撤退，17日、18日他们还在埋机器。机器埋好，工人们哭着离开工厂，他还迟迟不愿离开，走一步，回头看一看。敌人是19日进的平壤。我父亲就牺牲在离工厂不远的地方。……"

金龙基停了一停，又接着说：

"我父亲牺牲不久，我母亲和妹妹也在撤退到清川江桥的时候被炸死了。……我当时正在前线作战。我就想：美国强盗们！让你们轰炸吧，朝鲜人民是杀不完的！只要还留下一个，就小心你们的狗命！……"

"这样的事真是太多太多了。"金银铁叹了口气，指指一个瘦高个的上士说，"崔昌昊！你家里的人也差不多叫敌人杀完了吧？"

崔昌昊的眼里立刻闪着仇恨的火星，愤恨地说：

"我是汉城附近的人。就因为我母亲给在南朝鲜的游击队做过一顿饭吃,敌人就把我全家十几口人抓去,通通杀了。……我有时看到乡村的老人,就想起我的父亲、母亲。想到我已经是一个没有家的人了,心里自然是很难过的。但是,我又想,祖国就是我的母亲!只要我活一天,我就要为祖国的统一而斗争。我决不能允许我的母亲永远被人分割成两半!……"

　　其他战士也都纷纷叙说了自己的过去。几乎每一个人都是一部充满着血泪的英勇斗争的历史。郭祥算了算,在这个排的20多个人中,亲人被残害的,几乎占三分之二以上。这使他的心感到沉重、痛楚和仇恨。也使他想起了自己的过去。在座谈临近结束的时候,他说:

　　"同志们!天底下的所有反动派,他们的残暴和无耻是一样的。人民的命运也是相同的。我的父亲被敌人害死的时候,连心肝都被掏出来了。……这些仇恨,我们是永远也不会忘记的。下一次战役快要开始了。我希望同志们再创造出第二个、第三个'伤心岭'!到那个时候,我再来向同志们祝贺吧!"

　　郭祥的话虽然不多,但却使两国战士的心紧紧地贴在一起。金银铁和战士们一起鼓起掌来。

　　直到郭祥和金银铁走出坑道口很远,还听到后面激动的口号声。

　　他们又转了几个班排,然后回到营部。郭祥一看,一张大炕桌上已经摆得满满的:一大铜碗油炸咸鱼,一大盘裹着鸡蛋的山药蛋片,一碗放着大量辣椒的朝鲜酸菜。……炕桌旁边,还放着小水桶般的一大坛酒。

　　在艰苦的战争环境下,主人竟准备了这么多东西,真使郭祥过意不去。但这种心境又必须严密地掩饰起来,不能让豪爽热情的主人看出。这时候,金银铁早已拿起勺子,揭开酒坛子,给郭祥盛了溜边溜沿满满一大碗。

　　郭祥"啊呀"了一声,说:

　　"金东木!哪有喝酒用这么大碗的?"

　　金银铁笑着说:

　　"志愿军吃菜用大盆,我们喝酒用大碗,这是风俗不同嘛!"

说着,金银铁就要端起大碗敬酒,郭祥用手一拦,说:

"朴东木还没来呢!"

"你们先喝吧!"朴贞淑在厨房间说,"我的任务还没完成哪!"

郭祥回头一看,朴贞淑高高地卷着袖子,正在那边忙碌着,挂着汗珠的脸上,露出幸福的微笑。金银铁端起酒碗,说:

"郭东木!我们很快就要到前线去啦。这一次,很可能是朝鲜战场上最大的战役。我相信,你一定会为我们的共同事业立下更大的功勋!我就敬你一杯胜利酒吧!"

一提起战斗,郭祥特别长劲,端起碗来就猛喝了一口。

两个人一面开怀畅饮,一面山南海北地谈起来。在谈到朝鲜统一的问题时,深深牵动了金银铁的感情。他的神色十分激动,语调缓慢地说:

"郭东木!今天那位家在南朝鲜战士的话你听到了。那不是他一个人的感情,那是全体朝鲜人民的感情。我可以说,就是在做梦的时候,我们也没有忘记我们祖国的统一。我老实说,今天我们的生活是困难的,战士们每月的津贴费,只够买一盒火柴,党员只能拿它来交交党费。但是,没有人叫一声困难。你假若问他们有什么困难,他们就会说,'我们了解自己国家的情况'。郭东木!他们为的是什么?就是为了我们祖国的统一,为了南朝鲜的解放!……"

他停了停,又略略偏着头,沉思着说:

"我经常在想,我们的祖国,是一个多么可爱的国家!她三面环海,山清水秀。北朝鲜是工业区,有很丰富的矿藏,自古以来就是一个产金的地方。我们的南朝鲜是农业区,有很发达的农业。所有的海岸线,都是产量丰富的渔场。像这样一个国家,人民的生活本来应该是很富裕的,很美好的,可是100年来,自从变成日本帝国主义的殖民地以后,她的血就渐渐被榨干了。它们不仅拿走了我们的黄金,拿走了我们的煤铁,拿走了我们的粮食,还残酷地屠杀我们,污辱我们,搞什么'处女供出','虱子供出','头发供出',连我们身上的头发,甚至虱子都不放过。因为我们的头发,可以变成它们的财富,虱子可以供它们作细菌试验,再来残害东方的人民……"

说到这里,金银铁握紧拳头,愤恨地击在土炕上,震得碗盘叮当乱响。一霎时,他的眼珠子都变成红的。停了半响,才继续说:

"解放了,我们的生活刚好了一些,美国侵略者又来了。战争以来的情况你都是亲眼看到的。我们南北朝鲜本来是一个国家,一个民族,如果统一了,朝鲜北部的工业可以支援南部的农业,南部的农业可以支援北部的工业,在革命的道路上是会进展得很快的。可是由于美帝国主义和南朝鲜反动派的破坏,一直到今天,仍然被分割成两半。想到这一点,我的心,就像被插上一把尖刀似的流着血滴。如果看不到祖国的统一,我就是死了也不会瞑目……"

郭祥对他的朋友的这种极其深厚的爱国主义情感,深为感动。他忽然想起了什么,抬起头问:

"金东木!你取'金银铁'这个名字,是什么意思?"

"没什么。"金银铁随口回答说,"是我参加人民军的时候随便取的。"

"不,我想一定有含义。"郭祥说,"我来猜一猜,你看对不?它是说,一个人民的战士,对革命事业,要像金子一样忠贞,对人民要像银子一样柔软,对敌人要像钢铁一样坚定!"

"只能说,我希望是这样。"金银铁一笑。

"金东木!"郭祥身向前倾,望着他的朋友说,"我入朝快三年了。在我同朝鲜同志、朝鲜人民接触中间,我就从你们身上,看到了这三种好品质。你们对敌人是那么勇敢坚定,对朋友又是这么多情多义。我相信,一个国家有这样的人民,这样的战士,朝鲜的统一和解放是一定会实现的!"

郭祥说着,把碗里斟满了酒,高高地擎起来,响亮地说:

"现在让我们为朝鲜的彻底解放和统一来喝干这一杯吧!我们中国人民不管在任何艰险的情况下,都会支持你们的革命事业!"

金银铁由于心情激动,端着酒碗的手不住地哆嗦着,他深情地望了朋友一眼,两手捧着大碗,把整整一大碗酒一气饮尽。然后站起身来,抱着郭祥,亲着他的脸。两个人的眼泪都夺眶而出,像小雨点儿般地溽溽落下……

朴贞淑把一盆朝鲜冷面端了上来。郭祥正要欠身给她斟酒,被朴贞淑抢先给他斟满,双手捧起,躬着身子端到郭祥胸前。她说了一长段话,话没说完,就有几滴泪飘到酒碗里。因为她说的是朝语,金银铁只好给她作了一次翻译:

"她说,战争开始,她还是一个不识多少字的乡村妇女。尤其是感情激动的时候,她的感情是难以表达的。但是她知道,在朝鲜的山岭上,几乎每一寸土地都洒满了志愿军的鲜血和汗水,不仅是她,就是朝鲜的后代也不会忘记。至于你对她个人的关怀,也使她感念不忘。她还说,在这次战争里,敌人的残暴,虽然使她遭受了很多苦难,但是她也认识了像你这样的好人。她说,你的骨头是用金刚石做的,你的心是用水晶做的,认识你是她一生的幸运。今后不管走到什么地方,希望你也不要忘记她。……"

郭祥被她的话深深打动,就双手接过酒来,把这碗酒一气喝尽。

朴贞淑又亲手把冷面给郭祥盛到铜碗里。吃饭中间,郭祥看到他们两人相亲相爱,猜想事情已经八九不离十了,就笑着问:

"朴东木!我什么时候喝你们的喜酒呵?"

朴贞淑笑而不答。金银铁说:

"喜酒你肯定是喝得上的。不过要在战争胜利以后了。到那天,我一定会请你参加我们的婚礼。而且,不是由我,而是由我们两个陪着你,去游历我们的金刚山……"

"不,还有小英子呢!"朴贞淑笑着说。

"对对,再加上小英子,还有我的母亲,由我们全家人陪着你。郭东木!你大概没有到过我们的金刚山吧,那可是一个好地方!就是在全世界来说,恐怕也是最美的风景之一。到那时候,我想就不会请你吃炸咸鱼了……"

"这一天,一定会来到!"郭祥笑着说。

朴贞淑没有说话,悲苦的回忆与幸福的憧憬交织在一起,真是苦辣酸甜一齐兜上心头。她那红润的脸庞上再一次浮现出含着泪花的微笑……

第五章　我看到了新世界

郭祥所在的第五军开上中部战线时,夏季攻势的第一阶段已经结束。战役计划从一开始就是紧紧围绕着谈判的斗争进行的。当时美国侵略者,仍然千方百计地坚持要强迫扣留战俘,艾森豪威尔甚至"打肿脸充胖子",说什么"对于真理的考验很简单,只有行动才有说服力"。于是,在战役开始,就决定以打击美军为主。此举果然有效,"行动"产生了"说服力",美国的态度有了缓和,谈判也取得了进展。但这时,那个南朝鲜的反动势力的代表李承晚,像所有的卖国贼一样,总想借助外国人的势力,来完成他的"北进"大业。如果战争停下来,他的这种梦想就越发渺茫了。因此,在这个关键时刻,他就极力阻止停战的实现,大肆叫嚷"不受停战谈判的约束",要"单独干"。于是,我方的战役计划,在第二阶段中,就适时地把打击的重点移到李伪军的头上,以便敲碎这个恶棍"北进"的迷梦。

对郭祥来说,当然打美军最好;退而求其次,打伪军也无不可。问题是,第二阶段的任务,第五军仍然是次要方向,这就难免使他感到有点"那个"了。好在这时兵团政治部给了第五军一个严肃的政治任务,要他们向当面的美军开展一个大规模的政治攻势,来配合这次战役。很快,阵地上就热闹起来。郭祥这个营的前沿,设了一个对敌广播站,设置了好几个高音喇叭。广播站按照周密的计划,每天早晚和深夜向敌军广播着我军的胜利消息,板门店和谈动态,以及针对敌军思想的问题解答,向我军投诚办法,此外还有歌曲唱片等等。这些也像炮弹一样地抛向敌人的阵地,配合着其他部队的进攻。

为了加强对政治攻势的领导,团政治委员周仆亲自兼任了对敌军工作委员会的主任。这天早晨,他正在审查广播节目,师政治部打来了电话,说战俘营有一批俘虏,主动要求到前线喊话,其中有两名美军士兵和一名英军士兵将分配到他们团里。周仆一听,这无疑是一支重要力量,心中甚为高兴,就连忙派新提升的敌工干事李风到师部去接。

不到一小时工夫,一辆小吉普飞驰而来,停在山坡底下,李风先跳下车,接着从车里跳出三个人,一律穿着整洁的蓝制服,中国布鞋。他们神态自若,脚步轻快,一面说笑着向山坡上走来。

周仆觉得,他们能够主动到前线喊话,已经是以"和平战士"的身份参加前线上的斗争,就走到洞口外那一小块平地上表示迎接。走在最前面的那个美国人,是一个细长个子,态度活泼,神情愉快,胡子刮得精光,有二十八九岁的样子。周仆觉得很面熟,却想不起在哪里见过。正寻思间,这位年轻活泼的美国人,已经以轻快的步子上了塄坎,不等李风介绍,就抢先同周仆握手,并且彬彬有礼地鞠着躬说:

"亲爱的军官先生!我十分有幸能再次见到您。同时,我相信,您也不会忘记我,因为我们俩有过一次愉快的和印象深刻的谈话。在我的内心里,您是我的一位难忘的朋友……"

李风翻译了他的话,并且补充说:

"政委,他就是同你第一次谈话的琼斯嘛!"

周仆忽然想起,这就是本团在朝鲜战场上抓到的第一个俘虏,是他钻在工事里用绳子打机枪的时候被俘获的。当花正芳把他送到团部时,他满脸胡荏子,像有40多岁的样子,想不到现在竟满面红光,这样年轻,就紧握着他的手,笑着说:

"噢!是你呀,琼斯,我看你比那时候可年轻多啦!"

琼斯见政委提到他的名字,更为高兴,紧接着说:

"我在俘虏营里接到过我未婚妻的来信,她也说,我比以前年轻了。这同俘虏营生活的愉快不是毫无联系的!"

周仆又过去同第二个人握手。这是一位中等身材的英国人。他比较严肃,老练持重而又略带矜持。李风介绍说:

"这位是英军的下士莱特。他遗落了一本笔记,政委,当时你看过吧!"

周仆忽然想起他那本长长的笔记,微笑着说:

"看过,看过。那是一本对帝国主义的控诉书。如果还能找到,就还给这位朋友吧!"

"我想不必了。"莱特摇摇头,认真地说,"让它留给你们做一个纪念好了。那本东西虽然写得潦草,但是我可以向你们毫不夸张地说,这是一个英国士兵完全真实的记录!"

周仆忽然想起,他当时在战场上左臂是负了伤的,就微笑着问:

"莱特先生,您的伤早就好了吧?"

"对此,我十分感激您的部队,政委先生。"莱特伸了伸他的左臂,极为满意地笑了一笑。

第三个是一位美国黑人。他高大而强壮,像铁塔一般地矗立在那儿,眼睛里流露出朴实和热诚的光辉。李风介绍说:

"这位是霍尔先生。他是在二次战役中,和整个的黑人连一起集体放下武器的。在俘房营中,他也是最早在反战宣言上签名的和平战士之一。"

周仆上前同他热烈地握手。霍尔把周仆的手捧在胸前,热诚地说:

"我非常高兴见到您,政委先生。我为我自己能够有机会在前线上贡献一点微薄的力量,是感到十分愉快的。"

周仆望着他那双粗大有力的手掌,深情地说:

"您入伍以前是一位工人吧?"

"是的,是一位失业工人,政委先生。"他带着苦味笑了一下。

由于天气炎热,周仆请他们脱去外衣,就坐在树阴下的矮凳上。警卫员忙着沏茶拿烟招待他们。敌我双方的炮弹不时地从头顶上咝咝穿过,落到比较远的地方。气氛甚至可以说是很平静的。几位外国朋友,抽着烟,喝着茶,因为有李风作翻译,纷纷叙说着自己的感想和经历,显得十分轻松愉快。尤其是年轻活泼的琼斯,总是抢先说话,几乎大部分时间,都被他占去了。

"我必须告诉您,军官先生。"琼斯兴奋愉快地抽着烟说,"自从我被贵军俘房以后,我的这一大段经历都是新鲜而有趣的。因为这些都是我从来没有想到也不可能想到的。我将来回到我的国家以后,我要同我的未婚妻和我的朋友详详细细地来描绘这些细节。我甚至可以这样说,我简直是在另外一个星球上作了一次愉快的旅行。……"

周仆微笑地望着他,他说得越发来劲了。

"而且,我还必须坦率地说,我对于您,军官先生,您的部队,以及我遇到的中国人,都觉得是另外一个星球上的人类。……例如,在我离开您,到俘虏营去的路上,我遇到一次美国飞机可怕的轰炸。当时路边有一个很狭小的防空洞,中国人就把我和其他的俘虏推到洞里,由于洞子太小,他们就蹲在外面。像这样不顾自己的性命来掩护一个俘虏,这是任何军队所不可能做到的,也是我感到不可理解的。不久甚至发生了一件更加奇怪的事。我的脚在夜间行动时不小心被石头碰伤了,走不了路,我要求他们把我结果了事。中国人就笑我说话太傻了,后来由两个志愿军的战士轮流背着我走,而且还背着他们并不轻松的装备。这一来,我简直不知道想什么好了。因为,我从来没有见过任何人把俘虏驮在背上。难道杀了他不比背上他走省事么?道理是很明显的:少一个人只能减少对一个人的照顾。如果是一个中国兵受伤,美国兵会背着他走么?我会这样做么?显然是不会的。而他们为什么要这样做?这是我无法理解的。……"

"我也遇到过类似的事。"莱特插嘴说,"有一次要过一道寒冷的溪水,他们认为我是负伤的人,就扶着我在石头上走,而自己却走在水里。我也感到奇怪。当时我曾经想过:他们都是不相信上帝的人,为什么相信上帝的人做不到或根本不愿做的事,他们却做到了?当时我是无法解答这种疑问的。"

周仆含着烟斗笑了。他正要插话,黑人霍尔闪着明亮的眼睛,说:

"对志愿军来说,这都是一些平常的事。而我所经历的一个场面,却是令人惊心动魄的。"

接着,霍尔说了这件事的简单经过:那是他所在的黑人连在危险情况下决定投降时发生的。当时,他们举起了白旗,志愿军就向前移动,准备接受武器。不料这时,一个美国兵由于过度的恐惧竟开了一枪,把一个志愿军打死了。所有的黑人都立刻意识到,有全体被毁灭的危险。但是,出人意外,其他的志愿军战士不仅没有开枪,反而想法稳定他们的情绪,上去同他们握手,向他们解释政策。顺利地完成了受降。一个惊心动魄的场面,竟因为中国人高度的冷静和理智,严明的纪律而挽救了。当时感动得整个黑人连的弟兄有的发狂叫喊,有的哭泣,有的跪下来拼命祈祷……

霍尔说到这里,感情深沉地说:

"我当时就是哭泣的一个。也就是从这时起,我第一次认识了中国人民。以后经过种种事情,使我越来越明确地认识到,中国人民是了不起的人民,伟大的人民!难怪你们的革命取得胜利,因为,在我看来,你们的确是不寻常的!"

周仆从嘴里取下他那小拳头般的烟斗,和蔼地说:

"我非常感谢你们对我国人民和军队的赞美。但是,应该说,所有国家的劳动人民都是伟大的人民,他们都是推动历史前进的动力。当然,我们也看到,由于一定的历史的原因,每个民族也不可避免地有她的长处和短处。而且,据我看,每个民族几乎无例外地都需要清除私有制度以及它在观念上遗留下来的垃圾。"

"当然,这是公正的说法。"霍尔同意说。

周仆忽然想起同琼斯的第一次谈话,微笑地望着他说:

"我仿佛记得你说过,你对共产主义从来没有兴趣,而且今后也不准备对它发生兴趣。你是这样说的吗,琼斯?"

"是的,我的确这样说过,军官先生。"琼斯笑着说,"当时,我的确认为,在反战这一点上我同你们可以有共同的语言,但是对我们的国家制度,我们的生活方式,以及我作为一个美国人的特质,我是从来也不打算改变的。坦率地说,我当时十分害怕你们的'洗脑';在我看,如果经过你们的'洗脑',我琼斯也变成一个'共产主义者',那是相当可怕的事。……"

说到这里,他自己咯咯地笑了一阵,又接着说:

"因此,在俘虏营里,什么上大课呀,讨论会呀,我显然没有多大兴趣,并且觉得枯燥、乏味。但是,他们并不强迫我接受他们的观点,而且使我特别满意的,是让我参加了四部合唱歌咏队。应该说,我的男低音有相当的水平,因为我在学校里就有这方面的天才。我们的这个合唱队,经常去给伤病俘虏演唱,俘房管理处的志愿军热烈地款待我们,有一次我足足吃了一只整鸡……

"俘虏营为我们组织的盛大的秋季运动会,也使我毕生难忘。那个运动会,整整持续了12天。有各种球类比赛,田径赛,团体操,技巧运动,还有拳击、摔跤等等。16个国家的战俘全参加了。那简直是一个'奥林匹克'!在这次运动会上,我不仅参加了足球比赛,而且还是一个项目的组织者和负责人。运动会结束那天,中国人还给我们发了异常精致的奖品。那些没有当上选手的家伙,对我羡慕极了,竟把我的运动衣借去穿上过瘾。可以说,我们已经忘记自己是一个俘虏了。在发奖回来的路上,我们情不自禁地唱起了《东方红》和《金日成将军之歌》……"

琼斯兴奋得脸上发出红光,像是又回到当时的情景。他点上一支烟,又继续说:

"但是,更加触动我的是'圣诞节晚会'。当我们正为圣诞节的来临心情苦闷的时候,一踏进会场,看到了苍翠的圣诞树,银色的钟,耀眼的红烛,以及从中国运来的香烟、糖果等等,真好像回到家里一样。中国人对我们说:他们是不相信宗教的,但是为了照顾我们的习惯,举行了这次晚会。当时我们真为这种意料之外的宽大的照顾感动极了。特别是我,它使我立刻想起我在德国俘虏营所受的苦难。德国人是信奉天主教、基督教的,他们不但不给我们过圣诞节,还百般虐待我们;中国人不信宗教,却为我们筹备了这么隆重的圣诞节。真没想到,你们的俘虏营就像座学校一样。这使我深深感到,中华人民共和国是世界上最文明的国家!……也是从这时候起,我觉得我应该适当地学一点你们的理论。"

"你学了些什么理论呢?"周仆微笑着问。

"当然,开始我根本学不进去。"琼斯说,"旧东西的积垢太深了,就像用了几十年的水管子,完全被一层一层的水锈堵塞住了。例如你们所说的'剥削',我就觉得不可理解。我们的报纸常说,上帝给我们每个人的机会是均等的,只要努力,每个人都有发财致富的机会。我自己也同样希望有一天成为百万富翁。至于你们所说的'一个人不要自私自利','不要为了个人',那更是我不可理解的。一个人生下来,为什么要为别人而存在呢?这真是天大的荒唐!……后来,还是由于事实的教育对我有了启发。那是一个暴风雨的深夜。我忽然肚子疼得要命,在铺上滚来滚去。我就叫醒同屋的两个伙伴说：'请你们赶快帮帮我的忙,把我背到医务所去,如果迟了的话,我也许会送命的!'其中一个说:'琼斯,对你突如其来的遭遇,我充满同情。但是,你想必知道,距离医务所将近一公里远,还要过一座小山。而且你知道,我的身体也非常不好,如果我因为送你而得了病,后果也是很不幸的。'我看不行,就又哀求另一个伙伴。另一个说：'琼斯,我认为送你到医务所去是完全必要的,但是不知道你给我几块美金的代价?'我说我实在没有钱了,他就又说,'那没有关系,看看你是否还有其他可作为抵押的东西?'说着,他就盯着我那块老弗兰克的手表。我这时已经疼得说不出话。幸亏查夜的志愿军战士来了,他毫不犹豫地就脱下雨衣披在我的身上,把我背到了医务所。……从这件事,我就想：为什么我的两个伙伴竟因为我手头没有美金而不肯救助我?而一个素不相识的中国人却甘愿冒那样的风雨?于是,我开始思索当前世界上的两种制度,你们的制度和我们的制度……"

"这个考虑很有意义!"周仆说。

琼斯还要滔滔不绝地说下去,被英国下士莱特打断了。他有礼貌地欠欠身子,说：

"政委先生,如果您并不厌倦,我也想说一点我得到的某些结论。因为从一开始我就比较着重地研究了某些问题。"

周仆点点头,笑着说：

"那就请琼斯喝点水,您来讲吧。"

"一开始,我就集中研究了在我当时看来是一个重要的问题,就是所谓'共产主义的威胁'。"莱特稳重而老练地说,"政委先生,您既然看过我的笔记,您当然知道我是带着厌烦的情绪参加了这场战争。那时支持我的惟一的东西,就是上面告诉我的'共产主义的威胁'。因此,我必须搞清楚：这种威胁究竟表现在什么地方?它产生了什么后果?它与我个人有什么关系?因为我已经是一个有了家庭的中年人,我不允许由别人的脑筋来替我思考。"

他从白瓷茶缸里呷了一口水,又掏出干净的手帕擦了擦嘴,不慌不忙地说道：

"政委先生,您从我的笔记中可以看到,我的怀疑是从这样一件事情上开始的。那时候我刚越过三八线不久,我在废墟上看见一个朝鲜少女,她的眼光一碰上我,就像突然发现一条吐着舌头的毒蛇一样惊叫了一声,手里端着的锅也掉在地上摔碎了,接着就像野马般地逃去。以后,我遇到的其他情况也是这样,任何女人都会认为我要强奸她。这就不能不引起我的思考:明明我是来拯救她,使她免除'共产主义的威胁',为什么她们竟然不能领会呢?这种情况,直到我当了俘虏才有了改变。有一天,志愿军押送我们到了宿营地,很快就有一个女孩子提来了一桶开水。我注意到,那些朝鲜女孩子,对志愿军很亲热很尊敬,她们在志愿军之间泰然自若地走来走去。这就不能不使我产生疑问:为什么在三八线南边少女总是很缺少、很惊慌的样子,而在这里却随处可见,自由自在,神态这样愉快呢?为什么她们反而不怕'共产主义的威胁'呢?……其实,我们遇到的男人、老人、孩子都是这样。他们看见我们,都像是遇见了吃人的魔鬼。从他们流露出来的眼光里可以看出,不是恐惧,就是仇恨,再不然就是极端的冷漠,令人感到比冰水还冷,真使你不寒而栗。可是我看到他们与志愿军的关系就完全不同。有一件事,我从头至尾进行了异常认真的观察。志愿军押送我们来到一个村庄。有一个志愿军的战士去买烟叶,一位朝鲜老人总是微笑地推让着不肯收钱,我看看表,足足有十分钟的样子,他才勉强把钱收下来。在我们临走的时候,朝鲜人民又来为志愿军送行。这时候,我又仔细研究了每一个朝鲜人的面孔,我看出男男女女,人人都面含微笑,人人都恋恋不舍,与看我们的眼光简直有天壤之别。这就不能不使我再一次认真地考虑:为什么他们对'威胁'他们的人如此喜欢?为什么他们对'拯救'他们的人却这么仇恨?我当时的想法是:这些人肯定有一个和我们完全不同的构成'威胁'的概念!……"

莱特稍停了停,继续严肃认真地说:

"在俘虏营里,我反反复复思考着这些事。尤其是我们'联合国军'在平壤撤退中所做的那些肮脏勾当,更是一幕一幕重新出现在我的眼前。我们占领平壤后,曾经抢走了那里的一切珍贵之物作为'纪念'。我所看到的每一个地方都发生强奸和抢劫。我们离开时,又纵火焚烧了这座古城。凡是经过的地方,我们就命令老百姓离开房子,否则就把他们和房子一起烧掉。我曾亲自看到几千名北朝鲜士兵和平民被杀死在田野里。我们在撤退汉城时,又烧毁了所有的东西,使得全城都在燃烧之中。……问题是简单明白的:所谓'共产主义的威胁',纯粹是一些坏家伙坐在后方安乐椅上胡编出来的,是虚构的,并不存在的;而真正威胁人类生存的,却是那些想攫取利润的帝国主义!——这就是我的结论。"

"您的结论非常正确,莱特先生。"周仆说,"世界上的帝国主义和一切反动派都大喊大叫反对'共产主义的威胁',我不知道住在北朝鲜深山茅屋里的庄稼汉,怎么会'威胁'到大洋彼岸美国人的生存。而且我想补充一点:那些企图称霸世界的帝国主义分子,他们不但威胁着别的民族的生存,而且同样威胁着他本国人民的生存。因为他本国的人民就是首当其冲的反革命战争的受害者。"

"是的,我完全能够体会到这一点。"莱特说,"如果不是他们进行的这场侵略战争,我为什么会在这样的地方吃这样的苦头,并且同我的丽萨分别呢?"

"所以,我们才真正是一条战线上的朋友,而想称霸世界的帝国主义才是我们共同的敌人。"周仆说。

大家欣然点头。周仆见霍尔一直在沉思什么,就笑着说:

"霍尔先生,您也谈谈吧。我想处在您的地位,一定会有许多更深的感受。"

霍尔挺挺他那强壮的身躯,充满热诚地说:

"现在您称我先生,这无关紧要,但是我相信总有一天,您会称呼我霍尔同志!因为在我内心里,不仅把你们看作热情的朋友,而且看作战斗的同志。我觉得,在当今世界上,只有你们才是最理解我们黑人痛苦的人。也正是在你们这里,我有生以来第一次被作为人来看待,被作为同志来看待,而不是作为一个动物来看待!……"

他显然激动起来,手指轻轻地颤抖着,愤恨地说:

"我的一生都充满着屈辱和痛苦。我认为,我最大的罪过就是生为美国的黑人。我的肤色就是我一切不幸的根源。……当我还是一个不懂事的小孩子的时候,走在街上,母亲就紧紧地拉住我,不准我离开一步,惟恐我冲撞了白人,招来灾祸。由于家庭穷困,父母不得不把我放在孤儿院里。有一次,母亲给我送来一件新上衣。她刚一离开,白人的孩子就命令我把上衣脱掉,换上破的。当时我哭了。哥哥也用小手臂搂着我滚出了眼泪。别人把他拉开,围上去,揍他的耳光,打得他后来成了聋子。这就是我童年的遭遇。后来长大了,我当了一名工人,情况也没有改变多少。为了进饭馆和咖啡店,我受到不少的污辱和打骂。渐渐我学乖了,如果半小时之内没有端上食物,我就得起身离开。有一次乘公共汽车,我和一个白人坐在一起。他命令我离开,我就向旁边让开身子。那个白人竟愤怒地说:'我已经说过,我们之中必须有一个人离开!'我忍耐着又向旁边让了让。这时那个白人就站起来,一脚把我从椅子上踢下来。其他的白人哈哈大笑。污辱像无数条鞭子抽击着我的心,我的头像要裂开似的,我的整个身子也像要立刻爆炸。我就把那个白人拖倒在通道上,这是我第一次敢于反抗一个白人。我被辞退了。后来又去作一个农业工人。在这里我跟白人干同样的活,但是却不让我和别人一起在屋子里吃饭,对待我完全像对待一个动物。不久,我又失业了。我在外流浪了一年,在一个游艺场和廉价体育馆搞拳击,实际上不过是用挨打来换得别人的笑声。有一次我和一个白人比赛,比赛之前,一个人塞给我 100 元,叫我输给那个白人,否则要杀死我。这是我有生以来挨的最重的一次痛打,使我卧床半月之久。我结了婚,但是我无法养活我的妻儿。我勉强能够起床,就又去参加拳击,以便挣些零钱。钱是那样少,我把东西给老婆孩子吃了,自己和饥饿作斗争,有时一天一餐,有时数日一餐。这一切,我都是瞒着他们干的。就是在这种情况下,我才参加了军队。……这就是我作为一个黑人的生活。它使我饱尝了屈辱、悲伤、失望和痛苦。它使我不止一次地向自己发问:为什么人类要如此受苦?为什么有些人如此穷困而另一些人又如此富有?为什么人的肤色是一种耻辱?世界上究竟还有没有不歧视黑人的地方?……我没有得到答案。我想,人类也许从来就是如此,不歧视黑人的地方是根本不存在的。"

霍尔的眼睛湿润了。但是,周仆在他的眼瞳里看见有两朵亮晶晶的火焰愤怒地燃烧着。周仆抽出一支烟递给他,并且亲自给他点上。霍尔一连猛抽了几口,又接着说:

"但是,我终于找到了这些问题的答案,我找到了真理。世界上究竟有没有不歧视黑人的地方呢?是有的。这就是在你们这里。也惟有在你们这里,我看到了一个我从来没有见到过的新的世界!……当然,我应该坦白地说,在我被俘之后,我首先注意观察的,就是看你们中国人是不是也歧视黑人。从你们的行动、言谈甚至你们的眼神,我都进行了精细的观察。确实,你们对我们黑人是真诚的,同情的,并且是热爱的。像我们国家里那种可咒诅的现象是根本不存在的。而且每当白人对我们不礼貌的时候,每当他们拒绝和我们一起游戏,拒绝和我们在一个火盆边烤火的时候,你们总是耐心地、善意地用你们的思想来教育他们,说服他们。也就从这个时候起,我们之间的万丈高墙,才逐渐拆除;我们之间的友谊,就像一粒健康的种子,通过你们的手,很快地发芽成长起来。也许这些在你们看都不过是一些小事,但它对我们来说却是无限珍贵的。因为在我的一生中,在我的不幸的黑人兄弟的一生中,都是第一次过上了人的生活……"

霍尔单纯而真诚地笑着,感情奔放地说:

"我还想谈一件令我十分感动的事。去年夏天,一个黑人伙伴到河里游泳发生了危险。这时候,俘房营里有一位身体很弱的教员,立刻跳到河里,不顾自己生命的危险,游到激流中去救他。终于把他打捞上来。当时我们看到这位教员那样单薄的身子,所有在场的黑人都流下了眼泪。要知道,在美国是谁也不会在乎一个黑人死掉的。而在这里却把一个黑人看得比自己的生命还要贵重。所以,我说中国人民是了不起的人民,是高尚的人民。我认为你们为之奋斗的理想,是完全有根据的,是真正能够消灭剥削,消灭压迫,改变黑人不幸的命运的。在俘房营里,我还认真阅读了一些马列主义和毛泽东的书籍,我认为只有这些才是取得黑人彻底解放的武器。我并且认为,毛泽东是一位十分卓越和伟大的人物。在他的领导下,你们是会取得彻底胜利的。我今生的志愿,就是同你们并肩战斗,作你们的一个忠实的同志,为无产阶级和黑人的彻底解放而斗争!"

周仆被他的话深深感动,上前紧紧握着他的手,激动地说:

"霍尔同志!我不是等待将来,而是现在就要称你为亲爱的同志。你讲得实在太好了。从你的话里,也从其他两位的话里,我都感到美国人民的解放事业,英国人民的解放事业,都是大有希望的。我只想补充一点,霍尔同志,你过去的一切不幸,黑人兄弟的一切不幸,并不是由于白人的过错,而是由于存在着阶级,存在着阶级压迫所造成的。资产阶级的罪恶统治才是这一切不幸的根源。白人的工人、农民,同样是处在这种压迫剥削下的阶级兄弟。资产阶级煽动民族歧视,使我们彼此仇恨,只是更便于他们的统治。所以今后我们要亲密地团结起来。全世界的无产阶级和一切被压迫的人民,被压迫的民族,都要亲密地团结起来,共同战斗,我们的胜利才是有希望的。……"

说着,周仆把三个人的手都拉在一起,用双手紧握着,响亮地说:

"当我们紧紧团结起来的时候,帝国主义和一切反动派的宫殿就要最后倒塌了。……这一天是一定会到来的!"

这时候,警卫员过来报告,饭已经端上来了。周仆磕磕烟灰站起来,亲热地招呼说:

"好,让我们进去喝一杯吧!今天晚上你们就在这里休息,明天再到阵地上去。"

"不,不,"霍尔摇摇手说,"今天晚上我们就要赶到广播站去!"

周仆笑着说:

"中国人有句谚语:'客听主便。'你们还是按照这句谚语行事吧!"

几个人迈着轻快的脚步,向一个很大的石洞口走去。琼斯轻松地哼着一支什么歌曲。这时有几发炮弹呼啸着落在附近,冒着几缕灰烟,可是它已经迟到,人们已经到洞里去了。

第六章　和平之声播音站

第二天一早,团政治委员周仆就同三位和平战士赶到前线阵地。郭祥和老模范在营的主峰迎接了他们。除黑人霍尔以外,琼斯和莱特都认识郭祥,大家见面非常亲热。周仆问起近两天的情况,郭祥兴致勃勃地说:

"情况很好!我们广播的时候,敌人打枪越来越少了。前天晚上,我们把一个受伤的俘虏进行了包扎,抬到缓冲区,从广播上通知敌人去领。敌人已经抬走。从昨天起,几乎没有怎么打枪,一广播,他们就静静地听着。"

"那个俘虏讲了些什么?"周仆问。

"他讲,只要让他离开朝鲜,任何光荣的协定对他来说都是要得的。他们对停战已经迫不及待了。他还说,他们对我们的广播很感兴趣,可以知道许多不知道的消息。"

"那太好了!"周仆说,"今天正好是 6 月 25 日,是朝鲜战争爆发三周年。又有三位和平战士参加,咱们应该大干一下。如果能争取火线联欢那就更好。……"

"火线联欢?跟美军火线联欢?"

"你是怀疑做不到吧?"周仆笑着说,"十月革命前,列宁就很重视这项工作。咱们中国红军长征到达陕北以后,就同张学良的东北军进行过火线联欢。虽然咱们同美军还没有这项经验,也不是绝对做不到的。我们在主峰进行广播,你同李风在前沿喊话,注意观察情况,掌握火候。"

周仆又在细节上作了一些布置,郭祥和李风就到前沿阵地上去了。

这里敌我之间,仅隔着 200 多公尺宽的一道小沟。早雾消散,对面山上密密麻麻的地堡群看得十分清楚。郭祥在交通壕里观察了一会儿,敌人的阵地十分安静,连一个人影也看不见。显然由于我军迫击炮百发百中的射击,敌人在白天的活动已经很少了。

时针刚刚指上九点,那个设在山坡上隐蔽处的高音喇叭,已经开始了广播。首先播送了一个音乐唱片,接着就听见一个女播音员清亮的声音,她用流利的英语说:

"美陆战一师〇八八阵地的官兵们!你们早晨好!和平之声播音站现在开始广播。今天是 6 月 25 日,是朝鲜战争爆发三周年。本台为了争取朝鲜停战谈判早日达成协议,实现和平,使你们能够早日回国,与亲人团聚,特约请你方被俘人员原英军二十九旅下士莱特先生,原美军二十五师中士琼斯先生,原黑人工兵连上等兵霍尔先生,亲自对你们进行广播讲话,希望你们注意收听!……"

女播音员广播完毕,接着男播音员以庄严的语调宣读了前线司令部的一项命令。命令说,为了使〇八八高地的美军官兵能够清晰地听到播音,能够呼吸到新鲜空气,特决定停止炮击一天。如果他们愿意走出洞子收听,将不会受到枪炮的威胁。

这项命令,怕敌人听不清楚,稍顷又广播了一遍。接着是一阵轻松的音乐。音乐结束,就听到莱特老练持重的声音。他首先介绍了自己的身份、被俘经过和所受到的良好待遇,接着就宣读了由十六国俘虏签名的《和平宣言》。宣言号召所有"联合国"军的官兵向自己国内的家属和亲友写信,积极参与和平运动,迫使政府迅速结束这场干涉朝鲜独立的"肮脏可耻的战争"。

在整个讲话中,敌人静静地听着,没有打枪。显然,气氛是良好的。

接着,活泼的琼斯"哈罗""哈罗"地打了几声招呼,已经讲开了。

"伙伴们!亲爱的伙伴们!请允许我——美军第二十五师的中士琼斯向你们讲几句话。"他用比平时稍为严肃的调子说,"战争开始不久,我想,你们和我都听到过这样的话:在当年 12 月我们就可以回到家里过'圣诞节'。这是我们的统帅——一位大名鼎鼎的将军,一位愚蠢而骄傲的将军麦克阿瑟对我们说的。那时候,我们是多么高兴,简直把他当作穿着军服的圣诞老人。可是,伙伴们,现在怎样了？现在距我们到朝鲜执行所谓'警察行动'已经三个整年了,我们回到家里了吗？没有,而是仍然停留在我们发动战争的地方,仍然住在朝鲜的山地,尝够了炮火的滋味。倒是那位穿军服的'圣诞老人',他自己代表我们大家回到国内过圣诞节去了。……"

琼斯锋利而有风趣的谈话,立刻引起热烈的反应。敌人的地堡里传出一片"哈罗""OK"的欢呼声。还有人从地堡口里探出身子,挥着手喊：

"哈罗！讲下去！讲下去！"

"琼斯,讲下去！"

郭祥立刻把这些情况用电话报告给政委。琼斯的兴致更高,继续说：

"在这个漫长的令人厌倦的战争里,我这个一向不喜欢思考的人,也不能不考虑这场名为'反对共产主义'的战争,究竟对谁是有利的。对我们士兵是有利的吗？对美国人民是有利的吗？不,我们得到的是千千万万人的死亡,千千万万人的残废,更不要说这场不名誉的战争,带给朝鲜人民的灾难了。不错,我们还得到了一种'恩惠',这就是我们的家庭,我国人民赋税的加重。他们只要从这些税款里拿出一小笔钱,就可以廉价地买到我们的生命、鲜血和终生残废！而大批的钱却通过政府的加工定货流到了大资本家的荷包里去。自然,对那些在南朝鲜开办工厂和有巨大投资的人更加有利。他们正需要通过铺着我们鲜血的道路扩大剥削的地盘。你们想必知道,我前面提到的那位将军,他本人在南朝鲜就有大量投资。可是,当我们忍受着与亲人分别的痛苦,在迫击炮弹下度着漫长岁月的时候,这些真正得到战争利益的人,却在远离战场5000英里的海洋那边,坐在美国的高楼上饮酒作乐。伙伴们！应当想一想：我们这些可怜虫究竟是为了什么？我们为什么要傻瓜似的去为他们卖命？既然战争是他们喜欢的,对他们是有利的,那就让他们的儿子来打仗吧！让他们来尝尝炮火的滋味吧！……可是,遗憾得很,在我们的战壕里,你永远也找不到一个资本家的儿子。因为这样的地方他们是不会来的！……假若我琼斯的话是对的,我希望你们能够有所表示！"

郭祥密切注视着敌人的动静。琼斯的话刚一落音,对面地堡里就传出一片嘈杂的喊声:"O——K!""O——K!"接着从枪眼里伸出一支红白两色的小旗,左右摇摆着。郭祥见此情况,也立即命令通讯员摆动小旗作为回应。对方的情绪显然更加热烈了,好几个地堡里都伸出了红白两色小旗,摇摆不已。

郭祥立即向主峰报告。政委在电话里兴奋地说:

"我已经看到啦!下面你要见机而作,不要丧失时机!"

广播机适时地播送了一支轻松愉快的曲子,被清凉的晨风飘散到远处。阵地上弥漫着一种特别愉快的气氛。

黑人霍尔用他庄严有力的声调讲话了。他是由读一封信开始的。这是美国古柏夫人写给美国总统杜鲁门的一封信。信是庄严而沉痛的。霍尔用重浊的嗓音读道:

杜鲁门总统先生:

今天,我把我的第一个孩子埋葬了。对于你来说,他不过是一个默默无闻的人,一个微不足道的一等兵小保尔·古柏……

我现在把政府给我死去的这个儿子的紫心奖章和奖状退还给你。我把它退还时怀着这样的想法:在我看来,他是不必要的屠杀中牺牲的10.9万人的一个代表人物。这个所谓的警察行动的不必要的屠杀,对于爱自己的祖国和她的立国理想的美国人,未曾给予令人满意的解释,而且也永远不可能给予令人满意的解释。我们没有一个人会欣赏我们所必须忍受的由于这个打着幌子进行的战争所带来的贬降和嘲笑。……

杜鲁门先生!假若为了保全自己的祖国而有从事武装冲突的必要,我应当骄傲地把我的儿子贡献出来,并珍视这一奖章。但是由于我儿子一生中从未有过名不副实的东西,我不能因为一个奖章和千篇一律的文字而损害了对他的怀念。这种奖章和文字毫无意义,不能为人们带来美好的明天。……

霍尔读完这封沉痛而充满愤恨的信件,立即尖锐地提问道:

"你们知道,像古柏夫人这样做的并不是她一个。他们为什么不接受这种奖章?他们为什么要把它退还给政府?原因很简单,这是因为：我们所进行的战争，并不是光荣的战争，而是肮脏的战争，可耻的战争，它使一切有正义感的美国人深深感到羞耻。从古柏夫人的信件，我们完全可以看到，美国人民是不支持这个战争的，是痛恨这个战争的，是反对这个战争的。因为这场战争仅仅对极少数发战争财的人有利，而却使大多数人蒙受死亡、痛苦和不幸。你们一定知道，我国人民的反战运动是很高涨的。我们的母亲，我们的亲人，以及许许多多美国人都参加了'母亲十字军运动'，'和平十字军运动'。我们的一个家属，接到我们的《和平宣言》，在三个星期之内，就征集到100万人的签名。英国也是这样。战俘的母亲和妻子已经在伦敦集会，她们向下院请愿，吓得丘吉尔只好从后门溜走。伙伴们！对待这场不义的战争，我们要积极地制止，不能只是消极地反抗。我们不能任凭别人套着我们的脖子牵来牵去，应当自己主宰自己的命运。我们也不能等遥远的将来，而是现在就要行动起来！假若你们同意的话，现在在阵地上就可以停火！……"

霍尔的话刚完，地堡里已经掀起一片欢叫声，还夹杂着几声美国兵特有的表现欢乐情绪的口哨。红白两色小旗从地堡里伸出的更多了。

郭祥见时机成熟，笑着对李风说：

"大李，我们出去吧，是时候了！"

说着，就同李风从容地走出了交通壕，站立在山坡上。他打了个手势，接着喊道：

"今天是6月25日。为了庆祝和平谈判取得新的成就，我们建议双方临时停火，你们同意吗？"

李风作了翻译，对面地堡里一片声嚷：

"O——K！"

"O——K！"

"停火，很好！很好！"

说着，从地堡口探出几个头来，见没有事，就从地堡里陆陆续续钻出五六个人，站在地堡顶上，向郭祥和李风招手。郭祥见第一步已经实现，又接着喊：

"战俘遣返问题已经达成协议了，军事分界线已经划定了，你们知道了吗？"

"知道了,方才听你们的广播已经知道了。"

"对这个消息,你们感到高兴吗?"

"好消息! 好消息!"地堡上有两个人跳起脚喊。

这时,从地堡里又陆陆续续钻出来20多个,伸着懒腰,大口呼吸着新鲜空气。有的站在交通沟里,有的坐在地堡上。

"但是,也有不好的消息。"郭祥接着说,"停战协定正要签字的时候,李承晚破坏谈判,扣留我方战俘,还叫嚣要'单独干',你们知道吗?"

"知道,知道。"一个声音说,"让这个老家伙'单独干'吗!"

还有两个粗大的嗓门,激愤地说:

"应当枪毙他!"

"应当把这个老狗吊死!"

这时,广播机又开始播送唱片。从地堡里钻出来的人越来越多。看去总有四五十名。有的人干脆坐在地堡上,自由自在地悠打着双腿,为乐曲打着拍子。

郭祥等唱片放完,继续喊道:

"为了在停战前夕留个纪念,我们想送给你们一面锦旗,还有一些好的礼物,你们喜欢吗?"

美国兵交头接耳喊喳了一阵,纷纷问:

"什么礼物? 真的想送给我们吗?"

"好,好,谢谢你们!"

郭祥从交通壕里取出一面深绿色的绣有白色和平鸽的旗子,高高地举起来在空中挥动。李风也举起礼物袋摇晃着,说:

"你们过来取吧!"

敌人似乎犹豫了一下,一个人说:

"还是你们送过来吧,我们不打你。"

李风望望郭祥,郭祥笑着说:

"他们是不敢过来的。还是按预定方案,你和小罗到缓冲区去。我们注意掩护。"

接着,李风解下枪来,在空中晃了一晃,放在地上,用英语喊道:

"好! 我们都不带枪。你们下来取吧,我们到缓冲区见面。"

说过,李风同小罗拿着锦旗,背着礼物袋往山下走。敌方也有两个人高高兴兴地下了山顶。双方边走边喊,互相招手。这时,敌我双方阵地都鼓起掌来。在敌人阵地上,美国兵有的跳跃欢叫,有的挥手挥帽。正在播送的音乐也越发来劲了。

双方都在观察着下去的人。他们下了山坡,愈走愈近,终于在缓冲区的一片荒废的稻田里相见了。当他们四个人彼此握手时,双方阵地又响起了一阵热烈的掌声。郭祥远远看到,李风打着手势谈了一阵什么,那两个美国兵就恭恭敬敬地接过旗子和礼物,再一次同李风和小罗握手。然后就一面招着手往回走。可是走出有十多步远,其中一个美国兵又转回来,蹲下身子在膝盖上写了些什么,又在口袋里乱摸了一阵,掏出一个什么东西一起交给李风。随后就匆匆地往回跑去。

李风和小罗回到阵地。李风一面擦脸上的汗水,一面兴奋地说:

"情况很好!两个美国兵说了许多感激的话。临走感到很抱歉,就从身上摸出一个打火机,还给我们写了一个条子。"

说着,把打火机和那张条子掏出来。郭祥接过条子,看了看,是临时从日记本上撕下来的,写了几行工工整整的外国字,就问:

"上面写的什么?"

李风念道:

"向伟大的人民中国致敬,美国人民永远是你们的朋友。美陆战一师上等兵詹姆、菲特。1953.6.25 难忘的一天。"

郭祥笑了笑,又问:

"那句最重要的话,你说了没有?"

"说了。他们答应明天上午第二次在这里见面。"

郭祥嘱咐李风亲自到主峰向政委汇报。接着继续观察敌方的情况。这时,那两个名叫詹姆和菲特的上等兵,已经回到阵地,地堡上的人乱哄哄地围了上去。拿到礼物的人,纷纷举着礼物袋向我们兴奋地摇晃着,一面跳着脚高喊:"感谢!感谢!"那面深绿色的绣有和平鸽的旗帜,也被人插到地堡上,在微风里轻轻地飘荡。

可是,正在这时,从山背后走过一个人来,沿着交通壕急匆匆地走着,后面还跟着几个随从。

正在跳跃、欢叫的美国兵,像老鼠见了猫一般,慌慌乱乱地钻进了地堡。随后,那面深绿色的旗子,也被这个家伙拔掉,撕碎,扔在了一旁。郭祥气愤地立即命令机枪射击,那个家伙已经溜进地堡去了。广播员当即向这个破坏阵地联欢的美国军官提出警告。但是上午的阵地联欢也只好到此结束。

下午三时许,又进行了广播和喊话。但敌人的阵地表现十分沉闷。既没有人答话,也没有摆动小旗。

第二天,第三天,也是这样。

"真烦人!打政治仗,就是不如打军事仗干脆,痛快!"郭祥懊恼地想。但因为自己已经是营级干部,又不好公开表示出来。

晚上,郭祥回到主峰,同政委一起,再次对政治攻势的细节进行了研究。凌晨两点钟,郭祥被电话员喊醒。他抓起耳机,只听李凤在电话里兴奋地说:

"报告营长,有三个美国兵带着枪投过来啦!"

"现在在哪儿?"

"就在我们这里。"

"好,马上把他们送来!"

郭祥立即喊醒政委作了报告。周仆笑着说:

"我早说过,干这种事不要着急嘛!只要付出辛苦,总有收获!"

不大工夫,李凤已经把三个投诚的美国兵带来。三个人身穿深绿色的美式军服,脚穿高腰儿皮靴,见了周仆"咔"地行了一个正规的军礼。周仆和郭祥上前同他们亲热地握手,随后又拿出烟来招待。

三个人中有两个瘦高个子,看去都很年轻,另一个矮胖的人显得相当苍老。李凤指着那两个年轻的美国兵说:

"这两位就是我们白天在缓冲区见面的。这一位是上等兵詹姆,那一位是上等兵菲特。"

周仆笑着说:

"噢,你们已经是老熟人了!"

李凤把话翻译过去,两个人都望望李凤,满意地一笑。

李凤又指着那位矮胖的美国兵说:

"这位是中士里奇先生。"

周仆见他长得相当苍老,总有40岁的样子,就问:

"里奇先生,您有多大年纪了?"

"28岁。"

里奇见周仆的眼光里有些惊异,就笑着说:

"这是你们的迫击炮把我变老了!"

人们大笑。但里奇不笑,又说:

"这是确实的话:在朝鲜只要呆上30秒钟,我都觉着时间太长。"

周仆接着问:

"你们今天的行动是怎样决定的?"

"阵地上的情形你们都看到了。"詹姆抢着说,"我们把礼物拿回去,伙伴们,包括我们的排长都很高兴。但这时候出现了意外情况,我们的团长和随军牧师都来了。他们没收了我们的礼物,并且对排长要进行军法审判。听说把我们三个也要当作'叛国罪'抓起来。幸亏里奇中士得到了消息,我们才跑出来。……"

周仆愤愤地说:

"什么叛国罪?正是他们——美国的当权者,败坏了美国的声誉,破坏了美国人民与中国人民之间的友谊,破坏了美国人民与全世界人民之间的友谊。他们的这种罪行才是不能饶恕的。"

郭祥也笑着插嘴说:

"不要紧,詹姆,那是他们的说法。等到美国无产阶级掌权的时候,你们不仅不是罪犯,而且是人民的功臣了!这一天一定会到来的!"

詹姆、菲特和里奇都宽慰地笑了。

不一时,琼斯、霍尔和莱特都请来了。他们互相握手、拥抱,共同的心情使他们的话像打开闸门的洪水一般。坑道里充满着一种特有的热烈的气氛。周仆笑着说:

"这才是真理的力量!"

第七章 红旗飞舞(一)

我军规模宏大的夏季攻势,第二阶段从5月27日开始,到7月上旬宣告结束。在开始的头两天,我军首先向北汉江以东的方形山地区、金城附近的栗洞南山地区等九处敌军阵地发起了攻击,给予守敌以歼灭性的打击。接着,我军在东起东海岸高城以南地区,西至临津江右岸高浪浦里地区的漫长战线上,发起了进攻。在北汉江两岸,我军突破整营整团的阵地,一直攻入敌人师的防御纵深,敌人吹嘘为"首都高地"和"京畿山"的座首洞南山,和边沿洞附近的"八八三·七"高地一带,都被我军攻占,将战线向南推进了6公里。在这期间,全线各地几乎每天都有战斗,每处都在反击。真是战斗连着战斗,胜利接着胜利。在6月份的一个月中,就歼敌7万余名,扩展阵地约60平方公里,使敌人遭受了惨重的损失。

6月8日,关于战俘遣返问题,本来已经达成了协议,这样停战谈判的各项协议都达成了,但是正当筹划签字之际,却发生了李承晚集团破坏停战谈判的严重事件。在18日至22日的4天内,以"就地释放"战俘为名,扣留我方战俘2.7万余人。看起来,不再给李承晚这个老卖国贼以严厉的惩罚,停战是仍然不能实现的。这样,规模空前宏大的夏季攻势第三阶段,就要开始了。

第三阶段的作战目标,是集中打击李伪军的第三师、第六师、第八师和首都师。作战地区是北汉江以西、金化以东和金城以南的弓形战线上。由于郭祥所在的第五军,对这里的地形比较熟悉,也被调到这个地区来,准备对黑云岭的敌人展开进攻。

凡是郭祥战斗过的地方,他一般是不会忘记的,更何况黑云岭呢。回想两年多之前,五次战役第二阶段向回撤退的时候,他们就在这里进行了一场艰苦的阻击。当时团指挥所就设在黑云岭的主峰,主峰以南不远,就是狮子峰和玉女峰,也就是郭祥和乔大夯、小牛等英雄战士跳崖的地方。郭祥还清楚记得那场恶战的情景。那时真是肚里无食,枪里无弹,最后不得不跟敌人拼起石头来。尤其是那个地主的儿子谢家骥,竟然拿着大喇叭冲到面前,狂妄地高喊着叫他们"缴枪投降",郭祥至今想起来还觉得心头火辣辣的不能忍受。而今天,情况却大不相同了,我们的力量已经足以压倒敌人,是应该好好惩罚一下那些反动家伙的时候了。

当然,郭祥更加不能忘怀的,是那位还住在敌人后方的慈祥的朝鲜母亲。郭祥清楚记得,他和乔大夯临走时,这位阿妈妮送了他们很远,并且拉着他的手,流着眼泪说:"阿德儿,什么时候,我们才能见面呢?"他当时是这样回答的:"阿妈妮!我们一定会打回来的!"现在是实践这诺言的时候了。这诺言究竟能否实现,就要看能不能消灭黑云岭的敌人,能不能突破敌军的防线了。

自部队移防金城前线,郭祥最满意的一件事,就是在前两天团的作战会议上,已经明确确定他们营为进攻黑云岭的突击营,二营为二梯队,三营和侦察连由副团长孙亮率领进行穿插迂回。郭祥没费多大事就把这个任务抢到手,使他感到格外的愉快。但是,在对黑云岭的具体打法上,却发生了一番争论。这黑云岭是海拔800多公尺的一座巍峨的山岭。它沿着黑压压的主峰绵延而下,向东向西各伸出一条山腿。东面的山腿有两个山头,西面的山腿有三个山头。上面都修满了密密麻麻的工事。当时在突破点的选择上,大部分同志都主张以东边的山腿为佯攻方向,主要攻击西边的山腿,然后夺取主峰。理由是,这条山腿距我最近,而且容易攀登,攻击容易奏效。而郭祥却提出了一个相当大胆的意见,主张直取主峰,而以其他两点,特别是西边的山腿作为佯攻方向。理由是,如果我们从西边的山腿攻起,不会有出敌不意的效果;同时,攻下一点,再攻一点,容易形成逐点争夺,反而延长了时间,增大了伤亡。而直取主峰却可以避免这两方面的缺点。这两种意见争论了相当长的时间,虽然最后团长和政委同意了郭祥的方案,勉勉强强通过了,但是事实上有许多同志仍然不很赞成。这件事在郭祥愉快的情绪中又增添了一点不安的东西。他觉得自己是第一次作为营的指挥员指挥这次进攻战,必须更加兢兢业业才行。

在团的作战会议上,周仆和邓军都一再强调,虽然我们的进攻力量比过去大大加强,但是敌人的防御也比过去强固得多了。我们不但要看到自己变化的一面,还要看到敌人变化的一面。自从去年以来,由于我军火炮的大量增加,炮兵射击技术的显著提高,给了敌人很大的威胁,使敌人也不得不学我们的样子,修起了坑道工事。据前几天抓到的一个俘虏供称:在黑云岭上,除了地雷、铁丝网以及密密麻麻的地堡以外,光大小坑道就有20多条。尤其主峰上的坑道,分上下三层,总长度有200多公尺,里面还有节节抗击的设置。如何消灭据守坑道的敌人,就成为这次进攻战中一个新的课题。政委还在会议结束时郑重嘱咐他说:"郭祥同志,上次在白云岭坚守坑道,在军事民主方面,你搞得不错;这次打敌人的坑道,我希望你搞得更好。这样复杂的战争,只靠少数人动脑筋,不管你想得多么周全,都是搞不好的!"

团作战会议结束以后,为了加强战前的准备工作,郭祥的这个突击营就被调到一个与黑云岭类似的山坡上日夜进行演练。郭祥和战士们在一起摸爬滚打,在那样的盛夏季节,脱下衬衣一拧,常常能拧出小半盆汗水来。

郭祥虽然当了营长,还是那套老作风,他到哪里,哪里就活跃起来。这天上午小休息时,他为了进一步开展军事民主,听取战士们对打坑道的意见,就来到三连所在的一个小松林里。战士们顷刻就在他的身边围了一圈儿。他刚坐下把烟荷包往外一掏,就有好几只手伸过来卷烟,郭祥笑着说:

"行,行,我这一套作风都叫你们学到手了!"

大家叽叽嘎嘎笑了一阵。郭祥说:

"我今天主要是听你们的意见。你们看,打坑道到底存在什么困难?"

小钢炮把头一摆,信心十足地说:

"没有问题!大炮一轰,我保证能冲上去!不是说,还有一个火箭炮营来配合吗?"

"炮火很重要,可是我们步兵不能有依赖思想。"郭祥说,"任何厉害的炮火都很难摧毁地面上的一切工事,何况还有坑道呢!"

郭祥看大家都不习惯在上级面前提出困难,就笑着说:

"你们不要以为,谁一提困难,就是右倾。不!只有提出困难,才能找出解决的办法。政委说,这个才是辩证法呢!"

大家沉思了一会儿,小罗说:

"有人说,咱们在白云岭退守坑道,敌人打了20来天都没有解决,咱们要打敌人的坑道,恐怕也不容易。"

"这就不能比了。"郭祥说,"守坑道的人不一样嘛!坑道在我们手里,敌人就拿不去;在敌人手里,我们就能拿过来。关键是你敢不敢进到坑道里去。"

小钢炮又把头一摆,说:

"只要有口儿,我就能钻进去。就是怕找不到坑道口,黑灯瞎火的,又不准打手电。"

"对,这就是困难嘛!"郭祥说,"你找不到口儿怎么钻进去呀?大家可以研究研究。"

杨春在郭祥身后,两只猫眼忽闪了几下子,说:

"呃,我发表个意见行不?"

郭祥扭头一看,见是杨春,笑着说:

"你这个捣蛋鬼!说就说吧,总要挂点零碎儿!"

"我考虑——"杨春眨了眨眼,学着干部发言的神态说,"第一,敌人的坑道口,它必定在背我们的方向;第二,凡是坑道口,必定堆着一些挖出来的土堆石块;第三,坑道口也必定会有敌人的电话线;第四,凡是坑道口,又一定会有比较明显的小路,连着交通壕什么的。……你们说是不?"

大家赞许地望了杨春一眼,郭祥也点点头说:

"对嘛,就是要开动脑筋嘛!"

"找坑道口还不算难。"又一个战士说,"在坑道里怎么打手榴弹哪?要是扔不好,碰回来把自己也炸伤了。"

大家又继续闷着头寻思着。那个小鬼班的郑小莺只抿着嘴笑。他是一年也很难得说几句话的。郭祥故意逗他说:

"瞧,小莺要发言了,你们听着!"

这一下把郑小莺闹得很不好意思,只得红着脸说:

"可以搞水平投弹。"

他的声音那么小,像个小姑娘似的。有人问:

"怎么叫水平投弹?"

郑小蔫站起来,不慌不忙地从腰里抽出一个手榴弹。他先将右臂垂直,向前猛投时,又用左臂一拦,手榴弹竟成水平方向飞出10多米远。大家一齐鼓起掌来,小蔫的脸更加红艳了。

"这个办法行,就是还要多练。"郭祥说。

接着,各人又提了许多战术技术方面的问题,在大家热烈的讨论下都解决了。最后,小罗又以他敌工小组组长的身份说:

"我还有一个建议,就是加强我们的喊话工作。只要我们一打进坑道,敌人就乱了营了。如果我们能多学几句口号,准能多抓俘虏!"

大家正在热烈地议论,山坡上传过来一片笑语声。郭祥一看,现在已经是排长的乔大夯领着一伙战士,有的手里拿着爆破筒,有的夹着炸药包,一面擦着汗,一面说笑着走了上来。

郭祥见他们全身都被汗水湿透,滚得像泥猴似的,就笑着说:

"大个儿,你到底把爆破任务抓到手了,是不?……可是也要休息一会儿嘛!"

乔大夯憨厚地笑了一笑,说:

"我们排新战士多。"

他把一个很大的炸药包放下来,擦了擦汗,试探地问:

"咱们是要打过去吗?"

"当然要打过去!"郭祥把右臂有力地一挥。

乔大夯满脸是笑,又问:

"打到哪儿?能打到金谷里吗?"

郭祥心里蓦地一动,知道他同自己一样想起了那位朝鲜母亲。就说:

"你是惦记着金妈妈吧?"

乔大夯眼里放出热情的光辉,充满怀念地说:

"这两年,不知道她老人家怎么样了?昨天晚上我还梦见她,叫敌人抓到监狱里了……我们俩仿佛还在那个山洞里住着。"

郭祥心里一阵酸辣辣的,因为在战士面前,他立刻克制住自己的情感,斩钉截铁地说:

"我们一定能打过去！"

部队经过一周的紧张演练，7月12日上午，师政治部派人来授予担任突击任务的三连一面红旗，要他们把它插上黑云岭的主峰。三连的战斗情绪顿时达到沸腾状态，全连都在红旗上签上了自己的名字。黄昏时分，突击营向前开进。邓军和周仆站在交通沟旁边，与出击的战士们一一握手。军文工团和师文工队的男女队员敲锣打鼓，喊着口号，说着快板。徐芳也夹杂在队伍里，挥动膀臂，激动地喊着口号。当她看到郭祥过来时，想上前说句话，当着大家又不好意思。郭祥深情地望了她一眼，微笑着点了点头就过去了。松树权挂着的大喇叭一遍又一遍地播送着《中国人民志愿军战歌》与《歌唱祖国》的歌曲。小钢炮在前面高高地举着红旗，战士们一个个挺着胸脯，步伐越发显得威武雄壮了。

敌我阵地之间，横隔着一道宽阔的金城川。为了在攻击时避免敌人炮火的拦阻射击，同时为了迅速而突然地攻上敌人阵地，指挥员们费了许多的心思，才想出一个新奇的办法，就是事先在敌人的山脚下秘密地挖一些屯兵洞，使部队在攻击之前偷偷地潜伏在这里。当然这种办法一旦被敌人发觉是极其危险的，是过去从来不曾听说过的。但它却是指挥员们依据当时当地具体条件的大胆独创。郭祥的突击营于当晚午夜时分偷渡过那道宽阔的大川，在敌人山脚下的林莽之中潜伏下来。

自然，这种战斗方式，使各级指挥员在精神上都处于高度的紧张状态。他们惟恐敌人有一丝一毫的察觉，也惟恐哪一位战士在敌人盲目的射击下负伤而忍受不住。郭祥和老模范蹲在一个小小的洞子里，真是觉得百爪挠心，实在难捱。幸好后半夜下起雨来，使他们才宁静了一些。可是接着白天来临了，这是更危险的时刻。熬过这个白天，真比一年的时间还长。

终于天又黑下来。总攻时间一秒钟一秒钟地迫近了。通讯员小牛两只眼眨也不眨地望着我方阵地。当秒针刚刚踏上下午九点钟时，只听他尖声尖气地欢叫了一声：

"看，信号弹飞起来啦！"

话音未落，人们就觉得身子猛地一震，炮火的风暴遮天盖地地轰鸣起来。郭祥和老模范等人立即出了洞口，向我方阵地一望，只见三颗红色的信号弹,还飘坠在空中。数百门大炮出口的闪光,像连续不停的闪电,把半面天空照得通红。尤其是成批的火箭炮弹,拖着长长的火尾巴从顶空穿过,像赤红的钢板一样,倾泻到敌人的阵地,使整个的大地都为之震动。眼前顿时火光熊熊,硝烟漫漫,成了一片火海。土木沙石不断地从空中落下来。郭祥和老模范等人在外面呆不住,只好回到屯兵洞去。

这场炮火急袭,整整进行了20分钟。霍地又腾起三颗绿色的信号弹,炮火延伸射击了。郭祥立即跃出洞口,举起驳壳枪高喊了一声:"同志们!冲呵!"部队在激越的冲锋号声中,向着黑云岭的主峰冲去。在火光与硝烟中,可以看到三连突击排的前面,有一面鲜艳的红旗,火团似的在向前滚动。

冲在最前面的是乔大夯率领的爆破组。他们拿着爆破筒,挟着炸药包,向前飞快地跑着。山坡上共有七道铁丝网,已被炮火摧毁了五道,第六道也被他们迅速炸开,只剩下最后一道了。一个战士接着扑上去爆破。烟尘还没有散,乔大夯就领着爆破组的同志冲了上去。哪知冲到跟前,才发现这道足有两公尺宽的屋脊形铁丝网,只炸开了一道小口,仍然不能通过。乔大夯立刻塞进一根爆破筒准备拉火,后面一片冲杀声。回头一看,火光里闪着一面红旗,突击排已经冲了上来,只有几步远近,爆破已经来不及了。地堡里的敌人已经清醒过来,重机枪正哗哗地射击着。如果让红旗退回去,同志们就会遭到更大的伤亡。乔大夯心里一急,登时出了一身大汗。他立刻对爆破组大声喊道:

"同志们!爆破来不及啦!我们不能让红旗老等在这里。祖国需要我们的时候到啦!"

说着,他把手里的爆破筒往旁边一扔,就趴到了铁丝网上。爆破组的其他四个同志,也纷纷丢掉了炸药包和爆破筒,挨着他那长大魁伟的身躯,在铁丝网上趴成了一排。乔大夯还一个劲儿地挥动着他的手臂,大声地喊:

"同志们!快过去呀!快过去呀!"

其他几个组员也跟着喊:

"不要犹豫了!"

"为了胜利,快过去吧!"

突击排的同志停下来了。他们怎么忍心从自己同志的身上踩过去呢！连长齐堆心里热辣辣的,一时不知怎样处理才好。带领突击排的副连长疙瘩李更急得什么似的,摆着手说:

"不行！不行！快下来组织爆破！"

这时,郭祥和他的通讯员小牛已经赶了上来。他见到这种情景,真是看在眼里痛在心上。乔大夯听见郭祥的声音,又几乎用哀求的声调说:

"营长！你就快下命令吧！为了胜利,你就让大家快踩过去吧！"

郭祥回头一看,红旗已经停止前进,后面还拥挤着数百名战士,队伍里正在不断地增加着伤亡,就把心一横,牙一咬,把驳壳枪果断地一挥,说:

"同志们！踩过去！"

这一声号令,响彻云霄,震人心魂。在中国大地上,这一支战胜千难万险、冲过雪山草地的铁军,今天不得不踏着自己同志的肉身前进了。当他们踩上自己心爱的战友的身体时,从内心里惊呼起来:"轻点儿,轻点儿！"身上顿时像着了火似的,贯注了千百倍的力量,一刹那间变成了生着羽翼的天兵飞上了主峰。那面在主峰上飘扬的红旗,在硝烟与火光中也显得更加鲜红了。

第八章 红旗飞舞(二)

突击排迅速地越过山腰攀上主峰。

在敌人主要的工事集中地区,遇到三个火力点的顽抗。部队不得不在炮弹坑里隐伏下来。疙瘩李当即派出郑小鸢带领一个小组去消灭右侧第一个火力点。第一个火力点很顺利地被他们用飞雷消灭了。

杨春求战心切,马上要求去爆破中间那个火力点。得到批准后,他就带着两个战士向那个火力点接近。在接近到十几公尺处,那两个战士被打倒了。这时,杨春伏在一个炮弹坑里,睁着他那双猫眼,观察了一下地形。那个有掩盖的火力点周围平展展的,几乎没有可以利用的地物,如果贸然冲过去,仍然不可能成功。他的眼向右侧一扫,看见右侧那个刚才被炸毁的火力点,忽然灵机一动,心中想道:"据战前抓到的俘虏说,敌人的火力点都有盖沟通着,我何不来个废物利用,从这个废火力点里钻进去呢?"想到这里,他就乘我方重机枪发射火力的时机,猛然跃出弹坑,像燕子掠过水面那样,飞快地跃到那个废火力点跟前。疙瘩李见他不搞中间那个火力点,反而向旁边跑去,以为他搞错了方向,正要制止他,齐堆拉了疙瘩李一把,悄声地说:"瞧,这小子可能有点鬼名堂!"说话之间,杨春已经从那个废火力点里吱溜钻了进去。

杨春跳进去,左侧果然通着一条盖沟。里面李伪军吵吵嚷嚷的,显得很混乱。杨春心中大喜,心想:"里面这么黑,正好浑水摸鱼!"他就顺着盖沟向前摸,很快就混进李伪军的人群里。正打主意,忽然后边一个李伪军在他的肩膀上拍了两下。他吃了一惊,立即又镇定下来,心中想道:"这么黑,他们哪里是发现了我,多半是规定的什么暗号。"也就朝旁边另一个家伙的肩膀上拍了两下。这时，盖沟里的敌人老是乱喊乱叫，显得很恐慌。杨春心想："我先把你搅成一锅粥再说！"这么想着，他就掏出两颗手榴弹，冲前面扔了一个，又冲后面扔了一个。自己却贴着一边悄悄地趴下来。只听轰轰两声巨响，敌人可就乱了营了。前面的打后面的，后边的打前面的，叫嚷得更凶了。等敌人镇定下来，像是在追查责任的时候，他早溜到中间那个火力点的附近。

借着枪火的闪光，他清楚看到，有五个敌人正撅着屁股，围着一挺重机枪，向外面疯狂扫射。杨春得意地想道："这些蠢家伙，哪里会想到我小杨春就蹲在他们的身边呢。"他这么一想，乐了，把仅有的一颗手榴弹掂了掂，准准地打在五个敌人中间。顷刻火光一闪，硝烟弥漫，重机枪马上成了哑巴，五个人全被炸死。他自己也被硝烟呛得一连打了好几个喷嚏。

接着，外面传来同志们激越的冲杀声。但是，很快冲杀声又中断了。杨春踏着敌人的尸体，从射口里探出头一望，看见左侧第三个火力点仍然伸着长长的火舌，向冲锋部队疯狂地扫射着。杨春心想："我何不顺着盖沟，把第三个火力点也炸掉呢！"但是，一摸身上一颗手榴弹也没有了。急得他抓耳挠腮地在盖沟里乱转。忽然想起，敌人这么多死尸，怎么会没有手榴弹呢！掏出电棒一照，小甜瓜手榴弹很不少，心里真是高兴，就把手榴弹兜都装满了。这时，从盖沟里过来一伙敌人，杨春抓起手榴弹就劈头打去，敌人吱哇乱叫，回头就跑，杨春紧紧追赶着，很快就追到第三个火力点。现在他有了充足的弹药，就把四个手榴弹连结在一起，一下掷到正在射击的敌人中间，敌人的第三个火力点也完蛋了。

等到同志们冲上来的时候，杨春已经从工事里钻出去，用他尖声尖气的童音喊道：

"同志们！阵地已经占领了！"

这时，郭祥随着突击连冲了上来。他迅速观察了一下阵地的情况，发现好几个火力点，重机枪架得好好的，子弹也压得好好的，就是没有人影。他就对连长齐堆说：

"现在，只能说占领了敌人的表面阵地。我看大部分敌人都跑进坑道里了。你们赶快找坑道口，准备消灭坑道里的敌人！"

齐堆立即指挥部队向两侧搜索,很快就向郭祥报告:在正南方向和东西两侧共发现了三个坑道口。郭祥略一寻思,说:

"你先把南面那个坑道口炸坍封死,叫敌人不能逃跑,增加它的恐慌;然后在火力支援下,从东西两个坑道口同时向里发展。"

齐堆刚要走,郭祥又叫住他说:

"坑道战不在人多,多了反而增加伤亡。你只派两个坚强的小组先进去就行。要结合喊话,不要打哑巴仗!"

这时,一、二连和机炮连已陆续到达主峰。郭祥命令他们在已经占领的工事里隐蔽起来。尽管敌人的炮兵受到我炮火的严重打击,直到现在还没有还击,但是仍然不能放松警惕。

郭祥布置妥当,亲自赶到西侧的坑道口来。此时,坑道口的火力点已被摧毁,敌人全被压入坑道。战士们分布在坑道口的两侧,正准备进攻。只见小钢炮这个虎劲十足的班长,向洞子里扔了两个手榴弹,接着就要往里钻,郭祥止住他说:

"不要慌!"

话音未落,里面的机枪就嗒嗒地响起来,接着又呼呼地喷出赤红色的火焰,火龙似的蹿出好几丈远。小钢炮气愤地骂道:

"好狗日的,又搞火焰喷射器了!"

郭祥立刻命令调火箭筒来。火箭筒手瞄准洞口,连续打了三发,立刻从里面冒出滚滚的硝烟。小钢炮向事前指定的两位伙伴摆了摆手,乘着硝烟,端着冲锋枪就冲了进去。接着,小罗和李茂也跟着钻进了坑道。里面黑洞洞的什么也看不见。小钢炮在前面一面打冲锋枪,一面前进。正要换梭子,从对面一梭子弹猛扫过来。他连忙把小罗和李茂拉了一把,三个人就贴着墙蹲下。由于敌人的自动枪不住点儿地射击,使得他们无法移动。这时,小罗情急智生,把那个歪把儿电棒向旁边晃了一晃,果然,敌人的自动枪便向另一侧射击起来,碎石末溅了他们一脸。小钢炮乘势来了个水平投弹,轰隆一声,敌人的自动枪停止了。

三个人继续向前摸了一截,坑道已是转弯处。这里躺着几个死尸,还有两个伤员,不断地呻吟。这就是刚才被打中的敌人。

小罗用手电照了照,这里已开始进入马蹄形坑道。不远处挤了一大堆敌人,乱吵乱叫,极为恐慌。小罗见时机已到,他这个敌工组

长该发挥点威力了,就嗖地投过一个手榴弹去。随着爆炸声,就乘势喊起朝语口号来:

"快快投降吧!你们已经被包围啦!"

其他几个战士也接着喊:

"缴枪不杀!"

"志愿军宽待俘虏!"

敌人顿时停止了吵嚷声,似乎在静静地听着。

停了片刻,小钢炮见敌方没有回应,又哗地打了半梭子弹。小罗和李茂又乘势喊:

"快快投降吧!不要犹豫了!"

"如果不缴枪,我们就要继续进攻!"

静寂了片刻。接着,有一个哆哆嗦嗦的声音说:

"你们说话是真的吗?"

"是真的!只要缴枪,就保证你们的生命安全!"小罗接上说。

"好,我们投降!"

说过,便把枪乓嗒乓嗒地丢在地上,一个个举着双手走了过来。小罗用电棒一照,数了数共有八名。这些俘虏一个个衣服破烂,脸色蜡黄,浑身上下滚得像泥蛋似的。

小罗为了减少他们的恐惧,语气和缓地问:

"里面还有人吗?"

"有,有,大大的有!"

"小队长呢?小队长在哪里?"

有个俘虏悄悄地往旁边住室里一指。

小钢炮叫李茂把俘虏押下去,交给后面的人。接着猛跨了几步,向那个住室示威性地打了几枪,就喊起口号来。里面既不还击,也没有人应声。小罗影住身子,用歪把电棒往里一照,屋子空荡荡的,一张大毯子从床上直拖到地。丢在地上的一个烟头还在冒烟。小罗一个箭步就跨到屋里,把毯子猛地一揭,只听床下惊叫了一声,接着扔出一支手枪,慢慢地爬出一个人来,一个劲儿地筛糠。小罗见他怕成这样,连忙解释我军的俘虏政策,他才慢慢地抬起头来,哆哆嗦嗦地从里衣的口袋里摸出一个四四方方的纸片,交给小罗。小罗一看,原来是我军在政治攻势中散放的"通行证",外面还被他精

心地包了一层玻璃纸呢。小罗微微一笑,用半通不通的朝语问:

"你既然知道我们宽待俘虏,干吗还不出来投降?"

"你们士兵的宽待,我的知道;军官的宽待,我的不知道。"他用生硬的中国话说,原来他是伪军的小队长。

小罗把他扶起来。为了消除他的疑惧,掏出一支烟递给他,他脸上显出深为感动的样子。接着,小罗就问:

"里面的人还多不多?"

"里面,大大的有!"

"你能给他们喊话吗?"

伪军小队长迟疑了一下,答应了。

小罗让他在前面带路,继续向前摸去。

大约走了十几公尺,伪军小队长停住了,回过头悄声地说:

"前面,大大的有!"

话没说完,前面就响起了枪声和混乱的惊叫声。几个人都闪在旁边的住室里。小罗拍拍伪军小队长的肩膀说:

"你就喊吧!巴利巴利!"

他立刻面向前方,踏开脚步,开始了喊话。他以小队长的身份,训斥说:

"不要打啦!志愿军已经占领了坑道,你们还打什么!他们的俘虏政策,你们不是不知道,像我这样的人都不要紧,你们还怕什么!……"

枪声停止了。接着是一片窃窃私语声。不大工夫,就一个跟着一个地举起双手走了过来。小罗用电棒照着,数了数,一共是37名。李茂送俘虏刚刚返回,小钢炮又派他向后转送。这个四川战士嘟囔着说:

"我倒成了运输员了!"

"运输员也很重要嘛!"

小钢炮说过,又继续向前发展。一路打,一路喊,投降者立即俘虏过来,坚决抵抗者立即予以消灭。由于这位伪军小队长地形熟悉,发展相当顺利。

正在前进中,只听对面响起冲锋枪声,接着大声喊道:

"站住!缴枪不杀!"

小钢炮一听,是郑小鸢的声音,急忙喊道:

"郑小鸢!我们会师啦!"

两个战斗小组立刻合兵一处。郑小鸢告诉小钢炮,后续部队已经进来,正在肃清残敌。小钢炮高兴地说:

"快!咱们到二层楼去!"

小罗叫过那个"小队长"问:

"你们营长住在哪里?"

伪军小队长悄悄往上一指。小罗又拍了拍他的肩膀,说:

"好,你还当我们的向导!"

两个小组,一前一后,由这位不花钱的向导带着,很快就找到通二层坑道的楼梯。可是刚踏上台阶,上面就打下枪来。伪军小队长回过头为难地说:"上面的,不好去!"小罗说:"你快喊:自己人,不要误会!"他只得仰起脖子叫道:

"营长在上面吗?"

"在。徐队长,你要干什么?"

"我要报告情况。"

上面停止了射击。伪军小队长慢腾腾地往上走,小钢炮怕他犹豫误事,抢在前面,嗖嗖几步就扑了上去,把楼梯口的两挺机枪踢在了一边,接着,就威逼五六个敌人放下了武器。

二层"楼"也是环形坑道。伪军小队长领着大伙向前走了不远,就停住脚步,胆怯地向旁边一指。小罗动员他喊话,他把两只手一摊,为难地说:

"我的恐怕不行。"

"你试试看。"

小钢炮先打了半梭冲锋枪,用火力威胁,然后伪军小队长喊:

"营长!营长!你在里面吗?"

"你是谁?"里面粗暴地叫。

"我是徐成吉,你听不出来了吗?"

"你不在下面守坑道,跑到这里干什么?"

"下面守不住了,共军已经打进来了!……"

伪军小队长刚说到这里,那个粗暴的声音吼叫起来:

"爬比桶①！我早就看出你不是个好东西！"

这粗野的叫骂，显然刺伤了伪军小队长，他立刻抗声地说：

"这样坚固的阵地，不到五分钟就被共军突破。到现在你还躲在这里！你才是一个十足的饭桶！一个光知道喝兵血的混蛋！再不投降，你的末日马上就要到了！"

对方大声怒骂道：

"你这个叛徒！……"

伪军小队长也提高声音回骂：

"只有你们这些靠美国人升官发财的家伙，才是可耻的叛徒！你应该算算，你喝了多少兵血！连志愿军圣诞节送给我们的礼物，都叫你没收了。你们还说共军的酒里有毒，可是你们倒拿去偷偷地喝……"

对方显然已经怒不可遏，大声斥骂着旁边的人：

"你们这些没用的东西，快给我打！不打我毙了你们！"

说着，里面传出乓乓两声枪响。接着，几个士兵呼噜呼噜地跑了出来，把枪往地下一扔，投降了。

小钢炮早就不耐烦了。他急火火地取出一颗手榴弹，嗖的一声就投到那个住室里去。等硝烟散去，大家在这个颇为讲究的洞子里，看到一个又肥又胖的家伙躺在血泊里。小罗用电棒照了照他的全身，他的胸前挂着好几个奖章，一只肥手里还紧握着一支粗大的皮鞭。住室里除了一幅阵地火力配系图之外，散落着许多淫秽不堪的照片，床下堆满了喝空的酒瓶。……

"这里真是座人间地狱！"小罗恶心地吐了一口唾沫。

当小钢炮他们押着大队俘虏走出坑道时，郭祥和老模范的脸上堆满笑容。他们同小钢炮、杨春、小罗、郑小蔫等一一握手，郭祥深为满意地对老模范说：

"看起来，当年小鬼班的这几个小家伙，表现都是蛮不错的！"

老模范笑着说：

"你不也是这个班的小鬼吗？"

"我？"郭祥说，"叫我看，他们比我可强！论愣劲儿，有的比我还

---

① 爬比桶：朝语"饭桶"。

愣；论猛劲儿，有的比我还猛；论脑子活，有的比我还活……"

"这就叫一代传一代，一代胜过一代嘛！"

"对！你说得对！"

郭祥微笑着，抬头望望山顶，在火光照耀的黑云岭上，那面红旗正像红色的大鸟一般，在疾风里旋卷飞舞，仿佛要飞翔起来似的……

第九章 挺 进

　　郭祥正同老模范谈笑,邓军和周仆已登上了黑云岭主峰。周仆告诉他们:在北汉江以西,金化以东,金城以南22公里的战线上,已在多处突破敌人的阵地,现在各支部队正向敌后猛插。要他们很快把部队整顿一下,立即沿着孙亮的穿插路线,随后跟进。

　　从昨晚起,天色一直阴沉,此时又飘下零散的雨点。等郭祥这个营越过黑云岭,踏上宽大的公路,已经是大雨滂沱了。

　　由副团长孙亮率领的那个营,这时已经在30里以外。他们预定的目标,是直插敌人的师部——梨香洞。沿途虽然打了三几个小仗,只是为了排除障碍,并不恋战,因此进展相当迅速。到凌晨两点钟,距梨香洞只剩下十几里路。

　　雨时大时小,时断时续。人们头上顶着大雨,身上冒着热汗,从头到脚,早已湿透。但是人们依然精神抖擞地行进在雷鸣电闪之中,跌倒了又爬起来,紧紧跟上队伍,惟恐掉下一步。在这个大风雨的夜晚,人们为了胜利已经忘记了一切。

　　走在穿插营最前面的,是花正芳率领的侦察排。尽管距目的地已经不远,但是花正芳心里仍然急火火的。因为朝鲜天亮得很早,差不多三点多钟天就亮了,如果再遇上什么麻烦,或者走错了路,任务就难以完成。他正想取出地图核对一下地形,忽然前面闪动着汽车的灯光,从公路上飞驰而来。他刚刚命令侦察排离开公路,一辆卡车,一辆吉普车已经开到面前。花正芳见路旁没有别的地形可以隐蔽,就当机立断,喊了一声"打掉它!"说着端起冲锋枪向着汽车猛扫了一梭,汽车立刻停住。接着大家就冲上去,一顿猛打,车上的敌人顿时一片混乱,也不知是打死后摔下来的,还是跳下来的,噗嗵噗嗵就像饺子下锅一般。还有人高声嚷道：

"吙咆！不要打呀！不要发生误会呀！"

"误会不了！"花正芳心里暗笑，指挥全排冲到车底下，不一会儿就抓了五六个李伪军俘虏。他把联络员小韩叫过来，给他们简单解释了一下我军的俘虏政策，接着就问：

"你们是哪一部分？"

"我们是师部的。"一个俘虏战战兢兢地答道。

"你们要到哪里去？"

"我们是跟着副师长到前面去督战的。"

花正芳一听还有"副师长"，不由一阵高兴，就对大家说：

"同志们快搜！我们本来要打狐狸，倒套住狼了。"

大家在附近的草丛里搜索了一阵，忽听一个侦察员在200米外的地方高兴地叫道：

"在这里哪！看，快钻到泥里去了！"

说着，就把一个家伙从泥水里拽出来，带到公路上。花正芳用电棒一照，见是一个大胖子，鼓着个大肚子，光着个秃脑瓜子，军衣也不知什么时候扔掉了，只穿了件衬衣，从头到脚都是泥汤子。

这时，大队已经赶到，孙亮听说抓到一个"副师长"，正要了解一下情况，就急匆匆地赶上来，问：

"你是什么人？担任什么职务？"

"我……我是一个排长。"

周围的人哄然大笑起来。他狼狈地环顾了大家一眼，无可奈何地说：

"既然你们已经知道，也就不用问了。"

孙亮盯住他说：

"你要到前边干什么？"

"前面情况紧急，师长要我带部队增援，防止贵军突破我军的阵地。"

"那你就用不着去了。"孙亮笑着说，"你们的增援部队呢？"

"就在后面。"

"多大兵力？"

"两个营。"

"你们的师部在哪里?"

"梨香洞。"

"你们的师长在那里吗?"

"在。顾问也在那里。"

"保护师部的有多大兵力?"

"一个排。"

"你可以把师部的位置、配备画个草图吗?"

伪副师长迟疑了一会儿,说:

"可以。"

孙亮立刻叫人取来纸笔,叫他垫在图囊上画图。一个人用雨衣遮住雨点,一个人打着电棒。这位"副师长"画图很熟练,不一会儿就画出来了。孙亮接过一看,和原来了解的情况基本相符,就把图交给了花正芳。孙亮又挑出两个精壮的俘虏作为向导,其余的向后押送。伪副师长一看慌了,以为是要杀他,就带着哭腔哀求说:

"你们留下我的命吧!我家里还有 80 老母,还有……"

孙亮说保证他的生命安全,他才规规矩矩鞠了一个躬向后去了。

孙亮看看表,已经两点半了,立即命令部队准备伏击增援的敌人;并嘱咐花正芳:应尽量避开敌人的大队,迅速插到敌人的师部。

花正芳率领侦察排飞快地行进着。约摸走了半个小时左右,前面山谷里又出现了一长串闪闪的汽车灯光,隆隆的摩托声也愈来愈近。花正芳马上让部队隐伏在路旁的深草丛里。顷刻间,长长的车队从他们的身边飞驰而过,车上满载着敌人的步兵,总有四五十辆。等汽车过去,花正芳一挥手又让他的排上了公路。这时已经风停雨住。他们愈发加快了步伐,后来简直是一溜小跑了。

前面是个岔路口,向西有一条小公路弯到一条山沟里。那位充当"向导"的俘虏停住脚步,冲着山沟指了一指,对联络员小韩说:

"再往里去就是师部。"

"还有多远?"

"也就是两里路的样子。"

花正芳让大家隐伏在沟口的草丛里,迅速给几个班长区分了任务,接着就率领全排向沟里插去。那位"向导"真可谓称职得力,带领他们绕过敌人的岗哨,很顺利地接近了梨香洞——敌人的师部。

这梨香洞共有两簇房子,一簇靠外,住着敌人的警卫排,一簇靠里,住着敌人的师部。花正芳留下两个班攻击警卫排的敌人,并切断他们与师部的联系;自带一个班沿着山径小路,向敌人的师部接近。

看看离师部不远,花正芳在一个坡坎下停住脚步,凝神观察。只见小平地有一座坐北向南的大房子,里面点着一盏五百烛光的大泡子,照耀得十分明亮。玻璃窗敞开着,从窗子里可以看到里面有一个人正在着急地打电话,桌子旁边围着四五个人,都凝视着打电话的人,好像在等待着他询问的情况。一个上年纪的美国人坐在那里静静地抽烟,好像在寻思什么。旁边还有一个秃脑瓜的朝鲜人,神情不安地在屋子里踱来踱去。门口停着一辆卡车,两辆吉普,有几个人在进进出出地忙着往车上搬东西。一个哨兵在旁边来回走动。

花正芳观察清楚以后,立即决定:由侦察班长马海龙——一个异常剽悍的大个子,带领两个战士消灭敌人的哨兵,由门里打进去;自己带领一个组堵住两个窗口;留下一个组在外面作预备队,处置意外情况。

一切布置妥当,马海龙就带着两个战士悄悄向哨兵接近。在离哨兵还有几步远的时候,那个家伙就歇斯底里地嚷叫起来,马海龙立即猛扑上去,用匕首结果了他。这一来,房子里的敌人被惊动了。他们正要抢出房子逃跑,那两个战士的手榴弹已经飞到屋里,轰轰两声巨响,屋子里发出一片惨叫声,灯光也顿时熄灭。

这时,花正芳已经到了窗子跟前,从窗子里猛地跳出一个人来,被他哒哒两声冲锋枪也打死了。接着,花正芳就蹿到屋里,用电棒一照,屋里的几个人都完蛋了,那个上年纪的美国顾问和戴着少将军衔的李伪军师长也倒在血泊里。花正芳很后悔没有抓到活的。一怨那两个战士莽撞,二也怨自己布置不周。他用电棒照着,仔细搜索了一遍,忽然看到一个大衣柜,柜门上的铜环还在微微地摆动。他立刻把身子往旁边一闪,把衣柜猛然拉开,果然里面藏着一个敌人,尖嘴猴腮,戴着一副黑框眼镜,浑身颤抖不已。花正芳大喝一声:"你就出来吧!"那个家伙才浑身筛糠似的走出来。花正芳让侦察员把敌人的枪支和机密文件搜罗带走,接着出了房子。

这时,消灭警卫排的战斗已经结束。东方隐隐发白。花正芳又把周围搜索了一遍,才带着俘虏向沟外走去。

他们来到大公路上,公路两侧坐满了休息的队伍,远远近近,一片嘈杂的笑语声,同志们有的在抽烟,有的在吃干粮。旁边堆放着缴获的枪支。郭祥和孙亮也站在路边谈笑着。原来两个营在天亮以前就合兵一处,共同消灭了增援的敌人。

郭祥见花正芳斜背着冲锋枪,押着俘虏,英姿勃勃地走过来,上前攥住他的手,亲热地说:

"小花子!敌人的师部全消灭了吗?"

"全消灭了。"

"你们这次打得蛮不错嘛!"

花正芳红着脸,又是一副姑娘样子,带着歉意腼腆地说:

"伪师长和美国顾问,本来可以抓活的,我没有布置好,都打死了……"

郭祥笑着说:

"打死就打死吧。听说这个伪师长叫嚷'北进'叫得最凶,这一下省得他再叫唤了!"

孙亮也带着安慰的意味说:

"没什么!我打了这么多仗,事后想起来,没有一个仗是没有缺点的。"

俘虏一个个从他们面前走过。郭祥发现,有一个俘虏和他的眼光刚一相遇,就急忙惊慌地掉过头去。郭祥心中疑惑,立刻把他叫出来,仔细一看,只见他留着大分头,尖嘴猴腮,戴着黑边眼镜,正是地主谢清斋的儿子谢家骥。立刻圆睁着眼问:

"你叫什么名字?"

那人的脸色,顿时变得煞白,舌头像打了结似的,好半晌,才吞吞吐吐地说:

"我我……我是朝鲜人,我叫朴……"

郭祥冷笑了一声,说:

"算了吧,姓谢的!你就是把皮剥了,我也认出是你!"

谢家骥索索地颤抖着。众人一听捉住了谢家骥,都围过来观

看。孙亮高兴地望了花正芳一眼,笑着说:

"你是怎么抓住他的?"

"这家伙倒机灵,钻到衣柜里头去了。"花正芳笑着说。

郭祥直直地瞪着谢家骥,16年前因为一枚柳笛引起的风波,父亲披麻戴孝为死鹰送葬,自己跪在台阶下,向他的哥哥——那个戴着瓜皮帽的小子叩头……一幕一幕,都呈现在眼前。郭祥冷笑了一声:

"谢家骥!你想不到有今天吧?"

谢家骥深深地低下头去,沉默不语。郭祥望了望他那身美式军服,肩头戴着少尉军衔的牌子,不知什么时候已经扯去了一个,又问:

"你这些年都干了些什么?"

谢家骥显然镇定了一些,低声说:

"我不过是美军心理作战部的一个雇员,并没有干什么坏事。再说我也不是真心投敌,是我吃不了苦,一时糊涂……"

"哼,糊涂?叫我看你一点也不糊涂!"郭祥指着他说,"你就是为了你的老子,为了你那个被打倒了的阶级!你们这些人,就是做梦,也没有忘记作威作福的生活。为了重新骑在中国人民头上,你们不惜当卖国贼,不惜给外国反动派当干儿子,这是你们一贯的作法!从你们的老祖宗到你们都是这样干的!……但是,我告诉你们:你们的目的永远也不能得逞!"

孙亮挥挥手说:

"别跟他啰嗦了,叫他滚吧!"

花正芳喝了一声,让他回到俘虏队伍里。

这时,不知谁喊了一句:

"你们看,那是谁来啦?"

人们向北一望,在那条宽大的黄土公路上,有10匹马飞驰而来。为首那人骑着一匹乌亮的黑马,就像沾在马背上似的,一只空袖管在身后高高地飘起。后面那人骑着一匹红马,姿态英挺,身子略向后仰,眼望前方。他们像旋风一般由远而近,随着晨风,传过来急雨般的马蹄声。

人们纷纷高兴地叫道:

"嚄,你看团长、政委来了!"

说话间,邓军、周仆和骑兵通讯班已经来到跟前,纷纷下马。孙亮和郭祥迎上前去,看见团长、政委满脸笑容,显然他们为战役的顺利发展感到满意。郭祥打了一个敬礼,笑嘻嘻地说:

"团长,政委,我看你们这些马子情绪也不一样了!"

"怎么不一样了?"邓军问。

"我瞧着,五次战役往北撤那时候,它们一个个扭着脖子,老是咴咴地叫,可不满意了;今天一往南去,一个个跑得多欢实呀!"

"你这个嘎家伙!"邓军笑着说,"什么话叫你一说就神了!"

周仆也笑着说:

"郭祥,恐怕你说的不是马,是你自己吧!"

人们哈哈大笑。

周仆看看战士们滚得满身都是泥巴,就说:

"昨儿晚上同志们够辛苦了,没有少摔跤吧?"

"咳,简直成了摔跤表演赛了!"郭祥笑着说,"前面来个屁股蹲儿,后头就来个趴拉虎儿,辛苦倒不觉得,就是怕赶不到哇!"

孙亮把昨天夜里穿插五六十里,连续打了几仗,还消灭了敌人师部的情况,简要作了汇报。邓军满意地点了点头,说:

"这个作风要得!我们抢渡大渡河就是这么干的!"

说过,邓军让小玲子取出一张军用地图铺在地上,指着地图上的一座高山说:

"这就是白岩山!是前面这一带的制高点。根据师长的指示,要我们赶快占领它。你们很快吃完饭就出发吧!"

周仆接着说:

"师部准备把梨香洞作为指挥所。还要在这里开个会,研究下一步的问题。洪师长,还有人民军的一位师长马上就到。那里的房子没有打坏吗?"

"没有打坏。"花正芳走近来说,"就是美国顾问和伪师长都死在那里了,恐怕得打扫一下。"

"好好,"邓军说,"马上派人去打扫打扫!"

这时,从北边公路上出现了四辆小吉普,飞箭一般地向南奔驰。待开到跟前时,车门打开,洪师长和一个戴着人民军少将军衔的中年人跳下车来,接着又下来了几个中朝两军的参谋人员。郭祥一看,那位朝鲜将军,身材魁伟,红脸膛,非常面善。霍地想起,在平壤以南第一次和朝鲜人民军会师时的崔师长就是他。这时邓军和周仆已经迎上前去,并且把孙亮和郭祥介绍给那位朝鲜将军。周仆还特意指着郭祥说:

"这就是坚守白云岭的那位营长。"

将军几乎把他拥抱起来,拍着他的肩膀亲热地说:

"小伙子!打得好哇!"

"还是人民军的同志打得好!"郭祥红着脸,连忙接上去说。

"别客气喽!"将军指指洪川、邓军和周仆说,"我们都是老战友呢!咱们俩虽然见面不多,我们那个金银铁对我常谈到你。"

"他来了吗?"郭祥兴奋地问。

"来了,来了,他是从东边那条路上插过来的。"

"太好了!"郭祥说,"痛痛快快地干一场吧!李承晚这条老狗实在太可恶了!"

"他跟蒋介石一样,是一个极端残忍的家伙!"将军的神色有些激动,"他勾结美国人把我们全朝鲜都淹在血海里,而这个刽子手却在大门口挂着四个大字:'敬天爱人。'每天上床以前还要念一段《圣经》!……"

这时,梨香洞来人报告,房子已经打扫好了。师长立刻招呼将军说:

"老崔!咱们去开会吧!"

说过,两位师长和参谋们上了汽车,邓军和周仆一行人翻身上马,向几个小时之前还是敌人师部的梨香洞去了。

郭祥回到一营,掏出干粮刚啃了两口,只见花正芳带着几个人急火火地跑过来。郭祥问:

"你们干什么?"

"谢家骥跑了!"

"哎呀,我的天!"郭祥吃惊地说,"你们怎么搞的?"

花正芳说:

"刚才他说要解手,看管的人就让他去了,左等右等也不回来,后来一看,才知道他跑了。"

"时间不大吗?"

"不大。"

"顺着哪条路跑的?"

"就是这条山沟。"

花正芳冲着一条窄山沟里一指。

郭祥把手一挥,斩钉截铁地说:

"追!无论如何不能让他跑掉!"

他看见杨春站在旁边,就说:

"你也跟我来!"

说着,就同杨春、花正芳等几个人,一同向那条窄山沟跑去。刚刚追出一里多路,就听杨春兴奋地叫:

"瞧,那不是,正往山坡上爬呢!"

大家顺着他的手指一看,果然谢家骥正佝偻着腰拼命地往上爬,眼看就要爬到山的鞍部。郭祥咬着牙说:

"给我打!"

杨春立刻叉开两腿,用熟练的立射姿势,略微瞄了一瞄,"呼"地一枪,谢家骥身子晃了一下,就仰面朝天,一个跟头栽下来,顺着山坡向下咕噜咕噜地滚动着,一直滚到了山脚。这条帝国主义的走狗,就这样带着他复辟的梦想完蛋了。

大队继续向前开进。在他们的后尾,第二梯队师也陆续地赶了上来。公路上、山谷里到处是进军的洪流,人喊马嘶,一片欢腾。在公路中央走着的是汽车、坦克和炮兵,两侧是步兵长长的行列。每当坦克、炮兵,特别是多管火箭炮开过的时候,步兵们就欢呼起来,坦克手、炮手在车上也纷纷招手,报以微笑。这种大白天进军的场面,是叫人多么高兴呵!回想我军入朝的初期和中期,那时一切都在夜里进行,可是现在不同了,沿途都有高射炮伸着长长的脖子警戒着天空。在祖国人民全力的支援下,这一切发生了多么巨大的变化!

与这种情景成鲜明对照的,是敌人被打翻的车辆,狼藉的尸体和遗弃的枪支、弹药、军衣、军毯、水壶等到处皆是。迎面走来的是一群一群的俘虏,他们在公路两侧的稻田里跋涉着,一个个满身泥巴,低垂着头,有的撕掉了肩章,有的破破烂烂,还有的只穿着一只靴子,一拐一拐地走着。李承晚的叫嚣不虚:他们确确实实是在"北进"了。

第十章 金 谷 里

夏季攻势第三阶段,自7月13日夜发起后,经过24小时的激烈战斗和穿插作战,即将李伪军的第三师、第六师、第八师及其精锐首都师一举歼灭。至16日,我军已扩展阵地面积170平方公里。这一胜利,大大震撼了敌人。

这时,邓军和周仆的团队,已经按照师长的指示,乘胜攻占了制高点白岩山。

郭祥和老模范站在白岩山上,放眼一望,山势逶迤而南,眼前的群山,有如大海的波涛拥在脚下。在绿色的山丛中,公路像一条黄色的带子自南延伸过来,从白岩山的左翼穿过直通北方。白岩山正好卡住这条公路。郭祥沉思了一会儿,说:

"恐怕还会有一场恶战。"

老模范偏过头望望郭祥,说:

"你是说,敌人还会要抢夺这座山吗?"

"是的。"郭祥点点头说,"李承晚这条老狗即使被迫签字,也会要来抢夺这个要点。"

"我们决不能叫他夺去!"老模范梗梗脖子,语气坚定地说。接着,他环顾了一下白岩山,"山很险要,就是太不好修工事了。"

郭祥再一次认真地看了看白岩山,山上全是白花花的岩石,树木极少,只在山缝里有几株年代久远的古松。整个山峰就像一座石灰岩雕成的屏风。他说:

"不好挖,也要挖。先抠些散兵坑,等以后把山打通,就成了铁堡垒了。"

郭祥转过身来,向后一看,左后方也有一座郁郁苍苍的高山,山形颇为熟悉,很像金谷里后面那座高峰。他不禁心中一跳,急忙取出地图对照,果然在向东一条幽僻的山沟里,望见那条明亮的银蛇般的溪水,在溪水之旁找到金谷里那个小村。他又取出望远镜,想找找当年和乔大夯藏身的石洞,在高峰下的一处山腰里,那几株永远留在记忆中的、像老朋友一样熟稔亲切的古松,也隐约可辨。这时,郭祥的心情是多么激动呵!两年来,就是在睡梦里,他也没有忘记金谷里,没有忘记金妈妈。这次战役之前,他对金妈妈的思念是更加殷切了,他惟恐打不到这里,惟恐见不到金妈妈。现在金谷里就在面前,他心头是何等高兴!但是,在这两年间,在敌人的魔掌里,金妈妈的遭遇究竟怎样,又不免使他焦灼不安。……

老模范见他一个劲儿地看那座山峰,就说:

"嘎子,你怎么老往后看哪?"

郭祥收起望远镜,指指那座小村说:

"那就是金谷里。不知道金妈妈怎么样了!"

老模范也心情激动地说:

"应该去看望看望这位老人。"

郭祥布置了工作,发动全营在白岩山上挖掘工事。下午,团里考虑到他们过于疲劳,将他们撤到二线——一座较低的山上休息,阵地由三营接替。郭祥由于一心惦记着金妈妈,在小松林里胡乱吃了午饭,告诉了老模范一声,就带着小牛向着金谷里走去。

越过公路,向东的山沟里,有一条弯弯的溪水。他们沿着溪水旁边的小径走出二里多路,郭祥就看见阳坡上金妈妈的三间草房。门前是一条小路通到河边,郭祥还记得这是金妈妈每天牵着黄牛饮水的去处。他顺着小路走到门前,不由暗暗吃了一惊。园门的篱笆东倒西歪,柴门已经倾倒在地。再往院里一看,满院青草,足有一人多深。郭祥心想,是不是时间长了,记不真了?就又往房后瞅了一瞅。他记得她房后的山坡上,有她丈夫和她儿媳的两座新坟。仔细一看,两座坟墓还在,只是坟上已经长满了青草。郭祥的心越发沉重。他拨开草丛,上了台阶,门窗上结满了蛛网,不像有人住的样子。他轻轻将门推开,果然里面空无一人,炕也塌了,锅碗的碎片扔了一地。郭祥心里七上八下,不知发生了什么变故。

小牛见郭祥神情痴呆,半响无语,就说:

"恐怕人不在了,问问邻舍去吧!"

郭祥只好将门关上。两人下了台阶,走出院子。他们向东走了几十步远,看见邻家院子里,有个束着黑裙的十四五岁的少女,正在举斧劈柴。郭祥在门外喊了一声"吷咆哮",那个少女抬头一望,忽然惊喜地叫了一声"郭叔叔",就蹦跳着跑过来,一下把郭祥的两只手都攥住了。郭祥一看,原来是白英子,惊奇地问:

"你怎么到这儿来了?"

"是妈妈带我来的!"她笑着说。

郭祥知道她说的是朴贞淑。又问:

"她怎么来啦?"

"不光她来啦,阿爸基也来啦!"

白英子说过,就尖着嗓子冲屋里喊:

"阿妈妮!阿爸基!郭叔叔来啦!"

只见房门推开,朴贞淑和金银铁都走出来,鞋子还没蹬好就跳下台阶,和郭祥、小牛握手。金银铁笑嘻嘻地说:

"郭东木!真想不到你也来啦!"

"这是你的家,也是我的家呀!"郭祥笑着说,"我是来看望阿妈妮的!"

金银铁和朴贞淑都笑起来。郭祥问:

"你们是一起来的吧?"

"不不,我是天亮以前随着部队到的。"金银铁说,"她和小英子刚到不久。"

"阿妈妮呢?阿妈妮在哪里?"郭祥着急地问。

"快进去吧!在屋里呢。"

说到这儿,只听屋里传出一声亲切而微弱的呼唤:

"阿德儿!阿德儿!快来!"

郭祥一听阿妈妮还在,才像一块石头落了地,急忙在台阶上脱了鞋子,迈到屋里。只见阿妈妮由几个邻居围着坐在炕上,身子已经瘦弱不堪,脸色蜡黄,头发全花白了。她的白衣白裙,破破烂烂,有好几处染着紫黑色的血迹。虽然只不过两年时间,却不知怎的折磨成这般模样。郭祥蹲下身子,喊了一声"阿妈妮",阿妈妮望了郭祥一眼,就一把搂着他哭起来。郭祥心中一热,也止不住流下了眼泪。

郭祥掏出手帕,一面给阿妈妮拭泪,一面说:

"阿妈妮!你怎么成了这样子啦?"

阿妈妮哭得说不出话。朴贞淑长长叹了口气,告诉郭祥:自从他们离开这里,阿妈妮就被敌人抓进了监狱。直到昨天夜里,那些反动家伙准备逃跑,游击队才砸开监狱,把她救出来。

"是不是敌人发觉了我在这里养伤的事?"郭祥心情沉重地问。

"不,不,"朴贞淑摇了摇头,又告诉郭祥:因为阿妈妮天天出去送饭,就引起坏人的怀疑,特务就报告说,她在人民军的儿子回来了,不知道藏在什么地方。一进监狱,敌人天天打她,逼她,威吓她,要她交出自己的儿子。阿妈妮就说:"我的儿子在人民军,你们要有本事,就到人民军里去抓!"敌人什么刑法都用上了,阿妈妮还是这两句话。

郭祥听了,又是感激,又是钦佩,同时更为阿妈妮受到的酷刑难过。他充满怜惜地说:

"阿妈妮!你身上没有留下什么残疾吧?"

金银铁替阿妈妮作翻译,把郭祥的话翻了过去。

"不要紧!"阿妈妮摇摇头,止住泪说,"不管他们多凶,我也不能向他们低头!我总是想:我的儿子是会打回来的!我的中国孩子是会打回来的!孩子,我记得你临走,还对我说过这话。现在,你们到底打回来了……"

说到这儿,阿妈妮枯瘦的脸上露出了笑容。金银铁乘机解劝说:

"妈妈,你瞧,你已经哭了三次了:我来,你哭了一次;贞淑和小英子来,你哭了一次;现在郭东木来,你又哭了一次。"

"这是在亲人面前哪!"阿妈妮带着泪花笑了,"这两年,在监狱里,在敌人面前,我一滴眼泪也没有掉!"

郭祥笑着说:

"阿妈妮,你真是一位好妈妈,英雄的妈妈。叫我说,你今天更应当高兴。你恐怕没想到,又添了一个儿媳妇吧!还有小英子,多好的一家呀!"

说着,他望了朴贞淑一眼,朴贞淑头一低,笑着说:

"瞧,你又打岔啦!"

金银铁把郭祥的话翻过去,阿妈妮也笑了。她望着朴贞淑笑眯眯地说:

"这倒是实话。我就是做梦,也想不到我儿子找了这样的好媳妇呢!"

"妈妈,你不知道,这还是郭东木的功劳哪!"金银铁说。

接着,他把郭祥如何撮合的事说了一遍。邻居们都哈哈大笑,阿妈妮更是笑得合不拢嘴,望着郭祥说:

"这可该怎么感谢你这个媒人呢!"

"叫我说,这不是我的功劳。"郭祥笑着说,"真正的媒人是这场伟大的斗争。"

阿妈妮看见小牛,忽然想起了什么,望着郭祥问:

"那个姓乔的大个儿呢,他怎么没有来?"

郭祥把这次战役,乔大夯如何趴铁丝网,使突击队从身上通过的事说了一遍。阿妈妮的眼眶里立刻涌满热泪,急切地问:

"这么说,大个儿是牺牲了?"

"不,他没有牺牲。"郭祥摇摇头说,"趴铁丝网的其他四个同志是牺牲了。因为乔大夯身体好,只受了重伤,已经送到后方医院去了。"

"大个儿可是个好人哪!"阿妈妮怜惜地说,"他见我生活困难,饭总不肯多吃。我知道他饭量大,他在我家恐怕没有吃几次饱饭。"

"确实是一个难得的同志。"郭祥也感叹地说,"这次战役开始以前,他就老是打问我:这一次究竟打到哪里?能不能打到金谷里?能不能见到阿妈妮?他还说,他做了一个梦,金妈妈被敌人抓到监狱里了,说这话的时候非常难过。想不到这一次没有能来……"

大家听了乔大夯的事都非常感动。阿妈妮拾起裙角拭拭眼泪,正要说什么,只听外面喊:

"小牛!小牛!营长在这里吗?"

接着,白英子也叫道:

"郭叔叔!有人找你哪!"

郭祥立刻站起来,推开门,营部的通讯员已经来到台阶下,向郭祥乓地打了一个敬礼,报告说:

"教导员请你赶快回去,有重要情况。"

"什么情况?"

"说敌人要进行反扑!"

金银铁也站起来,握着拳头说:

"刚消灭了它四个师,就又来了,看样子还是不甘心哪!"

"来得好!"郭祥说,"现在咱们东路、西路、中路三个集团军已经会合在一起,正可以大干一场!"

郭祥说着,伏下身子来,抚着阿妈妮的肩膀说:

"阿妈妮!你放心吧,我们解放了的土地,是一寸也不能再丢失的!"

接着,他又同金银铁、朴贞淑以及几个邻人一一握手,说:

"我回去了!等打退敌人,我们再见。"

金银铁看看表,说:

"我也要马上回去!"

郭祥说:

"阿妈妮谁照看呢?"

"你放心吧!"朴贞淑说,"我和小英子分配在这一带做战勤工作,一时还不会走。"

阿妈妮见郭祥要走,挣起身子一定要送。郭祥拦她不住,只好由朴贞淑和小英子扶着,跨出门限,站在台阶上。郭祥再一次同她拥抱告别,由金银铁等人送出门外。

郭祥走出很远,很远,回过头来,还看见他们一家站在那里,不断地向他深情地招手。郭祥想起他们的过去和现在,真是感慨万端。这是由三个被敌人拆散和摧毁的家庭所组成的一个家庭。然而它已经不是一个普通的家庭,而是一个战斗的家庭,英雄的家庭!这个家庭的每一个成员,都有一段苦难的过去,也有一段足以自豪的历史。他们每个人都对这场伟大的斗争做出了自己的贡献!郭祥想到这一点,不但感到激动,而且感到快慰。帝国主义和一切反动派们,他们总是不惜用一切手段来拆散人们的家庭,毁坏人们的生活。然而人民的意志是不可征服的,革命的奔流是不可阻挡的,历史将再一次证实:任何野蛮的侵略战争都不能毁灭人类的生活,人民有能力从斗争里取得更加光明美好的前途。这是毫无疑问的。

当郭祥伴着叮咚的溪水向前行走时,一直是这样想着,想着。猛然抬头,前面已经是自己的营地了。

第十一章　灯火灿烂

郭祥回到营部，老模范一见他就说：

"看起来，你估计对了，敌人要反扑了。"

"来了多少？"郭祥忙问。

"据团长讲，李承晚又拼凑了五个师的兵力。"

郭祥不自觉地攥了攥驳壳枪的木壳：

"这条老狗，真是不见棺材不掉泪！得好好地收拾他一下才行。"

老模范说：

"刚才师长也来了电话，说要亲自和你通话。"

郭祥知道情况不同寻常，立刻摇通师部，只听师长在电话里说：

"郭祥！情况你都知道了吗？"

"知道了，首长。"郭祥恭敬地说。

"这情报比较可靠，是人民军转过来的。"师长说，"郭祥，这可是带有关键性的一仗呵！最近，我们消灭了李承晚四个师，确实把李承晚打疼了。他现在的反扑，不过是最后的孤注一掷。如果我们打得好，敌人很可能就此签字；如果打不好，也有可能增长敌人的幻想。我们的得失，是直接同板门店的谈判桌联系着的。"说到这里，师长又提高声音说，"据我估计，你那个白岩山很有可能是敌人这次的突击重点，这是关系全局的问题，你可要引起足够的重视。"

"你放心吧，师长，"郭祥响亮地说，"已经解放了的土地．我们决不能丢掉一寸。"

郭祥和老模范再一次向部队作了动员，并带领全营连夜构筑工事。第二天一早，刚吃过早饭，已经有三十几架敌机出现在上空，对白岩山进行俯冲轰炸。接着是密集炮火的轰击。顿时,这座白屏风似的山岭处在烟笼火绕之中。郭祥身处二线,惦记着一线只有简单的野战工事,很不放心,就从防炮洞里钻出来,嗖嗖地爬上山顶进行观察。等到大雾一般的炮烟渐渐消散,向山下一望,好家伙,只见敌人漫山遍野地攻了过来。不仅白岩山的正面,而且白岩山以东以西,凡目力所及处全是像黑蚂蚁一样的密密麻麻的敌人。成百辆的坦克,像乌龟似的伸着大长脖子在前面爬行,后面跟着敌人的步兵,端着枪,好像走在冰川上那样提心吊胆。等到他们走到山谷正中,各部队的迫击炮已经纷纷开火,顷刻在开阔地里腾起了无数团黑烟。接着又是我方"大洋鼓"的轰鸣。这种多管火箭炮,飞过时如飓风过耳,落地时山摇地动,腾起一大片火光。成连成排的敌人立刻被火光吞没,黑烟过后,留下了大片大片的死尸,没死的发出歇斯底里的怪叫声,四散奔逃。郭祥止不住连声喝彩,才放下心,回到防炮洞里。

截至中午,三营已经击退了敌人几次冲锋。情况已经有所缓和。但到下午二时,一线阵地上的战斗突然又炽烈起来,炮火也盖上了自己的阵地。郭祥觉得情况有变,果然前面观察所紧急报告:"敌人的坦克已经自白岩山的左翼突破了一线阵地,从公路上迂回过来,正在向金谷里方向前进。"郭祥立刻命令通讯员告诉机炮连进入阵地,接着,就从洞子里跳出来,说:

"老模范!你掌握全盘吧,我到前面去啦!"

说过,他向小牛招招手,两个人就沿着山冈小路往山下跑。还没有跑出几步,坦克炮已经迎面盖过来,"吭、吭、吭、吭",打得山冈上一片浓烟。郭祥穿过浓烟,看见十几辆涂着白五星的坦克,一辆跟着一辆,向着山口冲过来。那边山径上,机炮连的战士,正扛着火箭筒和无后坐力炮向着公路猛跑。敌人的坦克手显然发现了他们,坦克炮一个劲儿地打过来,山冈上烟火弥漫。小牛在后面一边跑,一边尖着嗓子叫:

"营长!营长!你快趴下呀!"

"现在还趴下干什么?"

郭祥训斥了他一句,在烟尘里更加快了脚步。话刚说完,一颗炮弹落在身边,黑烟起处,小牛看见郭祥倒在地上。他猛跑过去一

看,郭祥的右腿负了重伤,鲜血直往外冒。小牛急忙掏出救急包给他包上,要往回背他,郭祥摆摆手说:

"不要管我!快去告诉机炮连长:先敲掉最前面的那辆坦克!要快!要抵近去打!"

"那你怎么办呢?"

"快去!执行命令!"

听到郭祥近乎发怒的语气,小牛不敢争辩,只好把冲锋枪一攥,穿过烟雾猛跑过去。这时,机炮连长已经带领他的连进到山脚。小牛传达了营长的命令,机炮连长立刻派了两个火箭筒手,跑步接近公路,接连射出几发火箭炮弹,第一辆坦克被击中了,顿时喷出一大团火,旋卷着黑烟。但是第二辆坦克稍为迟疑了一下,接着向旁边一绕,又继续猛冲过来。其他几辆也随后跟进。

小牛一心记挂着营长,马上向回跑。等他爬上山坡时,看见郭祥用两个前肘支着身子,拖着一条断腿已经向前爬行了二三十米。在他身后的草地上,留下了一大溜血迹。小牛心疼得不行。幸好这时后边上来一副担架。卫生员又把郭祥的腿包扎了一下,然后把他抬上担架。这一切郭祥都没有拒绝。可是,当卫生员抬上他刚要向后返时,郭祥在担架上支起身子,闪着炯炯的目光,说:

"你们要把我抬到哪里?"

"到绑扎所去呀!"卫生员说。

郭祥把头一摆,说:

"不,抬着我到前面去!"

两个卫生员和小牛都愣了。其中一个卫生员说:

"营长!你你……哪有抬着伤号往前面送的?"

"为什么就不行?"郭祥厉声说,"快!我要坐着担架指挥!"

小牛急得快要哭出来,摊着两只手说:

"营长!这个事谁听说过?再说你的伤……"

郭祥立刻打断他的话说:

"小牛,你真糊涂!你瞧这是什么时候?要是叫坦克冲过来还得了么?快!执行命令!"

大家都知道郭祥的脾气,平时嘻嘻哈哈,战斗上可违拗他不得,只好掉转头来,抬起担架朝前面走。敌人的坦克炮仍旧一个劲儿地打在山头上,担架穿行在弥漫的蓝烟里。郭祥用一只臂膀支着身子,半坐在担架上,睁着两只略带红丝的眼睛,机警地观察着战场的变化。……

担架到了山脚,又黑又瘦的机炮连长吃了一惊:

"营长!你怎么坐着担架来了?"

"先不说这个!"郭祥眼望着前面,"不要乱打!你亲自带一门无后坐力炮,先把头几辆坦克敲掉,把路堵住!"

"是!"连长答应了一声,接着用恳求的语气说,"你先回去吧,营长,我们决不能让坦克过来!"

"快去!"郭祥把头一摆。

机炮连长带着一门无后坐力炮飞跑下去,不一时,前面的三辆坦克又被击中起火。郭祥看见坦克后面的步兵已经有些慌乱,脸色微露笑意,又指示机炮连的指导员说:

"六〇炮呢?叫他们快揳敌人的步兵!"

指导员发下命令,敌人的步兵在六〇炮的连续发射中,溃乱了。机炮连的战士们,看见营长亲自坐着担架在前面指挥,又是感动,又是振奋,真是人人奋勇,个个争先,不一时就将敌人的十几辆坦克,击毁的击毁,打伤的打伤,在山口上乱纷纷地摆了一片。郭祥也忘了自己伤口的疼痛,每击中一辆,他就大声喝彩。

小牛见阵线渐趋稳定,连声叫:

"营长!这你可该下去了吧!"

郭祥就像没有听见似的,不予理睬。这时老模范已经上来,看见郭祥半坐在担架上,脸色苍白,又是感动,又是怜惜地说:

"嘎子!你是怎么搞的?"

郭祥微微一笑。

老模范拿出长辈的架势,严厉地说:

"你赶快给我下去!"

郭祥欲待分辩,老模范对卫生员挥挥手说:

"把他抬下去!"

"下去就下去。"郭祥笑着说,"你发脾气干什么!"

卫生员得了命令,立刻把担架抬起来。老模范硬扶着郭祥躺下,找了一床夹被给他盖上。他向前望望白岩山,向后望望金谷里,

不胜留恋。担架已经走出了几步,他又让停下来,望着老模范和机炮连的干部说:

"我估计敌人还会反扑。解放了的地方,一寸也不能丢。你们可千万要守住呵!……"

担架离开战场,郭祥精神上一松弛,就觉得伤口钻心般地疼痛,头也昏沉沉的。不知走了多长时间,只听耳旁有人呼叫:

"郭叔叔!郭叔叔!喝点儿水吧!喝点水吧!……"

郭祥勉强睁开眼睛,原来担架停在一面悬岸下,有六七个朝鲜妇女架着一口大锅忙着烧水,跟前站着一个短发少女,手里捧着一个大铜碗,正叫他喝水呢。郭祥定睛细瞅了瞅,才看出是白英子。她眼里含着泪花,问:

"郭叔叔!你的伤很重吧?"

"不咋的!"郭祥笑着说,"是我一时不注意,腿上碰着了一点儿。"

白英子伸手要揭他的夹被,郭祥用手一拦,紧紧压住被边,笑着说:

"确实不重!用不了几天就会好的。"

白英子一手端着铜碗,一手拿着小勺儿。她舀了一勺水送到郭祥唇边,郭祥欠欠身,没有起得来,只好在枕上喝了。郭祥觉得那水真像甘泉一般甜美,一勺一勺,一直喝下大半碗去。他一面喝,一面问白英子:

"你妈妈呢?"

"她带着担架队到前面去了。"

"那谁照顾阿妈妮呢?"

"你放心吧,有邻居照顾她。"

"那好。"郭祥说,"小英子!我负伤的事,你千万不要对她们讲。……"

担架要起程了,白英子放下铜碗,双手攥着郭祥的手,眼泪汪汪地说:

"郭叔叔!你这一走,我们什么时候才能见面呢?"

郭祥极力抑制住自己的情感,抚摸着她的头,安慰说:

"别哭,别哭!不要多长时间我就回来了。……小英子!你是个好孩子,你要好好学习,将来好为人民服务!……"

担架走了很远,郭祥欠身望望,白英子还呆呆地站在那里。两年前,郭祥在草窝里发现这个无父无母的孤儿,那时她穿着脏污的小裙子,乱蓬蓬的头发上粘着草棒儿,是多么叫人怜惜呵!而现在,她已经长大了,在战争的烈火中长大了,处处英勇果敢,意志坚强,使人感到多么快慰呀!

不远处,就是绑扎所。郭祥在这里进行了包扎,打上了护板。接着就被抬上铺着稻草的卡车。此时,天色已经薄暮。汽车沿着宽阔的公路奔驰着,半夜时分才到了野战医院。

第二天,经过一个戴着眼镜、神态严肃的医生检查,很快就通知他:必须送回祖国治疗。尽管郭祥又拿出他那嬉皮笑脸的手段,一再恳求,但终属无效。何况第五军的医院已经转移到前方,这里是后勤一分部的基地医院。晚饭过后不久,一个男护士、一个女护士就把他抬上担架,向村外走去,郭祥说:

"你们要把我抬哪儿去呀?"

"到松街里火车站,送你回祖国呀!"

郭祥一听"松街里"三个字,心里一跳,猛地想起杨雪经常从松风里到松街里车站运送伤员。杨雪的坟墓就在松风里的南山上。一个隐藏了很长时间的念头来到心际,他问:

"护士同志!这里有个松风里吗?"

"你还不知道哇?这个村子就是。"女护士笑着说。

郭祥沉吟了一下,又问:

"这里有烈士墓吗?"

"有。还不少呢!"

"有个护士叫杨雪的,她的墓是不是在这里?"

"你说的是那个掩护朝鲜孩子牺牲的女护士吧?"

"是,我说的就是她。"

"知道,知道。"女护士连声说,"这里的群众每到清明节都给她扫墓,我们还常到那儿过团日呢!……同志,你认识她吗?"

"认识。"

"她是你什么人?"

女护士微微偏过头来问。郭祥一时沉默无语。女护士可能觉着问得有点造次，连忙说：

"是老战友吧？"

"对对，是老战友。"郭祥接上说。

担架出了松风里，村南有一座松林密布的翠绿的小山。山冈下有一条弯弯曲曲的小河，被晚霞映得通红。女护士用手冲着山冈一指，说：

"同志，她的墓就在那里。"

郭祥在担架上支起身子，深情地望着那座山冈，喃喃自语地说：

"噢！就在这里。"

说过，又沉吟了一下，望望两个护士说：

"护士同志！我有一个请求，不知该提不该提？"

"你是想到那里看看吧。"女护士说。

"是。不过就得你们绕一点路。"

"那没有什么，时间还来得及。"

"这可就得谢谢你们了！"

两个护士立刻拐上草丛中的一条小路，走到河边，越过小桥，沿着一道慢坡走了上去。大约又走了六七十步，在几棵高大的红松下，郭祥看见有一个小小的坟头，上面长满了青草，坟前有一座半人高的石碑。碑前的草地上开满了各种野花。还有一株小枫树，上面已经有好几片早红的枫叶，在晚风里轻轻摇曳，就像欢迎他的来临似的。担架在这里停下。女护士指了指，说：

"这个就是。"

郭祥支起身子半坐起来，望望石碑，中间刻着一行大字——"国际主义战士杨雪之墓"，上款是两行小字——"一九五一年五月二十一日，为掩护朝鲜儿童英勇牺牲，时年二十二岁"，下款是一行小字——"松风里群众敬立"。郭祥用手轻轻地抚摩着石碑，一个字一个字地辨认着，默默地念了数遍。顿时，这位童年的伙伴，这位战争中的好友，十几年间的情景，一幕一幕地浮现在眼前，热泪顷刻夺眶而出，像明亮的露珠一般滴落在草叶上，又从草叶上滚落下来……

在悲痛之中，郭祥仿佛听见耳边叫道："嘎子哥！别傻哭了！你又不是不懂事儿的。你自己也常说，天底下任何革命斗争都要付出相应的代价。何况我只不过做了一点琐碎的工作，洒了几点鲜血，而我的那腔热血本来就应当是交付人民的。还有什么值得悲痛,值得惋惜的呢?嘎子哥!还是赶快养好伤,顾自己的工作要紧。别的都是小事,只有为人民工作,才是一生中最重要的。你虽然回国去了,但我在这里,并不寂寞,并不清冷,因为我是在同我们结成生死之谊的朋友的国土。你看那满山的杜鹃花开得不是很鲜艳吗!那就是我们两国战士的热血变成的友谊之花。它将世世代代地开放下去……"

郭祥在沉思默想着,就近撷了许多金红色的野百合花,用细长的草叶束在一起放在墓前。嘴里默默地念叨着:"再见吧,小雪!我亲爱的同志!……"然后才摆摆手,示意护士启程。

担架赶到松街里车站,已是薄暮时分。车站附近,已经聚集着许多伤员。这里是敌人轰炸重点之一,原来有一道繁华的大街,如今只剩下五六间东倒西歪的空房子,站台和车站早已被炸得荡然无存。满地弹坑,都是填平了又炸,炸了又填,显得坑坑洼洼,起伏不平。护士选择了一块稍平的地方,把担架放下。他们等了一会儿,白天在山洞里待避的火车,才吼叫了几声,喷着白烟从洞里钻了出来。

郭祥和许多伤员被送到卫生列车的睡铺上。郭祥由于失血过多,精神困倦,很快就在火车的颠簸中睡熟了。

不知经过了多长时间,郭祥在朦胧中忽然被一阵鼓乐声惊醒。火车正停在一个小站上。车窗外人声嘈杂,灯火通明。其他伤员也都被惊醒了。有的伤员问:"这是怎么回事?"还有的说:"后方怎么这样麻痹呀,也不注意防空了。"郭祥支起身子往车窗外一看,只见站台上挤满了欢腾的人群,有志愿军、人民军的战士,还有朝鲜老百姓,男男女女,人人手里都拿着火把,面带笑容,正围成一个圈儿在唱歌跳舞呢!一个轻伤员从铺上爬起来,把身子探出窗外问:

"同志!有什么好消息呀?又打了大胜仗吧!"

只听车窗外一个声音回答说:

"你们还不知道吗?停战协定签字了,我们胜利了!"

"什么?你说什么?"这个伤员还有点不大相信。

下面那个声音又说:

"今天晚上九点钟,停火生效。你没看见大家正在庆祝吗?"

这个伤员立刻转过身来,用粗嘎的嗓音高声叫道:

"同志们!和平已经实现了!我们胜利了!"

"我们胜利了!"欢呼声一节一节车厢传了开去。

整个列车立刻沸腾起来。女护士在车厢里穿梭般地走着,把电灯全扭亮了。轻伤员纷纷从铺上坐起来,谈笑着。

"哼,我们到底打出了一个和平!"郭祥也喃喃自语地说。

列车继续向北飞驰。郭祥向窗外望去,沿途到处是灿烂的灯火,好像落地的银河一般。在那黑魆魆的田野间,还有一长串一长串的火光在移动着,那想必又是欢庆胜利的火把。

郭祥由于精神过度兴奋,思绪万千,难以入睡。自中国革命胜利以后,在东方发生的一次规模最大的战争,已经以中朝人民的胜利和美帝国主义的可耻失败而告终了。这场战争,对于东方人民和世界人民来说,意义是多么伟大,多么深远呵!

在这胜利之夜,郭祥和列车上的伤员们,朝鲜战场上的志愿军战士们,还有祖国大地上的父老兄弟姐妹们,恐怕都处在深深的激动之中吧,恐怕都在静静地思考吧。回想起中国人民这一段奇迹般的战斗历程,真如跨过了一道极其凶险的激流一般,使人感到快慰,对前途充满希望,并且增添了更加强大的信心。……

郭祥觉得,今天晚上火车司机的情绪也特别高,他把这列车开得就像要飞起来似的。车轮声又是这么富有节奏,铿锵悦耳,简直比音乐家的曲子还要动听,因为这是从他的心里奏出的一支凯旋曲呵!

第十二章　停战令后

　　板门店,于昨天上午度过了她最繁华的日子之后而冷落下来。
　　世界上的事物,它的必然性同偶然性往往形成最有趣的联结。一个异常平庸甚至可笑的人,在某种机缘下也可以成为煊赫一时的人物。地方也是一样,一个极为平常的村镇,也会成为全世界注目的中心。板门店就是这样一个地方。老实说,她连村镇也够不上,只不过是朝鲜古都开城东南不远的村野小店罢了。它只有三座被风雨剥蚀得成了灰白色的茅屋,坐落于公路两侧,实际上留不住多少行人车马。但是,这个也许是世界上最小的村庄,却于1951年7月,在极其偶然中被确定为停战谈判的地点,从此,板门店三个字也就离不开每天的新闻节目了。其实,在中朝军队的联合打击之下,联合国军丧失了22万人,其中美军丧失10万之众,这才是迫使他们进行谈判的必然因素;而谈判地点选中了这个中古世纪的山野小店,却是极其偶然的。从这时起,在几座茅屋附近,就出现了一座宽大的白色帐篷。大帐篷里面摆着一张长方形的桌子,桌子上有两个紧紧对峙的钢座子,分别插着朝鲜民主主义人民共和国的国旗和联合国的旗子。这就是作战双方进行谈判的地方。帐篷有两个门,一个是中朝谈判代表进出的门,站着两个朝鲜人民军的士兵,长枪上着明晃晃的刺刀,显得十分威武;另一个是供美军代表出入的门,有两个美国宪兵分列左右,头上戴着US字样的红白两色钢盔,腰里带着手枪,鼻子上架着深绿色的大蛤蟆镜,低垂着头。谈判的时候,每天上午9时,朝中代表由开城坐吉普车来,美军代表坐直升机来,准时进入会场。会场门外的公路上,云集着世界各国的记者,有潇洒自若的,有举止高傲的,有年老力衰勉强从事着此种职业的,也有花枝招展卖弄风姿的,他们纷纷燃着烟斗或口衔着雪茄,在等候着会场上的最新消息。人们称这场谈判为旷日持久的谈判,一点不差,一谈就谈了两年!也许是世界上时间最长的谈判之一吧。谈谈打打,打打谈谈,既谈又打,既打又谈,战场上的炮火声和会场上的争吵声,搅在一起并且互相配合。美军代表哈利逊有时把脑袋歪在一边吹口哨,有时又像皮球撒了气垂头不语,这些也全随着战场上的风云变幻而定。谈判的时间,有时要争吵几个小时,有时十分八分钟就散场,有时又干脆停下来。作为板门店的标志,白天,上空有一个乳白色的气球,晚上,有两个直射天空的探照灯的光柱。在开城附近作战的战士,有时还望望那个光柱和气球,随着没完没了的令人心烦的谈判,也就不再去注意它们了。但是事物终有它的客观规律,随着正义者力量的生长,美国人已经看出,他们以狂妄和轻率开始的这场战争,是一个毫无取胜希望的"无底洞"了。于是,他们在又丧失了13万人之后,终于同意了停战。昨天上午10时,这个小小的村庄,在完成了它的历史任务之前,演出了最后也是最热闹的一场,金日成元帅和彭德怀司令员也来到这里,同美军上将克拉克一起在停战协定上签了字。这个天天在新闻消息里重复着的板门店,已经回复了它那清静朴素的容貌,除了那个等待拆除的气球还在天空懒洋洋地飘荡以外,已经冷落下来。

　　开城是一个有中古风味的小城。因为它位于三八线南,后来又被划为中立区,破坏比较轻微。街道很整齐,杨柳夹道,一色青砖瓦房,还有许多四合院子,颇类似中国人的家室格调。彭总昨天签字以后,就住在这里。由于他连日奔波,还有许多记者来访,就感到有些疲劳。晚上本想好好休息一下,却不料在停战令生效前的两小时,发生了一场惊人剧烈的炮战。开始是敌人重炮的排射,随后是我军炮火的还击,霎时间竟像是一个大规模的战役正在进行。一开始还能听出炮弹飞行时的咻咻声,随后就像刮风一般什么也听不出来了。那震耳欲聋的隆隆声,使得窗户哗嗒嗒哗嗒嗒一直响个不停,床铺也像船只一般颠簸起来。使人想到,这万千发的炮弹在空中相遇,真的要迎头撞击了。这场炮战如此剧烈,又使人感到意味深长。从敌人炮火的轰鸣中,你可以听出敌人据有海空优势而却没有取胜的深深的怨恨;从我军炮弹的呼啸中,你也可以听出,战士们空怀壮志而却没有帮助朋友完成统一大业的遗憾。你仔细听,敌方的炮弹轰轰隆隆,轰轰隆隆,仿佛在说:"决不算完,决不算完,我们是会再回来的!再回来的!"我们的炮弹也像在说:"没有什么,没有什么,我们准备着再一次把你击退!把你击退!"炮弹与炮弹在空中的对话和辩论,是如此地激烈和喧闹,使人不敢相信一个多小时以后就会停战。但是就像一把利刃将时间猛地切开了似的,在秒针刚刚指上7月27日19时整,双方的炮战一齐停了下来,正像人们说的戛然而止那样。

这是三年半来第一个安静的夜,没有枪声、炮声、飞机声和炸弹声的夜。彭总情不自禁地走出屋子,看到东面敌阵上空有几颗照明弹发出熄灭前的暗红色的光芒,正在飘摇下坠,北面松岳山上,刚才被炮弹燃着的火焰,一堆一堆还在熊熊燃烧,不知什么地方已经响起了锣鼓声。不一时,锣鼓声愈来愈多,渐渐由远而近,仿佛都汇集到附近的广场上来了。随后是高亢的口号声,激情的歌声和跳集体舞的音乐声。他回到屋里,躺在床上,想睡也睡不成了。不仅是外面的歌声笑声彻夜不绝,也因为他自己心中激情的烦扰难以成眠。从中南海的紧急会议到北京饭店的不眠之夜,从与毛主席的单独谈话到再跨征鞍,当时他觉得肩负的任务是何等沉重!可是经过三年来的惊涛骇浪,这个任务总算完成了。这使他感到欣慰。他从心底里感激毛主席的领导指挥和广大军民的奋斗,特别是战斗在最前线的舍生忘死的战士。这次他到开城来,本来预定在签字之后要到第一线看望看望战士们,现在这种愿望更强烈了……

这一夜,彭总没有睡很长时间,就起来匆匆吃了早饭,催促小张把东西放在吉普车上,准备上路。自己随意地在院子里踱着步子。今天他的脚步相当轻快,就像卸下了一副重担似的,走一走,停一停,还不时仰起脸来,望一望板门店上空那个飘浮无定的大气球,脸上流露出不易察觉的笑容。

这时,林青从前院走过来,说:

"彭总,我们恐怕不能按时出发了,有几个人要求见您。一个是北大文学系的教授,一个是西北大学的教授、桥梁专家,他们都是国内知名的学者,政协委员,还有一个您的老相识,延安的老诗人。他们都在部队进行访问,一听说您来到开城,都赶来了,说无论如何要见见您。"

彭总沉吟了一下,说:

"好,那就请他们来吧!"

不一时,林青就将客人领进了院子,后面还跟着一群摄影记者。彭总第一眼就看见那位延安的老诗人,他穿着灰色的中山服,戴着一顶鸭舌帽,留着一绺花白胡子。多年前,他就是这个装束,有时披着一件灰棉衣,走到哪里朗诵到哪里,差不多延安人都认识他。今天,他还是那样热情澎湃,一见彭总,赶忙抢过来握手,激动得几乎把彭总都抱住了,一连声地说:

"彭总呵!您真太辛苦了!太辛苦了!"

彭总也紧紧握住他的手,笑着说:

"您这次来朝鲜写诗了吗?"

"他已经写了一大本了。"那个北大的教授接上说。

"不行呵,不行呵!"老诗人连声叹道,"在我们战士的面前,我第一次承认,我的笔太笨拙了。"

那位北大教授,穿着整洁的白衬衣,戴着阔边的黑框眼镜,一直望着彭总温和地微笑着。那位桥梁专家是一个精瘦而精神矍铄的老人,他手里拿着一根手杖,从眼光里也流露出倾慕之忱。彭总同他们一一握手寒暄,把他们迎到屋里。

大家在室内的木椅上刚刚坐定,摄影记者的镁光灯就像打闪一般连续不停。彭总看了他们一眼,说:

"同志们,可以了吧,你哼嗒一下得花几斤小米呀!"

人们笑起来。记者们脸红红地在一旁坐下,也不好意思再照了。

"彭总,我想提一个有趣的问题。"那个精瘦的桥梁专家欠欠身说,"我今天听了一则英语广播,克拉克对他的僚属说,美国上将在一个没有打胜的停战书上签字,这在美国历史上还是第一次。这就是说,他对这次签字是感到屈辱和不服气的。那么,您呢,您在签字时的心情是怎样的呢?"

"我么……"彭总微笑着,说,"讲老实话,我们的战场组织刚刚就绪,没有利用它给敌人更大的打击,我也觉着有点可惜!"

老诗人捋着胡子笑道:

"叫我说,他这个将军所以感到这样大的遗憾,正是因为他碰到了中国一个百战百胜的将军!"

"不,世界上百战百胜的将军是没有的。"彭总瞅了老诗人一眼,"我彭德怀打过胜仗,也打过败仗。就是在朝鲜,也有些仗打得好,有的仗打得不好。"

"彭总,您真太谦虚了!"那个戴黑框眼镜的教授温和地笑着说,"中国志愿军不是在一般情况下战胜敌人的,是在装备非常悬殊的情况取胜的,应该说这是奇迹,而您,自然是创造奇迹的英雄。"

听了这话,彭总显得局促不安,连忙说:

"一个人哪能创造奇迹哟!如果说这次战争的胜利是一个奇迹,人民群众才是奇迹的创造者。"说到这里,他笑着望望教授,望望大家,又说:

"例如朝鲜的坑道工事,大概你们都住过了。现在人们称它是地下长城,挖出来的土方和石方,可以绕地球一周还多。难道这些都是我彭德怀挖的?恐怕任何个人也挖不出来。我不过做了自己应做的一份……"

"当然各人有各人的作用。"那个桥梁专家也插进来辩论,"不同的是,你起的是统帅的作用嘛!"

"不,统帅是毛主席和金日成元帅。"彭总立即打断他的话说,"最初我们讨论出兵还是不出兵的时候,我在北京饭店一夜没有睡,把毛主席的话念了几十遍,才通了。经过这三年的斗争,对他的胆识就体会得更深了。说实话,我以前一直把他看成大哥,现在才感到他是我的老师了。"

此时,彭总对人们的称颂已经觉得心烦,怕大家再说下去,就连忙向林青使了个眼色,林青会意,立刻笑着说:

"报告彭总,出发时间已经到了。"

"好好,"彭总立刻站起身说,"诸位朋友,这些问题就等我们回国以后再辩论吧!"

一辆小吉普车,出了开城,沿着我军阵地北侧的公路向东驰去。彭总的计划是第一步先看看金城前线新夺取的要点白岩山,然后再视察东西一线阵地。这条小公路每天都处在炮火之下,经过千修万补,异常坎坷不平。何况经过停战前的激烈炮战,弹坑累累,把地面和两侧的杂草都熏黑了。沿路不断遇到修路的人群,那些朝鲜的老人们、妇女们和志愿军的战士们,他们的神情非常愉快,一面干活儿一面说说笑笑,年轻的姑娘们还哼着歌。他们看见吉普车在炮弹坑里颠颠簸簸的可笑样子,就忍不住跟车上的人开几句玩笑:"哟,小心点儿,可别翻了车呀!""干脆,等我们修好再走吧!"随后还似乎听到人们的窃窃私议:"你瞧,车上这个老头儿年纪可不小了。""嘿,我看至少是个团长!"说着,人们还跑过来抢着在车轮下铲土,彭总也不断向他们点头微笑。汽车司机的情绪看来也特别高,遇上好路就把车子开得飞也似的。一路还看到好几处地方,正在举行军民联欢,朝鲜老百姓同战士们正欢乐地跳着集体舞。姑娘们穿着彩色的裙子就像和平鸽似的穿来穿去,笑微微地沉醉在歌声和乐声里。

车子进入金城川,一路南行,望见朝鲜人扶老携幼,三五成群,纷纷向南走去。妇女们顶着大包袱,有的还背着孩子,男人也背着很重的东西,在慢慢地跋涉着。他们的脸色虽然又黄又瘦,但都面含笑容。彭总看出来,这都是往日北逃的难民在返回家园。他想起刚出国时,那络绎不绝的逃难的人群,曾经使他这个很少流泪人也流下了眼泪。而今天,他们却不是向北而是向南走了,等待他们的是充满阳光与希望的生活。想到这里,他不禁从内心里感到幸福。可是他举目远望,却是一片荒芜景象,稻田里野草和荆棘丛生,处处农舍败落不堪。他想起北朝鲜一座座变成废墟的城市,想起文化古城平壤的断墙残垣,觉得恢复重建的任务,还是很艰巨的。志愿军虽然完成了一个任务,但是还有一个任务——帮助朝鲜人民恢复和重建家园,恐怕还要花点力气。

彭总一行,在先头师略事休息,随后就由师长洪川乘吉普车在前引路,继续向白岩山进发。中午过后,彭总望见前面一带山岭,就像白玉屏风一般,就知道白岩山已经到了。汽车又向前略走了一程,只见前面那辆吉普车停住,洪川下了车走过来说:

"报告司令员,先头团的干部接您来啦!"

彭总下车一看,前面十字路口大杨树下站着两个军人,似已等候多时,前面离村子总有三四里路,就立刻不高兴地说:

"不是叫你不要打电话吗?"

"我怕他们准备不及……"洪川红着脸说。

"有什么可准备的？"彭总瞪了他一眼，"都是自家人，搞这一套旧东西干什么？"

"彭总，"洪川笑着辩解说，"这也不是对您，别的首长来了也是这样。"

"那也不对！"彭总严厉地说，"不论什么人，都不要搞这一套！"

说话间，树底下那两个军人已经跑了过来。彭总看见洪川的脸更红了，也就把话收住。那两个军人来到彭总面前，其中一个白面皮举止文雅的军人恭恭敬敬地行了一个举手礼，另一个黑大汉，空着一只袖管，只打了一个立正。洪川正要给彭总介绍，彭总已经紧紧握住那个黑大汉的左手说：

"不要介绍了，我们早就是老朋友了。"

接着他就说起刚出国时候，电台掉了队，部队也没有赶上来的事，哈哈笑着说：

"我打了几十年的仗，没有遇到过这种情况，前面一个兵也没有，要不是老邓赶上来，一块石头还落不了地嘞！"

邓军没有说出什么，只是嘿嘿地傻笑着。

接着洪川又介绍了周仆。然后大家一起上车，向村里驶去，在一座茅舍前停了下来。

彭总的脾气和风格是全军都知道的，尤其是在下面吃饭的问题使人为难。如果准备得好了，那是肯定要挨骂的；如果弄得太不像样，又使人过意不去。这次倒好，这里刚刚打过仗，许多老百姓还没有回来，东西很难买，只好打开几个祖国运来的罐头，炒了一些鸡蛋粉，弄了一个炒辣椒下饭。这个小"宴会"就设在茅屋里的正当屋，大家盘膝而坐。对彭总的惟一优待就是让他坐在一个背包上。吃饭时，大家心里十分不安，而彭总却特别满意，吃得满头大汗。自始至终，笑容满面，问这问那，没完没了。

"有个战斗英雄郭祥，不是这个部队的吗？"

"是，是我们的一营营长。"周仆连忙答道，"最后这一仗他打得很好，负伤以后坐在担架上还指挥呢。"

"伤重不重？"

"一条腿断了！"

彭总停住筷子，关切地问：

"还能治好吗？还能不能回到部队？"

"已经送后方了，还没有回信。"

彭总叹了口气，把碗放在小炕桌上：

"你们应当去看看他！"

"是的。"周仆说，"这确是一个好干部。二次战役起了很大作用。敌人南北两面夹击，又是飞机，又是坦克，他这个连就像钉子一样钉在那里，硬是一动不动，真有点英雄气概！"

"这我知道。"彭总说，"他在志司开会，我们还见过面，谈过话，他在敌人后方的山洞里，不是还住了几十天吗？"

"是的，是的，郭祥也说过，您那次对他鼓舞很大。"

彭总坐在背包上，若有所感地说：

"选干部就要选这样的人！对革命忠诚、老实、勇敢、大公无私。在关键时刻，这种人一个可以顶100个、1000个。不要选那种光会耍嘴皮子的人，拍马、钻营、捧卵泡的人，那种人成事不足，败事有余，真到紧急关头，就都没有用了。"

彭总一句话捅开了话匣子，大家纷纷议论，十分热烈。周仆笑着说：

"可惜这种现象哪里都有，就是消灭不了，有些地方还偏爱用那种拍马钻营的人。"

"是呵，是呵，"彭总说，"有喜欢坐轿子的，自然就有抬轿子的。如果没有喜欢坐轿子的，抬轿子的也就失业了。我的脾气大概也难改了。对好的干部，有成绩的，我就要表扬；有毛病的，不正派的，我就要批评。所以我彭德怀弄了个高山倒马桶——臭气远扬！"

大家哄地笑起来。

接着，彭总问起部队停战后有什么问题。

"还是老规律，"周仆笑着说，"情况一松，就打起小算盘了。"

"也是实际问题。"邓军补充说，"主要是还有不少干部没有结婚，青年战士们也想探探家。"

彭总笑微微地望着邓军：

"你结婚了吗？"

邓军红了红脸，洪川笑着说：

"他那个白胖小子，一生下来就有八磅重，现在恐怕会跑了吧。"

老邓临出国,还抱着他的胖小子,自言自语,说了老半天呢!"

大家笑了一阵。洪川又说:

"就是周仆的条件高,现在,对象还不知道在什么地方。"

彭总用筷子指指周仆:

"你今年多大年纪了?"

"32了。"周仆也腼腆起来。

"不要紧,"彭总说,"我就是40岁才结婚,看起来也不过如此。你们还年轻,我彭德怀是肯定看不到共产主义社会了,我们辛辛苦苦,还不是为了后代!"

饭后,大家劝彭总休息一下,彭总认为时间不多,还是抓紧时间去看看战士。于是,邓军和周仆坐上师长的吉普车在前引路,去看了几个连队,最后来到三连时,已经快要夕阳衔山了。

三连正在一座青青的小山冈上掩埋烈士。他们按照团的指示,准备把全团最后一战牺牲的同志埋在一起,修一个烈士陵园。当彭总一行来到山下,三连连长齐堆和指导员陈三赶快下山来接。附近的十几个战士也围拢过来。彭总看见这些生龙活虎的小伙子,穿着白衬衣,高高地挽着袖子,露出紫铜色的臂膀,一个个都是这么年轻英俊,心里着实高兴,就同他们道了辛苦,一个一个都亲切握手。

人群中有一个年纪最小的战士,眨巴着一双猫眼,望着彭总笑眯眯的,圆乎乎的脸上还露出两个酒窝。彭总同他的眼光相遇,就笑着问道:

"你这个小鬼,叫什么名字?"

小鬼红了红脸,没有马上答出来。齐堆代他答道:

"他叫杨春,是子弟兵的母亲杨大妈的儿子。"

"你今年多大了?"彭总又问。

"17了。"杨春说。

"是今年参军的吗?"

"不,是前年秋天参军的。"齐堆又代他说,"他姐姐是个护士,五次战役后牺牲了,他母亲就把他送来参军了。夏季战役以前,他就创造了'百名射手',现在已经是小鬼班的班长了。"

"什么?他是'百名射手'?"

"是的。"

彭总带着惊讶的神气,又打量了他一番,足足看了好几秒钟,然后笑着点了点头。杨春不好意思地低下头去。彭总又问:

"小鬼,这次停战你觉得怎么样?高兴吗?"

"高兴。"杨春答道,"就是有点不够解气。"

彭总很有兴致地望着杨春,有点儿故意逗他:

"我们同朝鲜一共消灭敌人109万人,怎么能说不解气呢?"

"没有把敌人赶到大海里嘛!"

大伙笑起来。

杨春从未见过这样高的首长,开始还有点胆怯,经过一阵谈话,好像已经同彭总很厮熟的样子,两个猫眼眨巴眨巴地望着彭总,认真地问道:

"司令员,我提一个问题行吗?"

杨春的这句话一出口,干部们立刻瞪大了眼睛,从洪川师长直到团干部,面面相觑,不知道这个捣蛋鬼要出什么纰漏。但彭总却兴致不减,立刻笑着说:

"好好,你提。"

"我提的是一个比较大的问题。"杨春舔了舔干裂的嘴唇,"现在已经停战了,我们呼啦一走行吗?"

"你说呢?"

"我说不行。"

"为什么?"

杨春指了指四处荒芜的土地和倒塌的房舍,说:

"你看,帝国主义糟蹋成这个样子,老百姓可吃什么呀?我们总得帮助他们搞搞建设再走。"

彭总不觉心中一热,没有想到这个看去还是个孩子的战士,竟同自己想的一样。他又逗他说:

"这样说,你不想你妈啦?"

杨春笑着说:"你给我十天半月的假,我回去看看不就行了!"

大家又笑起来。彭总越发觉得这个小鬼可爱,不自觉地上去捏了一下他的脸蛋,颇有感慨地对干部们说:

"革命战争真是锻炼人!他已经能想问题了。"

这时,从师长洪川,直到邓军、周仆、齐堆、陈三全笑嘻嘻的,心里一块石头也落了地。

面前的这座小山,是座长圆形的美丽的小冈子,上面长满了青草野花,还有不少幼松。后面的高山像伸出两只臂膀亲切地拥抱着它,前面还有一道弯弯曲曲的溪流。

彭总朝山上望了望,正要举步上山,齐堆上前拦住说:

"司令员,上面正在掩埋烈士呢,还是不要去了。"

"怎么,人死了就不要去了?"

彭总瞪了他一眼,径自向山上走去。众人也不敢再拦,默默地跟在彭总身后。

彭总一面走,一面察看着墓前的木牌。那些木牌上都分别写着烈士的姓名、年龄、职务和家乡住处。当他发现有几座坟前没有插木牌时,就停住脚步,对齐堆和陈三说:

"这里怎么没有插木牌呀?"

"有一些还没有查清楚。"陈三面有难色地说。

"不要怕麻烦!"彭总说,"可以找他们连队的人来亲自辨认。不是这些牺牲的同志,我们怎么来的胜利?"

他继续向前默默地走着。由于正是炎夏天气,一阵小风吹来,已经传来尸体难闻的气息。这时,团里一个参谋,出于好心,从口袋里取出一个口罩,赶到前面,送给彭总说:

"司令员,请你把它戴上吧!"

彭总一看,脸立刻沉了下来,严厉地说:

"你是什么阶级感情?"

参谋急忙退下,其他人也不敢作声,随彭总来到停放烈士遗体的地方。彭总停住脚步,默默地脱下军帽肃立着,站了很久很久。……他很想说,"谢谢你们,亲爱的同志们!亲爱的战友们!不是你们,哪里会有今天的胜利呢!"但是他没有说出来,几点热泪,从他露出白鬓发的面颊涔涔而下。……

那边,像白玉屏风般的白岩山,已被夕阳染成金红,显得更加壮丽了。

第十三章　新　起　点

卫生列车于第二天午夜到达沈阳。郭祥被接到市区的一所部队医院。他睡在软软的床铺上,虽然感到相当舒适,但由于初回祖国,心情过度兴奋,当金红色的阳光刚刚照上玻璃窗,就醒来了。

他不顾伤口的疼痛,挣扎着坐起来,从四楼的窗口贪馋地望着外面的一切。楼下是一座大院子,院子紧临着一条繁华的大街。汽车不绝地来来往往穿梭飞驰。有轨电车,一路闪射着翠绿色的火花,鸣奏着"丁零零——丁零零"的铃声,仿佛一面走一面嚷:"我来了!我来了!"使他觉得很有趣并且十分悦耳。马路两边,是无尽的骑着脚踏车的人,就像流水一般。人行道上行人也不少,穿着白衬衣戴着红领巾的孩子们,更是一群一群的。他们一个个面带欢笑、朝气蓬勃地走着。远处工厂高高低低的烟囱突突地冒着烟,与早晨乳白色的雾气交融在一起。郭祥望着这一切,简直样样感到亲切,感到新鲜,不断默默地念叨着:祖国呵!祖国呵!几年不见,你是变得多么可爱,多么兴旺呵!……此刻如果不是他的腿脚不便,他真会立刻跑到街上去,好好地看一看,走一走,看个够也走个够!

他把眼光收回来,看看院子,有几个人正在扫地。其中一个人身量高大,穿着白底蓝格的病号服,扑下身子扫得十分起劲。郭祥看他的姿势动作,很像乔大夯,就扒住窗口向下冒叫了一声:

"乔大夯同志!"

那人似乎没有听见,还在那里一个劲儿地扫着。郭祥又连喊了两声,那人才停住扫把,慢悠悠地转过身来,向上一望,郭祥才看清的确是他,就亲切地叫:

"大个儿!大个儿!"

"营长！是你呀！"

乔大夯说着,慌忙扔下大扫帚,跑进楼门,不一时,就气喘吁吁地推门进来,着急地说:

"营长！你怎么又负伤啦？"

"咳,一时不注意,碰着了一点儿。"

"伤重不重？"

"不重！不重！"

郭祥笑着说,一面亲切地握着他那结着厚茧的大手,问:

"大个儿！你的伤怎么样？"

"好啦。"乔大夯憨厚地一笑。

郭祥用怀疑的眼光看了他一眼,说:

"好啦？干吗不让你出院？"

乔大夯又憨厚地一笑。随后坐在床前的小凳上,问:

"这次打到金谷里了没有？"

"打到了。"

"见到阿妈妮了吗？"

"见到了。"郭祥说,"她老人家还问:大个儿为什么没有来？"

乔大夯深感遗憾地说:

"这次全怪我。炸药没放好,还牺牲了几个同志,我也没去成……"

郭祥安慰了他一番,接着问:

"这里还有咱们营的伤号吗？"

"有,有,"乔大夯说,"调皮骡子还在这儿呢,我马上去喊他。"

乔大夯刚站起身,调皮骡子王大发已经推门进来。他没有穿病号服,而是穿着一身崭新的军衣,端端正正地戴着军帽,从头到脚显得异常清洁整齐。他向郭祥很精神地打了一个敬礼。郭祥见他那不在乎劲有了很大改变,不免惊奇,就笑着说:

"调皮骡子,一年多不见,你可大变样儿了！……你这是参加宴会去吧？"

"咳,你就别提了！"调皮骡子笑着说,"又是给红领巾们作报告去！这一片儿的小学、中学,我差不多快跑遍了。动不动就叫我'钢铁战士',叫得我这心里真吃不住劲儿,脸上也臊乎乎的。同志们经常跟我说,'调皮骡子,你可不能再吊儿郎当了,现在身份不同了。你应该站有站相,坐有坐相,如果再满不在乎,可就是个影响问题'。弄得我跟绳子捆住了似的,浑身不自在。你今天叫我这声'调皮骡子',我心里痛快多了!"

郭祥哈哈大笑,又问:

"你的伤怎么样了?"

"叫我说,早就差不离儿了。可是医生老说不行。说我失血过多,身子弱,要养一阵儿;还说什么'宣传工作也很重要'。这一下可好,把那么红火的一个夏季战役也赔进去了,朝鲜也停战了。其实,我这肠子也就是比平常人短一节儿,无非多解几次手儿,那有什么!"

说到这儿,调皮骡子伸手就去揭郭祥的夹被,说:

"营长!你这伤怎么样了?"

郭祥赶快压住被边,笑着说:

"没啥,也就是碰着了一点儿。"

"哼,碰着了一点儿?"调皮骡子鬼笑着说,"你不是碰着了一点儿,就是摔着了一点儿,再不就是烫着了一点儿!我知道你一入院,这伤就轻不了。刚才我就作了调查研究,听你们一块儿下来的伤员说,你的腿叫打断了,还坐着担架指挥呢!"

"你别听他们瞎咧咧。"郭祥笑着说,"就是骨头碰着了一点儿,也能长上嘛!"

两个人同郭祥一直亲亲热热地谈到开饭才回去。饭后,郭祥刚刚躺下,一个胖胖的医生带着两个年轻的女护士走进来。这位医生约有40上下年纪,和蔼可亲,一进门就用钦佩和尊敬的眼光端详着郭祥,笑嘻嘻地说:

"你就是郭营长吧?"

"我叫郭祥。"他连忙恭敬地说。

"你就是那个战斗英雄郭祥吧?"两个女护士齐声说,一面用异常钦羡的眼光望着他。

郭祥怪不好意思,红着脸说:

"你们恐怕认错人了!"

"错不了。我们在报上看到过您的战斗事迹,还有照片儿。"一个女护士笑嘻嘻地说,"您还有一个外号,叫'嘎子'吧?"

郭祥红着脸,心里说:

"这些新闻记者怎么搞的?怎么把这些乱七八糟的事全写上了!"

医生一面和他亲切地谈着,一面揭开夹被,让护士解去夹板,检查他的伤势。当护士把一层层的绷带和纱布轻轻解去的时候,医生脸上的笑容顿时消失。他和两位护士交换了一下目光,接着就咬起下嘴唇,皱起了眉头。郭祥见他们的神色不对,就欠起身看了一下,见那条被打断的小腿已经隐隐地呈现出黑色,伤口上好像还冒着气泡,就问:

"怎么样?"

"没……有什么。"医生苦笑了一下,吞吞吐吐地说。

"医生同志,"郭祥郑重地说,"你知道我住过多次医院,负伤不是第一次了,你对我一定要讲真话。"

医生犹豫了一下,脸色沉重地说:

"很可能是气性坏疽,恐怕要施行手术。"

"什么手术?"

"这是很明显的。"

"你是说要截肢吧?"

"是的。这种气性坏疽蔓延开,很快就有生命危险。……"

郭祥觉得脑袋轰的一下,耳朵也嗡嗡作响。他沉默了好几秒钟,然后冷静地说:

"那可不成!生命危险我不怕。这条腿你不能给我锯掉。我是在前方工作的,一参军就没有离开过前线!"

"郭营长!这可不能凭主观愿望呵!"医生苦笑了一下,"到现在只能牺牲局部来保存全部!……"

"不成!"郭祥仍然顽强地说,"我不能参加战斗,还要那个'全部'干什么呢?!"

"好,好,我们再慎重地研究一下。"

医生见一时说不服他,只好这样说。

郭祥的"气性坏疽"越来越严重了。每天的高烧都在40度以上,烧得他终日昏昏迷迷。医院党委经过几次慎重研究,并且征得兵团党委和第五军党委的同意,最后还是果断地作了"截肢"的决定,在一个上午施行了手术。

当他被推回病房,在麻醉状态中醒来的时候,发觉他的一条右腿,已经从膝盖以下截去了。他从此就将与战斗生活永别,再不能到前线去了。想到这里,一种难以形容的痛苦啮嚼着他的心,他用被子蒙住了头。……

几位年轻的女护士,哪里能够体察他此刻的心情?尽管说了许多好话,也劝不住他。一位机灵的小护士就悄悄地跑出去,把他的两个老战友——调皮骡子和乔大夯找来。调皮骡子叫了两声"营长",见郭祥蒙着头一语不发,就叹了口气,对护士们说:

"你们别劝他了。你们不知道他的心情,怎么能说到他心里去呢?我跟他在一块儿战斗了好多年,他的特点我是知道的。你们以为,他是因为失去了一条腿就那么难过吗?不是,绝对不是!他是从枪子儿里钻出来的一条硬汉,什么样的伤亡他没有见过?你就是把刀架在他脖子上,他也不会眨一眨眼,掉一滴泪!可是今天,为什么他这么难过呢?这个你们就不懂了。因为他从15岁上参军,就拿着枪跟敌人干,他从来没有离开过部队,离开过前线。他的志愿就是消灭敌人。他认为,只有跟敌人一枪一刀地干,才是他的生活。只要一打仗,他就来了劲,他苦也吃得,累也受得,本来有病也没有病了,那个精神劲儿,就像鱼儿游在大海里似的。可是今天,你把他的腿锯了,再打起仗来,你叫他怎么到前线上去呢?他难过的就是这个……营长,我说的这话对不?"

说到这儿,郭祥把被子一掀,泪痕满面,紧紧抓住调皮骡子的手,说不出话。

调皮骡子见事情有了转机,又立即接上说:

"营长!你是我的老战友,又是我的老上级。你过去对我的帮助不小。可是也不能光是上级帮助下级,下级也可以帮助上级。尤其今天这个关键时刻,我也得帮助你几句,你说行不?"

"你说吧!"郭祥点了点头。

"叫我说,营长,你这思想也不见得全面。"调皮骡子笑着说,"你说,我们东征西杀是为了什么?是不是为了革命?"

"当然是。"

"那后方工作呢？是不是也是为了革命？"

"当然……也是。"

调皮骡子笑着说：

"对呀！既然前方后方都是为了革命，那末，你为什么就不可以做点后方工作呢？"

乔大夯见是个碴口，也接着温声细语地说：

"什么工作也是一样。营长，碰上这种事儿，你也只好想开一点儿。"

"这个道理我懂。"郭祥叹口气说，"就是我这感情转不过弯儿来呀！……"

这时，门外有一个熟悉的声音问：

"他就住在这里吗？"

"对，就在这里。"另一个声音回答。

门被推开，医院的王政委——一个一只胳膊的长征老干部陪着一个人走进来。调皮骡子和乔大夯回头一望，嚯，是自己的团政委周仆到了。他满脸风尘，像是刚下火车的样子。两个人赶快站起来打了一个敬礼，一面兴奋地对郭祥说：

"营长，你瞧是谁来了？"

"政委！……"郭祥叫了一声，紧紧抓住周仆的手，热泪不禁夺眶而出。

周仆握着郭祥有些冰凉的手，心中异常激动，但他竭力克制着，伏下身子轻声地问：

"郭祥，你现在觉得怎么样？"

郭祥未及回答，调皮骡子就接上说：

"政委，你来得好巧呵！你赶快劝劝他吧，营长正难过哩！"

周仆叹了口气，说：

"像他这样的人，要他离开前线，离开战斗，怎么会不难过呢？……因为他是一个真正的战士！"

周仆把凳子往床边移近了一些，握着郭祥的手说：

"郭祥同志！你从十四五岁就在我那个连队，我是了解你的。同志们称赞你一贯作战勇敢。你是一生下来就喜欢打仗吗？不是！你一不是为了多挂几个奖章、勋章，二不是为了升官晋级，更不是为了别的虚荣。因为你是一个苦孩子,是从人民的苦海中走过来的,党的教育使你认识了真理。你爱人民爱得很深,你对敌人恨得很深。你懂得,只有用战斗才能解脱人民的苦难;只有彻底消灭敌人,才是你应尽的天职。你的这种品质,我认为是异常可贵的。……"

大家都点头称是。周仆停了停,又继续说:

"但是,郭祥同志,你还要更全面地理解我们共产党人的战斗任务。我们的最终目标是实现共产主义;作为第一步,建设社会主义的伟大斗争,已经全面展开了。我们多年来的梦想,今天就要变成现实。比起过去,这是一场更伟大、更艰巨的斗争。阶级斗争还是很尖锐、很复杂、很激烈的。前进的道路还是曲折的、不平坦的。你今天虽然残废了,不能再回到部队工作,但这并不是战斗任务的结束,而是另一种战斗的开始。只不过是战斗岗位的变换罢了。我相信你是一块经过烈火锻炼的真金,放到哪里都是顶事的。……"

郭祥的精神顿时愉快了许多,眼睛也显得清爽明亮起来。他低声而诚挚地说:

"好吧,政委,我听你的话:准备接受党交给我新的战斗任务。"

"这就好啰!"医院的王政委也乘机鼓励说,"看起来,这小伙子的脑筋比我灵。想当年我这膀子锯掉的时候,一想不能回前方了,心里那股难受劲儿就别提了,一直哭了三天三夜,谁说也不行!……"

大家笑起来。王政委又说:

"郭祥同志!我听说有一个自称为'突破口'的干部,就是你吧?"

"不是他是谁?"人们笑着说。

"这小伙子真跟我年轻时候一模一样。"王政委带着十分欣赏的笑容对郭祥说,"小伙子!你就下决心,向别的突破口去突击吧!你瞧我,不是干起后勤工作来啦?革命是这么大的事业,需要冲开的突破口还多着哪!"

人们笑起来。郭祥也笑了。

调皮骡子望着周仆说:

"政委!你来得实在太巧了。光靠我们这个水平儿,还真说服不了他呢!"

"老实说,自他负了重伤,我和团长就很不放心。一听师里派人慰问伤员,我就赶快来了。听说军里和兵团部都要派人来看望他。"

说到这里,周仆忽然想起了什么,笑着对郭祥说:

"有人托我件要紧事我差点儿忘了,我还给你带着一封信呢!"

说着,他从上衣口袋里掏出一个淡蓝色的信封,递给郭祥。郭祥一看那熟悉的秀丽的字迹,脸刷地就红起来,赶忙把信塞到枕头底下。调皮骡子诧异地问:

"谁的信哪?"

"这个你们就别问了。"周仆笑着说,"反正是最关心他的人!这是我临上火车,有人跑到火车站交给我的,还一再嘱咐我千万不要丢了。我说:'保证完成任务。'"

人们又轰地笑了起来。郭祥涨红着脸说:

"政委,快别说了,你就饶我一条命吧!"

人们又说笑了一阵,方才离去。郭祥听听人走远了,才从枕头下摸出信来,悄悄拆开。一瞅第一行字:"亲爱的郭祥同志",脸上一阵发热,看看四外无人,才又看下去:

亲爱的郭祥同志:

我们已经很长时间不见面了。当我在鼓动棚前欢送你们突击营时,我是多么想跟你一块到前边去呵!可是,不仅做不到,而且当着那么多的人,连话也没有跟你说上一句。等你们突破敌人防线的第二天,我们才组织了个小组,踏着你们的脚迹向前挺进。一路上我们看到敌人的狼狈相,真是高兴极了。你负伤的消息,他们一直没告诉我,还是后来我从小报上表扬你坐着担架指挥的新闻里看到的。我问你的伤重不重,他们都说不重,可是我从他们的脸色上发现他们是在瞒着我。这使我很不满意,他们还是瞧不起我!这时候,我真恨不得飞到你的身边。亲爱的同志!你的伤究竟怎么样了?你能把真实的情况告诉我吗?你别拿老眼光看我,认为我还是个孩子。我虽然很幼稚,但革命战争需要付出代价,我还是懂得的。郭祥!我郑重地告诉你:我爱你,不是由于别人的强迫,也不是虚荣的动机,而是对一个真正的战士的倾慕。不管你的伤势多重,只要你一息尚存,我将始终爱你,绝不会有任何改变。亲爱的同志,你就好好地安心静养吧!愿你早日恢复健康!因为政委等着要走,恕我不能多写了。我将遵照你多次的嘱咐,很好地向小杨姐姐学习,沿着她的道路奋发前进!

紧紧地握手!

徐芳
8月1日

　　郭祥把信读了一遍又一遍,眼泪好几次要滚落下来。眼前老是浮现出徐芳戴着军帽垂着两条小辫的可爱的面影,耳边也响着她那雪花满天飘的歌声。尤其是想到自己的血管里还奔流着她的鲜血,郭祥从心底里腾起一种深深的尊敬和感激之情。但是,越想到她的可爱处,便越发踌躇起来。他明确地意识到,他们的结合以前是可能的,现在却是不可能的,也是不应该的。他怎么能让这么年轻可爱的女孩子,同一个将要奔赴乡村的残废人在一起生活?那将给她带来多少难以想象的不便?即使她出于纯洁的动机甘心乐意,在自己的情感上却是通不过的。他应该比她更理智,比她更想得全面。正因为爱她,就更应当为她着想。他应该立刻写一封信,迅速结束他们之间的关系。他觉得只有这样,才是一个共产党员所应采取的行动……

　　他决心一定,心头仿佛轻松了许多。接着他就眯起眼睛来琢磨词句。他觉得这封信必须明确果断,同时也要注意不因自己的粗率而使对方感到难过。……

　　世间的词汇很多,总是有选择余地的。虽然郭祥并不善于此道,但是由于他脑子快,聪敏灵活,最后还是想好了。可是,当他欠身从床头柜去取纸笔的时候,却不慎碰着了伤口,疼得他登时出了一身冷汗。他只好躺下来,稍停了一会儿。这时候,女护士进来了。为了避免她耽搁时间,他就假装睡着,打起呼噜来……

　　一直等护士离去,他才重新挣扎着坐起来,把信写成。第二天一早,他就叫护士把浆糊拿来,亲自封好,贴上邮票,托护士赶快发出。女护士接过信,溜了一眼,笑着说:

　　"这是给谁的信哪?"

"一位同志。"

"同志？别蒙人了！干吗抓得这么紧哪？"

"你赶快送出去吧！"郭祥说,"我不诓你,确实是一位同志,不过是一个很好的同志。"

第十四章 路

郭祥开刀以后,症状很快消失,体力日渐康复,情绪也越来越活跃了。不到一个月,他已经拄着双拐在院子里走来走去。一天,医院的王政委在院子里碰上他,愉快地说:

"小伙子!我瞧你走得好利索呀!"

"人的情绪一好,伤口也长得快了。"郭祥笑着说,"政委,你还没见我过去爬山那劲头呢,几百公尺高的大山,我嗖嗖地就爬上去了。"

王政委笑着说:

"小伙子,你别急。有个好消息我还忘了告诉你:我已经给上海的假肢工厂去了信,叫他们给你定做一条假腿。虽然做不到爬山'嗖嗖地',也能做到行动方便,如果骑上车子也可以来往如飞了……"

"真的?"郭祥眉飞色舞地问。

"谁还蒙你?"王政委笑着说,"昨天工厂已经来了回信。工人们好热情呵!他们说:为我们的战斗英雄服务,这是无上光荣。我们一定要加工细做,弄得合合适适的,叫他今后飞驰在社会主义大道上。"

郭祥扶着双拐,深为感动地说:

"政委,我非常感激党和群众对我的关怀!最近我想问题想得特别多,感到自己过去的贡献实在太小了。晚上睡不着觉,我就想起,过去有些仗,本来还可以打得更好一些,有些人和事也可以处理得更妥当一些,但是由于自己的水平和学习不够,都没有做到。想到这儿,我是很难过的。现在我既然不能回前方了,就下定决心回农村去！我很想帮助杨大妈办合作社,把汗水洒到家乡,为建设社会主义的农村尽一分力。……"

"你这想法,当然很好。"王政委说,"不过,我听说,组织上考虑到你的功绩,准备把你安置到荣军学校……"

"什么?是要把我养起来?"郭祥一惊。

"那里也有工作嘛,可以给大家作作报告。"

"这可不行!"郭祥把拐猛地一蹾,"我是共产党员,不能去享那个清福。"

王政委笑着说:

"这是组织的照顾嘛!"

"不,我不能接受这个照顾。"郭祥恳求地说,"政委,你赶快向上反映一下,我年轻轻的,就像一支蜡烛,才刚烧了个头儿,怎么能就此熄灭了呢?为了党的事业,我决心一点不剩地把自己彻底烧完!"

王政委由于感动,一时无语,沉了一会儿,郑重地说:

"好小伙子!我一定把你的愿望反映上去。"

一个月后,上级批准了郭祥的请求。不久,上海假肢工厂派工人把定做的假肢亲自送来。郭祥一试非常合适。这事给了他很大鼓舞,真是处处感到祖国的温暖。他装上假肢,每天勤奋地练习。有时截肢处磨得红肿了,他还不罢休。乔大夯和调皮骡子就经常来找他说说闲话,下下象棋,打打扑克,以免他练得过度。

这天,闲谈起入朝初期的情况,就扯起陆希荣来。郭祥说:

"这个怕死鬼,不知到哪儿去了!"

"我见过他。"调皮骡子笑着说,"还是狗改不了吃屎!"

"你在哪儿见过他?"

"就在这里!"调皮骡子说,"自从他自伤以后,就送到这个医院。医院的王政委看他参军比较早,还想挽救他。伤好了,就留他在这里当管理员。谁知道这家伙旧习难改,还是拉拉扯扯,吹吹拍拍。我入院的时候,他还在这里。有一天,我看见病房里围着一堆人,叽叽嘎嘎乱笑。我走近一听,原来是他正在那里眉飞色舞地吹嘘他的'过五关斩六将'呢。可笑的是,他把你的事迹也说成是他的事迹。那些不了解情况的伤员,一个个都睁大着眼,很钦佩地望着他。我气呼呼的,实在忍不住了,我就说:'陆希荣!我把你好有一比,你这可真叫高山摔茶壶——就剩下一个嘴儿了！'他恼羞成怒,把我大骂了一顿,并且对大伙说:'你们别听他的,他是我们营有名的调皮兵,最落后了。'我说:'再落后,也没到你那个程度,用革命的子弹在自己身上创造回国的条件！'"

乔大夯哈哈大笑。郭祥又问:

"以后呢?"

"到三反五反运动扫尾时,他就被查出来了。"调皮骡子说,"好家伙！群众揭发出来的事儿可真不少！最主要的是,他跟一个国民党军官的姨太太名叫'一枝花'的,不知怎么勾搭上了。他贪污了不少钱,还把祖国人民送给伤病员的慰问品和前方送来的胜利品,送到那个'一枝花'的家里……"

"真是无耻透顶！"郭祥骂道,"以后呢?"

"以后就把他作复员处理了。再以后就不知道到哪儿去了。"

"这是一个投机分子！"乔大夯说。

郭祥点点头,说:

"对！他还是一个两面派。这种人认识他很不容易。因为他有许许多多假象,包了一层又一层。在他身上,现象和本质往往相反。比方说,他本来对群众、对战士没有感情,可又装出一副非常平易近人、非常关心你的样子;他本来对上级是瞧不起的,时时刻刻想取而代之,可又会装出非常尊重你,非常听话的样子,把你吹捧得非常舒服;他本来对同级想一脚踹到地下,表面上却对你非常热情,使你信赖他,达到以他为首的目的;他本来对战斗是恐惧的、厌烦的,在某种有利时机,也可以脱光膀子,干一家伙;他对革命事业本来就没有热情,一贯虚情假意,但是他在一些场合,又往往发表一些激烈的、极'左'的词句,表现得比谁都要革命。……他就是这种人。"

"他到底是想搞些什么呀?"调皮骡子瞪着大眼睛问。

"搞什么？自然是搞个人的东西,搞个人野心。"郭祥说,"这种人,不是把革命事业看成是千百万劳苦群众闹翻身求解放的伟大事业,而是眼睛盯着一切机会,想把自己变成一个什么'大人物'。他追求的,就是名誉、地位、金钱、权力和所谓的'个人幸福'。这种人,也读马列的书,可是并不用马列的立场观点改造自己的思想,不过是给自己的丑恶思想,插上几根孔雀的羽毛罢了。结果马列词句喊得呱呱叫,灵魂深处,还是资产阶级那一套。这种人自以为聪明,我看迟早是要破产的。……当然,他这种思想,和他的阶级出身也有关系。他是出身在一个地主兼官僚的家庭。"

乔大夯和调皮骡子都点头称是。

由于郭祥刻苦锻炼,到 10 月份,已经能够离开拐杖,走得颇为熟练。他就向院方提出出院。医院领导同意了他的要求。接着又办妥了转业手续。志愿军政治部还专门派了张干事来护送他。出院这天,医院的王政委、乔大夯、调皮骡子以及其他的战友们都到车站为他送行。老战友多年在一起,同生共死,感情无比深厚,今日分手,自然难舍难分,一声汽笛不知催落了多少眼泪!直到火车出站许久,郭祥还不断地回头张望呢。

第二天旭日东升时,列车到达首都北京。郭祥虽是伟大的平津战役的参加者,但是对这座举世闻名的古城,只是匆匆而过,从来没有细细参观过。出国以后,对这座毛主席、党中央居住的都城,自然感情更深了。所以,他和张干事都同意在这里停留两天,好好游览一番。

两天来,他们住在北京卫戍区的一个招待所里,每天早出晚归,游览了好几处名胜。郭祥记得,这座古城刚解放时,满街都是垃圾,一片破败景象,连电车都像走不动的样子。整个城市就像一架破旧不堪的座钟,早就停摆了多年。今天一见,气象完全不同了。整个城市焕然一新,像是从噩梦中醒来,真正焕发了自己的青春。这一切使得他多么高兴呵!尤其是当他站在金水桥上,扶着汉白玉栏杆,望着金碧辉煌的天安门,望着伟大领袖的巨幅画像,望着毛主席每年检阅游行队伍的地方,更使他心潮澎湃,激动不已。深深使他感到遗憾的,就是没有赶上刚刚过去的国庆节,没有亲自看到他老人家。几年来,在国外战火纷飞的战场上,他多少次想念着他,和战友们亲切地谈着他,在睡梦里梦见过他,总想有一天,战争胜利了,能够亲自率领着自己的连队,在天安门前咔咔地走过,接受他老人家的检阅。可惜时机错过了!只有等待来年,再来看他老人家吧!……他在金水桥上站了很久,很久,最后在天安门前拍了一张照片,作为此行的纪念,然后才恋恋不舍地离去。

他们本来只准备在首都停留两天,可是不知谁走漏了消息,第三天就有某中学的青少年请郭祥去作报告。张干事也在旁说,这是宣传工作,推辞不得。谁知一开头不得了,这个中学接着那个中学,这个工厂接着那个工厂,一连五六天,一场接着一场。弄得郭祥简直脱身不得。这天晚上,郭祥就对张干事说:

"我看咱们溜吧!要这样下去,年底也走不成了。"

张干事因为任务在身,也欣然同意。头天晚上买好了车票,第二天一早,两个人就提着行李,悄悄走出门来。谁知刚走到大门口,就被七八个戴红领巾的孩子围住,他们乱纷纷地问:

"哪一位是郭叔叔呀?"

郭祥笑着说:

"你们倒是要找谁呀?"

"我们要找郭祥,他是战斗英雄,我们请他去作报告。"

郭祥一看又走不成了,眼角一扫,看见招待所一个又高又胖的管理员,正在后面大楼底下和几个人指手画脚地谈论什么,就笑嘻嘻地冲后一指:

"你们瞧,那个又高又胖的就是!"

红领巾们一听,冲着管理员一窝蜂似的拥了过去。这边郭祥向张干事挤挤眼,说了一声"快走!"就急匆匆地出了大门,挤上电车,丁丁零零地开向前门车站去了。

红领巾们拥到管理员跟前,拉着他亲热地嚷叫着:

"叔叔!叔叔!您快去给我们作报告吧,我们还没听过您的报告呢!"

"作什么报告呀?"管理员一愣。

"讲战斗故事呀!讲您的英雄事迹呀!讲您怎么打美国鬼子呀!"孩子们七嘴八舌地叫。

"我有什么英雄事迹呀?"

"哎哟!您是战斗英雄,您还没有事迹?叔叔,您就甭客气了!"

"我们知道,英雄们都有这种谦逊的品质。"一个女孩子说。

管理员急得满脑门汗,涨红着脸说:

"我没有到过朝鲜,我哪儿来的英雄事迹呀?你们怕是弄错人了吧?"

红领巾们又是一片声嚷:

"不不，没错儿！您就是郭叔叔！"

"看多会蒙人！还说没到过朝鲜呢！"

"您就去一次吧，一个钟头也行！"

管理员这才知道是把他错当作了郭祥，就噗哧一声笑了，说：

"咳，我倒是不会蒙人。嘎子才蒙人哩！你们刚才碰上的那个就是郭祥！"

孩子们吵着，笑着，立即追到车站，终于在候车室里找到郭祥。一个女孩子说：

"叔叔！您怎么净蒙人哪？"

"咳！那也是没法子！"郭祥笑着说，"说老实话，我平常是不怎么蒙人的。"

"哼！怪不得人家叫您'嘎子'！"

郭祥也哈哈地笑起来，说：

"你们别听那个，那都是老战友们逗着玩儿的。"

"不管怎么说，您今天得给我们说一段战斗故事。"孩子们又要求说：

郭祥连连点头答应。一个故事刚说了一半，只见从那边走过一个人来。看样子很像陆希荣。他戴着鸭舌帽，穿着很考究的咖啡色的料子服，皮鞋擦得锃亮，手里提着两个沉甸甸的大提包，好像要找寻一个座位的样子，但是看到郭祥，就匆忙地掉过脸去。郭祥就试探地叫了一声：

"呃，你是陆……"

那人只好掉过脸来，十分尴尬地说：

"噢，是郭祥呵，我刚才没看见你。"

郭祥把身子挪了挪，给他腾了个座位。陆希荣没奈何，只好放下东西，在长椅上慢腾腾地坐下来。他显出一副亲热的样子。但仍然可以听出是上级的口吻说：

"郭祥！你这是到哪儿去呀？"

"回家乡去。"

"回家乡去？回家乡干什么？是探家吗？"

"不，我残废了，不能在部队工作了。"

"唉，你也落了个这！……"

陆希荣用同情的口吻说。但在眉梢眼角却流露出一种快意的神情。郭祥一听很不舒服，反问了一句：

"你觉着'落了个这'，很不好吗？"

"哪里！哪里！"陆希荣也自觉失言，连忙改口说，"当然，这也是很光荣的！"

说过，他掏出"大中华"烟，虚让了一下，就点着抽起来，边吐着烟，边慢悠悠地晃着腿说：

"你这几年还是当连长吗？是不是提拔了一下？"

"提拔什么！"郭祥说，"光这个连长，我还觉着当不好呢。……"

"说实在话，你是吃了文化太低的亏。"陆希荣叹了口气，同情地说，"要是我还在部队，恐怕早就当团长了。听说我过去的通讯员已经当营长了。过去和我一块入伍的人，已经有人当了师长。你很清楚，他们当时的能力并不比我强。……"

郭祥听他这一类的话，不知听过多少遍了，要任他说下去，至少要说上两个钟头，就厌烦地打断他的话说：

"你这是到哪里去呀？"

"回西安去。"

"你在西安干什么？"

陆希荣得意地笑了笑，说：

"不瞒你说，我现在是西北潘记皮毛公司的副总经理。"

"哦？皮毛公司？"郭祥惊奇地叫了一声。

"不过，不是一般的皮毛公司。"陆希荣更加得意洋洋地说，"在西北各省，算是数一数二的了，而且是一个奉公守法户。"

"你怎么到了那里？"

"天无绝人之路！"陆希荣愤愤地说，"部队不要我了，又开除了我的党籍，我总要找一条活路嘛！你还记得我们在咸阳住的那家房东潘经理吧，我给人家一说就收留了。干了几个月，潘先生看我很能干，就让我当了副总经理，把女儿也嫁给我了。我这次到北京来，就是同北京的皮毛商店商讨一些业务方面的事情……"

郭祥斜了他一眼，鄙视地说：

"陆希荣！你要好好想想，你怎么能干这个？"

"人总不能在一棵树上吊死！"陆希荣冷笑了一声，"什么事人干不得？我这么多年,对革命忠心耿耿,兢兢业业,吃了千辛万苦,到头来,革命究竟给了我些什么？弄得我一身虱子两脚泡,落了个浑身伤疤,两手空空,最后还说我是什么蜕化变质分子,被糖衣炮弹击中的分子,把我一脚踢出门外……"

郭祥实在忍不住了,把手一挥,也愤然说:

"不是党把你踢出门外,是你背叛了党,是你踩着党的脊梁骨要往上爬!叫我看,同志们说你是蜕化变质分子,被糖衣炮弹击中的分子,都说轻了,你是一个革命事业中的投机商,变成了革命队伍的叛徒!党把你驱逐出去,是一件好事。"

陆希荣受到意外的一击,气得浑身发抖,脸色苍白,两只手哆哆嗦嗦地提起提包,站起身说:

"好你个郭祥!我不同你辩论。这也不是辩论的地方。咱们就各走各的路吧。但是我可以告诉你,我离开你们是能够生活的,而且我的生活会比你要美满得多!"

说过,他拎起提包狼狈而去。郭祥冷笑了一声,在他背后大声说:

"好,那就过你那美满的生活去吧!人要掉到粪坑里,可就爬不出来了!"

张干事和红领巾们都嘎嘎地笑起来。

"这个人倒是谁呀?"一个男孩子仰着脖子问。

"他当过我们的营长。"

"营长?他怎么会给资本家干事呀?"

郭祥笑着说:

"世界上有些事说奇怪也不奇怪。就好比一泡大粪,大家都说很臭,可是蝇子就觉着很香,一见大粪就嗡嗡嗡,嗡嗡嗡地爬上去。争先恐后,还惟恐赶不上趟儿。"

孩子们又笑起来。大家正催郭祥把故事讲完,候车室已经响起了广播喇叭,到了放行时刻。旅客们纷纷站起来,排成队向站台涌去。一个女孩子噘着嘴说:

"这个人真讨厌!要不是他故事早讲完了!"

郭祥笑嘻嘻地说:

"你们看到的这个故事,不是也很有教育意义么!"

孩子们也站起来，有的抢着帮郭祥拎提包，有的帮他拿大衣，闹吵吵地簇拥着郭祥向站台走去。初升的太阳，照着孩子们一张张红彤彤的笑脸，都像鲜花一般可爱，郭祥把他们的小手攥得更紧了。

第十五章 归 故 乡

郭祥回到家乡的消息,很快就传遍了全村。这小伙子从小就待人和气,不笑不说话,全村男女老少来看他的,真是一批接着一批,一伙接着一伙,把他那三间小坯屋,挤得风雨不透。窗户底下有一个鸡窝,孩子们挤不进去,纷纷登上鸡窝爬满了窗台。杨大妈怕把鸡窝蹬塌,不断地把孩子们轰下去,可是刚轰下去,接着就又爬得满满的。杨大妈笑着对郭祥妈说:"真是!咱们村哪家娶新媳妇,也没这么热闹呢!"郭祥妈欢喜得不知说什么好。她一遍又一遍地把乡亲们送出栅栏门。温柔的金丝微笑着蹲在灶火坑前帮助烧茶,刚蹲下去,进来的人就把她挤到一边去了。

正忙乱间,外面有一个瓮声瓮气的声音叫道:

"小嘎子!是你回来了么?"

立刻有几个声音接着说:

"老齐叔!人家在外头是营长了,你怎么还叫人小嘎子呀?"

"我不叫他小嘎子叫什么?"那个瓮声瓮气的声音又说,"我跟他爹在一块儿扛了一辈子活,我叫他一声小名,就把他叫小啦?"

郭祥从搭起的窗子往外一看,见齐堆的父亲瞎老齐,正由来凤领着挤进来。郭祥笑着说:

"大伯!你老人家快进来吧!"

瞎老齐挤进来,郭祥连忙给他让了个座位,接着说:

"大伯!我看你这身子骨还挺硬朗哪!"

"硬朗有么用?也不能为国家出力了!"

"那是你的眼不好使嘛!"郭祥笑着说,"这几年日子过得怎么样?"

"不赖！从我记事儿起,没这么舒心过。"瞎老齐说,"这都靠咱们成了社,不犯愁了。依我说,你杨大妈没有少服辛苦。这会儿全村有一半户数随咱们了。"

"这都是毛主席指的道儿。"杨大妈笑着说,"要说咱们服的辛苦,比起志愿军可差多着呢!"

"也不能这么说!"郭祥说,"跟敌人一枪一刀地干,那个好办;大妈,你这个仗可不容易!"

"别的好说,就是阶级斗争太复杂!"杨大妈说,"你要向前迈一小步,就得同他们斗争。那些'大能人','醉死狗',后头还站着地主、富农,手段真够毒的。你这一回来,我就更有主心骨了。"

郭祥把手一挥,精神抖擞地说:

"咱们摽着劲干! 我这次回来,就没有准备再走。我不信社会主义新农村就建不成!"

"那太好啦!"大妈拍着巴掌说,"把志愿军那股劲儿拿出来,干什么事儿也干得成!"

"这话不假!"人们兴高采烈地说。

"俺家小堆儿怎么样?"瞎老齐冷不丁地插进来问。

"那是我们的小诸葛。"郭祥称赞说,"这小子忒有心计,早就当连长了。"

瞎老齐心里高兴,但是把嘴一撇:

"哼,连长? 我就不信那 100 多号人,他带得了?"

"老齐哥,你也别小看人。"一个老头说,"孩子出去,共产党一教育就出息了。你别看今儿个挂着两筒鼻涕,到明天就许变成个战斗英雄!"

屋里掀起一阵笑声。但瞎老齐不笑,仍旧沿着自己的思路思虑着什么,接着又说:

"上回来凤到朝鲜去,我本有心叫他们把喜事办了,可两个人不同意,说是战斗环境儿! 这不,已经停战了,也不知道他啥时候回来?"

来凤的脸腾的一下红了,推推瞎老齐说:

"爹! 你怎么说话也不看个场合!"

"什么场合?"倔老头子反问,"今儿个我碰见小嘎子,有什么话说不得？"

郭祥笑着说：

"快了！快了！我听政委说，准备叫他回来一趟。"

杨大妈也笑着说：

"老齐哥！这事我给你惦记着哪。等齐堆回来，跟小契那一对儿一块办，来个新式的！"

瞎老齐面露笑容，众人也笑了。郭祥问：

"噢，小契也有对象了，跟谁呀？"

大妈朝金丝一努嘴儿，笑着说：

"你说说，还有谁？"

正在烧火的金丝，微笑着低下头去。郭祥两手一拍说：

"好好，这一来小契别再穿他那个破褂子了！"

众人也笑起来。

郭祥望望屋子里的几个老人，忽然想起本村的百岁老人郭老驹老爷爷，就问：

"咱们村岁数最大的老爷爷还在世吧？"

"前不久才去世了。"杨大妈说，"老人家临去世还念叨你，说我也看不上小嘎子了。"

郭祥叹了口气，说：

"我记得，上次临走，他老人家还挂着拐棍儿送我，扶着我的肩膀说：'小孙孙！好好地打！可别叫那些洋鬼子和国民党再回来！'我老是忘不了他这句话。想不到老人家已经去世了。"

人来人往，从午后直到掌灯时分。吃过晚饭，人又来了许多，直到夜深才渐渐散去。这天，除小契在县里开会，许老秀出车以外，知近亲友都见到了。

这次郭祥家来，母亲自然万分欢喜。可是郭祥也注意到，母亲老是望着他那条伤腿，就知道她为自己犯愁。果然，等人们散去，母亲就走过来，抚摸着他那条腿，心疼地说：

"当娘的知道，要革命就有牺牲。可是，你年轻轻的，没有了腿，以后可怎么办呢？"

"不碍！"郭祥笑着说，"妈，你想想旧社会，像咱们这些人还不是落个狼拉狗啃，现在少条腿算什么！可惜的就是不能再到前方去了。"

说过,他站起身来,故意当着母亲的面,在屋子里咔咔地走了两趟,边走边说:

"妈,你瞧工人们多能!这是他们特意给我做的。呆几天,我还要锻炼骑车子呢!"

"咳,小嘎儿,"母亲说,"你就不想想你已经快28了?……"

郭祥知道母亲为自己的婚事担心,故意逗笑地说:

"不碍!不碍!咱们找不到好的,还找不到差的?只要找上个跟咱一个心眼儿的,会给你烙个饼,擀个杂面也就行了。"

母亲见儿子如此乐观开朗,也就宽心地笑了。郭祥乘机转变话题道:

"妈,我上次家来,你不是说想买个老花镜吗?我这次在北京已经给你买了,你看看戴着合适不?"

说着,他从挎包里掏出一个浅蓝色的绒眼镜盒,取出眼镜,擦了擦,把母亲的一绺苍白头发向上理了理,亲自给母亲戴上。母亲伸出手看了看指纹,乐呵呵地说:

"行,行,比李家大娘那副还合适呢!"

第二天,张干事到省委组织部去为郭祥办转业手续。一大早,郭祥就兴冲冲地随着大妈到这个已经办起了两年的"火炬农业合作社"来看望大家。社部办公室,各个生产队,豆腐房,粉房,饲养场都已初具规模。虽然家底还薄,但人们的干劲很足,显出一片兴旺景象。他们在一个牲口屋里看到了肩宽背阔的许老秀。他刚从外面使车回来,正在喂牲口。挽着袖子,肩膀头上搭了块手巾。郭祥喊了一声"大伯",许老秀才转过头来,笑着说:

"我正打算喂完牲口去看你哩!"

大妈歪着头看看太阳,笑着说:

"老秀哥,你光顾你那牲口了,晌午饭你还没吃吧?"

"吃了。"

"吃啦?在哪儿吃啦?"

许老秀笑了笑,算作回答,一面把碎草撒在牛槽里。

大妈对郭祥笑着说:

"这可是个好管家人!出去办事儿,不管恋多大黑,熬多大晌,也是掮着空肚子回来。上回叫他去贷款,吃了块凉山药就走了。一去肚子就稀稀零零地疼。取了票子,就饿得顶不住了。赶到梅花渡,吃自己的吧,自己没有,吃社里的吧,又觉着不合适。就这么一路疼着,呛不住,就掮着肚子歇一畔儿,一共歇了30多畔儿才回到家。你说说,背着一大捆人民币,就舍不得抽出一张来喝口热汤……"

"你说的,那是社里的嘛!"许老秀捋捋白胡子笑着说。

"那倒是!人都说,老秀真是公私分明。凭这一点,我就有了信心。"大妈又夸奖说,"他当副社长,比自己过日子还细。槽头灯,只怕点得大了;往大车上膏油,只怕蘸得多了;连个鞭梢也不肯买,总是劝社员说:'咱们细着点儿,等将来生产上去了,我再给你买根好的。'……"

"我就是这思想!"许老秀放下竹筛子,用手巾擦了把汗,笑着说,"咱们到啥山,砍啥柴,生活苦一点不要紧,等咱们把社会主义办起来就好说了。"

郭祥看了这株在家乡的土地上破土而出的充满生命力的社会主义幼苗,心里是多么欢喜呵!光辉灿烂的远景,已经出现在自己眼前。一种新的渴望战斗渴望献身的力量,充满了全身,就像在战场上面临着一个新的伟大战役似的。

半个月后,省委组织部派人来到凤凰堡,向郭祥宣布了省委的决定:本县张书记升任地委书记,任命郭祥为县委书记,并即刻到任接受工作。郭祥本来打算协助大妈把火炬农业社办好,这一决定不免出乎意外。

但对杨大妈却是一个天大的喜讯,觉得本县的社会主义事业更加有希望了。

经过一两个月的锻炼,郭祥的车子已经骑得相当熟练。纵然不能说行走如飞,也做到了来去自如。这时,在大清河的两岸,你经常可以看到一个穿着褪色军衣的年轻人斜背着挎包,骑着车子,穿行在那一带乡村里。由于他那特有的群众作风,不要很长时间,已经和群众混得很熟,连小孩子也都亲热地追着他喊"嘎子书记"了。

这天,他正在一个村子工作,有人跑来通知说,部队里来了人,杨大妈要他赶快回到凤凰堡去。郭祥立刻跨上车子,不大工夫就来到大妈院里。还没有进门,就听见屋里传出邓军那洪亮的笑声。进门一瞧,不光邓军,齐堆、杨春全回来了。杨大伯和小契正陪着他们坐在炕上说话。大妈和金丝、来凤在当屋围了一个圈儿正忙着包饺子呢。郭祥向邓军恭恭敬敬地打了一个敬礼,喊了一声:

"团长!你好!"

邓军急忙伸出那只独臂,同郭祥热烈地握手,并且笑着说:

"你这个嘎家伙,来得好快哟!比我这一只胳膊还利索哪!"

"我已经成了哪吒了,"郭祥笑着说,"一行动就踏着两个大风火轮!"

其他人也都抢着同郭祥握手。

郭祥笑嘻嘻地问:

"团长!你们怎么凑得这么齐呀,说回来都回来了?"

邓军还没答言,齐堆从旁提醒说:

"咱们团长已经到师里工作了。"

"我的能力不够!"邓军说,"上级已经答复我喽,先到南京军事学院学习一个时期。我是路过,来看望看望大妈和你,他们也顺便来探探家。当然,还有一点别的事情,我还有一件没有完成的工作……"

"什么工作?"郭祥好奇地问。

"等一会儿,你就知道啰!"

邓军神秘地笑了一笑。

大家多日不见,分外亲热,一面抽烟,一面谈笑。郭祥问起部队和各个老战友的情况,才知道朝鲜停战后,部队移防到三八线以北某地整训。师长已经调到军里任职。周仆也调到师里任师政治委员。团里由孙亮担任团长,老模范任团政治委员。一营营长由齐堆担任,教导员由陈三担任。花正芳任侦察连连长。调皮骡子王大发回队后任三连连长,乔大夯为指导员,"文艺工作者"小罗任副指导员。疙瘩李任二连连长。文化教员李凤,因擅长外语,被调到上级机关的联络部门去了。小玲子调到空军学飞行员。小迷糊调到步兵学校学习。此外,小牛、小钢炮、郑小蔫和杨春等仍留在三连,也都担任排长和副排长了。

郭祥听了,点点头,高兴地说:

"好！这些班子配得很硬！叫我看，不管什么敌人再侵略我们，都够他们喝一壶的！"

"反正不能叫他们占了便宜！"小杨春挺挺胸脯，显出一副英勇善战的样子。

郭祥忽然想起了什么，又问：

"咱们的傻五十呢？他现在怎么样了？"

"他也是最后一天负伤的。"齐堆说，"他从医院回来，我们本来想让他复员，可是他哭着说：'我是翻身来的，你们怎么让我复员？'我们又考虑，他资格很老了，想提他当炊事班长；他说：'不行，我这人不愿管人，我还是当炊事员吧！'新兵一来，他又是磨豆腐，又是做粉条，忙着给大家改善生活，挑水的时候，总是一路唱着，干得可欢着哪！"

郭祥想着这些老上级、老战友，一个个的声容笑貌都重现在眼前。他们都是多么可爱，多么亲切呵！可惜的是不能再同他们一起工作了。

郭祥正沉吟间，邓军打开皮包，取出一个小绒盒，掀开盖子，里面是一枚金光闪闪的勋章。邓军递给郭祥，并且郑重地说：

"我还没有告诉你，朝鲜政府已经授予你'朝鲜民主主义人民共和国英雄'的称号，志愿军领导机关也授予你'一级战斗英雄'的称号。这是朝鲜政府授给你的一级国旗勋章……"

郭祥手捧勋章，心情激动，脸色严肃，沉了半响才说：

"我十分感激朝鲜人民，感激党给我的荣誉。我很明白，这些荣誉，应当归功于我们伟大的领袖，伟大的党和伟大的人民。"接着，他低下头去，像是对大家也像是对自己喃喃自语地说，"我们都是打过仗的人。我们自己最清楚：仗不是一个人打的！在朝鲜我们牺牲了多少好同志呵！他们已经安眠在朝鲜的土地上了。正是他们，用自己的生命才换取了这些胜利。……单凭一个人，那是什么事情也做不出来的！哪里会有什么荣誉称号？什么奖章、勋章？"

说到这里，他很自然地想起杨雪，心里不禁热辣辣的，瞧了瞧大妈在场，没有再说下去。

"那是自然。"邓军说，"我们也从来不是为了个人荣誉才去战斗的。"

接着,邓军又从皮包里取出一个红绸子裹着的小包,笑吟吟地说:

"再看看这件礼物吧!这是纪念志愿军出国三周年的时候,金银铁同志亲手交给我的。他再三嘱托我,一定要亲自交到你手里。"

郭祥解开红绸子,里面有两个纸包。打开第一个纸包,原来是一大包暗红色的花籽。郭祥问:

"这是什么花籽?"

"无穷花。"邓军笑着说,"这是金妈妈特意送给你的。老人家说,我是见不到我的中国阿德儿了,你就把这个捎给他吧,叫他种到他家乡的土里。什么时候无穷花开了,他看见花,他就会想起来还有一个朝鲜妈妈在思念他。……"

郭祥的眼睛有些湿润。他小心翼翼地把花籽包好,又去解第二个纸包。第二个纸包里包的是一双用黑油油的头发编成的鞋子,乌亮的头发闪着青春的光芒。郭祥不禁心弦颤动,手指也索索地颤抖起来。邓军说:

"这是朴贞淑和小英子用自己的头发编起来送给你的。她们说,就是这样,也报答不了志愿军的恩情!"

郭祥激动万分,含着热泪说:

"朝鲜人民真是太好了!我永远也忘不了他们!他们在那样困难的环境下,同凶恶的敌人不屈不挠地战斗,他们付出了最大的牺牲,流了大量的鲜血。不只是我们用鲜血支援了他们,他们也用鲜血支援了我们,保卫了我们祖国的安全。再没有比鲜血凝成的友谊更珍贵了。我一定按照老妈妈的话,把这些花籽种上,让无穷花年年月月地开下去,让我们的友谊世世代代地传下去。至于这双鞋,我不能接受也不敢接受。我建议把它送给我们的党中央,让它给我们两国人民的友谊作个永恒的纪念吧!"

邓军、大妈和全屋的人都点头称是。

这时,金丝她们已经把饺子包好了。大妈到院子里望了望太阳,说:

"已经晌午错了,我看饺子下锅吧!"

"不行,不行!"邓军摇摇头,笑着说,"后面还有一个重要人物没有到嘞!"

"谁？什么重要人物？"郭祥一愣。

齐堆向大家挤挤眼，说：

"可谁也不许说呵，说出来可就没有突然性了！"

大家哄地笑起来。霎地都看着郭祥。弄得郭祥真是丈二和尚摸不着头脑，急火火地问：

"你们这是搞的什么名堂！到底是谁？"

"你猜猜看。"杨春诡笑着说，"一个最关心你的人！……"

"最关心我的人……"郭祥沉吟了一会儿，笑着说，"我知道了，是政委吧？"

大家笑得更厉害了。大妈更是笑得前仰后合，不断地用袖子擦眼泪，最后才止住笑说：

"你这嘎小子，今天倒不灵了。世界上就是政委对你关心哪？……"

正在这时，只听窗外有一个清脆的声音说：

"杨大妈是住在这里吗？"

"来了！来了！"大家一片声嚷。

话音没落，徐芳已经站在门口。她仍旧背着一把提琴，也许因为急于赶路的缘故，两颊显得绯红异常。

原来她中途回北京探家，是坐下一趟列车赶来的。

大家纷纷抢上去，同她握手。郭祥犹犹豫豫地向前跨了两步，刚伸出手来，徐芳就背过脸去，眼角上挂着两颗明亮的泪珠。

"不要这样！不要这样！"邓军用上级兼长辈的口吻说道，"今天是大喜的日子，可不许哭鼻子噢！"

"是他，是他……对我太不了解了！……"徐芳掏出手绢来擦掉了眼泪。

"我们可以批评他嘛！"邓军把那只独臂一挥，"开饭！"

大妈立刻端上酒菜，还特意嘱咐小契说：

"今天是个胜利会，大家凑到一起不容易，你一定要陪他们喝够！听到了吧，就是你喝多了，我也不会骂你。"

"放心吧，嫂子，你包给我就是了！"

小契说着，拿起酒壶来，给每个人都斟得满满的。邓军首先举起杯来，沉思良久，缓慢地说：

"抗美援朝战争,现在已经胜利了。这是一个伟大的胜利!意义很不简单嘞!它捍卫了朝鲜的民族独立,保卫了祖国的安全,并且推迟了世界战争的爆发,真正保卫了世界和平。回想当时,这场战争,对我们刚刚诞生一年的新中国,是多么严重的考验哪!"他望望墙上的毛主席像,感慨地说,"但是,这场考验,终于在党中央、毛主席的英明领导下,胜利地度过了。我们和朝鲜人民一道,在世界人民的支持下,不仅赢得了战争的胜利,而且大大推进了我们国家的建设,开始了建设社会主义的伟大事业。这场考验再一次证明,我们的党和军队是伟大的,我们的人民是伟大的,他们蕴藏的革命精力是无穷无尽的,是永远不可战胜的。任何凶恶残暴的敌人,不管它拥有什么武器,妄想征服我们都是办不到的!"

他因为激动,斟得过满的酒不断洒落下来,接着又说:

"但是,在战争开始的时候,愚蠢的敌人并没有认识到这一点。尽管我们的周总理向他们提出了严重警告,他们还是认为我们软弱可欺,认为我们不敢出兵。他们都是惟武器论的可怜虫,以为凭借他们的优势武器,就可以为所欲为,征服别人的国家。他们错了,他们忘记了今天的中国已经不是昨天的中国,今天的东方也不是昨天的东方!中国人民已经站起来了!任何想称霸世界的人,妄图宰割我们的时代已经一去不复返了。……"

说到这里,他停了停,望了大家一眼,又深情地告诫说:

"可是,同志们!我们可千万不能丧失警惕!经过这一次战争,是不是就不会再爆发战争了?敌人是不是就从此甘心了,再不轻举妄动了?不会的!只要帝国主义制度还存在,只要阶级还存在,战争就是不可避免的。在我们前面,还会有艰巨的斗争,还会有严重的考验。我们决不能存有和平幻想和侥幸心理。我们必须加强准备。只有准备充分,才能立于不败之地!不但我们这一代人,我们下一代、下两代……同样要有充分准备。一旦战争的风暴袭击过来,我希望我们的年轻人,能像抗美援朝的英雄们那样,英勇献身,前仆后继,再一次经得起严重的考验。我相信,他们为了祖国人民的利益,为了世界革命的利益,是会做到这一点的!"

邓军说过,将满满的一大杯酒,一饮而尽。接着,郭祥、大妈、小契、齐堆、杨春等人,也都在激动的心情中,纷纷将酒喝干。邓军望

着徐芳,建议说:

"小徐!今天机会难得,把你那《刘胡兰》选曲,再来上一段吧!"

大家都拍手赞成。徐芳也不推辞,立刻取出提琴,站在当屋演奏起来。也许因为她心情激动的缘故,今天的琴声显得格外激越和高昂,立刻又把大家带回到那严峻的战争年代。大家好像又看见漫天飞舞的雪花,交织着朝鲜战场上的火光。郭祥宛如处在战斗前夕一样,力量顷刻充满全身,恨不得立刻冲上前去,要求一项最繁重、最艰巨的战斗任务……

第一部至第四部第九章

写于 1959 年至 1965 年春

第四部第十章至第六部

写于 1974 年至 1975 年秋